KB250958

문제적 여성들의 북클럽

The Book Club for Troublesome Women
by Marie Bostwick

This Korean edition published in 2026
by JUNGEUNBOOKS, Seoul
by arrangement with HarperCollins Focus, LLC. through rMaeng2, Seoul, Republic of Korea.

이 책의 한국어판 저작권은 rMaeng2를 통해
HarperCollins Focus, LLC와의 독점 계약으로 정은문고에 있습니다.
저작권법에 의해 한국 내에서 보호를 받는 저작물이므로
무단전재와 무단복제를 금합니다.

문제적 여성들의 북클럽

마리 보스트윅 지음 | 이윤정 옮김

이 책을 마거릿의 모태인 저의 어머니 마거릿에게 바칩니다.
어머니가 몸소 살아내신 삶과 하신 말씀은
작품의 여정을 시작하도록 영감을 주었습니다.
"언젠가 말했는지 모르겠지만, 책 한 권이 내 인생을 바꿔놓았단다."

1963년 2월 19일, 문제적이고 불완전하며 논란의 여지가 있는 여성 베티 프리단이 문제적이고 불완전하며 논란의 여지가 있는 책 『여성성의 신화The Feminine Mystique』를 출간했다.

책이 문제를 해결해주진 않았다.

다만 문제에 이름을 부여했고, 고립과 무력감에 잠식된 여성들이 서로를 찾아내고 목소리를 내도록 빛을 비추었다.

그것이 모든 혁명의 시작이었다.

CONTENTS

1장
북클럽의 시작

1963년 3월

1963년 3월 어느 수요일 아침, 워싱턴 DC에서 불과 40킬로미터 떨어진 버지니아 북부의 교외 마을 컨커디아는 웅성거리는 변화의 기운이 감돌기 시작한 딴 세상이었다. 이제 막 주거지의 모습을 갖춘 탓에 승인받은 묘목들은 아직 뿌리조차 제대로 내리지 못해 분투 중이었고, 너무도 철저히 계획된 상점, 도서관, 교회는 첫 입주자 무리가 넘어온 지난해 모두 같은 날 동시에 문을 열었다. 마치 신이 땅을 내리쳐 갈라진 틈으로 이미 완성된 신도시가 통째로 솟아오른 것처럼. 마거릿 라이언은 어느 햇살 가득한 주방의 노른자색 포마이카 조리대와 주방 제품들 틈에 서서 오늘 처음 모이는 세 명의 북클럽 회원을 위해 무엇을 차려낼지 고민 중이었다.

마거릿의 세 아이 중 첫째인 열한 살 베스가 엄마의 어깨 너머로 고개를 들이밀며 여성 잡지에서 뜯어낸 수많은 레시피를 보고 고개를 절레절레 흔들었다.

"왜 이렇게 많아? 그냥 평범하게 오트밀 쿠키나 굽고 끝내면 안 돼?" 베스가 종잇장 사이에서 레시피 한 장을 쏙 빼 들었다. "앤초 비랑 크림치즈를 얹은 카나페? 이게 저녁 메뉴면 난 멜라니네 가서 먹을래."

집마다 입바른 소리 하는 아이가 하나씩은 꼭 있다. 베스가 그런 아이였다.

딸기색을 머금은 금발에 부러움을 살 만한 기다란 속눈썹을 가진 베스는 아빠를 빼닮았다. 하나 말대꾸만큼은 순전히 마거릿 쪽이었는데, 그건 분명 자신이 어릴 적 저지른 죄에 대한 대가라고 마거릿은 믿었다. 생전 어머니는 마거릿에게 지겹도록 악담을 퍼붓곤 했다. "너도 이 담에 커서 너처럼 버르장머리 없는 딸 낳아봐라. 그러면 내 속을 알겠지."

이제야 마거릿은 그 말의 의미를 이해했지만 기분이 썩 나쁘진 않았다. 딸이 자기 생각을 분명히 알고 겁 없이 말할 줄 알아서 좋았다. 그것은 여성으로서 칭찬받지 못하는, 나이가 들면 사라지곤 하는 자질이었다.

열일곱 살 때 마거릿은 절대 어머니처럼 나이 들지 않으리라 다짐했다. 출발은 꽤 괜찮았으나 초기 노력의 열매는 차츰 쪼그라들고 말았다. 서른셋이 된 지금, 그녀는 가끔 모든 여성이 결국 자기 어머니가 되는 운명을 지닌 게 아닐까 상념에 잠기곤 했다. 그런데 최근 들어 어떤 변화가 일기 시작했다.

단지 마거릿만의 변화는 아니었다.

여느 지각변동이 그러하듯 그 여파는 사람마다 다른 깊이로 다가왔고 그에 대한 반응도 천차만별이었다. 누군가는 변화를 받아

들였고 누군가는 매도했다. 또 누군가는 외면한 채 아무 일도 일어나지 않은 듯 행동했다. 물론 변화가 단번에 찾아오진 않았다. 의미 있는 변화란 대개 그렇지 않나. 앞으로도 계속해서 진동이 일고 파도가 밀려오고 충돌이 이어질 것이었다. 그러나 시간이 충분히 흐른 뒤엔 그 변화가 세상 풍경과 사람들의 삶을 돌이킬 수 없이 바꿔놓았다는 사실을 누구도 부정할 수 없을 터였다.

그럼에도 마거릿은 아직 변화를 온전히 인지하지 않았다. 그녀는 지난 석 달 동안 자신이 굴복했던 충동과 여전히 숨기고 있는 비밀—린넨 옷장 깊숙이 숨겨둔 연청록색 임대 타자기 같은 존재—이 앞으로 가족과 자신의 앞날 그리고 자아감에 어떤 영향을 미칠지 전혀 알지 못했다. 오늘 그녀는 그저 북클럽 모임을 기대하며, 다소 주저한 이가 있긴 했어도 어쨌든 참여하기로 한 세 명의 여성을 연결하는 존재가 자신이라는 사실에 들떠 있었다. 첫 모임을 기억에 남을 만큼 근사하게 치르리라 마음먹었다.

알람의 도움 없이 마거릿은 새벽 6시 정각에 눈을 번쩍 떴다. 남편 월트는 지난밤 재향군인회 모임에서 자정을 훌쩍 넘겨 귀가했기에 깰 염려는 없었다. 그래도 조용히 침대에서 빠져나와 발끝으로 살금살금 욕실까지 걸어갔다. 괜한 말다툼으로 좋은 기분을 망칠 필요는 없으니까.

30분 뒤 그녀는 밤색 머리를 어깨 길이로 말아 올려 스프레이를 뿌린 뒤 립스틱을 바르고 크림색 블라우스에 초록 검정 타탄체크 스웨터를 겹쳐 입은 다음 하이힐을 신은 모습으로 주방에 나타났다. 잡지 속 모델처럼 말끔한 차림새였다. 아침을 먹으러 내려온 아이들이 주방 문턱에 가만히 서서 이른 아침부터 말쑥한 엄마를 멀뚱히 바라보았다.

"언니, 오늘 일요일이야?" 여섯 살 수잔이 베스에게 속삭이자 베스는 고개를 저으며 문턱에서 꼼짝도 않았다. 여덟 살 바비는 이미 반에서 키가 제일 크고 종일 배가 고픈 아이였다. 바비가 정적을 깨고 물었다. "엄마? 와플 먹으면 안 돼요, 베이컨이랑?"

"와플은 토요일 메뉴잖아." 마거릿이 칠면조 버섯롤 재료를 훑으며 입술을 깨물었다. "그럼 시리얼 먹자, 마트에서 신상 사 왔어."

찬장 쪽으로 달려간 바비가 신이 나서 외쳤다.

"캡틴 크런치! 이거 광고에 나온 거네! 엄마 진짜 최고!"

바비가 마거릿의 허리를 꼭 껴안았다. 마거릿은 아이 등을 살살 토닥였다. 기분을 맞춰주기가 참 쉬운 아이다.

"바나나 좀 썰어서 얹으렴." 광고에선 비타민 함유량이 높다고 선전해댔지만 선장 캐릭터가 그려진 설탕 범벅 과자를 아이들에게 먹이면서 최고의 엄마라고 느끼진 않았다. 내일은 스크램블 에그를 해줘야지 생각했다.

"수지, 이리 와." 아이의 카디건 단추가 하나 풀려 있었다.

마거릿을 가장 많이 닮은 수진이 식탁 벤치에서 폴짝 내려왔다. 마거릿이 무릎을 꿇고 단추를 다시 채우는 동안 수잔은 얌전히 서서 엄마 얼굴을 유심히 살폈다.

"왜 이렇게 꾸몄어? 병원 가?"

"오늘 북클럽 있잖아, 기억나지? 첫 모임이라 그런지 무척 들뜨네."

"들뜬 것 같지 않은데. 긴장돼 보여."

"그런가…" 마거릿이 수잔의 카디건에 붙은 보풀을 떼며 말했다. "새로운 사람을 만나서 알아가는 일은 늘 조금 떨리지, 그치? 맞아, 좀 긴장되긴 해. 그렇지만 들뜬 것도 맞아."

"전학 온 첫날 내가 그랬던 것처럼?"

"그런 느낌이지. 이제 아침 마저 먹으렴."

베스가 턱을 치켜들어 커피 퍼콜레이터 옆에 놓인 새빨간 책을 가리켰다. 커피 퍼콜레이터는 마거릿과 월트가 새 통장을 개설하며 받은 사은품이었다.

"저게 엄마가 읽는 책이야?"

"응, 맞아." 앤초비 카나페는 확실히 무리라고 판단한 마거릿은 레시피 종이를 쓰레기 더미 위에 놓았다. "지난달에 출간됐어."

책을 집어 든 베스가 조용히 입술을 움직여 제목을 읽었다.

"**신화**가 무슨 뜻이야?"

마거릿은 잠시 망설였다. 서점에 뒤늦게 주문하는 바람에 앞부분 몇 장밖에 읽지 못했다. 그런데도 책에서 접한 선언들은 전기처럼 짜릿해 머릿속 깊이 웅크려 잠들었던 영역을 흔들어 깨웠고 완전히 새로우면서도 묘하게 익숙한 생각들을 살아나게 했다. 이상한 동요와 이름 붙일 수 없는 문제들을 읽으면서 '이 모든 걸 가져도 왜 이리 허전한지' 의문을 가진 이가 자신만이 아니라는 걸 알게 되자 마거릿은 안도했고 해방감마저 느꼈다. 마치 약국에서 샬럿 구스타프슨을 처음 보았을 때처럼. 아직은 지인이라고 하기도 뭣한 아예 낯선 사람이었어도 어쩐지 통하는 데가 있음을 본능적으로 알아챘다.

샬럿은 그 책을 두고 획기적이라 말했다. 마거릿도 같은 생각이었다. 다른 회원들도 똑같이 느낄까? 수치스러운 비밀 하나를 내려놓은 것처럼? 지난하고 외로운, 부당한 유배지에서 해방된 것처럼?

"엄마? 신화가 뭐냐니까?"

"그건… 어떤 사람이나 집단에 깃든 일종의 오라나 신비감, 힘 같은, 그러니까 매혹적인 명성 같은 거야. 그런데 작가가 그런 뜻으로 지은 제목은 아닌 것 같아. 오히려 신화란 게 덧씌워진 거짓이거나 눈속임일 수 있다고 말하는 건지도 몰라."

"재미없네." 베스가 책을 옆으로 치우며 물었다. "북클럽 회원은 누구야?"

"지금까지는 엄마랑 비브 아줌마, 빗시 그리고 구스타프슨 부인."

"구스타프슨 부인? 새로 이사 온? 사람들이 괴짜라고 부르던데."

"어른들 얘기 그런 식으로 듣고 다니지 마. 따라 하지도 말고." 마거릿이 단호하게 일렀다. "아무튼 샬럿은 괴짜가 아니야. 그저 좀 다르달까, 예술적이고 자유로운 영혼. 컨커디아에 그런 사람 몇 명 더 있으면 좋을 텐데."

베스가 인상을 찌푸렸다. "컨커디아가 어때서? 난 여기 좋은데."

"아냐, 아무 것도." 마거릿은 딸의 머리카락을 쓸어 넘겼다. "엄마도 여기 좋아. 그냥 가끔은 여기 사람들이 좀…."

마거릿은 새로 정착한 이 동네를 향한 상반된 감정을 요약할 단어를 찾으려 애썼다. 하나 평생을 벼려왔고 심지어 지난 3개월간 더 날카롭게 연마한 언어 능력마저 그녀를 저버렸다. 자신조차 제대로 이해하지 못하는 이 애증의 감정을 어린 딸에게 어떻게 설명해야 한단 말인가?

***

같은 날 오전 느지막이, 서른아홉 살 샬럿 구스타프슨은 뉴포트 담배를 입술 사이에 물어 필터에 붉은 자국을 선명하게 남겼다. 그녀는 턱을 살짝 들고 연기를 내뿜으며 어니스트 배리 박사의 진료실 천장으로 떠오르는 하얀 연기를 바라보았다.

배리 박사의 진료실은 버지니아 알렉산드리아에 자리한 3층짜리 붉은 벽돌 타운 하우스의 1층이었다. 컨커디아에는 정신과 의사가 없어 샬럿은 일주일에 두 번 이곳까지 편도 40분을 운전해야 했다. 예전 뉴욕 주치의가 추천해준 곳이었다. 아무렴 상관없었다. 알렉산드리아가 맨해튼은 아니었어도 괜찮은 앤티크 상점과 신발 가게도 있어 나름 매력적이었다. 코털이 지저분하게 삐져나온 배리 박사는 거드름 피우기 좋아하는 매력 없는 의사였지만. 그래도 지루하고 단조로운 교외 생활을 잠시나마 벗어날 수 있다면 뭐든 좋았다.

샬럿은 담배를 다시 한 모금 빨며 다리를 꼬아 편안한 자세를 취했다. 이탈리아제 가죽 펌프스 힐이 같은 사파이어색 슬림핏 드레스 그리고 A라인 코트와 잘 어우러졌다.

"샬럿, 담배는 안 된다고 전에 말씀드렸죠."

"굴드 박사님은 괜찮다고 했어요."

"굴드 박사는 천식이 없잖아요." 배리 박사가 재떨이를 내밀었다. 샬럿은 마지막으로 한 모금 더 빨고 나서 담배를 비벼 껐다. 박사가 펜을 집어 들었다. "이번 주엔 꿈을 꾸셨나요?"

"말씀드렸잖아요, 저는 꿈을 안 꿔요."

"누구나 꿈은 꿉니다."

"그렇군요." 샬럿이 담배를 쥐었던 손가락으로 주먹을 꼭 움켰다. "저는 꾼 기억이 전혀 없네요."

"알겠습니다, 넘어가죠. 이번 주는 어땠나요? 새로운 일은 있었고?"

"늘 같은 일 반복, 반복." 그녀는 어깨를 으쓱했다. "하워드랑 저의 상호 혐오는 수그러들 줄 모르고요. 아버지는 여전히 저보다 그이를 더 좋아해요. 가져보지 못한 아들이라도 되는 양 대하죠. 저는 그냥 부스스한 적갈색 머리 멍청이로만 보고요. 드니스는 책에 얼굴을 박고 있느라 저는 물론 아무하고도 말을 안 해요. 졸업하면 옥스퍼드에 가겠다는 생각은 여전하죠. 도망치고 싶은 건 이해하는데 왜 하필 영국일까요? 줄곧 비 내리고 중앙난방도 없고, 남자들 치아는 죄다 엉망이잖아요. 더 근사하고 날씨 좋고 사람들도 멋진 곳이 있잖아요? 로마, 아니면 로스앤젤레스?"

샬럿은 진짜 대답을 기다리는 사람처럼 고개를 갸웃했다. 배리 박사는 노트에 뭔가를 끼적였다. 한숨을 내쉬던 샬럿은 손목시계를 차고 왔다면 이 지루한 상담 시간이 얼마나 남았고 남배는 또 언제 피울 수 있을지 알았을 텐데, 아쉬워했다.

"주니어는 사관학교에서 아마 잘 지내겠죠. 몇 주째 편지가 없으니 어떻게 알겠어요? 로라랑 앤드루는 아직 착해요. 뭐, 열두 살 열한 살이면 그래야죠. 저야 조숙한 아이였지만 누구나 십 대라고 부모를 싫어해야 하는 건 아니잖아요? 어디 보자… 또 뭐가 새로웠더라?" 그녀는 안락의자에 가까운 치료용 소파의 갈색 가죽을 손끝으로 두드렸다.

"맞다! 또 다른 갤러리에서 퇴짜 맞았어요. 이번엔 관장이 손수 전화해서 제 그림이 아마추어적인 데다 모방에 가깝다고 하더군요. 굳이 전화까지 해준 성의가 가상하지 않나요? 뭐, 그게 다예요. 딱히 새로운 소식은 없네요."

"아, 잠깐." 그녀가 손가락을 튕겼다. "하나 더요. 여성 북클럽에 들어갔어요."

"북클럽?" 버건디 윙백 체어에 앉은 배리 박사가 상체를 앞으로 기울였다. "그거참 훌륭하군요, 샬럿. 아는 여성분들인가요?"

"한 명은 알아요. 마거릿 라이언. 쿠키 접시를 들고 난데없이 문 앞에 나타나서 모임에 들어오라고 하더라고요."

"훌륭합니다. 다른 주부들과의 교류는 치료에도 아주 좋을뿐더러 본인 역할에 적응하는 데 도움이 되죠. 그분과 친구가 될 수 있을 것 같나요?"

"두고 봐야죠" 하고 대꾸한 샬럿은 잠깐 입술을 꾹 다물었다. "너무 착한 사람일지도 몰라요. 책 취향이 너무 착해요. 제가 가입한 이유는 책을 고르게 해줘서인데."

"어떤 책이죠?"

만일 배리 박사가 스스로 짐작하는 만큼 정말로 샬럿의 속내를 꿰뚫어 읽어낼 수 있었다면—물론 샬럿은 그가 절대, 절대로 자신을 꿰뚫지 못하게 하리라 마음먹긴 했지만—그녀 입술의 곡선만 보고도 알아챘을 터였다. 그건 미끼를 던지고선 그 미끼가 통째로 삼

켜지는 모습을 보며 즐거워하는 여자의 미소였다.

"『여성성의 신화』예요, 베티 프리단의 책." 샬럿이 새침하게 대꾸했다. "읽어보셨나요?"

박사가 뻣뻣한 흰 눈썹을 모아 못마땅하다는 표정을 지었다. "책에 대해 들어보긴 했는데, 안 봐도 뻔하죠. 치료적인 측면에서 말하자면 샬럿, 나는 그 책이…."

"그래도 꼭 읽어보셔요." 박사가 말을 마치기도 전에 끼어든 그녀는 의자에 모로 기대앉아 에메랄드빛 눈으로 그를 똑바로 응시했다. "5장이 특히 계몽적이에요. '지그문트 프로이트의 성적 자기중심주의', 박사님께도 분명 흥미로운 주제일 거예요. 제 책 빌려드릴까요?"

"아닙니다, 괜찮아요." 박사가 딱딱한 투로 대꾸하며 다시 노트에 뭔가를 끼적였다.

소파 옆에는 샬럿의 핸드백이 놓여 있었다. 그녀가 안에 손을 넣어 담배를 꺼냈다.

"죄송해요." 박사가 쏘아보자 샬럿이 말했다. "자제가 안 돼요. 구강 고착. 이해하시죠." 몸을 꼿꼿하게 세워 앉은 그녀는 담배에 불을 붙였다. "오늘은 이쯤 하면 될 것 같네요. 그래도 꽤 진전이 있지 않았나요?" 그러곤 몸을 일으키며 덧붙였다. "아, 한 가지만 더요. 처방전을 새로 받아야겠어요. 굴드 박사님이 써준 건 기한이 거의 다 돼서요. 오늘 꼭 주실 필요는 없어요. 다음 예약 때 받아도 되니까."

"그럼 다음에 뵐게요." 경쾌하게 인사한 샬럿은 살랑살랑 손을 흔들며 문으로 향했다.

***

록 크리크 파크에 늦은 오후 햇살이 내리쬐고 있었다. 승마로를 따라 늘어선 나무에서 갓 돋아난 잎사귀들은 볕을 받아 한층 더 밝은 초록빛을 띠었다.

빗시 코브는 승마로 끝이 눈앞에 보이자 말이 마지막 100미터 정도는 느긋하게 달리도록 고삐를 풀어주었다. 빨간 벨벳 리본으로 고정해 페이지 보이 스타일로 단정히 쓸어 넘긴 단발머리는 그녀가 올라탄 말의 털빛만큼이나 검고 반질거렸다. 스물셋인 그녀와 동갑인 딜라일라는 여전히 잘 달렸다.

"여전히 힘이 좋네, 그치, 아가씨?" 마구간이 가까워지자 빗시가 말했고 딜라일라는 서서히 속도를 늦추었다.

울타리 가까이로 온 잘 차려입은 중년 여성을 발견하자 말은 귀를 쫑긋 세우며 걸음을 재촉해 달려갔다. 딜라일라가 다가가 멈춰 서자 여자는 다정하게 말을 어루만지며 중얼거렸다.

"예쁜 아가씨, 잘 있었니?" 여자는 세련된 트위드 재킷 주머니에서 사과 반쪽을 꺼내 말에게 내밀었다. "넌 나보다 품위 있게 나이를 먹는구나, 그렇지?"

빗시가 안장에서 내려왔다.

"그레이엄 부인, 기다리고 계셨어요? 죄송해요. 오늘 타시는 줄 몰랐어요."

"오늘은 시간이 없어서 못 타요. 저녁에 스무 명 남짓한 편집자에 그들의 부인, 연인들까지 다 오거든요. 내일은 초선 하원의원들인데, 민주당 공화당 할 것 없이 전부 오죠. 피가 튈지도 모르니 여름용 소파 커버를 미리 덮어둘 참이에요." 그녀가 웃으며 말했다.

상속녀 캐서린 그레이엄은 「워싱턴 포스트」의 발행인 필 그레이엄의 아내였으며, 워싱턴 DC에서 손에 꼽을 만큼 영향력 있는 사교계 명사였다. 빗시는 마구간에서 일한 지 불과 몇 주밖에 되지 않았지만 그레이엄 부인이 소박하고 친절한 사람이라 느꼈다.

"우리 아가씨 보러 잠깐 들렀어요." 사과를 우물거리는 딜라일라의 목을 쓰다듬으며 캐서린이 말했다. "아버지가 결혼 선물로 주신 말이에요, 얘기했었나? 리모주 식기 열여덟 벌보다 이 아이가 훨씬 더 반가웠죠, 정말로요." 그녀가 미소 지었다. "이렇게 잘 돌봐줘서 고마워요."

"아유, 별말씀을요." 빗시는 부드러운 켄터키 말씨로 말했다. "가끔은 이렇게 말 타며 돈을 버는 게 안 믿겨요. 사실 돈 안 받고도 할 수 있거든요. 사장님께는 비밀로 해주세요."

"우리끼리의 비밀로 하죠. 하지만 말 타는 것 말고 다른 일도 많잖아요. 손질하고 물 주고 먹이는, 그런 덜 우아한 일들." 그레이엄 부인은 근처에 놓인 거름 삽으로 시선을 옮겼다. "한결같이 성실하게 해내는 거 알고 있어요."

과찬에 익숙하지 않은 빗시의 양 볼이 달아올랐다. "그게, 아잇적부터 말들 곁에서 자랐거든요. 아버지가 프레스콧 농장에서 마구간 관리인으로 30년을 일하셔서요, 돌아가시기 전까지."

"렉싱턴에서? 정말요? 거기서 훌륭한 서러브레드 품종을 꽤 길러냈죠. 쿼터호스도요. 딜라일라의 할아버지도 프레스콧 농장 출신이에요. 자부심을 가져요."

빗시가 환하게 웃었다. "네, 사모님. 부듯하게 생각해요. 제가 이만했을 때부터 아버지 뒤를 졸졸 따라다니며 마구간 일을 도왔어요." 그녀는 손바닥을 활짝 펴서 무릎 옆에 대고 말했다. "어머니는 제가 숙녀답게 자라길 바라셨지만 저는 오로지 말이랑 책밖에 몰랐어요."

딜라일라가 그레이엄 부인의 어깨에 코를 갖다 댔고 그녀는 말의 코를 쓰다듬었다. "그럴 줄 알았어요. 성공한 수의사의 아내가 굳이 돈 때문에 이런 일을 할 것 같지는 않더라고요."

"그이 병원은 아직 자리 잡는 중이에요." 빗시가 말했다. "그래도 다행히 살림은 넉넉한 편이죠. 컨커디아에 집도 샀고요. 좋은 동네예요, 다만 렉싱턴이랑은 좀 달라요. 제가 동네 여자 중 제일 어린 데다 유일하게 아이가 없어서 어울리기가 좀 힘들어요. 킹은 저보다 나이가 많고 어서 가족을 꾸리고 싶어 해요. 저도 당연히 그러고 싶지만 아직 소식이 없어서."

"아무튼…." 너무 많은 얘기를 털어놓았다는 생각에 그녀는 말끝을 흐렸다. 그레이엄 부인의 바쁜 일정도 떠올랐다. 그런데 캐서린은 자리를 뜨는 대신 고개를 끄덕였다.

"많이 부담되겠어요, 그렇죠? 필이랑 나도 첫아이 갖기까지 거의 3년이 걸렸어요. 친정어머니가 날마다 전화해서 뭐가 그리 오래 걸리느냐고 묻곤 했었죠."

빗시가 숨을 들이켰다. "저희 엄마도요! 이젠 아예 인사도 없으세요. 그냥 무턱대고 '어떻게 됐어?' 그래요. 철렁한다니까요!"

함께 웃고 나자 그레이엄 부인이 빗시의 팔을 살살 토닥였다. "일이라는 게 다 풀리는 때와 방식이 있더라고요. 곧 알게 될 거예요. 그리고 이웃 여자들 얘긴데요, 모두에게 억지로 맞추려고 하지는 마세요. 그냥 있는 모습 그대로 받아주고 어떤 상황에서든 곁에 있어줄 두세 사람만 찾으면 돼요. 지인들은 얼마든지 있어도 진짜 우정은 드물고 기다릴 만한 가치가 있죠."

"저, 얼마 전에 북클럽에 가입했어요." 빗시가 말했다. "거기서 친구를 사귈 수 있을지도 모르죠. 『여성성의 신화』를 함께 읽거든요. 흥미롭더라고요."

"논쟁의 여지도 많죠." 그레이엄 부인이 호의를 보이며 고개를 끄덕였다. "그 여성들이 벌써 마음에 드는데요."

"저도요. 지금까지는요."

"시간을 두고 지켜봐요"라고 말한 캐서린이 손목시계를 힐끗 내려다보았다. "그나저나 시간이…."

빗시는 딜라일라를 마구간 쪽으로 이끌었고, 그레이엄 부인은 근처에 세워둔 세단을 향해 걸어갔다. 시동을 건 그녀가 차를 울타리 곁으로 몰고 와 창문을 내리고 말했다.

"빗시? 어머니랑 통화하면 꼭 전해드려요. 말이랑 책을 사랑하면서도 숙녀다울 수 있고, 캐서린 그레이엄 말에 따르면 그건 사실상 필수라고요!"

***

마흔한 살인 비비안 부스케티는 꼬리빗을 세면대 위에 내려놓고 마지막으로 스프레이를 뿌려 부푼 금발 머리를 고정했다. 아래층에서 서로 보고 싶은 채널을 틀겠다고 여섯 아이가 싸워대는 통에, 에이디 고르메가 부르는 〈블레임 잇 온 더 보사노바〉의 선율이 잠시나마 소음을 덮어주길 바라며 욕실 라디오 볼륨을 높였다.

곧 아이들이 욕실 문을 두드리며 공평한 판결을 요구하리라 예상한 비브는 얼른 아이라이너를 그린 뒤 레이스로 장식된 검은색 나일론 슬립을 머리 위로 꿰어 풍만한 가슴과 넉넉한 몸매를 정리하듯 아래로 확 잡아당겼다. 그때 노크 소리가 났다.

그녀는 라디오 소리를 줄였다. "아래층으로 내려가게 하지 마." 문을 잠근 채로 경고했다. "내려가는 순간, 일주일 동안 아무도 아무것도 못 보는 거야. 빈스? 안드레아? 들었어?"

"아주 크게 잘 들려요. 근데 빈스도 안드레아도 아니지요."

비브는 지긋이 웃으며 분홍 립스틱을 티슈로 살짝 눌렀다. "누구야?"

"당신이 꿈에 그리던 남자. 남편한텐 비밀이야. 질투가 엄청 심하다고 들었거든."

비브는 문을 열었다. 결혼한 지 열여덟 해가 지났어도 빳빳하게 다려 입은 해군 제복에 까무잡잡한 얼굴과 초콜릿이 녹아든 듯한 눈동자, 장난기 어린 미소를 띠고 선 키 크고 잘생긴 앤서니 부스케티를 볼 때면 여전히 무릎이 살짝 풀리는 기분이 들었다.

"정말 짓궂다니까." 그녀가 고개를 저으며 말했다.

"당신은 폭탄이야." 토니는 그녀의 몸을 훑어보며 말했다. "바바 붐!" 문턱을 넘어온 그는 문을 잠근 뒤 그녀를 세면대에 밀착시키 듯 기대며 목덜미를 파고들었다.

"안 돼, 여보." 비브가 키득거렸다. "왜 이래, 애들도 있는데."

"괜찮아. 밖에 나가서 피자 배달원 기다리라고 해뒀어."

"당신 피자 시켰어?"

"응." 토니의 입술이 그녀의 목에서 가슴 윗부분으로 옮겨갔다. "저녁 걱정하지 말고 여자들 모임에 나갈 준비하라고. 나 진짜 왕자님 같지 않아?"

"그러네. 그런데 여자들 모임이 아니라 독서 모임이야. 이제 나 진짜 준비해야 돼, 토니."

"진심이야?" 얼굴을 든 토니는 그녀가 고개를 끄덕이자 아쉬운 한숨을 내뱉었다. "흠… 알겠어. 그럼 일찍 들어와. 당신 너무 끝내줘서 나 못 참겠으니까."

그녀는 거울을 향해 돌아서서 립스틱을 고쳐 발랐다. 세면대에 걸터앉은 토니가 그 모습을 바라보았다.

비브가 한숨을 내쉬었다. "나는 영 끌리지가 않네. 속이 더부룩해서 살짝 짜증도 나고 피곤해. 마거릿 기분 상할까 봐 가긴 가는데, 워낙 들떠 있어서 마지못해 수락한 거고, 사실 그 멍청한 의사 때문에 화도 나." 짜증이 섞여 있었다. "그 인간 진짜 뻔뻔해! 당신이 같이 와서 서명하지 않으면 피임약 처방을 안 해주겠대. 내가 애도 아니고 성인이잖아. 그리고 펜타곤에서 일하는 장교가 아내 병원 따라올 시간이 어디 있냐고!" 그녀는 눈썹 펜슬을 허공에 휘두르며 말했다. "컨커디아에 산부인과가 거기밖에 없지만 않았어도."

"알아." 토니가 말했다. "근데 이제 그만해둬. 화요일에 하루 쉴게. 같이 가서 처방전 받고, 그럼 끝. 기분 좋게 갔다가 내가 점심도 사 줄지 모르잖아."

비브가 웃었다. "있잖아, 앤서니 부스케티? 당신 정말 왕자님이야."

토니는 두 팔을 벌리며 말했다. "내가 항상 말하잖아?"

둘의 키스는 열일곱 살 맏이 빈스가 문을 똑똑 두드리며 피자가 왔다고 알리는 바람에 중단되었다. "금방 내려갈게"라고 외친 토니 가 비브의 얼굴을 들여다보았다. "당신 정말 피곤하구나? 복직하 는 거 다시 생각해봐야 할 것 같은데."

"안 돼!" 비브는 눈썹 펜슬을 세면대에 탁 내려놓았다. "아이들이 학교 들어가면 다시 간호사로 일하겠다고 늘 얘기했잖아. 겨우 파 트타임이야. 빈스가 내년에 대학 가면 돈도 더 필요하고. 그리고 나 도…."

"당신도 뭐가 필요해?"

토니가 그녀를 끌어당겨 엉덩이 굴곡을 손으로 감싸안았다. 비브 는 입술을 꾹 다물었다. 다시 입을 열었을 땐 목소리가 잠겨 있었다. "다시 중요한 사람이 되고 싶어. 나 진짜 좋은 간호사였잖아, 토니."

"기지에서 최고였지. 유럽 전선 전체에서 최고였다고." 그가 말했 다. "지휘관이 당신 데려간다고 내 계급 강등시킨다는 협박까지 했 는걸. 당신은 정말 중요해, 비브. 우리 가족을 단단히 잡아주는 접 착제 같은 존재잖아." 그가 그녀의 뺨에 손가락으로 선을 그으며 말했다. "내 맘 알지?"

비브는 고개를 끄덕였다. 그녀도 안다. 비브는 엄마여서 좋았다. 부모로서 여섯 명의 아이 빈스, 안드레아, 마이크, 닉, 마크, 막내 제니를 훌륭하고 예의 바르며 단정한, 전형적인 미국 아이들로 잘 키워냈다는 사실에 자부심을 느꼈다. 사고 치는 애는 아무도 없었다. 하지만 지금 그녀는 그 이상을 원했다.

비브는 원래 책을 즐겨 읽는 부류가 아니었다. 마거릿이 북클럽 때문에 억지로 읽게 한 그 책은 너무 지루해서 읽다가 꾸벅꾸벅 졸 지경이었다. 하지만 단 한 부분—주부 하나가 어느 날 문득 여성에게 기대되는 모든 성취를 이미 다 이뤘다는 사실을 깨달은 후 더는 내다볼 게 없다고 한 인터뷰 대목—은 그녀의 마음 깊은 곳을 건드렸다.

토니가 스프레이를 뚫고 삐져나온 금발 한 가닥을 그녀의 귀 뒤로 넘겨주었다.

"있잖아, 당신 휴식이 필요해 보여. 토요일에 내가 애들한테 팬케이크 해줄 테니 당신은 푹 자. 영화관에 데려다주고 집에 오면 우리 둘만 있자, 어때?"

"당신이랑 나만 텅 빈 집에서 딱 두 시간? 천국이네."

"좋아. 데이트하는 거야."

토니는 욕실 문을 반쯤 열어둔 채 아래층으로 내려가 피자값을 계산했다. 비브는 시어스에서 처음 주문한 팬티스타킹 포장을 뜯고 변기 뚜껑에 앉아 스타킹을 신었다. 무겁고 답답한 거들에 비해 스타킹은 믿을 수 없을 만큼 가볍고 부드러웠다. 과연 이게 몸매를 잘 잡아줄까? 아마도 아니겠지. 하지만 무슨 상관이람? 마거릿이 한

번 시도해보라고 했는데 그녀가 옳았다. 정말 편했다!

자리에서 일어난 비브는 팬티스타킹을 허리춤까지 끌어 올렸다. 아래층에서 허기진 아이들이 피자 상자를 열고 신나게 먹는 소리와 함께, 기름기 자르르한 페퍼로니 향이 허공을 타고 올라왔다. 냄새가 코를 자극하자 곧장 속이 울렁이며 구역질이 올라와서 화장실 변기 쪽으로 몸을 돌려 허리를 굽히고 두 번 게워냈다. 무릎을 꿇고 주저앉은 그녀는 오랜만에 느껴보는, 너무나 익숙한 그 나른한 무력감에 휩싸였다.

"안 돼, 안 돼, 제발." 목이 메어 쉰 소리가 흘러나왔다. "다시는 안 돼. 지금은 아니야!"

"비브?" 아래층에서 토니의 목소리가 울려 퍼졌다. "올 거야? 페퍼로니 피자 몇 조각 남겨뒀어."

페퍼로니. 말만 들어도 니글거렸다. 눈을 질끈 감은 그녀는 위산을 간신히 삼켰다.

"괜찮아, 애들 먹게 해. 난 배 안 고파."

세면대로 간 비브는 벽걸이 디스펜서에서 꽃무늬가 그려진 종이컵 하나를 꺼내 입을 헹구었다. 이내 욕실 문가에 토니가 나타났다.

"당신 괜찮아?"

"당연하지." 비브가 치약 뚜껑을 닫으며 말했다. "안 괜찮을 이유가 뭐가 있어?"

"배가 안 고프다니."

"뭐가? 나 늦었어, 그래서 그래. 기다리지 말고 먹어요들."

그녀는 몸을 옆으로 돌려 빠져나가려 했다. 손을 내밀어 멈춰 세운 토니가 얼굴을 찡그렸다.

"근데, 자기 피자 진짜 좋아하잖아."

"토니." 그녀는 웃으며 말했다. "당신은 어쩜 이렇게 이탈리아 사람 같을까? 배가 안 고파도 아무 문제 없거든요. 그냥 모임에 가서 먹으려고 그러지. 마거릿이 분명 새벽부터 요리했을걸, 특별한 저녁 만들어보겠다고. 크리스마스 때 기억나지? 겉으론 웃었어도 월트 일 이후로 진짜 상처받았을 거야. 그때 이후로 무슨 비밀이라도 숨긴 사람처럼 계속 이상하게 행동하잖아."

시선을 떨군 비브는 남편에게라기보다는 혼잣말하듯 조용히 말했다.

"마거릿은 컨커디아에서 나랑 가장 가까운 친구야. 아니, 유일한 친구지. 마거릿이 또다시 실망하는 건 정말 보고 싶지 않아."

2장
전환점이 된 크리스마스

(석 달 전) 1962년 12월 말

월트는 마거릿더러 너무 지나치다고 했다. 어쩌면 그랬는지도. 그래도 그녀는 새집에서 맞는 첫 크리스마스를 기억에 남을 만한 날로 만들고 싶었다. 그게 그렇게 나빴나?

"다른 날들이랑 다를 거 없어, 매기." 세 아이를 위해 크리스마스 양말 바느질 키트를 사 들고 온 그녀에게 월트가 말했다. "이렇게 과하게 들뜬 거, 실수일지 모른다고 생각 안 해?"

전혀 근거 없는 우려는 아니었다.

마거릿이 전심으로 바라던 일이 이루어진 적은 거의 없었다. 간혹 이루어진다 한들 대부분 상상보다 덜 만족스럽고 덜 의미 있고, 덜 오래갔다. 그저 모든 게 덜했다. 기대가 크면 실망도 크다고, 크리스마스만큼 그 사실이 뼈저리게 다가오는 때도 없었다.

하지만 이번에도 그래야 할 이유는 없지 않나.

1945년에 어머니는 크리스마스를 아버지가 제대하는 이듬해 1월 11일까지 기꺼이 미뤘는데, 마거릿의 기억 속에서 그날은 완벽한 하루, 유일한 행복으로 남았다. 만일 단 하루만을 골라 평생을 반복해 살아야 한다면 바로 그날이 될 터였다.

입에 풀칠하던 시절이었다. 어머니는 전쟁 중에 기폭 장치와 조준경, 비행기 부품 등을 생산하도록 설비를 바꾼 내셔널 캐시 레지스터 회사에서 해고된 참이었다. 하나 그 시절엔 누구나 빠듯했다. 전후 경제 호황은 사실상 1950년대가 되어서야 본격적으로 시작됐으니까. 1946년에도 설탕은 여전히 배급제였다. 설령 배급이 아니었다 하더라도 그들은 설탕은 물론 다른 물건을 살 돈도 없었을 것이다. 선물이 몇 개 있긴 했는데 정말로 마음이 소중함을 보여주는 소박한 것들이었지 값비싼 물건은 하나도 없었다. 아버지가 마거릿에게 준 선물은 독일산 린덴 나뭇가지를 깎아 만든 휘파람 나무새였고, 여전히 그녀의 화장대 위에 놓여 있었다. 지금도 잘린 지 얼마 안 된 전나무 냄새만 맡으면 어머니가 그 완벽했던 하루를 위해 손수 하나하나 엮어 만든 화환과 장식을 떠올린다.

그날 크리스마스가 어떤 느낌이었는지, 서로를 향한 감정이 어땠는지가 무엇보다 중요했다. 불확실하고 힘들었던 4년 동안 모두가 제 몫을 해냈고, 비록 떨어져 있었어도 같은 방향으로 함께 나아갔으며, 시련을 통과한 뒤 다시 한마음으로 가족이 되었다.

물론 그리 오래가진 않았다. 애초에 그게 가능했을까?

밤마다 머리를 빗으려고 자리에 앉을 때면 마거릿은 어김없이 손끝으로 아버지가 준 선물을 더듬었다. 거울 앞에서 그녀는 열다섯 살 소녀였던 자신의 진지한 눈동자를 마주했다. 그때의 그녀는 충분히 애쓰고, 충분히 해내고, 충분한 사람이 되기만 하면, 그 완벽했던 순간을 다시 붙잡아 영원히 간직할 수 있으리라 믿었다.

그래서였다. 크리스마스를 이틀 앞둔 날 특별 주문한 칠면조를 조수석 발밑에 싣고 양계장에서 집으로 돌아오던 그녀는 길가에서 50미터쯤 떨어진 곳에 전나무 숲이 보이자마자 급브레이크를 밟고 왜건에서 뛰어내려 가시철조망을 넘었다. 전나무 가지를 자르기 위해서였다. 스웨터 실이 철조망에 걸려 풀어지고 신발은 진흙 범벅이 되었어도 푸른 전나무 가지로 차 안을 가득 채우는 일에는 그만한 가치가 있었다. 이번 크리스마스는 마법 같을 것이고 평생 기억에 남는 휴일이 되리라.

로럴 레인으로 우회전하자 가족의 보금자리가 시야에 들어왔다. 하얀 외벽에 중앙 복도가 난 콜로니얼 스타일* 주택. 짙은 녹색 덧문이 달렸고 앞마당에는 앙상한 자작나무 두 그루가 서 있었다. 사실 마거릿은 파란 덧문과 꽃이 피는 층층나무를 원했지만 컨커디아는 모든 것에 규약이 있어 파란 덧문도 층층나무도 허용되지 않았다. 도시 계획에 따라 사전 승인된 것이 아니면 안 되는 동네였다.

그럼에도 여러 측면에서 꿈꾸던 동네였고 꿈꾸던 집이긴 했다.

마거릿은 이 집을 사랑했다. 누수 얼룩으로 천장이 누렇게 뜬 낡은 월셋집에서 10년을 보낸 탓에 신축이라는 점이 가장 마음에 들었다. 냉장고에 우유 한 병을 가장 먼저 넣는 사람이 자신이라는 사실, 진공청소기를 밀 때 바닥을 빈틈없이 덮은 카펫에서 솔잎 세정제와 윤활유를 섞은 듯한 희미한 약품 냄새가 올라오는 것도.

---

* 17-18세기 식민지 시대의 유럽 이주민 건축 양식을 현대적으로 재현한 것.

새집의 문턱을 처음 넘던 날, 페인트 냄새가 떠도는 텅 빈 방 안에 발소리가 울려 퍼지자 마거릿은 밝고 벅찬 기대감으로 가슴이 한껏 부풀었다. 이 집이 앞으로 어떤 모습이 될지 상상했다. 빈 거실에 새 소파와 의자가 놓였을 때의 풍경, 잡지에서 본 티크나무 식탁에 둘러앉아 흥미로운 친구들과 반짝이는 대화를 나누는 모습까지도. 마음속에서는 이미 벽지까지 바르고 방마다 소품을 갖춰 따뜻하고 아늑하며 세련된 집을 완성해두었다.

하루아침에 이루어질 수 없다 해도 괜찮았다. 그녀는 서두르지 않았다.

우선 있는 것들로 최대한 꾸며 나갔다. 침실 벽은 직접 페인트칠했고 창가마다 화분을 두었다. 시멘트 블록과 널빤지로 선반을 만들어 도서관에서 빌린 책들과 배브콕스 책방 할인 코너에서 고른 다소 낡은 책들을 꽂았다. 개중에는 이사 온 주 처음 책방에 들러 충동적으로 구입한 새 책, 앤 모로 린드버그의『바다의 선물』도 있었다. 사치임을 알면서도 참을 수 없었다. 자신이 희망하는 삶에 대한 계약금을 내는 기분으로 그 책을 샀다.

그러나 이사 온 지 거의 한 해가 지난 지금, 여전히 요원한 희망 탓에 애가 탔다.

마거릿이 시부모에게 물려받은 중고 가구를 바꾸고 싶다는 뜻을 비칠 때마다 월트는 고개를 내저었다. "집 사느라 저축한 돈을 다 써버렸잖아. 다시 모을 때까지 불필요한 지출은 자제하자."

그의 말이 옳음을 그녀도 알았다. 가구 살 형편도 안 되면서 무리해서 집을 산 이들이 컨커디아에 자신들만 있진 않았다. 하지만 무엇이 필요하고 무엇이 불필요한지를 두고 두 사람이 늘 이렇게까지 의견이 다르진 않았는데.

그들은 마거릿이 오하이오주립대 1학년이던 해에 처음 만났다. 마거릿과 월트는 '위대한 미국 소설들'이라는 수업을 함께 들었는데 거기엔 군 복무를 마친 남성 70여 명이 더 있었다.

징집 당시 서른하나였던 마거릿의 아버지처럼 진주만 공습 이전부터 공장에서 일했던 이들은 전쟁 후 원래 직장으로 복귀했다. 어린 참전 군인들은 일자리 구하기가 더 어려웠다. GI 법안* 덕분에 캠퍼스를 메운 수많은 전역자는 가족을 부양할 만한 수익성 높은 분야에서 학위를 따려 했다.

그들은 조급한 세대였다. 전쟁으로 삶이 중단됐기에 잃어버린 시간을 만회하려는 열망이 컸고 졸업에 필요한 과목들을 신속히 이수하려 했다. 문학 수업도 2학년 필수 이수 과목이었는데, 열심히 살아보려는 성실한 남자들이었어도 위대한 미국 소설이든 뭐든 소설에는 별 관심이 없었다.

월터 라이언은 달랐다.

그는 질문이 많았다. 많아도 너무 많았다. 언제나 가장 먼저 손을 들었고 너무 자주 손을 드는 바람에 제대한 학생들은 올라가는 월트의 팔만 보여도 한숨 섞인 탄식을 흘렸다. 그는 의견도 자주 냈다. 통찰력이 있기도 했지만 그중 일부는 수업 내용과 그다지 상관

---

* 1944년에 제정된 재향군인 지원 법률로, 제2차 세계대전 이후 군 복무를 마친 참전 용사들이 원활하게 사회에 복귀할 수 있도록 경제적 지원을 제공했다.

도 없었다. 가끔은 교수의 인내심을 시험하는 듯 보였다. 그래도 월트가 문학과 인생 전반에 호기심을 품고 있다는 점만큼은 누구도 의심하지 않았다.

마거릿이 그를 제대로 알게 된 건 학생 식당에 들어선 어느 날부터였다. 홀로 식탁에 앉은 월트가 눈에 들어왔다. 책에 둘러싸인 채 조미료 테이블에서 가져온 무료 크래커를 무려 쉰 개쯤 쌓아놓고 있었다. 그는 크래커를 하나씩 꺼내 종이컵에 얕게 담긴 토마토케첩에 찍어가며 마거릿 미드의 『사모아의 성인식』을 열심히 읽는 중이었다.

시선을 의식한 그가 고개를 들었다.

"미안해요." 그의 회청색 눈을 바라보자 마거릿의 뺨이 달아오르는 듯했다. "방해할 생각은 없었어요. 시험공부 하는 것 같은데."

"시험공부요?" 그가 눈을 껌벅이며 책을 덮었다. "아뇨, 그냥 재미로 읽는 거예요."

"인류학 전공 아니에요?"

"그랬죠. 그러다 철학으로 바꿨는데 한 학기만 듣고 정치학으로 바꿨어요. 지금은 미정 상태예요. 영문학으로 할까 생각 중인데, 유럽사도 괜찮을 것 같고… 아직 못 정했어요. 여기 같이 앉을래요?"

마거릿은 망설였다. 어딘가 괴짜 같은 그는 언뜻 봤을 때보다 잘생긴 편이었다.

당시엔 휘칠한 키에 피부색 짙은 미남이 이상형으로 통했는데 월트는 중키 정도에 유연해 보이는 마른 근육질이었고, 하얀 피부에 붉은빛이 감도는 금발이었다. 잘생겼네, 하고 그녀는 생각했다. 웃을 때면 배우 밴 존슨을 닮은 데다 기쁠 때면 표정이 옆집 소년처럼 친근하게 환해지는 게 분명 매력적인 사람이었다.

마거릿은 식판을 내려놓고 자리에 앉았다. 월트는 테이블 위 크래커 부스러기를 털어내며 나름 정돈해보려고 애썼다.

"전공이 뭐예요?" 그가 물었다.

"아직 정하진 않았는데 영문학이 될 것 같아요. 그걸로 뭘 할진 몰라요. 아마 교사가 되겠죠. 만에 하나 운이 좋으면."

마거릿은 하마터면 내뱉을 뻔한 말을 삼키려 우유를 한 모금 들이켰다. 졸업 전에 남편감을 못 만나면 교사가 되겠다는 말을 꺼내지 않아 다행이었다. 물론 절대 아니었지만, 혹여 그에게 관심이 있었더라도 여자가 너무 들이대는 것처럼 보이기는 싫었다. 그녀는 우유 팩을 내려놓으며 물었다.

"몇 학년이에요?"

"2학년이요. 원래는 3학년이어야 하는데…."

"계속 전공을 바꾸니까요." 마거릿이 웃으며 말을 대신 끝맺었다. "그래도 언젠가는 정하겠죠, 안 그래요? 평생 학생일 순 없잖아요."

"그래요, 그쪽 말이 맞아요." 그가 고개를 숙이며 대답하자 마거릿은 웃은 게 괜스레 무안해졌다. "언젠가는 졸업하고 일해야겠죠. 그런데 이런 기회가 또 있을까요? 생각하고, 공부하고, 아이디어를 탐색하고… 뭐랄까, 살아갈 기회 말이에요. 진짜 살고 있잖아요."

진지하면서도 옆집 소년 같은 진정성과 열의가 다시금 느껴졌다. 하지만 월터 라이언은 이미 많은 일을 겪은 소년이었다.

"나는 1943년에 입대했어요." 그가 말했다. "열일곱 번째 생일이 지나고 이틀 뒤에 고등학교 친구들이랑 같이요. 모집관도 우리 나이가 안 된 걸 알았는데 눈감아줬어요. 개중에 살아 돌아오지 못한 친구도 많고 돌아오긴 했어도 예전 같지 않은 애들도 있죠. 나도 생각해보면 예전 같진 않은 것 같아요. 원래 공부 잘하는 학생은 아니었거든요. 우등생들이 나이 속여가면서 입대하진 않잖아요? 그런데 지금은 그냥…."

그는 두 팔을 벌려 성벽처럼 잔뜩 둘러싸인 책 더미를 가리켰고 고개를 좌우로 돌리며 오랜 친구들을 반갑게 맞이하듯 웃어 보였다.

"그냥 모든 걸 읽고 배우고 해보고 싶어요. 좋아서 이러는지 못 돌아온 친구들 대신 이러는 건지 모르겠지만. 하나 확실한 건 예전과는 다르다는 거예요. 이해가 안 될 수도 있을 것 같은데, 하지만 정말 그래요."

월트는 어깨를 으쓱하며 케첩에 찍은 크래커를 급히 한 입 베어 물었다. 너무 많은 말을 해버렸다는 듯 우려하는 기색이 엿보였다. 하지만 마거릿은 이해했다. 전쟁은 많은 사람을 바꿔놓았다. 그리고 삶과 지식을 향한 갈망을 안고 전쟁터에서 돌아오는 게 그리 나쁜 일은 아니었다. 마거릿은 자신의 햄 샌드위치를 반으로 잘라 그에게 내밀었다.

"여기요."

"정말요?" 그녀가 고개를 끄덕이자 월트는 샌드위치를 받아 들며 말했다. "고마워요."

오하이오주립대 학생들 대부분은 생활이 빠듯했기에 무료로 제공되는 크래커나 조미료를 챙겨 먹는 학생은 월트 말고도 꽤 많았다. 그러나 크래커로 아예 한 끼 식사를 해결하는 사람은 처음이라 마거릿은 어쩌면 그의 형편이 정말 넉넉지 않은가 보다 싶었다. 그녀는 고개를 까딱여 텅 빈 크래커 포장지들을 가리켰다. "월말이라서 그래요?"

그는 고개를 저었다. "기타 사려고 돈 모으는 중이에요. 하루에 한 끼만 먹으면 학기 끝날 때쯤이면 살 수 있어요."

"기타도 치세요?"

"아직은 아니죠." 그가 씩 웃으며 샌드위치를 한 입 크게 베어 물었다. "하지만 치게 될 거예요."

그로부터 2년 뒤 마거릿이 스물이고 월트가 스물다섯 때 두 사람은 결혼했다.

기타는 여전히 두 사람과 함께였다. 차고 한쪽 구석에 처박혀 있을 뿐이지만. 월트는 이제 기타를 치지 않았고 독서를 즐기지도 않았다. 언제나 호기심 넘치고 잘 웃고 말이 참 많던 그 청년은 이제 사라졌다. 물론 마거릿은 지금의 남편과 그가 가능케 해준 이 삶에 감사했다. 월트의 절제력이 아니었다면 그들은 여전히 세입자 신세를 면치 못했을 터였다.

하지만 가끔은 그 시절의 소년이 그리웠다. 독특하고, 배가 고프고, 우유부단하고, 지나치게 충동적이었던 그 소년이.

***

마거릿이 왜건 뒷문을 활짝 열어 나뭇가지를 꺼내기 시작했다.

마침 길 건너 파란 서부식 반층 전원주택에 사는 비브가 쓰레기를 내다 버리러 나왔다.

"이게 다 뭐야?" 비브는 길 건너로 달려와 마거릿 옆에 섰다.

"크리스마스 화환 만들려고!"

"얼마나? 동네 전체를 장식하고도 남겠는데."

"그냥 난간만 감을 거야. 생각보다 많이 들거든."

"매기, 자기는 이 에너지가 다 어디서 오는지 모르겠다니까."

"그리 대단할 거 없어." 마거릿은 가지 뭉치를 품에 안으며 말했다. "아직 다 끝나지도 않았고. 애들 오기 전에 끝내려면 속도 좀 내야 해. 참, 펀치볼 좀 빌려줄래? 「레이디스 홈 저널」에 에그노그* 레시피가 있던데 그거 해보려고."

먼저 달려간 비브가 현관을 열어 마거릿이 지나가도록 비켜섰다.

"수제 화환에다 수제 에그노그? 이러다 진저브레드 하우스까지 굽는다고 하면 나는 나가 죽어야겠네. 우리 같은 사람들은 어쩌라고 이래?"

얼굴을 살짝 찡그린 마거릿이 몸을 옆으로 틀어 겨우 현관을 통과했다.

"경쟁이 아니잖아. 그냥 예쁘게 해두고 싶을 뿐이지, 애들이랑 월트를 위해서."

"알지, 나도 그래. 나도 같은 마음이야. 근데 가끔 그런 생각이 들

---

* 우유, 크림, 설탕, 달걀, 계핏가루 등으로 맛을 내는 음료로 럼, 브랜디, 위스키 같은 다양한 알코올을 첨가하기도 한다.

어…" 비브는 고개를 살짝 갸웃했다. "누가 알아주긴 하나?"

***

정말 아무도 알아주지 않았다.

그날 오후 크리스마스 방학식을 마친 아이들이 학교에서 돌아왔다. 수지가 막 닦아낸 마룻바닥에 토해버렸다. 세 아이 모두 독감에 걸렸다. 마거릿은 방학 내내 세 아이의 방을 오가며 크래커와 진저에일, 양동이와 걸레, 위로의 말들을 실어 나르느라 정신없이 보냈다. 크리스마스 디너를 요리할 시간도 없었는데 오히려 다행이었는지 몰랐다. 화환을 만들겠다고 들떠 서두르느라 칠면조를 차에 몇 시간이나 방치해둔 걸 깜빡 잊었다. 먹어도 괜찮았을지 모르지만 괜히 위험을 감수할 필요는 없었다. 결국엔 칠면조를 냄비에 집어넣고 푹푹 삶아 수프를 끓였다.

크리스마스 저녁 아이들이 잠든 뒤 마거릿과 월트는 원래 칠면조 속을 채울 재료였던 옥수수빵에 수프를 곁들여 먹었다. 그러곤 시댁에서 물려받은 낡은 소파 가운데로 튀어나온 스프링을 조심스레 피해 나란히 앉아 선물을 주고받았다.

마거릿은 월트에게 새 담배 라이터와 금도금 소매 단추를 선물했다. 주간 생활비로 사도 됐지만 그러면 월트가 본인 선물을 산 꼴이 될까 봐 그렇게 하긴 싫었다. 대신 모아둔 S&H 그린 스탬프를 꺼냈다. 미국 주부들 사이에서 은밀히 통용되던 이 지하 화폐는 지정 상점이나 주유소에서 물건을 살 때마다 받을 수 있었다. 책자에 붙여 모으면 접시, 장난감, 가전제품, 운동용품, 가구 등 다양한 상품으로 교환이 가능했다.

"램프 사려고 모으던 거 아니야?" 월트가 소매 단추를 끼우며 물었다.

그렇다. 책자를 한 권만 더 채우면 램프를 받게 될 참이었다.

"램프는 나중에 사면 돼." 그녀는 자신의 소소한 희생을 뿌듯해하며 말했다.

"멋지다." 그는 손목을 들어 선물을 감상했다. "내 선물은 좀 민망하네. 포장도 못 했거든. 이번엔 좀 봐주라."

월트가 재킷 안주머니에서 봉투를 꺼내자 마거릿은 기대감으로 가슴이 두근거렸다. 크리스마스 선물로 하얀 봉투에 달리 뭘 담을 수 있겠는가? 현금 아니면 가구 살 때 필요한 수표? 봉투 덮개를 열고 손을 넣어 꺼내니 물방울무늬 홈드레스를 입고 하이힐을 신은 여인이 기쁨에 찬 표정을 짓고 있는 엽서가 나왔다. 열의에 찬 붉은 글씨로 이렇게 쓰여 있었다. "바로 당신을 위한 선물!"

"당신, 잡지 좋아하잖아." 월트가 말했다. "치과 대기실에서 봤는데 당신이 좋아할 것 같았어." 그는 몸을 갸우뚱 기울여 소파 쿠션 아래에 숨겨두었던 「우먼스 플레이스」 잡지 한 권을 꺼냈다. "구독 시작되기 전까진 이걸로 버텨. 거의 새 거야."

월트가―그녀의 실망감을 눈치 못 챈 듯―말했지만 봉투를 연 순간부터 번진 텅 빈 허망함은 이제 단단하고 무겁고 손에 잡힐 듯한 분노로 뭉쳐졌다. 피할 수 없는 돌덩이처럼, 반드시 던져야만 할 것 같은 감정이었다.

"왜 굳이…." 마거릿이 말했다.

"치과 의사는 신경도 안 써. 잡지야 넘치도록 많으니까." 월트는 셔츠 주머니에 넣어둔 팔말 갑에서 담배 한 개비를 꺼냈다. "이 정도 가지고 뭘. 이제 달마다 선물 받는 기분일 거야."

그는 라이터를 켜 불꽃에 담배 끝을 가져다 댔다. 월트를 가만히 응시하던 마거릿은 그가 자신의 시선이 뿜어내는 분노의 열기를 느끼다 마침내 자신을 바라보고, 얼마나 형편없는 실수를 저질렀는지 스스로 알아차릴 때까지 속으로 초를 세며 기다렸다.

"월트." 날 선 목소리가 딱딱하게 들렸다. "당신 그러지 말았어야 했어."

월트는 그녀가 너무 유난스럽고 감사할 줄도 모르는 데다 속이 좁다고 느꼈다.

"우리 자랄 땐 크리스마스는 애들 거였어. 부모님은 40년 동안 선물 한 번 안 주고받았고! 내가 애쓰면 인정은 못 해줘? 적어도 뭔가는 샀다고! 당신, 잡지 좋아하잖아!"

좋아하지만, 중요한 건 그게 아니었다. 그는 뒤늦게 생각나서 급하게 선물을 마련한 듯 보였다. 그렇다면 마거릿도 그런 존재일까? 치과에서 대기하는 시간이 없었다면 과연 월트는 선물을 사기나 했을까?

결국 월트는 잭다니엘 한 병을 들고 텔레비전 방으로 가 소파에서 잤다. 마거릿은 계단을 올라가 침실 문을 쾅 닫았다. 분노가 들끓음과 동시에 어리석은 기분이 들었다.

그리고 그렇게, 작아졌다. 외롭고 작고 덜한 존재. 그저 덜한 존재로 느껴졌다.

크리스마스 다음 날 월트는 일찍 출근했다. "늦게 들어온 직원이 먼저 잘린다"는 둥 뭐라고 중얼거리며 집을 나섰다. 마거릿은 소아과에 전화를 걸고 처방약을 받기 위해 메이어 약국으로 향했다.

약국 안으로 들어서려는데 바브 프레드릭스가 나왔다. "잡지 하나 들고 들어가." 바브가 목도리로 턱 아래를 감싸며 일렀다. "지금 스무 명 넘게 줄 서 있어. 동네 절반이 감기 몸살에 쓰러졌나 봐."

바브 역시 컨커디아에 새로 이사 온 이웃이었다. 그럼에도 그녀는 동네 사람들 거의 전부를 알고 사생활까지 훤히 꿰고 있는 듯 보였다.

"클라크네, 윌커슨네, 트로브리지네." 그녀는 장갑 낀 손가락을 꼽으며 감염된 가족들을 하나씩 짚었다. "빗시랑 킹은 괜찮대. 그럴 줄 알았지. 애가 없으면 병균도 없잖아. 아, 내가 뭘 본 줄 알아? 새로 지은 노팅엄 주택 앞에 이삿짐 트럭이 서 있더라. 나중에 들러서 커피 모임에 초대할까 봐. 그럼, 이만 가볼게. 새해 복 많이 받아!"

마거릿도 새해 인사를 건넨 뒤 약국으로 들어섰고 중앙 통로에 늘어선 줄을 보고는 한숨을 내쉬었다. 아이들을 너무 오래 내버려 두기 싫었지만 달리 방법이 없었다.

마거릿은 줄 맨 뒤에 섰다. 바로 앞에 모자를 안 쓴 여자가 있었는데, 불그스름한 곱슬머리를 풍성하게 틀어 올린 채 담배를 피웠고, 발목까지 내려오는 아주 고급스러운 밍크코트 차림새였다. 밍크코트는 일면 지위의 상징으로 남편의 성공이자 아내의 성공을 의미하기도 했다. 광고에서 말하길, 그런 코트는 남편이 아내의 내조 덕분에 호화로운 삶을 누릴 만큼 성공했다는 증거이자 아내가 남편을 얼마나 만족시키는지를 보여주는 증표라고 했다. 마거릿의 몇몇 친구도 밍크코트를 갖고 있었지만 이런 고급 코트는 없었다. 게다가 잠시 볼일 보러 나올 때는, 심지어 매섭게 추운 12월이라 해도 절대 밍크코트를 꺼내 입진 않았다. 무심코 여자 곁으로 다가선 마거릿은 밍크코트 털에 손등이 살짝 스쳤고 감촉에 감탄했다. 정말 부드러웠다!

마거릿이 곁에 있는 줄도 모른 채 여자는 신음과 한숨 사이 어딘가 성가셔하는 소리를 냈다. 그러다 「애틀랜틱 먼슬리」 한 부를 집어 들었다. 마거릿은 같은 잡지를 꺼내 말을 걸어볼까 생각했지만 여자가 처음 보는 사람과 대화를 나눌 성격은 아니겠다 싶어 그만두었다.

대신 「새터데이 이브닝 포스트」를 집어 들었다. (세계에서 가장 영예로운!) 론진 시계 광고, (누더기 인생들을 부자로 만든 강사진을 자랑하는) 유명 화가 양성 학교 그리고 미국 여성에 대한 소위 심층 조사라는 글이 실린 페이지들이 휘리릭 넘어갔다. 그러다 엘리노어 코터라는 주부가 소개된 글을 읽기 시작했다. 놀랍게도 그녀는 마거릿과 여러 면에서 꼭 닮아 있었다.

엘리노어는 서른넷 마거릿은 서른셋, 둘 다 세 아이의 엄마였다. 엘리노어 역시 워싱턴 DC 인근 중산층 교외 지역에 살았고 그녀의 집은 메릴랜드 쪽에 마거릿의 집은 버지니아 쪽에 면해 있었다. 두 사람은 종교에 대해서도 생각이 비슷했는데, 엘리노어는 자신에게 신앙이 중요하다 말했고 마거릿 역시 그렇게 느꼈다. 월트는 일요일마다 늦잠을 자지만 마거릿과 아이들은 매주 빠짐없이 교회에 나갔다. 엘리노어 코터는 금발, 마거릿은 갈색 머리였어도 운동선수처럼 약간 소년 같은 체형과 파란 눈, 주근깨가 있는 오뚝한 코까지도 빼닮았다.

닮은 점은 거기까지였다.

엘리노어는 행복했고 충만했다. 청소, 요리, 아이들을 스카우트 모임에 데려다주는 일상에 만족하며 스스로 쓸모 있다고 느낄 뿐 아니라 자신의 "역할이 자랑스럽다"고 말했다. 「새터데이 이브닝 포스트」에 따르면 그녀만 그런 게 아니었다. 기혼 여성 1,800명을 대상으로 한 설문 조사에서 39퍼센트가 "대체로 행복하다"고 응답했고 57퍼센트는 "매우 행복하다"고 답했다. 수치를 더해본 뒤 자신이 극소수에 속한다는 사실을 깨달은 마거릿은 마음속에 커다란 구멍이 뚫리는 기분이었다.

뭐가 잘못된 걸까?

무언가가 있는 게 분명했다, 아닌가? 성격이나 체질, 아니면 성장 배경에 결함이라도 있나? 설문 조사에 참여한 여성의 96퍼센트가 만족스럽고, 충만하고, 정상적이라면, 그건 곧 그녀가─

마거릿은 목이 메는 느낌에 눈을 빠르게 깜박이며 잡지를 선반에 다시 꽂고 ㄱ 옆에 꽂힌 잡지를 무심코 집었는데 때마침 「우먼스 플레이스」였다. 월트가 치과에서 가져온 건 몇 달이나 지난 호였지만 최신호의 표지는 진주 목걸이를 하고 넉넉한 미소를 짓고 있는 로즈 케네디 여사, 그러니까 대통령의 어머니 사진이었다. 마거릿은 그 잡지가 제법 흥미로워 보인다는 사실을 마지못해 인정했다. 하지만 막상 펼치기 전까지는 그 정도로 흥미로우리라곤 상상도 못 했다.

그녀의 시선이 훌라 치킨 레시피와 로즈 케네디 여사의 인터뷰 사이 한 공모전 안내문에서 멈췄다. 에세이 공모전이었고 1등 상금은 무려 100달러였다.

100달러를 받는다고? 달랑 에세이 한 편에?

수년간 거의 펜을 잡아보지 않았어도 대학 시절 마거릿은 글을 꽤 많이 썼다. 몇몇 교수는 그녀의 글을 칭찬하며 재능이 있다고 말해주었다. 물론 100달러라는 상금은 수많은 참가자를 몰고 올 터였다. 그런데 3등 상품이 그동안 그린 스탬프를 모아가며 마련하려 했던, 아니 어쩌면 그보다 더 근사한 황동 램프 한 쌍이었다. 그 정도는 가능할지도?

이렇게 과하게 들뜬 거, 실수일지 모른다고 생각 안 해?

머릿속에서 울리던 월트의 목소리에 수긍하려던 찰나, 또 다른 목소리에 정신이 번뜩 들었다. 몹시 날카로운 목소리였다. 조심도 권위도 내팽개친 지극히 현실적인 목소리.

"지금 뭐라는 거예요? 이걸 몇 년째 먹고 있는데."

마거릿은 고개를 들었다. 깜짝 놀란 그녀는 자신이 줄의 맨 앞에 서 있다는 사실을 깨달았다. 밍크코트를 입은 여자가 카운터 앞에서 초조하게 담배를 빨아대며 마이어 씨에게 따지고 있었다. 여자의 뉴욕 억양은 촌티 나지 않고 도회적이었다.

약사는 콧등 위로 안경을 밀어 올렸다. "네, 그래도 안 드시는 게 좋거든요. 중독에 대한 우려가 있어요. 몇몇 연구에 따르면 메프로바메이트는…."

"아, 그만." 여자는 턱을 들고 연기를 위로 내뿜었다. "라틴어 같은 그럴싸한 약 이름을 대면 내가 감동이라도 할 줄 알았나 보죠? 밀타운이에요. 그냥 밀타운이라고 하시죠. 다들 그렇게 불러요. 그리고 다들 먹어요. 로렌 바콜, 밀턴 베를, 심지어 루실 볼*까지! 문제 있는 약이면 루시한테 먹이게 됐겠어요? 사람들이 루시를 얼마나 사랑하는데! 너무 사랑해서 쇼까지 만든걸요. 다들 루시를 사랑하잖아요!"

"뭐, 난 아니지만. 그 캐릭터는 바보 같아요." 여자는 다시 한번 담배를 빨고 고개를 젖혀 연기를 뿜었다. "하지만 그게 중요한 건 아니고, 내 주치의 알빈 굴드 박사는 항상 밀타운을 처방해요. 5번 가에 있는 병원에서 진료하는데, 컬럼비아 의대 졸업했고 뉴욕 프레스비테리언 병원에서 특진도 해요. 그런 사람이 써준 처방전이에요. 자, 약 지을 거예요, 말 거예요?"

여자는 그 화려한 밍크를 뒤로 젖히며 한 손 주먹을 골반에 올렸고, 다른 쪽 팔꿈치는 반대쪽 허리춤에 대고 멋들어지게 올려 손가락 사이에 담배를 단단히 끼웠다. 얼마나 오래 걸리든 기다릴 준비가 되어 있다는 자세였다. 압박을 느낀 약사는 길어진 줄을 흘끗 보더니 그제야 하얀 약봉지를 카운터 너머로 밀어주었다. 여자는 구겨진 지폐 몇 장을 툭 던지듯 카운터에 놓고, 손에 약봉지를 움켜쥔 채 몸을 돌려 출입문을 향해 걸어갔다.

---

* 로렌 바콜, 밀턴 베를, 루실 볼은 모두 당시 미국 대중문화의 상징적인 인물이다. 루실 볼의 〈I Love Lucy〉(왈가닥 루시)는 미국 텔레비전 역사상 가장 사랑받은 시트콤 중 하나다.

"거스름돈은 됐어요."

마거릿의 눈은 여자가 매장 복도를 성큼성큼 걸어 나가는 모습을 좇았다. 그녀가 지나간 자리엔 담배 연기와 샤넬 No.5가 뒤섞인 향이 은은하게 떠돌았다. 출구에 다다르자 여자는 팔을 쭉 뻗어 손바닥을 납작하게 편 채 문을 세게 밀었다. 유리 위에 손자국을 남겨 자신이 다녀갔다는 흔적을 일부러 남기려는 듯이.

"라이언 부인? 라이언 부인, 뭐 드릴까요?"

"어? 아, 죄송해요." 마거릿이 앞으로 한 발 다가갔다. "아침에 보니 바비 귀에 염증이 생겨서요. 원장님이 전화로 처방하셨죠?"

"네네, 기억나요. 잠깐만요, 찾아볼게요."

정신없어 보이는 약사가 선반을 뒤지는 동안 마거릿은 약국 출입문 쪽으로 고개를 돌렸다. 방금 여자가 사라진 바로 그 문이었다. 유리문을 통해 햇살 한 줄기가 비쳐 들었고 희미하지만 또렷한 손자국이 보였다. 비록 단 한마디도 나눈 적 없는 사이였지만 마거릿은 확신할 수 있었다. 그녀 역시 96퍼센트 안에는 없다는 것. 하지만 그 여자의 어떤 점이 존경스러웠다. 기세에 눌리지 않는 태도와 원하는 걸 얻을 때까지 물러서지 않는 모습. 저런 사람은 어떤 기분으로 살까? 요구하길 두려워하지 않고 소란 피우는 걸 꺼리지 않는 여자. 마거릿은 자신이 그러는 모습을 상상하기조차 어려웠다. 하지만 잠깐 동안, 아주 잠깐 그 모습을 상상해본 순간 맥박이 빨라지고 살갗에 전율이 일었다.

그때 마이어 씨가 약봉지를 들고나왔다. 마거릿은 가방에서 지갑을 꺼내 약값을 지불했다. 약사는 카운터 위에 놓인 잡지를 향해 고개를 까딱이며 물었다.

"이 잡지도 같이 하시나요?"

***

묵직하고 축축한 눈송이들이 떨어지고 있었다. 맨바닥에 닿아 이내 녹거나 상인들이 미리 치워둔 눈 더미 위에 포슬포슬 내려앉았다. 「우먼스 플레이스」를 반으로 접어 가방에 끼워 넣은 마거릿은 시내를 빠르게 걸었다. 연말 장식으로 반짝이는 상점들 앞을 종종걸음으로 지나면서도 아까 약국에서 본 여자 생각을 떨칠 수 없었다. 그렇게 당당하게 떠나는 모습을 막기엔 아까웠지만 그냥 스쳐 지나가기 전에 불러 세웠더라면, 이름이라도 묻고 자신도 루시를 좋아한 적 없었다고 고백했다면 좋았을 걸 하는 아쉬움이 들었다.

바람이 세차게 불었다. 마거릿은 몸을 움츠리며 코트 앞섶을 단단히 여몄다. 얼음장 같은 바람이 골목 사이로 휘몰아치자 고개를 왼쪽으로 홱 돌려 바람을 피했다. 순간, 한 가게 진열창 안에 놓인 타자기와 옆에 놓인 '세일!'이라는 큼지막한 팻말이 눈에 들어왔다.

"이게 뭐죠?" 가게로 들어간 마거릿이 점원에게 물었다. "이런 타자기는 처음 보거든요."

점원은 양손을 비비며 활짝 웃었다. "이게 바로 IBM 셀렉트릭입니다. 지금 시판 중인 전기 타자기 중에 최고죠. 개별 활자 키 대신 활자 볼을 사용하는데, 원하시면 글꼴을 바꿔 끼우기도 아주 간편해요." 점원이 설명을 이어가며 기계의 장점을 늘어놓았지만 마거릿이 궁금한 건 세부 사항이 아니었다. 오직 한 가지, 결정적인 질문.

"가격은요?"

"정가는 350달러인데 세일가로 299달러에 드리고 있지요."

주택 대출 상환금보다 비싼 금액이었다.

"아… 네, 감사합니다."

코트 단추를 만지작거리는 와중에 닿을 수 없는 데 또다시 마음을 쏟느냐며 꾸짖는 월트의 목소리가 머릿속에서 울렸다. 그러나 출입문에 가까워지려는 찰나, 안 된다는 대꾸를 순순히 받아들이지 않던 밍크코트 여자가 문득 떠올랐다. 마거릿은 돌아섰다.

"혹시 세일 중인 다른 모델은 없나요? 좀 더 저렴한 게 있으면 좋을 텐데."

점원은 고개를 끄덕였다. "요즘은 다들 전기식만 찾아서 수동 모델은 줄이고 있어요. 로열사에서 나온 괜찮은 휴대용 타자기가 하나 있는데 140달러에 드릴 수 있습니다. 케이스 포함해서요."

"아, 그래요. 아무튼 감사합니다."

"월 단위로 대여도 가능해요. 2년 지나면 고객님 소유가 되죠."

"얼마죠?"

"한 달에 8달러요."

마거릿의 지갑 안에는 잔돈이랑 17달러가 들어 있었다. 식료품과 생필품을 사야 하는 돈이었다. 월트가 다음 생활비를 주기 전까지 그 돈으로 버텨야 했다. 그런 상황에서, 가족이 일주일 내내 참치 캐서롤만 먹도록 하면서 타자기를 빌려 에세이 한 편 써보는 게 과연 옳은 일일까? 다른 주부들 수백 명의 희망이 담긴 응모작 사이에서 읽히지도 않은 채 버려질지 모르는데. 월트가 이 사실을 알면 뭐라고 할까?

물론, 그가 모른 채 지나간다면….

"오늘 가져갈 수 있나요?"

점원은 활짝 웃으며 대답했다. "제가 차에 실어드릴게요!"

3장
이웃 여자들

1963년 2월

처음 공모전 공고를 보았을 때 마거릿은 에세이 한 편 쓰기에 6주면 충분하고도 남는다고 느꼈다. 하지만 막상 시작해보니 생각보다 훨씬 어려우면서 동시에 짜릿한 활력이 감돌았다. 원고를 봉투에 넣어 우체국 직원에게 건네는 순간 마거릿은 가슴이 두근거리는 흥분과 수년 만에 처음 느껴보는 성취감으로 벅차올랐다.

우체국을 나선 마거릿은 문구점으로 운전해갔다. 빌려온 타자기를 반납하기 위해서였다.

"정말 반납하시게요?"

점원이 한쪽 눈썹을 치켜올렸다. 마거릿이 타자기를 친구처럼 여기게 되었고 심지어 실비아라는 이름까지 붙였으며, 딸깍딸깍 키 소리와 경쾌하게 '딩' 울리는 리턴 레버 소리에 무엇보다 마음이 들떴었다는 사실을 어쩐지 아는 듯한 표정이었다.

"이렇게 하죠." 그는 날아다니는 파리를 잡기라도 하는 양 두 손으로 손뼉을 쳤다. "월 대여료를 7달러로 내려드릴게요. 20개월만 내시면 이 아이는 아예 부인 겁니다. 어때요, 괜찮은 제안 아닌가요?"

마거릿은 마음이 동하지 않았다고 말할 수 없었다. 하지만 7달러는 여전히 7달러였다. 그리고 공모전은 끝났다. 굳이 없는 돈을 써가며 앞으로 다시 쓸 일도 없는 기계를 남겨둘 이유가 있을까?

마거릿은 입술을 깨물었다. "정말 안 되는데."

점원은 그녀를 빤히 바라보며 기다렸다.

마거릿은 지갑을 열었다.

***

대학 시절 마거릿은 첫 수업 때마다 다른 학생들의 탄식을 자아내는 존재였다. 그녀가 있으면 성적 분포 곡선이 뒤틀리고 수월하게 A 학점 받기는 물 건너가 버렸으니까. 만약 월트와 결혼하지 않고 마지막 학년까지 계속 다녔다면 분명 우등으로 졸업했으리라. 그렇게나 빠르게 학업에 적응했다는 사실엔 누구보다도 마거릿 자신이 가장 놀라곤 했다.

그녀는 데이턴 공장의 노동자 계층이 거주하는 소박한 동네에서 자랐다. 고등학교에서 평균 B+를 유지했어도 여느 졸업반 친구들처럼 대학에 진학할 생각은 한 번도 해본 적이 없었다. 남자친구가 있는 애들은 여름이나 가을 결혼식을 준비했고 남자친구가 없다면 집에서 일을 다니며 남편감을 찾으려고들 했다. 마거릿도 그중 하나였다.

그러다 고등학교를 졸업하고 일주일쯤 지난 무렵 어머니가 세상을 떠났다.

일자리를 구하는 대신 마거릿은 여름 내내 집안일을 하고 어린 동생들을 돌보았다. 아버지가 계속 일을 할 수 있도록 어머니의 자리를 대신했다. 아마 친구 에설 세놀트가 8월 말 어느 밤 전화해 울먹이지 않았다면 그냥 그렇게 시간이 흘러갔을지 모른다. 에설은 분노에 찬 목소리로 말했다. 남자친구인 클리프가 동네에서 문란하기로 소문이 자자한 체리 셰퍼와 영화관 뒷자리에서 키스를 하다 걸렸다고.

"체리 셰퍼라니! 믿어지니?"

마거릿은 믿어졌다. 클리프는 지나가는 여자마다 윙크를 날리는 녀석이었으니까. 하지만 친구들이 남자를 잘못 골라 사랑에 빠졌을 때 우리가 뭘 할 수 있을까?

"그 자식 머리에다 콜라를 부어버리고 끝이라고 말했어. 결혼은 취소야!"

"오, 에설. 어떡하니."

"지금 알아낸 게 차라리 다행이지, 뭐." 에설은 훌쩍이며 말했다. 그 말에 확신이 실려 있진 않았다. "아무튼, 네가 들러리 드레스 옷감을 사기 전에 알려주려고."

이미 늦었다. 마거릿은 이제 쓸모도 없는 복숭앗빛 시폰 4야드 (3.6미터)를 떠안게 됐다.

"내가 도와줄 일 없어? 아빠 퇴근하시면 같이 어디 나가서 기분 전환이라도 할래? 영화관 말고, 음…"

에설은 다시금 훌쩍였으나 이내 웃음을 터뜨렸다. 마거릿이 바라던 대로였다.

"고마워, 근데 나 짐 싸는 중이야. 이번 일 겪고 나니 데이턴에 더는 못 있겠어. 방금 오하이오주립대 입학처랑 통화했는데, 그냥 가서 가을 학기 등록만 하면 된대. 그래서 엄마가 날 콜럼버스까지 데려다주기로 했어. 너도 같이 갈래? 진짜 재밌을 거야!"

"뭐? 대학에 같이 가자고? 난 안 돼."

"안 될 게 뭐야! 여기 남아서 정비공이랑 결혼하느니, 100마일도 안 되는 캠퍼스 가서 잘난 대학 남자들 만나보는 게 낫잖아. 제발, 매기! 너도 여기서 벗어나고 싶지 않아? 세상 구경도 좀 하고!"

세상 구경은 상상 너머의 일이었다. 그녀가 가본 곳 중 가장 먼 곳은 인디애나폴리스였다. 하지만 실은, 정말 그랬다. 마거릿은 데이턴에서 벗어나고 싶었다. 슬픔이 깃든 집 그리고 자신에게 예정된 작고 평범한 미래로부터. 수년이 지난 지금도 마거릿은 그 자리를 저버리고 떠났다는 죄책감을 느꼈다. 하지만 아버지는 이해해주었다.

"주말에는 집에 오거라." 9월에 딸을 버스 정류장에 내려주던 아버지가 말했다. 마거릿은 그러겠노라 약속했지만 거의 지키지 못했다. 그 점 역시 늘 마음에 걸렸다.

마거릿은 대학 생활을 정말 사랑했다. 자신을 아는 사람이 아무도 없다는 점이 특히 마음에 들었다. 에설을 제외하면—에설은 봄학기에 공대생의 아이를 가져 결혼을 위해 자퇴했다—마거릿이나 그녀의 가족에 대해 아는 사람이 아무도 없었다. 수업도 무척 즐거웠다. 마거릿은 최대한 어렵고 힘든 수업들을 어떻게든 부탁해서 등록했고, 진지하면서도 놀라우리만치 사적 감정이 배제된 주제들에 온전히 집중해 열심히 따라갔다. 제인 오스틴의 작품 중 읽기 까다룹기로 이름난 『맨스필드 파크』에 대한 도덕적 분석 에세이는 꽤나 골치 아픈 작업이었음에도 A를 받기에 충분했다. 물론 열아홉 살짜리 여학생이 135년 된 소설에 대해 쓴 사색이 현시점에 무슨 의미가 있을까?

전혀 없었다. 뭐, 학점을 제외한다면.

마거릿이 대학 시절 좋아한 또 다른 일은 바로 만점에 가까운 학점 따기였다. 이는 그녀 자신도 몰랐던 내면의 경쟁심을 부추겼는데, 문구점에서 한 달 치 타자기 대여료 8달러를 내던 순간 다시금 그 성향이 되살아났다.

그녀는 이번 에세이 공모전에 대해 아무에게도—모든 것을 공유하던 비브에게조차—말하지 않았다. 아이들이 학교에 가고 월트가 사무실에 있을 때 그녀는 혼자 분노에 찬 손놀림으로 원고를 두드렸다. 규정은 분명했다. 원고는 반드시 두 줄 간격 타자로 작성해야 하며 분량은 1,200단어 이내로, 제목은 '기억에 남는 휴일'이어야 했다. 지난 크리스마스 대참사는 글감을 넘치게 제공해주었다.

대학 시절 이후 글쓰기 근육이 많이 굳었지만 그녀는 날마다 자리에 앉아 작업을 이어갔다. 몇 주에 걸쳐 종이 반 박스를 써가며 마침내 한 편의 원고를 완성했다. 과거와 현재의 크리스마스를 잇는, 그녀 자신의 감정을 강렬하게 비추는 글이었다. 스스로 놀랄 만큼 절묘하게 연결된 정말 만족스러운 글이었다. 절실하고, 진솔하며, 손이 닿지 않는 것들에 대한 그리움이 담긴 글. 하지만 정기 구독 잡지의 배달이 시작되고 「우먼스 플레이스」에 실린 글들을 유심히 분석하면서 그녀는 곧 깨달았다. 그런 절실하고 진솔한 글로는 이 잡지의 편집 기준을 통과할 수 없다는 사실을.

마거릿은 처음부터 다시 썼다. 이번엔 유머에 더 힘을 실어, 근사한 휴일을 위해 쏟아부은 기대와 투지 넘치는 노력이 얼마나 빠르게 엉망으로 흘러갔는지에 대한 단락들로 톤을 잡았다. 대부분 여성이 공감할 만한 이야기라고 생각해서였다.

중간 부분은 실제 상황을 비교적 정확히 재현했다. 칠면조를 차에 두고 내린 일과 식중독 우려가 있는 고기를 수프로 끓여낸 일 등. 돌이켜보면 꽤 우스운 이야기였다. 그런 다음 마거릿은 유머에서 로맨스로 방향을 틀어 더 달콤한 결말을 지어냈다. 크리스마스 이야기에 냉랭한 말다툼과 거실에서 따로 자는 남편이 나오면 누가 읽고 싶어 할까?

대신 그녀는 오 헨리의 『크리스마스 선물』 같은 반전을 넣었다. 그동안 모아둔 귀중한 그린 스탬프를 희생해 월트에게 새 골프가방을 사주고, 월트는 골프채를 팔아 마거릿에게 램프 그리고 메이플 원목 서랍장을 사주는 스토리 전개였다. 그리고 이야기는 두 사람이 벽난로 앞에서 키스를 나누고 마침 멀리서 울리는 교회 종소리와 함께 포근한 눈이 내리기 시작하는 장면으로 끝났다.

마거릿은 이 버전이 더 만족스러웠다. 처음 원고보다 수준이 더 나아서가 아니었다. 그녀도 그건 잘 알았다. 하지만 단지 글을 잘 쓰는 데서 그치고 싶지 않았다. 이기고 싶었다. 물론 상금도 좋겠지만 전국구 잡지에 자신의 글과 이름이 인쇄되는 걸 상상해보라. 수천 명의 여성이 읽는 그 잡지에!

***

마거릿은 커피 모임의 마지막 손님이었다. 얼굴을 비추지 않으면 바브가 다정하면서도 끈질기게 이유를 캐묻는 전화를 걸어오리라 예상하지 않았다면 이번 주는 그냥 건너뛰었을지 모른다. 바브가 싫지는 않았고 이웃 여성 중 미운 사람도 없었다. 컨커디아로 막 이사 왔을 때 마거릿은 자신과 공통점이 많은 여성들을 만나 감사했고, 그녀들 역시 새 친구를 사귀고 싶어 하는 게 느껴졌다. 하지만 요즘 들어 공통점이 너무 많지 않나 하는 생각이 들기 시작했다. 나누는 얘기라고는 늘 아이, 남편, 레시피가 다였다. 마거릿 자신도 그들과 다르지 않았다.

그런 그녀에게 무슨 일이 일어난 걸까? 예전엔 꽤 흥미로운 사람 아니었던가.

현관문은 살짝 열려 있었다. 마거릿은 네이비블루 톤 무늬 벽지로 꾸며진 널찍한 현관에 들어섰다. 덴마크 모던 스타일이 대세였지만 바브의 취향은 꽃무늬와 짙은 나무색의 버지니아 식민지풍에 가까웠다. 옷걸이에 재킷을 건 마거릿은 북적북적 달아오른 거실로 향했다. 탄 커피, 묵은 담배 그리고 샬리마르 향수 냄새가 가득 떠다녔다.

"왔네!" 마거릿이 들어서자 바브가 커피포트를 번쩍 들어 인사했다. "무슨 일 생긴 줄 알았지 뭐야."

"미안. 우체국 줄이 길었어."

"괜찮아. 어서 앉아, 커피 갖다줄게." 그러고는 소파에 앉아 있던 세 사람에게 말했다. "엘렌, 도로시, 아이리스, 마거릿 앉게 조금만 옆으로 가줄래?"

크리스마스 직후 마거릿은 노팅엄 주택에 새로 이사 온 이웃이 약국에서 본 매력적인 여성이 아니라 아이리스 라스무센임을 알고 실망했었다. 두 달이 지난 지금도 실망감은 여전했다. 관심받고 싶어 안달인 아이리스는 모두에게 지나치게 비위를 맞췄다. 어쩌면 다들 그러지 않았을까?

마거릿이 진짜 친구라 여기는 비브만큼은 예외였다. 군인 아내에다 전쟁 중 직접 복무했던 경험이 있어서인지 비브는 말에 꾸밈이 없고 솔직했다. 그 점이 특히 좋았다. "가식 한 스푼은 헛소리 한 통만도 못해." 비브가 자주 하는 말이었다. 누가 반박할까? 옆집 이웃은 복불복이다. 주어진 대로 받아들여야 한다. 그렇다면 마거릿에겐 복이 굴러들어 왔다고 할 수 있었다.

비브는 바브네 벽난로 양옆에 놓인 진홍색 윙백 체어 중 하나에 앉아 있었다. 아직 연기가 피어오르는 담배를 손가락 사이로 집은 채 무릎 위에는 쿠키 접시를 균형 잡듯 올려놓았다. 나머지 의자는 비어 있었지만 거긴 늘 바브가 앉았다.

빗시 코브는 창가에 놓인 벨벳 배럴 체어에 앉아 있었다. 어릴 적 작고 아담했던 탓에 빗시라는 별명이 붙었지만 사춘기를 지나며 키가 훌쩍 자라 지금은 늘씬한 175센티미터였다. 체격에 비해 의자가 너무 작아 보였다. 빗시는 모임에서 가장 어린 데다 조용해서 마거릿은 그녀에 대해 비교적 아는 게 적었다. 하지만 문득, 빗시가 늘 팔과 다리를 몸 쪽으로 오므린 채 앉아 있는 모습이 떠올랐다. 최대한 자리를 적게 차지하려는 듯이. 마거릿은 크림색 체크무늬가 들어간 진홍색 소파 쪽으로 걸어갔다. 아이리스는 팔말 담배를 재떨이에 비벼 끄고 마거릿이 앉을 수 있도록 몸을 조금 옮겼다.

"자리 괜찮아요?" 아이리스가 물었다. "좀 더 옆으로 가도 돼요."

"괜찮아요. 넉넉해요."

마거릿에게 커피잔을 건넨 바브는 커피 테이블 위에 놓인 3단 쿠키 트레이를 가리키며 하나 집어 먹으라고 일렀다.

"자기가 놓친 거 정리해줄게. 아이리스네는 식탁 배송이 지연됐대. 탐은 도로시한테 자기 어머니를 모시고 살고 싶다 했다네. 그리고 엘렌 아기는 아직도 밤새 안 자고." 바브는 안쓰러운 듯 혀를 찼다. "진지하게 조언하는데, 엘렌. 재우기 전에 쌀미음을 좀 먹여봐. 우리 애 셋 다 그거 먹이고 나서는 밤에 잘 자더라니까."

"그래볼게요." 엘렌이 하품을 하며 대꾸했다. "소아과 의사가 반대하면 그 남자더러 와서 새벽 3시 수유를 해보라 하죠, 뭐."

바브는 컵을 들고 윙백 체어로 가 앉았다. "비브가 안드레아의 걸스카우트 쿠키 판매를 자원했거든. 우리 다 최소 네 박스씩은 사야 해."

여자들이 웃자 비브는 주문서를 한 움큼 들어 흔들었다. "농담 아니야. 주문 안 하면 자기들 아무도 못 나가!"

함께 웃던 마거릿이 트레이에서 레몬 쿠키를 하나 집었다. 비브는 몸을 앞으로 숙여 담뱃재를 재떨이에 털고는 그녀를 향해 윙크를 날렸다.

"이제 자기 차례야, 마거릿." 바브는 커피를 한 모금 마시느라 사이를 두었다. "새로운 소식 없어?"

마거릿의 머릿속 절반은 여섯 살 아이처럼 들썩이며 외치고 있었다. 있지, 있어, 있다고! 나 에세이 공모전에 응모했어! 혹시라도 당선되면 수천수만 명이 내 글을 읽을 거야! 하지만 더 성숙하고 신중한 또 다른 절반이 입을 다물게 했다.

"별일 없어. 미트로프 새 레시피를 시도해봤어. 햄버거 고기 절반을 양고기로 바꾸는 건데 월트는 별로라네." 그녀는 어깨를 으쓱했다.

"나중에 레시피 좀 줄래? 짐은 양고기 엄청 좋아해." 바브는 창가 쪽 의자에 앉은 빗시를 향해 고개를 돌렸다. "빗시? 테니스 대회는 어땠어? 결승까지 갔어?"

"아… 그게, 결국 안 나갔어요."

바브는 혀를 찼다. "설마 킹이 몸에 무리라고 말린 거 아니지?"

킹슬리 코브, 별명은 킹. 빗시보다 열아홉 살 많은 남자로 버지니아 승마 사교계에서 고객층을 넓혀가고 있는 말 전문 수의사였다. 렉싱턴에서 그를 만난 빗시는 아버지가 돌아가신 지 몇 주 만에 결혼했다. 킹은 나이 때문인지 조바심을 내며 아이를 빨리 갖고 싶어 했다. 최근 라우던 카운티에서 열린 주말 승마 행사에서는 속도를 내어 말을 타면 임신에 방해가 된다고 빗시의 질주를 금지시켰다.

"빗시!" 바브가 단호하고 권위적인 투로 말했다. "자긴 아직 젊고 건강해. 테니스 좀 친다고 임신이 안 되진 않아. 의료 일 하는 남자면 그 정도는 알아야지."

검은색 바탕에 커다랗고 하얀 데이지 꽃무늬가 들어간 메리 퀸트 드레스를 입은 빗시는 사랑스러웠다. 그녀가 치맛단을 만지작거리며 말했다. "알아요. 아니, 그러니까, 킹도 알아요. 하지만 그게."

"남자들은 참, 생각이 너무 많아." 비브가 빗시 쪽으로 담배를 흔들며 끼어들었다. "자기랑 킹은, 그냥 저렴한 키안티 와인 한 병 사서 시나트라 틀고 자연의 흐름에 맡겨. 매번 효과가 확실하거든. 원하든 원하지 않든 말이야. 애 여섯이나 낳아본 내가 잘 알지."

엘렌은 고개를 저었다. "꼭 그렇진 않아, 비브. 스탠이랑 나는 데비 갖는 데 3년이나 걸렸어. 꿀이랑 계피." 그녀는 은밀한 비밀을 속삭이듯 빗시 쪽으로 몸을 기울여 말했다. "자기 전에 두 숟가락. 그게 효과가 있어."

"그리고 바로 일어나지 말고." 아이리스가 덧붙였다. "끝나고 나면 무릎을 가슴께로 끌어당겨서 30분은 누워 있어야 돼. 어디서 본 거야." 비브가 눈초리를 주자 아이리스가 웅얼댔다. "해서 손해 볼 건 없잖아."

마거릿도 비브와 마찬가지로 빗시와 킹 두 사람에겐 여유가 필요하다고 속으로 생각했지만 입 밖으로 내진 않았다. 대신 몸에 맞지 않는 작은 의자에 앉은 늘씬한 빗시를 바라보았다. 빗시는 두 손바닥 사이에 냅킨을 끼워 닭 목을 비틀 듯 배배 꼬고 있었다. 그녀가 얼마나 민망할지 다들 정말 모르는 걸까?

마거릿은 빗시의 성생활 이야기를 단박에 끝내버릴 자신의 비밀, 에세이 공모전 이야기를 털어놓을까 잠시 고민했다. 그러던 찰나, 빗시가 먼저 입을 열었다.

"저 취업했어요!"

빗시의 외침 뒤에 흐른 어색한 정적이 그녀의 버번 갈색 눈동자 속 열의를 꺼트릴 뻔했다. 가장 먼저 침묵을 깬 이는 마거릿이었다.

"정말 잘됐다, 빗시! 축하해! 어떤 일이야?"

빗시가 대답하기도 전에 바브가 끼어들었다.

"왜 갑자기 일을 시작하려고? 병원이 잘 안된대?"

질문을 받은 빗시는 조금 의아한 눈치였다. "아니요, 그런 건 전혀 아니고요. 그냥 낮에 딱히 할 게 없어서 일이라도 하면 좋겠다 싶어서요."

"아, 이해해." 도로시가 말했다. "브라이언이랑 결혼하고 나도 은행 창구에서 파트타임 일했어. 물론 임신하자마자 그만뒀지만. 쫓아다닐 애 없을 때야 돈 좀 버는 것도 나쁘지 않지."

아이리스도 고개를 끄덕였다. "나도 전화국에서 정규직으로 일했어요. 가족 꾸리기 전에 목돈 좀 모아보려고. 원래 2년은 하려고 했는데 계획이란 게 늘 그렇잖아요." 그녀는 웃으며 덧붙였다. "결혼한 지 18개월 만에 사라가 태어났으니까요."

"어디에 취업한 거야?" 엘렌이 담배에 불을 붙이며 물었다. "정규직, 아니면 파트타임?"

"파트타임이에요. 록 크리크 파크 마구간에서요. 말 손질하고 먹이 주고, 칸마다 청소도 하고, 훈련도 조금 맡을 것 같아요."

바브는 의외라는 듯 못마땅한 표정을 지었다. "마구간에서? 말 돌보는 일을?"

"맞아요." 빗시가 말했다. "예전에 켄터키에서 아버지 도와드릴 때 하던 일이에요. 원래 말 다루는 데 소질이 있어요. 사실은." 그녀는 턱을 치켜들고 바브와 눈을 마주치며 덧붙였다. "가끔은 사람들보다 말이 더 좋아요."

바브의 얼굴이 붉어졌다. 마거릿은 웃음을 참느라 입술을 앙다물었다. 비브와 눈이 마주친 순간 두 사람 모두 같은 생각을 했음을 알 수 있었다. 빗시에게 저런 배짱이 있다니! 누가 알았겠는가?

"다른 뜻이 있는 건 아니고." 바브는 재빨리 태연한 척했다. "그냥 놀랐을 뿐이야, 그게 다야. 킹은 뭐래?"

"완전 찬성이죠."

"그럼, 왜 아니겠어?" 쇼트브레드 쿠키 한 조각을 커피에 찍으며 비브가 말했다. "이제 빗시가 이 동네에서 제일 돈 많은 사람들 집에서 일할 텐데. 앞으로 수의사 필요하면 누구를 추천하겠어? 당연히 자기 남편이지, 안 그래?"

"바로 그거예요." 빗시가 말했다.

"영리한 계획이네." 마거릿이 빗시를 향해 미소 지으며 화제를 바꾸었다. "바브, 자기 얘기는 아직 안 들었네. 요즘 무슨 소식 있어? 짐은 플로리다 노선으로 발령 났대?"

바브의 남편 짐은 최근 개항한 덜레스 공항을 거점으로 일하는 조종사였다.

바브는 한숨을 내쉬었다. "아직 기다리는 중이야. 하지만 다른 소식은 있어. 새로 지은 옥스퍼드 하우스에 누가 들어왔어."

컨커디아에는 주택 모델이 딱 열두 개였고 모두 영국의 마을 이름—요크, 라이, 엑서터 등—을 따서 지은 덕에 여자들은 바브가 말하는 집이 어디인지 바로 알았다. 옥스퍼드는 바브의 케임브리지 하우스보다 더 큰, 단연 가장 웅장한 주택이었다.

"학기 중에 이사를 오다니 이상하네요." 엘렌이 인상을 찌푸리며 말했다. "아이들이 있는 집인가? 그 정도 큰 집이면 당연히 아이들이 있겠죠. 방이 여섯 개였나?"

"글쎄, 만약 없으면." 비브가 다시금 담배에 불을 붙이며 말했다. "우리 애들 몇 명 빌려주지 뭐. 외동으로 태어났으면 아무 문제 없는 애들이니까. 그 여자도 커피 모임에 초대할 거야?"

"그럴 생각 없어." 바브는 단호했다. "그 여자에 대해 좀 들은 게 있거든."

"무슨 얘기?" 마거릿이 물었다.

"정신병원에 있었다던가 하는. 직접 보고 나니 바로 알겠던데." 바브가 몸을 앞으로 숙여 말에 빠져든 청중의 눈빛을 쓱 훑었다. "전에 차를 몰고 지나가는데, 그 여자가 진입로에 서서 이삿짐 인부들한테 지시하고 있더라. 그런데 전신 밍크코트를 입고 있었어. 한낮에, 밍크라니!"

바브의 눈이 휘둥그레졌다.

"솔직히, 그게 말이 돼? 자기들 같음 그러겠어?"

* * *

두 시간이 채 지나기도 전에 마거릿은 따뜻한 쿠키 접시를 들고 빠른 걸음을 재촉했다. 원래는 시나몬 쿠키를 구울 예정이었지만 새 이웃을 만난다는 설렘에 타타르 크림 넣는 걸 깜빡해 평범한 설탕 쿠키가 되어버렸다.

그 여자가 분명했다! 대낮에 밍크코트를 입은 여자가 컨커디아에 몇이나 될까?

베이킹 시트에서 쿠키를 옮기던 어느 순간 마거릿의 머릿속에 정신병원이라는 말이 메아리쳤다. 여자가 밀타운을 복용 중임은 이미 알고 있었기에 바브의 말처럼 그녀의 정신 상태가 불안정하다는 소문이 맞을지도 모른다. 하지만 바브가 아무 근거 없는 소문을 퍼뜨리는지도 모른다. 처음 있는 일도 아니니까.

게다가 대학 시절 어느 심리학 교수는 거의 모든 사람이 어떤 형태로든 부적응 문제를 겪는다고 말하곤 했다. 특히 여성들은 다양한 신경증이나 신경성 장애에 취약하다고. 그런 이야기를 대놓고 하는 사람은 거의 없어도 마거릿은 자기 친구 중 몇몇이 진정제를 복용한다고 해도 전혀 놀라지 않을 터였다.

그 여자의 말대로 요즘은 누구나 밀타운을 먹는다.

그리고 대낮에 밍크코트 입는 게 사회적으로 그렇게나 매도될 일인가? 조금 다르고 심지어 별난 게 뭐가 그리 대수라고? 마거릿 생각에 그건 오히려 장점이었다. 그녀는 진부한 대화에 지쳐 있었다. 의견을 꾹 삼키고 성격을 감추는 똑같은 여자들 틈에서 벗어나고 싶었다.

모퉁이를 돌자 어딘가 남작 영주의 저택처럼 보이는 3층 주택이 눈에 들어왔다. 튜더풍을 흉내 낸 짙은 기둥들과 격자무늬 창문이 인상적이었다. 인도에 올라선 그녀는 머리를 매만지며 벨을 눌렀다. 긴 시간이 흐른 뒤 문이 열렸고 스프레이를 뿌리지 않은 붉은 곱슬머리의 키 큰 여자가 나타났다.

그 여자가 맞았다.

이번에도 손에는 담배가 들려 있었지만 옷은 밍크코트가 아니었다. 대신 몸에 딱 붙는 검정 터틀넥 스웨터를 입어 풍만한 가슴이 또렷하게 드러났다. 검은 슬림핏 팬츠는 매끈한 엉덩이 선을 더욱 돋보이게 했다. 컨커디아에서는 다소 보헤미안처럼 보일 만한 차림 새였어도 아주 엉뚱해 보이진 않았다. 영화 〈티파니에서 아침을〉이 개봉한 이후 오드리 헵번의 패션에 영감을 받는 여성들이 적지 않았으니까. 그러나 이 여자의 분위기는 단순한 헵번 따라 하기 이상이었다.

그녀의 옷 여기저기, 심지어 머리카락에도 여러 색깔 물감이 흩뿌려져 있었다. 축제 퍼레이드에서 테이프와 색종이 조각 세례를 받은 선두주자처럼. 맨발인 그녀의 발가락과 발등에도 파랑, 주황, 살구색, 황토색 물감이 여기저기 튀어 있었다.

마거릿은 더 궁금해졌다. 혹시 화가인가? 아니면 집 안 모든 방을 각기 다른 색으로 다시 칠할 계획일까?

"무슨 일로?" 정적을 깬 여자가 눈을 휘둥그레 뜬 마거릿을 보며 입을 열었다.

"아… 안녕하세요! 저는 마거릿 라이언이에요. 로럴 거리 끝에 살아요. 흰색 스트랫퍼드 모델, 초록 덧문 달린 집이요. 그냥 이웃이라서 인사드리러 왔어요. 환영의 의미로."

마거릿은 쿠키 접시를 내밀었다. 여자는 몇 초 동안 그것을 빤히 바라보더니 마거릿을 위아래로 훑었다. 그러곤 담배를 한 모금 빨고 나서 접시를 받아 근처 박스 위에 내려놓았다.

"샬럿 구스타프슨이에요."

"샬럿이요? 브론테 자매와 같네요!" 마거릿은 이름을 알게 된 것만으로도 이상하리만치 반가워 들뜬 목소리로 말했다. "컨커디아에 오신 걸 환영해요, 샬럿. 혹시 아이가 있으세요?"

샬럿은 눈을 가느다랗게 뜨며 담배를 입에 물었다. "딸 둘, 아들 둘 있어요."

"정말요? 몇 살인지."

샬럿이 길게 연기를 내뿜었다. "쿠키 고마워요. 애들이 좋아하겠네요. 그런데 실례지만 지금 박스 정리를 해야 해서요."

"아, 네. 그러시겠네요. 이사는 정말 고역이죠. 정리 좀 되면 저희가 매주 하는…."

마거릿은 '커피 모임'이라는 말을 꺼내려다 말고 넌지시 말을 삼켰다. 샬럿 구스타프슨은 그런 모임에 어울리는 사람처럼 보이지 않았다.

"매주 하는?" 샬럿이 손에 든 담배를 허공에서 휘휘 돌리며 물었다.

마거릿은 입술을 깨물었다.

"북클럽이요!" 그녀가 마침내 외쳤다. "북클럽을 시작하기로 했어요."

"아, 그래요?"

샬럿은 한쪽 팔을 몸에 감싸듯 두르고, 다른 팔꿈치를 주먹 위에 괴었다. 입꼬리에 옅은 웃음이 걸렸다.

"무슨 책으로?"

마거릿은 항상 책 읽는 시간을 따로 마련해 매달 한 권씩은 꼭 읽자는 목표를 세우고 있었다. 그러니 이 질문은 쉬워야 마땅했다. 하나 샬럿의 어조는 어쩐지 마거릿의 뇌를 멈춰 세웠다. 끔찍하리만치 긴 정적 끝에 겨우 제목 하나가 떠올랐고 그녀는 가장 좋아하는 책 제목 하나를 내뱉었다.

"『나를 있게 한 모든 것들』이요. 1차 세계대전 이전에 뉴욕에서 성장한 소녀 이야기예요. 정말 재밌어요. 혹시 읽어보셨나요?"

"네. 고등학교 때. 다들 그 책 읽었고 좋아들 했죠. 그런데…" 샬럿은 어깨를 으쓱했다. "아주 옛날 일이죠. 그걸 다시 읽는 게 무슨 의미가 있겠어요?"

"아, 네. 저는 그냥 그 책이."

샬럿이 손을 들어 올렸다. "저기, 마거릿. 마거릿이라고 했죠? 이름이요. 마거릿, 집에 들러줘서 정말 고마워요. 그런데 말이죠, 전 원래 잘 어울리는 스타일도 아니고, 솔직히."

말을 멈춘 샬럿이 마거릿을 다시 한번 찬찬히 바라보며 코를 훌쩍였다.

"잠깐만요, 잠시 기다릴래요? 금방 올게요."

하지만 그녀는 잠시는커녕 금방 오지 않았다. 현관문 앞에 덩그러니 남겨진 마거릿은 발끝으로 바닥을 문지르며 점점 더 어색하고 어리석어지는 기분을 견뎌냈다. 마침내 샬럿이 빨간색 표지의 책을 들고 와서 그것을 마거릿의 손에 쥐여주었다.

"『여성성의 신화』." 마거릿이 책 제목을 읊조렸다. "이 책 좋아요?"

"그럼요." 샬럿은 단언했다. "혁명적이고, 충격적일 만큼 훌륭해요. 적어도 지금까진 그래요. 막 출간된 책이라 아직 초반 몇 장만 읽었지만…" 그녀는 담배를 머리 위로 휘저어 붉은 곱슬머리 위에 작은 연기 왕관을 만들었다. "이웃들이랑 조그만 북클럽에서 진짜 중요한 무언가, 바로 이런 책을 읽는다면, 그럼 모르죠, 관심이 갈지도."

마거릿 손에서 다시금 책을 받아 든 샬럿은 현관에서 한 걸음 물러섰다.

"안 그럼, 대체 무슨 의미가 있어요?"

4장
케이크 사건

1963년 3월

마거릿은 북클럽 모임에 낼 애피타이저를 네 가지나 만들었다. 칠면조 버섯롤, 컵 모양 식빵에 담은 치킨 샐러드, 햄으로 싼 절인 아스파라거스 그리고 훈제 연어향 크림치즈 스프레드. 끈적한 질감의 옅은 분홍색 크림치즈는 물고기 모양으로 빚은 뒤 피망이 박힌 올리브 조각으로 겹겹이 덮어 비늘처럼 장식했다. 마침 비브의 펀치볼을 갖고 있던 터라 펀치*도 만들었다.

준비 막바지에 이르러 디저트가 필요하다고 생각한 마거릿은 코코넛 앰브로시아 케이크를 구웠다. 하얀 레이어 케이크 속에 파인애플 필링을 넣고 구름 같이 푹신한 머랭 크림을 바른 뒤 곱게 간 코코넛과 통조림 파인애플 링, 마라스키노 체리로 장식했다. 장식을 마무리할 즈음 월트가 사무실에서 돌아왔다.

네이비색 외투를 주방 의자 등받이에 걸친 그는 넥타이를 풀고

---

* 과일 주스와 탄산수, 향신료(혹은 알코올)를 섞어 만든 음료.

마거릿 옆에 와 섰다. 파인애플 링 한가운데에 체리를 올려놓는 섬세한 손길을 지켜보다 허리에 팔을 두르며 말했다. "와! 이게 디저트면 저녁은 얼마나 근사할지 기대되네. 수요일 저녁치곤 꽤 화려한데?"

월트의 팔에 균형이 흐트러진 마거릿은 그만 코코넛 위에 체리시럽을 떨어뜨리고 말았다. 그녀는 그의 팔을 밀어내고 케이크에 얼굴을 가까이 대 눈을 가늘게 뜨고 거슬리는 분홍빛 점들을 손가락으로 집어냈다.

"북클럽 모임에 낼 거야." 그녀가 대꾸했다. "다들 7시에 오거든."

한 발 물러선 월트는 마거릿이 이제 막 냉장고에서 꺼낸 접시들을 훑어보았다. 접시 둘레에 초록 파슬리로 울타리를 두르고 빨간 무 장미를 꽂은 다음 음식에 닿지 않게 이쑤시개를 세워 랩을 두른 모양새가 꼭 셀로판으로 덮인 서커스 천막 같았다.

"혹시 나더러 이런 핑거푸드를 저녁으로 먹으라는 건 아니지? 나 엄청 배고파."

"치즈 샌드위치랑 사과 썰어서 냉장고에 뒀어. 애들은 이미 먹었고. 접시는 당신 바로 앞에 있잖아." 표정이 굳은 월트가 멍하니 냉장고 안을 들여다보며 서 있자 그녀의 목소리에 점점 짜증이 배어들기 시작했다. "바로 거기, 우유 옆."

"치즈 샌드위치라. 참나, 마거릿, 내가 너무 수고스럽게 했나 보네."

냉장고 안을 훑던 그는 샌드위치를 건너뛰고 맥주병을 꺼냈다. 마거릿은 케이크에서 한 발 물러나 분홍 얼룩을 감추느라 쓰던 크림

주걱을 주방 조리대 위로 휙 던졌다. 날카로운 소리가 울렸다.

"아, 정말! 샌드위치로 저녁 한 끼 때운다고 죽기라도 해? 온종일 파티 준비하느라 얼마나 바빴는데."

"나는 하루 종일 뭐 했는지 알아, 마거릿? **진짜 일**을 했어. 날마다 열 시간씩 일한 덕에 집 대출금이랑 자동차 할부금 내고, 이 집 살림에 필요한 모든 걸 사는 거야. 그중엔 당신이 만든, 하는 일이라고는 케이크 먹으면서 남자 욕하고 징징대는 주부들 먹일 음식도 포함돼!" 서랍을 확 열어 병따개를 꺼낸 그는 맥주병 뚜껑을 거칠게 따서 단숨에 들이켰다.

그가 내뱉은 '진짜 일'이라는 말은 이미 한껏 팽팽해진 마거릿의 신경줄을 퉁 하고 건드렸다. 매일같이 해내는, 고맙다는 말 한마디 듣지 못하는 지루한 무보수 노동을 줄줄이 읊고 싶은 충동이 일었다. 그의 속옷을 빨고 셔츠를 다리고 바닥에 왁스를 바르고 냉동고를 해동하는 일까지. 하지만 읽어본 적 없는 책을 두고 뱉는 터무니없는 그의 말과 목소리 속 짜증 섞인 억지가 그녀를 주저하게 했다. 진심으로 하는 말인가?

"설마 책 때문에 떼쓰는 거야?" 그녀는 눈을 굴렸다. "와, 여자들이 징징댄다고? 참고로 말하지만, 이건 당신에 관한 얘기가 아니야! 물론 놀랄 일도 아니지. 남자들은 세상 모든 게 늘 자기 얘기라고 생각하니까. 하지만 이번만큼은 아니야."

"이건 우리 얘기야. 주부들, 나 같은 여자들." 목소리를 최대한 누그러뜨린 그녀의 어조는 호소에 가까웠다. 너무 날카롭게 말했을까 두려워, 그를 이해시키고 싶다는 마음으로 한 손을 가슴에 얹었다. 그리고 한 걸음 다가가 여전히 열려 있는 냉장고 문 앞에 몸을 두었다. "갈망했지만 거부당한 것들, 우릴 속여먹은 허황된 약속과 그동안 믿어온 거짓말들, 그리고 우리가."

말을 잇는 사이 그는 그녀 옆으로 팔을 뻗어 샌드위치 접시를 집어 들었다. 그러곤 곧장 주방 건너편으로 걸어가 뻣뻣이 곧게 선 자세로 표정 하나 변하지 않고 접시 채로 쓰레기통에 버렸다.

마거릿은 헉 하고 숨을 삼키며 소리쳤다. "이런, 월트! 대체 왜 어린애처럼 구는데?"

그는 아무 대답 없이 제자리에서 방향을 바꾸는 보초병처럼 발뒤꿈치를 축으로 몸을 돌려 그녀 말은 듣지도 않고 무시한 채 나가버렸다. 그를 따라가던 마거릿은 분노와 좌절이 가라앉은 자리에 서늘하게 일렁이며 스미는 불안을 느꼈다. 혹시 자신이 너무 심했나 하는 두려움이었다.

"어디 가는 거야? 월트?"

주방 식탁 위에 맥주병을 탁 내려놓은 그는 의자 등받이에서 외투를 집어 들었다. "클럽에. 기다리지 마."

"이번 주만 세 번째인데?" 목소리에 구차함이 묻어났지만 그가 대꾸해준 것만으로도 안도했다. "월트, 제발. 이러지 마. 따뜻한 거 해줄게, 알았지? 스크램블 에그 어때?"

그는 고개를 조용히 가로저으며 외투 소매에 팔을 꿰었다. 그러다 손이 주머니 속 무언가에 닿자 미간을 약간 찌푸렸다.

"이거 당신한테 온 거야." 봉투를 탁자 위로 던진 그는 차 열쇠를 챙겼다. "또 잡지 정기 구독 광고면 대답은 '아니'야. 그런 건 이미 질릴 만큼 받잖아."

월트가 맥주를 다 비우는 동안 마거릿은 쿵쿵 뛰는 심장을 부여잡고 손가락을 덜덜 떨며 봉투를 찢어 열었다. 설렘과 두려움이 뒤섞여 속이 메스꺼울 정도였다. 월트가 나가면서 마실 또 다른 맥주를 꺼내려고 냉장고로 향한 것도 어렴풋하게 느낀 채 그녀는 세 번 접힌 종이를 봉투에서 꺼냈다. 미색 편지지 뒷면을 오래도록, 숨을 죽이고, 거의 기도하듯 바라보다가 마침내 편지의 머리말을 펼쳤다.

만일 간절한 바람만으로 우주를 욕망의 방향으로 휘게 할 수 있다면, 마거릿은 편지 첫 줄에 쓰인 자기 이름을 보았을 것이다. 그리고 그 뒤에는 축하의 말과, 어쩌면 당첨금을 동봉한 수표가 있었을지도 몰랐다.

하지만 세상은 그렇게 돌아가지 않았다.

"참가해주셔서 감사합니다." 판에 박힌 인사로 시작하는 탈락 통보를 훑은 마거릿은 눈을 질끈 감고 모임 준비에 정신이 팔렸던 자신을 내심 질책했다. 자기 연민에 빠질 시간도 눈물을 흘릴 여유도 없었다. 손님들이 이제 곧 도착할 터였다. 그나마 다행인 건 자신이 무슨 일을 벌였는지 누구에게든 말하고 싶은 충동을 참아냈다는 것. 특히 월트에게는, 그렇게 허황된 일에 시간과 돈을 허비했다는 사실을 절대 들키고 싶지 않았다. 마거릿은 편지를 꽉 쥐어 동그란 공처럼 구기고 침을 꿀꺽 삼킨 뒤 눈을 떴다.

월트는 이미 나가고 없었다.

냉장고 문은 반쯤 열린 채였고 조리대 위에는 크림이 묻은 식칼이 놓여 있었다. 나가기 전 그는 케이크 한쪽을 엉성한 삼각형 모양으로 잘라갔다. 접시 위에는 부스러기와 코코넛 가루가 흩어져 있었고, 눈처럼 새하얀 크림은 체리 시럽의 붉은 자국으로 길게 패어 있었다.

5장
진실의 묘약

그날 저녁 7시 40분 무렵, 이번 독서 모임 역시 또 다른 실망으로 남는 듯 보였다.

음식은 그나마 괜찮았다. 평소 단 건 절대 먹지 않는다던 샬럿이 케이크 한 조각을 맛보곤 환상적이라며 감탄했다. 마거릿은 흩어진 부스러기를 재빨리 털어내고 잡지에서 본 대로 속 빵이 다 드러나는 단정한 모양으로 조각내 수습해두었다. 애초에 그러려던 것처럼 보이게. 적어도 그 점은 위안이 되었다.

그러나 그 외 모든 것은 어딘가 조금… 엇나갔다.

빗시는 평소보다 훨씬 말이 없고 창백해 보여서 마거릿은 혹시 드디어 임신한 게 아닐까, 생각했다. 물론 묻진 않았다. 초기엔 어떤 일이든 일어날 수 있는 법이라 괜한 소릴 해서 불운을 부르고 싶지 않았다. 비브 역시 가라앉아 있었다. 마음이 딴 데 가 있나? 마거릿이 별일 없냐고 묻자 비브는 아주 잘 지낸다고 대꾸하며 칠면조 버섯롤을 한 입 베어 물었는데 그 모습이 좀 낯설었다. 그녀는 깨작거리며 먹는 법이 없었으니까. 비브는 언제나 잘 먹는, 때로는 게걸스러울 정도로 식욕 왕성하고 주관이 뚜렷한 여자였다. 그런데 오늘 밤은 달랐다. 말도 거의 없었다. 그런 모습이 샬럿을 답답하게 했다.

"그냥 책이 마음에 안 든다고만 하면 안 되죠. 왜 마음에 안 드는지도 설명해야지."

샬럿은 울과 실크로 된 크림색 치마에 짙은 쪽빛 장식으로 마감한 한 벌 재킷을 걸치고 있었다. 마거릿은 같은 차림을 분명 샤넬 광고에서 본 기억이 있었다. 그녀는 잠시 말을 멈추고 담배를 한 모금 빨았다. 어찌나 세게 빨아들였는지 두 뺨이 움푹 들어가 종이 빨대로 걸쭉한 밀크셰이크를 빨아올리려는 사람 같았다.

"독서 모임의 목적은 책에 대해 이야기하는 거잖아요. 그럼 다시 해보죠, 책이 마음에 안 든 이유가 뭐예요?"

샬럿의 거침없는 어조, 화살처럼 직선으로 꽂히는 시선과 활시위처럼 꼿꼿하게 젖힌 자세로 앉아 대답을 기다리는—아니, 강요하는—모습에 마거릿은 불안해졌다. 그녀 역시 토론이 전혀 진전되지 않는 상황이 아쉬웠다. 그래도 이렇게까지 몰아붙일 필요가 있나? 상황만 되면 비브도 그에 못지않게 몰아붙일 수 있는 사람이었다. 마거릿은 비브가 날카롭게 받아치면 뒤이어 벌어질 파장을 대비해 단단히 마음을 다잡았다. 이 모임이 처음이자 마지막이 될 수도 있으리라.

그런데 비브는 샬럿의 말에 되받아치지 않고 그저 한숨만 내쉬었다.

"내용에 그냥 공감이 안 돼서요. 남편이 교활하고 내가 잠이 많아서 애를 여섯이나 낳은 게 아니거든요. 난 내가 **원해서** 아내가 되고 엄마가 됐다고요."

"그건 이해하죠. 나도 아이들 사랑해요." 샬럿이 어깨를 으쓱했다. "물론 늘 그렇진 않지만. 어릴 땐 더 쉬웠죠. 하지만 왜 결혼과 모성이 우리 존재의 전부, 삶의 북극성과 만족의 중심이어야 하죠? 그 이상을 원한 적은 없어요? 생물학적 자신이 아닌 머리로, 당신만의 어엿한 성취로 말예요."

"그렇긴 하죠." 비브가 말했다. "근데 그건 이미 했어요. 전쟁 때 간호사로 복무하면서 야전병원으로 파견됐으니까. 튀니지, 이탈리아, 프랑스, 독일에서."

"정말요?" 샬럿이 허리를 곧게 세우며 새삼스러운 눈길을 보냈다. "그럼 아이들 야구 연습 데려다주고 오븐 청소하는 일이, 그 시절에 비하면 꽤 지루하게 느껴질 텐데 그때가 그립진 않아요?"

비브는 소파에 몸을 파묻고 침울한 표정으로 담배를 뻐끔뻐끔 피워 올렸다.

"우린 책 이야기하러 모였지 서로 사생활 얘기하려고 모인 건 아니잖아요."

샬럿이 눈을 굴렸다. "삶에 영향을 미치는 생각과 관점을 살펴보는 게 독서의 핵심이에요. 특히 이런 책이라면 더더욱. 이건 『폭풍의 언덕』이 아니잖아요. 미국 여성들의 처지와 숨 막히게 옭아매는 제약을 심도 있게 다룬 책이라고요." 그녀는 커피 테이블 위에 놓인 책을 낚아채 부흥회 천막 아래서 성경을 치켜드는 설교자처럼 높이 들어 올렸다. "그 처지와 제약은 자기가 전쟁 중에 목숨 걸고 나라를 위해 봉사하던 시절 이후 훨씬 더 나빠졌어요. 그게 본인과 직접적인 연관이 없다고 생각해요?"

"난 그 얘기 하고 싶지 않네요." 비브는 소파에 더 깊이 몸을 파묻으며 말했다.

샬럿은 짜증 섞인 한숨을 내쉬며 마거릿을 돌아봤다.

"그럼, 자기 생각은 어때요?"

"아주 훌륭하다고 생각해요. 어떤 부분에서는 베티 프리단이 내마음을 읽고 있는 것 같더라고요. 특히 여성 잡지 얘기가 인상 깊었어요. 세월이 지나면서 정말 많이 달라졌어요, 안 그래요?" 마거릿의 말투에는 아주 당연한 사실을 비로소 깨닫고 왜 진작 눈치채지 못했을까 의아해하는 사람의 진심이 묻어났다.

"어릴 적에 어머니 잡지를 읽곤 했어요, 전쟁 전에요. 그때는 정치나 국제 문제 같은 기사도 있었죠. 지금 잡지엔 전혀 없어요. 소녀시절 관심은 없었어도 그 속의 이야기들은 정말 좋아했어요. 주인공들은 용감했고, 흥미로운 직업과 삶, 모험이 있었거든요. 그런데요즘 잡지에 나오는 이야기는 거의 다 연애만 다뤄요. 여주인공들은 직업이 있어도 결국 결혼하고 행복해지기 위해 그걸 포기하죠."

"정확해요!" 샬럿이 '이제야 말이 좀 통하네' 하듯 손을 번쩍 들어 올렸다. "잡지는 여자들에게 비누, 가전제품, 거들 같은 걸 팔아요. 하지만 동시에 여자가 궁극적으로 성취할 수 있는 길은 단 **한가지**밖에 없다는 생각도 팔죠. 그 길은 결혼식장에서 시작해 결혼식장에서 끝나고. 우린 모두 그걸 당연하게 믿었는데, 막상 결혼이믿었던 것과 전혀 다르다는 걸 깨달았을 땐 빠져나갈 수가 없어요! 내 말 틀렸어요?"

"아, 저는… 그건 잘 모르겠어요." 마거릿이 웅얼거렸다. "그러니까, 모든 결혼 생활엔 오르막과 내리막이 있잖아요? 완벽한 남자는 없고, 여자도 마찬가지죠."

"그건 자기 얘기겠지."

샬럿의 거만한 어조, 턱을 살짝 치켜든 각도와 입술을 둥글게 말아 새빨갛게 칠한 입술 사이로 연기를 내뿜는 모습은, 처음 마거릿이 약국에서 그녀를 봤을 때 사로잡혔던 인상을 떠올리게 했다. 샬럿은 말이 빠르고 자신감이 넘쳤다. 확신에 차 있었다.

하지만… 정말 그럴까? 진짜 자신감 있는 여자가 밀타운을 먹어야 하나?

샬럿의 결혼 생활이 행복해 보이진 않았다. 물론 마거릿 자신의 결혼도 그렇다고는 할 수 없었다. 적어도 오늘은. 하지만 늘 그랬던 건 아니다. 오르막과 내리막이 있다고 말한 건 진심이었다. 다만 요즘은 내리막이 훨씬 많아졌을 뿐. 그렇다고 이 모임에서 사실을 털어놓을 생각은 전혀 없었다. 에세이 공모전에 대해서도 마찬가지였다. 몇 주 동안 열심히 준비하며 기대를 걸었는데 아무 성과도 없이 끝났다고 말하고 싶지 않았다. 애써 생각을 밀쳐내다가 손님들을 배웅하고 나면 제일 먼저 침실로 올라가 실컷 울 작정이었다.

"그럼 자기는 어때요?" 샬럿이 고개를 돌려 빗시를 바라봤다. 빗시는 따로 놓인 의자에 앉아 두 팔로 몸을 꼭 두르고 있었다. 흰색 터틀넥과 녹색 체크 스커트를 입은 모습은 아내는커녕 영락없는 여학생이었다.

"대학 나왔잖아요? 전공이 생물학? 그렇게 시간과 노력을 들여 교육을 받았는데, 사회가 그걸 완전히 잊고, 평생 기저귀 갈고 미트로프를 만들며 살라고 하는 게 과연 공정하다고 생각해요?"

"그건 아니죠. 하지만 누군가는 아이를 낳아야 하잖아요, 아닌가요? 그러니까, 할 수 있다면 말이죠."

빗시는 침을 꿀꺽 삼키고 눈을 더 빠르게 깜빡였다. 마거릿은 결혼 초 유산한 적이 있어 빗시의 창백한 얼굴이 임신 때문이 아니라 더는 임신이 아니어서일 수도 있겠다는 생각이 번득 들었다. 마거릿이 그녀의 어깨에 손을 얹었다.

"괜찮아, 빗시? 무슨 일 있었어?"

"말할 수 없어요. 킹이 싫어할 거예요."

"어우, 제발! 아무도, 아무 얘기도 안 할 거예요?" 담배꽁초를 재떨이에 비벼 끈 샬럿이 벌떡 일어섰다. "나 술 좀 마셔야겠어."

"아, 펀치!" 마거릿도 소파에서 벌떡 일어나 외쳤다. "깜빡할 뻔했어요!"

그녀는 부리나케 주방으로 달려갔다가 1분쯤 뒤에 비브의 펀치볼을 들고 나왔다. 형광빛이 도는 붉은색 펀치 위로 오렌지 조각과 얼린 크랜베리 링이 동동 떠 있었다.

"장식에 진심이네요, 그렇죠?" 샬럿이 의아한 표정으로 눈썹을 비스듬히 치켜뜨며 테이블에 펀치볼을 내려놓는 마거릿을 바라봤다. "이건 뭐예요?"

"잡지에서 본 레시피예요." 마거릿이 작은 크리스털 잔에 펀치를 떠 담으며 말했다. "크랜베리 주스, 냉동 오렌지 주스 농축액, 세븐업 그리고 화이트 럼이에요. 레시피에는 럼이 없었는데 제가 조금 넣었어요. 반 컵 정도만. 처음 만나는 어색함을 조금 풀어줄까 해서요. 한번 드셔보세요."

샬럿이 한 모금 마시더니 얼굴을 찌푸렸다.

"아, 이를 어쩌나." 그녀는 탁 소리가 나게 잔을 테이블에 내려놓았다. "바가 어디예요?"

"저희 집엔 바가 없어요. 술은 전부 가스레인지 위 찬장에 보관해요."

"보드카 있어요? 셰이커는요?" 샬럿이 물었다. "크렘 드 멘트*는요?"

"있으려나?" 마거릿은 불시에 치른 쪽지 시험에서 틀린 답을 내놓은 학생처럼 긴장했다. "우리 집 바텐더는 월트예요. 그래도 찾아볼게요, 그리고…."

"됐어요. 내가 알아서 찾을게요."

샬럿은 주방 쪽으로 향했다.

비브의 시선이 그 뒤를 좇았다.

"뭘 만들려고요?"

"진실의 묘약이요."

***

몇 분 뒤에 나타난 샬럿의 손에는 연황록빛 칵테일이 가득 담긴 마티니 잔 네 개가 올라간 쟁반이 들려 있었다. 그녀는 쟁반을 내려놓곤 잔 하나를 집어 들어 비브에게 내밀었다. 그러나 비브는 고개를 저었다.

* 민트(박하) 향이 나는 술 종류.

"나는 사양할게요."

"아, 좀 마셔봐요." 샬럿은 짜증을 감추려는 시도조차 하지 않았다. "색깔이 조금 이상한 건 인정해요. 그래도 맛은 좋아요. 맛만 봐요. 조금 꺼림칙해도 제가 보드카 스팅어 하난 제대로 만든다니까요."

이 칵테일에는 **진실의 묘약**이라는 이름이 훨씬 잘 어울릴지도 몰랐다. 샬럿이 비브 코 밑으로 잔을 바짝 들이밀자 비브는 전혀 예상치 못한 고백을 내뱉었다.

"색깔 때문이 아니라 냄새 때문에." 비브가 눈을 꼭 감고 시금치를 거부하는 아이처럼 고개를 홱 돌렸다. "냄새가 너무 강해서… 나, 임신했어요."

나머지 세 여자가 동시에 숨을 들이켰다. 비브는 울음을 터뜨렸다.

"어머, 비브." 마거릿이 소파 팔걸이에 걸터앉아 그녀의 등을 토닥였다. "확실해?"

비브는 고개를 끄덕이며 훌쩍거렸다. 빗시가 종이 냅킨을 건넸다.

"얼마나 됐어요?"

"얼마 안 됐어." 비브가 눈가를 닦으며 말했다. "아마 한 달 정도?"

"그럼 아직 확실하진 않네?" 마거릿이 말했다. "아닐 수도 있어. 두 달 치 월경이 끊겨야 의사가 검사해줄 거고, 이후에도 며칠을 기다려야 결과가 나오잖아. 토끼가 죽는지* 봐야지."

"토끼는 항상 죽어요." 빗시가 진지하게 말했다. 그녀는 마거릿

---

* 여성 소변에 포함된 hCG(융모성선자극호르몬)를 토끼에 주사해 난소 변화를 관찰하는 방식.

의 팔에 손을 얹었다. "검사가 음성이어도 토끼는 죽어요. 야만적이죠. 전 나중에 임신하면 그냥 배가 불러오기 전까진 검사 안 할 거예요. 하지만 마거릿 말이 맞아요." 마거릿의 눈길을 의식한 빗시가 재빨리 덧붙였다. "아마 단순히 어디가 안 좋은 걸지도 몰라요."

"아니야." 비브가 말했다. "이제 여섯 번짼데 임신이 어떤 느낌인지 알아."

샬럿이 비브를 위아래로 훑어보았다. "근데, 자긴 나이가 도대체 몇이에요?"

"마흔하나" 하고 대꾸한 비브는 다시금 울음이 북받쳤다. "마흔**하나!**"

"이런." 샬럿이 무덤덤하게 말했다. "기록적인 건 아니지만 꽤 상위권이네요. 정말 술 안 마셔요? 보드카 스트레이트는 어때요? 냄새도 안 나는데."

훌쩍이던 비브가 젖은 냅킨으로 코를 훔쳤다. "임신 중엔 술 안 마셔요. 아기한테 안 좋을 것 같아서. 전쟁 전에 산부인과 병동에서 일했는데, 보니까 술 마신 산모들 아기가 더 작고 몸도 조금 약하더라고요."

"무슨 소리예요?" 샬럿이 비웃듯 물었다. "내 담당 의사는 임부한테 술 한두 잔은 좋다던데요. 긴장 푸는 데 도움이 된다면서. 내가 앤드루 낳으러 3주 미리 병원에 갔을 땐 진통을 가라앉히려는지 보드카랑 오렌지 주스를 주더라고요."

"글쎄, 난 지금 의사를 그다지 신뢰할 기분은 아니라서." 비브가 이를 악다물었다. "지난달에 그 멍청한 의사가 피임약 처방전만 그냥 내줬어도 말이야, 남편이 하루 종일 일을 빼고 직접 병원에 와서 서명해야 한다는 말만 안 했어도, 지금 이런 꼴은 안 당했을 거 아니야!"

"토니한텐 말했어?" 마거릿이 물었다.

"아니, 아직. 임신만 했다 하면 곧바로 환자 취급을 하잖아." 비브가 한숨을 쉬며 어깨를 늘어뜨렸다. "제니가 학교 들어가면 간호사 일을 다시 시작하려고 했는데 이제는…." 고개를 든 그녀가 모두의 얼굴을 훑었다. "아무한테도 말 안 할 거지?"

"당연하죠. 비밀은 지켜요." 빗시가 손바닥을 펴 들어 맹세하듯 말했다.

마거릿도 고개를 끄덕이며 같은 동작을 했다. "아무 말도 안 할게."

"나도 안 해요." 샬럿이 말했다. "그런데 그 의사, 진짜 거만한 개자식이네!"

그녀는 칵테일을 꿀꺽 들이켜고 빗시와 마거릿에게도 잔을 건넨 뒤 다시 책을 집어 들었다.

"하지만 비브, 그거 알아요? 바로 그래서 이 착한 베티 이모의 책이 자기 인생에도, 우리 모두의 인생에도 의미가 있는 거예요. 어느 시점에건 모든 여자는 베티였어요. 생물학, 사회 아니면 어떤 빌어먹을 남자의 변덕에 가로막힌 적이 있죠. 물론 여기 있는 모든 내용에 동의해야 하는 건 아니에요. 하지만 우리 모두 문제가 있다는 건 알잖아요. 그걸 솔직하게 인정하지 않으면 뭐가 어떻게 바뀌겠어요?"

"토니는 내 길을 막은 적 없어요, 단 한 번도. 하지만 큰 그림을 보면? 알 것 같아요. 자기들이 우리 지휘관을 봤어야 하는데." 비브가 의미심장하게 눈썹을 올리며 샬럿 손에서 책을 받아 들었다. "다시 한번 읽어볼게요."

"잘 생각했어요." 샬럿이 잔을 들어 올렸다. "베티를 위하여."

다른 이들도 잔을 들었다. 비브까지도.

"딱 한 모금만." 비브가 코를 꼬집은 채 잔을 부딪쳤다. "베티를 위하여. 그리고 베티 프리단 북클럽을 위하여."

***

바텐더 임무는 비브가 맡았다. 스팅어 칵테일이 계속 나올수록 비밀도 새어 나왔다. 반 잔 마셨을 뿐인데 과거 사촌 결혼식에서 샴페인을 홀짝이다가 어머니에게 들켜 한 달 동안 외출 금지를 당했던 빗시가 먼저 비밀을 털어놨다.

"킹이 존스홉킨스에서 불임 전문의 추천을 받았대요." 그녀는 칵테일 잔을 성배처럼 두 손으로 감싸 쥔 채 홀짝였다. "지난밤에 말해줬어요."

비브가 샬럿의 잔을 다시금 채웠다. "음, 이제 때가 됐나 보네. 적어도 그렇게 하면 확실히 알 수는 있잖아."

"백 번 맞는 말이에요." 빗시는 표를 던지듯 손을 번쩍 들어 말했다. "제가 켄터키대학교에서 생물학을 전공했고 종마 목장*에서 자

---

* 경주마나 승용마의 혈통을 유지 및 개량하려고 씨수말과 씨암말을 관리하고 번식시키는 전문 시설.

랐거든요. 번식이 어떻게 이뤄지는지는 잘 알죠. 그런데 우리 킹슬리 코브 씨 말씀이, 의사한테 갈 사람은 우리 둘 중 단 한 사람, 바로 킹슬리 코브 부인인 저라고 하네요."

"뭐? 왜?" 마거릿이 눈살을 찌푸렸다. "그쪽이 문제일 수도 있잖아. 자긴 대학까지 나왔으면서, 킹이 대학 졸업한 건 확실해? 수의대 졸업장부터 보여달라고 해. 그런 멍청한 얘기는 처음 들어보겠네."

"멍청하긴." 샬럿도 맞장구쳤다. "하지만 전형적이네. 헨리 8세를 봐요. 여섯 번이나 결혼했는데 자기한테 문제가 있으리라고 생각 안 해봤을까요? 천만에. 죄는 전부 여자들한테 있어야만 했죠. 죄다 목을 쳐버렸잖아!"

그녀가 잔을 높이 쳐들자 연둣빛 액체 방울이 가장자리로 튀었다. 빗시는 잔을 입에 가져가 한 모금 더 마셨다.

"아니요. 문제는 정말 저예요."

비브가 칵테일 셰이커를 내려놓았다. "그건 모르지."

"아니, 맞아요." 빗시는 아주 늙고 지친 거북이처럼 고개를 좌우로 천천히 흔들었다. "킹은 아이를 가진 적이 있대요. 10년 전엔가, 유부녀랑 잠깐 관계를 가졌는데 그 여자가 임신을 했나 봐요. 아이는 유산됐지만 여자 남편이 군 복무로 한국에 주둔한 상태라 킹은 자기 아이였다고 확신했어요. 그러곤 아주 점잖게 자긴 '빈 탄창이 아니라서' 우리가 아이를 못 가진 건 전적으로 내 잘못이라고 못을 박았죠."

마거릿은 무례하고 뻔뻔한 책임 전가에 화가 났다. 동시에 그런 말을 순순히 받아들이는 빗시의 태도에 분노가 치밀었다. 그녀는 빈 잔을 탁자 위에 세게 내려놓았다.

"그만해, 제발. 왜 전부 자기 잘못이래!"

"하지만 그렇게 느껴져요."

"글쎄 아니라니까." 마거릿이 말했다. "잘못이 어떤 건지 내가 좀 얘기해줄게."

셰이커를 집어 든 마거릿은 공모전부터 빌린 타자기, 원고를 수없이 고치는 데 든 시간, 터무니없는 희망, 월트와의 말다툼 그리고 구겨진 탈락 편지 얘기까지 늘어놓으며 그 편지를 여자들에게 돌려 보여주고 증거물 1호라고 불렀다. "이게 바로 내가 A급, 일등급, 진짜배기 실패자라는 명백한 증거야."

"아, 제-에발." 샬럿이 다리를 길게 뻗어 다리를 꼬며 말했다. "자기는 A급 근처에 못 가거든요."

"내가 그림을 시작하고 지난 10년 동안 판 작품은 고작 두 점. 그것도 우리 아버지랑 사업 성사시키려고 아부하는 사람들이었어요. 게다가 뉴욕의 주요 갤러리에선 물론이고 웬만한 작은 갤러리에서도 죄다 퇴짜 맞았고. 그렇게 실패를 거듭 이어가다 그제야 등급 얘기를 해도 늦지 않지요. 비브? 셰이커가 비었는데, 한 잔 더 만들어줄래요?"

"이제 충분히 마시지 않았어요?"

"왜 충분한 선에서 멈춰야 하나요? 충분 이상을 즐길 수 있는데."

마거릿과 빗시는 비브에게 흥을 깨지 말라며, 웅얼웅얼 샬럿 편을 들었다. 비브는 셰이커를 집어 들고 주방 쪽으로 걸어갔다. "내일 아침이면 머리가 지끈지끈할걸."

"그건 내일 걱정하고, 어때요?" 몸을 숙인 샬럿이 커피 테이블 위에 놓인 거의 납작한 뉴포트 담뱃갑을 집어 한 대 피워 물었다. "이제 우리가 공식적인 북클럽이 된 거니까, 규칙을 좀 정하고 체계를 짜볼까요."

"예를 들면?" 빗시가 물었다.

"예를 들면…" 샬럿이 담배를 한 모금 빨았다. "이 멤버가 전부? 아니면 인원을 더 늘리나요?"

마거릿이 고개를 저었다. "다른 여자들한테 이미 물어봤는데, 관심 없대요. 잘됐지 뭐. 그이들은 확실히 베티 타입은 아니라서."

"좋아요, 그럼 이제 배타적으로 가죠. 베티 타입 아니면 가입 금지." 샬럿은 파란색 투톤 하이힐 한 짝을 벗더니 굽으로 커피 테이블을 탁탁탁 두드려 확정을 선고했다. "이제 달마다 만나는 거예요, 셋째 주 수요일마다. 오늘은 다들 책을 끝까지 못 읽었고 얘기도 많이 못 했으니." 그녀는 주방 쪽에 있는 비브를 꿰뚫듯 시선을 던지며 말했다. "다음 달에도 『여성성의 신화』를 계속 다루도록 해요."

모두 좋은 생각이라며 동의했다.

"근데 그다음에 읽을 책은 어떻게 정하죠?" 빗시가 물었다.

주방에서 전화벨이 울렸다. 마거릿이 비브에게 소리쳤다. "받아줄래? 월트면 나 이사 갔다고 해줘." 그러곤 다시 여자들 쪽으로 고개를 돌렸다. "배브콕스 책방에서 추천 목록 받아서 투표하는 건 어때?"

"그 서점 정말 좋아요." 빗시가 고개를 끄덕였다. "배브콕 씨 정말 친절하고 책을 잘 아시거든요. 분명 남다른 추천을 해주실 거예요."

샬럿이 다시금 굽으로 테이블을 두드려 안건 통과를 선언했다. 그때 비브가 수화기를 들고 문간에 나타났다. 벽에 연결된 노란색 전화선 탓에 안으로 들어오지 못하고 있었다.

"매기? 전화 받아봐."

마지못해 일어난 마거릿이 손을 뻗어 수화기를 건네받았다.

"레너드 클레멘트라는데." 비브가 말했다. "나이 지긋한 목소리에, 지르퉁해."

마거릿이 이마를 찌푸렸다. 낯선 이름이었다. 그녀는 수화기를 귀에 댔다.

"여보세요? 마거릿 라이언입니다."

"네, 레너드 클레멘트입니다." 비브 말대로 언짢은 말씨였다. "「우먼스 플레이스」 잡지 소속이고요."

마거릿은 신음하듯 한숨을 내쉬었다. 비브에게 전화 받지 말라고 할 걸 그랬나.

"이 시간에 전화해서 구독권을 파는 건 좀 아니지 않나요? 게다가 전 이미 구독 중이에요. 되도록 빨리 취소할 생각이지만요."

"저는 영업 사원이 아니에요." 약간 모욕감을 느낀 투였다. "편집자입니다."

스팅어 칵테일의 취기가 서서히 가시고 비브가 예고한 두통이 예정보다 일찍 찾아오고 있었다. 마거릿의 목소리도 퉁명스러워졌다.

"혹시 에세이 공모전에서 떨어졌다는 얘기하려고 전화한 거면, 너무 늦었네요. 아까 거절 편지를 받았거든요. 그러니 이만."

"공모전 얘기가 아닙니다, 라이언 부인." 그의 존칭은 비아냥처럼 들렸다. "일을 제안하려고 전화했어요. 관심 없다면 할 수 없죠. 애초에 제 의견도 아니었으니까."

마거릿은 전혀 의도치 않게 고개를 홱 가로젓고는 약간의 통증을 느꼈다. 분명 말을 잘못 알아들었다는 확신에서 나온 반사적 반응이었다.

"잠깐만요. 일이라고 하셨어요? 무슨 일이요?"

6장
우먼스 플레이스

펜실베이니아 철도의 레지슬레이터 열차가 워싱턴에서 뉴욕으로 향하는 길을 따라 이어진 음습한 도시 구역 몇 마일을 구불거리며 빠져나갔다. 창밖으로는 녹슨 지붕과 희뿌연 창문이 달린 창고, 검게 그을린 벽돌과 현관이 기울어진 연립주택들이 내다보였다. 잡초로 무성한 좁은 뒷마당에는 돌과 부식된 기름통만 굴러다녔다.

마거릿 맞은편에 앉은 들뜬 샬럿은 활기차고 수다스럽게 이야기를 이어갔다. 그러다 주택지가 들판과 농지로 바뀌고 열차 속도가 빨라지자 핸드백에서 작은 갈색 병을 꺼내 알약 하나를 입에 넣고는 밍크코트로 몸을 덮은 채 그대로 잠에 빠져들었다.

밍크 속에 입은 세련된 한 벌 차림, 초콜릿색 단추와 실크 타페타 리본이 달린 보라색 디올 드레스 그리고 같은 색의 새끼 염소 가죽 장갑을 본 마거릿은 잠시 주눅이 들었다. 그녀도 최선을 다해 차려입긴 했다. 녹색 부클레 니트 재킷과 H라인 스커트, 비대칭 칼라에 왼쪽으로 치우친 큼직한 단추들. 하지만 샬럿에게 갖다 대니 시골 친척이라도 된 기분이었다. 뉴욕 사람들이 모두 샬럿처럼 입고 다닌다면….

마거릿은 때가 잔뜩 낀 창밖을 멀거니 바라보며 마음을 다잡았다. 자신의 목적지는 사교 모임이 아닌 업무 미팅이라는 것 그리고 근사한 외모보단 유능해 보이는 게 훨씬 중요하다는 점을 되뇌며. 디자이너 옷이 없는 건 걱정거리 중에서도 가장 사소한 편에 속했다.

클레멘트 씨가 일자리 제안 건으로 전화했다고 말했을 때 마거릿은 인생의 절정이라 부를 만한 순간에만 찾아오는 환희로 가슴이 부풀어 올랐다. 대학 우등생 명단에서 자기 이름을 찾았을 때나 월트가 반짝이는 조그만 다이아몬드가 박힌 약혼반지를 주머니에서 꺼내 보였을 때, 베스의 임신 소식을 처음 알았을 때, 새집 열쇠를 손에 넣었을 때 그리고 문구점에서 빌린 타자기를 트렁크에 싣고 집으로 돌아올 때와 비슷했다.

그러나 절정이라는 건 순간에 그친다는 사실을 알 만큼 오래 살아왔다. 찰나의 기쁨은 오래가기는커녕 대개 예기치 못한 복잡한 문제를 동반하곤 했다. 레너드 클레멘트 씨의 전화도 예외는 아니었다.

그나마 다행으로 아이들만큼은 엄마 일에 동의했다.

마거릿은 여느 때처럼 6시에 저녁을 준비할 거고, 바비는 스카우트 모임에, 수지는 발레 학원에, 베스는 견진 교리 수업에 데려다줄 거라 설명했다. 또 원고는 낮 동안 집에서 쓴다고 말하자 아이들은 엄마가 일한다는 사실을 담담하게 받아들였다. 베스는 오히려 감탄한 눈치로 말했다.

"엄마, 브렌다 스타처럼 여기자가 되는 거네." 가장 좋아하는 만화 주인공 이름까지 들먹였다.

"그건 아니야. 그냥 재밌고 소소한 일상 이야기를 전하는 주부 칼럼이거든, 뉴스 기사가 아니라."

"그래도 진짜 돈 받는 거지?"

"한 편당 25달러. 엄마 글을 마음에 들어 한다면 말이야." 마거릿은 빠져나갈 구멍을 마련하듯 덧붙였다.

"마음에 들어 하겠지." 베스는 이미 결론 난 사실을 말하듯 자신 있게 말했다. 마거릿도 나눠 갖고픈 확신이었다. "엄마, 돈 받으면 나 새 자전거 사줄 수 있어?"

"샴페인부터 터뜨리진 말자, 알았지?"

클레멘트 씨와의 통화에서 마거릿은 자신의 에세이가 심사위원단의 최종 후보에까지 오르긴 했지만 주제 때문에 탈락했다는 사실을 알게 됐다. 우승작은 부활절 특집호에 실릴 예정이어서 크리스마스 테마는 맞지 않았던 것이다. 하지만 편집부 더 높은 자리의 누군가가 마거릿의 글을 아주 마음에 들어 해 클레멘트에게 그녀를 칼럼니스트로 채용하라고 지시했다고 했다. 앞서 언급했듯 그의 의견은 아니었다.

"아무리 여성 잡지라고 해도 그렇죠, 글은 작가들이 써야지."

클레멘트의 마음을 돌리긴 쉽지 않을 터였다. 샬럿이 마거릿에게 뉴욕에 있는 잡지사 사무실에 짧게라도 다녀오라고 강하게 권한 이유도 그래서였다.

"한번 얼굴 보고 인사하면 모르는 체하기 어렵지." 다음 날 샬럿은 북클럽 회원들을 자기 집으로 초대해 그림을 보여주며 조언했다. 그녀가 그린 대형 추상화 캔버스들은 온통 색채의 혼돈으로 가득했고, 집 내부 역시 다를 게 없었다. 넓디넓은 방마다 중간에 손 놓아버린 각종 프로젝트와 책들 그리고 컨커디아로 이사 온 지 한 달이 지나도록 풀지 않은 수십 개의 종이 상자가 널려 있었다.

"내 말은, 우리를 좀 봐봐." 샬럿은 서로 짝이 맞지 않는 잔들을 상자에서 꺼내며 능글맞게 말했다. "처음엔 자기들 셋이 진득하게 붙어 다녀서 우리 엄마의 브리지 클럽*만큼 촌스러울 줄 알았지. 그런데 막상 만나보니 내가 자기들을 좋아하게 될 수도 있겠다는 생각이 드네. 누가 알았겠어?"

"글쎄, 정작 본인에 대한 평가는 아직인데." 비브가 샬럿에게 윙크하며 마거릿 쪽으로 돌아섰다. "하지만 맞는 말이야. 게다가 뉴욕 갈 기회를 왜 마다해? 아이들은 내가 데리고 와서 월트가 퇴근할 때까지 봐줄게. 그게 걱정이라면."

"난 마구간에서 돌아오자마자 합류할게요." 빗시가 덧붙였다. "킹은 요즘 야근해서 신경도 안 써요."

"봤지?" 샬럿이 말했다. "다 해결됐네. 남편한테는 사료 그릇이든 미트로프든 던져놓고 가, 와이프 없는 줄도 모를 거야."

마거릿은 두 손을 앞으로 내밀어 제안을 밀어내듯 대꾸했다. "미친 짓이야. 그냥 불쑥 가서 사무실 문을 두드릴 수는 없잖아."

"왜 안 돼?" 샬럿이 물었다. "쿠키 한 접시 들고 가. 나한테는 그게 먹혔잖아."

---

* 브리지는 카드 게임으로, 영국과 미국에서 중산층이 사교 모임에서 즐겼던 놀이다. 브리지 클럽은 교외 주부들이 모여 수다와 우정을 나누는 모임 역할을 했다.

마거릿이 흘겨보자 샬럿이 웃었다.

"농담이야! 약속도 없이 불쑥 들어갈 수는 없지. 미리 전화해서, 마침 시내에 나갈 일이 있으니 15분 정도 들러 칼럼에 대한 조언을 받고 싶다고 해."

"그 사람한텐 절대 안 통할걸." 마거릿이 아랫입술을 깨물었다. "가능할까?"

"믿어봐, 좋다고 냉큼 받아먹을걸. 남자들은 여자한테 뭘 설명해 주는 걸 세상에서 제일 좋아해." 샬럿이 담배를 재떨이에 툭툭 털었다. "그리고 뉴욕은 처음이니 내가 인솔자 해줄게. 그랜트 장군 묘지도 보여주고, 택시도 잡아주고, 그런 거 말이야. 차로 역까지 데려다주기도 할 건데, 어때?"

"하루에 다 하기엔 엄청 많은데." 마거릿이 말했다. "그랜트 묘지나 다른 건 볼 시간도 없을 거야. 오후 기차로 바로 돌아와야지. 그럼 내가 미팅하는 동안 자긴 뭐해?"

"나야 알아서 잘 놀지. 부모님 뵙고 옛 친구들도 만나고, 버그도프 씨네 갔다가 나를 유배 보낸 하워드한테 복수나 하지 뭐. 내 걱정은 말고 사무실에 당당하게 들어가서 레너드 클레멘트가 자기한테 홀딱 반하게 만드는 데만 집중해."

마거릿이 웃었다. "아, 그게 다야?"

그이가 자기 존재를 참아주는 일만으로도 버거울 텐데, 홀딱 반하게 만든다니 꿈도 못 꿀 일이었다. 게다가 마거릿의 새 일자리에 시큰둥한 사람은 클레멘트만이 아니었다.

"이해가 안 돼." 클레멘트 씨가 전화한 다음 날 밤, 잠자리를 준비하면서 마거릿이 말했다. "항상 저축 좀 더 해야 한다, 씀씀이를 줄여야 한다, 불평하는 사람은 당신이잖아."

"불평이 아니라." 그가 말을 끊었다. "그냥 사실을 말하는 거지. 지금 내가 번 돈을 몽땅 쓰고 그 이상을 쓰기도 하니까."

"그러니 내가 조금이라도 돈을 벌면 당신이 좋아할 거라고 생각했지!"

"**조금**이라니 딱 맞는 말이네." 월트는 세면대에 치약 거품을 뱉었다. "첫 번째 원고 쓰는 데 얼마나 걸렸어? 그쪽에서 실어주지도 않고 돈을 주지도 않은 그거 말이야."

"일주일?" 마거릿은 실제보다 훨씬 줄여서 말했다.

"꼬박 일주일이나? 에세이 하나 쓰는데?"

마거릿은 머리빗을 집어 들었다. "아마 더 짧았을 거야. 정확히 말하기가 어려워."

"좋아, 계산해보자. 최저임금이 1달러 25센트야. 칼럼 하나 쓰는 데 40시간이 걸린다고 치면 식당 서빙하는 게 훨씬 낫지. 거기에다 뉴욕행 기차표랑 택시비로 월급 절반을 날리고 한 달에 7달러씩 타자기 임대료도 내. 그렇게 따지면 당신이 오히려 그쪽에 돈을 주는 셈이야, 버는 게 아니라."

머리를 빗던 마거릿은 차라리 첫 급여를 받고 나서 실비아 얘기를 꺼낼걸, 하고 후회했다.

"익숙해지면 더 빨리 쓰지." 그녀는 되도록 유쾌하게, 아니 최소한 중립적인 어조라도 유지하려 애썼다. 케이크 사건 이후 그녀는 마음을 굳혔다. 말다툼도, 상대방 시비에 걸려드는 일도 이제 그만

하겠다고. 하지만 월트가 결심을 지키기 어렵게 만들었다.

"그리고 실비아는—그러니까, 그 타자기—앞으로 1년 반만 지나면 내 거야. 애들이 더 크면 학기 말 보고서 같은 걸 쓸 때도 아주 유용하겠지. 뉴욕에 가는 것도 딱 한 번이야. 편집자한테 잘 보이려고."

마거릿은 윤기 흐르는 머리칼을 마지막으로 한 번 빗고 월트를 향해 몸을 돌렸다. 부드럽게 미소 지으며 그의 팔뚝 위에 가볍게 손을 얹은 그녀는 월트에게도 잘 보이고 싶었다.

"여보, 당신이 버는 돈에 비하면 새 발의 피인 건 알아. 그래도 조금은 보탬이 되잖아? 게다가 누가 알아, 이게 계기가 돼서 나중에 더 큰 일, 월급 나오는 정식 직업으로 이어질지."

월트는 팔을 내려 마거릿의 손이 스르르 떨어지게끔 했다.

"당신에겐 이미 집이랑 애들 그리고 나를 돌보는 일이 풀타임이야. 글 쓰는 일을 꼭 하겠다면…" 그는 어깨를 으쓱했다. "애들한테지장이 없는 한 말리진 않을게. 당신 부수입도 알아서 써. 난 필요 없어. 그렇게 원하던 새 가구 사는 데 쓰든지. 하지만 잊지 마, 이건취미지 직업이 아니야. 앞으로도 계속 그럴 거고."

모욕감이 불붙은 성냥처럼 내면에서 타올라 애써 지키려던 평화의 결심을 태워버릴 것 같았다. 그녀가 반응하기도 전에 월트는 지치고 체념한 표정으로 한 발 물러나 그녀의 눈을 응시했다.

"미안, 그런 뜻은 아니고, 난 그냥 당신이 상처받는 게 싫어. 절대일어날 수 없는 일에 마음을 쏟으니까."

월트는 입으로 진심 어린 사과를 내뱉기보단 행동으로 표현하는사람이었다. 마거릿의 옷차림이나 머리 모양을 칭찬한다든지, 평소라면 손도 안 댔을 집안일을 대신 해주는 식으로. 그런 그가 직접 미안하다고 말한 건 그만큼 큰 의미가 있었고, 막 치솟으려던 화를 단번에 가라앉혔다. 그녀는 한 걸음 다가가 그를 끌어안고 입을 맞췄다.

마거릿이 먼저 사랑을 주도하는 일은 드물었다. 결코 보수적이어 서가 아니라 그럴 필요가 거의 없었으니까. 빳빳하고 단정한 회계 사의 셔츠 안쪽에는 열정적이고 너그럽고 자신감 넘치는 연인이 숨 어 있었으니까. 하지만 오늘 월트의 눈빛과 힘 빠진 목소리는 연민 과 함께 그를 웃게 만들고 싶은 욕구를 불러일으켰다. 마거릿은 매 끄러운 실크 슬립을 한쪽 어깨에서 흘러내리게 한 뒤 그의 손을 들 어 맨살에 얹고 나머지도 내려달라는 눈빛을 보냈다. 그러나 그는 손을 들어 그녀의 뺨을 감싸 쥐었다.

"잘 자." 그가 그녀의 이마에 입을 맞췄다.

***

잡지사와 다른 상점 몇몇이 입주한 크리스토프 빌딩은 거리에서 가장 높거나 위압적인 건물은 아니었다. 그러나 회전문을 두 번이 나 통과해야 하는 입구 앞에 서서 사방에서 쏟아져 나오는 바쁜 행 인들 흐름에 에워싸인 마거릿은 경외와 주눅이 뒤섞인 감정에 사로 잡혀 꼼짝도 하지 못했다. 샬럿이 그녀의 어깨를 꼭 쥐었다.

"우리 여기까지 왔잖아. 이제 와서 기죽지 마."

"기가 죽다니? 나는 원래부터 그런 게 없어."

"여기서 물러날 순 없어. 자긴 클레멘트 씨랑 약속이 있고, 나는 버그도프 씨랑 약속이 있잖아. 가봐." 샬럿이 그녀를 살짝 떠밀었다. "역 매표소 앞에서 다시 만나."

"우리 기차 3시 15분, 잊지 마."

"알았어." 샬럿이 손가락을 팔랑거렸다. "근데 정말, 기차 놓치는게 그렇게 대단한 일이야? 그랜트 장군 묘도 안 봤잖아. 알곤킨 호텔 블루 바도 안 가봤고. 거기 마티니가 끝내주는데. 넉넉한 보드카에 분위기 두 잔 타고 올리브 하나까지. 딱 자기 취향일걸."

"클레멘트 씨가 나랑 15분 이상만 대화해도 기적이라고 보니까, 아마 장군님께 인사드릴 시간은 있겠지. 그래도 기차는 꼭 타야 해, 샬럿. 내가 밤 9시까지 집에 안 가면 월트는 나랑 이혼할 거야."

"풋, 남편들이란." 샬럿이 손을 휙 내저었다. "뉴욕엔 남편감이 넘쳐나. 블루 바에 5분만 있으면 지금 남편만큼, 아니 더 마음에 드는 남자 찾을 수 있어. 잠시 빌려 쓰는 거지만 그럼 더 좋지. 어때?"

"늦지 마, 샬럿. 진지하게 하는 말이야."

샬럿이 한숨을 내쉬었다. "아, 알았어. 그럴게요."

어깨 너머로 장갑 낀 손가락을 흔들며 그녀는 멀어져갔다. 마거릿은 샬럿이 모퉁이에 다다르도록 시선으로 좇으며, 그녀가 지나갈 때 고개를 돌린 남자들의 숫자를 세었다. 『바람과 함께 사라지다』의 첫 문장*이 떠올랐다. 샬럿은 현대판 스칼렛 오하라 같았다. 완벽한 미인은 아니었어도 그녀의 매력에 사로잡힌 남자들은 그것을

---

* "스칼렛 오하라는 미인은 아니었다. 그러나 그녀의 매력에 사로잡힌 남자들은 탈턴 쌍둥이 형제처럼 그것을 좀처럼 깨닫지 못했다."

좀체 알아채지 못했다.

행인과 부딪힌 마거릿은 방금 전까지 빠져 있던 상념에서 정신을 바짝 차리고 해야 할 일을 떠올렸다. 숨을 깊게 들이마시고 눈을 감은 뒤, 회전하는 원형 유리문을 밀며 안으로 들어갔다.

***

두 시간 뒤 마거릿은 다시 거리로 나왔다.

약간 초조하게 서둘러 걸으며 펜역으로 돌아가려면 왼쪽으로 가야 하는지 오른쪽으로 가야 하는지를 떠올리려 애썼다. 샬럿에게 그렇게 호들갑을 떨어놓고 정작 자신 때문에 기차를 놓치면 얼마나 민망한가?

마거릿은 레너드 클레멘트가 자신에게 홀딱 반하게 하는 데 전혀 성공하지 못했다. 그는 전화로 예상한 모습 그대로였다. 가죽처럼 거친 피부에 인상을 잔뜩 찌푸린, 머리가 희끗희끗한 기자였다. 그러나 마거릿이 가져간 칼럼 시안과 거짓이 들통난 덕분에 어쩌면 기회를 줄 것처럼 보였다.

클레멘트 씨는 마거릿이 준비한 시안을 좋아했다. 남편이 어릴 적에 좋아한 추억의 케이크를 만들면서 믹스 가루를 사다 쓰고 홈 메이드라고 속였는데, 쓰레기를 버리던 남편이 베티 크로커 빈 상자를 발견하는 바람에 들통이 난다는 내용이었다. 유쾌하고 가볍고 완전히 지어낸 이야기였어도 클레멘트가 찾던 게 바로 그런 글이었다. 딱 한 군데를 수정하긴 했다. 남자의 마음을 움직이려면 왜 의미 있는 대화보다 배를 채워주는 방법이 확실한지에 대한, 그녀가 보기엔 그저 무해한 질문 하나를 빨간 펜으로 쭉 그어버렸다.

"그쪽에게 철학 하라고 돈 주는 게 아니에요, 웃기라고 주는 거지." 그가 빨간 색연필을 내려놓으며 검은 테 안경 너머로 그녀를 바라봤다. "그것만 빼면 나쁘지 않네요. 훌륭하다고는 할 수 없어도 엉망은 아니에요. 이런 글을 더 쓰면 앞으로 잘 될지도 모르죠."

확실한 보장은 아니었어도 마거릿이 기대할 수 있는 최대치였다. 이후 15분 정도 앞으로 쓸 칼럼 아이디어를 논의한 뒤 마거릿은 자리에서 일어나 감사를 전하고 짐을 챙겼다.

"어디를 그리도 바쁘게 가십니까?" 클레멘트가 물었다.

"펜역이요. 3시 15분 워싱턴행 기차를 타야 해서요."

잠시 미간을 찌푸린 그가 고개를 젖히며 크게 웃음을 터뜨렸다.

"하! 나를 속였군! 이모를 만나러 뉴욕에 온 게 아니었군요. 나를 찾아와서 잘 보이려던 거였죠?"

얼굴이 화끈 달아오른 마거릿이 말을 더듬었다. 클레멘트는 또 한 번 웃음을 터뜨렸다.

"와, 배짱 있네요, 인정합니다." 자리에서 일어난 그가 말했다. "갑시다. 상사가 당신을 보고 싶어 해요."

"상사요? 하지만…" 마거릿이 손목시계를 확인했다. "기차가…"

"한 시간 넘게 남았어요, 충분해요." 그는 그녀를 데리고 「우먼스 플레이스」 편집 주간인 데이비드 마일스의 사무실로 향했다.

마일스는 괴팍한 클레멘트와 달리 무척 쾌활한 데다 잘생기고 차림새도 세련된 사람이었다. 환한 얼굴로 그녀를 맞이한 그는 마거릿을 기용하기로 결정한 사람이 바로 자신이라며, 글에 대한 칭찬을 아끼지 않았다. 그가 그녀의 손을 꼭 잡자 사진사가 플래시를 번쩍 터뜨렸다. 불빛이 너무 강해 눈앞에 하얀 점들이 아른거렸다.

"다음 호에서 독자들에게 소개하고 싶어요." 마일스가 덧붙였다. "독자들이 내 얘기 같다고 느낄 만한 평범한 주부가 「우먼스 플레이스」에서 일하게 됐다고 알리는 거죠. 여성을 위한, 여성에 의한 잡지. 근사한 각이 나오지 않나요? 자, 이리 오세요. 간단히 둘러보게 해드리죠."

근사한 각이긴 하다고 마거릿도 인정할 수밖에 없었다. 실제로 잡지사에는 꽤 많은 여성이 일하고 있었다. 그러나 사진 스튜디오와 레시피 테스트 주방, 편집, 미술, 제작 부서를 거치며 투어를 이어가는 동안 마거릿은 여성 대부분이 비서나 교정 담당 같은 하위 직급에 머물러 있다는 사실을 눈치챘다. 그녀는 '셀마가 알려드려요'라는 에티켓 칼럼을 쓰는 셀마 캔트렐을 비롯한 몇몇 여성 작가와 인사를 나누었는데 스프레이로 높이 고정된 셀마의 부푼 머리 스타일은 거의 조각품 수준이었다. 여성 편집자는 단 한 명도 만나지 못했다.

그럼에도 오늘은 평생 못 잊을 놀라운 하루였다. 북적이는 뉴욕 행인들 사이를 마치 그곳 사람인 양 헤치고 지나가면서, 마거릿은 웃음을 감출 수 없었다. 클레멘트는 그녀가 배짱 있다고 칭찬했지만 사실 모험을 하도록 등을 떠민 건 샬럿이었다. 마거릿 본인의 판단으로는 말도 안 되지만 놀랍게도 모험은 성공했다. 마거릿은 있었던 모든 일을 그녀에게 들려주고 고마움도 전하고 싶어 안달이 났다.

웨스트 31번가와 7번가 모퉁이에서 신호가 바뀌길 조급하게 기다리며 펜역의 규모에 감탄하던 마거릿은 맞은편 모퉁이에서 밍크 코트를 입은 여자를 발견했다. 횡단보도 쪽으로 등을 돌린 모습이었다. 샬럿을 찾을 수나 있을까 내내 걱정했던 그녀는 안도했다.

신호등이 빨간불로 바뀌자 거센 차량 흐름이 멈췄다. 횡단보도 중간쯤에 다다른 마거릿은 샬럿이 혼자가 아니라는 사실을 깨달았다. 짙은 눈빛에, 이마가 훤히 드러나도록 짙은 회백색 머리칼을 뒤로 빗어 넘긴 남자가 그녀 곁에 서 있었다. 샬럿이 그의 곁에 서 있던 걸까? 두 사람 사이 겨우 한 뼘에 불과한 간격은 친밀감을 암시했다. 샬럿이 그의 검푸른 반코트 깃에서 보풀 하나를 집어낸 순간 그 인상은 뚜렷해졌다. 그건 마음에 드는 남자에게 혹은 마음을 끌고 싶은 남자에게 여자가 하는 지극히 내밀하고도 소유욕이 드러나는 몸짓이었다.

마거릿은 보지 말아야 할 장면을 목격한 듯 당황해, 샬럿과 남자를 그냥 못 본 체 지나쳐야 할지 고민했다. 하지만 전혀 당황한 기색 없는 샬럿이 몸을 돌려 손을 흔들었다.

마거릿이 상황을 잘못 읽은 게 분명했다. 구겨진 치노 팬츠에 코트 안에는 앞섶을 풀어 헤친 데님 셔츠를 입은 그 남자는 샬럿이 알 만한 부류로 보이지 않았다. 그래도 혹시 친척 누군가일까? 사촌이나 오빠?

"왔구나!" 샬럿이 외쳤다. "걱정하고 있었어. 여긴 로렌스 알그렌, 화가야." 마거릿은 고개를 끄덕였다. 이름은 들어본 듯도 했지만 그림은 떠오르지 않았다. "그리고 로렌스, 여긴 마거릿이에요. 컨커디아라는 지적 감옥의 동반 수감자이자 우리 북클럽 멤버. 내 가장 오래된, 하지만 이제 막 생긴 절친이지요."

"반갑습니다." 그의 악수는 단단했고, 말투에는 스웨덴인지 네덜란드 쪽인지 모를 억양이 섞여 있었다. 확실히는 알 수 없었다. 마거릿은 미소를 지으며 같은 인사를 건넸다.

"자." 샬럿이 머뭇대며 말했다. "이제 서둘러야겠어요."

그녀는 발끝으로 몸을 기울여 알그렌의 볼에 입을 맞추고 그의 귀에다 뭐라고 속삭였다.

"좋아요." 그가 쉰 목소리로 대답했다. 마거릿은 듣지 말아야 할 것 같았다. "그래도 너무 오래 기다리게는 하지 마요."

그들은 알그렌과 작별 인사를 하고 역으로 향했다. 우뚝 솟은 돌기둥이 늘어선 입구를 지나 정문에 도착하자 샬럿이 걸음을 멈추고 어깨 너머로 모퉁이를 바라봤다. 마거릿도 똑같이 시선을 돌렸다.

여전히 그 자리에 선 알그렌은 샬럿을 향해 노골적이고도 욕망 어린 눈빛을 보내고 있었다.

7장
진짜 재미의 정의

뉴욕행은 마거릿이 상상했던 것보다 훨씬 성공적이었다. 레너드 클레멘트 씨와 관계 진전을 이뤘을 뿐만 아니라 전국구 잡지사 구석구석을 구경하고 편집장에게 스타 대접까지 받았으니, 앞으로 쓸 짤막한 칼럼의 앞날이 순조로울 조짐이 보였다.

그러나 건물에서 나와 구름 위를 걷는 듯했던 기분은 샬럿이 알그렌의 양복 깃에서 먼지를 집어내는 모습을 본 순간 사라졌다. 멀어지는 샬럿의 뒷모습을 바라보는 화가의 욕망 어린, 거의 늑대 같은 눈빛에 마거릿은 찜찜해졌다.

하마터면 기차도 놓칠 뻔했다. 앞장선 샬럿이 웅장한 홀을 가득 메운 인파 속을 가르며 나아갔다. 우아한 대리석 홀을 달릴 때는 구두 굽 소리가 메아리쳤다. 이어 소변 냄새와 기름 냄새가 뒤섞인, 그다지 우아하지 않은 계단을 내려갔다. 플랫폼을 가로질러 내달린 끝에 기차가 덜컥 움직이기 직전 가까스로 가장 가까운 객차에 올라탔다. 그러고는 네 개의 객차를 통과해 마침내 예약석에 털썩 주저앉았다.

마거릿은 땀이 나고 숨이 찼지만 안도했다. 그러나 한껏 들뜬 샬럿의 초록 눈동자는 흥분이 남아 반짝거렸다. 그녀가 핸드백에서 뉴포트 담배 한 갑을 꺼냈다.

"거봐, 오늘 참 재미있었지, 안 그래?"

"재미?" 마거릿이 눈을 껌벅였다. "농담이지? 기차 놓치기 직전이었어."

"그래도 안 놓쳤잖아? 탔잖아! 간발의 차이지만 탔으면 됐지. 그게 바로 재미야. 모든 게 형편없이 틀어질지 모를 상황에 스스로를 집어넣곤 아슬아슬 위기를 비켜가는 거."

마거릿은 눈을 굴렸고, 샬럿은 웃음을 터뜨렸다. "매기, 자긴 좀 느긋해져야 해. 약간의 위험은 인생을 더 흥미진진하게 해준다니까!" 그녀는 담배에 불을 붙였다. "게다가 겨우 기차였을 뿐인걸. 놓치면 다음 걸 타면 그만이야."

"알아, 하지만 월트가."

"그만." 연기를 내뿜던 샬럿이 말을 잘랐다. "월트 얘기는 한마디도 더 하지 마. 자기 얘기만 듣고 싶어. 까칠한 클레멘트 씨와의 미팅은 어땠어? 홀랑 넘어가게 만들었지?"

"그 정도는 아니야." 마거릿 얼굴에 서서히 미소가 번졌다. "그래도 거의 넘어왔어."

"봐, 그럴 줄 알았어!" 샬럿이 승리감에 차서 담배를 한 모금 깊게 빨았다. "자세히 얘기해봐. 하나도 빠짐없이 전부."

마거릿은 빠뜨리지 않고 다 얘기했다. 샬럿은 듣는 내내 축하를 건네거나 질문을 던졌고, 더 많은 걸 캐묻느라 말을 끊었다. 이야기가 다 끝나기도 전에 기차는 이미 필라델피아로 가는 길의 절반쯤을 지나고 있었다. 마거릿은 오전 일을 거듭 떠올리며 기억에 더 또 렷이 새길 요량에 들떴다. 그러나 이야기를 마치기가 무섭게 횡단 보도에서 마주친 샬럿과 알그렌의 모습이 떠올라 다시금 찜찜한 기분에 휩싸였다.

두 사람은 얼마나 오래 거기 서 있었을까? 우연히 마주쳤나? 아 니면 애초에 약속을 잡았던 건가? 그것도 꽤 오래전에?

"이제 내 얘긴 여기까지." 마거릿이 말했다. "자긴 오늘 뭐 했어?" 그녀는 샬럿 옆의 빈자리를 힐끗 보며 물었다. "쇼핑백은 안 보이네. 마음에 드는 거 못 찾았어?"

"하나도 없었어." 샬럿이 마거릿의 시선을 피하며 다음 담배에 불을 붙였다. 벌써 네 개비째였다. "게다가 쇼핑할 시간도 별로 없 었지. 버그도프 씨네 앞에서 택시를 잡으려고 서서, B. 알트먼*에 가볼까 생각하던 참이었거든. 그런데 택시가 서더니 누가 내렸게? 로렌스!" 미소를 짓던 그녀는 담배를 한 모금 깊게 빨고 입술을 둥 글게 오므려 연기를 내뿜었다. "점심을 같이 하자더니, 기차역까지 꼭 배웅하겠다는 거 있지. 믿어져? 완전 미친 우연이지."

정말 그렇긴 했다.

마거릿은 맨해든 한복판에서 특정힌 두 사람이 특정한 날 마주 칠 확률이 얼마나 될지 가늠조차 할 수 없었지만 희박한 건 분명했 다. 물론 일어날 수 있는 일이다. 일어나기 힘든 것과 불가능한 건 다르니까.

* 1865-1989년까지 운영한 미국 뉴욕의 고급 백화점.

"그 사람은 어떻게 아는 사이야?"

"로렌스? 아 세상에, 워낙 오래전 일이라 기억도 잘 안 나네. 잠깐 생각해보자." 눈을 가늘게 뜬 샬럿이 담배를 한 모금 깊게 빨았다. "내 기억으로는, 처음 마주친 건 빌리지에서 열린, 재능이라고는 별로 없는 화가의 전시회 개막일이었어. 8년인가 10년 전쯤? 그 자리에서 얘기를 나누는데 나더러 술 한잔하자더라. 그래서 아주 형편없는 작은 술집, 더럽고, 터틀넥 스웨터에 진지한 표정을 한 비트족들로 가득했지. 그곳에 가서 새벽 2시까지 얘기했어."

"새벽 2시? 남편은 뭐랬는데?"

샬럿은 고개를 뒤로 젖히며 연기와 웃음을 함께 내뿜었다.

"아, 마거릿! 널 어쩜 좋아. 너무 기겁하지 마. 맨해튼은 컨커디아가 아니야. 그리고 로렌스는 그냥 친구야, 친애하는 오랜 벗. 뭐, 나한테 좀 빠진 것 같긴 하지만." 그녀는 어깨를 으쓱했다. "내가 뭘 어쩌겠어?"

딱히 집어내기 힘든 이유로 마거릿은 얼굴이 달아올랐고 괜스레 바보가 된 기분이 들었다. 샬럿이 또 웃으며 세련되지 못하고 촌티난다고 놀릴까 봐 신경 쓰였다. 그래도 이 상황은 어딘가 께름칙했다. 뭐랄까… 꼭 잘못이라기보다는 현명하지 않거나 심지어 위험하게 느껴졌다. 모른 척 넘어가기엔 마거릿은 샬럿을 너무 좋아했다.

어쨌거나 샬럿은 아내이자 엄마였다. 그녀가 위험한 장난을 그저 무해한 재미라고 여길지는 몰라도 엄마가 부주의하거나 신중하지 않으면 상처를 안고 살아가는 건 아이들이었다. 어쩌면 그것을 평생 짊어져야 할지도 몰랐다.

"하지만 샬럿, 그게 사실이면, 그 남자가 너를…" 마거릿은 주저했다. **사랑**이라는 단어는 도저히 입 밖에 낼 수 없었다. 알그렌의 표정은 그것과는 거리가 멀었으니까. "그 남자가 너한테 마음이 있다면, 둘만 점심을 먹는 게 정말 좋은 생각이었을까?"

샬럿의 초록빛 눈동자 속 불꽃이 불안하게 흔들리다 어둡게 사그라졌다. 두 사람 사이의 대화는 뚝 끊겼다. 마거릿은 물러서려 했지만 화제를 완전히 접진 않았다.

"자기 말대로 아무런 일도 없었을 거라고 생각해. 그래도 혹시 그 남자한테… 그러니까, 잘못된 신호를 준 거면?"

샬럿은 대답 대신 담배꽁초를 힘껏 비벼 끄며 말했다.

"나, 마티니가 절실히 당기네." 그러곤 자리에서 일어섰다.

마거릿도 일어나 그녀를 따라 클럽 칸으로 갔다. 담배 연기로 자욱한 그곳은 서로의 목소리를 뚫고 들리게 하려고 고함을 지르는 거칠고 부산스러운 회사원들로 가득했다.

대화를 나누기에 적합한 장소가 전혀 아니었다.

마티니를 두 잔 마신 샬럿은 또 알약을 하나 삼켰다. 클럽 의자에 몸을 깊숙이 파묻곤 남은 여정 내내 잠들어 있었다. 워싱턴에 도착했을 때도 여전히 몽롱해 마거릿이 샬럿의 차 열쇠를 빌려 직접 운전했다. 마거릿은 샬럿의 집에서 걸어오느라 약속했던 시간보다 몇 분 늦게 집에 도착했다.

월트는 가족실에서 텔레비전으로 야구를 보고 있었다. 커피 테이블 위에는 팝콘 접시와 텅 빈 맥주병 다섯 개가 놓여 있었다. 마거릿이 들어서자 그는 또 한 병을 입에 가져갔다.

"별일 없었어?" 그녀가 소파 뒤로 다가가 그의 어깨에 손을 얹으며 물었다. "애들은 제시간에 잘 잤어? 내가 부탁한 대로 베스가 설거지는 했고?"

그는 화면에서 시선을 떼지 않은 채 애들은 자고 베스는 로스팅팬을 싱크대에 담가뒀다고 말했다.

"괜찮아. 내가 아침에 씻을게. 당신은? 오늘 어땠어? 회사 일은?"

"일이 일이지. 늘 똑같아."

마거릿은 자리에 가만히 서서, 그가 자신의 하루는 어땠는지 물어봐주길 기다렸다. 늦게 와서 화가 난 건지, 아예 뉴욕에 간 것 때문에 화가 난 건지, 아니면 단순히 경기에 빠진 건지 알 수 없었다. 아무렇든 상관없었다. 그녀는 그의 어깨에서 손을 뗐다.

"그럼 난 자러 갈게. 같이 갈까?"

"나중에." 그는 맥주를 다시금 들이켰다.

* * *

마거릿은 몹시 지쳐 있었다. 베개에 머리를 대자마자 곯아떨어졌는데 몇 분 뒤 아래층에서 탕 하고 총성이 울리는 듯한 소리가 들려 눈을 떴다. 무슨 소리인지 확인하러 내려가야겠다고 생각하며 몸을 일으켰다.

그런데 침실 문을 열자 흰색 난간의 넓은 계단으로 이어지는 복도가 아닌, 낮은 천장과 빨간 벽돌 벽난로, 꿀 빛이 도는 좁은 참나무 마루가 깔린 조그만 거실이 나타났다. 바닥은 이제 막 정성스레 닦아내고 새로 왁스를 칠한 듯 깨끗하게 반짝였다. 그 광경을 보는 순간 마거릿은 어깨를 옹그리고 입을 꽉 다물었다. 불안과 두려움, 공포에 가까운 전율 그리고 이곳이 아닌 다른 곳에 있고 싶은 절박한 갈망이 뒤엉켜 가슴이 조여왔다.

돌아서서 나가려 했지만 방금 들어온 문은 사라지고 그 자리엔 어둡고 좁고 고요한 복도가 있었다. 마거릿은 복도를 따라 걸었다. 이름을 불러보려 입을 열어도 목소리가 나오지 않았다. 목에 갇힌 울부짖음은 속에서만 메아리쳤고, 걸음을 옮길수록 메아리가 점점 커져 귀가 아프고 심장이 미친 듯이 방망이질했다.

어느새 그녀는 반짝이도록 청소가 잘된 주방에 서 있었다. 하얀 찬장, 짙은 초록 리놀륨 바닥 그리고 땅딸막하고 구식인 냉장고가 있었다. 천천히 한 바퀴를 돌며 둘러보았다. 여전히 속으로만 부르짖던 이름이 머릿속을 맴돌았다. 흰색 냉장고 앞에 멈춰 서자 가슴이 더 단단히 조였다. 손을 뻗어 차가운 금속 손잡이를 움켜쥐었다. 냉장고 문을 열자 머릿속과 온몸, 목구멍 속에 갇혀 있던 비명이 터져 나와 절규와 절망으로 방 안을 가득 채웠다.

그리고 갑자기 방 안이 환하게 밝아졌다. 누군가 양어깨를 움켜쥐고 거칠게 흔들었다. 눈을 뜨라고 재촉하는 목소리가 들렸다. 겁에 질린 얼굴로 미간을 찌푸린 월트가 바로 눈앞에 있었다. 그는 단지 꿈일 뿐이라며, 모든 게 괜찮고 그녀 역시 괜찮다고 말했다.

마거릿은 눈을 몇 번이고 깜박이며 침실 천장의 밝은 불빛에 시선을 두었다. 길고 느리게 세 번 숨을 들이마시고 내쉬며 미친 듯 뛰는 심장을 진정시켰다. 셔츠를 밖으로 빼 입은 채 침대 모서리에 걸터앉은 월트의 흰자위에 붉은 기운이 옅게 돌았다. 맥주 냄새가 풍겼다. 마거릿은 고개를 들어 그를 바라봤다.

"애들 깼어?"

"아니, 애들은 잘 자. 또 옛날 꿈이야? 전에 꾸곤 하던 그거?"

마거릿은 고개를 끄덕였다. "이상해. 뭐 때문에 꿈을 꾼 건지 모르겠네. 정말 몇 년 만이야."

"난 알겠는데. 일 스트레스 때문이야. 당신한테 너무 벅찬 거지. 뭔가 속상한 일 아니면 그 꿈을 꾼 적은 없었잖아. 그 멍청한 칼럼이 악몽을 되살렸어."

마거릿은 몸을 일으켜 앉았다.

"그건 아니야."

"당연히 그거지." 월트가 몸을 뒤로 젖혀 둘 사이의 거리를 벌렸다. "그게 아니면 뭐겠어? 달라진 게 아무것도 없잖아."

"그 일 때문이 **아니라고**. 굳이 따지자면 그게 그나마 잘 풀려가는 일이야."

월트가 일어섰다. "무슨 말이 하고 싶은 거야?"

"아무것도 아냐." 몸을 돌려 모로 누운 마거릿은 싸워봤자 소용없다고 생각했다. "안 잘 거야?"

"경기가 연장전에 들어갔어."

"알았어." 그녀는 눈을 감았다.

그는 잠시 가만히 서 있었다. 눈을 감았어도 마거릿은 그의 존재를, 자신을 바라보는 시선을 느낄 수 있었다. 그리고 그는 돌아섰다. 섀그 카펫에 신발이 스치며 슥슥 소리가 났다.

"불 좀 꺼줄래?"

방이 어두워졌다. 상체를 일으킨 그녀가 문가에 선 남편의 실루엣을 향해 말했다. "아참, 나 뉴욕에서 정말 좋은 시간 보냈어. 상사 마음에 들었고, 발행인이 사무실도 둘러보게 해줬는데, 그게 오래 걸려서 샬럿이랑 하마터면 기차를 놓칠 뻔했어. 정말 재미있었지. 궁금해할까 봐, 고마워."

월트는 조용히 문을 닫았다.

베개를 가슴께로 꼭 끌어안은 마거릿은 깃털솜이 가득 든 베개 귀퉁이를 세게 움켜쥐었다. 차라리 문을 쾅 닫고 나가지, 생각하면서.

8장
미술 애호가

1963년 4월

뉴욕 여행이 그렇게 어색하게 끝나버려 마거릿은 이제 막 꽃망울을 틔운 샬럿과의 우정에 찬물을 끼얹은 게 아닌지, 어쩌면 북클럽의 앞날까지 망쳐버린 건 아닌지 걱정이 됐다.

다음 날 아침 아이들을 학교에, 월트를 직장에 보낸 뒤—어느 누구도 악몽이나 언쟁 따위를 전혀 언급하지 않은 채—마거릿은 평소 일과를 이어갔다. 그러나 너무 산만했던 나머지 수지의 빨간 반바지를 다른 세탁물과 분리하지 않고 넣어 월트의 속옷을 분홍색으로 물들이고 말았다.

그녀는 속옷들을 표백제에 담가두고 청소기를 돌리면서 언제 전화벨이 울릴지 몰라 귀를 기울였다. 샬럿이 전화를 걸어와 베티 모임에 들어가기로 했던 마음이 바뀌었다고 할까 봐 겁이 났다. 이틀 내내 샬럿에게서 아무 연락이 없었다. 마거릿이 전화를 걸어도 그녀는 받지도, 다시 걸어오지도 않았다.

사흘째 되던 날, 드디어 전화한 샬럿이 초대를 했다.

"버그도프 씨랑 완전히 허탕 치고 백화점엔 가지도 못했더니 이상하게 뭔가를 꼭 사야 할 것 같아. 알렉산드리아에 있는 가게들을 한번 둘러보려고. 같이 갈래? 혹시 많이 바쁘지 않다면 말이야."

그때 마거릿은 『여성성의 신화』끝에서 두 번째 장 '박탈당한 자아'를 읽던 중이었다. 다음 모임 전에 완독하고 싶었을 뿐 아니라 처음부터 끝까지 재독할 계획도 세워둔 참이었다. 오후에는 미용실 예약이 있었고 틈이 날 때마다 글도 좀 써야 했다.

"오늘은 전혀 할 일 없어." 내일은 글을 두 배로 많이 쓰리라 다짐하며 말했다.

30분 뒤 샬럿이 마거릿을 데리러 왔다. 여느 때처럼 쾌활하게, 기차에서의 일은 완전히 잊은 사람처럼 행동했다. 마거릿은 고마웠고 또 안도했다.

두 사람은 흥미진진한 시간을 보냈다. 샬럿은 눈에 들어오는 물건마다 세 개 중 하나는 꼭 집어 들었다. 마거릿은 도저히 따라갈 수 없어, 그저 눈으로 보는 데 만족했다. 하지만 그것마저 조심해야 한다는 걸 이내 깨달았다. 마거릿이 감히 사지 못할 모자를 보며 예쁘다고 하자 샬럿이 선뜻 사주겠다고 나서는 바람에 마거릿은 다시 보니 분홍색이 꼭 실사약 분가루 같은 데다 베일은 장례식이나 과부 옷을 떠올리게 해서 싫다고 핑계를 대며 겨우 말렸다. 샬럿은 눈물이 날 정도로 웃어젖혔다.

"우리 엄마가 베일을 아주 좋아하셔."

사흘 뒤―샬럿이 호스트를 자청한 다음 북클럽 모임을 2주 앞두고―샬럿이 다시 전화를 걸었다.

"내가 요리를 전혀 못해서, 베티 모임의 공식 바텐더를 맡을게. 근데 보드카 스팅어만으론 레퍼토리가 너무 좁잖아? 그래서 사이드카 칵테일을 좀 만들어봤거든. 맛을 좀 보러 올래?"

오븐 청소보다는 훨씬 매력적인 제안이었다. 마거릿은 당장 가겠다고 대답했다. 집에 도착하자 샬럿은 마거릿을 집 뒤쪽 야외 테라스로 이끌었다.

"절대 안 본다고 약속해." 거실을 가로지르며 샬럿이 말했다. "아직 완전히 엉망이야."

하지만 안 볼 수가 없었다. 이건 겸손을 가장하거나 집을 자랑하려는 여자의 빈말이 아니었다. 모든 게 정말로 엉망이었다. 물건이 가득 든 이삿짐 상자들이 덮개가 열린 채로 집 안 여기저기 흩어져 있었다. 마치 초콜릿 상자에서 견과랑 캐러멜만 쏙쏙 빼 먹은 흔적 같았다. 베티들이 찾아왔던 2주 전과 비교해 풀어놓은 짐이 조금도 줄지 않은 것처럼 보였다.

"모임 전까지는 다 정리할 거야." 샬럿이 말했다. "이런 건 서두르면 안 돼. 잘못된 자리에 놓으면 계속 그 자리에 있게 되니까."

애초에 일을 제대로 해야 한다는 신념을 가진 마거릿은 샬럿의 말에 고개를 끄덕였다. 아무리 그래도….

"예쁜 물건 정말 많다." 사실이었다. 마거릿은 그렇게 고급스러운 가구, 카펫, 장식품 들이 가득한 집을 본 적이 없었다. 그에 비하면 자신의 거실은 텅 빈 창고 같았다. "근데 일이 너무 많잖아. 정말 안 도와줘도 돼? 흔쾌히 도와줄 수 있는데."

"정말 고맙지만 보기만큼 심각하지는 않아." 명랑하게 대꾸한 샬럿이 가장자리에 얇은 오렌지 조각을 끼운 서리 낀 칵테일 잔을 마거릿에게 건넸다. "사실상 거의 다 됐어. 시작만 하면 두세 시간 안에 끝나. 마음잡고 집중만 하면 돼. 그리고 드니스가 도와준대."

마거릿은 못내 의심스러웠다.

그녀는 군사학교에 다니는 하워드 주니어만 빼고 샬럿의 아이들을 이미 다 만나보았다. 군사학교는 아버지와 할아버지의 뜻이었다고 샬럿은 못마땅한 기색을 숨기지 않고 설명했다. 아들이 집으로 돌아왔으면 하는 바람도 분명히 드러냈다. 이따금씩 샬럿은 '모성의 기쁨' 운운하며 비꼬듯 농을 치기도 했지만, 마거릿은 그녀가 아이들을 애지중지하는 걸 알았다. 아이들이 방에 들어올 때마다 눈가에 번지는 미소가 그것을 말해주었다. 어린 로라와 앤드루는 더할 나위 없이 사랑스러웠고, 엄마를 향한 애정 역시 똑같이 깊었다.

하지만 맏딸은… 달랐다.

드니스는 학구적이고 과묵했다. 모든 면에서 샬럿과 정반대였으나 총명함과 권위에 도전하는 기질만큼은 꼭 닮아 있었다. 다만 엄마의 유머 감각은 물려받지 못한 듯했다. 눈빛은 항상 진지했고, 주위를 두리번거리며 머릿속에 모든 걸 명민하게 기록하는 소녀였다. 마거릿은 드니스가 늘 무슨 일이 터질지 대비하며 사는 것 같다는 인상을 받았다. 그 나이에는 어울리지 않는 태도였다.

그러나 마거릿이 가장 놀란 건 드니스가 샬럿에게 말하는 태도였다. 무례에 가까울 정도로 성급하게 말대답할 때가 더러 있었는데, 더 놀랍게도 샬럿은 보통 절대 그냥 넘어가지 않는 성격임에도 딸에게는 대체로 눈감아주었다.

마거릿은 누구보다 잘 알았다. 모녀 관계란 복잡하고 모순적일 수 있다는 것을. 그럼에도 드니스가 짐 정리를 도와주리라는 말은 도저히 믿기지 않았다. 적어도 기꺼이 해줄 리는 없었다. 그러나 그녀는 이내 스스로를 다그치며 이건 자기 일이 아니라고 되뇌었다.

마거릿은 칵테일 잔을 들어 사이드카 한 모금을 조심스레 들이켰다.

"와, 맛있다. 뭘 넣은 거야?"

"레몬즙이랑 오렌지 리큐어 그리고 코냑." 샬럿도 한 모금 마시더니 웃음을 터뜨렸다. "코냑만 마시면 나는 스위스가 떠올라."

"스위스? 코냑은 프랑스 술인 줄 알았는데."

"맞아. 하지만 처음 맛본 게 스위스에서였거든." 샬럿이 옛이야기를 시작했다.

듣자 하니 뉴욕 사립학교에서 하나같이 퇴학당한 끝에, 부모는 그녀를 스위스의 상류층 예절 학교라도 끝마치고 오라고 보냈다. 그런데 도착한 지 사흘 만에 샬럿은 학교 주방에서 햄 반쪽과 코냑 한 병을 훔쳐 자취를 감추었고 무려 2주 동안 돌아오지 않았다.

"잠깐만." 샬럿이 이야기를 끊고 현관 쪽으로 달려갔다. "자기한테 꼭 보여주고 싶은 게 있어."

몇 분 뒤 그녀는 액자에 넣은 사진 한 장을 들고 돌아왔다. 열여섯 적의 샬럿이 알프스 정상에 서서 코냑 병을 입술에 기울이고 있는 모습이었다. 샬럿에 따르면 그녀가 가장 소중히 여기는 소장품 중 하나였다.

"이 사진을 찍고 이틀 뒤에 베르제 여사가 내 행방을 알아냈지.

직접 기차로 르아브르까지 데려가서는 뉴욕행 첫 배에 태워 보냈어." 토스트 위에서 스르르 녹아내리는 버터처럼 서서히 번지던 샬럿의 미소는, 애초에 그게 그녀의 계획이었음을 마거릿에게 알려주었다. "그렇게 제대로 끝장을 내고 왔지. 부모님이 원했던 방식이 아니었을 뿐."

샬럿은 늘 재치 있는 농담을 던지고 우스운 이야기를 쏟아냈다. 하지만 나중에 곱씹어보던 마거릿은 처음 들을 때 놓쳤던 날 선 긴장을 감지하곤 했다. 때때로 샬럿에게 조금 더 자세히 묻고 싶을 때도 있었지만 그럴 때마다 마거릿은 마음을 다잡고 참았다. 짧은 시간이었어도 샬럿과의 우정은 그녀에게 이미 소중한 의미가 되었으니까.

물론 컨커디아에서 가장 가까운 친구는 비브였고, 평생을 통틀어도 가장 친한 친구라고 할 만했다. 같은 블록으로 같은 날 이사 왔으며, 첫 만남부터 마음이 맞았다.

그래도 두 사람의 우정이 제대로 자리 잡은 건 이사 한 달쯤 뒤였다. 수지의 배에 난 발진을 비브가 성홍열이라고 진단하면서 곧장 의사에게 연락하라고 조언해주었는데, 치료하지 않으면 위험해질 수도 있었기에 마거릿은 큰 감사를 느꼈다. 그녀는 딸기 파블로바를 구워 감사 인사로 부스케티네 집에 가져다주었고, 비브는 함께 먹고 가라며 권했다. 그날 두 사람은 세 시간 넘게 이야기를 나누었다. 간호사 이웃의 존재는 큰 축복이었다. 다른 이들도 늘 비브에게 의학적 조언을 구했지만, 두 사람에겐 그 이상이 있었다. 마거릿과 비브는 비슷한 노동자 계급 출신이었고, 실질적이고 뭐든 해낼 수 있다는 태도를 공유했다. 자연스레 두 사람은 가까워질 수밖에 없었다.

반면 마거릿과 샬럿은 공통점이 거의 없었다. 그런데도 그것이 오히려 매력으로 작용했다. 샬럿은 신비롭고 예측할 수 없었다. 그녀의 말과 행동은 늘 마거릿을 놀라게 하고 때론 도전하게 만들었으며, 그동안 떠올려본 적 없는 생각으로 머릿속에 불을 밝혀주었다. 비브처럼 속을 터놓는 사이는 아니었어도 샬럿이 드러내는 몇 가지 사실만으로 마거릿은 더 알고 싶어졌다. 다만 기차 안에서 선을 넘었을 때 샬럿이 단호히 벽을 세웠던 경험은 그녀에게 신중히 다가가야 한다는 교훈을 남겼다. 첫 실수는 잠시간 침묵으로 끝났지만, 닫힌 문이 다시는 열리지 않을지도 몰랐다.

그날 테라스에서 가진 즉흥적인 칵테일 타임은 관계의 새로운 국면을 열었다. 그 뒤로 훨씬 더 많은 시간을 함께 보냈고 거의 날마다 통화했으며, 일주일에 두어 번씩 직접 만나기도 했다. 마이어 약국의 소다파운틴에서 치킨 샐러드 샌드위치와 딸기 밀크셰이크를 먹었고, 마거릿네 주방에서는 시나몬 쿠키—이번에는 타르타르 크림을 넣어 구운—와 함께 폴저스 커피를 나누기도 했다.

그러던 어느 날, 두 번째 북클럽 모임을 나흘 앞두고 샬럿이 전화를 걸어왔다. 베티들을 모두 데리고 현장학습을 가고 싶다고.

***

샬럿의 세단—앞뒤 팔걸이 좌석 모두 흰색 커버를 씌운 연한 하늘색 뷰익 리비에라—은 막 출고한 새 차로, 에어컨은 물론 온갖 사치스러운 옵션을 갖추고 있었다. 메모리얼 브리지를 건너던 중 빗시와 함께 뒷좌석에 앉아 있던 비브가 앞좌석 사이로 고개를 내밀었다.

"어디 가는 거야?"

"DC." 샬럿이 말했다.

"그건 알지. 근데 DC 어디로? 스쿨버스 오기 전에 돌아오는 거 알지?"

"당연하지." 샬럿이 장담했다. "길만 안 헤매면 돼. 마거릿, 지도 다시 좀 봐줘. 듀폰 서클*까지 가는 가장 빠른 길이 어디야?"

마거릿은 지도 뒷장의 도심 상세 도면을 들여다보았다.

"보자… 23번가에서 뉴햄프셔 애비뉴로 가거나 아니면 컨스티튜션에서 17번가로, 거기서 코네티컷 애비뉴로."

"상관없어. 아무거나 골라."

샬럿은 핸들을 손바닥으로 쳐서 경적을 울리더니, 액셀을 밟아 앞서 가던 올즈모빌 범퍼 가까이로 차를 몰았다.

비브가 숨을 들이켰다. "조심해! 너무 바짝 붙잖아!"

"저 남자가 너무 느리게 가잖아." 샬럿은 말을 받아치면서도 발을 슬며시 떼어 속노를 늦췄다. "비 짝 붙는 게 문제면, 비비안, 제발 뒤로 좀 기대줄래? 신경 쓰이거든."

비브는 콧방귀를 뀌면서도 순순히 등을 붙였다. 샬럿이 곧장 고개를 홱 돌려 마거릿을 보았다.

---

* 워싱턴 DC에 있는 중앙 분수로 유명한 교차로.

"그래서?"

"17번가로 가자. 지나가면서 백악관도 볼 수 있잖아."

"늦었어. 이미 모퉁이를 지나쳤어."

그건 모퉁이가 아니라 원형 교차로였으니 그냥 한 바퀴 더 돌면 됐을 일이었다. 하지만 도심 교통 체증이 샬럿 내면에 숨은 뉴요커 기질을 건드린 듯했고, 마거릿은 괜한 말다툼을 피했다. 지금은 그 저 사고 없이 목적지에 도착하기만을 바랐다.

"23번가로 가면 돼. 바로 여기, 여기로."

마거릿이 가리키는 길로 빠져나간 샬럿은 곧장 왼쪽 차선으로 틀어 느릿느릿 달리던 올즈모빌을 재빨리 추월했다. 여정 내내 잠잠하던 빗시가 몸을 숙였지만 비브처럼 앞으로 나오진 않았다.

"돌아오는 길에 백악관 앞 지나가도 될까요?"

"왜? 아직 본 적 없어?" 샬럿이 물었다.

"처음 이사 왔을 때 킹이랑 주말 구경 갔었는데, 가능하면 한번 지나가 보고 싶어서요. 오늘처럼 날이 좋을 때 혹시 대통령 가족이 밖에 나와 있을지도 모르잖아요. 부통령 존슨이 캐롤라인한테 세틀랜드 포니를 선물로 줬대요. 이름은 마카로니. 대통령이 고삐를 잡고 이끄는 사진을 봤는데 백악관 잔디밭에서 타고 있더라고요."

"그냥 홍보용 쇼였을걸." 그렇게 대꾸한 샬럿이 빨간불로 바뀌기 직전의 대기 신호를 빠르게 지나쳤다. "어쨌든 좋아, 돌아갈 때 들르지 뭐."

"고마워요!" 기쁘게 대답한 빗시가 다시 자리에 기대앉더니 난데없이 짧은 비명을 내질렀다.

"왜 그래?" 샬럿이 백미러로 시선을 돌렸다. "무슨 일이야?"

"잘 모르겠어요." 빗시의 목소리에 불안이 깃들어 있었다. "내가… 뭘 잘못 건드린 건가? 팔걸이에 팔을 올렸더니 창문이 저절로 내려가서."

샬럿이 씨익 웃었다. "걱정 마, 차는 멀쩡해. 전동 창문이거든. 팔꿈치나 어딘가로 버튼을 건드렸겠지."

"전동 창문? 어머, 이 차엔 진짜 없는 게 없네요?"

"글쎄, 화장실은 없는데." 비브가 다시금 앞좌석 사이로 머리를 내밀며 말했다. "큰일이야, 앞으로 5분 안에 화장실 못 찾으면 사고 나겠어. 오늘은 애가 꼭 방광 위에 자리 잡은 것 같아."

"걱정 붙들어 매." 샬럿은 차를 연석 쪽으로 붙였다. "다 왔어."

마거릿은 창밖을 내다보았다. 어디서나 볼 수 있을 법한 높다란 회색빛 건물이 서 있었다. "여기가 어디야?"

"워싱턴 현대미술관*." 샬럿이 시동을 끄며 말했다. "그리고 미리 대답하자면 비비안, 여기 화장실 있어."

***

비브가 화장실로 재빠르게 사라진 사이 샬럿은 티켓값을 계산하며 오늘은 자기가 쏜다고 고집을 부렸다. 마거릿과 빗시는 먼저 첫 번째 전시실 안으로 들어갔다.

---

* 워싱턴 DC 최초의 현대미술 전용 미술관으로, 당대의 추상표현주의와 팝아트, 미니멀리즘 작가들을 적극적으로 소개했다. 1968년 재정난으로 문을 닫아 소장품 대부분은 스미스소니언 미국미술관으로 이관되었다.

갤러리 내부는 외관보다 훨씬 흥미로웠다. 세기 전환기에 지어진 거대한 마차 보관소를 개조한 공간으로, 높이 솟은 천장에 널찍한 흰 벽과 맑고 눈부신 조명이 돋보였다. 드넓은 미색 바닥 판재는 세월의 흔적이 느껴질 정도로 낡아 원래부터 깔려 있던 건지도 모른다는 짐작이 들기에 충분했고, 거울처럼 반들반들 윤이 나게 닦여 있었다. 투명한 창문으로 비스듬히 들이비친 햇살은 바닥 위에 사각 격자를 드리워 성당 같은 분위기를 자아냈다. 겸허한 마음으로 목소리를 낮춰야 할 것만 같은 공간이었다.

그리고 마치 전속 도슨트처럼 나서 한 시간 동안 다양한 작품의 사조와 주제, 구성, 기법을 세세히 설명해주던 샬럿의 어투는 평소답지 않게 경건했다. 그 시간 내내 신랄한 농담이라곤 딱 한 번만 던졌을 뿐이었다. 전시된 작가들의 이름을 줄줄이 읊어 내려가던 순간이었다.

"엘즈워스 켈리, 로버트 인디애나, 마르셀 뒤샹, 재스퍼 존스, 전부 남자분이지. 앨리스 데니가 갤러리를 공동 설립했고 아델린 브리스킨이 관장이긴 하지만, 예술계는 여전히 소년들 클럽이야. 여자들은 운영비 대고 유지 관리하는 역할은 허락받아도 정작 함께하는 건 절대 안 되지." 신랄한 기색을 뚜렷이 드러내면서도 그녀는 이내 미소를 지어 보였다.

"하지만 이렇게 와볼 수 있다는 것만 해도 꽤 멋지지. 보시다시피." 그녀는 양팔을 벌려 양쪽 벽에 걸린 캔버스들을 가리켰다. "여긴 정말 놀라운 작품들이 있거든."

고개를 돌려 좌우로 살펴보던 비브가 갸우뚱했다.

"뭐가 그렇게 놀랍다는 거야? 그러니까, 이게 도대체 다 뭔데? 웬만한 건 우리 제니가 그린 그림 같아 보이는데, 걔 아직 다섯 살밖에 안 됐거든."

순간 샬럿의 얼굴에 스친 표정을 보자 마거릿은 얼마 전 북클럽 모임에서 벌어진 설전이 떠오르며 불안해졌다. 하지만 놀랍게도 샬럿은 날카롭게 대응하지 않고 숨을 깊게 들이마셨다가 셋을 센 뒤 내쉬며 미소를 지었다.

"그게 사실이면 제니 작품을 사고 싶은데. 언젠가는 진짜 값어치가 나갈 게 확실하니까."

"어머, 그거 좋은 생각이네." 비브가 마거릿과 빗시를 향해 활짝 웃으며 말했다.

"현대미술은 언뜻 보기엔 단순해도 사실 진짜 기법이 들어가 있어. 그게 무엇이냐고 묻는다면…" 샬럿은 어깨를 으쓱하곤 두 손바닥을 펼쳐 보였다. "글쎄, 그건 보는 사람 각자가 결정해야 해. 중요한 건 어떻게 보이느냐가 아닌 어떤 감정을 불러일으키냐, 하는 거니까. 좋은 예술, 최고의 예술은 반드시 어떤 반응을 끌어내는데, 반드시 긍정적일 필요는 없어. 차분하거나 즐겁거나 혹은 궁금하게 만들 수도 있고, 반대로 화나게 하거나 수치스럽게 하고 두렵게 만들 수도 있지. 반응은 사람마다 다를 거야. 그래도 작품이 뭔가 진실하고 심지어 날것의 감정을 불러냈다면, 이미 제 역할을 다한 거지."

"이 점만 명심하고 갤러리를 둘러봐." 샬럿은 모두와 눈을 맞추며 말을 이어갔다. "열린 마음을 가지면 더 좋고. 예상보다 더 많은 걸 발견하게 될지도 모르니까."

입 밖으로 내진 않았어도 마거릿 역시 처음 갤러리 소장품을 봤을 때 비브와 크게 다르지 않은 생각이었다.

이게 뭐지? 대체 뭘 표현하려는 걸까?

하지만 샬럿의 설명을 마음에 새기고 그림이 주는 느낌에 스스로를 열어두자 점차 흥미가 느껴지기 시작했다. 꼭 즐겁다고 할 순 없는 감각이었다. 한 시간이 지났을 무렵 마거릿은 그들 모두가, 심지어 비브조차 작품 앞에 오래 머무르며 비록 열렬한 감탄은 아니더라도 최소한 진지하게 감상한다는 사실을 알아챘다.

비브가 가장 마음에 든다고 고른 작품은 〈레드 화이트〉였다. 엘즈워스 켈리의 대형 회화로 하얀 배경 위에 새빨간 형태 하나만 그려진 작품이었다. 뭐가 마음에 드는지 샬럿이 묻자 비브는 어깨를 으쓱하며 대답했다. "그냥, 난 원래 빨간색을 좋아하거든. 그리고 저기 가운데 부분이 빈스가 어렸을 때 입던 빨간 반바지 같아. 그 앙상한 다리랑 온통 까진 무릎에 입은 모습이 참 귀여웠지."

마거릿은 재스퍼 존스의 작품 두 점에 마음이 끌렸다. 첫 번째는 〈지도〉라는 제목의 작품으로 파랑, 빨강, 노랑, 주황색을 급하게 휘갈긴 듯한 널따란 붓질로 그린 그림이었다. 얼추 미국 지도를 닮았지만 경계선은 흐릿하게 번져 겹쳐 있었다. 두 번째 작품은 〈폴스 스타트〉로 파랑, 빨강, 노랑, 주황, 하양, 회색의 날카로운 얼룩들이 뒤엉킨 혼돈 위에 색이름이 스텐실로 찍혀 있었는데, 거의 대부분 단어와 실제 색깔이 일치하지 않았다. 마거릿은 그 모든 게 정확히 무엇을 의미하는지는 알 수 없음에도 밝고 경쾌한 색감이 마음에 들었다. 샬럿의 심기를 거스를까 봐 차마 입 밖에 내지는 않았는데 그녀에게는 그 그림들이 다소 유치해 보였고 사실 바로 그 점이 가장 좋았다. 장난기, 나이를 먹으며 사라지거나 실망에 파묻혀버리곤 하는 억제되지 않은 열정이 담긴 듯 보였으니까.

같은 작품에 대한 빗시의 감상은 좀 더 미묘했다.

"고단수네요, 색깔 이름을 엉뚱하게 매치해 관객의 뇌를 혼란스럽게 하고 제대로 본 게 맞는지 두 번 확인하도록 만들잖아요. 그냥 익살꾼일 수도 있지만." 그녀는 캔버스를 가까이 들여다보며 말을 이었다. "용서받을 걸 알고 벽에 낙서를 갈기는 짓궂은 소년처럼 아니면 철학자? 국경이라는 게 사실 어느 날 누군가가 마음대로 선을 그어놓은 것에 불과하다는 사실을 직면하게끔 과제를 던지는 건지도 모르죠. 아마 셋 다일지도. 단정하기가 어렵네요."

두 걸음 뒤로 물러난 그녀는 두 작품을 함께 바라보았다.

"무엇이 되었든 확실히 자신감이 넘쳐." 빗시는 고개를 좌우로 돌려 다른 작가들의 작품을 훑어보며 덧붙였다. "다들 그래, 그렇게 생각 안 해요?"

마거릿은 한 바퀴 빙 돌며 벽에 걸린 그림들을 둘러보고 빗시의 말이 맞다는 걸 깨달았다. 분위기가 어떻든 메시지가 무엇이든, 색채나 기술이 어찌 됐든, 전시실 안 모든 캔버스는 하나같이 자신감을 뿜어내고 있었다. 단 한 명의 작가도 스스로를 의심하거나 이곳에 전시될 자격에 의문을 품지 않았던 것처럼.

대체 어떤 기분일까?

시간은 빠르게 흘렀다. 모든 전시실을 다 돌기도 전에 빗시가 아쉬워하며 돌아갈 때가 되었음을 알렸다.

"아이들 스쿨버스는 어쩌고요? 파크웨이 교통 상황도 어떨지 모르잖아요."

출발하기 전에 비브가 화장실을 한 번 더 다녀와야겠다고 했다. 빗시도 동행했다. 마거릿과 샬럿은 함께 마지막 전시실을 둘러보기로 했다. 한쪽 귀퉁이에 종이 한 장 크기의 조그만 그림이 있었다. 샬럿은 다른 작품들은 외면한 채 곧장 그 그림 앞으로 걸어갔다. 마거릿도 뒤를 따랐다.

상한 우유를 떠올리게 하는 배경이었다. 엉겨 붙은 듯한 회색빛. 전경에는 색 얼룩들이 흩뿌려져 있었는데 대부분 붉은색이었다. 사이사이엔 무수한 검은 선들이 난무했는데 어떻게 보느냐에 따라 잘린 얼굴 같기도, 절단된 팔다리 같기도 혹은 그저 상상의 산물 같기도 했다. 오른쪽 아래 구석에는 뾰족하고 날 선, 뻔뻔할 만큼 자신만만한 서명이 있었다. 'L. 알그렌.'

샬럿은 그 캔버스를 오래도록 바라보았다. 다른 작품들 앞에서도 그랬듯 말이다. 마거릿은 낯선 그녀의 표정을 보다가 단번에 알아챘다. 샬럿을 떠나보내던 순간 알그렌이 지었던 바로 그 표정이었다. 탐욕스럽고, 굶주린, 음욕이 깃듯 시선. 결코 손에 넣을 수 없는 것을 향한 불타는 갈망이 어린 눈빛.

그제야 마거릿은 자신들이 왜 이 갤러리에 오게 됐는지 깨달았다.

바로 그 순간—텅 빈 공간에, 그림과 두 사람만 남은—이었어야 했다. 마거릿은 그녀 곁에 다가서서 샬럿의 얼굴이 아닌 캔버스를 응시하며 조용히 물었어야 했다. "그 사람을 어떻게 아는 거야?"라고. 그러니까 "왜 아는 거야?"라는 의미를 담아.

그러나 그녀는 묻지 않았다.

우정이 아직 새롭고 소중한 데다 완벽할 때는, 차라리 알지 않는 편이 나은 일도 있는 법이니까.

9장
간호사 구함

비브가 몰고 다니는 1957년식 은색 벨에어 세단은 탱크처럼 회전 반경이 컸다. 그녀는 목적지에서 네 블록 떨어진 데 하나 남은 빈자리를 겨우 찾아 차를 끼워 넣느라 다섯 차례나 들락날락했다. 시동을 끄고 나서야 뒤를 보려고 고개를 돌린 탓에 뻣뻣해진 목덜미를 주물렀다. 와중에 이번 면접이 엄청난 시간 낭비로 끝날 것 같은 불길한 예감이 스쳤다.

정말 파트타임 일자리 하나 때문에 DC까지 직접 차를 끌고 오고 싶었던가?

그러나 돌아서기엔 너무 늦었다. 차에서 내린 그녀는 문이 잠겼는지 두 번 확인한 뒤 걸음을 옮겼다.

동네가 어수선하다기보다는, 정확히 말해 컨커디아에서 익숙했던 획일적이고 엄격하게 규제된 환경과 사뭇 달랐다. 잡초가 무성한 마당과 군데군데 헐거운 울타리, 기울어진 포치를 방치한 집들이 있는가 하면, 페인트를 갓 칠하고 잔디도 잘 다듬었을 뿐 아니라 창가에 꽃 상자를 단 집도 어울려 있었다. 전체적인 계획이나 승인받은 색상 조합 따위는 존재하지 않는 게 분명했다. 오히려 그래서 좋았다. 어린 시절을 보낸 워싱턴주 타코마의 동네를 떠올리게 했다. 다만 그녀가 유년기를 보낸 동네 이웃들과는 달리 이곳 브룩랜드 사람들은 집들만큼이나 각양각색이었다. 다양한 피부색을 가진 행인들은 모두 제 할 일에만 집중했고 그녀에게는 전혀 관심이 없어 보였다.

길을 건너 상업 구역으로 들어서자 목적지가 눈에 들어왔다. 낮게 지은 벽돌 건물 점포 앞 유리창에 이렇게 적혀 있었다. '가정의학과 전문의 F. E. 조르다노.'

사람들로 꽉 들어찬 병원 대기실은 몹시 시끄러웠다. 기침, 재채기, 아기 울음, 대화 소리가 뒤섞여 불협화음 이루었고 영어가 아닌 말소리도 들려왔다. 접수대를 지키는 쉰을 훌쩍 넘긴 듯한 깡마른 여성은 분주한 기색이 역력했다. 비브가 자기 이름과 방문 목적을 전하자 그녀는 도로시아 해리스라고 자신을 소개하며, 박사에게 도착 사실을 알리겠다고 상냥하게 말했다.

의자가 이미 다 차서 비브는 벽에 기대어 기다렸다. 가까이에 아주 어린 엄마와 자기 귀를 잡아당기며 보채는 짙은 눈의 아기가―비브는 단번에 중이염일 거라고 진단했다―있었다. 아기와 눈이 마주친 비브는 두 손으로 얼굴을 가리고 까꿍 놀이를 시작했다.

잠잠해진 아기는 처음 두 번의 까꿍에는 반응하지 않고 의심스러운 눈빛을 보냈다. 마침내―세 번째 '까꿍!'에서―아기는 배시시 웃음을 터뜨리며 통통한 손가락으로 눈을 가렸다. 그러곤 주도권을 쥐고 놀이를 세 번 더 이어갔다. 진료실에서 고개를 내민 도로시아가 부스케티 간호사를 부르는 바람에 놀이는 끝이 났다.

***

잠시 후 비브는 서류철과 차트, 의학 저널이 산더미처럼 쌓인 책상 앞 딱딱한 플라스틱 의자에 앉아 잠재적 고용주인 프란체스카 엘레나 조르다노 박사에게 면접을 보았다.

조르다노 박사는 키가 170센티미터 남짓으로 비브보다 약간 더 컸다. 길고 우아한 콧날과 질끈 묶은 머리에서 빠져나오려 곱슬거리는 두꺼운 회색 머리카락, 진한 홍차나 오래된 양피지를 떠올리게 하는 볕에 그을린 피부, 큰 갈색 눈과 두툼한 입가에 부챗살처럼 퍼진 주름이 인상적이었다.

박사가 자신의 이력서를 훑는 모습을 조용히 지켜보던 비브는 잠시 스치듯 생각했다. 립스틱과 볼터치, 아니 주름을 조금만 매끄럽게 해줄 좋은 크림만 발라도 아름다워 보이지 않을까? 하지만 이내 다른 생각이 들었다. 아니, 그렇게 한다면 다른 사람들과 똑같이, 평범해 보일 뿐이겠지. 프란체스카 엘레나 조르다노 박사는 결코 평범한 사람이 아니었다.

물론 비브는 여성 의사가 존재한다는 것을 알았다. 예전 실습했던 병원에도 두 명이 있었다. 한 명은 소아마비 환아들을 돌봤고 다른 한 명은 연구실에서 일했다. 하지만 직접 진료를 받아본 적은 한 번도 없었고 자신이 여성 의사 밑에서 일하게 되리라고는 상상조차 못했다.

조르다노 박사에겐 어떤 사연이 있을까? 어쩌다 의학의 길로 들어섰을까? 여성 의사 밑에서 일하면 과연 어떤 기분일까?

전쟁 중 비브는 여느 간호사처럼 몇몇 여성 장교에게도 보고했다. 괜찮은 사람들도 있었다. 하지만 때때로 그녀들은 뻣뻣하고 유머라곤 없는 데다 불필요하게 엄격했다. 꼭 뭔가를 증명해야만 하는 사람들처럼 굴었는데 그 생각이 틀린 건 아니었다. 지도자는 언제나 자신을 증명해야 하니까.

문제는 대부분 여성에겐 본받을 만한 역할 모델이 없다는 점이었다. 좋은 리더십은 규율 아홉에 자비 하나로 이뤄진다는 것 그리고 그 하나가 아홉만큼이나 중요하다는 사실을 몸소 보여줄 이가 없었다. 따라서 비브가 모셨던 몇몇 여성은 계급과 규정 준수, 고집스러운 면모에만 의존할 수밖에 없었다.

조르다노 박사 밑에서 일해도 그런 느낌일까? 만약 그렇다면 비브는 다시 일하겠다는 계획 자체를 재고해야 할지도 몰랐다.

비브의 이력서를 내려놓은 박사가 책상 너머 그녀를 바라보았다.

"컨커디아에 사세요?" 그녀가 물었다. "꽤 먼 거리인데 여기 일자리를 찾는 이유가 뭔가요?"

사실을 말하자면 특별한 이유는 없었다. 다만 비브는 조금 절박해진 시점에 이르렀다. 마침 신문에서 본 구인 광고가, 요구 조건은 거의 없으면서 즉시 업무가 가능한 간호사에게 바쁜 DC 진료소에서의 '보람 있고 의미 있는' 일을 약속하고 있었기에, 광고를 낸 사람 역시 조금은 절박하다는 인상을 받았다. 그렇다고 솔직하게 말할 수는 없었다.

비브는 미소를 지었다. "그게, 흥미로운 자리처럼 보였어요. 저는 항상 바쁜 게 좋거든요." 전적으로 진심이었다. "보람과 의미를 말씀하신 점도 인상 깊었고요." 물론 이 부분에선 진심을 좀 과장했다. 비브는 거짓말을 잘 못하는 사람이었고 의사의 눈빛은 그것이 거짓임을 단번에 꿰뚫었다. 비브는 한숨을 내쉬었다.

"좋아요, 솔직히 말씀드릴게요. 컨커디아 근처 일자리 일곱 군데서 떨어지지만 않았어도 여기 지원하진 않았을 거예요."

박사는 책상 위에 팔꿈치를 괴고 깍지 낀 손 위에 턱을 얹었다.

"일곱 번의 면접에서 다 떨어졌어요?"

의사의 말투에 짜증이 솟구친 비브는 투지를 불태우듯 팔짱을 끼고 고개를 치켜들었다.

"모두 다요. 이제 상황이 심각해서 가족이나 친구들에겐 면접 본 사실조차 말하지 않아요. 떨어졌다고 거듭 인정하는 굴욕을 피하려고요. 오늘 아침 친구 빗시가 전화해서 북클럽에 가져갈 이상한 채식 요리를 한번 맛봐달라며 집에 들르라고 했는데 급한 치과 진료가 있다고 둘러댔을 정도예요."

"일곱 번이라…" 이번에는 거의 감탄한 투였다. "대체 뭐가 문제였죠?"

"아무 문제 없어요!" 비브가 가슴을 탁 치며 외쳤다. "저는 훌륭한 간호사예요! 최고라고요! 총상, 괴저, 콜레라, 복합 골절, 바이러스, 감염, 열대 질병 전부 다 겪어봤고 전부 다 감당할 수 있어요. 어떤 상황에서도 위축되지 않아요."

"잘됐네요." 의사가 말했다. "이 동네에선 그 모든 걸 다 다뤄야 하거든요. 열대 질병은 아닐지 몰라도 그 외엔 다 있죠. 그런데 말이죠, 그렇게 별처럼 빛나는 실력자를 왜 아무도 채용하지 않았을까요?"

"일을 쉰 지 18년이나 됐으니까요. 그리고 애가 여섯이나 있으니까요."

"여섯이라고요?"

"여섯이요."

이제껏 본 면접에서는 아무리 자격이 충분하고 의지도 강한 데다 분위기가 좋은들, 바로 이 시점에 당도하면 어김없이 적합하지 않다는 통보를 받았다. 이번에도 틀림없이 그 순간이 다가오고 있음을 직감한 비브는 더 잃을 것도 없으니 차라리 모든 걸 털어놓기로 했다.

"그리고 일곱째를 가졌어요."

"예정일이?" 의사가 물었다.

"10월 말이요."

조르다노 박사는 인상을 쓰고 고개를 갸웃하며 머릿속으로 빠르게 계산했다. "그럼 지금 약 8주 정도 됐네요?"

"10주 남짓 됐어요." 비브가 말했다.

"흠, 확실히 임신 맞아요? 그런데 나이가 어떻게 되죠?"

"마흔한 살이요. 여섯 번이나 임신을 해봤으니 이번에도 틀림없는 건 제가 제일 잘 알죠." 비브가 말했다.

의사는 어깨를 으쓱했다. "그렇군요, 알겠어요. 이전 임신들은 어땠나요? 합병증이라든지 입덧, 정맥류, 임신성 당뇨, 피로 같은 건 없었어요?"

"처음 두 달 정도 입덧이 좀 있었어요. 그 외에는 아무 문제 없었고요. 출산도 순조로웠죠. 전 임신하면 오히려 활기가 도는 좀 특이

한 여자예요."

"집에 아이가 여섯이나 있다니, 다행이네요." 눈을 가늘게 뜬 박사가 입술을 손가락으로 톡톡 두드렸다. "이번 임신도 이전처럼 무난하게 지나간다면 일하는 데 걸릴 건 없네요. 다만 가을쯤 출산하면 대체할 누군가가 들어와야겠죠. 이상적인 상황은 아니라도 만약 우리가…"

"잠깐만요." 비브가 귀에 들어간 물을 터는 사람처럼 고개를 저으며 끼어들었다. "지금 정말로 저를 고용할 생각이신 거예요? 왜요?"

"경험도 많고 실력도 확실해 보여요. 야전병원에서 그만큼 오래 근무한 사람이면 웬만한 건 다 감당할 수 있죠. 근무 경력이 좀 최근이었다면 더 좋았을까?" 의사가 고개를 끄덕이며 자문했다. "물론 그렇죠. 하지만 전투 현장에서 의술을 익힌 사람은 대개 빨리 배우고 상황 대처 능력이 뛰어나요. 금세 감을 되찾을 거라 확신해요."

"기죽지 않고 당당한 모습도 마음에 드네요. 환자들이 대체로 착하긴 한데 다들 성격이 좀 거칠거든요. 무례한 태도에 단호히 대응할 간호사가 필요해요."

"글쎄요, 엄마가 되면 단련이 되죠." 비브가 말했다. "아이들은 말이랑 똑같아요. 두려움의 냄새를 맡거든요. 어느 선까지 지킬지 확실히 보여줘야 해요."

조르다노 박사는 양손을 활짝 벌려, 자기 생각을 대신 말해줘 고맙다는 듯 고개를 끄덕였다.

"지금껏 솔직히 말씀해주셨으니 저도 솔직하게 말씀드리죠. 사실 이 일을 하겠다는 사람이 아무도 없어요. 급여가 다른 곳보다

적거든요. 환자들도 다소 거칠고 대부분 가난해요. 보험이 있는 경우도 드물고, 있다 해도 입원 치료 정도만 보장되죠. 그래서 환자 사정에 맞춰서 진료비를 매겨요. 많지 않은데, 그마저도 제대로 내지 못하는 경우가 대부분이고요."

2주 동안 개인 병원 다섯 곳에서 면접을 봤던 비브는 그들이 하나같이 재정적으로 넉넉해 보였다는 점을 떠올리자 의문이 일었다.

"그럼 왜 굳이 여기서 진료하세요? 다른 동네에서 개업해 돈을 낼 수 있는 환자들을 받으면 되잖아요?"

"그러게요, 저도 똑같은 질문으로 거의 날마다 자문합니다."

의자에 몸을 깊숙이 파묻은 의사는 피곤한 기색을 띠면서도 전보다 한결 편안해진 얼굴이었다.

"저는 이 동네에서 자랐어요. 브룩랜드는 늘 여러 국적과 인종이 뒤섞여 사는 곳이었죠. 부모님이 1907년에 미국에 오셔서 여기서 세 블록 떨어진 곳에 조그만 이탈리아 식료품점을 열었어요. 지금은 세탁소가 들어섰고 부모님도 세상을 떠나셨지만, 저는 여전히 제가 태어난 커니 스트리트 집에서 살아요. 브룩랜드를 '리틀 로마'라고 부르는데, 가톨릭 기관이 워낙 많고 저도 그 환경 속에서 자랐어요. 파두아의 성 안토니오 성당에서 미사를 드렸고 집에서 도보로 10분 거리인 가톨릭대학에서 학부 과정을 마쳤어요."

"케이스웨스턴리저브 의대에 합격했을 때도 어릴 적 들었던 설교와 교리들이 클리블랜드까지 따라붙었어요. 돈 잘 버는 교외 병원에 들어가 회사원들의 통풍이나 여자들 신경증, 두근거림 증상을 치료하며 돈을 벌면 좋겠다는 생각을 할 때마다 양심의 가책이 밀려오다가 6학년 때 담임이었던 이매큘라타 수녀님의 목소리가 들렸죠. 많이 받은 자에게는 많은 책임이 따른다던 말이요."

"그러니 제가 왜 여기에 있냐고요? 나도 도무지 모르겠네요. 수녀님들 탓이라고 해두죠, 뭐."

박사가 손바닥을 뒤집어 보이며 어깨를 으쓱하자 비브는 웃음을 터뜨리고 말았다.

"우리 가톨릭 학교에도 이매큘라타 수녀님이 계셨어요. 6학년 말고 8학년을 맡으셨는데, 봉사와 희생에 대한 설교는 똑같았어요. 안 좋은 일이 생길 때마다 수녀님들은 '그냥 하느님께 맡기'라고 말씀하셨는데 그 소릴 들을 때마다 5센트씩 받았다면 지금쯤 여기나 다른 어디에서 일할 필요도 없을 거예요."

"맞아요." 의사가 고개를 끄덕이며 비브 목에 걸린 은제 예수 성심 펜던트를 가리켰다. "당신이 여기 딱 앉는 순간 같은 학교 출신이구나 싶었네요."

비브는 무심결에 목걸이를 매만졌다. "졸업할 때 원장 수녀님이 모두에게 이걸 나눠주셨거든요. 전 대부분 수녀님을 꽤 존경했어요. 열다섯 때까진 제가 수녀원에 들어갈 거라고 믿었다니까요. 그러다 남자에 눈을 떴죠."

"이탈리아 남자들?"

"이탈리아 남자 **한 사람**이요." 비브가 말했다. "토니. 전쟁 중에 만났어요. 파편을 맞고 병원에 입원했더랬죠. 오래 있지는 않았어도 제겐 충분한 시간이었어요."

"당신이 그 이탈리아 청년과 결혼하는 걸 부모님은 어떻게 생각하셨나요?" 의사가 물었다. "보기에 당신은 원래 부스케티는 아니었을 테고. 독일계? 폴란드계?"

"아일랜드요." 비브가 대답했다. "엄마 성은 맥코맥이고 아빠 성은 도노반이었죠. 사실 토니와의 결혼을 어떻게 생각하셨는지 여쭤본 적은 없는데 아마 안도하셨을걸요. 어쨌든 부모님이 간섭할 새도 없이 일을 해치웠으니까요. 제가 군대 규율을 위반하자 군종 신부님이 서둘러 우리 결혼식을 올려주셨고 저는 곧장 집으로 보내졌어요."

"규율 위반?"

"허락 없이 임신했으니까요. 군대는 수녀원과 비슷한 점이 있어요. 둘 다 독신 서약을 요구하거든요. 그런데 이탈리아 남자들이란…." 비브가 어림없다는 듯 고개를 저었다. "어쩌겠어요?"

의사가 웃음을 터뜨렸다. "저도 이탈리아 남자와 살아요. 남편 이름은 폴이고 아이는 둘, 카를로, 루치아."

비브는 깜짝 놀랐다. 의사가 아내이자 엄마라니 상상도 못 한 일이었다. 의학은 대학에서만 10년을 보내야 하는, 그야말로 고행을 요구하는 분야 아닌가. 조르다노 박사는 어떻게 이 모든 걸 해내면서 가정을 꾸렸을까?

"쉽지 않았어요." 비브의 속내를 읽은 듯 그녀가 말했다. "중간에 힘든 선택을 많이 해야 했죠. 그래서 아이가 여섯이 아니라 둘뿐인 거예요. 그냥 최선을 다했어요. 공 여러 개를 저글링하다 보면 몇 개는 떨어뜨리기도 하고 몇 개는 다시 주워 들고 그러죠. 아이들이 다 커버리니 훨씬 수월해졌지만 그때는 여느 여자들처럼 감당했어요. 그래서 당신이 아이가 여섯, 아니 일곱이라 해도 전혀 걱정 안 돼요." 그녀는 아직은 평평한 비브의 배를 향해 고개를 끄덕이며 덧붙였다. "당신이라면 충분히 해낼 거라 믿어요. 문제는, 정말 이 일을 원하느냐죠. 일을 마다할 만한 이유는 수두룩해요. 먼 통근 거리, 긴 근무 시간…. 이 자리에서 일한 12년 동안 저는 점심시간을 가져본 적도, 오후 6시 전에 병원을 나가본 적도 없어요. 대부분 저녁 일고여덟 시까지 남아 환자 기록을 처리해야 해서요."

그녀는 산만하게 흩어진 책상 위를 잠시 응시하다 비브가 맡게 될 막중한 업무와 환자 수에 대해 더 자세히 설명하기 시작했다. 돌려 말하지 않는 건 확실했다. 비브는 혹시 박사가 자신을 채용할 마음이 전혀 없어서 부러 끔찍하게 설명하는 게 아닐까 하는 의심마저 들었다.

"하지만 좋은 점도 있어요." 몸을 앞으로 기울인 의사가 커다란 갈색 눈으로 비브를 똑바로 쳐다봤다. "보람이 있어요. 세상이 잊은 사람들의 삶에 변화를 만들어주는 일이 당신에게 가치 있는 화폐라면, 이곳이야말로 시내에서 가장 보수 좋은 직장이 될 거예요. 자? 어때요, 부스케티 간호사? 여기서 일하고 싶으세요?"

비브가 즉시 대답하지 않자 박사의 미소가 옅어졌다. 그녀는 책상 위에서 손을 내려 무릎 위에 가지런히 올려놓았다.

"중대한 결정이니, 아무래도 집에 가서 남편분과 상의해야겠죠?"

비브도 그래야 한다는 걸 알았다. 하나 만약 그렇게 한다면, 합리적인 거절의 이유가 줄줄이 쏟아져 나와 일하고픈 내면의 충동을 삼켜버릴 것도 잘 알았다. 비브는 프란체스카 조르다노가 좋았다.

존경스럽기도 했다.

무엇보다 중요한 건, 그녀가 이해됐다.

진주만 사태 이후 비브가 군에 자원한 이유는 대다수 사람들과 마찬가지로 애국심, 불타는 분노, 넓은 세계를 보고픈 고요하지만 분명한 열망 그리고 놓쳐버릴까 두려운 마음이었다. 그러나 많은 젊은 여성이 충동적으로 입대한 것과 달리 비브는 실질적인 기술을 갖고 있었다. 간호사 교육을 마친 지 2년 차, 분주한 병원에서 일하며 누구보다 유능한 간호사로 인정받고 있던 터였다. 의사들 모두가 당직 시간에는 비브와 함께 일하길 원할 정도였다.

입대 전까지 비브는 전쟁의 참상을 상상조차 못 했다. 하지만 전쟁터로 나가 싸우다 상처 입은 수많은 청년과 소년에게 자신이 제공할 수 있는 도움이 절실하다는 사실은 알았다. 그 사실이 부모에게서, 신앙과 삶의 경험에서 배운 모든 것과 어우러져 도와야만 한다고, 반드시 도와야 한다고 비브에게 속삭였다.

많이 받은 자에게는 많은 책임이 따른다.

그건 가톨릭, 하면 흔히들 비난하고 조롱하는 죄책감 때문만은 아니었다. 비브의 결심 속에는 또 다른 요소가 자리했다. 옳고 그름에 대한 굳건한 감각, 그것은 그녀의 파란 눈동자와 작은 발처럼 본질적으로 타고난 특성이었다. 어두운 시기에 자신의 기술을 쓰지 않는다는 것은 극도의 배은망덕이자 신에 대한 모독이며, 세상과 자기 자신을 더 작고, 더 야비하고, 더 잔인하고, 비천하게 만드는 일처럼 느껴졌다.

비브는 결코 유창한 사람이 아니었다. 그러나 만약 이런 내적 충동을 말로 표현할 수 있었다면 박사가 고개를 끄덕이며 중얼거렸으리라 확신했다, "네. 맞아요, 알아요." 그녀는 정말 알았으니까. 그렇지 않았다면 어째서 더 힘든 길을 택하고, 공 여러 개를 저글링하며, 자신이 받은 은총을 가족 그리고 환자들에게 쏟아부어 삶의 소명을 완수했겠는가? 프란체스카 조르다노가 할 수 있다면, 비브도 할 수 있었다.

토니 생각은 어떨까?

일하면 안 된다고 말하진 않겠지만, 만약 임신 사실을 알게 된다면….

하지만 토니는 아직 몰랐다.

옷차림만 조심하고 체중이 늘었다는 그럴듯한 핑계를 몇 번 흘리면 배가 드러나기 전까지 두세 달은 버틸 수 있을 터였다. 그때쯤이면 이미 업무에 익숙해져 간호사로서, 엄마로서 그리고 임부로서 모든 공을 저글링할 수 있음을 토니와 다른 모두에게 증명할 수 있으리라.

많이 받은 자에게는….

비브는 대기실에서 본 아기의 웃음기 가득한 갈색 눈동자를 떠올렸다. "고맙습니다"라고 웃으며 속삭이던 어린 엄마의 눈빛도. 마지막으로 나의 아이들, 지금 뱃속에 있는 아기까지도 생각했다. 그녀는 모두를 고려해야 했고, 모든 공을 떨어뜨리지 않고 돌릴 방법을 찾아야 했다.

"늦게까지 일은 못 해요, 저녁은 제가 준비해야 해서요. 그러니 풀타임도 어렵겠네요. 일주일에 이틀, 오전 9시부터 오후 3시까지.

그게 제가 할 수 있는 최선이에요."

박사가 책상 위로 손가락을 톡톡 두드렸다.

"그럼 이렇게 하죠. 일주일에 사흘, 오전 10시부터 오후 3시까지 어때요?"

비브는 목에 걸린 성심 메달을 만지작거렸다. 근무 시간이 짧으면 훨씬 수월하겠지만 여전히 통근 거리를 고려해야 했다. 시간도, 기름값도 만만치 않을 터였다.

"급여는요?"

몇 차례 줄다리기 끝에 원래 제시액보다 시간당 15센트씩 인상하기로 합의를 봤다. 자리에서 일어난 박사는 미소를 띤 채 비브와 악수를 나누며 협상을 마무리했다.

"이미 와 계시니 조금 더 머물면서 제가 환자 보는 걸 보실래요?"

"그건 곤란해요." 비브가 말했다. "딸아이 걸스카우트에 배분할 쿠키가 오늘 도착하는데 그전에 정리해야 하거든요. 내일 밤엔 독서 모임도 있어서 책을 다 읽어야 하고요."

"무슨 책인데요?"

"『여성성의 신화』요."

박사는 고개를 끄덕였다. "저도 읽었어요. 참 흥미롭더군요. 많은 이들에게 경종을 울릴 책이에요. 어떻게 생각하셨어요?"

"사실 전 책을 많이 읽는 편이 아니에요." 비브가 말했다. "제 친구 마거릿이, 말하자면 끌어들여서 북클럽에 들었어요. 솔직히 말하면 책을 읽기 시작하고 나서 괜히 했다 싶었어요."

프란체스카가 눈썹을 치켜올리자 비브는 서둘러 손을 올리며 덧붙였다.

"아, 오해 마세요. 결국 책에 빠져들긴 했어요. 하지만 처음엔 공감하기가 쉽지 않더라고요. 전 아내이자 엄마가 되는 게 평생의 꿈이었고 그동안 큰 보람을 느꼈거든요."

프란체스카는 고개를 갸우뚱하며 말했다.

"그런데 지금 여기에 있잖아요."

"그러네요." 비브는 대답이라기보다 혼잣말처럼 말했다. "어쩌다 보니 무언가를 더 원하는 지점에 이르렀어요. 새로운 도전 아니면 새로운 방식의 기여랄까요?" 그녀는 시선을 들어 물었다. "혹시 이기적으로 들리나요?"

"전혀요. 남자가 새로운 산을 오른다고 하면 모두들 등을 토닥이며 박수 치고 패기 넘친다고 하죠. 왜 여자라고 달리 봐야 하죠? 당신이 아이들 내팽개치고 서커스단에 들어가려는 것도 아니잖아요. 오히려 가족과 다른 이들까지 돌보며 더 많은 일을 떠안는다는데, 뭐가 이기적이에요? 게다가 능력이 있잖아요. 그걸 혼자만 간직하고 과거의 영광에 안주하면서 앞으로 마흔 해를 카드 게임이나 하며 보낸다면 오히려 그게 진짜 이기적인 거죠."

의사의 말에 비브는 고개를 끄덕였다. 내면의 동기를 알아주고 심지어 자신보다 더 분명하게 설명해주는 사람을 만나서 기분이 좋았다.

"아이들은 영원히 아이로 머무르지 않잖아요." 비브가 말했다. "그다음엔 뭐하죠? 친구들이랑 점심 먹으며 관절염 타령이나 하고, 다 큰 자식들한테 전화 한 통 안 한다고 잔소리하면서 사는 건가요? 우리 엄마가 그랬어요. 모두가 불행해졌죠, 특히 엄마 자신이."

"맞아요." 의사가 '거봐요'라는 양손을 내저으며 말했다. "지금의 삶을 최대한 누리면서 다음 단계를 준비해야죠." 그녀는 두 손을 깍지 끼었다. "그런 의미에서 부스케티 간호사. 다음 주부터 출근할 수 있겠어요?"

비브는 활짝 웃었다. "딱 좋아요. 정말 기대돼요."

프란체스카의 미소에는 감사가 깃들어 있었다.

"저도 그래요."

10장
큐레이션 책방

배브콕스 책방 주인인 에드윈과 헬렌 배브콕은 1927년 위스콘신대학교 대학원 과정의 현대 미국 문학 강의에서 처음 만났다. 두 사람은 어니스트 헤밍웨이를 두고 의외의 방식으로 공감대를 형성했다.

에드윈은 헤밍웨이를 추앙했다. 그는 헤밍웨이의 문체를 "간결하면서 힘이 있다"라고 묘사하며 "인간 존재의 본질에 대한 탁월한 통찰"을 지녔다고 찬양했다. 반면 헬렌은 헤밍웨이를 몹시 싫어했고 그의 주제가 반복적이며—"남자 주인공이 아무리 형편없고 아무리 잘못된 선택을 해도, 결국엔 항상 여자 잘못으로 귀결되는 식이잖아, **항상**."—묘사 역시 인색하다고—"남자들은 형용사 하나 쓰면 죽기라도 해? 일일이 계산해서 돈이라도 내야 하냐고."—평가했다.

이 논쟁은 35년 결혼 생활 내내 그리고 두 사람이 함께 서점을 운영하는 내내 이어졌다.

미니애폴리스에 열었던 그들의 첫 번째 책방은 번창까지는 아니더라도 적당히 수익을 내는 수준으로 자리 잡았다. 31년간 서점을 운영했던 두 사람은 가게를 팔고 은퇴해 버지니아로 내려왔다. 단 하나뿐인 딸 그리고 세 명의 손주와 더 가까이 지내기 위함이었다.

그러나 딸이 일주일에도 몇 번씩 아이들을 맡기고 가는 일이 잦아지자 두 사람은 은퇴 생활이 생각만큼 만만치 않다는 사실을 깨닫고 다시 서점을 열기로 했다.

"나는 여느 여자들 못지않게 손주들을 아껴요." 헬렌이 마거릿과 처음 만난 날 말했다. 마거릿이 『바다의 선물』을 사러 왔던 날이었다. "그런데 내 몫은 이미 다 했다고 생각해요. 그리고 이왕 다시 일하는 거 보수를 받는 일이면 했죠. 책도 그리웠고."

마치 어릴 적 고향이나 무지개다리를 건넌 반려동물을 떠올리듯 아련한 투로 던진 헬렌의 말에, 마거릿은 이 괴짜 같고 자기주장이 뚜렷한 예순다섯 살 책방 주인에게 단번에 매료되었다. 그녀는 원래 개성이 강한 이들에게 호감을 느끼는 편이었고, 헬렌은 그런 부류에 딱 들어맞았다.

키가 크고 햇볕에 그을린 듯 까무잡잡한 헬렌은 긴 회색 머리칼을 두 갈래로 땋아 왕관처럼 엮어 머리 위에 얹고 다녔다. 화려한 색감의 치맛자락과 자수가 놓인 블라우스 옷차림은 남서부풍의 멋이 묻어났다. 그녀는 위스콘신주 선 프레리에서 태어났는데 그곳은 조지아 오키프*의 고향이기도 했다. 나이 차에도 불구하고 두 사람은 어떻게든 편지를 주고받는 사이가 되었고, 헬렌은 뉴멕시코에 있는 그녀를 방문한 계기로 지역 특유의 복식에 푹 빠져들었다.

헬렌과 에드윈이 여행을 다니며 폭넓은 독서를 해왔다는 점은 이

---

* 미국 화가. 주로 추상적으로 사물을 표현한 화가로, '꽃과 사막의 화가'로 불린다. 대표작으로는 〈검은 붓꽃〉 등이 있다.

들 부부에 대한 마거릿의 애정을 더욱 굳건히 했다. 두 사람의 지식은 거의 백과사전에 가까웠고 헤밍웨이를 두고 벌이는 논쟁은 진지하면서도 우호적이었으며 심지어 사랑스럽기까지 했다. 책에 대한 경외심도 그랬다. 마거릿의 눈에 비친 배브콕스 책방은 단순한 서점이라기보다 헬렌과 에드윈이 다른 이들에게 반드시 읽히고 싶어 하는 책들만 엄선한 큐레이션 공간이었다.

북클럽 모임이 있던 아침, 마거릿은 베티들이 다음에 읽을 책에 대해 헬렌의 의견을 듣고자 책방에 들렀다. 예상대로 헬렌은 여러 권을 추천했다.

헬렌은 프리단의 책이 현세대를 향한 강력한 호소라고 생각하면서도 샬럿과 달리 그리 획기적이라고는 보지 않았다.

"되레 이미 다른 이들이 개척해둔 땅을 갈무리하는 정도죠. 경우에 따라 아주 오래된." 헬렌이 고양이 눈 모양의 초록 테 안경 너머로 의미심장하게 바라보며 말했다. 그러더니 1791년에 집필된 메리 울스턴크래프트의 『여성의 권리 옹호』를 건넸다. 마거릿은 그 책을, 헬렌이 이미 추천해준 시몬 드 보부아르의 『제2의 성』과 버지니아 울프의 『자기만의 방』과 함께 챙겨 들었다.

"울프는 여성 작가들 앞에 가로놓인 사회경제적 장벽을 이야기했어요. 하지만 더 넓게 보면 어떤 직업에서든 성공하려고 애쓰는 여성들 이야기에 가깝죠. 특히 더 와닿을 거예요, 이제 자기도 글을 쓰는 여성이니까."

"아, 그 정도는 아녜요." 마거릿이 손사래를 쳤다. "그냥 여성 잡지에 나오는 하찮은 칼럼인걸요."

헬렌의 뜨거운 시선에 으쓱하다가 민망해진 마거릿은 공모전 이야기며 클레멘트를 만나러 뉴욕까지 다녀온 일을 털어놓은 걸 후회했다.

"그렇게 시작하는 거죠." 헬렌이 마디가 울퉁불퉁하고 검버섯이 핀 손을 매끈하게 볕에 그을린 마거릿의 팔에 얹었다. "절대 하찮지 않아요."

논픽션 코너에서 책들을 골라낸 헬렌은 마거릿을 서점 반대편으로 데려갔다. "소설도 좀 넣어야죠." 청록색 치맛자락을 사각사각 흔들며 사뿐하게 서가 사이를 걷다 멈춘 그녀는 책등을 훑어보지도 않고 능숙하게 책을 뽑았다.

"작가의 상상력에서 태어난 책은 사실과 수치, 사건에 기반한 책만큼이나, 아니 그 이상으로 의미가 있을 수 있어요. 소설은 독자를 **생각하게** 만들죠. 인물과 주제를 두고 스스로 결론을 내리게 하고 그게 타당한지, 적절한지, 진실인지, 선한지 아니면 그 반대인지 혹은 어쩌면 그 중간 어디쯤인지 말이에요. 저는 개인적으로 그 중간 어딘가에 끌려요. 그동안 나는 이것 아니면 저것으로 설명되는 사람은 만나본 적이 없어요, 그런 사람 본 적 있나요? 대부분 인간은 걸어 다니는 모순 덩어리잖아요."

샬럿을 떠올리던 마거릿이 고개를 끄덕이며 동의했다.

"이걸 봐요." 헬렌은 빨간 제목에 흰 데이지 꽃들이 그려진 책을 집어 들었다. "메리 매카시의 『더 그룹』이에요. 두 달 전에 나왔죠. 평가는 엇갈렸지만 난 정말 좋았어요. 바사 칼리지에서 친구가 된 여덟 여성의 이야긴데, 졸업 후 7년 동안 그들에게 벌어지는 일을 다뤘죠. 모든 게—결혼, 이혼, 출산, 비탄, 광기, 배신, 보복—다 들어 있어요. 배경이 주로 1930년대지만 오늘날에도 생생하게 다가오는 줄거리예요. 아마 그동안 달라진 게 별로 없어서겠죠." 헬렌은 한숨을 내쉬었다. "어쨌든, 꼭 고려해봐요."

헬렌은 북클럽 후보작으로 추천한 나머지 소설들을 두고도 매번 똑같이 말했다. 『허랜드』—여성만으로 구성되고 운영되는 사회에 세 남성이 침입해 벌어지는 일을 다룬 작품으로 1915년 샬럿 퍼킨스 길먼이 썼다—를 비롯해 네빌 슈트의 『나의 도시를 앨리스처럼』, 플래너리 오코너 단편집, 싱클레어 루이스의 『배빗』, 리처드 예이츠의 『레볼루셔너리 로드』 등이 목록에 있었다.

"딱히 여성 주인공을 중심에 둔 작품은 아니지만." 헬렌은 마지막 두 권을 두고 덧붙였다. "지나친 순응이 얼마나 숨 막히는지 날카롭게 드러내는데, 컨커디아 권력자들이 아무리 가져도 질리지 않는 게 그거잖아요."

계산대 뒤로 걸어 들어간 그녀가 말했다. "내가 얘기했었나? 협회에서 서신이 왔는데, 가게 문 앞에 내놓은 테라코타 화분을 치우라는 거예요. 주황색은 컨커디아 도시 계획에 승인된 색상이 아니라나, 게다가 플록스도 승인된 식물 목록에 없대요. 말이야, 뭐야!"

마거릿은 책을 계산대 위에 내려놓았다. 책 더미가 거의 코에 닿을 만큼 높았다.

"정말 그래요. 어제는 샬럿이 마당에 나가 보니 누가 동부 흰소나무를 심어놨더래요. 처음엔 잘못 심은 줄 알았다는데 조경부 서장이 와서 도시 계획의 일부라고 하더래요. 샬럿이 펄펄 뛰었죠."

헬렌은 질겁했다. "뭐라고요? 자기 집이잖아! 어떻게 집주인더러 뭘 심고 말고를 지시해?"

책방은 마을 중심가에 있었어도 헬렌과 에드윈은 컨커디아에 살지 않았다. 마거릿이 크리스마스 칠면조를 샀던 농장에서 1마일쯤 떨어진, 약 900평의 땅과 조그만 주택을 구해 살아서 마을 규정에 대해 완전히 꿰고 있지는 않았다.

"컨커디아에 집을 살 때 다들 규정에 따르겠다고 서명했으니까요." 마거릿이 말했다. "장단점이 있는 것 같아요. 협회에서 조경을 안 해줬다면 저희 집은 그냥 잔디밭뿐이었을 거예요. 그런데 아이러니하게도 저희 마당에다 자작나무를 심어줬어요, 그게 바로 샬럿이 원했던 건데."

"개성을 좀먹는 획일성. 그저 획일성을 위한 획일성이죠." 헬렌은 은과 터키석을 꿴 팔찌를 달랑거리며 손가락으로 마거릿을 콕 찌르듯 말했다. "샬럿에게 『레볼루셔너리 로드』는 반드시 읽으라고 하세요. 여러 층위에서 와닿을 테니까."

"알겠어요. 근데." 그녀는 산처럼 쌓인 책 더미를 넌지시 바라보았다. "헬렌, 다 좋은 책들을 권해주셨는데, 제가 이걸 전부 다…"

"살 수 있겠냐고요?" 마거릿이 대답하기도 전에 헬렌은 손을 휘휘 저었다. "걱정 말아요. 사는 게 아니라 빌리는 거니까. 집에 가서 다 살펴보고 마음에 드는 걸 모임에 가져가서 투표에 부친 다음 나머지는 다시 가져와요. 내가 바라는 건 딱 하나예요. 책등을 꺾거나 페이지에 뭘 흘리지만 말기."

"그런데 혹시라도 뭘 묻히면요?" 마거릿이 걱정스러운 얼굴로 물었다. 완전 새것 같던 『바다의 선물』 28쪽에 묻은 커피 얼룩이 떠올랐기 때문이다.

헬렌은 어깨를 으쓱했다. "그럼 할인 코너에 두면 되죠. 장사하는 데 드는 비용이에요. 부자가 되고 싶었다면 책방을 열지도 않았을 거예요."

"보증금이라도 맡겨야 하지 않나요?"

"그건 손님이 범죄를 저지르고 법망을 피해 도망 다닐 사람처럼 보일 때나 필요하죠. 평생 범죄에 뛰어들 사람 같진 않으니 그냥 믿을게요. 아, 그리고 선물이 있어요."

헬렌은 계산대 밑으로 손을 뻗어 장미 꽃잎 두 장이 표지에 새겨진 얇고 조금 해진 책 한 권을 꺼냈다.

"앤 모로 린드버그*의 최신작 『디어리 빌러브드』예요. 작년에 나왔어요. 이미 세 번이나 읽어서 좀 닳았지만 신경 쓰지 않을 거라 생각해요."

마거릿이 책을 집어 들며 말했다. "헬렌, 정말 감사해요!"

"아니에요. 그냥 좋은 걸 나누면 즐거운 책 애호가일 뿐이랍니다. 미니애폴리스에선 우리 책방에 북클럽이 스무 개나 있었어요. 베티들이 컨커디아에서 처음 생긴 모임이잖아요. 이게 하나의 흐름이

---

* 미국 작가. 최초로 대서양 무착륙 단독 비행에 성공한 찰스 린드버그의 아내이자 1930년 미국 여성 최초로 비행 면허를 취득한 비행사였다. 이때의 비행을 바탕으로 쓴 소설 『바람아, 들어라!Listen! The Wind』는 1938년 전미도서상을 수상하며 베스트셀러가 되었고, 대표작 『바다의 선물』은 특유의 섬세함과 깊은 사색이 돋보이는 작품으로 선풍적인 인기를 끌며 스테디셀러가 되었다.

되면 좋겠네요."

마거릿 역시 진심으로 그러길 바랐다. 단지 헬렌과 에드윈을 위해서만이 아니었다. 그녀에게 책방은 이미 일종의 클럽 같은 곳이었다. 같은 호기심을 가진 이들과 대화를 나누고 벗 삼을 수 있는 공간이자 획일성의 바다 한가운데 솟은 사유의 섬이었다. 마거릿은 배브콕스가 없는 컨커디아를 상상할 수 없었고 상상하고 싶지도 않았다. 다만 그날 오전 내내 자신이 유일한 손님이라는 사실은 우려스러웠다.

"그럼." 헬렌은 마거릿이 챙겨가는 책의 목록을 적으며 말했다. "또 뭐 필요한 게 있어요? 시원하게 긁어줘야 할 부분이나 충족시켜야 할 호기심 같은 거라도?"

그제야 한 가지가 떠올랐다.

"혹시 현대미술 책 있어요?"

"책장에 가득 있죠." 헬렌이 대답했다. "찾는 작가라도?"

"로렌스 알그렌이요. 사실 그에 대해 아는 건 별로 없어요."

헬렌의 찌푸린 표정이 그녀 역시 잘 모른다는 걸 암시했다.

"에드윈을 데려와야겠네요. 지금 뒤에서 어떻게든 흑자로 맞춰보려고 장부를 주무르고 있어요. 장담하는데 전혀 의미 없는 작업일걸요. 그래도 방해받으면 좋아해요, 미술 코너는 그 사람 영역이니까."

헬렌이 독특한 깃털을 뽐내는 이국적인 새라면 에드윈은 까마귀만큼이나 평범했다.

그는 아내보다 머리 반 뼘 정도가 작았다. 구겨진 바지에 닳아빠진 로퍼, 해진 소매 셔츠에 보풀이 잔뜩 일어난 파란 스웨터 조끼를 걸친 차림이었으며, 닦지 않은 두꺼운 안경을 쓰고 있었다. 하지만 에드윈 역시 머리카락이 근사했다. 풍성하고 하얀 데다 다소 길게 자란. 마거릿은 그가 이발소 의자에 앉아 시간을 보내기보단 책을 읽는 데 시간을 할애하고 싶어 하리라 짐작했다.

책방 미술 코너는 정말로 에드윈의 영역이었는지, 그는 구석구석을 훤히 꿰뚫고 있었다.

"알그렌에 관해서만 쓴 책은 아직 없어요." 그가 말했다. "그래도 앞으로는 달라질 거라 생각합니다. 제 기억이 맞다면, 여기 어딘가에 언급됐었는데…" 에드윈은 검은 표지의 대형 화집을 넘기며 잠시 멈췄다. "맞다! 여기 있네요, 314쪽. 단 세 페이지뿐이지만요. 굳이 세 페이지 때문에 책 한 권을 사고 싶진 않겠죠?"

"음, 경우에 따라 다르죠. 얼마예요?"

그가 값을 말하자 마거릿은 무심결에 찌무룩해졌다. 에드윈이 한숨을 내쉬었다.

"다 보고 나서 서가에 돌려놓으세요. 책등만 꺾지 마시고."

그의 얼굴에 드리운 열패감이 마거릿의 죄책감을 자극했다. 헬렌과 에드윈은 책을 골라주느라 한 시간을 써놓고 한 권도 팔지 않았다. 책을 그녀의 손에 쥐여준 에드윈은 사무실 쪽으로 더벅더벅 걸어갔다. 마거릿은 그냥 두고 볼 수만은 없었다.

"저기, 에드윈? 한 가지만 더요. 사실, 남편에게 선물을 할까, 고민 중이거든요."

말을 꺼내는 순간 좋은 생각일지도 모른다는 깨달음이 번득 일었다.

　주방에서의 말싸움 이후 몇 주 동안, 마거릿과 월트의 관계는…
정확히 냉랭하다곤 할 수 없어도 정체되어 있었다. 이렇게 오래 사
랑을 나누지 않고 지낸 적은 처음이었고, 마거릿은 단지 욕망의 해
소분 아니라 신체적 접촉이 주는 정서적 유대가 그리웠다. 그녀는
월트가 벌을 준다고 느끼지 않았다. 집안 분위기는 전보다 한결 조
용했는데 대화가 줄어든 탓이었다. 월트는 점점 더 많은 밤을 재향
군인회관에서 보내기 시작했고 집에 있을 때도 저녁 내내 텔레비전
만 멍하니 바라보며 맥주를 마셨다. 대부분 밤마다 여섯 병들이 한
팩을 다 비웠다.

　마거릿은 이런 침묵의 거리감보다 차라리 싸움이 덜 고통스러울
지도 모른다고 느끼기 시작했지만 차마 먼저 싸움을 걸 수는 없었
다. 어릴 적 거칠고 여과 없는 부모의 언쟁을 수년간 지켜본 터라
그녀에게 싸움은 금기나 다름없었으니까. 어쩌면 선물이 두 사람
사이의 간격을 조금 좁혀주지 않을까.

　"대학 시절엔 월트가 헤밍웨이를 무척 좋아했어요. 혹시 추천해
주실 만한 게 있을까요?"

　에드윈은 줄에서 풀려난 팽이처럼 빙 돌아서며 활짝 웃었다.

　"딱 맞는 게 있죠! 스크리브너스에서 『노인과 바다』 기념판을 새
로 냈거든요. 삽화도 아주 근사해요. 게다가 고작 5달러죠."

　"완벽하네요." 마거릿이 말했다.

　"훌륭한 선택이에요! 계산대에 두겠습니다. 선물 포장도 해드릴
게요."

에드윈은 휘파람을 불며 가뿐한 발걸음을 옮겨갔다. 그가 자리를 비우자 마거릿은 미술 화집을 펼쳐 로렌스 알그렌에 관한 글을 읽기 시작했다. 작품에 관한 간략한 설명만 있을 뿐, 급부상 중인 추상표현주의 화가가 어떻게 샬럿과 인연을 맺었는지에 대해서는 아무런 단서도 없었다. 미술에 관심이 많았다고 해도 샬럿과 그는 전혀 다른 세계에 속한 사람이었으니까. 그런데 한 가지가 눈에 들어왔다.

책에 따르면 덴마크 출신인 알그렌은 덴마크에 머물던 시절부터 어느 정도 주목을 받기 시작했다. 그러나 그가 본격적으로 떠오른 건 1959년 뉴욕으로 넘어온 뒤였다. 그런데 샬럿은 거의 10년 전 뉴욕의 어느 파티에서 알그렌을 만났다고 하지 않았나?

샬럿이 사실만을 말하지 않았을지도 모른다는 생각에 마거릿은 불편해졌다. 자신과 상관없는 일이라고 거듭 되뇌면서도 샬럿이 그의 작품을 바라볼 때 드러낸 가식 없는 날것의 갈망을 잊을 수가 없었다.

급기야 마거릿은 하나의 가설을 세워가기 시작했다.

다른 여자들은 남편 이야기를 늘어놓곤 했다. 샬럿은 남편 얘기를 하는 법이 거의 없었다. 컨커디아로의 이사가 남편의 결정이었다는 사실과 그것에 샬럿이 분개했다는 점을 제외하면 하워드에 관해 들은 정보는 그가 뉴욕과 워싱턴 DC를 오가며 가업인 증권회사의 새 지점을 열고 있다는 것뿐이었다. 마거릿은 아직 그를 직접 본 적이 없었고, 그는 집에서 밤을 보내는 날이 거의 없는 듯 보였다.

하워드의 부재와 샬럿의 교외 유배 생활 그리고 그녀가 남편에 대해 아예 입을 다무는 건 알그렌과 관련이 있을까? 질투심 많은 남편이라면 아내의 부정이나 어리석은 한때의 열정을 막으려고 가족을 통째로 뿌리 뽑아 옮겨버릴 수도 있을 터였다. 샬럿이 항상 '빌려 쓰는 남편들'이라고 농담조로 말하긴 했어도 진짜 바람을 피울 거라고는 쉬이 상상할 수 없었다. 그러나 부부 사이에 분명 긴장이 있긴 했다. 여러 가지를 설명해줄… 그 알약, 오후의 칵테일, 이따금씩 들뜬 에너지와 날 선 유머의 표면에 실금을 내며 드러나는 슬픔과 분노의 결.

마거릿은 확실히 알 수 있기를, 그리고 샬럿이 사적인 이야기를 털어놓을 만큼 자신을 신뢰하기를 바랐다. 물론 이야기한다고 상황이 달라지진 않겠지만 적어도 샬럿이 덜 외롭다고 느낄 수는 있을 테니까.

하지만 샬럿이 먼저 입을 열지 않는 이상 어디까지나 남의 일이었다.

책을 제자리에 꽂아둔 마거릿이 계산대로 향했다. 계획에도 없던 선물까지 잔뜩 쌓여 있었다. 기다리고 있던 헬렌이 짙은 숲 빛깔 종이에 황갈색 리본을 묶은 길쭉한 상자를 내밀었다.

"헤밍웨이? 정말?"

"월트 선물이에요. 그냥, 제 생각에…"

헬렌은 돌처럼 굳은 얼굴로 손바닥을 번쩍 들어 말을 끊었다. 시간이 흐르면 마거릿의 배신을 잊을 테지만 다시는 이 주제를 입에 올려서는 안 된다는 신호였다. 마거릿은 입을 꾹 다물었다. 헬렌이 카운터 위에서 작은 소책자 하나를 집어 내밀었다.

"오늘 밤 빗시 만나면 이것 좀 전해줄래요?"

"물론이죠." 마거릿은 화제가 바뀐 데 대해 속으로 안도하며 물었다. "뭔가요?"

"로마린다대학교에서 나온 채식 요리법 책자예요. 빗시가 채식 요리책을 찾으러 왔었거든요. 아직 더 찾고 있지만 지금까지는 이게 전부네요."

마거릿은 책자를 휘리릭 넘겨보았다. 간단한 칠리, 맛있는 견과류 빵, 콜리플라워 튀김 같은 요리 레시피가 실려 있었다. 도무지 맛있을 것 같아 보이지 않았다.

"빗시가 이제 고기는 안 먹는데요? 생선도? 왜요?"

"나도 모르지." 헬렌이 대꾸했다. "뭐라더라, 다시는 킹슬리 코브를 위해 스테이크 요리를 안 할 거래요."

11장
엄마와 딸

베티들은 앞으로 각자 음식을 준비해 주최자의 부담을 덜어주기로 첫 모임에서 정했다. 마거릿은 케이크를 두 개 구웠다. 하나는 두 번째 독서 모임에 가져가고 다른 하나는 월트와 아이들 먹으라고 구웠는데, 실은 거의 월트만을 위한 선물이었다. 독일식 초콜릿 케이크는 그의 최애 디저트였다. 마거릿은 지난번 치즈 샌드위치 사건 같은 일이 반복되지 않길 바랐다.

케이크 하나를 큼지막한 초록색 타파웨어 통에 넣은 뒤 플라스틱 뚜껑 가장자리를 아주 살짝 들어 올려 공기를 최대한 빼내고 닫았다. 그러곤 베스가 있는 쪽을 바라보았다. 식탁에 앉아 수지, 바비와 함께 마우스 트랩 게임을 하고 있었다.

"케이크는 아직 30분 정도 더 식혀야 해. 그러니까 아빠 먼저 한 조각 가져다드리고 그다음에 너희가 먹어. 알았지?"

게임 판 위에서 빨간 플라스틱 쥐를 움직이던 손을 멈추며 베스가 대꾸했다.

"아빠가 직접 갖다 먹으면 안 돼? 왜 내가 서빙을 해야 돼?"

"맏이잖아. 그리고 동생들 돌보고 제때 재우라고 내가 25센트를 주잖니."

"킴블 아주머니는 내가 아기 봐주면 50센트 줘."

"킴블 아주머니가 네 방세랑 밥값은 대주지 않거든."

조립 칸으로 말을 옮긴 수지가 빨간 플라스틱 미끄럼틀 하나를 판에 올려놓았다. "난 베이비시터 필요 없어. 25센트를 나한테 주면 내가 알아서 잘게."

"나도!" 주사위를 굴리던 바비가 큰누나를 향해 혀를 쏙 내밀었다. "왜 누나는 돈 받고 우리는 못 받아?"

"누나는 맏이잖아."

"그게 뭐? 불공평해!"

"인생은 원래 불공평하지." 마거릿이 말했다.

베스는 달려들어 덮치려는 고양이처럼 손을 발톱 모양으로 말아 세워 남동생 쪽으로 몸을 기울였다. "들었지, 꼬맹이? 내가 책임자라고."

"아빠가 책임자야." 마거릿이 말했다. "베스, 동생들한테 잘해. 진심이야. 그리고 모두들 케이크 먹고 나면 접시는 각자 씻어. 싱크대에 두고 가지 말고."

"아빠는?" 베스가 물었다. "아빠도 자기 접시 씻어야 돼?"

"버릇없이 굴지 마." 마거릿이 말했다.

얌전히 있으라는 경고를 마지막으로 남긴 그녀는 케이크를 현관으로 가져가 입구 옆 의자에 두고 텔레비전 방으로 갔다. 월트는 신발을 벗고 소파에 앉아 밀러 하이 라이프 맥주를 마시며 뉴스를 보고 있었다. 월터 크롱카이트가 소련 핵잠수함과 핀란드 화물선의

충돌 소식을 전한 뒤 저녁 주요 뉴스로 넘어갔다.

"앨라배마주 버밍햄에서, 민권운동 지도자 마틴 루서 킹 목사와 랠프 애버내시, 프레드 셔틀스워스를 비롯한 쉰여 명이 허가 없이 행진했다는 이유로 체포되었습니다. 킹 목사는 독방에 수감된 상태입니다. 케네디 행정부의 대변인은…."

"월트? 나 이제 갈게."

마거릿이 소파 뒤로 다가가 그의 어깨에 손을 올렸다.

"응? 아, 그래."

그는 고개를 끄덕이면서도 눈은 여전히 텔레비전에서 두었다.

"샬럿네에 좀 일찍 가보려고, 혹시 도움이 필요할까 해서. 케이크도 있고. 베스가 자기한테 케이크 한 조각 가져다주고 애들도 제시간에 재울 거야. 베스가 잘하겠지만, 8시쯤에 한 번만 확인해줄 수 있지?" 아무 대답이 없자 그녀는 그의 어깨를 꼭 쥐었다. "알았지, 월트?"

"그래, 알았어."

마거릿이 몸을 숙여 그의 정수리에 입을 맞췄다.

"그럼 이따 봐, 사랑해."

월트는 맥주를 한 모금 들이켠 뒤 대꾸했다. "어, 그래, 나도."

현관으로 돌아가 짐을 챙기던 마거릿은 배브콕스 책방에서 산 책 선물이 여전히 가방 속에 있음을 깨달았다.

월트가 보지 않는 걸 힐끔 확인한 그녀는 서둘러 위층 침실로 올라가 침대 협탁에서 검은 펜을 꺼내 녹색 포장지 위에 하트를 그렸다. 월트 베개 위에 책을 올려두곤 다시 내려와 케이크 통과 가방, 헬렌이 추천한 책들이 가득 든 쇼핑백을 챙겨 현관문을 열었다.

주방에서 베스의 목소리가 울려 퍼졌다. "마우스 트랩!" 바비가 이내 울음을 터뜨리며 불공평하다고 고래고래 소리쳤고 엄마를 심판으로 불러댔다.

마거릿은 못 들은 척 문을 닫았다.

***

마거릿은 문을 연 사람이 드니스라서 놀랐다.

"일찍 오셨네요." 드니스 역시 놀라고 당혹스러운 듯 찡그린 표정이었다.

키도 작고 체격은 더 왜소한 드니스는 샬럿과 놀라울 정도로 닮은 아이였다. 살짝 도드라지게 뾰족한 코와 턱, 늦가을에 물든 단풍잎처럼 붉은 어깨 길이의 머리칼 그리고 엄마를 닮아 날카로운 지성이 번득이는 초록 눈빛까지.

그러나 마거릿 눈에 닮은 점은 거기까지였다.

무엇보다 드니스는 옷 따위에 조금도 관심이 없었다. 동네 공립 고등학교에 다니면서도 여전히 뉴욕 사립학교 교복인 체크무늬 주름치마와 가슴 주머니에 금빛 문장이 새겨진 파란색 재킷 차림이었다. 샬럿의 말에 따르면 드니스는 날마다 교복만 고집했고 그것 때문에 돌아버릴 지경이라고 했다.

"사립학교에 11년이나 다녔으면, 이제야 비로소 입고 싶은 옷을 마음껏 입을 수 있다는 사실에 신나야 하는 거 아닌가?" 샬럿은 지친 기색을 드러냈다. "이해가 안 돼. 괴짜처럼 보이려고 일부러 그러나? 친구를 사귀고 싶지도 않을까?"

마거릿은 아닐 거라고 생각했지만, 누가 확실히 알겠는가?

"미안해." 마거릿이 드니스의 찌무룩한 표정에 대꾸하듯 말했다. "혹시 도움이 필요할까 해서 일찍 와봤어." 그녀는 케이크가 든 통을 들어 보이며 선의를 증명하려 했다. "그냥 나중에 다시 올 수도."

위층에서 목소리가 흘러 내려왔다.

"드니스? 문 열어줬니? 누가 왔어, 얘?"

고개를 돌린 드니스가 어깨 너머로 소리쳤다. "엄마 친구 중 한 분!"

"누구?"

드니스는 다시 마거릿을 똑바로 바라보았다. 이번이 최소 세 번째, 어쩌면 네 번째 만남이었지만 누구도 이 소녀에게 아무런 인상을 남기지 못한 듯했다.

"마거릿. 라이언 부인이야."

다시 고개를 돌린 드니스가 외쳤다. "라이언 부인요!"

"매기가 왔구나? 어서 들어오시라고 해! 금방 내려갈게."

잠시 후 샬럿은 만면에 미소를 머금고 넓은 계단을 내려오며 손을 살짝 들어 올렸다. 은총을 베푸는 여왕처럼 우아한 모습이었다. 금빛 샹탱 실크로 만든 매끈한 원피스에 진주 목걸이를 하고 조그만 금장식이 달린 옅은 황갈색 구두를 신은 그녀는 눈부시게 아름다웠고 기분도 무척 좋아 보였다. 샬럿은 마거릿의 볼에 가볍게 입을 맞추며 오늘의 칵테일을 사이드카로 정했다고 전했다.

샬럿이 또각또각 굽 소리를 울리며 마룻바닥을 지나 거실 쪽으로 안내했다. "다이키리로 할까 위스키 사워로 할까 고민하다가, 봄에는 사이드카가 더 어울려서. 달콤하긴 하지만 지나치진 않고. 그래도 말이야…"

거실 문턱을 넘는 순간 샬럿은 말을 잇지 못한 채 얼어붙었다. 눈앞에 펼쳐진 광경에 충격에 빠졌다. 마거릿 역시 마찬가지였다. 지난번 방문 때도 어수선하다고 생각했는데 오늘은 아예 재난 현장이 따로 없었다.

값비싼 소파와 안락의자에는 종이, 책, 옷가지가 수북이 쌓여 앉을 자리가 없었다. 커피 테이블과 협탁 위에는 넘쳐흐르는 재떨이, 텅 빈 하이볼 잔들, 연필, 펜, 붓, 구겨진 종이 뭉치, 은색 물감 튜브가 어지럽게 흩어져 있었다. 개중에 뚜껑이 없어 뚝뚝 흘러내린 노란 물감 때문에 마거릿네 자동차보다 더 비쌀 법한 호두나무 장식장 위에 덩어리가 굳고 있었다. 채색되지 않은 캔버스 몇 장이 가구에 기대어 있었고, 이젤 세 개에는 작업 중인 캔버스가 놓여 있었는데 모두 추상화였다. 그중 가장 큰 것, 문짝 반만 한 캔버스에는 수십 가지 색깔이 튀어 있었다. 다행히 바닥 대부분은 방수포로 덮여 있었다. 그렇지 않았다면 수작업으로 짠 오리엔탈 러그도 장식장 꼴을 면치 못했을 터였다.

샬럿의 얼굴이 붉으락푸르락 달아올랐다. 몸을 홱 돌린 그녀가 드니스를 겨냥했다.

"베티들이 오기 전에 정리 좀 하라고 부탁했잖니!"

드니스는 십 대만이 할 수 있는, 짧지만 많은 걸 내포한 칫 소리를 내뱉었다. "내가 하고 있던 게 그거야!" 팔을 휘둘러 모퉁이 책장을 가리키며 그녀가 대꾸했다. 거실에서 유일하게 제구실을 하는 듯 보이는 가구였다. 근처에는 박스가 가득 실린 빨간색 어린이용 왜건 수레가 놓여 있었다. "엄마 친구가 일찍 온 게 내 잘못은 아니지! 왜 이게 내 문제야? 엄마 파티잖아, 엄마 친구들이고. 평생 엄마 어질러놓은 거나 치우는 일보다 더 중요한 게 있다고. 이번 주 안에 옥스퍼드 원서에 넣을 글 샘플을 보내야 한단 말이야."

샬럿은 허리에 손을 얹으며 쏘아붙였다. "지긋지긋한 옥스퍼드 얘기 좀 그만해. 영국으로 달아난다고 인생이 마법처럼 바뀌고, 네가 결코 될 수 없는 무언가로 변할 거라고 생각한다면, 그건 아주 큰."

샬럿의 얼굴이 점점 더 붉어졌다. 마거릿의 얼굴도 덩달아 화끈거렸다. 차라리 어영부영 사과를 건네고 나중에 다시 오겠다고 말하고 싶었다. 하지만 곧 돌이킬 수 없는 말을 주고받을 모녀의 기세를 눈치챈 그녀는 두 사람 사이에 얼른 끼어들었다.

"드니스, 정말 미안해. 네가 화난 거 당연해. 나도 손님이 일찍 오는 게 제일 싫거든. 그런데 어차피 이미 왔으니까, 다른 손님들 오기 전에 청소 좀 도와주는 게 낫지 않을까? 넌 들어가서 에세이 마저 써. 엄마하고 내가 정리 끝내면 돼. 정말이야." 드니스가 못 미더운 눈길을 보내자 마거릿이 덧붙였다. "아줌마가 다 알아서 할게."

드니스는 무언가 말하고 싶은 듯했지만 입술을 꾹 다문 채 현관 쪽으로 슬그머니 걸어갔다. 막 나가려는 순간 샬럿이 어깨를 곧추펴고 성큼 다가가려 하자 마거릿이 그녀를 붙잡아 세웠다.

"그러지 마. 그냥 참아."

마거릿은 속으로 고개를 내저었다. 샬럿이 짐 정리를 끝내지 못해 도와주겠다고 했던 날이 떠올랐다. 그때 샬럿은 필요 없다며 큰소리쳤다.

"거의 다 됐어. 시작만 하면 두세 시간 안에 끝나."

샬럿은 거짓말을 했거나 스스로를 기만했던 게 분명하다. 제정신이라면 이런 난장판을 몇 시간 안에 치울 수 있다고 믿을 리 없으니까. 심지어 지금은 상황이 더 심각해 보였다.

어떻게 이런 일이 가능하지? 그동안 대체 뭘 한 걸까? 대체 왜?

"거의 다 됐었는데 말이야." 샬럿이 말했다. "갤러리에 다녀왔더니 자꾸 영감이 떠올라서. 한밤중에 벌떡 일어나 그림을 그리기 시작했는데 도저히 멈출 수가 없더라니까."

마거릿은 그 설명이, 판사 앞에서 차를 훔친 게 아니라 잠깐 신나게 몰아봤을 뿐이라고 주장하는 절도범의 변명만큼이나 설득력이 없다고 생각했다. 빗시와 비브가 40분 안에 도착하는 마당에 샬럿이 둘러대는 말을 따질 시간도, 거실을 제대로 치울 시간도 없었다. 박스가 가득 실린 장난감 왜건을 힐끗 본 그녀는 드니스가 옳았음을 깨달았다.

"샬럿, 그 수레를 차고로 끌고 가는 게 어때? 일단은 거기 물건을 넣어두면 되잖아. 난 박스를 더 찾아올게. 다 집어넣고 눈에 안 보이게 치워버리자."

마거릿이 주도하자 일은 빠르게 진행됐다.

산더미처럼 쌓였던 잡동사니는 상자에 담겨 차고로 옮겨졌다. 개키지 않은 빨래는 바구니에 담겨 위층 침실로 실려 갔다. 더러운 접시와 넘쳐흐르는 재떨이는 쟁반 위에 차곡차곡 쌓여 주방으로 넘어갔다. 이어 재떨이를 비우고 씻은 마거릿은 찬장에서 찾아낸 깨끗한 칵테일 잔을 가져온 케이크와 함께 다시 쟁반에 올렸다. 샬럿 집에는 빗자루와 쓰레받기는 안 보여도 마티니 잔과 하이볼 잔만큼은 윌러드 호텔의 라운드 로빈 바를 채우고도 남을 만큼 넉넉했다. 쟁반을 들고 거실로 나온 마거릿이 정리된 장식장 위에 잔들을 가지런히 늘어놓았다.

둘은 팀처럼 호흡을 맞춰 신속하게 움직였다. 시계가 5분 남았을 무렵엔 반짝반짝 깨끗하다고는 할 수 없어도 손님을 들일 정도의 집으로는 변모했다. 물론 누구든 옷장을 열거나 다른 방을 기웃거리지 않는다고 전제할 때였다. 마거릿은 캔버스를 모아 정리하면서 샬럿에게 탁자들을 닦으라고 지시했다. 샬럿은 바로 행주를 들고 나섰다.

샬럿이 게으르다기보다는 도대체 뭘 어떻게 해야 하는지 정말로 모르는 사람 같다고, 마거릿은 생각했다.

"뉴욕에선 가사 도우미가 있었어." 행주로 커피 테이블을 쓱 문지르던 샬럿이 말했다. "전쟁 때 넘어온, 레나테 바덴호르스트라는 독일 아가씨였어. 배에서 내리자마자 약혼자를 보고는 마음을 접었대. 일 잘하고, 엄격하고, 망치처럼 직설적인 여자였지. 이럴 줄 몰랐는데 그립네."

"재떨이 들어 올려. 주변만 닦지 말고 밑도 닦아야지." 마거릿이 일렀다.

"배리 박사가 가사 도우미는 절대 고용하지 말래. 집안일이 치료 효과가 있고, '역할 적응에' 도움이 된다고 생각하거든." 손가락으로 허공에 따옴표를 그린 샬럿은 커피 테이블을 마지막으로 쓱 문질렀다. "하워드도 동의한다고 하지만, 그냥 돈 아끼려는 거지. 웃기지 않아? 이 속물스럽고 괴물 같은 집 계약금은 내 신탁에서 나왔고, 자기 월급은 우리 아버지 회사에서 주는데 말이야. 어차피 집에 있지도 않으면서, 무슨 상관이야?"

샬럿은 소파에 앉아 담배에 불을 붙였다. 캔버스 더미를 식당으로 옮긴 마거릿은 방수포를 개기 시작했다.

"협탁도 잊지 마. 그리고 스탠드. 먼지가 잔뜩 쌓였어."

"알았어." 샬럿이 행주를 집어 들었다. "하워드는 요리사를 고용하는 문제에는 그나마 호의적이야. 특히 이번 주말 이후로는. 내가 브런치를 만들었거든, 와플에 닭 간 그레이비소스를 얹어서."

마거릿은 웃음을 내뿜었다. "뭐? 일부러 못 먹는 걸 만들었단 거야, 요리사 고용하게 하려고? 아, 샬럿, 설마."

"작정하고 못 먹는 걸 만든 게 아니야. 그냥 저절로 그렇게 된다니까, 믿어줘." 샬럿은 어깨를 으쓱했다. "아마 흐지부지되겠지. 하워드가 동의한다고 해도 이런 시골에서 요리사를 어떻게 구해? 요즘은 좋은 사람 구하기가 하늘의 별 따기야."

한번 웃음을 터뜨린 샬럿은 어떤 웃기는 생각과 담배 연기에 사레가 걸린 듯 멈추질 않았다. 마거릿은 방수포를 내려놓고 재빨리 소파로 가 그녀의 등을 두드렸다.

"괜찮아." 샬럿은 쉰 목소리를 냈고 마거릿이 물을 가져다주려

하자 손사래를 쳤다. "근데 방금 들었어? 내가 베일 쓴 우리 엄마랑, 파크 애비뉴에서 마작만 하는 그 꽉 막힌 어르신들이랑, 목소리가 완전히 똑같잖아." 담배를 다시 한 모금 빨고 소파 쿠션에 몸을 기댄 그녀가 입꼬리를 비틀어 올렸다.

"어쩌면 치료가 효과가 있는지도 몰라. 내가 드디어 내 역할에 적응하고 있는지도. 신이 도우시나 보지."

샬럿은 인생의 아이러니를 인정하는 긴 한숨을 내쉬더니 묵묵히 팔을 휙 뻗어 마거릿에게 담배를 건넸다. 담배를 입에 물고 들이마신 마거릿은 고개를 젖히며 매끄러운 연기 기둥을 천장 쪽으로 내뿜었다. 샬럿이 직접적으로 화제를 꺼낸 건 아니었다. 하지만 순간의 동지애와 옛 삶에 대한 샬럿의 언급이 마거릿으로 하여금 알그렌과 얽힐 가능성과 그가 가져올 위험에 대해 더 깊이 캐묻고 싶게 만들었다. 마거릿은 숨을 고르며 조심스레 우려를 표했다.

"아, 마거릿. 착하고 성실한 마거릿. 본인이 얼마나 촌스러운지 알기나 해?"

마거릿은 자신이 무척이나 촌스럽다는 것 정도는 알았다. 그러나 옳은 건 옳은 거고 그른 건 그른 것이다. 그런 믿음이 자신을 촌스럽게 만든다 해도 상관없었다. 문제는 그것보다 컸다. 아이들이 걸려 있었다. 마거릿은 불행한 여자가 성급하고 어리석은 실수를 저지를 때 어떤 파장이 생길 수 있는지 잘 알았다.

"정말, 마거릿. 그렇게 드라마틱하게 굴지 마. 로렌스는 그냥 오랜 친구야. 똑똑하고 재능 있는, 미술계 사람들을 죄다 아는 동료."

쿠션에서 몸을 뗀 샬럿이 소파 끝자락에 앉았다.

"그 사람이 날 귀엽게 짝사랑하면 뭐 어때? 내가 그걸 좀 부추긴다 한들 뭐가 어때서? 심각할 거 없어. 난 그저 갤러리에 말 한마디 해주길 바랄 뿐이야. 기회 한두 개쯤 열어주기를. 누굴 상처 주는 것도 아니잖아. 로렌스랑 이니드는 개방적인 결혼 생활을 하고 있어. 그는 얽매이는 제도를 신봉하지 않아."

마거릿의 눈이 커졌다. "자긴 어떤데?"

그때 초인종이 울렸다.

샬럿은 대답 대신 소파에서 벌떡 일어나 현관으로 향했다.

12장
지극히 정상적인

"자, 여기." 샬럿이 가장자리를 설탕으로 장식한 칵테일 잔을 마거릿에게 내밀며 경쾌하게 말했다.

방금 나눈 대화가 조금 언짢았을 법한데도 그런 기색은 전혀 내비치지 않았다. 여느 때처럼 밝고 경쾌하게, 자기 자신까지도 웃음거리로 만들어 어느 때고 웃을 준비가 된 모습이었다.

비브가 케이크 칼을 찾으러 주방에 가려 하자 샬럿은 과장되게 몸을 날려 문간을 막아섰다.

"안 돼! 누가 주방에 들어간단 생각만 해도 창피해서 죽을 것 같아. 거긴 아예 최악이야, 비비안! 완전 참사라고. 한 시간 전만 해도 전부 다 재앙 수준이었어. 마거릿이 와서 잡동사니를 숨겨주지 않았으면 오늘 모임은 취소했을 거야. 자기랑 빗시가 집 안을 둘러보곤 바로 보건소에 신고할 게 뻔했으니까."

샬럿은 재밌는 데가 있었다. 뻔뻔할 정도로 태연하고 의외로 솔직해서 마거릿이라면 얼굴을 달아올랐을 단점들까지 거리낌 없이 인정했다.

물론 일정한 선까지는 그랬다.

샬럿이 서둘러 현관을 향해 나가던 순간, 마거릿은 자신이 던진 질문에 대한 답은 끝내 듣지 못하리라는 걸 알았다. 차라리 잘된 일이었다. 괜히 모임의 흥을 깨고 싶지 않았고, 애초에 꺼내서는 안 될 질문이기도 했다. 알그렌의 개방적인 결혼 생활을 세상 흔한 일처럼 아무렇지 않게 입 밖으로 내뱉는 샬럿의 무심한 태도에 그녀는 놀랐다. 하지만 샬럿을 아는 사람이라면 그게 바로 그녀의 의도라는 걸 알 터였다. 상대를 깜짝 놀라게 하고 마거릿더러 "순진하고 진지해서 촌스럽다"고 놀리기를 그녀는 즐겼다.

어쨌든 다 끝난 일이었다. 마거릿은 잔을 받아 들었다.

"건배!" 그녀가 한 모금 들이켠 잔을 탁자 위에 내려놓으며 말했다. 첫 모임에서 마신 보드카 스팅어처럼 사이드카도 맛은 좋지만 도수가 강했기에 마거릿은 천천히 마시고 싶었다. 쟁반을 든 샬럿이 다른 이들에게도 술을 권했다.

"난 괜찮아." 비브가 잔을 밀어냈다. "임신 중에 술은 아직도 께름칙해."

"자기 잔은 무알코올로 만들었지." 샬럿이 대꾸했다. "사과주스에 레몬즙, 설탕, 향신료만 넣었어. 그런데 솔직히, 전혀 임신한 것처럼 안 보여. 약간 부은 거 아닐까, 임신이 아니고."

"글쎄, 날 못 믿네, 임신 맞다니까. 요즘은 토니가 못 보게 옷 갈아입을 때 욕실 문을 잠가버려. 위장술에 능한 편이고 원래 좀 투실투실하니까, 아마 몇 주는 더 모를 거야." 비브가 잔을 한 모금 들이켰다. "와, 이거 맛있네!"

"웃기는 소리 마." 샬럿이 손을 내저었다. "투실투실은 무슨, 관능적이지.”

“관능적?” 빗시가 물었다.

“풍만하고 육감적이라는 뜻이지.”

“그게 투실투실이지.” 비브가 응수했다.

샬럿은 고개를 저었다. “아니. 섹시하고 빵빵해서 매혹적이란 뜻이야. 아무 데나 쓰는 말이 아니라고.”

“흠, 왠지 이탈리아 사람들이 잘 쓸 것 같네. 뭐 어쨌든 좋아. 섹시하고 매혹적이면 좋지. 게다가 분명한 건.” 그녀는 자기 허리선을 흘끗 보며 말했다. “연애 생활에 전혀 지장이 없었다는 거. 토니는 내가 살집이 좀 있어서 좋대.”

빗시는 사이드카를 길게 한 모금 마시다 무언가 떠올랐다는 듯 비브를 올려다봤다. “맞다, 치과는 어땠어요? 그냥 충치만 때운 거예요, 이를 뽑았어요?”

“어, 그게, 실은⋯.” 비브가 헛기침하며 잔을 내려놓았다. “나 발표할 게 하나 있어. 아니, 두 개. 첫째, 믿기 힘들겠지만 내가 『여성성의 신화』를 다 읽었어. 쉽진 않았지만 결국 끝냈지.”

그녀는 드문드문 터져 나오는 박수에 고개를 까딱여 화답했다.

“그리고 책의 메시지를 마음 깊이 새기기로 했어. 다음 주부터는 가정 안팎에서 다 만족을 찾으려고 해. 간단히 말하면.” 비브가 허리를 꼿꼿이 세웠다. “나 직장 구했어.”

이번에는 박수 소리가 더 커지며 멤버들의 축하 인사와 질문이 쏟아졌다. 어디서 하는지, 언제부터 시작인지, 풀타임인지 파트타임인지 물어대는 통에 비브는 허공에 대고 두 손바닥을 흔들며 웃었다.

"한 번에 하나씩, 여러분. 주 3일, 오전 10시부터 오후 3시까지 일한답니다. 프란체스카 조르다노 박사님 진료실에서 임상 간호사로. 진료실은 DC에 있어."

"DC 어디?" 마거릿이 물었다.

"브룩랜드, 가톨릭대학교 근처야. 거리가 좀 있긴 해. 여의사 밑에서 일하게 될 거라곤 상상도 못 했는데, 그분은…." 비브는 곰곰이 생각하는 얼굴로 고개를 살짝 기울이며 말을 이었다. "뭔가 특별하고, 믿을 수 없을 만큼 헌신적이야. 솔직히 말해서 같이 일할 수 있다는 게 너무 설레서 점심이랑 기름값만 줘도 할 것 같아."

샬럿은 녹색 안락의자에서 일어나 잔을 채우러 갔다.

"남편은 뭐래?"

"신났지. 그게 바로 나의 토니야. 내가 행복하면 그도 행복해. 애들도 좋아했어. 닉은 내가 일하면 컬러텔레비전을 살 수 있냐고 묻더라. 그리고 그거 알아? 안드레아가 날 꼭 안아주면서 엄마가 자랑스럽대. 내가 일하는 날엔 저녁도 미리 준비하고 있겠대. 정말 기특하지 않아?"

모두 고개를 끄덕여 동의했다.

"토니한테 아기 얘기는 했어요?" 빗시가 물었다. "의사는 알고요?"

"응, 괜찮대. 본인도 가정이 있으니까. 하지만 토니랑 애들한테는 조금 지나서 얘기하려고. 괜히 물 흐릴 필요 없잖아? 일에 적응한 다음 얘기하면 별일 아님을 알게 될 테고, 내가 다 잘 해내고 있는 모습도 보게 될 거야."

말은 그렇게 해도 비브가 토니에게 임신을 숨기면서 마음이 그리 편치는 않으리라고 마거릿은 생각했다. 평소였으면 술잔이 뜨뜻해지도록 오래 쥐고 있다가 겨우 마시는 빗시는 어쩐 일인지 수긍하듯 고개를 끄덕이며 사이드카를 한 잔 더 따랐다. 샬럿은 담배를 이로 문 다음 자유로워진 두 손으로 한바탕 박수갈채를 보냈다.

"브라보, 비브! 우리 베티 이모가 자기들 모두를 자랑스러워하겠네! 이제 다들 번듯한 직업을 가졌잖아. 우리 모임에서 취미 생활만 하는 건 나뿐이네."

"에이, 그만해." 마거릿이 얼굴을 찌푸렸다. "샬럿, 그건 사실이 아니잖아. 돈을 못 번다고 해서 일을 안 하는 건 아니지. 재능이나 작품에 쏟는 마음을 누가 의심하겠어. 이걸 봐." 그녀는 방 건너편에 놓인, 페인트 얼룩이 가득 튄 캔버스를 가리켰다.

아까 그림들을 치우던 마거릿은 가장 큰 캔버스의 물감이 아직 마르지 않은 걸 알아챘다. 혹여 번질까 봐 조심스레 이젤을 들어 모두가 감상할 수 있도록 책장 옆에 두었다. 마거릿은 거실을 가로질러 그 앞에 다가가 섰다.

"정말 근사해!"

"아니야." 샬럿이 술잔에 남은 마지막 한 모금을 입에 털어 넣었다.

마거릿은 몸을 돌려 다른 사람들을 향했다. "맞아. 생기 넘치고 살아 있는 것 같고, 에너지로 가득해. 내가 현대미술에 대해 아직 잘 모르긴 해도, 그래도 내 눈에는."

"그래, 마거릿. 자긴 현대미술을 잘 몰라. 만일 알았으면 이 그림에는 생기도 생명력도, 심지어 독창성조차 없다는 걸 바로 알 거야. 그냥 졸렬하게 폴록을 흉내 낸 그림일 뿐, 그 이상도 이하도 아니지."

잠깐 당혹감이 맴돈 뒤 어색한 정적이 흘렀다. 샬럿은 고개를 돌려 주먹으로 입을 막았다. 다른 이들도 휘둥그레 서로를 바라보며 어떻게 반응해야 할지 몰랐다. 샬럿은 다시 고개를 저으며 마거릿을 돌아보았다.

"미안해. 어떤 변명도 안 통할 만큼 무례했어. 나는 그저… 정말, **정말로** 잘하고 싶어." 샬럿이 미간을 찌푸리며 눈을 꼭 감았다. "그런데 결국엔 그럴 수 없을까 봐 두려워."

마거릿의 가슴이 뼈저린 공감으로 저며왔다. 샬럿의 말이 무슨 뜻인지 정확히 알았다.

마거릿의 첫 칼럼은 잡지 다음 호에 실릴 예정이었다. 두 번째 원고는 집에서 구운 것처럼 보이는 케이크 이야기였고, 이미 넘긴 뒤 세 번째 원고를 쓰고 있었다. 여기에 쏟은 시간과 고쳐 쓴 횟수는 헤아리기 힘들었다. 그런데도 지난 오후 원고를 다시 읽자 전부 쓰레기처럼 느껴져 새로 시작한 참이었다. 또다시.

잡지 칼럼일 뿐 문학작품이 아니었다. 그래도 그녀는 그것이 좋은 칼럼이기를 간절히 원했다. 레너드 클레멘트는 분명히 해두었다. 여성 독자들을 웃게 만드는 글을 쓰는 게 그녀의 일이라고. 이견은 없었다.

만일 뭇 여성들이 칼럼을 읽고 미소 짓거나 키득키득 웃고, 실수하거나 요령 피우는 사람이 또 있다는 걸 알게 된다면, 그러니까 시판 케이크 믹스를 쓰거나 옷장에 숨어 초코바를 몰래 먹고 아들을 어린이 구단 연습장에서 깜빡 잊고 안 데려온 일화를 떠올린다면. 냉동고 해동, 바닥 왁스칠, 시댁 식구 상대하기를 질색하고, 5시가 임박한 시점에 만 번째 냉동 닭을 또다시 꺼내며 비명을 지르고 싶은 순간이 있었다면….

글쎄, 아무 의미 없는 일이 아니었다.

혹여 마거릿이 지난 몇 달 동안 배운 사실이 있다면 대부분 여성에게 웃음이 절실하다는 점이었다. 하지만 가능하다면, 잠시 멈춰 생각하게 만들고 심지어 변화를 이끌 칼럼을 쓰고 싶었다. 정말로 간절한 바람이었다.

하지만 지금까지 쓴 글로는 목표 근처에 기웃대지도 못했다. 과연 가능한 날이 올까?

"미안할 거 없어." 소파 쪽으로 걸어간 마거릿이 샬럿 곁에 앉았다. "괜히 하는 말이 아니라, 정말 멋지다고 생각해서 한 말이야. 진심으로 근사해 보여서."

"고마워. 이제 우리 다른 얘기로 넘어가면 안 될까?" 샬럿은 이내 환한 미소를 지었다. 마거릿은 그 미소가 놀라우리만치 진실해 보여서 깜짝 놀랐다. 마치 스위치를 눌러 완전히 다른 마음가짐과 기분으로 넘어간 것처럼. 진짜일까? 보기엔 정말 그랬다.

"글은 잘 써져? 도대체 언제 자기 이름을 지면에서 보는 거야?"

"조만간이야."

"그러니까, 더는 못 기다리겠어요." 빗시가 평소보다 조금 더 짙은 사투리로 말했다. "우리 이제 유명 인사랑 예전부터 친했던 척할 수 있겠다." 빗시가 잔을 다시금 한 모금 들이켜더니 테이블 쪽으로 몸을 기울여 울퉁불퉁하고 동그란 흑갈색 재료들로 채워진 그릇을 집어 들었다. "누구 핀토콩 버섯볼 먹어볼래요? 보기보단 맛있어요."

마거릿은 내키지 않았지만 예의상 접시에 하나 덜어 놓았다. 보아하니 빗시는 진지하게 채식주의자가 되려는 모양이었다. 헬렌의 요리책을 건네주었을 때 그녀가 크게 들뜨던 모습이 떠올랐다.

사양한 샬럿은 케이크 때문에 아직 배가 부르다고 말하며 비브의 채소 스틱과 양파 수프 딥 사이로 손을 뻗어 『여성성의 신화』를 집어 들었다.

"자, 이제 책 얘기하고 싶은 사람 없어?"

"저요! 나, 하고 싶어요!"

빗시가 판서된 수학 문제의 답을 아는 초등학교 3학년 아이처럼 팔을 번쩍 들었다.

"근데 먼저, 질문 하나 할게요. 남편이 싫은 게 정상이에요?"

***

비브가 빗시에게 냅킨을 하나 더 건넸다. 빗시는 코를 풀며 훌쩍거렸다.

"좀 괜찮아?" 비브가 그녀의 어깨를 토닥였다. "죄책감 가질 필요 없어. 남편을 싫어해본 적 없는 아내가 세상에 어딨어."

샬럿은 머리 위로 담배를 뱅뱅 돌리며 동의의 손짓을 보냈다. 마거릿은 수프에 찍은 채소 스틱을 입에 문 채 고개를 끄덕였다.

"그리고 진심이 아니잖아." 비브가 말을 이었다. "순간 확 치밀어오르는 거지, 성냥불이 번쩍이는 것처럼. 칙! 타올랐다가 가라앉는 거. 금방 지나갈 거야."

빗시는 냅킨으로 코끝을 닦았다. "정말 그렇게 생각해요? 전 너무 화가 나요. 이렇게 화가 난 적은 없는 것 같아." 스스로도 놀란 목소리였다. "더 끔찍한 건, 전적으로 킹 탓도 아니라는 거죠."

샬럿은 콧방귀 뀌는 소리를 냈다. "바보 같은 소리 마. 당연히 킹 탓이지."

"아이참." 비브가 끼어들었다. "세상 모든 잘못을 한 남자 탓으로 돌릴 순 없지."

샬럿은 책을 들며 말했다. "자기, 책 다 읽었다고 하지 않았어?"

빗시는 고개를 저었다. "책하고는 상관없어요. 아주 오래전부터 이어져 온 일이에요." 그녀가 또 훌쩍였다. "제가 킹을 어떻게 만났는지 말해줬나요? 그리고 어떻게 청혼했는지? 그것도 두 번이나?"

모두 동시에 고개를 저었다. 잔을 집어 든 빗시가 다시 한 모금 들이켰다.

"대학교 3학년 때였어요. 아버지가 관리자로 있던 씨수말 마구간의 전속 수의사가 심장마비로 쓰러지는 바람에 킹이 몇 달 동안 자리를 메웠어요. 우린 마구간에서 자주 마주쳤고, 난 그가 꽤 괜찮다고 생각했지만 대화라고 해봤자 말이나 날씨 얘기뿐이었죠. 그런데 갑자기 결혼해달래서 정말 깜짝 놀랐어요." 빗시는 눈을 휘둥그레 뜨며 강조했다. "진짜 충격이었죠. 고맙다고는 했지만 난 아직 너무 어리다고, 졸업하기 전엔 가정을 꾸리고 싶지 않다고 말했어요."

비웃듯 미소 짓던 샬럿이 턱을 치켜들고 담배 연기를 내뿜었다. "보아하니, 그래서 더 의지가 불타올랐겠네. 사탕이랑 꽃, 달콤한 거짓말로 널 설득해서 결국 굴복시켰지. 전형적이야. 남자들은 정복하고 싶어 하니까."

"아니, 그런 게 아니에요." 빗시가 말했다. "그 사람 정말 친절했고, 조금은 쑥스러워하기도 했어요. 날 이해한다고, 기회가 있을 때 물어나 보려고 했대요. 오히려 좀 다정했죠. 그러다 일주일 뒤에 원래 있던 수의사가 돌아왔고, 이후 몇 달 동안 킹을 볼 일이 없었어요."

이야기를 이어가려던 빗시가 잠시 사이를 두고 적게 한 모금을 들이켰다.

"내가 킹에게 말하지 않았던—아니, 가능성이 희박하다는 걸 알아서 누구에게도 말하지 않은—사실은, 수의사가 되고 싶었다는 거예요. 마지막 가을 학기에 성적 평균이 A-였고 동기들 중에서 4등이었거든요. 수의과 대학은 경쟁이 치열해도 그 정도면 입학 기회가 있다고 생각했어요. 1지망은 힘들지 몰라도, 어디든 가능할 거라고요."

"하지만 못 갔잖아. 지원한 학교들이 여자라고 전부 떨어뜨렸을 테니까."

마거릿이 샬럿의 어깨를 툭 쳤다. "끝까지 좀 들어볼 수 없을까?"

샬럿은 입을 다물었다. 빗시도 입술을 깨물더니 숨을 고르고 말을 이었다.

"아예 지원조차 안 했어요. 아무 데도."

"뭐?" 비브가 어리둥절한 얼굴로 물었다. "왜?"

"지도교수 겸 학과장이 추천서 써주길 거부했거든요. 수의과 대학은 졸업생이 부족해서 늘 인력이 모자란 상황인데, 그는 내가 아무리 좋은 학생이어도 추천서를 써주는 건 시간 낭비라고 했어요. 남학생 대신 여학생을 받아줄 학교는 어디도 없을 거라고요. 어차피 결혼하면 프로그램이나 직업을 포기할 테니까.”

듣고 있던 마거릿과 비브의 분노가 점점 끓어올랐다. 빗시는 다시금 눈물을 쏟아낼 판이었다. 하지만 결국 모두가 속에 품고 있던 말을 내뱉은, 아니 외친 사람은 샬럿이었다.

“완전 개새끼네!”

“바로 그거예요.” 빗시가 동의했다.

“그럼 그걸로 끝이야?” 비브가 믿기지 않는다는 듯 물었다. “그냥 포기했다고?”

“바로 포기한 건 아니에요.” 빗시가 말했다. “끝까지 따져 물었어요. 결혼할 생각도 없고, 몇 주 전에 괜찮은 청혼도 거절했다고요. 그런데 그는 내 뺨을 툭 두드리면서 ‘걱정 마, 아가씨. 너처럼 예쁜 애한텐 줄 서는 남자들은 잔뜩 있을 테니까. 결국 딱 맞는 사람을 만나게 될 거다’라고 했어요. 그러곤 벌떡 일어나 문까지 열어주더라고요.”

마거릿은 주먹을 너무 세게 쥐어 손가락 마디가 아팠다. 그 교수라는 작자가 눈앞에 있었다면 당장 코에 주먹을 날렸을 것이다.

“그러니까, 네가 남자친구랑 헤어지고 노처녀 되는 게 겁나서 수의과 대학을 보험용으로 생각한 줄 알았나?”

“그런 셈이죠.” 빗시가 대답했다.

씩씩거리던 마거릿은 거만한 교수를 향해 샬럿이 뱉었던 욕을 똑같이 해주었다. 비브는 셀러리 줄기를 양파 소스에 찍으며 고개를 저었다.

“내가 다니던 간호학과 입학 담당자도 똑같았어. 별의별 시험을 다

치르게 만들고, 왜 남편을 만나서 의지하지 않고 굳이 일을 하려 하느냐고 캐묻더니, 결국엔 뻔뻔하게 나한테 데이트 신청까지 했다니까! 역겨웠어, 정말. 게다가 결혼한 놈이." 셀러리를 아그작 베어 문 비브가 빗시를 향해 고개를 돌렸다. "그다음엔 어떻게 됐어?"

"다른 교수들에게도 사정을 설명했죠." 빗시가 말했다. "하지만 다들 똑같이 말했어요. 추천서는 써줄 수 없대요. 그리고… 그러다 아버지가 돌아가셨어요. 헛간 지붕에 올라가서는, 아버지가 할 일도 아니었는데, 헐거워진 지붕 널빤지를 박으려다가, 미끄러져서 목이 부러지셨어요."

말을 멈춘 빗시가 축축해진 냅킨 뭉치를 주먹에 꼭 쥐었다.

"우린 당연히 무너져 내렸죠. 하지만 챙길 일이 너무 많았어요. 프레스콧 농장은 헛간 관리인에게 집을 제공했거든요. 제가 자란 집도 바로 거기였고. 그런데 새 관리인을 뽑아야 한다는 건 분명했으니까. 슬픈 것과 장례 준비 말고도, 엄마랑 난 어디서 어떻게 살아야 할지가 걱정이었죠. 엄마는 평생 전업주부였고, 전 한 학기를 남겨둔 상황에서 일자리 전망은 전무했죠. 겁이 났어요." 칵테일 잔을 들어 한 모금 들이켠 빗시가 깊은 한숨을 내쉬었다. "그런데 바로 그때, 킹이 아버지 장례식에 나타났어요."

샬럿의 입이 딱 벌어졌다. "청혼하려고 온 거야? 레트 버틀러*처럼? 세상에, 대담하네."

---

* 소설 『바람과 함께 사라지다』에 나오는 남자 주인공으로, 스칼렛의 두 번째 남편 프랭크 케네디가 죽고 장례가 끝난 직후 레트 버틀러가 찾아온다.

빗시는 고개를 저었다. "청혼한 건 다음 날이에요. 차가 대문 안으로 들어오길래, 순간 왜 왔는지 알았어요. 솔직히 말하면 한편으론 안도했어요. 모든 문제의 해답처럼 보였으니까. 물론 바로 승낙하지는 않았어요. 수의사가 되는 길을 완전히 접는다는 뜻이잖아요. 그런데 어차피 불가능해 보였죠. 결혼한다는 이유로 공부할 기회 자체를 박탈당했으니, 다른 선택지도 없어져버린 거죠."

"킹은 내가 그를 사랑하지 않는다는 걸 알면서도 언젠간 정이 들거라고, 행복하게 해주겠다고 했어요. 그러면서 버지니아에 개인 병원을 열겠다는 얘기를 꺼냈죠. 마치 우리가 함께 동업자로 해나갈 일처럼 들리게."

"그럼 좋은 결혼 아닌가?" 비브가 말했다. "동업자. 그리고 적어도 대학은 졸업했잖아. 언젠가 분명 도움이 될 거야."

잠시 입술을 비틀며 주저하던 빗시는 말을 보태는 게 현명할지 망설이다가 어깨를 으쓱했다. 그러고는 샬럿 쪽으로 손을 내밀어 손가락을 까딱였다. 샬럿이 담배를 건네자 한 모금 빨고 연기를 내뿜으며 한숨을 쉬었다.

"저도 돕고는 있죠." 마침내 그녀가 입을 열었다. "나름대로는. 집을 잘 돌보지 않았다면 킹이 지금처럼 많은 시간을 일에 쏟을 수 없겠죠. 병원을 맨손으로 일구는 게 쉬운 일이 아니잖아요. 여기저기 말 몇 마리 치료한다고 생계가 되는 것도 아니고. 제대로 된 마구간을 갖추고 최고 수준의 치료를 감당할 만한 사람들과 연결돼야 해요. 그레이엄 부인은 말이 한 마리뿐이지만 인맥이 넓잖아요. 지금 킹이 그녀의 말 딜라일라를 돌보고 있는데, 그게 발판이 되기를 기대하고 있어요.”

비브가 두 손을 활짝 벌리며 말했다. “거봐, 맞지? 자기가 그 마구간에서 일하지 않았으면 부인을 킹에게 소개해줄 일도 없었을 거고 기회도 없었을 거야. 그러니 두 사람은 동업자야.”

빗시는 고개를 끄덕였지만 완전히 확신하는 표정은 아니었다.

“그렇긴 하죠. 킹이 청혼하면서, 내 목표와 학업을 마치고자 하는 의지를 존중한다고 했어요. 말을 다루는 솜씨에도 감탄했고요. ‘자기 타고난 감이 있어. 아버지처럼.’ 그렇게 말했죠. 듣고 있자니 앞으로 함께 어깨를 맞대고 손에 같이 흙을 묻히며 일할 것만 같았죠. 그런데…” 그녀의 목소리가 잦아들었다. “내가 듣고 싶은 말만 들었나 봐요. 아무튼 기대하던 모습과는 다르게 흘러왔어요.”

“그럼 그가 했던 약속은?” 마거릿이 물었다. “그를 사랑하게 됐어?”

“글쎄요, 오늘은 분명 아니고요.” 빗시가 희미한 미소를 지었다. “대부분은 잘 지내요. 물론 나이 차이가 문제일 때도 있지만. 킹은 어서 가정을 꾸리고 싶어 조바심을 내요. 이유는 이해하는데 그게 큰 부담이에요. 그래도 맞아요, 그를 사랑해요. 킹은 나쁜 사람은 아니에요.”

샬럿은 손끝으로 눈물을 훔치는 시늉을 했다. “세상에, ‘나쁜 사람은 아니에요.’ 뭉클하다 뭉클해, 안 그래?” 그녀는 가슴을 툭툭 두드렸다.

“그게, 정말 그렇다니까요! 때로는 무척 다정해요. 매달 결혼기념일과 똑같은 5일이면 꼭 꽃을 사 오는걸요? 한 번도 잊은 적이 없어요.” 빗시의 얼굴이 조금 누그러졌다. “잘 해주고 행복하게 해주려고 진심으로 애써요."

"그런데 왜 싫은데?" 샬럿이 물었다.

빗시는 어색하게 웃었다. "정말로 싫다는 건 아니네요. 그냥 이 책이… 마음을 뒤흔들고 잊었던 안 좋은 기억을 건드렸죠. 사실 그 전까지는 나만 그런 줄 알았어요. 그리고 교수들이 내가 여자라서 추천서를 써줄 수 없다고 했을 때도, 마음 한구석에선 진짜 이유가 따로 있다고 생각했죠. 어디 부족한 데가 있어서 거절당한 거라고."

"그런데 책을 읽으면서 알게 된 거죠. 결혼하면 결국 그만둘 거란 가정하에 수많은 여성이 특정 직업을 선택할 기회조차 박탈당한다는 것, 여자들은 배우자이자 엄마로서 필요한 지식만 배우도록 대학이 교육과정을 바꾼다는 것, 심리학 수업에선 집안일 이상으로 품은 야망이 신경증의 증거라고 가르친다는 것."

"정신과 의사 얘긴 꺼내지도 마." 샬럿이 잔을 휙 흔드는 바람에 칵테일이 넘쳐흘렀다. "특히 배리 박사. 최악이야."

"그 부분 나도 신경 쓰였어." 마거릿이 맞장구쳤다. "대학 때 결혼과 가정 과목을 들어야 했거든. 여학생들은 다 들어야 했어도 남학생들은 아니었지. 교재도 없이 그냥 역할극하고, 미래의 남편을 어떻게 잘 보필할지에 대한 강의였지."

"그래, 역할극도 했어. 약혼자가 자기보다 돈을 더 많이 버는 직업을 가졌다는 걸 알게 되었을 때 예비 신랑이 어떻게 반응할지 상상해보라는 거야. 자존심이 얼마나 상할 것이며 관계가 어떻게 위태로워질지를 말이지. 그땐 세뇌라고 생각하지 못했는데 지금 돌이켜보면 딱 세뇌였어."

"그러니까요!" 빗시가 외쳤다. "책을 읽으면 읽을수록, 예전에 겪었던 일들이 떠올라서 더 화가 치밀어 올랐어요! 이성적으로는 알죠, 킹 잘못이 아니란 거. 수의사가 되는 길을 가로막은 것도 아니고, 그냥 나랑 결혼했을 뿐이죠. 그런데 머릿속에는 다 뒤엉켜 있어요. 그 끔찍한 지도교수를 떠올릴 때마다 이상하게 킹 얼굴이 겹쳐 보여요."

"흠." 샬럿이 낮은 소리를 냈다. "배리 박사라면 뭐라고 분석할까, 궁금한데?"

비브는 마거릿의 사이드카를 집어 들어 아주 조금만 들이켰다. "좋아, 그런데 하나만 이해 좀 시켜줘. 그거랑 자기가 채식주의자가 된 건 무슨 상관이야?"

"아." 빗시의 얼굴이 조금 상기됐다. "사실 상관없어요, 그다지. 헬렌에게 지옥이 얼어붙어도 다시는 킹한테 스테이크를 구워주진 않겠다고 한 건, 그냥 책 읽고 나서 화가 치밀어 올랐을 때 내뱉은 말이에요. 사실 예전부터 동물을 먹는다는 게 늘 마음에 걸렸거든요. 킹도 나랑 같았으면 좋겠지만, 그냥 다른 거죠 뭐." 그녀가 어깨를 으쓱했다. "그렇다고 킹을 낮춰 보는 건 아니고요."

빗시가 샬럿의 담배를 다시 한 모금 빨아들였다가 연기를 내뿜으며 인상을 썼다.

"그렇긴 해도." 그녀는 방금 한 말을 다시 곱씹듯 천천히 덧붙였다. "가만 생각해보면 좀 잔인한 일이긴 해요, 안 그래요? 동물을 사랑한다고 말하고 돌보는 데 평생을 바치면서, 정작 먹을 때는 아무런 양심의 가책을 못 느낀다는 거잖아요?"

13장
고요한 새벽 시간

마거릿이 집에 돌아왔을 때 집 안은 고요했고 모두 잠들어 있었다. 곧장 위층으로 올라가는 대신 그녀는 현관에서 구두를 벗고 스타킹을 신은 발로 살금살금 주방으로 향했다.

케이크 통을 씻어 식기 선반에 엎어놓고 식탁에 앉았다. 창밖 너머 텅 빈 거리와 이웃집 울타리의 검고 투박한 윤곽 그리고 일정한 간격으로 동그랗게 인도 위를 비추는 가로등 불빛을 멍하니 바라보며 남편을 싫어해본 적 없는 아내가 세상에 어디 있냐는 비브의 말을 떠올렸다.

비브는 너무 아무렇지 않게 그 말을 내뱉었다. 이따금씩 배우자를 혐오하는 게 불쾌하지만 불가피한 어른들의 숙명인 양, 죽음이나 세금 또는 눈가 주름처럼 벗어날 수 없는 일이라는 양.

정말 그런가? 그래야만 하나? 어쩌다 그렇게 됐을까?

무엇보다 그들은 중세 시대에 살고 있지 않았다. 강제로 결혼한 사람은 아무도 없었다. 물론 빗시는 사정이 어렵긴 했어도 선택권은 있었다. 결혼을 할 수도, 안 할 수도, 나중에 할 수도, 다른 누군가와 할 수도 있었다. 모두에게 선택권이 있었는데 모든 인류 가운데서 단 한 사람, 바로 그 사람을 골랐다.

그런데 어쩌다 이렇게 되었나?

새하얀 드레스를 입은—영원히 사랑하고 존중하며 아끼겠다고 약속하던—숙녀는 어쩌다가 남편이 싫은 게 정상이냐고 묻는 새댁의 질문에 어깨를 으쓱하며 고개를 끄덕이는 아내로 변해버렸나? 애초에 그렇게 될 수밖에 없던 건 분명 아닐 터였다. 그런데 모두가 그렇게 되어 있었다.

빗시는 킹이 어쩌면 조금 잔인한 사람일지도 모른다고 의심하기 시작했다. 샬럿은 하워드에 대해 좋은 소리를 단 한마디도 하지 않았다. 비브는 토니에게 비밀을 숨기고 있었다. 그리고 마거릿과 월트는 이제 대화를 나누지 않았다. 그저 아이들, 집안일, 금전 문제, 일정, 할 일에 관한 정보만 주고받을 뿐이었다.

어떻게 이렇게 잘못될 수 있지? 왜 모두가 다 그럴까?

마거릿은 이해할 수 없어 글을 써 내려갔다.

혹여 타자기 소리에 식구들이 깰까 봐 실비아는 벽장에 둔 채 공책과 펜을 꺼냈다. 처음에는 그저 생각과 의문을 종이 위에 쏟아내듯 읽은 것, 생각한 것, 들은 것, 목격한 것, 경험한 것에서 받은 인상을 휘갈기며 답을 줄지 모를 연결 고리를 찾았다. 그러고 나서 쓴 것을 모아 하나의 장면을 만들어보았다. 익숙한 듯 결국 지나치게 친숙한 인물들이 모인 독서 모임. 다음에는 동네 파티 장면을 썼는데, 주최자가 타파웨어나 에이본 제품을 파는 대신 손님들에게 남편을 팔아 웃겨보려 애쓰고 있었다.

그러나 웃기지 않았다. 그냥 슬펐다. 마거릿은 공책을 덮고 펜을 내려놓은 뒤 위층으로 올라갔다. 월트는 곤히 잠들어 있었다. 몸을 말고 모로 누워 턱 밑에 주먹을 고이 괸 채 순하고 고르게 숨 쉬는 천진한 모습이었다. 협탁 위에는 째깍째깍 다시 오지 않을 날의 시간을 초침으로 깎아내는 자명종이 놓였고, 거기서 나오는 은은한 푸른빛을 받은 『노인과 바다』는 중간 부분이 펼쳐진 채 엎어져 있었다.

마거릿은 몸을 숙여 그의 이마에 살짝 입을 맞췄다.

"난 당신이 싫지 않아." 그녀가 속삭였다.

14장
가장 중요한 한 끼

빗시는 대개 얕게 잠들었다가 일찍 일어나는 편이었다. 그러나 그날은 해가 뜨고 킹이 먼저 일어나 아침을 맞을 때까지도 꼼짝하지 않았다. 그나마 버스터—집에서 기르는 네 마리 고양이 중 하나로, 성격이 유별난 과체중의 삼색 고양이—가 침대 위로 뛰어올라 발톱으로 그녀의 이마를 긁기 시작하자 겨우 정신을 차렸다. 처음엔 살살 긁다가 점점 세게 눌러대는 통에 끙끙거리며 눈을 떴다.

"버스터, 이 악마 녀석."

고양이는 씩씩 소리를 내며 머리로 그녀의 어깨를 꾹 들이받았다. 하품을 하며 몸을 반쯤 일으킨 빗시는 초록색 벨벳으로 감싼 푹신한 헤드와 베개에 등을 붙여 앉았다. 주방에서 소리가 났다. 라디오에서는 컨트리 음악 방송이 낮게 흘러나왔다. 조니 캐시의 〈링 오브 파이어〉 멜로디 사이사이로 주전자와 프라이팬, 식기들이 부딪치는 소리가 킹이 아직 출근하지 않았으며, 아마 아침을 만들어 먹고 있으리라는 걸 알려주었다. 그녀는 얼른 일어나 아침을 차려줘야겠다고 생각했지만 침대에서 몸을 일으킬 엄두가 나지 않았다. 우선 전날 밤 사이드카 칵테일을 너무 많이 마신 탓에 머리가 아직 욱신거렸다. 또 다른 이유는, 킹이 대화를 원한다는 걸 알아서였다. 아침만 되면 늘 수다스럽고 명랑해지는 그였다. 평소엔 괜찮았으나 오늘만큼은… 준비가 되어 있지 않았다.

빗시는 베티들에게 털어놓았던 모든 말과 그때 느낀 감정 그리고 그들의 반응을 여전히 곱씹고 있었다. 결혼 생활에 대해 그렇게 솔직하게 말한 게 혹시 잘못은 아닌지, 심지어 불충실한 태도는 아닌지, 하는 생각이 들자 못내 께름칙했다. 몇 주 동안 가슴을 죄던 답답함이 이야기를 꺼내면서 조금은 풀린 듯했고, 아침이면 늘 뻣뻣했던 어깨도 평소보다 훨씬 가분하게 느껴졌다. 하지만 혹시라도 킹이 그 대화를 엿들었다면 분명 상처받았으리란 걸 빗시는 알았다. 그래서―그녀가 베티들에게 무슨 말을 했는지 킹은 알 리가 없는데도―그의 눈을 똑바로 마주할 자신이 없었다. 아직은 그랬다.

대신 끈질기게 골골대며 달라붙는 버스터를 옆으로 밀어내고는 이불 속에 몸을 파묻고 협탁에 두었던 『허랜드』를 집어 첫 장을 펼쳤다. 오래된 책이긴 했지만 베티들이 이 작품을 골라서 다행이었다. 원래 판타지를 좋아해 여성들이 다스리는 유토피아 사회에 대한 소설이 몹시 끌렸다.

책을 읽기 시작한 그녀는 이내 약간 실망했다. 신화 속 허랜드를 찾아 떠난 세 남자 가운데 한 명인 밴이 화자였기 때문이었다. 그러나 몇 쪽을 더 넘기자 다가올 모험의 기운이 감지되었고 곧 빠져들었다. 더 읽고 싶었지만 버스터가 계속 머리로 들이받아 방해했고 이제는 정말 일어나 남편을 배웅해야 한다는 걸 알았다. 킹의 시선을 피해보려는 마음은… 글쎄, 괜한 바보짓인지도 몰랐다. 그는 그녀의 속마음을 못 읽는 만큼, 베티들에게 무슨 말을 했는지 알 리가 없으니까. 게다가 침실에서 영영 숨어 있을 수도 없는 노릇 아닌가?

책을 내려놓은 빗시는 흰색 타월 목욕 가운을 두르고 슬리퍼를 챙겨 신은 뒤 고양이를 안고 터덜터덜 주방으로 걸어갔다.

킹은 가스레인지 앞에 서 있었다. 짙은 청바지에 해진 가죽 부츠를 신고, 쪽빛 셔츠 위에 걸친 갈색 작업 재킷 주머니에서는 청진기가 살짝 삐져나와 있었다. 넓은 어깨와 불그레한 혈색, 관자놀이에 희끗희끗 섞인 흰머리까지 더해, 건장하고 투박하면서도 믿음직스러운 말 전문 수의사 그 자체였다.

킹은 프라이팬에 달걀을 깨 넣었다. 나머지 고양이들—리리스, 오스카, 밥—과 관절염에 귀까지 먼 쿤하운드 품종의 지크는 그의 발치에 둥글게 웅크리고 앉아 반짝이는 눈으로 킹의 동작 하나하나를 주시하며 부스러기 하나라도 바닥에 떨어지면 바로 달려들 기세였다.

빗시가 버스터를 바닥에 내려놓자 녀석은 털 달린 동지들 곁으로 합류했다. 킹이 달궈진 팬 위에서 달걀 두 개를 뒤집자 치직 소리가 났다.

"꼬맹이, 좋은 아침." 그가 빗시의 입술에 가볍게 입을 맞추었다. "잘 잤어?"

하품하느라 입을 반쯤 벌린 빗시가 고개를 끄덕였다. "너무 푹 잤네. 버스터가 깨우지 않았으면 아직도 침대에 있을 거야."

빗시는 고양이를 내려다보았다. 버스터는 그녀의 발치에 드러누워 몸을 쭉 늘리더니 보송보송한 분홍 슬리퍼 위로 몸을 비비며 뒹 굴었다.

"이런 악동 같으니." 쪼그리고 앉은 빗시가 녀석의 귀 사이를 긁어주었다.

"그러게. 일어났을 때 자긴 완전히 곯아떨어져 있길래, 아침을 좀 해줘야겠다 싶었지." 찬장에서 접시를 꺼내던 킹이 슬쩍 웃음을 흘렸다. "혹시 그렇게 피곤할 만한 이유가 있는지 모르잖아."

빗시는 입을 악물었다. 그는 어머니보다 더했다. 만일 그녀가 임신이 맞다면, 그걸 굳이 숨기리라 생각하는 건가? 오히려 기쁜 마음으로 소식을 알려, 적어도 이렇게 끊임없이 암시를 던지지는 않게 했을 텐데. 빗시는 자신이 마실 커피를 따랐다.

"아니야. 그냥 늦게까지 있다가 사이드카를 과하게 마셨을 뿐이야."

"응, 그런 것 같았어."

아무렇지 않은 투였지만 실망이 깃든 그의 눈빛은 잠시 전보다 옅은 푸른빛으로 보였다. 킹은 달걀 밑에 뒤집개를 밀어 넣은 뒤 접시에 올리고 버터 바른 토스트 한 조각을 곁들여 조리대에 두었다.

"자, 여기."

"고마워. 당신은 안 먹어?"

킹은 커피잔을 들어 한 모금 들이켠 뒤 고개를 저었다. "벌써 먹었지."

접시를 들어 식탁으로 옮기는데 베티들에게 털어놓았던 말들이 더 무겁게 마음을 눌렀다. 너무 많은걸, 그것도 한쪽 입장만 드러낸 건 너무했다. 사실 킹은 정말 다정했고 웬만한 남자들보다 훨씬 사려 깊었다. 불임이 두 사람 사이에 가시처럼 박혀 있었어도 언젠가는 해결될 터였다. 그가 가장 바라는 것, 바로 자신의 이름을 이어갈 아이를 안겨주기만 한다면. 불임 전문의도 임신 가능성을 막는 특별한 문제는 찾지 못했다. 단지 불안과 다소 불규칙한 생리가 걸릴 뿐. 그러니 결국은 시간문제였다.

"젊고, 건강하고, 튼튼하시네요." 의사는 자신 있게 말했다. "마티니 한 주전자 만들어놓고 스테레오에서 냇 킹 콜을 틀어보세요. 분위기는 자연스레 흘러갈 거예요."

"제 친구 비브는 키안티 와인과 시나트라를 권하던데요. 지금 여섯 아이에, 일곱째까지 임신했거든요."

"그럼 됐죠. 음악 취향만 아니면 100퍼센트 동의합니다." 의사는 손을 뻗어 그녀의 무릎을 토닥이며 말했다. "코브 부인, 제 환자 절반이 당신 같아요. 엄마나 언니, 남편, 친구들이 말하듯 '일반적'이지 않고 시간이 조금 더 걸린다는 건데, 괜한 조바심 때문에 자연스러운 과정이 더 어려워지는 거죠."

"그래서 저는 늘 이렇게 말합니다. 자기 자신을 돌보세요. 건강한 식사를 하고, 충분히 자고, 적당히 운동하고, 긴장을 풀어주는 거품 목욕도 자주 하세요. 특히 남편이 퇴근하기 직전에요." 그는 윙크했다. "그렇게 하면 금세 아기 방 벽지 고를 날이 올 겁니다."

빗시는 그의 윙크가 거슬렸고, 허벅지만 간신히 덮는 얇은 면 가운만 입은 환자의 무릎을 토닥이는 행동도 영 달갑지 않았다. 그러나 그의 말 자체는 안심이 되었다. 선의가 담긴 말이라는 것이 느껴졌다.

킹의 행동도 선의에서 비롯했다. 세상 불의를 향한 분노를 그에게 떠넘기는 건 옳지 않았다. 그가 한 일이라곤 그녀를 사랑하고, 보금자리를 마련해 손을 내민 것뿐이었다. 더 바랄 게 무엇인가?

어릴 적 빗시는 가끔 결혼하는 꿈을 꾸곤 했다. 여름이면 매년 부모님과 함께 테네시로 휴가를 떠나 일주일간 친척 집에 머물렀고 사촌 언니들과 함께 신부 놀이를 했다. 나오미 이모의 오래된 레이스 식탁보를 베일처럼 쓰고 마당에서 꺾은 데이지 꽃으로 만든 화관을 머리에 얹었다. 소꿉놀이도 했지만 신부 놀이가 단연 최고 인기였다.

그러던 어느 여름, 빗시의 키가 한 해 만에 10센티미터 넘게 훌쩍 자라자 사촌들은 그녀더러 이제 신랑 역할을 맡으라고 선언했다. "여자는 남자보다 키가 작아야 된다"고 우기면서. 때마침 쿠키를 가지러 주방에 들른 빗시는 어머니와 이모의 대화를 엿들었다. "빗시를 어쩌면 좋을까." 어머니는 한숨을 내쉬었다. "키는 크지, 비쩍 말랐지, 덤벙대지, 지독하게 소심하지. 저 애가 남편은 찾겠어?"

그 후로 빗시는 신부 놀이에 흥미를 잃었다. 대신 『블랙 뷰티』에 나오는 놀이를 하자고 사촌들을 설득했다. 들판을 달리고 통나무를 뛰어넘으며 경주와 모험을 즐기는 편이 훨씬 재미있었다.

물론 빗시는 결혼을 했다. 사촌 언니들도 마찬가지였다. 하지만 그녀가 만난 킹은 언니들이 만난 남자들과는 비교할 수 없을 만큼 훌륭했다. 베키의 남편은 틈만 나면 바람을 피웠고, 신디의 남편은 게으르고 지루하기 이를 데 없었다. 반면 다정하고 성실한 킹은 빗시를 행복하게 해주려고 꽃을 사 오거나 달걀을 부쳐주는 등 온갖 정성을 쏟았다. 그가 행복해지기 위해 필요한 건 오직 하나. 아기,

가능하다면 아들이었다.

아기가 생기면 두 사람 모두 행복할 터였다. 긴장은 사라지고 모든 게 괜찮아지리라, 빗시는 확신했다.

커피포트를 들고 온 킹이 잔을 채워주었다. "오늘 아침에 마구간 갈 거야?"

빗시는 고개를 끄덕였다. "그레이엄 부인이 오후에 말을 타기로 했어. 어제 편자공이 와서 딜라일라 발굽을 새로 박아줬는데, 부인이 오기 전에 제대로 했는지 확인해야지. 마구간 청소도 좀 해야 하고, 비터루트도 몰아야 하고. 클랜시 하원의원이 일주일 넘게 안 탔거든. 운동시켜야지. 바쁜 하루가 되겠네." 그녀가 냅킨을 펼치며 말했다.

"나도 마찬가지야." 킹은 남은 커피를 단숨에 들이켠 뒤 몸을 숙여 빗시의 머리 위에 입을 맞췄다. "더 있고 싶지만 말 때문에 만날 사람이 있어서 가야겠어."

빗시는 그의 단골 인사에 여느 때처럼 미소 지었다. 포크를 들어 달걀을 먹으려다 냄새를 맡고 멈췄다.

"킹? 이 달걀 뭐로 요리한 거야?"

"아침에 내가 해 먹고 남은 베이컨 기름에다." 빗시가 포크를 내려놓자 킹은 눈을 굴렸다. "아, 제발, 빗시. 그렇게 보지 마."

"내가 말했잖아. 더는 고기를 먹고 싶지 않다고."

"이해해." 그는 전혀 이해하지 못하는 투였다. "그래서 자기 베이컨은 안 구웠잖아. 기름 조금 먹는다고 안 죽어. 돼지는 이미 죽었고. 괜히 버려서 뭐 해? 2주 전까지만 해도 아무렇지 않았잖아."

"알아. 하지만 내가 전에도 말했잖아. 꽤 오래 생각해왔다고. 그리고 정말 중요하게 느껴져서."

킹이 그녀의 말을 끊고 사방으로 날려버리듯 팔을 휘저었다.

"정말이지, 난 뭘 해도 안 되는 것 같아. 그저 아내한테 잘해주고 싶었을 뿐인데. 넌 내가 독이라도 먹이려는 줄 알지. 아니면 네 원칙을 훼손하려는 것처럼!"

"자기, 난 그런 게 아니야. 다만."

"아무리 애써도, 아무리 열심히 한들, 자기한텐 늘 부족해."

킹은 더 이상 듣지 않았다. 빗시는 의자를 밀치고 일어나 그의 곁으로 다가갔다.

"미안해." 그녀가 그의 가슴에 손을 얹으며 말했다. "그냥 잘해주고 싶었던 거잖아."

"그랬지." 어깨를 축 늘어뜨린 킹이 입술을 삐죽였다.

"알아. 미안해."

빗시가 발끝을 세워 짧은 화해의 입맞춤을 하려 하자 킹이 그녀의 몸을 두 팔로 휘감아 가까이 끌어당겼다. 짙은 키스를 하려는 그는 방금 전까지만 해도 바쁘다던 말을 까맣게 잊은 듯했다. 하지만 빗시는 잊지 않았다. 그럴 시간이 없었다. 원하지도 않았다. 그러나 이미 그의 기분을 상하게 한 뒤라 밀쳐낼 엄두는 나지 않았다. 마지못해 받아들이려던 찰나, 킹이 낮은 신음을 내뱉으며 몸을 뗐다.

"자긴 정말 매혹적이야." 그가 한숨을 내쉬었다. "하지만 진짜, 일로 만날 사람이 있어."

빗시는 한 걸음 물러섰다. "알아. 나도 할 일이 있으니까."

"빗시, 아침은 미안했어. 다음엔 버터를 쓸게."

그녀는 어깨를 으쓱했다. "괜찮아. 당신 말대로, 나 죽는 것도 아니고 어차피 돼지는 이미 죽었으니까."

그를 현관까지 배웅한 빗시는 현관 앞에 서서 손을 흔들며, 1954년식 낡은 초록색 윌리스 지프 스테이션 왜건을 후진해 진입로를 빠져나가는 그를 바라보았다.

차가 시야에서 사라지자 그녀는 주방으로 들어와 달걀 하나를 개밥 그릇에 담아주었다. 지크는 두 입에 게걸스레 넘겼다. 남은 달걀은 잘게 썰어 접시에 놓은 뒤, 개가 닿지 못할 곳에 두고 고양이들을 불렀다.

***

알람은 6시 정각에 요란하게 울렸다. 베개로 머리를 감싼 마거릿은 여차하면 다시 잠들 뻔했다. 하지만 바비가 복도 욕실 문을 두드리며 베스에게 빨리 좀 나오라고 소리치는 바람에 마지못해 몸을 돌려 일어나 앉았다. 버스에 치인 사람처럼 몸이 무거웠다. 평일 밤에는 11시 전에 자야 하는 이유가 있었다.

아침을 준비하러 아래층으로 내려오자 월트는 이미 집을 나서는 중이었다. 한 손에는 커피, 다른 손에는 서류 가방을 든 채로 그녀에게 입을 맞추며 인사를 건네고 책을 선물해줘서 고맙다고 말했다. 예전에 비할 바는 아니었어도 말을 건네는 순간 바라본 그의 눈빛과 목소리에는 진심이 묻어 있었다.

"고맙긴. 예전에 당신이 헤밍웨이를 좋아했던 게 기억나서."

월트는 고개를 끄덕였다. "내가 이 책을 놓쳤다니 믿기지 않네. 1952년도에 출간됐으니, 아마 우리가 결혼하고 애까지 있어서 못 본 거겠지. 늘 시간이 부족했잖아." 그는 손목시계를 흘깃 본 뒤 말했다. "어쨌든 고마워. 사랑해, 매기."

현관 계단참에 선 마거릿은 그가 차를 몰고 나가는 모습을 바라보았다. 피곤함이 싹 가시는 기분이었다.

냉동실에 넣어둔 농축 오렌지 주스가 다 떨어져 오렌지맛 가루를 물에 탔다. 달걀 여섯 개로는 스크램블을 만들고 잉글리시 머핀을 구웠다. 이어 아이들 도시락까지 챙기는 동안 욕실에서 시작된 유치한 말싸움이 주방까지 이어졌고, 티격태격이 심해지자 마거릿은 텔레비전을 못 보게 할 거라고 으름장을 놓았다. 그제야 아이들은 허겁지겁 스크램블을 먹고 도시락 가방을 챙겨 버스를 놓치지 않으려고 서둘러 나갔다.

아이들이 떠난 뒤 커피를 한 잔 더 따른 마거릿은 남은 독일 초콜릿 케이크 조각을 잘라 먹었다.

오늘 계획은 빌려온 책들을 배브콕스 책방에 반납하고—빗시가 집에 가져간 『허랜드』만 빼고—집에 돌아와 글을 쓰는 것이었다. 하지만 먼저 우체통부터 확인했다. 「우먼스 플레이스」는 원래 토요일에 도착하곤 했으나 이번 주 내내 아침이면 혹시 자신의 첫 칼럼이 실린 최신호가 조금 일찍 도착하지 않았을까 기대하며 확인하게 되었다.

우체통 속에 팔을 깊숙이 찔러 넣은 그녀는 편지와 청구서, 전단을 한 움큼 꺼냈다. 잡지가 두 권 섞인 게 보여 가슴이 두근거리다가 「굿 하우스키핑」과 「맥콜」이라는 제목을 보자 축 가라앉았다.

순간 그 아래 뉴욕 소인이 찍힌 서류 봉투를 발견한 그녀는 너무 흥분한 나머지 다른 우편물들을 놓쳐버렸다. 손에서 떨어진 것들이 발치로 와르르 떨어졌다. 그녀는 봉투의 금속 클립을 젖히고 덮개를 찢어 열었다. 맥박이 귀까지 울려 퍼지는 것을 느끼며 마거릿은 봉투 속에서 잡지를 꺼내 들고 누군가 그녀를 위해 표시해둔 쪽으로 단숨에 넘어갔다. 편집장의 글이었던 첫 번째 쪽에는 마거릿의 칼럼과 이름이 언급되어 있었다. 데이비드 마일스가 짤막한 메모를 덧붙이고─"「우먼스 플레이스」에 합류한 걸 환영해요, 마거릿!"─손수 서명도 남겨두었다.

두 번째로 표시된 쪽에는 신데렐라 이야기 같은 기사가 실려 있었다. 평범한 가정주부가 무명에서 발탁되어 「우먼스 플레이스」의 새로운 칼럼니스트가 되었다는 내용이었다. 마거릿이 잡지사를 둘러볼 때 찍은 사진들도 실려 있었다. 마일스 씨와 함께 찍은 사진, '셀마가 알려드려요' 코너의 칼럼니스트와 악수하는 사진, 레이아웃 작업을 하는 편집자의 어깨 너머로 몸을 기울인 사진. 마지막으로 연출된 사진도 있었는데, 타자기에 앉아 귀 뒤에 연필을 꽂고 글을 쓰는 척하는 모습이었다. 마일스의 예상대로 근사한 각이 나왔다.

바로 앞쪽에는 마거릿을 꼭 닮았지만 어딘가 조금 다른, 활짝 웃는 여자의 만화 삽화가 실려 있었고 그 아래에 그녀의 칼럼이 있었다.

이미 수십 번 읽어 외울 정도였지만, 길가 한복판에 서서 발치에 우편물들이 널브러진 상태로 다시금 읽으며 그녀는 아주 오랫동안 느껴보지 못한 감정을 음미했다. 그것은 바로 자부심이었다.

글쓴이의 이름은 **그녀의** 이름이었고, **그녀의** 단어들이 지면을 채웠으며 이 모든 건 바로 **그녀의** 작업물이 얻어낸 성취였다. 잡지 후반부에 표시된 세 번째 쪽으로 넘어가자 투명 창 봉투가 끼워져 있었고 그 안에는 25달러짜리 수표가 들어 있었다.

수취인: 마거릿 라이언

그녀가 유일한 권리자였다.

세단이 다가오는 소리도 차가 멈춰 선 것도 전혀 알아차리지 못하는 사이, 창문을 내린 바브 프레드릭스가 그녀를 불렀다. "마거릿? 마거릿, 자기 괜찮아?"

"응?" 그녀가 고개를 들었다. "아, 그래. 괜찮아. 자긴 잘 지내? 애들은?"

바브는 어리둥절한 표정으로 미간을 찌푸렸다.

"요즘 커피 모임에 통 안 나오네."

"좀 바빴어. 파트타임 일을 하게 돼서."

"아!" 바브는 마거릿이 들고 있던 봉투를 힐끗 보았다. "안 좋은 소식이라도 있어?"

"뭐? 아니야. 전혀."

마거릿은 봉투와 수표를 재킷 주머니에 슬쩍 밀어 넣으며 웃었다. 바브가 더 아리송한 표정을 지었다.

"그런데 마거릿, 길에서 뭘 그렇게 읽느라 차를 몰고 다가오는 소리도 못 듣고 그래. 정말 괜찮은 거 맞아? 혹시 누군가랑 이야기해야 한다면…"

마거릿은 속으로 눈을 굴렸다. 설령 곤경에 빠졌다 해도 바브 프레드릭스에게 털어놓는 일은 결코 없을 터였다. 동네에 뒷담화를 퍼뜨리는 가장 빠른 방법이 전화, 전보 아니면 바브에게 말하기라는 건 컨커디아 주민이라면 누구나 다 알았다.

"정말 괜찮아." 마거릿은 잡지를 들어 올려 바브에게 보여줬다. "잡지 칼럼을 읽다가 좀 빠졌던 것뿐이야."

바브는 못 믿겠다는 얼굴이었다. "엄청 대단한 칼럼인가 보네."

마거릿이 활짝 웃었다.

"대단하고말고."

15장
분노의 문 닫기

아침 느지막이 잿빛 하늘이 칙칙하게 가라앉아 있었다. 차에서 내린 빗시는 한결 가벼운 마음으로 마구간을 향해 걸었다. 오래도록 입은 밝은 황갈색 승마 바지에 검은색 터틀넥, 카키색 작업용 외투를 걸친 차림이었다.

항상 똑같았다. 날씨나 기분이 아무리 우중충해도 차에서 내려 마구간에서 풍기는 건초, 말똥, 젖은 풀, 낡은 가죽 냄새를 깊이 들이마시면 행복하고 차분해지면서 자신감이 차올랐다.

빗시는 킹이 사준 집이 마음에 들었다. 마거릿, 비브, 샬럿을 알게 되면서 컨커디아도 좋아지기 시작했다. 그래도 진짜 집처럼 느껴지진 않았다. 언제나 그랬듯 빗시가 안식처로 느끼는 곳은 마구간뿐이었다. 집은 그저 생활하는 장소일 뿐, 자신이 진정 속한 곳은 마구간이라고, 결코 자신을 의심하지 않는 유일한 곳이라고 느꼈다.

마구간으로 성큼성큼 걸어가던 빗시는 열 살 난 팔로미노 말 리디아 비에게 안장을 얹고 공원 산책로를 달릴 준비를 하는 주인을 보자 흐뭇했다. 리디아 비는 온순했지만 약간 게으른 편이라 운동이 필요했다. 그보다 어린 암말 세 마리, 크리스털, 댄서, 그레이시는 이미 외양간 밖 방목지로 내보내져 있었다. 다가오는 빗시를 발견한 녀석들은 귀를 쫑긋 세우며 울타리 쪽으로 총총 달려왔다. 댄서가 가장 먼저 다가와 빗시 얼굴 가까이 코를 들이밀더니 콧김을 후 불어 따뜻하게 인사했다. 빗시는 주머니에서 당근 조각을 꺼내 말에게 먹이며 목을 쓰다듬었다. 이어 크리스털과 그레이시에게도 당근을 나눠주는데 근처에서 작업하던 조이가 다가오는 모습이 보였다.

빗시가 손을 들어 인사하자 그레이시는 당근을 또 달라는 듯 그녀의 어깨를 콕 받았다. "욕심 좀 부리지 마. 그러다 리디아 비처럼 살쪄." 말에게 말한 빗시는 조이를 향해 돌아섰다.

워싱턴 DC 출신인 조이는 작년에 고등학교를 졸업한 청년이었다. 말과 함께 일해본 적은 없었어도 동물을 좋아했고 성실해서, 매일 아침 6시면 어김없이 마구간에 나왔다.

"다들 어때?" 다가온 그에게 빗시가 물었다. "어제 편자공 다녀갔지?"

조이가 고개를 끄덕였다. "네, 그리고 방금 우리 청소를 끝냈어요." 그는 세 마리 암말 쪽으로 고개를 까딱였다. "그런데 오늘 그레이엄 부인 승마는 미루셔야 할 것 같아요. 방금 딜라일라를 봤는데 관절염이 다시 심해진 것 같거든요. 아니면 새 편자가 영 맞지 않는 건지."

빗시가 미간을 찌푸렸다. "무슨 소리야?"

말 나이로 치면 딜라일라는 분명 노년기에 접어들었고 관절염이 있기는 했다. 하지만 엊그제 빗시가 본 바로는 아무렇지 않았다. 새 편자가 불편할 리도 없었다.

"잘은 모르겠는데… 좀 어정쩡하게 서 있어서요." 조이가 말했다.

"어정쩡하다니?"

조이는 코를 긁적이며 설명할 말을 찾았다.

"그러니까, 뒷다리에다 체중을 싣고 앞다리를 쭉 뻗는 모양새가, 편자가 안 맞는 것 같아요."

순간 빗시의 머릿속에서 경보음이 울렸다. 그녀는 마구간을 향해 몸을 돌렸다.

"젠장!"

눈이 휘둥그레진 조이가 뒤따랐다. "뭐가 잘못된 거예요?"

"젠장!" 다시금 소리친 빗시는 전력으로 내달렸다.

***

조이가 묘사한 그대로였다. 딜라일라는 뒷다리에 체중을 싣고 앞다리를 쭉 뻗어 통증을 줄이려 애썼다. 자세의 차이가 미묘해서 경험 없는 이는 알아채지 못했을 수도 있었다. 빗시는 조이가 이상함을 눈치챈 사실을 높이 사면서도 이건 관절염이나 편자 문제가 아님을 직감했다. 검사를 시작하기도 전에 이미 딜라일라의 눈빛은 더 심각한 문제임을 암시했다.

심호흡을 한 빗시는 마음을 가라앉힌 뒤 말에게 다가갔다. 낮게 속삭이며 가까이 다가가자 딜라일라는 콧구멍을 벌름거리고 귀를 뒤로 젖히며 불안을 드러냈다. 그러나 빗시가 다리 아래로 손을 내려 무릎 뒤로 맥박을 짚고 발굽의 열기를 살필 때는 미동도 없이

서 있었다. 오른쪽 다리를 살짝 건드려 들려고 하자 기꺼이 올려주었다.

딜라일라의 발바닥을 살펴본 빗시가 고개를 내저었다.

"상태가 안 좋아."

빗시는 말의 다리를 내려주고 부드럽게 주둥이를 쓰다듬으며 위로의 말을 속삭였다. 마구간 문을 미끄러지듯 열고 나가는 그녀를 조이가 눈으로 좇으며 물었다.

"어디 가세요?"

"그레이엄 부인에게 바로 전화해야 해. 그리고 내 남편한테도."

*　*　*

네 시간 뒤, 빗시와 그레이엄 부인은 딜라일라의 우리 한쪽 구석에 서서 초조한 눈빛으로 킹을 지켜보고 있었다.

그레이엄 부인을 찾아내는 데에도 시간이 걸렸다. 빗시가 그녀의 비서를 통해 연락했을 때, 부인은 뉴욕발 통근 비행기에 타고 있었다. 공항에 도착한 그녀는 곧장 마구간으로 왔다. 점심 자선 모임에 입고 갔던 분홍색 정장 차림 그대로였다. 센터빌에 나가 있던 킹을 불러오기는 더 어려웠다. 다행히 그가 농장을 떠나기 전 교환원에게 연락을 취한 덕에 그대로 차를 몰아 마구간으로 달려올 수 있었다.

킹이 진료하는 모습을 두 여자는 숨죽이고 지켜보았다. 그가 행한 검사는 빗시가 조금 전 했던 것과 다를 게 없었다. 빗시는 말이 끔찍이도 걱정되었고 주인의 마음도 그만큼이나 염려되었다.

지난 몇 달간 빗시와 그레이엄 부인은 아주 좋은, 심지어 따뜻한 관계를 쌓아왔다. 캐서린 그레이엄이 속마음을 잘 드러내는 사람이 아니었어도 중요한 신문사 발행인의 아내이자 사교계의 중심인물이 된다는 게 늘 편안한 일만은 아님을 빗시는 이해하게 되었다. 그녀에게 딜라일라가 얼마나 큰 의미이며, 이따금 몹시 외로웠을 이 여인에게 얼마나 큰 위안이었을지도 잘 알았다. 세상에는 사람들이 짐작하는 것보다 훨씬 더 많은 외로움이 널려 있었다. 만약 그레이엄 부인이 컨커디아에 살았다면 빗시는 그녀를 베티 모임에 초대했을 터였다.

하지만 지금 할 수 있는 일은, 캐서린 곁에 서서 자신이 딜라일라에게 내린 진단이 틀리기를 기도하는 것뿐이었다. 살아오면서 이렇게까지 틀렸기를 바랐던 적이 있었던가.

어쩌면 가능할지 몰랐다. 빗시는 평생을 말과 함께 자랐지만 수의대에 가진 않았다. 킹은 다르다. 혹시 킹이 딜라일라의 다리를 내려놓고 푸른 눈을 반짝이며 얄미운 미소를 지은 채 이렇게 말해준다면? "아, 아무것도 아니네, 빗시. 웬 호들갑이야. 조이 말이 맞았어. 새 편자에 적응하는 중이잖아."

그에 따른 창피쯤은 별것도 아니었다. 딜라일라와 충직한 주인이 고통에서 벗어날 수 있다면. 빗시는 눈을 꼭 감고 두 손을 모아 간절히 기도했다.

제발, 하나님. 제가 틀렸기를 간절히 바랍니다.

딜라일라의 발굽을 내려놓은 킹이 고개를 저었다.

"제엽염이야." 그는 빗시를 바라봤다. "당신이 제대로 짚었어."

그레이엄 부인의 미간을 찌푸렸다. "제엽염이요?"

"발굽과 관골 사이 조직에 생긴 염증인데요. 그래서 뒷다리에 체중을 싣는 거예요. 앞발 통증 때문에."

그레이엄 부인은 진단을 받아들이듯 고개를 끄덕이더니, 딜라일라 곁으로 다가가 주둥이를 어루만지며 눈을 들여다보았다.

"지금 통증이 심한가요?"

"아직은 아니죠." 킹이 대답했다. "하지만 오래 가면, 관골이 발굽에서 분리되어 돌아가 버리면…" 그는 무겁게 한숨을 내쉬었다. "듣기 괴로우시겠지만, 안락사를 고려하셔야 할 겁니다. 원하시면 직접 해드리겠습니다."

빗시가 짧은 비명을 내질렀다. 도저히 참을 수 없었다. 킹이 그녀를 흘겨보았지만 눈치채지 못한 그레이엄 부인의 눈에는 눈물이 가득 차올랐다.

"하지만 뭔가 해볼 방법이 있을 텐데요? 치료법 같은 건?"

킹은 고개를 저었다. "죄송합니다, 부인. 제엽염은 치료가 안 됩니다."

"치료할 수 있어요!" 빗시 입에서 무심결에 튀어나온 말이었다. 견딜 수가 없었다.

킹은 분노에 찬 눈빛으로 감히 자기 말에 반박하느냐는 듯 쳐다보았다. 시선을 피한 빗시는 그레이엄 부인에게 곧장 말을 건넸다.

"심각한 질환인 건 맞아요. 악화하면 평생 절뚝거리며 심한 고통을 겪을 수도 있어요. 하지만 초기에 발견하면 치료가 가능해요. 켄터키에 있을 때 아버지가 제엽염에 걸린 말 네 마리를 치료하셨거든요. 그중 세 마리는 회복했어요."

"얼마 동안?" 킹이 비웃듯 끼어들었다. "제엽염은 만성이에요. 완치는 없습니다."

"저이 말이 맞아요." 고개를 살짝 떨군 빗시는 시선을 캐서린에게 고정한 채 덧붙였다. "완치는 없어요. 보장도 없고요. 하지만 제대로 돌보면 관리할 수 있다고요."

그레이엄 부인은 진지하게 경청했다. 엄숙한 갈색 눈동자 주위로 눈물은 사라져 있었다.

"방법을 알아요? 치료하는 방법을?"

빗시는 잠시 주저했다. 의심과 불안이 고개를 든 탓이었다. 하지만 인내심 어린 영혼이 깃든 딜라일라의 갈색 눈동자를 들여다보자 마음이 굳어졌다. 지금 물러서서 킹에게 맡겨버리면 그 눈은 영영 감기고 말 터였다. 그녀는 어깨를 펴고 다시 입을 열었다.

"아버지가 네 마리를 치료하시는 내내 다 지켜봤어요. 뭘 해야 하는지 알아요."

"당신 아버지?" 킹이 물었다. "그 양반은 어느 수의대 나왔지? 당신과 같은 학교?"

킹의 웃음소리가 대포처럼 요란하고 잔혹했다. 소리에 놀란 딜라일라가 콧구멍을 벌름거리며 머리를 핵 젖혔다. 그는 아랑곳하지 않았다.

"그레이엄 부인, 저는 15년째 임상 수의사로 일해왔습니다. 제대로 된 수의사라면 이 상황에서 같은 말을 할 겁니다. 방법은 안락사밖에 없어요. 물론 머리를 질끈 묶은 십 대 시절에 마구간을 기웃거리며 얻은 얄팍한 의학 지식을 믿고 싶으시다면… 글쎄요, 그건 전적으로 부인 몫이죠. 하지만 말에게 선택권이 있다면, 대학도 중퇴한 사람 손에 맡기지 말고 재고해보라고 할 겁니다."

그레이엄 부인의 눈에 의구심이 스쳤다. 킹은 고개를 휙 돌려 빗시를 노려보았다. 만일 펜싱 경기 중이었다면 그는 분명 '투셰*!' 하고 외쳤을 것이다.

지난밤 북클럽 모임에서 술기운이 오른 빗시는 아내가 남편을 싫어하는 게 정상인지 멤버들에게 물었었다. 그런데 지금, 어느 때보다 맑은 정신인 그녀는 이제껏 자신이 단 한 번도 진정으로 킹을 싫어한 적이 없다는 걸 깨달았다. 사실 미움이란 감정을 제대로 느껴본 적도 없었다.

이제야 알았다.

빗시는 고개를 높이 들어 낮고 차분한 목소리로 또박또박하게 말했다. "또 한 번 말씀드리지만, 제 남편 말이 맞아요. 저는 수의사가 되고 싶었어요. 열심히 공부했고, 학부 생물학 과정에서 성적도 좋았죠. 하지만 여자라는 이유로 어느 교수도 수의대 추천서를 써주지 않아서 지원조차 할 수 없었어요."

"그 무렵 아버지가 돌아가셨고 킹이 청혼했어요. 켄터키에 남아 마지막 학기를 마치고 싶었지만 킹은 이곳에서 막 개업한 상황이었죠. 그는 결혼식을 당장 치르고 결혼하자마자 제가 버지니아로 이사 와야 한다고 고집했습니다. 돌이켜보면 끝까지 학업을 마치겠다

---

* 펜싱 경기에서 공격을 성공한 쪽이나 당한 쪽이 감탄사처럼 사용하는 말. '맞았다', '찔렸다'라는 의미다.

고 우기지 않은 제 불찰이에요. 정말 저를 사랑했다면 그 역시 저의 졸업을 원하는 게 맞다고 말해야 했어요."

찰나의 순간 빗시는 킹을 똑바로 노려보며 눈빛으로 그를 비난했다.

"하지만 그러지 못했어요. 대신 그의 뜻에 따랐고 제 뜻은 잊었네요. 정확히 이유를 설명할 순 없지만, 저는 지쳐 있었고 상실감에 시달리는 데다 의욕도 꺾여 있었습니다. 이미 커리어로 향하는 문이 꽉 닫혀버린 상황에서 마지막 학기를 마치는 건 더는 중요해 보이지 않았으니까요."

"그러니 맞아요, 그레이엄 부인. 저는 대학 중퇴자예요. 제겐 엄청난 수치고 지금껏 누구에게도, 심지어 친구들에게조차 밝히지 않았던 비밀이에요. 킹은 능숙한 말 전문 수의사이고 저는 아닙니다. 하지만 단 하나, 제가 할 줄 알고 남편은 할 줄 모르는 게 있어요. 바로 제엽염에 걸린 말을 치료하는 일이죠. 저는 성공 사례를 직접 봤지만 킹은 본 적이 없어요."

딜라일라 곁으로 다가간 빗시가 부드럽게 말의 목을 쓰다듬으며 그레이엄 부인과 시선을 맞추었다. "보장할 순 없어요." 그녀의 말투는 차분했다. "하지만 허락해주신다면 딜라일라에게 기회를 줄 수는 있어요. 고브 선생님께는 송구하지만, 그분이 해줄 수 있는 것보단 낫죠."

빗시는 잠잠해졌다. 킹이 바로 뒤에 서 있었고 등을 태울 듯한 그의 따가운 시선이 느껴졌다. 그러나 빗시는 움츠러들지 않고 묵묵히 서서 기다렸다. 그레이엄 부인은 길고 고른 숨을 두 번 내쉬었다. 그러곤 녹슨 경첩에 기름 한 방울이 스며들 듯 느리게, 그러나 고통스럽게, 고개를 끄덕였다.

"그래요." 그녀는 고개를 더 확실히 끄덕이며 빗시와 시선을 맞추고 두 손을 덥석 잡았다. "좋아요, 해봐요. 딜라일라에게 기회를 주세요. 녀석은 기회를 얻을 자격이 있어요."

몸을 돌려 마구간 문을 홱 잡아 연 킹은 금속 난간에 문이 부딪히는 소리가 종처럼 쨍 울릴 만큼 세게 쾅 닫았다. 깜짝 놀란 딜라일라와 달리, 빗시는 꿈쩍도 않고 서서 나가는 그를 쳐다보지 않았다.

그녀의 머릿속은 이미 쉴 새 없이 돌아가고 있었다. 무엇을 해야 할지, 누가 자신을 도와줄 수 있을지 생각했다.

16장
도넛 폭식

머리를 매만지고 화장을 손보는 마거릿의 입가에 자꾸만 웃음이 새어 나왔다. 카메라 바깥의 사진사가 '치즈'를 외쳐놓고는 사진 찍는 걸 깜빡 잊고 사라져버린 것처럼. 그러나 연기가 아닌 기대감에 찬 진심 어린 미소는 시내에 입고 나갈 옷을 고르며 급여를 어떻게 쓸지 고민하는 내내 잦아들 줄 몰랐다.

처음엔 수표를 현금으로 바꿔 헬렌이 추천해준 책을 전부 살까 생각했다. 모두 다 읽고 싶은 책이었고, 그런 컬렉션이라면 대부분 자리가 빈 책장을 훨씬 근사하게 채워줄 터였다.

그러나 책장을 떠올리자 가구 전반에 대한 생각으로 이어졌다. 그녀는 오래전부터 새 소파가 갖고 싶었다. 제대로 된 식탁 세트도 물론 탐났디. 덴마크 모던 스타일의 티크 원목 식탁과 의자, 거기에 맞춤한 그릇장까지. 마음에 둔 소파는 무려 200달러 가까이 했고, 원하는 식탁 의자 하나만 사도 이번 급여가 몽땅 나가버릴 판이었다. 하지만 몇 달, 아니 1년쯤 모은다면….

마거릿은 우선 책방에 들렀다. 헬렌이 볼일을 보러 나가고 없어 반납할 책들은 에드윈에게 맡겼다. 빗시가 건네준 돈으로 지난 모임

때 가져갔던『허랜드』값도 계산했다. 이어 베티 모임을 위해 세 권 더 주문해달라고 부탁했더니 에드윈은 흔쾌히 주문을 받았다. 월트가『노인과 바다』를 즐겁게 읽고 있다는 소식에도 무척 기뻐했다.

"끝내면 전화 좀 하라고 해요. 맥주라도 마시면서 이야기 나누면 좋겠군요."

마거릿은 월트가 북클럽에 들어오는 모습을 도저히 상상할 수 없었다. 비록 에드윈과 단둘이, 맥주 한잔을 곁들인 모임이라 하더라도. 그래도 그녀는 그렇게 전하겠다고 약속한 뒤 여전히 미소를 머금은 얼굴로 차에 올라 은행으로 향했다. 월트와 함께 당좌예금을 개설했을 때 커피 퍼콜레이터를 사은품으로 준 은행이었다.

신규 계좌 창구 담당인 젊은 직원 론다는 사슴 같은 눈망울을 가진 갈색 머리 여자로, 출근 전 윈드송 향수를 온몸에 흠뻑 뿌리고 나온 듯했다. 겨우 스무 살을 넘겼을까 싶었다. 마거릿이 저축예금을 만들고 싶다고 하자 론다는 서랍에서 신청서를 꺼내 펜을 집어 들었다.

"물론이죠, 도와드릴게요. 성함이 어떻게 되세요?"

"마거릿 루스 라이언이요."

"아, 네. 혹시 남편분은 같이 오셨나요? 계좌를 개설하려면 남편분의 서명이 필요해서요."

마거릿은 고개를 저었다. "이 계좌는 개인 계좌예요. 제가 일을 시작해서요."

론다는 펜을 내려놓았다. "죄송합니다, 부인. 하지만 남편분이 없으시면 계좌를 열 수가 없어요. 남편분 서명이 꼭 필요합니다."

"네, 방금도 말씀하셨죠. 하지만 이건 그의 계좌가 아니라 제 계좌예요. 제 월급을 넣고 저축하는 계좌가 필요해요." 론다는 사슴 같은 눈망울을 깜박였다. 마거릿은 주머니에서 수표를 꺼내며 가리켰다. "보이시죠? 여기 마거릿 라이언이라고 적혀 있어요."

"네, 무슨 말씀이신지 알아요. 그래도 남편분의 서명이."

"지점장님과 얘기할 수 있을까요?"

곧 지점장 칼라일 씨가 나왔다. 마흔 중반쯤 되어 보이는, 뚱뚱하고 얼굴이 벌건 남자였는데, 입 냄새가 심하고 거드름 피우는 태도가 론다 못지않게 도움 될 게 없었다.

"네, 라이언 부인." 칼라일은 과장되게 고개를 끄덕이며 말했다. "부군이 아닌 부인께 돈이 지급된 건 알겠습니다. 하지만 은행 규정상 기혼 여성은 남편의 서명이 있어야 계좌를 개설할 수 있습니다."

"하지만 수표에 제 이름이 있잖아요!"

칼라일은 마치 외국어를 말하는 사람을 대하듯 마거릿을 멍하니 쳐다볼 뿐 전혀 이해하지 못하는 표정이었다. 마거릿은 한숨을 내쉬고 다시 물었다.

"이렇게 여쭤볼게요. 제 남편이 이 은행에 와서 자기 이름으로 된 수표로 계좌를 열고 싶다고 하면, 은행 규정상 제 서명을 먼저 받아오라고 하실 건가요?"

칼라일은 두 번 눈을 끔벅였다. "그건 아니죠. 당연히 아니죠."

마거릿은 두 팔을 활짝 벌려 그가 논리의 빈틈을 스스로 메우길 기다렸다. 하지만 그런 일은 일어나지 않았다. 대신 그는 서랍에서 미색 인덱스카드를 꺼냈다.

"남편분이 영업시간에 은행에 못 오시면 이 서명 카드에 사인을 받아오시면 됩니다. 가지고 오시면 기쁜 마음으로 계좌를 열어드리죠."

그가 엷은 미소를 지으며 카드를 내밀었다. 마거릿은 속이 부글부글 끓었지만 달리 방법이 없어 카드를 받아 들고 은행을 나섰다. 그리고 모퉁이를 돌아 보이는 빵집에 들어갔다.

마거릿은 잼 도넛 세 개를 주문해 길가 벤치에 앉아 서류를 작성하며 모두 먹어치웠다. 월트의 서명은 위조했다.

은행을 나간 지 30분도 되지 않아 은행에 돌아온 그녀는 작성한 카드와 수표를 론다에게 내밀었다. 론다는 놀란 듯하면서도 살짝 긴장한 기색이었다.

"어머, 금방 오셨네요."

"남편 사무실이 근처에요."

그 말은 사실이었다. 굳이 남편에게 가지 않았다는 것까지 말할 필요는 없었다.

론다는 서류가 제대로 작성되었는지 꼼꼼히 확인했다. "이건…" 고개를 숙이고 실눈을 뜬 그녀가 보랏빛 얼룩을 살폈다. "잼인가요?"

마거릿은 두 손을 무릎 위에 단정히 포개며 대꾸했다.

"남편 커피타임이었거든요."

***

마거릿은 사춘기 아이처럼 문을 쾅 닫는 습관을 버린 지 오래였다. 그러나 은행에서 겪은 굴욕, 거짓말해야 했던 상황 그리고 자신이 직접 번 돈을 쓰기 위해 치밀하게 꾸며낸 술수까지 떠올리자 더는 견딜 수가 없었다.

그녀는 스테이션 왜건 운전석에 올라타 있는 힘껏 문을 닫았다. 한 번이 아니라 세 번씩이나. 분노는 좀처럼 가라앉지 않았다. 꼭 여덟 살 무렵의 기억과 같았다. 동네에 살던 열세 살 소년 스킵 할러런이 아이스크림 트럭에서 콘 아이스크림을 사주고는 그녀가 첫 입을 베어 물려는 순간 얼굴에 대고 와르르 짓눌러버렸던 일. 마거릿은 그때처럼 분노와 좌절, 모욕감에 치를 떨었다. 아주 형편없는 농담의 희생양이 된 기분이었다.

화를 참지 못하고 짧은 고함을 내지르며 운전대 경적을 손바닥으로 내리쳤다. 지나가던 행인 두어 명이 이상한 시선을 보냈지만 조금은 속이 풀렸다. 은행 주차장을 벗어나며 바퀴 곁으로 자잘한 자갈이 튀어 오를 정도로 빠르게 차를 몰자 그 역시 약간은 도움이 되었다.

운전하는 동안 마거릿은 머릿속으로 의원에게 보낼 편지를 썼다. 여성들이 간단한 금융 거래조차 하지 못하게 가로막는 정책과 법을 규탄하고 이를 고치기 위한 입법을 촉구하는 내용이었다. 그녀는 어린 시절 참정권 운동에 참여했던 어머니가 했던 말을 떠올렸다. "남자들이 우리한테 참정권을 내주기를 기다렸다면 영영 얻지 못했을 거야. 우리가 스스로 요구하고 끝까지 싸워서 이뤄낸 거지."

물론 편지 한 장이 상원의원을 발칵 뒤집어놓으리라는 환상은 없었다. 하지만 뭔가를 해야만 했다. 혹여 컨커디아의 다른 여자들도 함께 편지를 쓰도록 할 수 있지 않을까? 커피 모임에선 기대할 수 없었지만 북클럽 멤버들이라면 분명 동참할 터였다. 헬렌 역시 가능성이 있었다.

붉은 벽돌 기둥이 세워진 컨커디아 입구를 지날 즈음 마거릿은 어느 정도 생각을 정리한 덕에 마음이 조금은 차분했고 무력감도 덜했다. 집에 도착하면 옷장에 넣어둔 실비아를 꺼내 초안 서신을 작성해볼 생각이었다. 다른 이들에게 보여줄 수 있도록. 서두르면 아이들 스쿨버스가 오기 전에 끝낼 수도 있었다. 그것이 계획이었다.

그러나 집 앞 차도에 들어서는 순간 계획이 바뀌었다. 격자무늬 주름치마에 흰 블라우스, 파란색 재킷 차림의 한 소녀가 현관 계단에 앉아 있었다.

시동을 끈 마거릿이 차에서 내렸다.

"드니스? 여기서 뭐 하는 거야? 학교에 있어야 할 시간 아니니?"

"체육 선생님한테 생리통 때문에 빠진다고 했어요." 계단에서 일어서며 드니스가 말했다. "잠깐 얘기 좀 나눌 수 있을까요? 중요한 일이에요."

17장
간단한 부탁

마거릿네 주방 식탁에 앉은 드니스는 케이크 한 조각과 우유 잔에는 손도 대지 않은 채 마거릿이 글을 다 읽도록 기다렸다. 글을 두 번 읽은 마거릿은 종이를 내려놓고 소녀를 한참 바라보았다.

"드니스, 이건…"

드니스를 데리고 집으로 들어오며 무슨 이야기가 하고 싶은지 물었을 때, 옥스퍼드에 보낼 에세이 샘플을 읽어달라고 해서 마거릿은 조금 놀랐고 은근히 기분이 좋았다. "아주머니가 잡지에 칼럼을 쓴다고 엄마가 말해줬어요. 직업 작가시니까 제 글을 어떻게 더 좋게 다음을 수 있을지 아실 거 같아서요."

'직업 작가'라는 표현에 마거릿은 불편해졌다. 순간 본능적으로 부정하고 싶었다. 하지만 글값으로 받은 수표가 떠올랐다. 직업이란 바로 그런 게 아닌가?

그녀는 기꺼이 에세이를 읽어주겠다고 말했다.

하지만 막상 다 읽고 나서는 무슨 말을 해야 할지 알 수 없었다.

"이건 정말, **정말** 잘 썼구나."

듣기 좋으라고 한 말이 아니었다. 드니스의 글은 놀라우리만큼 뛰어났다.

소녀가 쓴 글은 '하모니'라 불리는 과도하게 규제된 교외 마을에 사는 한 여자를 주인공으로 한 비극적인 동화였다. 그곳으로 이사 온 여자는 호화로운 정원을 조성하겠다는 거창한 계획을 세웠다. 하지만 수년이 흐르는 동안 계획은 실행되지 않았다. 결국 일꾼들이 와서 이웃들과 똑같은 모양의 관목과 나무를 심어버렸고, 정원은 여자가 상상했던 모습과는 전혀 달랐다. 분노에 휩싸인 여자는 계획도, 그것을 실행할 도구와 수단도 여전히 갖고 있었다. 그러나 실행하는 대신 물뿌리개와 독약 한 병을 샀다. 그리고 몇 달 동안 날마다, 물뿌리개 가득한 물에 독약 몇 방울을 섞어 나무와 관목의 뿌리에 뿌렸다. 식물들은 느리지만 확실하게 죽어갔고, 정원은 텅 비었으며, 땅은 다시는 어떤 것도 자라지 못할 만큼 황폐해졌다.

주인공이 샬럿을 교묘히 변장시킨 인물이라는 사실에 마거릿은 언뜻 불편해졌지만 글이 너무도 정교하게 짜여 이내 그 감각을 넘어설 수 있었다. 드니스의 문장은 날카롭고 예리했다. 여자의 모든 행동에는 목적이 있었고, 행동 이면에 숨은 결함과 동기, 잘못된 믿음도 드러났다. 단어 하나하나가 신중하게 선택되었고, 형용사는 그야말로 이상적이어서 과장 없이 생생하게 빛나는 묘사를 완성했다.

그럼에도 글 전반에는 묘하게 환한 기운이 감돌았고, 기이한 친밀함이 깃들어 있었다. 마거릿은 얇디얇은 베일 너머로 장면을 들여다보듯, 모든 행동을 지켜보고 모든 대사를 들으면서도 인물을 결코 정면으로 바라보지는 않는 듯 느꼈다. 그런 특성이 독자로 하여금 누구든, 심지어 자신을 투영하게 만들었다. 특히 그녀 자신을 말이다.

"드니스, 이건 그냥 잘 쓴 게 아니야. 대단해. 통찰력이 있어."

마거릿은 '열일곱 살 소녀치고는'이라는 단서를 덧붙이려다 말았다. 나이는 중요치 않았다. 이 작품은 대단했고 통찰력이 있었다. 그뿐이었다.

"혹시라도 조언할 게 있다면 했을 텐데, 없어. 넌 훌륭한 작가야."

"감사해요."

다른 소녀였다면 얼굴을 붉히거나 눈길을 피하며 스스로의 재능을 부정하는 농담을 늘어놓음과 동시에 불안감을 덜기 위한 칭찬을 더 끌어내려 했을 것이다. 마거릿이야말로 그 나이에는, 아니 지금도 가끔은 그렇게 행동했다. 하지만 드니스는 단지 고맙다고 대꾸하며 마거릿의 말을 사실로 받아들이는 조용한 자신감을 내비쳤다. 조금도 거슬리는 구석이 없는 태도였다.

샬럿은 드니스가 특이한 애라고 늘 말했다. 그 말이 또래와 어울리지 못하는 사람을 뜻한다면 드니스는 분명 그랬다. 하지만 또래들이 평범한 인생을 살아갈 평범한 사람들인 반면 자신은 그렇지 않음을 알고 있다면, 굳이 시간을 낭비하며 맞춰갈 이유가 있을까? 없을 것이다. 대신 사신에게 들어맞는 장소를 간절히 찾아 헤맬 것이다. 그래서 드니스가 내뱉은 말이 처음에는 그다지 놀랍지 않았다.

"라이언 부인, 저는 꼭 옥스퍼드에 가야 해요. 반드시요! 그렇지 않으면 전⋯"

그 순간에야 비로소 아직은 불안한 소녀로 보였다. 불확실한 채로 여성이라는 경계에 위태롭게 서 있는, 그 나이 때 마거릿이 그랬듯 변화를 간절히 갈망하는 십 대 소녀. 마거릿은 식탁 너머로 손을 뻗어 그녀의 손을 꼭 잡았다.

"괜찮을 거야. 네 엄마 말로는 성적도 아주 우수하다며. 그리고 넌 분명 뛰어난 작가야. 경쟁이 아주 치열하겠지만 네 재능이라면 누구보다도 가능성이 높을 거라 믿어. 설령 옥스퍼드가 잘 안되더라도, 두 팔 벌려 널 맞이할 학교는 열 곳도 넘을 거야."

드니스는 눈을 꼭 감고 재빠르게 고개를 끄덕였다. 연장자의 말을 끊고 싶은 충동을 억누르려면 온 힘을 다해 집중하기라도 해야 하는 것처럼.

"감사해요, 맞아요. 혹시 모를 경우를 대비해 다른 학교도 몇 군데 정해두었어요. 하지만 합격은 할 거예요. 합격 자체보다도, 합격하고 난 다음에 제가 가지 못하게 되는 상황이 더 걱정돼요."

드니스는 눈을 떴다. "제 글을 읽어주셔서 감사해요. 좋아해주셔서 기쁘기도 하고요. 하지만 사실 제가 정말로 하려던 이야기는 엄마에 관한 거예요. 아주머니는 엄마를 아끼시잖아요, 그렇죠?"

호기심 어린 목소리, 고개를 살짝 갸웃거리며 믿기 힘들다는 듯 묻는 태도가 마거릿을 놀라게 했다.

"물론이지. 샬럿은 내 친구야."

드니스는 고개를 끄덕였다. "네. 지난밤 아주머니가 저희 집에 와서 엄마가 곤란하지 않도록 도와주셨을 때 깨달았어요. 엄마에게 그런 친구가 있던 적이 있었는지 잘 모르겠어요. 그런데 솔직히, 엄마에 대해 얼마나 아시는지 궁금해지더라고요. 소문도 분명 들으셨을 테고요.”

“사람들은 수군거리기 마련이지. 그렇다고 진실이 되는 건 아니잖아.”

“물론, 진실이 아니라면 그렇죠.”

우유를 한 모금 마신 드니스가 이야기를 이어갔다.

“작년에 엄마는 수면제 과다 복용으로 한 달 동안 정신병원에 있었어요. 예민하기 그지없는 반 아이들은 제 면전에서 그곳을 ‘미치광이 집합소’라고 수군대곤 하죠. 하지만 중요한 건, 소문이 진실이라는 거예요.” 그 뒤로 드니스가 털어놓은 이야기는 슬프면서도 충격적으로 다가왔다.

마거릿은 이 어린 소녀, 이 별난 오리 새끼가 견뎌온 날들을 생각하자 진심으로 안쓰러웠다. 한편으로는 이런 비밀을 알게 되는 것이 과연 두 사람 모두에게 좋은 일일까 확신할 수 없었다. 무엇보다 그녀는 소녀를 잘 알지 못했으니까. 하지만 드니스는 비밀 따윈 믿지 않는 듯 보였다. 눈빛은 맑고 말투는 단호했다. 다른 소녀였다면 외면하거나 숨기거나 애써 잊으려 했을 일들을 담담하게 꺼내놓았다. 어쩌면 그것이 그녀를 훌륭한 작가로 만드는 요소일지 모른다는 생각이 마거릿의 뇌리를 스쳤다.

드니스는 포크를 움직여 손대지 않은 케이크 접시 옆에 가지런히 놓았다.

“엄마는 뭐랄까… 진실과 조금 느슨한 관계를 맺을 때가 있어요. 그렇지만 이번엔 맹세했어요. 과다 복용은 사고였다고요. 잠에서 깼는데 다시 잠이 오지 않아 너무 몽롱한 나머지 수면제를 이미 먹었다는 걸 까먹었대요. 엄마 말을 언제나 믿는 건 아니지만, 이번만큼은 믿어요."

"엄마에겐 늘 주기가 돌아와요." 드니스가 말을 이었다. "어떤 일에 엄청 열을 올리죠, 이번 주 그림에 빠졌을 때처럼. 그러면 밤을 꼬박 새우면서 들뜬 폭주를 벌이고 다니는 거예요. 가는 곳마다 온통 난장판이 되고. 그러다 결국에는, 반드시, 무너져 내려요. 늘 그랬어요. 저는 그 기분을 얼핏 알 것도 같아요. 저도 글감이 떠오르면 밤새 글을 쓰기도 하니까요. 시간이 눈 깜짝할 사이에 흘러서 인식조차 못 할 때도 있어요. 다른 점이 있다면, 저는 결국 지쳐서 잠자리에 든다는 거죠. 하지만 엄마는 아니에요. 엄마는 기진맥진할 때도 꼭 잠을 잘 수 있는 건 아니거든요. 그래서 의사 선생님이 약을 주셨어요. 사실 의사들은 엄마한테 약을 많이 주셨어요."

"밀타운?" 마거릿이 물었다.

"다른 것도 있어요. 하지만 과다 복용은 정말 사고였다고 믿어요. 엄마가 제정신이 아닐 때가 있긴 해도, 그런 식으로 미친 건 아니에요. 엄마는 너무 고집 세고, 정말 놀라울 만큼 반항적이라서, 때로는 그냥, 으악!" 드니스는 두 손을 움켜쥐고 분노를 표출했다.

"그렇지만 절대 스스로 목숨을 끊진 않을 거예요. 아이들을 너무 사랑하시니까요. 심지어 저까지도. 제가 다른 세 명을 합쳐놓은 것보다 엄마를 더 미치게 만든다고 해도요."

마거릿은 미소 지으며 자신의 어머니를 떠올렸다. 아, 둘이 벌였던 그 모든 말싸움! 어머니와 다 큰 딸의 관계란 본래 복잡한 법이었다. 하지만 그녀의 표정은 이내 차분히 가라앉았다. 드니스가 얼마나 어린지, 또 얼마나 순진한지 생각하면서. 글에서는 천재일지 몰라도 진짜 삶에서는 아직 상상조차 못 하고 있었다. 사랑하는 어머니조차 언젠가는 자신을 실망시키거나 심지어 떠나버릴 수 있다는 사실을. 그 나이에 그걸 상상할 수 있을까? 아니, 누가 그런 걸 상상해야만 할까?

드니스는 이야기를 이어갔다.

"그 일이 일어났을 때 하워드는 버몬트에서 스키를 타고 있었어요. 제가 엄마 방에 들어갔는데 엄마가 깨어나질 않는 거예요. 그래서 구급차를 불렀죠. 상황을 설명하니까 의사는 아마 하룻밤만 지내다 퇴원할 거라고 했어요. 그런데 하워드가 나타났어요. 걱정하는 남편 역할을 연기하면서요." 드니스의 목소리에 씁쓸한 기운이 배어 있었다.

"그 사람은 엄마가 얼마나 불안정하고 제멋대로인지 떠벌리면서, 자기가 늘 불안하다고 거짓말을 했어요. 정말 그렇게 걱정했으면 왜 버몬트로 스키 타러 도망갔을까요? 그는 거기 없었어요. 그는 늘 없죠, 제가 있었지." 드니스는 주먹으로 가슴을 꾹 누르며 말했다. "그런데 일단 그가 나타나니 의사들이 제 말은 안 들었어요. 결국 엄마를 정신병원으로 보내 한 달이나 가두어뒀죠. 엄마가 뉴욕을 떠나 여기로 이사하겠다고 동의한 뒤에야 풀어줬어요."

포크를 집어 든 드니스는 생명체를 살해하려는 의도라도 있는 사람처럼 케이크를 잔혹하게 찔러댔고 갈가리 흩어진 부스러기엔 입도 대지 않았다.

"엄마에겐 선택지가 없었어요. 자유의 대가가 바로 교외로의 추방이었죠. 명목상으론 작은 마을이 엄마 정신 건강에 좋고, 하워드가 워싱턴 DC에 새 사무실을 연다는 이유로 여기에 왔지만 그건 핑계에 불과해요. 그는 여전히 대부분 시간을 뉴욕에서 보내요. 중세 시대였다면 엄마를 수도원에 보내거나 탑에 가둬버렸을 거예요. 만일 왕이었으면 그냥 목을 베어버렸을지도 모르죠. 세상이 좀 더 문명화되어서 그나마 다행인가. 크게 달라진 건 아니지만요."

두 사람 사이에는 갈등이 많았지만 드니스는 분명 샬럿 편이었다. 그건 참 놀라운 일이었다. 하지만 십 대 소녀의 눈이 언제나 어른 세계의 진실을 정확히 꿰뚫는 건 아니었기에 마거릿은 드니스의 비난을 곧이곧대로 받아들이기가 쉽지 않았다.

"네가 화난 건 이해해. 하지만 혹시 하워드가 정말 네 엄마를 위해 최선의 선택을 했을 가능성은 없을까? 왜 그랬을까?" 마거릿은 두 손바닥을 펼쳐 보이며 물었다.

드니스는 포크를 내려놓고 냉소적인 헛기침을 터뜨렸다. "왜겠어요? 엄마를 치워버리고 싶으니까요. 뉴욕에 애인이 있어요, 버몬트에도요. 제가 알기로는 코네티컷에도 또 하나 있을 거예요. 여자가 아주 많아요. 원래 항상 그랬어요."

이번만큼은 마거릿도 그녀의 말을 쉽게 믿을 수 있었다. 모든 게 설명이 되었고 이해가 되었다. 불쌍한 샬럿.

"엄마는 알고 계셔?"

"그럼요. 하지만 아는 데에도 정도가 있잖아요. 외면하면 조금은 덜 아프니까요. 엄마도 처음에는 어떻게든 유지하려고 했던 것 같아요. 하지만 그 사람은 오래전부터 엄마를 경멸했고, 이제 그 감정은 상호적이에요." 드니스는 포크 바닥면으로 케이크를 짓이겼다. "아주 한심한 인간이에요."

충동을 이해하면서도 마거릿은 소녀를 다정하게 타일렀다. 그렇게 말하는 건 옳지 않다고.

"맞아요." 드니스가 고개를 끄덕였다. "제가 그러면 안 되죠. 어쨌든, 한심한 건 그가 아니라 저예요." 마거릿이 미간을 찌푸리자 그녀는 놀란 듯 눈썹을 치켜올렸다. "와, 엄마가 아주머니한테 거의 아무 얘기도 안 하셨군요?"

"무슨 얘기 말이니?"

"엄마가 왜 하워드랑 결혼했는지 그리고 저에 대해서?"

"샬럿 말로는 맞선을 보고 2주 만에 결혼했다던데, 그 말밖에는 안 했어."

드니스는 입술을 비틀어 냉소적으로 웃었다. "엄밀히 말하면 사실이긴 해요. 하지만 뒤에 이야기가 더 있어요. 엄마가 어릴 때 얼마나 말썽꾸러기였는지는 들으셨죠?"

마거릿이 고개를 끄덕였다.

"겉보기와는 달리, 엄마는 스스로 주장하는 만큼 파격적인 사람은 아니라고 생각해요. 엄마의 많은 행동은, 자신이 아들로 태어나지 않았다는 이유로 용서하지 않았던 할아버지의 관심을 끌기 위한 몸부림이었다고 저는 확신해요. 이유가 뭐든, 엄마는 스물한 살에 컨트리클럽의 캐디와 어울리다가 결국 임신했어요."

"'문제를 처리하라'는 요구, 그러니까." 드니스가 두 손가락을 들어 따옴표를 그리며 덧붙였다. "저를 없애라는 요구를 거부하니 할

아버지가 개입했죠. 할아버지는 회사에서 야망만 크고 양심은 없는, 하지만 사회적으로는 받아들여질 만한 하급 관리자를 골라냈어요. 그게 바로 하워드 구스타프슨이었죠. 그는 임신한 딸과 결혼해 비밀을 지켜주는 대가로 이사 자리와 장차 더 큰 약속을 보장받았어요. 도망치듯 결혼식을 치르며 「타임스」에 결혼 발표도 실었고, 체면은 유지하고 문제는 해결된 거예요."

드니스는 남은 부스러기들을 짓이겼다.

"할아버지 입장에서는 더할 나위 없이 잘된 일이었죠. 엄마는 외면하면서 하워드에게는 푹 빠져 있으니까요. 자기에게 없던 아들이라며, 자기 판박이라고 말해요." 그녀는 어깨를 으쓱했다. "이해는 가요. 할아버지도 바람은 끊이지 않았으니."

마거릿은 잠시 말없이 앉아 방금 들은 이야기를 곱씹었다. 믿기 힘든 얘기였지만 이상하게도 믿어졌다. 아무리 별난 아이라 해도 드니스 나이의 소녀가 특히 자기 자신을 두고 이런 이야기를 꾸며낼 수는 없을 터였다.

"드니스, 정말 마음이 안 좋구나."

드니스는 접시 위에 남은 부스러기만 바라보았다. "아주머니 잘못이 아닌걸요."

"네 잘못도 아니지." 마거릿이 말했다. "그래도 안 좋아. 하지만 한 가지 이해가 안 되는 게 있어. 네 말대로라면 샬럿은 분명 불행해 보이고, 네 말대로라면 네 아버지…" 드니스가 날카롭게 쳐다보자 마거릿은 서둘러 말을 고쳤다. "미안. 하워드도 마찬가지지. 그런데 왜 그냥 이혼하지 않지?"

드니스는 웃음을 흘렸다. "돈 때문이죠, 당연히! 하워드는 이혼을 요구하지 않을 거예요. 그렇게 했다간 할아버지가 회사를 비롯해 유산에서도 그를 몰아낼까 두려우니까요. 엄마도 결코 이혼을 청구하지 않아요. 자기만 소외되고 하워드는 직장도 지위도 다 그대로 유지한 채 할아버지가 또다시 그쪽 편에 설까 봐 두려워서요."

"친딸보다 사위를 택한다고? 정말 그러실까?"

드니스는 고개를 끄덕이며 마거릿과 시선을 맞추었다.

"한 치의 망설임도 없을 거예요. 아주머니는 이 사람들을 저만큼 잘 모르시잖아요. 우리 가족이 컨커디아로 이사 간다고 통보받았을 때, 할아버지와 할머니는 제가 뉴욕에 남아 같이 살면서 고등학교 마지막 학년을 마쳐도 된다고 했어요. 하지만 저는 거절했죠. 이유는 두 가지예요. 첫째, 무자비한 아나콘다 같은 사람들이랑 같이 살면 결국 잡아먹히게 되어 있으니까요. 둘째, 엄마를 돌봐줄 사람이 필요했어요. 다른 누구도 그리해줄 사람이 없어요."

"하지만 저는 여기 남을 수 없어요, 라이언 부인. 전 반드시 벗어나서 제 삶을 시작해야 해요. 그렇지 않으면…." 드니스는 천장을 올려다보며 눈을 껌벅였다. 마거릿은 그녀가 마음을 추스를 때까지 말없이 기다렸다. "어젯밤 아주머니랑 다른 베티들이 떠난 뒤에 저는 아래층으로 내려와 엄마 책장에서 그 책을 꺼냈어요. 그리고 밤을 새워 끝까지 다 읽었어요."

마거릿은 눈이 휘둥그레졌다. "뭐? 『여성성의 신화』를 하룻밤 만에 다 읽었다는 거야? 잠도 안 자고?"

드니스는 마거릿의 질문을 대수롭지 않게 받아쳤다. "말했잖아요. 무언가에 빠지면 멈추기가 힘들어요. 이제야 엄마가 왜 그렇게 흥분했는지 알겠어요. 엄마는 태어난 순간부터 가족, 선생님, 정신과 의사, 잡지, 사회 전체로부터 계속해서 잘못됐다는 말을 들어왔잖아요. 엄마를 특별하게 만든 지성, 고집, 창의성, 추진력 같은 것이 사실은 병적이고 여성스럽지 못한 데다 심지어 사랑받을 자격 없는 신경증이라고요. 그런데 책을 읽으면서 알게 됐어요. 생각보다 엄마와 저 사이에 공통점이 많다는걸요. 저도 평생 똑같은 메시지를 들어왔거든요. 때로는 그게 엄마의 입을 통해 나오기도 했어요. 엄마는 자각하지 못하지만, 사실이에요."

마거릿은 속으로 한숨을 내쉬었다. 드니스가 틀렸다고 말해주고 싶었다. 하지만 옷이나 친구 사귀기에 관심 없다고, 별난 애라고 엄마가 딸에게 쏟아낸 말을 떠올리자… 샬럿은 왜 그런 말을 했을까?

"이치에 맞진 않죠." 드니스가 말했다. "하지만 엄마는 날 뒤틀린 방식으로 사랑하기 때문에 그러는 거예요. 늘 틀렸다고, 어디에서도 어울리지 못한다고 느끼는 게 엄마에게는 고통만을 안겨줬으니까요. 엄마는 나를 그 고통에서 보호하고 싶은 거예요, 비록 겉으로는 분노하지만요. 저도 정상이면 좋겠어요, 가능하다면. 누가 그렇지 않겠어요? 하지만 소용없어요. 난 엄마만큼이나 괴짜니까요."

드니스의 미소가 순간 깜박이며 꺼지고 이내 찌무룩한 표정으로 바뀌었다.

"프리단이 인터뷰한 여대생들 이야기 읽으셨어요? 아이디어나 추상적인 주제는 얘기하고 싶어 하지 않고 남자 이야기만 하고 싶어 한다던 애들요. 그리고 공부에 열정을 보이면 특이하고 여성스럽지 못하다고 낙인찍히는 얘기. 또 세균학을 사랑했지만 단지 튀지 않으려고 가정학으로 전공을 바꾼 여학생 얘기도요?"

드니스는 입을 굳게 다물었다. "정말 뺨이라도 한 대 갈기고 싶었어요! 하지만 동시에 이해도 됐어요. 누구나 어울리고 싶어 하잖아요? 그래서 제가 떠나야 하는 거예요." 그녀의 목소리에서 간절한 호소가 묻어났다. "그런 아이들이 가득한 학교에 가게 된다면, 제게도 똑같은 일이 생길 거예요."

"하지만 왜 거긴 다를 거라고 생각하니?" 마거릿이 물었다. "영국에도 멍청한 애들은 있겠지. 다들 학자일 순 없잖아."

"물론 다는 아니겠죠. 하지만 도로시 세이어즈도 옥스퍼드를 다녔고, 베라 브리튼도, 엘리자베스 앤스콤*도 마찬가지죠. 그녀는 철학자인데요." 드니스는 마거릿이 멍한 표정을 짓자 덧붙였다. "그러니까 분명 몇 명은 있을 거예요. 그렇지 않겠어요?"

드니스는 너무나 희망에 찬 표정을 지었다. 마거릿은 그 이마에다 입을 맞추고픈 충동을 느꼈다.

"그래. 네 말이 맞을 거야."

"너무 멀다는 건 알지만 여기서 손가락으로 둑을 막으며 영영 살 수는 없어요. 그게 제가 아주머니께 꼭 말씀드리고 싶었던 진짜 이유예요." 드니스는 온몸에 힘을 주고 식탁 모서리를 움켜쥐며 몸을

---

* 도로시 세이어즈는 영국의 추리소설 작가로 '피터 윕지 경 시리즈'로 유명. 베라 브리튼은 『청춘의 증언』으로 알려진 작가 겸 평화주의자, 페미니스트. 엘리자베스 앤스콤은 20세기 대표적인 영국 분석철학자이며 루트비히 비트겐슈타인의 제자.

앞으로 기울였다.

"제가 떠나면, 엄마를 잘 지켜봐주시겠어요? 친구가 되어주시고, 엄마가 괜찮은지 꼭 확인해주시겠어요?"

세상이 단순하다면 마거릿은 당연히 힘차게 그러겠다고 답했을 것이다. 다른 누구에게 물었다면 아마 그랬을지도. 하지만 드니스는 자기 부탁의 무게가 얼마나 무거운지 알지 못했다. 타인의 행복을 보장할 수 있는 사람은 없다는 현실을 헤아리지 못했다.

그녀는 지금 자신이 무엇을 부탁하는지 알 리 없었다. 가능하지 않았다. 하지만 샬럿은 그녀의 친구였고, 드니스는 기회를 누릴 자격이 있었다. 마거릿은 숨을 들이쉬었다가 천천히 내뱉었다.

"노력해볼게"라고 마침내 그녀는 말했다. "최선을 다해서."

안도의 미소가 드니스의 온몸으로 번져나갔다.

"고마워요, 라이언 부인! 제게 얼마나 큰 의미인지 모르실 거예요, 정말 고마워요. 그리고 제가 꼭…."

마거릿은 괜찮다며, 고마워할 필요 없다고 말을 막았다. 그러나 순간 울리는 전화벨 소리가 그녀의 말을 끊었다. 빗시였다. 그녀의 목소리가 어딘가 낯설게 들렸다.

"마거릿, 혹시 재봉틀 있어요?"

"지금은 없어. 이사할 때 시누이네 줬는데. 아마 비브한테는 있을 거야."

"그럼 비브한테 좀 물어봐줄래요? 내가 빌릴 수 있는지. 그리고 나중에 우리 집에 가서 동물들 먹이 좀 챙겨 줄 수 있어요? 오늘 밤에 집에 안 들어가서요. 킹은 메시지에 답도 없고. 열쇠는 화분

밑에 있어요."

마거릿은 찌푸린 얼굴로 수화기를 다른 쪽 귀에 댔다.

"알았어. 그런데 무슨 일이야? 지금 어딘데?"

18장
폭탄 발언

마거릿이 차고에서 꺼내 온 초록색 낡은 캠핑용 아이스박스는 5킬로그램은 족히 나가 보였다. 얼음을 가득 채워 넣으니 무게가 거의 20킬로그램에 육박했다. 왜건 트렁크에서 아이스박스를 들어 올리느라 끙끙대야 했다.

"내가 도와줄게." 비브가 말했다. "그 괴물을 혼자 어떻게 들어?"

마거릿은 손잡이를 더 바짝 움켜쥐었다. "임산부는 손 떼셔요. 내가 할게. 자기랑 샬럿은 다른 짐 가져와. 샬럿, 무거운 거 못 들게 해."

"네, 네, 대장님."

담배를 쥔 손가락 끝을 이마에 가볍게 대어 경례 흉내를 낸 샬럿이 자갈 위에 꽁초를 던지고 악어가죽 구두 끝으로 짓이겨 껐다. 마거릿은 눈을 굴렸다. 하이힐에 밍크코트를 걸치고 마구간에 나타날 사람은 샬럿밖에 없었다.

주차장에는 빗시의 차만 덩그러니 세워져 있었다. 방목장은 텅 비었고, 말들은 저마다의 우리에서 밤을 보낸 참이었다. 마거릿은 아이스박스를 들고 오른쪽 맨 끝, 유일하게 불이 켜진 우리까지 걸어가 짐을 내려놓고 문을 열어 다른 이들 먼저 들여보냈다.

비브는 올리브색 캔버스 천 뭉치를 한 아름 짊어지고 들어갔다. 이어 들어간 샬럿은 한쪽 팔에는 피크닉 바구니 손잡이를 걸치고 다른 팔에는 파란색 모직 담요와 베개를 안은 채 힐 때문에 휘청거렸다. 말을 발견한 순간 샬럿은 거친 판자벽에 등을 바짝 붙이고 놀란 게처럼 허둥지둥 측면 구석으로 자신을 몰아 딜라일라와 최대한 거리를 두었다. 두 사람이 모두 들어가자 마거릿도 아이스박스를 끌어안고 들어와 쿵 소리를 내며 내려놓았고 문을 닫은 뒤에 빗시를 반갑게 끌어안았다.

"부탁한 건 다 챙겨왔어." 마거릿이 말했다. "담요랑 베개, 먹을 것도 좀. 치즈 샌드위치, 바나나, 사과, 땅콩 통조림도 챙겼어. 미안하지만 더 그럴싸한 건 못 싸 왔네. 채식은 전문 분야가 아니라서 말이지."

"그 정도면 완벽하죠." 빗시가 마거릿을 다시 안으며 말했다. "언니들 정말 최고."

구석에 있던 샬럿이 소리쳤다. "위스키 데워서 보온병에 담아 왔어." 그녀는 몸을 감싼 밍크코트 앞섶을 더 바짝 여미며 몸을 떨었다. "마실래? 여기 냉골이네!"

"고마워요, 일난 나중에." 빗시가 말했다.

"녀석 상태는 어때?" 마거릿이 딜라일라 쪽을 보며 물었다.

말에 대해 잘 몰라도 모래 더미에 서서 엉덩이를 뒤로 살짝 뺀 딜라일라가 통증을 겪고 있다는 건 마거릿도 알 수 있었다.

"비슷해요." 빗시가 말했다. "모래는 방금 깔아줬어요. 발바닥을 받쳐서 압박을 조금 덜어줄 거예요. 식단도 물에 담가 당분을 뺀 건초에다가 순환을 돕는 민들레, 로즈힙, 컴프리 같은 약초를 섞고요. 효과가 있는지 보려면 시간이 걸리겠지만 염증을 줄이는 게 관건이라서요. 그럴 때 얼음이 필요해요."

빗시가 아이스박스 뚜껑을 열고는 고개를 들어 미소 지었다. "도와줘서 정말 고마워요. 정말로."

비브가 안고 있던 캔버스를 바닥에 내려놓았다. "수년간 바느질이라면 꽤 해봤는데, 말한테 신길 양말은 처음이라서. 도대체 어떻게 하려는 거야?"

올리브색 천 무더기 곁에 쭈그리고 앉은 빗시는 비브가 자신의 지시에 따라 낡은 강아지용 텐트 천으로 만들어온 '양말' 하나를 집어 들었다. 위는 좁고 아래는 넓어서 오목한 캔버스 양동이처럼 보였다. 입구에서 몇 인치 위에는 기다란 끈이 달려 있었다. 원래 방수천이긴 했지만 비브는 안쪽에다 오래된 초를 녹인 밀랍을 발라 확실히 물이 새지 않도록 했다.

"우리 아버지가 고안한 방식이에요." 빗시가 말했다. "발을 양말 속에 넣고 얼음을 채운 다음 위를 묶어 고정하는 거죠. 우리는 일반 양동이를 써도 되는데, 양말이 훨씬 빨리 발을 식히고 얼음도 덜 들거든요. 헛간에서 얼음을 구하기 힘드니까 적게 쓰는 게 낫죠."

샬럿은 놀란 표정을 지으며 구석에 더 바짝 몸을 붙였다. "우리라니 무슨 뜻이야? 나는 그저 좋은 친구 노릇이나 하면서 힘들 때 옆에 있어주려고 따라온 거야. 말 근처 열 발짝 안으로 들어갈 생각은 없어. 양말 신기는 건 더더욱 못 해."

빗시가 씨익 웃었다. "샬럿, 설마 말이 무서운 건 아니죠."

"당연히 무섭지! 상식이 있다면 너도 무서워해야지. 저것 좀 봐! 얼마나 거구야!"

"새끼 고양이처럼 온순해요. 사나운 구석이라곤 없는걸요." 빗시가 딜라일라에게 다가가 콧잔등을 쓰다듬었다. "솔직히, 여기 모인 언니들 빼고, 내가 아는 대부분 사람보다 훨씬 나아요."

비브가 다가와 딜라일라의 목덜미를 쓸어내렸다. "정말 아름답네. 샬럿이 안 하면 내가 돕지. 뭘 하면 돼?"

"한번 간호사는 언제나 간호사네. 하지만 지금은 마거릿이 돕는 게 나을 것 같아요." 빗시가 비브의 배를 흘긋 보았다. "딜라일라가 얌전해도 지금은 아프니까요. 우리가 뭘 하는지, 왜 그러는지 알 리가 없으니 괜한 위험은 피하는 게 좋아요. 마거릿, 괜찮죠?"

마거릿은 캔버스 양말 하나를 집어 들고 앞으로 나섰다. 그녀가 다가가자 말은 푸드득 소리를 내며 머리를 확 흔들었다. 빗시가 낮은 목소리로 달래며 양말을 코끝에 대어 냄새를 맡게 하자 곧 진정되었다. 빗시는 몸을 굽혀 딜라일라의 앞다리 무릎 뒤를 살짝 밀었고, 말은 발굽을 들어 올려 마거릿이 양말을 끼워 넣도록 해주었다. 비브는 금속 양동이로 얼음을 퍼 담았다. 구석에서 나온 샬럿은 마거릿과 빗시에게 양농이를 가져다주었고 둘은 얼음을 양말 안에 채운 뒤 위를 단단히 묶었다. 오른쪽 다리에도 똑같이 했다.

10분도 채 걸리지 않아 모든 처치가 끝났다. 얼음주머니를 다 채우고 나자 딜라일라는 한결 편안해진 듯 몸을 앞으로 약간 기울이며 눈을 반쯤 감았다. 빗시는 말의 목을 토닥이며 속삭였다. "금세 좀 낫지, 아가씨? 부기도 가라앉으면 좋을 텐데."

한 발짝 다가온 샬럿이 물었다. "얼음을 얼마나 대고 있어야 해?"

"72시간." 빗시가 대답했다. "아버지가 늘 그렇게 하셨으니 나도 그대로 해야죠."

"설마 여기서 잘 생각은 아니지?" 담요를 가슴에 꼭 끌어안고 마구간을 둘러보던 샬럿의 시선이 어쩌면 빗시의 잠자리가 될지도 모를 짚 더미 위에 머물렀다. 샬럿은 미간을 찌푸리며 말했다. "춥고, 냄새도 나잖아."

"아마 제대로는 못 잘 거예요. 얼음이 녹을 때마다 갈아줘야 해서요. 그래도 여기서 밤을 보내야죠. 상태가 나아진다는 확신이 들 때까지 며칠 밤이고 지켜볼 거예요. 냄새라면." 빗시가 말을 이었다. "깨끗한 말똥 냄샌데 뭐 어때서요."

"여긴 자기 도와줄 일손 없어?" 비브가 물었다. "마구간 일꾼이 혼자는 아니잖아, 안 그래? 그레이엄 부인은? 주인이잖아. 왜 안 온 거야?"

"오고 싶어 했는데 못 왔어요. 집안일이 좀 있대요. 괜찮아요." 쪼그리고 앉은 빗시는 피크닉 바구니에서 마거릿이 챙겨온 치즈 샌드위치 하나를 꺼내어 커다랗게 한 입 베어 물었다. "고마워요, 마거릿. 진짜 맛있어요."

"흰 식빵에 크래프트 치즈 얹고 마요네즈를 발라서 만든 거야. 진짜 치즈인지는 모르지만."

"내 입엔 맛있어요. 아침 이후로 아무것도 못 먹었거든요."

빗시가 샌드위치를 먹는 동안 마거릿은 아무도 입 밖으로 내뱉지 못하는 질문을 꺼내기로 했다.

"킹은 어디 있어?"

"몰라요. 내 알 바 아니죠."

팽팽하고 날카로운 빗시의 말투가 평소답지 않았다. 그녀는 샌드위치 하나를 더 꺼내 한 입 베어 물었다. "싸웠어요. 그가 끔찍한 말로 그레이엄 부인 앞에서 망신 줬거든요. 그래서 똑같이 갚아줬죠. 그랬더니 버럭 하곤 가버렸어요."

마거릿은 비브와 샬럿을 향해 짧지만 의미심장한 시선을 던진 다음 짚 더미 위에 양반다리를 하고 빗시 옆에 앉았다. 샬럿은 겨우 일주일 전보다 몸이 더 둔해진 비브에게 손을 내밀어 앉는 걸 도왔다. 그러고는 바닥으로 몸을 낮춰 치맛자락을 매만진 뒤 무릎을 나란히 붙이고 오른쪽으로 뻗어 말안장에 옆으로 올라타는 사람처럼 한쪽 엉덩이를 기댄 자세를 취했다.

빗시는 두 번째 샌드위치를, 단지 허기를 채우려는 사람답지 않게 허겁지겁 베어서 꿀꺽 삼켰다. 이어 사과에 손을 뻗는 그녀를 향해 비브가 고개를 숙여 시선을 붙잡았다.

"얘기하고 싶어?"

"아니, 아니에요."

빗시가 사과를 한 입 베어 물었다. 샬럿은 어깨를 귀까지 바짝 끌어올려 커다란 숨을 들이켰다가 과장스럽게 후우 내뱉었다.

"그래, 천만다행이네! 남의 부부 싸움 대본만큼 지루한 게 또 있어? 다 의미 없어. 어쨌든 이런 상황에서 할 수 있는 현명한 일은 딱 하나뿐이야."

샬럿이 바구니에서 보온병을 꺼내 따뜻한 위스키와 레몬 향이 감도는 액체를 종이컵에 따라 차례로 건넸다. 그걸 단숨에 들이켠 빗시는 컵을 손아귀에서 구겨버리곤 눈을 감은 채 고개를 떨구었다.

빗시의 웅크린 어깨 위로 마거릿이 손을 얹었다. "킹이랑 싸운 것 말고 뭐가 더 있는 거지? 솔직히 말해봐, 빗시. 무슨 일이야? 우리한테는 말해도 돼."

"아니에요, 그냥…"

고개를 든 빗시가 눈을 크게 뜬 채 불안한 눈길로 언니들을 바라보았다. "아버지가 제엽염 치료하는 모습을 본 적은 있어도 직접 해본 적이 없잖아요. 혹시 놓친 게 있거나 잘못 이해했다면 어쩌죠? 괜히 딜라일라에게 더 고통을 안길 수도 있고, 그레이엄 부인까지 힘들게 할 수도 있어요. 늘 친절하게 대해주셔서 도와드리고 싶은데… 혹시 헛된 희망만 주면서 상황을 더 악화시키고 있는 건 아닐까요?"

빗시는 진짜 대답을 기다리는 표정으로 세 사람의 얼굴을 번갈아 보았다. 하지만 마거릿은 해줄 말이 없었다. 샬럿 역시 침묵했다. 대신 비브가 몸을 앞으로 숙여 마거릿의 손을 살짝 밀어내고 두 손으로 빗시의 어깨를 붙잡곤 똑바로 눈을 마주쳤다.

"빗시 코브, 지금은 너 자신을 의심할 때가 아니야. 할 수 있어."

"하지만 킹이 맞다면? 내가 뭘 하는지도 모른다면요?" 빗시가 되물었다.

"전쟁 중에 내가 기관 절개술 했던 얘기 해준 적 있나?" 빗시는 고개를 저었다. "환자 한 명이 기도가 막혀 질식하면서 얼굴이 파랗게 변했거든. 부상자들이 쏟아져 들어온 날이었는데, 의사는 도저히 올 수 없는 상황이었고 시간이 빠르게 흘렀어. 시술하는 모습은 본 적 있어도 직접 해본 적은 한 번도 없었거든. 메스를 집어 들어 사람 목을 가른다는 생각에 얼마나 겁이 났겠어? 실수할까 봐, 그가 내 손에 죽을까 봐 너무 무서웠지. 하지만 가만히 보고만 있으면 그가 죽게 된다는 건 알았으니 선택의 여지가 없었어.”

“자기가 지금 딱 그 자리에 있는 거야, 빗시. 아무것도 안 하고 킹의 방식대로 두었으면 딜라일라는 이제 죽는 날만 기다리겠지. 하지만 나는 자길 알아. 그걸 보고만 있었을 리 없지. 내가 그 불쌍한 환자를 가만히 두고 볼 수 없었던 것처럼 말이야. 우리는 그런 점에서 닮았어. 도움을 줄 가능성이 조금이라도 있다면 손을 내밀잖아. 그게 우리가 해야 할 일이야.”

비브의 이야기를 듣는 동안 빗시는 점점 더 멍하니 먼 곳을 응시했다. 마거릿이 보기엔 전혀 듣지 않는다기보다 오히려 내면으로 깊숙이 들어가 비브의 말을 곱씹으며 자기 신념과 경험에 견주어보는 듯했다. 돕고자 하는 두 사람의 공통된 충동에 대해 비브가 말하자 빗시는 고개를 끄덕이기 시작했다. 마거릿 역시 고개를 끄덕였다.

“그리고 자긴 혼자가 아니잖아.” 마거릿이 말했다. “우리가 곁에 있고, 할 수 있는 건 뭐든 다 할 거야.”

“맞아.” 비브가 말했다. “내 재봉틀은 밤낮 없이 언제든 대기 중이야.”

“나는 네 우편물 챙기고 반려동물들도 돌볼게. 필요할 때까지 얼마든지." 마거릿이 거들었다. "발 얼음찜질이나 다른 도울 일 생기면 말만 해. 바로 달려올 테니."

샬럿은 한쪽 눈썹을 치켜올렸다. "흠. 난 말한테 직접 손대는 건 못 하겠어. 하지만 얼음, 담요, 음식, 술 특히 술이 더 필요하면 휘파람만 불어."

"고마워요." 그윽한 미소를 지은 빗시가 나지막이 말했다. "괜히 감정적으로 굴어서 미안해요. 피곤하고 조금 벅차서요. 별의별 일들로 종일 정신이 없었어요. 그래도… 언니들 말이 맞아요. 할 수 있어요. 아니, 해야 해요. 딜라일라를 위해서, 그레이엄 부인을 위해서, 나 자신을 위해서… 그리고 킹을 위해서도요." 그녀의 부드러운 미소가 한층 짓궂은 웃음으로 번졌다. 누군가를 응징할 기회를 예감하는 표정이었다. "그 자식이 틀렸다는 걸 증명할 수 있다면 한 달이라도 헛간에서 잘 거예요. 사실 오늘 같은 기분이라면 정말 그렇게 될지 몰라요. 어때, 딜라일라? 룸메이트 하나 생기는 거?"

마음에 든다는 듯, 말이 콧김을 뿜으며 머리를 살짝 흔들었다. 샬럿은 바구니에서 다른 종이컵을 꺼내 빗시에게 건넸다. "좋아, 이제 결론 났네. 해야 할 말은 딱 하나뿐이지."

샬럿은 보온병 뚜껑을 열어 빗시의 컵을 가득 채우곤 다른 이들의 컵도 채운 뒤 자신의 컵을 높이 들어 올렸다.

"킹슬리 코브를 위하여, 엿이나 처먹고 쫄딱 망해라." 그녀가 건배사에다 킹슬리를 향한 욕설을 덧붙였다. 마거릿이 극히 드물게 들어본, 특히 여자 입에서는 거의 들어본 적 없는 말이었다.

샬럿이 금기어를 내뱉자 빗시가 헉 하고 숨을 들이켰다. 마거릿과 비브도 마찬가지였다.

그러나 짧은 침묵 뒤, 빗시는 긴장 어린 웃음을 피식 터뜨렸다. 곧 모두 따라 웃기 시작했다. 그런 자신들의 모습과, 겨우 한마디—무척이나 짧은, 단 네 단어—를 허공에 내뱉었을 뿐인데 이토록 충격적이면서도 묘하게 통쾌하다는 사실에 함께 웃음을 터뜨렸다.

빗시가 누구보다 크게 웃었다. 숨이 차서 헐떡일 정도로, 눈가에 눈물이 맺힐 때까지 웃어댔다. 베티들 모두 그녀의 어깨를 끌어안으며 웃음을 멈추지 않았다. 이제 빗시가 괜찮다는 걸 알았다.

이따금 여자는 실컷 울 필요가 있으니까. 또 어떤 때는 정말로 딱 한마디만 있으면 충분하니까. 샬럿이 바로 그 말을 내뱉은 것이었다. 웃음과 눈물이 사그라들자 빗시는 다시 한번 컵을 높이 들어 우승 트로피를 치켜든 선수처럼 외쳤다.

"엿이나 처먹고 쫄딱 망해라!"

***

위스키를 거의 입에 대지 않은 비브가 마거릿의 스테이션 왜건을 몰아 컨커디아로 돌아왔다. 먼저 샬럿을 내려주고 곧 마거릿의 집에 도착하자 밤 11시가 조금 넘은 시각이었다. 길을 건너 집으로 향하던 비브는 부드러운 밤공기와 완벽한 고요를 만끽하며 다들 잘자라고 조그맣게 읊조렸다.

침실에 들어서니 토니가 아직 깨어 있었다. 침대에 누워 신문을 들고 야구 점수를 살피던 그는 고개를 들고 웃어 보였다.

"늦었네. 꽤 멋진 파티였나 봐. 재미있었어?"

"꼭 그렇진 않아. 가엾은 빗시 기분이 좀 엉망이어서. 우리가 가길 잘한 것 같아. 달래줄 필요가 있었거든. 그런데 정말 피곤하네. 그러니까 혹시 당신 나 기다리면서 오늘 밤은 뜻대로 될 거라 생각했으면, 부디 접어둬."

토니가 손가락을 튕기며 얼굴을 찌푸렸다. "참나! 상부에서는 두 달 내내 써도 아무도 안 읽는 알류샨 제도 전투 대비 태세에 관한 보고서를 쓰라질 않나, 메츠는 필리스한테 두 점 차로 지질 않나. 이제는 아내까지 나를 거부하네. 이런 실망스러운 하루가 다 있나!"

비브는 미소 띤 얼굴로 고개를 저었다. "내가 어쩌다 이런 끈질긴 사냥개랑 결혼했을까?"

"모르지. 운이 좋았나 봐."

비브는 서랍장을 열어 잠옷을 꺼내며 토니 말이 옳다고 생각했다. 좋은 남자와의 좋은 결혼은 결코 당연하게 여겨선 안 되는 선물이었다. 품에 잠옷을 꼭 끌어안은 그녀가 몸을 돌렸다.

"여보, 내일 아침 출근 전에 잠깐 얘기할 수 있을까? 꼭 말해야 할 게 있어."

토니는 신문을 옆에 내려놓으며 미간을 찌푸렸다. "뭔데? 애들한테 무슨 일 생겼어? 아니면 새 일자리 문제?"

"비슷하긴 한데, 꼭 그런 건 아냐. 걱정 마, 나쁜 일은 아니니까. 약속할게."

"당신 잘할 거야. 그거 알지? 한동안 현장에선 멀어져 있었어도 당신은 훌륭한 간호사야. 금방 감을 되찾을 거야, 두고 봐."

"내일 아침에 얘기하자, 응? 지금은 너무 피곤해."

욕실로 들어간 비브는 인조 속눈썹을 떼고 화장을 지운 뒤, 양치질을 하고 옷을 벗으면서 허리선에 꽂아둔 핀을 만지작거렸다. 지퍼가 잠기지 않아 임시로 꽂아 둔 것이었다.

마침내 핀을 열어 옷을 벗어 내리고 브래지어를 벗는 순간, 문손잡이가 덜컥거렸다. 문을 잠그지 않았다는 사실을 깨닫자 온몸에 소름이 돋았다. 그녀는 급히 수건을 움켜쥐어 몸을 가렸다.

때는 이미 늦었다. 문은 벌써 열리고 있었다.

토니의 시선이 비브의 알몸을 위아래로 훑다가 예의 허리선 자리에 불룩 솟아오른 배에서 멈췄다. 순간 그는 말이 없었다. 그러곤 이른 저녁에 샬럿이 모두를 폭소하게 만든 것만큼이나 심한 욕지거리를 허공에 내뱉었다.

하지만 이번에는 누구도 웃지 않았다.

19장
친애하는 여러분

1963년 6월

6월은 늘 분주한 달이었다. 베티들은 여름 첫 책으로 다소 분량이 적은 앤 모로 린드버그의 『디어리 빌러브드』를 골랐고 모임 장소는 마이어 약국 안 소다파운틴으로 정했다.

배브콕스 책방에서 먼저 볼일을 마친 마거릿, 비브, 빗시가 마이어 약국까지 걸어가 카운터 앞 스툴에 나란히 앉았다. 빗시는 딸기 밀크셰이크를, 마거릿은 체리 콜라를, 비브는 바나나 스플릿 디저트를 주문했다. 주문을 받아 적은 점원은 서둘러 음료를 준비하러 갔다.

"얼른 만들어주면 좋겠네." 비브가 말했다. "배고파 죽겠어."

빗시가 배브콕스 쇼핑백에서 상자를 꺼내 뚜껑을 열었다. 검은색 벨벳 안감 위에 금빛 펜과 연필 세트가 보석처럼 반짝였다.

"그리 특별한 선물로는 안 보이는데. 책으로 준비하는 게 나았을까요?"

"분명 좋아할 거야." 마거릿이 말했다. "작가 지망생에게 좋은 펜

만큼 완벽한 선물도 없어."

"그렇긴 해요." 펜 세트를 다시 쇼핑백에 넣은 빗시가 시계를 힐끗 보았다. "샬럿은 어디 있지? 여기서 만나기로 했잖아요."

물을 마시던 마거릿은 컵을 카운터에 내려놓았다. "깜빡했네. 아침에 전화 왔는데 오늘 못 온대. 꽃집에 무슨 일이 생겼고 다른 일도 있대." 그녀는 고개를 살짝 저으며 안타깝다는 표정을 지었다.

"파티가 걷잡을 수 없이 커지나 봐. 하워드가 사무실 사람들 전부에다가 손님이랑 잠재 고객들까지 다 불렀대. 샬럿 부모님도 오신다더라. 가족과 친구들만 부르는 작은 파티로 시작했는데 이제 출장 뷔페에, 천막에, 꽃 장식, 사진사, 댄스 밴드까지 총동원된 회사 행사로 변했지 뭐야."

"그야, 당연하지." 비브가 어깨를 으쓱했다. "손녀 졸업 파티를 사업 경비로 치를 수 있다면야, 안 할 이유가 없지, 안 그래? 근데 샬럿이 뭐 입으라고 했어? 요즘 차려입는 건 이게 최선이라서."

그녀는 주름 잡힌 노란색 체크무늬 임부복을 내려다보았다. "환자들이 날 쳐다보는 눈빛이 말도 못 해. 임신한 간호사는 처음 볼 텐데, 유니폼은 도저히 들어가질 않으니까 이 옷에 흰 가운을 걸치고 다니잖아. 어제는 어떤 환자가 니더러 청소부냐고 묻더라니까."

"파티 전에 새 임부복 하나 지어 입는 건 어때요?" 빗시가 제안했다.

"대체 언제 하라는 거야?" 비브가 반문했다. "일, 출퇴근, 애들, 집안일, 숨 돌릴 틈도 없는데 옷을 지어 입으라니. 학교까지 방학이라 더 정신이 없어. 오늘 이렇게 나올 수 있었던 것도 안드레아가 애들 전부 데리고 낮에 하는 〈괴짜 교수〉 공연을 보러 간 덕분이라니까."

"무슨 말인지 알지." 마거릿이 잔을 다시 들며 맞장구쳤다. "예전에도 충분히 정신없었지만, 칼럼 쓰는 시간도 갈수록 늘어나는데 애 셋이 곁에서 복닥거리는 와중에 글을 쓰려니."

"아이참, 그만들 해요." 빗시가 혀를 차며 눈을 굴렸다. "좋으면서 그래요, 둘 다! 애들, 난장판, 마감, 일정. 인정들 하시죠, 지금처럼 행복했던 적 없잖아요."

마거릿이 미소 지었다. 비브의 마음까지 알 수는 없었지만 정말 그랬다. 심지어 온몸이 녹초가 된 기분이 드는 날에도 이런 행복은 정말이지 오랜만이었다.

첫 칼럼에 대한 반응이 워낙 좋아서 한 달에 한 번이 아니라 매호 글을 써달라고 잡지사에서 요청해왔다. 독자들이 자신의 글을 좋아한다는 사실이 큰 보람임은 물론 여윳돈이 생긴 것도 무척 기뻤다. 가구를 사려고 여전히 저축 중이었지만 우선 실비아에게 빚진 돈부터 갚기로 했다. 통장이 거의 비었어도 '전액 상환'이라고 찍힌 영수증을 들고 문구점에서 나올 때의 그 부듯함은 평생 잊지 못할 터였다. 그날만큼은 정말 직업 작가가 된 기분이었다.

칼럼 데뷔 호에 실린 사진과 바브 프레드릭스의 가벼운 입 덕분에 마거릿의 성취는 컨커디아의 주부들 사이에 삽시간에 퍼져 나갔고, 그녀는 조그만 동네에서 유명 인사가 되었다. 주목받는 게 싫지 않았지만 얼마 안 가 깨달았다. 어느 정도의 유명세에는 어느 정도의 질투도 꼭 따라붙는다는 사실을.

지난주 아이들이 수영을 하는 동안 커뮤니티 수영장의 긴 의자에 앉아 칼럼 아이디어를 끄적이는데, 거의 안면이 없는 두 여자가 일부러 다가와 칼럼을 잘 읽었다며 인사를 건넸다. 칭찬은 기분 좋았지만 조금 당황스럽기도 했던 게, 고맙다고 답한 뒤에는 무슨 말을 한단 말인가? 더 난감한 건 그들이 몇 발짝 떨어진 의자에 수건을 펴 놓고는 그녀 이야기를 하기 시작했을 때였다. 자기들 목소리가 얼마나 잘 들리는지 모르는 게 분명했다.

"좀 보라니까? 수영장까지 노트를 들고 와서 작가인 티를 내잖아. 잘났네, 정말."

"글쎄, 글이라고 할 게 있나? 주부라면 누구나 겪는 일상 얘기를 짧게 늘어놓는 정도잖아. 시간만 있으면 자기나 나나 그 정도는 쓰지."

"에이, 뭐래. 그런 칼럼 하나 쓰는 데 시간이 얼마나 걸린다고? 그냥 타자기 앞에 앉아서 머리에 떠오르는 대로 두드리면 되는 걸."

다행히 그 순간 바로 옆에서 놀던 아이들이 첨벙첨벙 물에 뛰어든 덕에 분수처럼 물이 튀어 수군거리던 여자들이 자리를 옮겼다. 그렇지 않았다면 마거릿은 당장에 가서 글쓰기에 대해 한두 마디 했을지도 모른다. 대신 나중에라도 칼럼에 써먹으려고 은근히 누군지 티가 나도록 뒤에서 씹어대는 여자들에 관해 메모해두었다.

한 달에 칼럼 두 편을 쓰는 일은 마거릿의 자유 시간을 거의 다 잡아먹었다. 처음보다는 훨씬 빨리 써지긴 했어도 여전히 원고 하나하나에 몇 시간씩 매달려야 했다. 그러나 정말로 그녀를 괴롭게 하고 얼굴을 붉히게 만든 건 칼럼이 시시하다는 평가였다. 왜냐하면 그녀는 그게 사실이면 어쩌나 두려웠기—아니, **내심 알았기**—때문이었다.

세상은 변하고 있었고 그 속도는 너무나 빨랐다.

6월이 아직 열흘이나 남아 있었지만 그달에만 이미 많은 일이 벌어졌다. 주지사가 흑인 학생 두 명의 앨라배마대학교 입학을 저지해 인종 통합을 막으려 한 시도가 좌절되었고, 발렌티나 테레시코바라는 러시아 우주비행사가 여성 최초로 우주에 나갔으며, 인류 최초의 폐 이식 수술이 집도되었다. 대통령은 1963년 남녀 동일 임금법에 서명했고, 베트남에서 불교도에 대한 탄압에 항의하며 한 승려가 분신했다. 온몸에 불길이 휩싸인 그 참혹한 사진은 전 세계 신문 1면을 뒤덮었다. 교황이 선종하자 추기경단은 새 교황을 선출하기 위해 비밀회의에 들어갔고, 민권운동가 메드가 에버스는 자기 집 진입로에서 총에 맞아 숨졌다. 이어 케네디 대통령은 텔레비전에 출연해 새 민권 법안을 제안하며 연설했고, 불과 며칠 뒤 그 법안을 의회에 정식으로 제출했다.

세상을 뒤흔들고 사회를 송두리째 바꾸는 변화가 사방에서 일어나는 중이었다. 마거릿이 보기엔 너무나도 늦은 변화였다. 세 사람이 음료를 기다리며 카운터에 나란히 앉은 그 순간에도 그녀는 불과 몇 주 전 인종 분리 식당 카운터에 앉아 항의하던 흑인 학생들을 떠올리지 않을 수 없었다. 백인 청년들이 평화 시위자들을 경멸해 그들 머리 위로 케첩과 머스터드, 설탕을 부려대던 사진이 눈앞에 아른거렸다.

그들은 대체 무엇에 그리 분노했을까? 왜 그렇게까지 위협을 느꼈을까? 도무지 이해할 수 없었지만 꼭 이해하지 못해도 그게 잘

못되었단 건 분명히 알았다.

텔레비전 연설에서 케네디 대통령은 "한 사람man의 권리가 위협받으면 모든 이의 권리가 훼손된다"라고 말했다. 마거릿은 전적으로 동의했다. 다만 자신이 대통령의 연설문을 썼다면 문장에 '남성과 여성'이라고 명시했을 것이다. 하지만 이쪽 분야에서도 변화가 일어나고는 있었다.

샬럿은 동일 임금법에 별 기대가 없었다. "기업들은 교묘히 빠져나갈 구멍을 찾을 거야. 탐욕스럽고 기만적인 자본가 아버지의 딸이 하는 말이니 믿어도 돼. 언제나 허점이 있거든. 언제나."

마거릿은 샬럿만큼 냉소적이지는 않아도 그리 순진하지도 않았다. 변화가 하룻밤 사이에 찾아올 리는 없지만 어디선가부터 시작은 해야 하지 않겠는가? 그리고 지금 이토록 많은 것이 변하고 있다는 사실을 생각하면… 글쎄, 살아 있는 게 꽤나 흥미진진한 시대였다.

이 모든 상황에도 불구하고 레너드 클레멘트 씨가 자신에게 원하는 건 유머러스하고 대부분 지어낸, 그렇다, 시시한 칼럼이었다. 재미난 다이어트 실패담이나 잔소리 많은 시어머니 상대법 혹은 외딴 시골길에서 타이어가 펑크 니 뒤에 탄 두 아이를 두고 원피스 차림으로 타이어를 갈아야 했던 일화 같은 것들.

물론 마지막 일화는 오하이오에 살 때 실제로 겪은 일이었다. 돌이켜보면 꽤 웃긴 사건이다. 하지만 웃음 속에 약간의 의미를 더해 세상과 여성들이 새로운 시대로 접어들고 있음을 짚어내는 일이 그리도 끔찍한가?

마거릿은 그렇지 않다고 생각했다. 그러나 칼럼에 조금이라도 사소하지 않은 이야기를 슬쩍 넣으려 하면, 클레멘트 씨는 어김없이 빨간 펜을 휘둘렀다. 그녀가 쓰고 싶었던 문장은 슥 지워버린 뒤 짧고 알쏭달쏭한 낙서를 남겼다. 어떤 글을 쓰는 대가로 돈을 받는지 상기시키며 '각본에 충실하지' 않으면 수표 발행이 중단될 수도 있다는 암시와 함께.

그가 정확히 그런 표현을 사용했다는 사실이 언짢았다. 여성지에서 일했던 베티 프리단 역시 그런 각본은 실재한다고 말한 적이 있었다. 가정주부로서의 삶이 여성의 궁극적이고 유일한 성취라는 생각을 팔아야만 돈벌이가 되는 가전제품과 세제, 식품 광고 판매로 이어진다는 이야기였다. 얼마 전까지만 해도 마거릿은 베티의 주장이 다소 과하다고, 심지어 음모론에 가깝다고 여겼다. 그런데 클레멘트 씨가 전화를 걸어와 다이어트 젤라틴을 주제로 한 칼럼을 써달라고 요청했다.

"재밌게 써야 하지만 젤라틴은 웃음거리가 아닌 주인공이 되어야 합니다. 우리 잡지가 이제 막 D-제타랑 광고 계약을 맺었거든요. 아마 광고주가 무척 좋아할 겁니다."

마거릿은 통화 이후 이틀 정도 입맛이 썼다. 형편없는 저칼로리 젤라틴만큼이나 쓴맛이 올라오자 프리단의 주장이 의외로 터무니없지 않을 수도 있겠다는 의구심이 일었다. 그렇다면 자신의 시시한 단편 칼럼이 그 음모에 일조하는 것 아닌가?

지나치게 거창한 생각일까?

어쨌든 그녀는 이제 막 발을 들인, 그다지 중요하지 않은 작가에 불과했다. 설령 어떤 영리한 젊은 여자가 마거릿의 칼럼을 읽는다고 해도 대학을 그만둘 리는 없지 않은가. 클레멘트 씨의 간섭이 못마땅하긴 했어도 결국 그는 자기 일을 하고 있을 뿐이었다. 마거릿이 자기 일을 지키고 싶다면 그의 요구에 따라야 했다.

그녀는 일을 지켜내고 싶었다, 아주 간절하게.

마거릿은 글쓰기를 사랑했다. 그리고 그 대가를 받는다는 건, 이상하게 들릴지 몰라도 돈으로 살 수 없는 인정이었다. 매번 수표를 받는 일은 자신의 노력과 머릿속 생각이 가치를 지닌다는 선언처럼 느껴졌다. 하지만 생각에 울타리를 두르고 허용되는 말에 한계를 지으면, 그 빛은 조금 바래버렸다.

점원이 바나나 스플릿을 카운터에 내려놓자 비브가 곧장 맛을 보았다. "자기들, 농담 아니고, 난 대체 파티에 뭘 입고 가야 해? 임신했어도 촌스러워 보이고 싶진 않다고."

"나 예전 임부복 좀 찾아볼게." 마거릿이 말했다. "입을 만한 게 분명 있을 거야."

그녀는 빨대의 종이 포장을 벗기고 콜라를 한 모금 마셨다.

"샬럿이랑 통화했을 때 정말 정신없어 보였어. 파티 준비만 해도 벅찬데 드니스 짐도 씨서 보내야 한다잖아. 배에 트렁크를 세 개나 싣는데 그중 두 개가 전부 책이래."

"정말 설레겠다, 안 그래요?" 빗시가 카운터에 팔꿈치를 대고 턱을 괴며 말했다. "바다 건너가서 여름 내내 여행을 즐기다 학교에 들어간다니. 비브, 배 타고 유럽 갈 때 어땠어요?"

"꽉꽉 들어차 있었지." 비브가 대꾸했다. "4층 침대에, 다들 게워내고 난리였어. 물론 퀸 메리호라면 훨씬 호화롭겠지만 멀미에 취약한 사람이면 객실이 아무리 좋아도 소용없을걸.”

빗시가 한숨을 내쉬었다. “부럽다. 저렇게 젊고, 앞날이 창창하다니.”

비브와 마거릿이 눈길을 주고받으며 웃었다.

“너랑 달리, 그 뜻이야?” 비브가 물었다. “스물세 살인데 이미 늙고 쪼그라든 인생? 좋은 시절 다 가고 앞으로 기대할 건 아무것도 없으시다? 그런데 요즘 대체 어떻게 지내는 거야? 무척 오랜만인 것 같은데. 마구간 일은 어때? 말은 어찌 됐고?”

“아주 좋아요!” 빗시가 활짝 웃었다. “만성 질환이라 계속 주의를 해야죠. 그래도 어제 딜라일라를 데리고 산책로에 나갔는데 멀쩡히 잘 걷더라고요. 지난주엔 킹도 마구간에 왔는데 딜라일라가 거의 다 나은 듯 보인다고 인정할 수밖에 없었어요.”

“정말?” 마거릿이 눈썹을 치켜올렸다. “그럼 네가 옳았다고 기꺼이 인정한 거야?”

“음, 글쎄요… 그렇다기보다는. 그래도 요즘은 사이가 좀 나아졌어요. 게다가….” 머뭇대던 빗시가 셰이크를 한번 쭉 빨아 먹은 뒤 체셔 고양이 같은 미소를 지었다. “앞으로 기대할 만한 일이 진짜로 생긴 것 같아요.”

마거릿이 가쁜 숨을 들이켰다. “어머, 빗시! 정말? 정말이야?”

빗시가 고개를 끄덕였다. “그런 것 같아요. 생리가 열흘이나 늦은데다 요즘 계속 피곤해요. 그런데 아직 너무 이르고, 괜히 불길해질까 봐 두 달 정도 더 지켜보고 의사 진단을 받은 다음에 킹에게 말하려고요. 토끼 테스트 같은 건 안 해요, 알죠?”

"음, 너무 오래 기다리진 말고." 비브가 말했다. "산전 관리가 얼마나 중요한데. 그동안은 푹 쉬고 식단도 조심해." 그녀는 아이스크림과 함께 바나나 조각을 떠서 입에 넣곤 잠시 시무룩하게 생각에 잠겼다. "있잖아, 임신 중에 채식만 하는 건 별로 좋지 않은 생각 같아. 단백질을 충분히 섭취하지 못할까 봐 걱정이야."

"어머, 왜 그래!" 마거릿이 웃음을 터뜨렸다. "빗시는 괜찮아. 딱 5분만 간호사 모드 끄고 축하해줄 순 없을까?"

"미안." 비브가 말했다. "직업병이야. 축하해, 빗시. 정말 기쁘겠다."

"응, 기뻐요! 한시름 놨죠. 킹도 소식 들으면 날아갈 듯 좋아할 거예요. 알잖아요, 한동안 우리 사이가 꽤 팽팽했으니."

콜라 한 모금을 들이켜던 마거릿은 심히 절제된 표현에 새삼 놀랐다.

그날 밤 헛간에서, 데운 위스키를 두 잔 마신 빗시는 킹의 형편없는 행동들을 털어놓았다. 빗시의 비밀을 폭로하던 그는 그녀가 학업 부진으로 대학을 중퇴한 것처럼 떠벌렸지만 그건 사실과 전혀 달랐다. 그 일이 있고 나서 그는 며칠간 종적을 감췄다.

빗시는 전화 응답기에 여러 차례 메시지를 남겼음에도 킹이 전혀 확인하지 않아 내내 염려했다. 단골 고객들에게 연락을 돌려도 소식이 없자 그녀는 딜라일라를 조이에게 맡기고 경찰서를 찾았다. 그러나 데스크를 지키던 경관은 비웃는 얼굴로 말했다. 며칠씩 술집에서 죽치다가 들어오는 남편들은 흔하니, 한 달이 지나도록 소식이 없으면 다시 오라는 것이었다.

경관은 덧붙였다. "걱정 마요, 오겠죠. 장님이거나 미친놈이 아니고

선 예쁘고 연약한 아내를 남겨두고 떠날 리가 없지." 그러곤 자기 전화번호가 찍힌 명함을 건넸다. "너무 외로워지면 연락하시든가."

참기 힘든 일이었다. 분노와 죄책감, 공포가 차례로 빗시를 뚫고 갔다. 킹이 형편없는 인간이긴 해도 남편이었으니까. 드디어 닷새 만에 킹이 나타났다. 붉은 장미 한 아름과 늘어놓을 변명을 잔뜩 안고 다시는 이런 일이 없을 거라 맹세하면서. 한동안 빗시는 그를 소파에서 자게 했지만, 처벌이 오래가지 못한 건 뻔했다.

용서가 어떤 결혼에서든 중요한 요소라는 사실을 마거릿은 잘 알았다. 쉽지 않아도, 아무리 자신이 옳더라도, 가끔은 그냥 넘어가야 할 때가 있는 법이었다.

비브와 토니의 경우가 그랬다. 비브가 몇 주 동안 임신을 숨겼다는 사실을 토니가 알게 됐을 때, 격렬한 언쟁이 벌어진 건 당연한 수순이었다. 게다가 베티들은 이미 알고 있었음을 인정하자 상황은 더 악화되었다. 며칠 뒤 커피를 마시러 온 비브가 그때 일을 하나하나 들려주었다.

"어떻게 친구들한테는 말하면서 나한테는 숨길 수가 있지?" 토니가 따져 물었다. "언제부터 내가 나쁜 놈이 된 거야, 비비안? 우리 부부는 한 팀이잖아. 팀원끼리는 비밀을 만들면 안 돼! 극복할 일이 있으면 얘기하고 함께 계획을 세워야지. 늘 그래 왔잖아. 그게 바로 결혼이야!"

비브는 토니의 말이 옳다고 인정했다. 그러나 토니는 선뜻 용서할 준비가 되어 있지 않았다.

"그래서 내가 그랬지. 당신이 예전에 상의도 없이 재입대를 결정했던 일은 잊었냐고." 비브가 말했다. "오래 같이 살다 보면 그런 게 장점이야. 상대방의 약점을 다 아니까."

비브는 농담처럼 말했지만 마거릿은 그 속에 진실이 담겨 있음을 알았다.

좋든 나쁘든, 세상 누구도 월트만큼 자신을 잘 알지 못했다. 그녀의 과거와 희망, 두려움과 취약점을 이해했고, 그녀의 마음을 단칼에 베어버릴 말도 알고 있었다. 최근 몇 달 동안 월트는 가혹할 만큼 상처 주는 말을 내뱉기도 했다. 하지만 결혼한 세월 동안 그는 단 한 번도 집을 나가 닷새는커녕 하룻밤도 돌아오지 않은 적은 없었다.

용서는 과연 중요했다. 하나 만일 마거릿이 빗시였다면 킹을 용서할 수 있을지 확신이 서지 않았다. 그것이 빗시를 더 너그러운 사람으로 만드는지, 더 어리석은 사람으로 만드는지는 마거릿이 판단할 일은 아니었다. 빗시가 행복하다면, 글쎄… 함께 행복을 기뻐해주면 그만이었다.

마거릿은 종이 냅킨으로 입을 닦았다. "자, 이제 책 이야기 좀 해볼까?"

『디어리 빌러브드』는 어느 결혼식을 둘러싼 소설이었다. 각 장마다 가족이나 하객의 시선에서, 결혼식을 보며 떠올린 생각들이 담겨 있었다. 마거릿은 『바다의 선물』만큼 재미를 느끼진 않았어도 한 장면에서는 깊이 공명했다.

신부의 어머니 데버라는 자신의 삶과 결혼을 떠올렸다. 아이들을 차에 태워주고, 장을 보고, 전화를 돌리고, 저녁 파티를 주최하던 그 모든 세월이 **자기만의** 삶이 아니라 남들 삶의 부스러기였다는 생각이 갑자기 엄습한 터였다. 딸이 이제 집을 떠나면 비로소 데버라 자신만의 관심사를 찾고, 되고 싶었던 사람이 될 기회가 오지 않을까.

앞으로 진짜 삶이 기다릴지 모른다는 가능성은 위안이 되었다. 하지만 곧이어 무시무시한 생각이 덮쳤다. 만일 진짜 삶이 이미 지나버렸다면? 자신이 될 기회, 진짜로 살아볼 기회를 이미 놓쳐버렸다면?

그 대목에서 눈시울이 뜨거워졌다.

데버라의 기분, 그러니까 자신의 존재를 그나마 의미 있는 것으로 보이게 해주던 아이가 집을 떠나는 시점에 느끼는 허무함과 허송세월을 보냈다는 회한은 마거릿으로 하여금 어머니와의 마지막 몇 달을 떠올리게 했다. 어둡던 방과 더 어두웠던 마음 그리고 자신이 끝내 지키지 못한 약속. 만일 어머니가 지금까지 살아 계셨다면, 앤 모로 린드버그와 베티 프리단, 메리 매카시 같은 작가들이 목소리를 내는 오늘날까지, 고독과 불안을 마음 깊숙이 감추는 대신 문제를 드러내고 이야기할 수 있는 시대까지 살아내셨다면, 상황은 달라졌을지 몰랐다.

마거릿은 팔에 얹힌 손길을 느꼈다. 비브가 근심 어린 얼굴로 그녀를 바라봤다.

"괜찮아?"

"응? 아, 괜찮아. 깜빡 잊은 일이 생각나서." 마거릿은 콜라를 다시금 한 모금 마셨다. "아무튼, 자긴 어땠어?"

비브가 눈을 깜박였다. "책 말이야? 아, 난 정말 좋았지."

"정말? 의외네. 좋아할 줄 몰랐어."

"그렇담 잘못 짚었네." 비브는 초코, 딸기, 바닐라 아이스크림을 고르게 떠서 완벽한 한입 크기로 만들며 말했다. "좋았어. 아주 훌륭했어."

마거릿은 놀랐다. 비브가 책을 좋아한 적은 한 번도 없었다.

"어떤 부분이 제일 좋았어?"

"결혼식 장면."

"책 전체가 결혼식 얘기잖아. 어느 부분?" 마거릿은 사이를 두었다. "책 안 읽었지?"

비브는 턱을 들어 올리며 숟가락을 우아하게 입에 넣었다.

"안 읽었어."

마거릿이 혀를 찼다. 비브가 손을 휙 내저으며 신음 소리를 냈다.

"그래, 책을 안 읽은 게, 그게 뭐 대수야? 읽으려고 했어. 근데 그냥 수다, 수다, 수다, 수다, 수다뿐이더라." 비브는 손가락을 오므렸다가 펴며 꼭두각시 입 모양 흉내를 냈다. "그리고 우울하기는 또 얼마나 우울한지. 그래서 안 읽었어. 안 좋았어. 그게 다야." 그녀는 어깨를 으쓱했다. "뭐 어쩔 건데."

"됐어, 제발." 마거릿이 말했다. "책 안 읽은 건 괜찮아. 그냥 그렇다고 말하면 되지." 그녀는 빗시를 향해 고개를 돌렸다. "자긴 어땠어? 마음에 들었어?"

고개를 숙인 빗시가 죄지은 사람의 표정을 지었다.

"나도 안 읽었어요."

20장
집주인의 부재

샬럿네 집이 겨우 몇 블록 거리였지만, 킹은 새 신발을 신은 빗시가 발이 아플까 봐 굳이 차를 몰고 가자고 했다.

킹은 장미 꽃다발을 들고 나타난 뒤로 줄곧 다정하고 사려 깊게 굴었다. 지나친 배려가 때로 신경을 곤두세우기도 했다. 이유는 알 수 없었다. 과도하리만큼 팽팽한 기타 줄 같은 예민함은 임신 초기의 증상일지도 몰랐다. 빗시는 비브에게 물어봐야겠다고 생각했다.

파티에 초대받은 사람이 워낙 많았던 탓에 집에서 세 블록이나 떨어진 곳에 차를 대야 했다. 그건 괜찮았다. 빗시의 하얀 에나멜 가죽 오픈 펌프스는 전혀 조이지 않고 새 원피스와 아주 잘 어울렸다. 분홍색 코튼 리넨 소재에 목선이 둥글게 파이고 넓게 퍼지는 형태의 소매가 달린 드레스는 하얀 막대형 비즈 장식으로 마감되어 있었다. 평소 옷차림에 크게 신경 쓰지 않는 빗시였지만 이번엔 직접 알링턴까지 차를 몰고 가 헥츠 백화점에서 두 시간을 꼬박 돌며 옷걸이에 걸린 드레스를 하나하나 입어본 뒤 마침내 맞춤한 드레스를 찾았다. 지나치게 화려하지도 않고 그렇다고 밋밋하지도 않은. 단정하고, 우아하며, 완벽한 옷이었다.

물론 완벽할 뻔했다….

샬럿네 집 열린 현관문 너머의 인파 속으로 발을 들여놓으려던 찰나, 도우미 복장을 한 두 여자가 외투를 받아 들고 바 쪽으로 손님들을 안내하는 모습이 보이는 가운데, 킹이 뒤로 숨기고 있던 흰색 종이 상자를 내밀었다.

"이거, 자기 거야."

빗시는 의아하게 상자를 바라보았다. 빵집에서 사 온 것처럼 보였다.

"코사지야." 킹이 웃으며 뚜껑을 열었다. "자, 내가 달아줄게."

당연히 빗시는 그를 내버려두었다. 거절할 수는 없지 않은가? 킹은 모든 걸 바로잡으려 애쓰고 있었다. 너무 지나칠 정도로. 그러나 그녀는 난초를 좋아하지도, 꽃을 원하지도 않았다.

그녀가 원한 건 사과였다. 그저 뭉뚱그려 '미안해'라고 말하는 게 아닌 진실한 사과. 우선 그레이엄 부인 앞에서 망신 준 일에 대해, 다음으론 집을 나가서 애를 태운 사건에 대해.

빗시는 마거릿에게 『디어리 빌러브드』를 읽지 않았다고 했지만 온전한 진실은 아니었다. 첫 장은 읽었고 두어 장 더 훑어보다가 책을 덮어버렸다. 비브와 마찬가지로 우울하다고 느껴서. 하지만 딜라일라 사건이 일어나기 얼마 전 그녀는 마거릿이 소장한 『바다의 선물』을 빌려 읽은 적이 있었다.

그 책은 얼마나 아름다웠던가! 너무도 시적이고 사랑스러우며 지혜로 가득했다.

모로는 여러 가지 조개껍데기를 여성의 삶의 단계에 비유했다. 그중에서도 해돋이 조개―신혼 초기를 상징하며, 남편과 아내가 서로 조화를 이룬 듯 양쪽 껍데기가 가운데 경첩을 중심으로 빈틈없이 맞물리는 모양—에 대한 장은 깊은 울림을 주었다. 굴에 대한 장도 그랬다. 결혼 생활의 어려움이 껍데기 표면의 혹처럼 드러나는 시기. 빗시는 이 추하고 우툴두툴한 굴 껍데기 같은 결혼 시기를 너무나 정상적인 것으로 여길 수 있다는 사실에서 위안을 찾았다. 특히 굴 안의 거슬리는 알갱이들이 시간이 무르익으며 진주가 된다는 걸 생각하면 더욱 그랬다. 그녀의 결혼은 잘못도 실패도 아니었다. 그저 진주를 만들고 있는 과정일 뿐이었다. 얼마나 다행인가!

물론 모로가 직접적으로 진주 이야기를 하진 않았어도 빗시는 그게 암시되어 있다고 느꼈다. 굴을 생각하면서 진주를 떠올리지 않을 수가 있나?

킹이 풀 죽은 모습으로 집에 돌아왔을 때, 빗시는 굴도 진주도 떠올리지 않았다. 화가 나서 생각조차 할 수 없었다. 그녀는 팔짱을 끼고 문간에 서서 이제 지긋지긋하다고 말했다. 진심이었다. 그런데 그는 너무 처량했다. 두 번째 기회를 얻을 자격조차 없다면서 애원하는 모습이 안쓰럽게 느껴지기 시작했다. 눈에 눈물이 고이자 더는 버틸 수 없었다. 빗시는 팔짱을 풀고 그를 집 안으로 들였지만 잠은 소파에서 자라고 못을 박았다.

킹은 군말 없이 따랐다. 이후 며칠 동안 그는 죄책감을 드러내며 사려 깊게 굴었다. 아침을 두 번이나 차려주고 설거지도 했다. 토요일 오후에는 그녀의 차에 왁스를 칠했다. 매일 밤 빗시의 입술에 가볍게 입을 맞추곤 베개와 담요를 들고 소파로 향했다. 불평 한마디 없었다. 돌아온 지 일주일쯤 지난 어느 날 그는 진주 펜던트가 달린 금목걸이를 들고 집에 들어왔다.

그는 자기 행동에 대해 구체적으로 사과한 적도 없고 그녀가 말을 살린 일에 대해 치하한 적도 없었지만, 그 펜던트—짙은 남색 실크 위에 놓인 진주알 하나—는 어떤 신호처럼 느껴졌다.

굴을 떠올린 빗시는 그를 용서했고 침대로 다시 들였다. 말로 하지 않은 사과를 이미 받아들인 사람처럼, 아픈 모래알 같은 기억이 덮이고 덮여 언젠가는 아름다운 진주가 되리라 믿었다.

그러나 용서는 어려웠다. 결심하고 애써 덮으려 해봤지만 그녀는 여전히 변명도 단서도 붙지 않은 진짜 사과를 바랐다. 자신이 옳았다는 것을, 자신이 현명했다는 것을, 그가 그 사실을 알고 그녀를—어떤 사람인지—안다고 인정하길 원했다. 그리고 또 바란 건….

또 뭘까? 솔직히 알 수 없었다. 하지만 그럼 좀 불합리한가? 스스로도 이름 붙이지 못하는 걸 그가 채워주지 않는다고 화낼 수는 없는 일 아닌가?

코사지는 연두색 리본으로 묶인 보랏빛 꽃 두 송이였다. 킹은 그것을 그녀의 드레스에 달아주었다.

"됐다!" 그가 한 걸음 물러서며 웃었다. "너무 근사해."

"고마워."

킹이 눈살을 찌푸렸다. "목걸이는 안 했네?"

"드레스에 구슬 장식이 많아서, 목걸이까지 하면 과하겠다 싶더라고."

"아, 그렇지. 지금 완벽해 보여." 그는 팔을 내밀었다. "들어갈까?"

***

구스타프슨네 집은 컨커디아에서 가장 넓은 대지 면적을 자랑해서, 못해도 1,200평, 아니 그보다 더 컸을 터였다. 마당 구석구석 손님들로 북적였다. 마거릿이 아는 얼굴도 보였지만 대부분은 낯선 이들이었다.

마거릿과 월트는 붉은 단풍나무 아래에서 비브, 토니, 에드윈 배브콕과 이야기를 나누고 있었다. 헬렌도 초대받았지만 누군가는 책방을 지켜야 했다.

남자들은 야구와 헤밍웨이 얘기를 나눴다. 월트는 『노인과 바다』를 너무 재미있게 읽은 나머지 배브콕스 책방에 다른 책을 찾으러 갔고, 그 인연으로 에드윈과 둘만의 독서 모임을 꾸리게 되었다. 두 사람은 매달 둘째 주 목요일, 재향군인회 바에서 만났다. 아직 멤버는 둘뿐이었지만 에드윈은 토니를 끌어들이려고 안간힘을 쓰고 있었다. 비브는 게살을 채운 버섯을 집어 먹으며 이야기를 경청하는 척했다. 마거릿은 그저 풍경을 감상하고 있었다.

이런 파티에 와본 건 처음이었다. 현악 4중주단이 배경 음악을 깔고 웨이터들이 카나페를 올린 은쟁반을 들고 손님들 사이를 누볐다. 집 안에 하나, 마당에 두 개, 총 세 곳의 바 앞에는 칵테일을 주문하려는 사람들 줄이 이어졌다. 정말이지 영화 속 장면 같았다.

마거릿은 제일 좋은 초록색 정장을 입고 와서 다행이라고 생각했다. 비브가 자신이 빌려준 푸른 임부복을 맞춰 입은 것도. 평소 즐겨 입던 체크무늬 밴딩 원피스를 입고 왔다면 파티 분위기와 겉돌아 위축되었을 터였다. 두 사람은 가장 근사한 차림은 아니었어도 자리와 어우러지는 모습이었다. 남자들도 잘 차려입었다. 월트는 줄무늬 차콜 양복을 입었고 에드윈은 캐주얼하면서도 말쑥한 스포츠 코트를 걸친 차림새였다. 유니폼을 갖춰 입은 토니는 전쟁 영화 속 주연 배우처럼 빛났다. 비브가 계속 임신을 하는 것도 무리는 아니었다.

순간 마거릿은 킹의 팔에 기대어 뒷문으로 걸어오는 빗시를 보곤 가슴이 철렁 내려앉았다. 한 손에 칵테일을 든 그녀의 가슴에 달린 건… 코사지인가?

눈을 가늘게 뜨고 재차 확인했다.

세상에나, 맞았다. 빗시의 아름다운 드레스와 전혀 어울리지 않는 조악한 연두색 리본의 난초 코사지. 흡사 졸업 무도회 여왕 선거에 나가는 꼴이었다. 빗시의 표정과 킹의 환한 웃음을 보니 누가 그런 아이디어를 냈는지 짐작하기란 어렵지 않았다.

늘씬한 몸매와 긴 다리를 자랑하는 빗시는 삼베 자루를 걸쳐도 근사해 보일 사람이었다. 이번 드레스에는 특히 들떠 있었다. 알링턴에서 쇼핑을 마치고 돌아오자마자 마거릿 집에 들러 자랑하듯 입어 보일 정도였으니.

아, 가여운 빗시. 그리고 불쌍한 킹. 그는 눈치가 너무 없었다. 뭐… 남자들이 그렇지. 어쩌겠는가?

마거릿이 손을 흔들자 킹이 먼저 보고는 빗시를 데리고 다가왔다. 여자들은 서로 껴안았고 남자들은 악수를 나눴다. 토니는 진심을 담아 빗시의 코사지를 칭찬했다.

"킹이 사줬어요." 빗시가 비브와 마거릿을 흘깃 보며 말했다.

토니가 팔꿈치로 킹을 슬쩍 찔렀다. "이 친구 좀 보게? 그러면 우리는 뭐가 됩니까."

킹은 웃으며 소유를 과시하듯 빗시의 어깨에 팔을 둘렀다. 잠시 동안 아무도 말을 잇지 못한 채 발끝만 꼼지락거리며 잔을 들었다. 다들 이런 자리에서 어떻게 행동해야 할지 잘 모르는 기색이었다. 바로 그게 문제였다. 그들은 다만 행동할 뿐 존재하지 못했다. 무대 의상 같은 옷차림으로 배역을 맡았으나 자신들의 대사를 제대로 알지 못한 배우들처럼. 게다가 월트와 에드윈을 제외하면 남자들끼리는 서먹서먹했다. 마침내 마거릿이 침묵을 깨뜨렸다.

"빗시? 무슨 술이야? 색깔이 예뻐."

"듀보네 온더록. 맛볼래요?"

마거릿이 한 모금 마셔보았다. 달콤하면서도 시큼한 데다 허브 향까지 섞여 있었다. 아이스티를 마시던 비브는 빗시가 잔을 코앞으로 가져오자 콩콩 냄새를 맡았다.

"내 취향은 아닌데 향은 좋네. 어디서 들었는데, 엘리자베스 여왕도 듀보네를 즐긴다더라. 그러니 훌륭한 취향이지. 그런데, 샬럿 본 사람 있어?" 고개를 돌린 비브가 인파를 훑으며 물었다. "드니스는?"

"우리가 들어올 때 계단 위에서 손 흔들었어." 마거릿이 대꾸했다. "곧 내려가겠다고 했는데 그 뒤로는 못 봤네. 드니스는 아까 잠깐 들렀고. 만년필이 마음에 든다고 했어. 모두에게 감사 인사 전해달래."

손을 흔들던 샬럿은 지나치게 밝고 쾌활해 보였다. 지저귀듯 말이 많고 잔뜩 예민하게 긴장한 모습. 위태로운 기미만 스쳐도 훌쩍 날아가 버릴 새 같았다. 그 모습이 마거릿을 불안하게 했다.

"난 가게로 돌아가야겠어요." 에드윈이 말했다. "드니스에게 작별 인사라도 하고 싶었는데. 이제 단골손님이 다 됐거든. 조르주 상드, 이디스 워튼, 버지니아 울프… 뭐, 거의 모든 작가를 좋아하더구면." 그는 웃음을 흘렸다. "그래서 보내주기가 싫다니까. 아마 친구들이랑 어딘가에 있겠지."

에드윈은 다른 십 대 아이들을 찾으려는 듯 주위를 두리번거렸다. 하지만 마거릿은 그가 찾을 수 없으리라 짐작했다. 드니스의 성격이나 컨커디아에서 산 짧은 기간을 감안하면 친구가 많을 리 없었다. 게다가 이 파티는 사실 드니스를 위한 자리가 아니었으니까. 비브의 말처럼 이건 어디까지나 사업 비용 처리 행사였다.

마거릿은 연한 회색 양복을 입은 하워드를 보았다. 바 근처에 서서 손님들에게 말을 건네고 여자들과 농담을 주고받으며 사람들을 상대하고 있었다. 정작 자기네에게는 인사 한마디 없었다. 집에 잘 들어오지 않는 사람이었어도 베티들을 몇 번 만난 적은 있었다. 그러나 샬럿의 친구들은 돈이 되는 고객들만큼 관심사가 아닌 듯했다. 마거릿은 여전히 드니스를 찾으려 두리번거리는 에드윈 쪽으로 몸을 돌려 말했다.

"졸업 선물로 조부모님이 아주 좋은 카메라를 사주셨대요. 아마 사진 찍으러 다니고 있을 거예요."

에드윈이 고개를 끄덕였다. 다시금 짧지만 어색한 침묵이 흘렀고 모두들 잔을 기울였다. 그때 토니―마거릿이 만나 본 가장 다정하고 붙임성 있는 남자—가 끊어진 대화를 이어갔다. 그는 환하게 웃으며 월트를 향해 말했다.

"비브 말로는 마거릿의 잡지 칼럼이 크게 성공했다면서요. 정말 뿌듯하시겠어요. 가족 중에 이렇게 유명한 작가가 있다니." 그는 장난치듯 마거릿 쪽으로 윙크를 날렸다.

월트는 하이볼 잔을 돌려 얼음을 짤랑거렸다. "글쎄, 유명 작가라고까지 할 게 있나요. 그래도 바쁘게 지내기엔 좋죠. 용돈도 좀 벌고. 애들 챙기는 시간만 안 뺏으면 아내가 소일거리를 하는 건 나도 괜찮아요."

마거릿은 눈을 껌벅이며 고개를 저었다. 말을 잘못 들은 게 분명했다.

"잠깐만, 뭐라고 했어?"

월트는 또다시 얼음을 짤랑거리며 고의로 시선을 피했다. 마거릿이 자리에 없다는 듯, 마거릿이 아닌 토니가 질문을 건넸다는 듯 말했다.

"소일거리. 알다시피, 간소한 일이에요. 돈이 좀 되는 취미랄까." 그는 씩 웃었다. "지금까지 벌어서 산 거라곤 타자기뿐이에요. 따지고 보면 본전인 셈이죠."

마거릿은 충격이 깃든 짧은 숨을 들이켰다. 느닷없는 따귀를 맞은 뒤 숨이 막힌 사람처럼. 아니, 정말 따귀 같았다. 학창 시절 어머니에게 한 번 당했던, 날카롭고 쩌렁한 굴욕의 타격. 마거릿은 아이들을 절대 때리지 않겠다고 속으로 맹세한 적이 있었다. 하지만 그 순간 남편을 후려치고 싶은 충동이 얼마나 강렬했는지!

다만 파티 자리라서 그럴 수 없다는 사실은 분노를 더 키웠다. 그는 공개석상에서 그녀를 깎아내렸고 그녀는 대꾸할 기회조차 차단당한 셈이었다.

할 수 있는 거라곤 혀를 깨물고 부글부글 속을 끓이는 일.

맞은편에 서 있던 비브는 친구의 속마음을 훤히 안다는 듯한 눈빛으로 마거릿을 바라보았다. 그러더니 박수를 치며 말했다. "생각해보니까, 나도 듀보네를 마셔보고 싶네. 마거릿, 같이 가자. 빗시도." 그녀가 빗시의 허리에 팔을 둘렀다.

"날이 너무 더운데, 그 근사한 코사지는 얼른 떼어서 물에 넣어야 시들지 않을걸. 얼른 욕실에 들렀다가 샬럿을 찾아보자. 어딘가엔 있겠지."

***

샬럿은 여전히 위층에 있었다.

침실 내선 전화를 붙들고 로렌스 알그렌과 낮은 웃음을 섞어가며 속삭이듯 통화 중이었다. 은근히 떠보려는 질문의 의도를 모르는 체하며, 가능한 한 미묘하게 밀고 당기고 있었다.

알그렌은 몇 주 뒤 워싱턴에 올 예정이었다. 워싱턴 현대미술관에서 동계 전시를 준비하는 터라, 큐레이터가 그의 작품 중 무엇을 포함시킬지 논의하고 싶어 했다. 로렌스는 회의가 끝난 뒤 저녁 식사와 시내 나들이를 제안했다. 샬럿은 점심이 좋다고 했다. 그편이 더 안전해 보였으니까. 그러고는 마치 즉흥적으로 떠오른 생각인 양, 이번 기회에 자신을 큐레이터에게 소개해달라고, 가능하다면 자신의 작품을 추천해달라고 교묘히 흘렸다.

대화가 중요한 국면에 이르렀을 때, 샬럿의 어머니 패트리샤가 방문을 열고 들어와 날카롭게 노려보았다. 흰머리에 비쩍 마른 체구, 예순 중반을 훌쩍 넘긴 여인. 누구도 감히 그녀 이름을 팻이라고 줄여 부르는 법이 없었다.

"전화 끊어라."

샬럿은 전화를 내려놓았다.

알그렌은 단지 친구일 뿐이라는 그녀의 변명. 아무 일도 없었다는 말. 사실이든 사실이 아니든 어머니에게는 전혀 통하지 않았다.

"우릴 바보로 아니, 샬럿. 네 아버진 이미 다 알고 나도 다 알아. 사진을 다 봤다, 너랑 그 예술가." 코를 찡그린 패트리샤는 악취라도 맡은 듯 말했다. "그 **보헤미안**이랑 네가 지난번 시내에서 함께 있는 사진 말이다."

"사진요? 아버지가 날 미행했다는 거예요? 아니 어떻게! 어머니는 그걸 두고 보셨어요?" 샬럿이 어깨를 꼿꼿하게 펴고 맞섰다. "이건 명백한 사생활 침해."

"으르렁거리지 마라, 짐승 같으니까. 그리고 유난 떨지 마. 우스꽝스럽구나. 우리도 어쩔 수 없었다, 샬럿. 네가 자초한 일이야. 언제나 그래 왔잖니."

"어머니, 로렌스 알그렌하고는 아무 일도 없어요."

"어떻게 보이느냐가 문제지. 네 아버지는 입장을 분명히 하고 싶어 하신다. 네가 가족을 욕보이는 꼴을 좌시하지 않겠다고. 나도 그렇고."

"제가 집안 명예에 흠집을 낼까 봐 걱정한다고요?" 샬럿은 헛웃음을 뱉으며 침대 옆 협탁에 놓인 담배를 집어 들었다. "어이가 없네요. 하워드는 정부를 최소 두 명은 두고 있어요. 동부 해안의 칵테일 웨이트리스랑은 죄다 자고 다녔죠. 불륜이 걱정된다면 아버지는 제 남편부터 단속하시든가요. 아니면 거울에 비친 자신을 좀 보시죠? 누구보다 어머니가 잘 아시잖아요. 제 말이 틀렸나요?"

샬럿은 은빛 라이터를 긁어 담배에 불을 붙였다. 패트리샤는 딸의 말에 상처받은 내색을 하지 않았다.

"여긴 남자들 세상이다, 샬럿. 나처럼 그 사실만 받아들인다면 네가 누리는 특권적 지위를 마음껏 즐길 수도 있을 텐데."

샬럿은 연기를 들이마셨다. "하, 제발."

패트리샤 역시 숨을 들이켰다가 천천히 내뿜어, 인내심의 끝을 드러냈다.

"네 남편에게 어떤 불만을 품었든, 정당하든 아니든, 네 아버지는 하워드를 마음에 들어 하셔. 때가 되면 회사를 물려받을 준비가 되어 있지. 하지만 분명히 해두마, 샬럿. 네가 스캔들이나 이혼으로 집안을 욕보이면 모든 걸 잃게 될 거다. 네 평판, 돈 그리고 아이들까지. 판사가 불안정한 과거를 가진 너를 합당한 엄마로 보리라 생각하니?"

"뭐라고요?" 샬럿은 숨이 막힌 듯 소리쳤다. "설마 진심은 아니겠죠. 양육권 다툼에서 어머니가 하워드 편을 든다고요? 도대체 무슨 부모가 그래요?"

"가족을 망치려는, 제멋대로에다 실망스러운 딸을 막는 일이면 뭐라도 해야지."

패트리샤가 방을 가로질러 걸어오자 샬럿은 혹시 자신을 어루만지려는 줄 알았다. 하지만 그녀는 협탁에 놓인 마티니 잔을 집어 들어 비우곤 화장대 티슈 상사에서 티슈를 뽑았다.

"그 립스틱 지워라. 네 피부색이랑 지독하게 안 어울려."

샬럿이 티슈를 구겨 쥐었다. 패트리샤는 방문을 나서기 전 다시금 돌아보았다.

"샬럿, 손님들이 기다린다. 정신 추스르고 내려와. 안 그러면 다들 수군거리기 시작할 거야. 그리고 드니스는 어딨니? 그 아이 파티잖니."

21장
찰칵

바깥에 나온 드니스는 대부분 손님, 특히 조부모를 피해 다녔다.

내일 아침 그들과 함께 차를 타고 뉴욕으로 갈 생각만 해도 암담한데, 퀸 메리호에 오르기 전 두 사람의 아파트에서 하룻밤을 보내야 한다니, 생각만 해도 지긋지긋했다. 대다수는 얼굴도 잘 모르는 파티에서 자신을 '귀빈'으로 내세우며 돌아다니게 할 필요는 없어 보였다.

하나 나름 좋은 점도 있는 파티였다. 우선 선물들.

낯선 이들 대부분이 축하 카드에 현금을 넣어주었다. 총액이 얼마인지는 알 수 없어도 한동안 책을 사는 데 부족하지 않을 만큼임은 분명했다. 게다가 엄마의 친구들은 돈을 모아 펜 세트를 사주었다. 펜이야 이미 많았지만, 마거릿과 베티들이 직접 건네준 펜이라서 사뭇 느낌이 달랐다. 일종의 인정이랄까, 자신이 정말로 작가가 되리라는 신뢰의 표현 같았다. 그러나 뜻밖에도 가장 멋진 선물은 조부모에게 받았다. 올림푸스 PEN-F 카메라와 가죽 케이스 그리고 필름 두 다스.

갖가지 기능을 자랑하는 카메라였다. 배를 타는 동안 설명서를 읽으며 차근차근 배울 생각을 하면서도 당장 시험해보지 않고는 못 배길 지경이었다. 지난 한 시간 동안 그녀는 파티장을 슬그머니 기웃거리며 자연스러운 손님들 모습을 찍고 있었다. 눈에 띄지 않게 행동하는 데 이미 익숙했기에 전혀 어렵지 않았다.

점심이 차려질 텐트 모서리에 반쯤 몸을 숨긴 채 그녀는 이미 모든 베티들을 찍어두었다. 버섯을 먹는 부스케티 부인, 촌스러운 난초 코사지를 단 어여쁜 코브 부인 그리고 남편을 응시하는 표정의 의미를 도저히 해독할 수 없는 라이언 부인까지.

그런 다음 집으로 들어가 바 주위를 서성이며 술을 과하게 들이켜는 사람들도 찍었다. 개중에는 할머니도 있었다. 플래시를 끄고 카메라 버튼을 누른 순간 패트리샤는—눈이 풀린 채 빈 마티니 잔을 손에 쥐고—이를 드러내 꼬치에서 칵테일 양파 두 개를 빼내고 있었다. 드니스는 어서 빨리 그 사진을 현상하고 싶었다. 언젠가 유용하게 쓰일지도 모를 사진이었다. 그녀는 혼자 피식 웃었다. 오늘은 생각보다 나쁘지 않은 하루라는 예감이 들었다.

주말에는 오랜만에 남매가 모두 한자리에 모여 즐거운 시간을 보냈다. 하워드 주니어—하위—는 여름 학기 동안 군사학교에 머물렀지만 사흘간 휴가를 얻어 파티에 왔다.

하위가 문을 열고 들어섰을 때 샬럿은 기쁨의 비명을 질렀다. 그녀는 아들을 꼭 끌어안고 거의 1분 동안 놓아주지 않더니, 까슬까슬한 짧은 머리칼을 어루만지며 살이 너무 빠졌다고 말했다.

다음 날에는 록 크리크 파크에서 빗시가 마련해준 트레일 승마를 함께했다. 돌아와서는 피자를 주문했고—하위는 혼자서 한 판을 몽땅 먹어치웠다—모두 파자마 차림으로 샬럿의 침대에 둘러앉아 여느 행복한 가족처럼 스트라테고를 하며 소풍 같은 시간을 보냈다. 누구보다도 샬럿이 행복해 보였다. 칵테일 대신 콜라를 마시며 긴장을 풀고 웃음을 터뜨렸다. 가족이 늘 이런 모습이었다면 드니스는 영국행을 재고했을지 몰랐다.

물론 하워드 시니어가 나타나자 분위기는 곧 싸늘하게 식었다. 하위는 차고 위 다락방에 틀어박혀 대마를 피우며 아버지를 피했다. 드니스는 그를 이해하면서도 작별 인사라도 하러 잠시 내려오기를 바랐다. 그가 그리울 거란 생각은 이상했지만—늘 티격태격하며 자라왔으니—그리워하게 될 터였다. 앤드루와 로라는 더더욱 그리워지리라.

아마 동생들도 자신이 보고 싶을 테지만, 지금은 그저 여름 내내 수영하고 보트 타고 활쏘기를 하며, 호숫가 캠프에서 모닥불을 피우고 노래를 부를 생각에 들떠 있었다. 코네티컷 여름 캠프도 벌써 세 번째라서 집을 그리워할 리 없었다.

동생들이 없으면 어머니에게는 훨씬 힘든 시간이 될 터였다.

라이언 부인이 돌봐주겠다고 약속하지 않으면 드니스는 옥스퍼드 입학을 포기했을지 모른다. 라이언 부인은 참으로 친절하고 차분하며 지적이었다. 무엇보다 엄마를 진심으로 아껴주었다. 베티들 모두가 그랬다. 모두가 어머니를 살펴줄 터였다. 그렇다 해도 이번 여름은 엄마에게 힘겨운 적응의 시간, 외로운 계절이 될 게 분명했다.

드니스는 마음먹었다. 졸업 선물로 받은 돈을 책 사는 데 쓰는 대신 한 달에 한 번씩 엄마에게 국제전화를 걸기로. 아니, 일주일에 한 번씩. 국제전화 요금은 터무니없이 비쌌지만 통화는 짧게 하면 되었다. 모녀는 여러 차례 부딪쳐왔고 앞으로도 늘 그럴 것이다. 둘은 너무 달랐고 또 어떤 면에서는 너무 닮았으니까. 하지만 딸의 목소리를 들으면 샬럿이 기뻐하리란 사실을 드니스는 잘 알았다.

그리고 하나 더, 뜻밖의 놀라운 생각이 하나 더 떠올랐으니… 자신 역시 엄마의 목소리를 들으면 기쁘리라는 것이었다. 드니스는 엄마가 그리워지리라.

드니스는 손으로 입을 지그시 눌렀다. 일주일 뒤면 셰르부르에 내려, 학기가 시작되기 전 몇 주 동안 대륙을 여행하고 옥스퍼드 기숙사 방에 정착하게 될 터였다. 대양 전체가 어머니와 자신 사이에 놓이리라. 너무도 먼 거리. 하지만… 엄마를 조금은 가지고 갈 수 있지 않나? 사진 한 장이라도?

그래! 사진을 찍고 액자에 넣어, 침대 머리맡에 두면 될 것이다.

드니스는 붉은 머리칼과 익숙한 허스키한 웃음을 찾아 인파 속을 두리번거렸다. 엄마가 보이지 않자 집 안을 빠르게 한 바퀴 돌았다. 누군가를 소개하고 싶다는 할아버지의 말을 못 들은 척 뒷문을 빠져나오며, 웨이터와 부딪히지 않으려고 몸을 비틀어 잽싸게 잔디밭을 가로질러 집 모퉁이로 향했다. 어쩌면 샬럿도 붐비는 곳을 슬쩍 빠져나와 조용히 담배를 피우고 있을지 모른다는 생각이 들었다.

옆뜰에는 울타리가 둘러져 있었다. 샬럿은 컨커디아 규정을 무시하고 자기 스타일로 조경을 고집했다. 울창하게 드리운 동백나무 덤불이었다. 누군가 몸을 숨기려 한다면 제격일 장소였다. 완벽하지는 않아도 마당에서는 유일하게 어느 정도의 사생활 보호와 위장이 가능한 곳이었으니.

드니스가 덤불 쪽으로 다가가는데 얼핏 사람의 형체가 보였다. 엄마가 아닌 다른 여자였다.

그리고 여자는 혼자가 아니었다.

멈칫한 드니스는 천천히 두 걸음을 옆으로 옮겨 동백나무 잎에 몸을 가렸다. 언제나처럼 능숙하게, 눈에 띄지 않는 존재가 되어 예리한 관찰자로 변모했다.

고개를 뒤로 젖힌 여자는 눈을 감고 있었다. 하워드의 얼굴은 그녀의 가슴골에 파묻혀 표정을 볼 수 없었다. 그는 여자의 치마를 허리께로 끌어올린 뒤 허벅지를 어루만지다가 다리를 벌려 그 사이로 손을 깊숙이 밀어 넣었다.

하워드가 고개를 들었다. 드니스는 카메라를 들었다. 여자가 신음을 흘렸다.

찰칵.

22장
중단된 언쟁

어떻게든 다툼은 피하고 싶었지만 누구에게나 한계는 있었다. 그리고 마거릿도 종국에는 한계에 다다랐다. 물론 남들 다 보는 데서 남편과 싸울 수는 없었다. 게다가 파티 자리에서라니. 집에 돌아갈 때까지는 분노를 꾹 삼키는 게 현명했다.

월트와 함께 자리를 뜨려던 마거릿은 뜰로 내려온 샬럿과 잠시 작별 인사를 나눴다. 창백한 얼굴을 한 샬럿은 간신히 계단을 내려와 있었다. 드니스에게 잘 지내라고 인사하자 그녀는 마거릿의 손을 꼭 움켜쥐었다. 얼마나 세게 쥐었는지 결혼반지가 손가락 살을 파고들 것 같았다.

"약속 지켜주실 거죠?" 드니스의 눈빛이 어둡고 진지했다.

"그럼. 걱정 마. 다 괜찮을 거야."

샬럿을 책임지겠다는 약속이 여전히 마음 한구석을 불안케 했지만 마거릿은 드니스가 엄마를 그리워하리라는 사실을 깨달았다는 점이 되레 반가웠다. 어떤 딸들은 너무 늦게 그 사실을 알아차리곤 하니까. 그러나 차에 올라타자마자 마거릿의 생각은 곧장 방향을 틀었다. 월트가 시동을 거는 순간 그녀는 참았던 말을 쏟아냈다.

"왜 그딴 소리를 하고 그래?"

"무슨 소리?"

"못 알아듣는 척하지 말고, 월터 라이언 씨. 무슨 말인지 알잖아! '소일거리' 운운하며 빈정댔잖아. 내가 퓰리처상 후보에 오르겠다는 것도 아니고, 칼럼 쓰느라 얼마나 애쓰는지 당신도 알잖아. 그런데도 내가 고작 귀여운 취미나 시작한 사람처럼, 복식 테니스나 찻잔 그림 그리기 하는 사람처럼 들리게 만들었잖아!"

월트는 눈을 굴렸다. "아, 왜 이래, 마거릿. 그런 뜻으로 말한 거아니잖아. 그냥 놀린 거야, 장난이라고. 왜 그렇게 예민하게 굴어? 농담도 구분 못 해?"

"재미없었거든. 그리고 농담도 **아니었고.**"

차를 모는 내내 월트는 사과를 거부했고, 그저 장난이었다는 주장을 고집했다. 집에 도착해서도 둘은 차고 앞에 차를 세운 채 서로 쏘아붙이고 신경질적으로 받아치며 말다툼을 이어갔다. 그러던 다툼이 난데없는 방향으로 튀어버렸다. 월트는 마거릿이 자신을 얼마나 우습게 만드는지, 또 얼마나 고마워할 줄 모르는지 불평을 늘어놓았다. "내가 뭘 해도, 얼마나 애를 써도, 당신한테는 늘 부족하단 말이지!" 그는 피티에서의 피해자가 마거릿이 아니라 자기인 양 토로했다.

마거릿이 차 문을 열려는 순간 차창을 두드리는 소리가 들렸다. 돌아보니 베스가 유리창 너머로 부모를 응시하며 서 있었다.

얼마나 서 있었던 걸까? 얼마나 들었을까? 엄숙한 표정으로 보아아마 꽤 많이 들은 듯했다. 마거릿은 창문을 내렸다.

"싸움 그만하고 안으로 들어오셔야 해요." 베스가 말했다.

얼굴이 붉어진 마거릿이 월트를 흘끗 바라봤다. 월트는 입술을 핥으며 찌무룩한 얼굴로 변명을 시작했다.

"우리 싸운 거 아니야, 얘야. 그냥."

"논의할 게 있어서." 마거릿이 말을 이었다. "알잖니, 아빠 엄마도 가끔은."

베스가 고개를 저었다. "상관없어요. 일단 집으로 들어오세요. 오하이오 할머니가 시외전화를 걸어왔거든요. 얼른 나가서 두 분 모시고 들어오래요." 베스의 시선이 마거릿을 지나쳐 월트를 똑바로 응시했다. "일이 생겼대요."

***

월트의 아버지, 제리에게 일이 생겼다.

잔디를 깎다 쓰러져 구급차로 병원에 실려 갔다고 했다. 월트는 귀에서 수화기를 떼어 마거릿도 그의 어머니 버니스와 나누는 대화를 들을 수 있게 했다. 의사들은 아직 회의 중이었지만 아마 뇌졸중일 거라고 했다.

"상태가 좋지 않다네." 버니스의 목소리는 잠겨 있었다. "와줄 수 있니, 월리? 나는 사실… 어떻게 해야 할지 모르겠구나."

"곧 갈게요, 어머니. 최대한 빨리 갈게요. 조금만 버티세요, 아셨죠? 아버지께도 꼭 버티시라고 전해 주세요."

"그럴게. 하지만 서둘러줘, 아들. 제발, 빨리 와줘."

월트는 전화를 끊었다. 말다툼은 이미 잊혔다.

월트가 상사에게 전화를 걸어 사정을 설명하는 동안 마거릿은 다림질해둔 셔츠를 꺼내고 월트의 가방을 챙겼다. 곧 서로 역할을 바꿔 월트가 짐을 꾸리는 사이 마거릿은 노스웨스트 오리엔트 항공에 전화를 걸어 워싱턴 DC에서 클리블랜드로 가는 항공편을 확인했다. 이어 기차 시간표도 알아보았다. 그러나 어떤 경우든 월트는 아침 이후에야 떠날 수 있었고 푯값도 비쌌다. 마거릿은 자기 생활비에서 남은 돈으로 표를 사자고 했지만 월트는 고개를 저었다.

"고마워. 하지만 내일 아침까지 기다리느니 차라리 운전하는 게 나아. 지금 바로 출발해서 밤새 달리면 아침엔 도착할 거야."

"우리도 같이 갈까?" 마거릿이 물었다.

미간을 찌푸린 월트가 입술을 꼭 다물고 잠시 생각에 잠겼다. "혼자 가는 게 나을 거야. 어떻게 될지 알 수 없으니까. 게다가 애들 준비까지 하려면…."

"그래, 그렇지." 마거릿은 설명하지 않아도 된다는 듯 손을 올려 제지했다. "짐 마저 싸. 내가 샌드위치랑 커피 보온병 준비해줄게."

월트는 고개를 끄덕이고 떠날 듯 몸을 돌리다가 문득 멈춰 섰다.

"매기? 파티에서 내가 했던 말, 그런 뜻이 아니었어."

"지금 그게 중요한 게 아니야." 마거릿은 고개를 저었다. "어서 가. 괜찮아, 정말."

월트는 그녀의 손을 잡았다. "사랑해, 매기."

"알아." 그녀는 그의 마음을 알았다. "나도 사랑해."

***

병원 공중전화로 전화를 건 월트가 무사히 도착했음을 알렸다.

"내가 여기 와 있는 걸 아버지가 알기나 하는지 모르겠어." 월트가 말했다.

"알고 계셔." 마거릿은 그렇게 대답하면서도 확신할 수 없었다.

제리는 이틀을 더 버텼으나 끝내 의식을 회복하지 못했다. 월트가 다시 전화를 걸어 상황을 전했다. 장례식에 맞춰 마거릿과 아이들이 오하이오로 가는 방안도 논의하다가 결국 아이들에게는 너무 힘든 일이 될 거라 판단했다. 월트의 말에 따르면 어머니는 정서적으로 완전히 무너져 내렸고 그의 여동생들은 여느 때처럼 서로 옥신각신했다.

"당신이 보고 싶지만 그냥 집에 있는 게 모두에게 더 편할 거야. 일을 정리하려면 일주일은 더 걸릴 것 같아. 솔직히 지금은 정신이 하나도 없어."

월트의 목소리에는 피곤함과 약간의 무덤덤함이 배어들어 거의 멍했다. 마거릿은 그가 걱정되었다. 그와 시어머니 곁에 있어주지 못해 죄책감이 들었지만, 지금으로서는 그게 최선이라는 생각을 받아들일 수밖에 없었다.

물론 아이들은 할아버지의 죽음을 슬퍼했다. 특히 베스는 다른 남매들에 비해 제리와 함께 보낸 시간이 많았고, 유일하게 그를 웃게 만드는 몇 안 되는 사람이었기에, 장례식에 가지 못해 무척 속상해했다. 마거릿은—제리의 유일한 취미가 장미 가꾸기였던 만큼—할아버지를 기리는 장미 덤불을 심자고 제안했고 덕분에 베스도 어느 정도 위안을 얻었다.

마거릿은 시아버지─거칠고 잔소리가 많으며 술도 과하게 마셨던─와 각별한 사이였던 적이 없다. 그럼에도 그의 갑작스러운 죽음은 인생이 얼마나 취약하고 또 짧은지를 새삼 일깨웠다.

지난 몇 달 동안 칼럼을 쓰는 일이 시간과 집중력을 거의 다 잡아먹고 있었다. 어떻게 그렇지 않을 수 있겠는가? 마감과 집안일을 동시에 해내기란 쉽지 않았고, 시끄럽고 자주 싸우는 세 아이 틈에서 글을 쓰려면 성인군자의 인내가 필요했다. 마거릿은 성인이 아니었다.

그러나 머지않아 세 아이 역시 드니스처럼 제 둥지를 박차고 날아가 버리겠지. 이번 여름은 아이들과 함께 다채로운 추억을 만들고 싶었다. 훗날 떠올리면 마음이 데워지는 추억을. 수영장과 공원, 도서관에 데려가고, 보드게임, 쿠키 베이킹, 해 질 녘 잔디밭 벤치에 앉아 반딧불이를 잡는 아이들을 바라보고, 아이스크림 트럭을 쫓아가도록 놓아두며 시간을 보내고 싶었다. 엄마 일하니까 조용히 쉿, 소리치는 대신. 그래도 일은 해야 했다. 클레멘트 씨와 마감은 여름이라고 봐주지 않았다.

그래서 그녀는 평소 질색하는 일을 하기로 마음먹었다. 일찍 일어나기. 그것도 아주, 아주 이른 새벽에.

알람이 새벽 4시 반에 울리면 옷을 걸친 뒤 비몽사몽 주방으로 걸어가 커피를 끓이고 벽장에서 실비아를 꺼내 글을 쓰기 위해 앉았다. 웬만하면 아이들이 일어나기 전 세 시간에서 네 시간쯤 글을 쓸 수 있었는데, 그것만으로도 큰 수확이었다.

마감을 지키기 위한 새벽 기상이 싫기는 했지만, 마거릿은 사실

불평할 처지가 아니란 걸 알았다. 최소한 사무실로 출근할 필요는 없었으니까.

솔직히 비브는 어떻게 버티는지 이해할 수 없었다. 임신 중인 데다 긴 통근까지 감당하면서. 비브는 절대 불평하지 않았다. 간호사 일을 무척 사랑하기도 했지만, 아이들을 데리고 놀러 왔을 때 했던 말처럼, 마거릿과 그녀는 애초에 불평할 자격이 없었다.

"우리 둘은 좋아서, 원해서 일하는 거잖아. 그런데 우리 진료소에서 만나는 많은 엄마들은 하기 싫은 일도 어쩔 수 없이 하거든. 우리처럼 집에서 아이들과 지낼지 말지 선택할 수만 있다면 아마 뭐든 내어줄 거야. 일을 안 하면 애들이 굶으니까. 여자로 사는 게 원래 쉽지 않지만…." 비브는 숨을 길게 들이켰다가 거칠게 뱉어내며 말을 이었다.

"요즘 진료소에서 일하면서 베티 프리단을 자주 떠올려. 책이 많은 대화를 촉발했지만, 사실 우리 같은 사람들한테 한정된 얘기잖아, 아니야? 선택의 여지가 있는 여자들 말이야. 만일 그녀가 바사 졸업생들이나 교외 주부들뿐 아니라, 내가 만나는 환자들을 인터뷰했다면? 과부들, 이혼녀, 혼자 사는 여자들, 남편 월급으로는 집세도 감당 못 하는 아내들, 대학은커녕 고등학교도 못 마친 여자들. 겉모습은 우리랑 달라도 원하는 건 똑같아. 그런데 베티는 그들을 대화에서 빼버렸지. 그러니까, 그 사람들도 선택권이 있지 않아?"

비브의 말이 옳았다. 새벽 기상을 하건 말건 마거릿은 불평할 자격이 없었다.

마침내 그녀는 질색하던 다이어트 젤라틴을 억지로 칼럼에 끼워 넣을 묘수를 찾아냈다. 여전히 글이 우스꽝스럽고 시답잖다고 스스로 생각했지만, 클레멘트 씨는 흡족해했고, 그의 눈에 드니까 나쁘지 않았다. 이런 상황에서 좀 이상한 말이긴 해도, 전반적으로 봤을 때 모든 게 잘 굴러가고 있었다.

월트를 그리워하던 마거릿은 오히려 잘된 일인지도 모른다고 생각했다. 멀리 있으면 마음이 더 간절해진다는 옛말은 사실일지 몰랐다. 월트 역시 그녀를 그리워하는 듯했다. 시외전화가 비싼데도 매일 밤 전화를 걸어왔으니까. 대화는 길지도 깊지도 않았다. 전화기가 현관에 있어 시어머니가 대화를 다 들을 수 있었던 탓이었다. 그래도 자신을 생각해주는 그의 목소리를 듣는 건 큰 위안이었고, 장례식이 끝난 지 일주일쯤 지나 월트가 집에 돌아온다고 말했을 때 마거릿은 무척 기뻤다.

"엄마를 모시고 볼일도 봐야 하고 잔디도 깎고 잡일도 좀 해야 해서, 아마 새벽에나 닿을 거야. 그래도 아침 식사 전에는 틀림없이 도착해."

"내가 제대로 된 아침 차려줄게. 달걀에 베이컨까지 다 준비할 거야. 당신은 다시 자고 푹 쉬면 돼. 애들한테는 조용히 있으라고 말해둘게."

"베이컨에 달걀이라니, 좋지. 그런데 나 내일 출근해야 해."

"그 먼 길을 운전하고 와서 또 출근한다고? 제발, 월트. 말이 되냐고."

"나도 그랬으면 좋겠다. 엊그제 상사한테 전화가 왔어. 위로를 건네긴 하는데 사실상 빨리 사무실로 돌아오라는 통보였지." 월트는 목소리를 낮추며 어머니가 듣지 못하게 말을 이었다. "그리고 몇 주 안에 다시 와야 할지도 몰라서 상사 눈 밖에 나면 안 돼."

"다시 가야 한다고?"

"확실하진 않은데 아마 그럴 거야. 어머니가…." 그는 한숨을 내쉬었다. "아버지 없이 완전히 길을 잃은 상태야. 여동생들은 아무 도움이 안 되고. 이번 여름엔 애들을 데리고 버지니아 비치에 가고 싶었는데, 남은 휴가는 여기 오는 데 다 써야 할 것 같아. 미안해, 매기."

"괜찮아. 어머니께 당신이 필요하다면 그래야지. 우리도 다 같이 가면 되잖아. 오하이오에서 휴가를 보내는 셈 치고."

"마당 일 하고, 어머니한테 보일러 불붙이는 법 가르쳐드리는 게 무슨 휴가겠어. 하지만 뭐, 두고 보자. 어쨌든 지금은 집으로 간다는 게 그저 기쁠 뿐이야. 애들은 잘 지내? 당신은?"

"다들 잘 있어."

"다들?" 월트의 목소리에 웃음기가 섞였다. "샬럿도?"

"그럼." 마거릿은 일부러 말을 길게 늘여 농담을 알아챘다는 신호를 보냈다. "샬럿마저도. 사실 오늘 드니스한테 편지가 왔어. 베티들이 준 선물 감사하다면서 파리에 잘 도착했대. 바로 답장을 써서 샬럿은 아주 잘 지낸다고 알려줬지."

"정말 다행이야." 월트가 말했다. "걱정하느라 잠도 못 잤잖아."

마거릿은 놀려대는 남편을 나무라지 않았다. 하지만 누구도, 심지어 월트조차, 자신이 그 약속을 얼마나 진지하게 받아들였는지는 온전히 알지 못했다.

다행히 그녀의 걱정은 기우에 불과한 듯 보였다.

아이들 때문에 늘 바쁘긴 했어도 마거릿은 짬을 내 샬럿 집에 들렀고, 시간이 없으면 전화를 걸었다. 거의 날마다, 때로는 하루 두 번씩. 너무 자주 전화하다 보니 샬럿이 핀잔을 줄 정도였다.

"이제 그만해! 5분마다 전화하면 나는 무슨 수로 그림을 그리겠어? 난 괜찮아." 그녀는 웃으며 말했다. "정말 괜찮다니까."

정말 괜찮아 보였다. 아니, 괜찮은 것 이상이었다.

마거릿 자신만 진심으로 그 사실을 믿고, 언제 또 무슨 일이 터질지 모른다는 불안을 거둘 수 있다면, 아마 그 꿈도 꾸지 않을 수 있을 터였다.

***

매번 같은 꿈이었다.

마거릿은 시더 스트리트에 위치한, 어린 시절을 보냈던 조그만 방갈로의 현관을 열고 들어갔다. 손에는 사첼 가방이 들려 있었다. 대개는 책이 가득 들어 있었지만, 가끔은 사과나 오렌지, 빵 같은 음식도 있었다. 어떤 날은 젖병으로, 또 어떤 날은 새끼 고양이들로 가득 차 있기도 했다. 그 이유를 누가 알까?

꿈속 마거릿은 항상 창가에 놓인 낡은 갈색 소파 위에 가방을 내려놓곤 주방으로 향했다. 집 안은 기묘하게 고요했다. 들리는 소리는 벽에 걸린 비취색 시계가 **째깍-째깍-째깍** 도는 소리와 복도를 따라 빈 주방으로 걸어 들어갈 때 울리는 발자국 소리뿐이었다.

주방 찬장은 분홍색이었다. 전쟁이 나기 직전 마거릿의 어머니는

「베터 홈스 앤 가든스」 잡지에 나온 사진을 보고 직접 색을 맞추러 잡지를 들고 철물점에 찾아갔다. 마음에 드는 색을 꼼꼼히 고른 뒤 페인트를 집에 가져와 직접 칠을 했다. 모든 것이 예전 그대로인 듯 보였지만 똑같지는 않았다.

무엇이 달라진 건지 처음에는 알 수 없었다. 그러다 문득 깨달았다. 모든 것이 깨끗했다.

조리대 위에는 어지럽게 널린 물건이 하나도 없었고, 싱크대는 그릇도 없이 텅 비어 있었으며, 바닥은 쓸고 닦아 반짝였다. 전쟁 전과 전쟁 중에 엄마가 비행기 부품을 만들며 긴 시간을 공장에서 보내던 때에도 주방은 늘 그랬다. 단정하고 정리정돈이 잘 되어 있었다. 하지만 전쟁이 끝난 뒤로 모든 게 달라졌다. 부품을 만드는 도구를 반납하고 앞치마를 두르라는 말을 들은 그 순간부터 주방도, 집도 그리고 엄마 자신도 점점 흐트러졌다. 돌봄의 손길을 잃은 사람처럼 슬퍼졌다.

그런데 꿈속에서 본 주방은 새 동전처럼 빛났다. 이상스레 불안한 기운이 감돌았다. 마거릿이 엄마를 불러도 대답이 없었다. 어디에 있는 거지?

시계는 계속 째깍거렸다. 마거릿은 배가 고팠다. 냉장고 문을 열었다. 냉기가 훅 끼쳐와 몸이 떨렸다. 냉장고 역시 깨끗하게 반짝였다.

번쩍이는 금속 선반과 유리 선반 위에는 뚜껑 덮인 식품 용기들이 가지런히 놓여 있었다. 캐서롤, 수프, 미트로프, 치킨. 각각 용기에는 조리법과 요일이 적힌, 일주일 동안 먹을 식사가 준비되어 있었다. 엄마가 예전의 엄마였던 시절—전쟁이 끝나기 전의 엄마가—

집을 비울 때면 가족이 알아서 챙겨 먹도록 모든 것을 준비해두던 방식이었다.

시리고 묵직한 두려움이 마거릿의 뱃속에 박혔다. 그녀는 몸을 떨며 냉장고 문을 닫았다.

곧 그녀는 팬트리와 거실, 식당을 지나 지하실 문을 열어가며 엄마를 찾아다녔다. 그러다 계단 쪽으로 다가갔다. 째깍거리는 시계 소리는 점점 커지고 빨라져 요동치는 심장 맥박과 겹쳐 울렸다.

계단을 오르는데 두려움이 무거운 담요처럼 온몸을 덮쳐 질식할 만큼 짓눌렀다. 마거릿은 난간을 꼭 붙들었다. 생사를 가르는 밧줄을 움켜쥔 산악인처럼, 숨을 몰아쉬며 천천히, 조심스럽고 고통스럽게 발걸음을 옮겨 부모의 침실 문 앞에 섰다.

그녀는 어두운 나무 문짝에 귀를 댔다. 안에서 어떤 소리라도 감지해보려 했지만 두려움이 잉크처럼 온몸으로 번져나갔다. 현관문이 열리고 아버지가 돌아오기를. 그래서 자신이 직접 문고리를 돌려 안쪽을 확인하지 않아도 되기를, 그녀는 바랐다.

하지만 아버지는 이미 떠났고, 이제는 마거릿 몫이었다. 그녀는 약속했으니까.

마거릿은 떨리는 손가락을 문고리로 뻗어 그것을 돌렸고, 비명을 내질렀다.

***

"매기, 일어나! 들려? 정신 차려, 자기야. 꿈이야, 알지? 그냥 꿈이야. 이제 안전해. 나 여기 있잖아."

마거릿은 계속 헐떡이며 흐느꼈다. 그녀는 늘 문이 열리기 전에 깼다. 그래도 꿈은 무서웠고 실제로 그 일이 벌어졌던 날보다 더 두려웠다.

그때, 냉장고 안 음식들과 어머니가 스스로 목숨을 끊기 전 기묘하게 정리해둔 집 안을 보았을 때, 마거릿은 불길한 기운에 사로잡혔다. 엄마는 자신이 떠나버리면 가장 아쉬울 게 직접 차려주지 못한 따뜻한 식사뿐이라고 생각했던 걸까. 그날 문을 열었을 때 무엇을 보게 될지 마거릿은 몰랐다. 하지만 이제는 안다.

열일곱 살 소녀가 결코 지워낼 수 없는 광경. 아버지가 집을 비운 동안 엄마를 잘 지켜보겠다는 의무를 다하지 못했을 때 닥칠 일을 까맣게 모른 채, 아무 걱정 없이 약속했었다. 죄책감과 두려움은 세월 속에 묻히는 듯했지만 완전히 사라진 적은 없었다. 그리고 꿈속에서는 더 끔찍했다. 이제는 그 문 너머에 무엇이 기다리고 있는지 아니까.

"이리 와." 월트가 말했다.

방 안은 어두웠다. 월트는 막 들어온 듯 침대 가장자리에 앉아 있었고 여행 가방은 바닥에 놓여 있었다. 침대 머리판에 등을 기대앉은 그는 마거릿을 끌어당겨 품에 안았다. 베스나 수지를 안아줄 때처럼 무릎 위에 앉혀 꼭 껴안았다. 마거릿이 더는 몸을 떨지 않고 흐느낌도 잦아들자 월트는 그녀의 머리 위에 입을 맞췄다. "이제 좀 괜찮아?"

마거릿은 그의 가슴에 뺨을 누이며 고개를 끄덕였다.

"당신은 너무 많은 걸 짊어져, 매기. 모든 사람을 돌볼 순 없어.

알지? 그래도 애써보려는 모습이 대단하다고 생각해."

마거릿은 그를 올려다보았다. 월트는 다시 입을 맞췄다. 이번엔 입술에, 가벼운 입맞춤이었다.

"있지." 그는 목을 가다듬으며 얼굴을 찌푸렸다. "파티에서 일 말인데, 내가 당신 글 두고 놀린 거. 떠난 뒤로 내내 마음에 걸렸어, 그리고…."

마거릿은 손끝으로 그의 입을 막았다. "지금은 아니야. 오늘 밤 말고."

월트는 고개를 끄덕였다. "미안. 늦었네. 피곤하지."

마거릿은 그의 눈을 들여다보며 고개를 저었다. 그러고는 그의 셔츠 단추를 풀기 시작했다.

"나 안 피곤해" 하고 속삭인 그녀가 그의 목을 두 팔로 감아 끌어당겨 따뜻한 밀랍처럼 몸을 녹였다. 이렇게 함께 있는 시간이 얼마나 그리웠는지, 정말이지 얼마나 그가 그리웠는지를 생각하면서.

23장
지금 이대로

1963년 7월

여명의 첫 빛살이 침실 커튼 사이로 스며들자 마거릿은 슬그머니 이불에서 빠져나와 주방으로 내려갔다. 월트에게 아침을 차려주기 위해서였다. 달걀, 베이컨, 토스트, 오렌지 주스, 커피로 부족해 해시 브라운까지 준비했다.

약 40분이 지나자 월트가 양복에 넥타이를 매고 주방에 들어왔다. 만면에 놀란 기색이 떠올랐다.

"와, 매기! 대체 무슨 바람이 분 거야?"

"뭘 이 정도로 그래." 그녀는 미소 지으며 팬에 구운 베이컨을 키친타월 위에 올렸다. "환영의 의미에서 제대로 된 아침을 차려주기로 약속했잖아, 기억 안 나?"

주방을 가로질러 다가온 월트가 옆에 서더니 마거릿의 손에서 집게를 빼내고 허리에 팔을 둘러 몸을 돌려세웠다.

"아침 말고, 그거." 그는 침실 쪽으로 고개를 까딱였다. "어젯밤 당신 맹수 같았어. 진심 무슨 일 있었던 거야?"

"모르지." 그녀는 두 팔을 월트의 목에 걸며 대답했다. "그냥 당신이 많이 보고 싶었나 보지."

"그래? 내가 출장이라도 자주 가야 하나?"

"제발 그러지 마, 꼭 필요할 때 아니면." 그가 입을 맞추려 고개를 숙이자 "달걀 다 식겠네" 하고 마거릿이 일깨웠다. "걱정 말고 얼른 잘 다녀 와."

마거릿이 접시에 음식을 담는 동안 월트는 식탁에 포크와 나이프를 놓고 커피를 따랐다. 그녀가 앉으려 하자 의자를 빼고 다시 밀어 넣어주었다. 모기지 대출을 받고 세 아이를 키우는 오랜 부부가 아닌 무도회를 앞둔 풋풋한 연인인 양 굴었다.

마거릿은 대체 무슨 바람이 불었냐고 월트에게 묻고 싶었지만 자리에 앉는 그의 표정에서 농담을 던질 순간은 이미 지나갔음을 알았다. 어떻게 말을 꺼낼지 몰라 주저하는 그는 분명 마음속에 담아둔 게 있었다.

"아버지 말인데…"

마거릿은 그의 눈을 똑바로 마주 보며 고개를 끄덕였다. 경청하고 있음을 알리기 위해서였다. 그러나 월트는 말을 잇지 못한 채 숨만 크게 들이쉬나 꿀꺽 삼켰고 눈을 깜빡여 눈물을 꾹 참았다. 마거릿은 손을 뻗어 그의 손등에 손을 얹었다.

"충격이 커." 그녀가 말했다. "아버님은 아직 한창이었잖아, 환갑도 안 된 나이에. 어머님을 돕느라 정신없이 바빴으니 자기도 이제야 실감이 나겠지. 참 좋은 분이었는데. 알지, 물론 아버님이."

"아니야." 월트는 눈물을 겨우 삼키며 말을 끊었다. "아버지는 좋은 사람이 아니었어. 당신도 알고 나도 알지. 늘 화가 나 있고 불만에다, 남을 통제하고 흠잡고, 불행한 사람이었어. 주변 모두를 자기처럼 불행하게 만들려고 했으니."

월트의 입술이 딱딱하게 굳었다. "그리고 난 점점 아버지를 닮아가고 있어."

"무슨 소리야! 당신은 아버지랑 전혀 달라."

"아니야, 꼭 빼닮지 않았을지는 몰라도 전철을 밟고 있어. 참 모순적이지? 내가 나이 속이고 입대해 목숨 걸었던 이유 중 하나가 아버지에게서 벗어나고 싶어서였어. 독일군이 아버지보다 나쁠 리 없다고 생각했으니까. 틀린 계산이긴 했지만… 그래도 난 다짐했어. 절대 아버지 같은 인간은 되지 않겠다고. 그런데 나 좀 보라고."

그는 커피잔을 들어 한 모금 마셨다. 그 모습을 지켜보던 마거릿은 어떻게 해야 위로할 수 있을지 몰랐고, 차라리 무슨 소리냐고 진심으로 말할 수 있기를 바랐다. 월트는 아버지와 마냥 똑같지는 않았다. 하지만 그녀에게 청혼했던, 낙천적이고 씩씩했던 남자와도 같지 않았다.

그는 커피잔을 내려놓고 마거릿을 바라보았다.

"매기, 당신이 정말 보고 싶었어. 그런데 솔직히 말하면 당신이 오하이오에 안 와서 오히려 다행이야. 혼자 운전하면서 생각할 시간을 가졌거든. 내가 어디서부터 잘못됐는지, 너무 늦기 전에 방향을 바꿀 방법이 있을지 곰곰이 따져볼 수 있었지. 우선, 술부터 줄여야 할 것 같아. 아버지도 술을 많이 마시면 더 비열해졌잖아. 나도 점점 그렇게 되는 것 같아."

마거릿은 월트의 음주 습관과 그것이 그의 기분에 끼치는 영향을 걱정하고 있었다. 하지만 이렇게 울적하게 자신을 책망하는 모습은 차마 보기 힘들었다. 그녀는 그의 손을 꼭 잡았다. 손길을 통해 자신의 사랑이 전해지길 바라면서.

"당신은 비열하지 않아, 월트. 전혀 안 그래. 그보다는 그냥… 시무룩하지."

월트는 쓸쓸하게 웃었다. 무슨 의미인지 이해한다는 듯, 하지만 전적으로 동의하지는 않는 표정으로.

"글쎄, 아마 버번이랑 맥주는 다른가 봐. 물론 다 줄이고 싶지. 맥주 한두 캔은 마시면 편해지거든. 그런데 여섯 캔쯤 마시면…" 그는 눈썹을 치켜올리며 물었다. "방금 뭐라 그랬지?"

마거릿이 그의 표정을 따라 하며 대꾸했다. "시무룩."

"맞아. 그리고 나, 없는 것만 생각하는 대신 가진 것들에 더 감사하고 싶어. 훌륭한 세 아이랑 똑똑하고 재능 있고 아름다운 아내까지. 진심이야." 그는 덧붙였다. "사랑해, 매기."

마거릿의 눈에 눈물이 차올랐다. 사랑한다는 말이 처음이어서가 아니라 이렇게까지 진심 어린 어조는 실로 오랜만이었기 때문이다.

"또 있어, 마거릿. 그날 파티에서 했던 말"

"아, 월트." 그녀는 손을 휘휘 저으며 그의 말을 가볍게 쳐냈다. "벌써 2주 전이야. 이미 지난 일이잖아. 정말로. 더 이상 말할 필요 없어."

"아니, 해야 돼. 그땐 내가 정말 최악이었어. 그리고 내가 무슨 짓을 하는지 **뻔히** 알면서 그랬으니까. 난 당신을 깎아내리고 창피를 주고 싶었어."

월트의 속내가 놀랍지는 않았지만 직접 인정하는 말을 듣자 충격이었다.

"왜 그랬던 거야? 특히 사람들도 있는데 나한테 왜 그랬을까?"

"샘나서." 월트가 말했다. "말 같지도 않은 거 나도 아는데, 그랬어. 미안해, 마거릿. 그런 대우받을 사람이 아닌데. 그 칼럼이 당신한테 얼마나 큰 의미인지 알거든."

월트는 거울을 마주하고 서서 거기 비친 자신에게 실망한 사람처럼 한숨을 내뱉었다. 마거릿의 눈이 휘둥그레졌다.

"샘이 나? 자기, 말도 안 돼! 그래, 내가 글을 좋아하긴 해, 근데 당신을 사랑하는 만큼은 아니야. 아이들도 그렇고. 당신도 알잖아?"

"그런 시샘이 아니야." 그가 덧붙였다. "자기가 특별하다는 게 샘나서, 좋아하는 일을 하면서 돈까지 벌고, 또 그걸 잘 해내고 있으니까. 반면에 나는 평범한 직업에 매인, 평범한 남자일 뿐이지."

마거릿은 그를 바라보았다. 평범하다니? 설마 정말 그렇게 생각하는 건가? 그럴 리가 없었다.

누가 뭐래도 월트는 그녀에게 평생의 사랑이었다. 그는 모른단 말인가? 마거릿은 입술을 꼭 다물고 고개를 내저었다. 한편으론 그를 끌어안고 당신은 내 영웅이라고 말해주고 싶었지만, 다른 한편으론 그를 흔들어대며 정신 차리라고 소리치고 싶었다.

월트에겐 다양한 면모가 있었지만 절대 평범하진 않았다.

"그런 말 하지 마, 월터 라이언 씨. 절대 다시는 그런 말 하지 마.

나한테도 다른 선택지가 있었어, 알잖아. 하지만 난 당신을 택했어. 내 인생 최고의 결정이었어. 당신은 우리 가족을 단단히 붙들어주는 사람이야. 당신 없으면 우리 가족은 **존재**하지도 않아. 누구보다 열심히 일하고 모두를 챙기고, 필요한 걸 다 갖추도록 해줬잖아. 먹을 것, 입을 것, 베스의 치아 교정기, 여기 꿈의 집까지."

"바로 그게 내가 일하는 이유야." 그가 말했다. "당신과 아이들이 원하는 것과 누려야 할 삶을 주고 싶어서. 하지만 특별한 건 아니잖아. 가장으로서 당연한 책임이지. 설령 죽어라 싫은 일을 해야 한대도… 받아들여야지."

마거릿은 순간 숨이 턱 막히는 기분이 들었다. "하지만… 당신 정말로 지금 일이 싫은 거야?"

"장난해?" 그가 웃음을 내뱉었다. "당연히 싫지, 누가 좋아하겠어. 온종일 서류만 붙들고 회계 장부 계산하고 가끔 고객이나 국세청 직원들 만나는 게 전부인데. 그 지루한 사람들 만나는 게 일주일 가운데 하이라이트니 말 다 했지. 나머지 시간엔 나랑 서류뿐이잖아."

베이컨을 한 입 베어 문 그가 포크를 들어 달걀을 먹기 시작했다. "일에서 좋은 건 딱 하나, 월급이야. 하지만 어쩌겠어?" 그는 어깨를 으쓱하며 커피를 한 모금 마셨다.

"누군가는 돈을 벌어야 하잖아, 매기. 세상은 원래 다 그래."

***

월트가 출근한 뒤 마거릿은 식탁을 치우고 설거지를 하며 방금 나눈 대화를 곱씹었다.

처음 월트를 만났을 때, 기타를 사려고 끼니까지 거르던 반짝이는 눈빛의 잘생긴 청년과 그녀 사이에는 부정할 수 없는 불꽃이 일었다. 데이트를 세 번 정도 하고 나서는 사회학 강의에 집중하는 대신 공책 여백에 라이언 월트 부인이라고 끼적이는 자신을 발견했다. 앞으로 자신의 서명*이 어떻게 보일지 궁금해서였다.

그러나 서로 끌리는 와중에도 걱정은 있었다. 월트는 잘생겼고 놀기를 좋아하며 다정하고 똑똑했다. 그녀가 아는 남자들 가운데 재미로 책을 읽는 사람은 그가 유일했다. 어딘가 목적의식이 희미해 보였고, 그게 마음에 걸렸다.

캠퍼스의 많은 여학생들은 장차 의사나 변호사, 은행가가 될 남자를 차지하려고 큰 사냥감을 노리는 사냥꾼처럼 꽤나 은밀하고 교활하게 표적을 뒤쫓았다. 하지만 마거릿의 방식은 달랐다. 사랑하지도 않는데 부유한 동네에 살고 근사한 차를 모는 게 다 무슨 소용인가? 사랑이 중요했다.

물론 반려자를 고르는 기준이 사랑 하나일 수는 없었다. 여자는 현실적이어야 했다. 믿음직스럽고 자신은 물론 앞으로 태어날 자녀들이 의지할 수 있는 가장을 골라야 했다. 그에 대한 마음은 커져가는데 마거릿은 월트가 그런 남자인지 확신하지 못했다. 장래 직업도 불확실해 보일 뿐 아니라 전공조차 정하지 못하고 있었으니까.

당시 사귀던 경영학도 유진 버크먼이 뜻밖의 청혼을 했을 때, 마

---

* 1970년대 이후에야 공식 문서에 남편 이름만 써서 서명하는 관습이 거의 사라졌다.

거릿은 생각할 시간이 필요하다고 말했다. 그 소식이 어떻게 전해졌는지 월트가 알게 되었다. 그는 도서관까지 찾아와 사랑을 고백하며 회계학을 전공하기로 결심했다고 말했다. "내가 항상 진지한 사람은 아니었지만 너에 관해서만큼은 진지해. 우리는 평생 부자가 못 될지도 몰라. 그래도 내가 널 책임질 수는 있어, 매기. 정말이야. 그걸 증명할 시간을 조금만 줘."

그 이듬해, 두 사람은 결혼했다.

처음 몇 년은 쉽지 않았어도 월트는 약속을 지켰다. 오하이오를 떠나는 일은 힘들었다. 평생을 그곳에서 보냈으니 당연했다. 하지만 새 직장의 급여 조건이 너무 좋아서 놓칠 수가 없었다. 마침내 집을 살 수 있게 되었으니까! 그것도 그저 그런 집이 아닌, 보도와 놀이터, 수영장을 갖춘 컨커디아의 근사한 신축 주택. 자신들과 비슷한 생애 주기를 건너는 가족들이 많이 사는 동네였다.

오랫동안 아껴 쓰고 푼푼이 모은 끝에 그들은 아메리칸드림을 누리고 있었다. 다만 마거릿은 여태껏 그 꿈의 대가가 얼마나 크며 단지 돈으로만 매겨지지 않는다는 사실을 온전히 실감하지 못했다.

마거릿은 월트가 자기 일을 그다지 좋아하지 않는다는 사실을 늘 인지했다. 칵테일파티에서 그는 일이 얼마나 따분한지를 늘 비꼬곤 했으니까. "최고의 수면제가 뭔지 아세요?" 하고 손님들에게 물은 다음엔 스스로 답을 덧붙였다. "일 얘기하는 회계사요."

그 농담은 언제나 웃음을 자아냈고 누구보다 월트 본인이 가장 크게 웃곤 했다.

하지만 마거릿은 남편이 일을 **싫어한다는** 사실까지는 알지 못했다. 월트에게 좋은 것만을 바라왔던 그녀였기에, 그가 매일 아침 눈을 떠 싫어하는 직장으로 무거운 발걸음을 옮긴다고 생각하자 고통스러웠다.

그럼에도 월트 말이 맞았다. 누군가는 생활비를 감당해야 했다.

짐을 덜어줄 수만 있다면 기꺼이 원고료를 내놓을 의향이 있었다. 하지만 무슨 차이가 있을까? 한 달에 칼럼 두 편을 쓰고 받는 50달러는 마거릿에게는 작은 재산처럼 느껴질지언정 한 달 식비조차 채우지 못하는 액수였다.

전일제로 일을 나가는 방법도 있었다. 그러나 청소년 때 베이비시터를 하거나 고등학교 시절 슈퍼마켓에서 파트타임으로 점원 일을 한 것 말고는 제대로 일해본 적이 없었다. 이제 구할 수 있는 직장이라 해봐야 시급 1달러 25센트짜리 최저임금 일자리일 게 뻔했다. 옷이며 교통비, 세금까지 제하면 남는 게 별로 없을 터였다. 게다가 아이가 아프기라도 하면? 시터를 구하거나 병가를 내야 하는데, 그러면 해고될 위험까지 감수해야 했다.

마거릿은 주스 잔의 세제 거품을 헹군 뒤 건조대에 올려놓았다. 아니, 그녀는 생각했다. 전일제 일자리는 답이 아니었다. 차라리 이사를 가야 하나?

마거릿은 이 집을 사랑했지만 집을 산 이후 쪼들리는 것도 사실이었다. 하지만 어디서든 살아야 하고 청구서는 매달 날아왔다. 누군가는 감당해야 했다. 그걸 할 수 있는 사람, 아니 충분히 감당하는 게 **가능한** 사람은 월트뿐이었다.

그게 결국 세상의 이치인 듯했다.

생각에 잠긴 채 서랍을 열다가 행주를 넣어둔 칸이 아니라 잡동사니 서랍을 열고 만 것도 눈치채지 못했다. 뚜껑이 없는 펜들, 테이프 디스펜서, 반 정도 채운 그린 스탬프 책자, 고무줄, 잡지에서 뜯어내 가장자리가 해진 레시피들 사이에 귀퉁이를 여럿 접어둔 『여성성의 신화』가 눈에 들어왔다. 책장을 획획 넘기던 마거릿은 대화에서 소외된 이들이 있다는 비브의 말을 떠올리며 어쩌면 남편들 역시 그 명단에 포함돼야 하지 않을까 생각했다.

많은 측면에서 월트 역시 자신만큼이나 갇혀 있었다. 여성을 작은 성취의 울타리 안에 가두는 보이지 않는 규율과 관습은 남성들에게도 영향을 미쳤다. 설령 일이 싫어도 가정 부양이라는 무거운 짐을 떠맡았으니까. 이따금씩 자신이 타인에게 속한 삶을 산다고 느꼈던 것처럼, 월트 역시 바라던 것보다 훨씬 축소된 삶을 살고 있다고 느꼈을지도 모른다는 생각이 스쳤다.

마거릿은 찬장에 잔을 넣고 주방 한가운데 꼿꼿이 서서 아이들 소리에 귀를 기울였다. 어제는 아이들이 8시 반이 되도록 내려오지 않았다. 오늘도 운이 좋다면 마찬가지일 터였다. 그렇다면 서둘러 한 시간 정도는 일할 수 있으리라.

머릿속에 이 아이디어 하나가 떠올랐다. 다이어트 젤리처럼 우스꽝스러우면서도 훨씬 더 의미 있는 글. 사람들에게 웃음과 동시에 생각할 거리를 던져주고, 자신 또한 자랑스럽게 여길 만한 그런 칼럼.

마거릿은 옷장 속에서 실비아를 꺼냈다. 종이를 롤러에 끼운 뒤 타자기 위에 손을 살짝 올리고 손가락 관절을 풀기 위해 가볍게 움직였다. 그리고 글을 쓰기 시작했다.

24장
동시에 두 곳에

혈압 측정기 커프를 환자 팔에 감은 비브는 공기 주입기를 눌러 커프를 부풀린 뒤 청진기를 귀에 꽂고 압력이 답답하리만치 느리게 빠져서 한참을 기다렸다.

얼린 잭슨은 키가 큰 여성으로 커피색 피부에 지성이 돋보이는 갈색 눈의 소유자였다. 서류에 따르면 그녀는 열일곱 살 딸을 둔 마흔세 살 과부였고 그 외의 정보는 비브도 알지 못했다.

비브는 보통 신규 환자와 이야기를 몇 마디 나누곤 했다. 첫 진료에 사람들은 긴장하기 마련이어서 가벼운 대화는 마음은 물론 입을 열게 만드는 데 도움이 되었다. 그러다 보면 드러나는 사소한 정보는 프랜 박사가 더 정확한 진단을 내리거나 더 나은 치료법을 찾는 데 유용하기도 했다. 하지만 오늘은 그럴 여유가 없었다.

여름 내내 안드레아는 큰 힘이 되어주었다. 비브가 일하는 동안 동생들을 잘 돌봐주었으니까. 오늘 저녁 안드레아는 친구들과 함께 메릴랜드주 포토맥에서 열리는 파티에 갈 예정이었다. 비브는 4시까지 집에 들어가겠다고 약속했다. 그래야 안드레아가 준비할 수 있었다. 3시가 되기까지 20분을 앞둔 시각, 얼린은 오늘의 마지막 환자였다.

비브가 차트에 혈압 수치를 적어 넣자 얼린이 목을 빼고 가늘게 뜬 눈으로 그녀의 필기를 해독하는 듯했다.

"수축기 혈압이 135인 건 알겠는데 이완기는 얼마예요? 57이라고 쓰신 것 같은데, 그건 아닐 게 분명하고."

"81이요." 비브가 차트를 돌려 얼린에게 보여주었다.

"의사 아니에요? 갈겨쓴 글씨가 꼭 그래 보여요."

비브가 웃었다. "아니에요, 그냥 나이 든 평범한 간호사예요. 그리고 가톨릭 학교 낙오자죠. 수녀님들이 멀쩡한 필체를 가르치려고 애썼는데 끝내 소용이 없었거든요."

얼린이 혀를 찼다. "세상에, 수녀님들이 못 했으면 아무도 못 하죠. 완전히 가망 없는 학생이었군요."

"의심의 여지가 없죠." 비브는 얼른 시계를 확인하곤 본론으로 돌아갔다. "아무튼 혈압이 조금 높아요. 심각하진 않아도 정상보다 약간 위예요. 보아하니 이미 알고 계시고 의학 지식도 있으신 것 같은데요?"

"저도 간호사예요." 얼린이 수축기, 이완기 같은 용어를 술술 쓰는 걸 보면 놀랄 일도 아니었다. 하지만 이어진 말은 비브의 귀를 번득이게 했다. "22년 됐죠. 노스캐롤라이나에 있는 병원에서 교육받고, 전쟁 때는 육군 간호부대에서 복무했어요."

"설마요. 저도요!"

비브가 활짝 웃었다. 수년간 다른 군 간호사를 만난 적이 없는 데다 흑인 군 간호사는 더더욱 처음이었다. 당장이라도 차트를 내려놓고 전쟁 중 이야기를 나누고픈 유혹이 강하게 밀려왔지만 참아야 했다. 그녀는 늦어도 3시에는 나가야 했다. 차가 밀릴지도 몰랐으니까. 예전에 닉의 야구팀 플레이오프 경기의 초반 이닝을 두 차례나 놓치면서 뼈저리게 배운 교훈이었다. 다시는 그런 일이 있어서는 안 되었다.

비브는 펜을 집어 들었다. "오늘은 무슨 일로 오셨어요, 잭슨 부인?"

"얼린이라고 불러주세요. 우린 노스캐롤라이나에서 막 이사 왔거든요. 그래서 새 의사가 필요해요." 얼린은 허리를 꼿꼿이 세우며 환히 웃었다. "제 딸이 가을에 하워드대학에 들어가요. 언니 집이 브룩랜드에 있어서 당분간 거기서 지내기로 했어요. 가족 곁에 사니 참 좋네요."

"저희 가족은 전부 서부에 살아서 그 기분 알죠." 비브가 말했다. "어릴 때는 언니들이랑 서로 못 잡아먹어 안달이었는데, 이젠 그 시긴 지난 것 같아요."

"아, 그건 장담 못 해요." 얼린이 눈을 반짝이며 말했다. "나랑 손드라는 아직도 자주 티격태격하니까요. 성인 여자 둘이서 한 주방을 쓰려니 얼마나 협상이 필요하겠어요? 어제는 닭 요리법을 두고 거의 주먹다짐 직전까지 갔답니다."

비브는 쿡쿡 웃었다. 얼린이 마음에 들었다. 그녀에게 특별한 이상이 보이지 않고, 프랜 박사는 아직 다른 환자를 보고 있었으므로 비브는 차트를 카운터 위에 내려놓고 스툴을 끌어와 앉았다.

"전쟁 중엔 어디에 계셨어요? 저는 야전병원에 배치됐는데, 튀니지에서 시작해서 유럽까지 갔거든요."

"저는 내내 노스캐롤라이나에 머물렀어요. 흑인 간호사들은 아무도 해외에 나가지 못했죠. 다들 원했는데도 말이에요. 노르망디 상륙작전 이후 수천 명이 육군 간호부대에 지원했지만 모두가 거절당했죠. 결국 1941년에야 흑인 병사를 위한 분리 병동에서 복무하도록 허가받았어요. 캠프 리빙스턴이랑 포트 브래그에서요. 그때 겨우 마흔여덟 명만 뽑혔는데, 제가 그중 하나였어요. 전쟁 후반엔 할당 인원을 늘려서 500명까지 복무했지만, 그래도 분리 병동이나 독일인 포로수용소까지였어요. 야전병원에는 근처에도 못 가게 했죠."

"정말 안타깝네요. 우리한테 꼭 필요했을 텐데."

"맞아요, 그랬겠죠." 얼린이 고개를 숙이며 말했다. "1945년 1월 기억하세요? 루스벨트 대통령이 자원자가 충분치 않으면 간호사 18,000명을 징집하겠다고 위협했던 거."

비브가 고개를 끄덕였다. "육군에 간호사가 절실했으니까요."

"그럴 필요가 없었어요. 그때 이미 뛰어난 흑인 간호사 9,000명의 지원서가 책상 위에 쌓여 있었거든요. 단지 나라를 위해 복무할 기회를 원했을 뿐인데."

비브의 입이 떡 벌어졌다. 얼린은 의미심장하게 고개를 끄덕이며 그래요, 믿어도 된다니까요, 라고 말하는 듯했다. "난 내 나라를 사랑해요. 나라를 위해 봉사할 수도 있었죠. 자유를 위한 전쟁에서 분리부터 하다니요."

비브는 육군 간호부대에 지원하던 당시를 떠올렸다. 모험심이 작용한 건 사실이었어도 무엇보다 조국을 위해 봉사하고 싶다는 열망이 가장 큰 동기였다. 얼린과 그녀 같은 여성들 마음에도 똑같은 불꽃이 타올랐으리라는 건 의심치 않았다.

비브는 지원서가 받아들여졌을 때 얼마나 흥분했던가. 만약 회신 편지를 열었을 때 조국을 위해 희생하고자 하는 자신의 의지가 피부색 때문에 거절당했다는 사실을 알게 되었다면 얼마나 실망하고 분노했을까? 그녀는 얼린이 겪어야 했던 부당함과 모욕을 떠올리며 얼굴을 찌푸렸다. 그리고—인종에 따른 제약과 지연 끝에—봉사할 기회가 주어졌을 때 얼린이 기꺼이 나서서 자신의 몫을 다했다는 사실에 경탄했다. 자신이 얼린의 입장이었다면 어떻게 대응했을지는 장담할 수 없었다.

"별 도움은 안 되겠지만 얼린, 난 당신과 함께 복무했다면 자랑스러웠을 거예요. 잘 알진 못해도 틀림없이 좋은 간호사일 거라 생각해요."

"아뇨, **훌륭한** 간호사죠. 당신도 물론 그렇고요."

얼린의 미소는 곧 한숨으로 바뀌었다. "세상이 왜 이런지 정말 이해가 안 돼요. 도저히. 하지만 적어도 변화가 시작되긴 했죠. 이번 8월 말에 있을 행진 얘기 들으셨어요? 킹 목사님이 연설하신대요."

어떤 킹 목사를 말하는지는 굳이 들을 필요도 없었다. 모두가 알고 있었다. 비폭력을 설파하며 수많은 위협에도 굴하지 않는 젊고 카리스마 넘치는 민권운동 지도자의 존재에 대해.

"저는 행진에서 자원봉사 하기로 했어요." 얼린이 말했다. "응급 치료소에서요. 예상한 만큼 사람들이 몰린다면 분명 간호사가 필요할 거예요."

"와, 멋져요! 정말 잘하셨어요."

"당신도 같이 가자고 권하고 싶지만 아마 바쁘실 것 같네요." 얼린이 비브의 부푼 배를 보고 눈썹을 치켜올렸다. "출산 예정일이 언제예요?"

"10월이요. 금방일 것처럼 보이지만 제 아기들은 항상 크게 태어나요. 게다가 배 근육도 이미 지쳤고." 비브는 애정을 담아 배를 두드렸다. "이번이 일곱 번째예요."

얼린의 두 눈이 휘둥그레졌다. "일곱 번째라니! 복도 많으셔라. 난 하나도 벅찼는데. 도대체 언제까지 일을 계속하실 건가요?"

"할 수 있는 데까지요. 부디 10월까지는 버틸 수 있기를 바라요. 전 이 일이 정말 좋거든요."

"무슨 뜻인지 알겠어요." 얼린이 말했다. "이보다 보람 있는 일은 없죠."

"솔직히 말할게요. 어떤 날은 정말 힘들어요. 지금도 발이 너무 아파요. 게다가 집에 애가 여섯이나 있으니…" 비브의 미소가 조금 옅어졌다. "때론 갈피를 못 잡겠어요. 환자들과 함께 있고 싶으면서 동시에 아이들 곁에도 있고 싶고."

"그런데 동시에 두 곳에 있을 수는 없고." 그녀 대신 얼린이 말을 맺었다. "아, 그 기분 알죠. 내 남편 조가 교통사고로 세상을 떠났을 때 셜리가 겨우 세 살이었어요. 그래서 다시 병원으로 돌아가 일해야 했죠. 난 그 일이 좋았고 또 잘하기도 했어요. 그래도 셜리가 자라는 동안 놓친 게 너무 많았죠. 그 시절은 두 번 다시 돌아오지 않잖아요, 그렇죠?"

문이 열리고 프랜 박사가 진료실 안으로 들어왔다. 얼린에게 인사를 건넨 그는 곧장 비브를 보며 의아한 표정을 지었다. "3시에 나가야 한다고 하지 않았어요?"

비브는 시계를 확인했다. 고작 3분 뒤면 3시였다.

5분 뒤, 비브는 차에 올라탔다. 도로의 신이 돕는다면 4시까지는 집에 도착할 수 있는 시간이었다. 그리고 정말 그렇게 되는 듯했다. 로드아일랜드 애비뉴를 거침없이 달려 스콧 서클을 빠르게 돌아나올 때까지 아무 문제도 없었다. 이 속도라면 오히려 일찍 도착할 수도 있겠다고 생각했다.

하지만 키 브리지에 도착하자 상황이 달라졌다.

경찰차와 구급차 불빛이 사방에서 번쩍였고 버지니아로 들어가려고 대기한 차량들의 브레이크 등은 길게 꿰어진 붉은 구슬 목걸이처럼 반짝였다.

"안 돼!" 비브가 소리쳤다. "망했어!"

그녀는 브레이크 페달을 힘껏 밟아 차를 세운 뒤 시트에 몸을 파묻고 고개를 떨구었다.

얼린 잭슨의 말이 옳았다. 아무리 간절히 바란들, 여자는 결코 두 곳에 동시에 있을 수 없었다.

***

체념한 비브가 비상용으로 차 안에 넣어둔 『자기만의 방』을 꺼내 펼치고 있을 바로 그 시각, 마구간 울타리에 몸을 기대고 선 빗시는 낯선 이와 놀라우리만큼 사적인 대화를 나누고 있었다.

빗시가 마구간에 도착하자 때마침 그레이엄 부인과 딜라일라가 오후 승마를 마치고 돌아왔다. 그들 곁에는 오십 대 중반쯤으로 보이는, 또렷하게 푸른 눈에 잿빛 금발을 짧게 자른 어느 여인이 있었다. 그녀는 크리스털을 타고 있었다. 그레이엄 부인이 손을 흔들자 빗시도 손을 흔들며 다가갔다.

"딜라일라 어땠어요?" 인사를 건네며 다가간 빗시는 딜라일라를 위아래로 살피고 걸음걸이를 유심히 관찰했다. 발걸음은 안정적이고 편안해 보였다.

"완벽했어요. 여느 때처럼." 그레이엄 부인이 곁에 있는 친구를 돌아보았다. "앨리스, 이쪽은 내가 얘기했던 빗시 코브예요."

그 여인, 앨리스가 미소 지었다. "아! 당신이 바로 기적을 만든 그 직원이군요!"

빗시의 볼이 붉게 달아올랐다. "아니에요. 과한 칭찬이에요."

"과하긴요, 캐서린이 이미 그렇게 말했는걸요." 앨리스는 등자에서 발을 빼고 안장 위에서 가볍게 몸을 돌려 재빠르게 내려왔다. "저도 동의해요. 승마 직전에 딜라일라를 한번 살펴봤는데 무척 건강해 보이더군요. 염증 상흔도 거의 없어요. 정말 인상적이네요. 제엽염 치료가 결코 쉽지 않거든요."

그레이엄 부인도 안장에서 내렸다. 여전히 딜라일라의 고삐를 손에 쥔 채였다.

"빗시, 이쪽은 앨리스 브레넌이에요. 오랜 친구인데 마침 학회 때문에 와 있답니다." 그레이엄 부인이 활짝 웃어 보였다. "앨리스는 캘리포니아대학교 데이비스 캠퍼스 수의학과 교수이기도 해요."

빗시의 커다란 갈색 눈이 반짝였다. "정말요?"

앨리스가 고개를 끄덕였다. 그때 삽을 들고 마구간에서 나오던 조이를 그레이엄 부인이 소리쳐 불렀다. 그는 삽을 내려놓고 여자들 쪽으로 달려왔다.

"조이, 안장 푸는 것 좀 도와줄래요? 내가 딜라일라를 맡을 테니 크리스털을 데리고 가줘요."

조이는 흔쾌하게 크리스털의 고삐를 잡고 마구간 쪽으로 이끌었다.

"그럼 난 이만 자리를 비켜줄게요." 그레이엄 부인이 말했다. 그녀는 앨리스와 빗시를 차례로 바라보며 덧붙였다. "두 분 이야깃거리가 많을 테니까요."

***

처음에는 앨리스가 대화를 주도했다.

빗시처럼 그녀도 동물들과 함께 성장했고, 수의사였던 자상하고 든든한 아버지에게 몹시 애착이 깊었다. 어린 앨리스는 토요일과 여름 방학이면 아버지의 병원에서 보냈다. 처음에는 우리를 청소하고 물그릇을 채우는 일을 하다가 이내 아버지의 보조가 되었다. 아버지는 진단 내리는 법부터 성질 고약한 테리어에게 예방주사를 놓는 가장 안전한 방법까지, 자신이 무엇을 하고 왜 그렇게 하는지를 세세하게 알려주었다. 그러면서 늘 이렇게 덧붙이곤 했다. "네가 수의과대학에 들어가면 말이야…"

"**만약에 간다면**이 아닌 **들어가면**이었죠." 앨리스가 주먹으로 울타리를 툭 치며 강조했다. "아버지가 너무 당연한 일처럼 말씀하셔서 커서 수의사가 된다는 데 의심이 없었어요. 아버지가 믿었으니 나도 믿은 거죠."

그녀는 허리를 곧추세우며 거의 코끝이 맞닿을 만큼 빗시 가까이로 다가왔다. 그러더니 귀중한 비밀을 전하듯 작게 속삭였다.

"자신을 믿는 것, 다른 누구와 마찬가지로 내가 이 자리에 있을 권리가 있다고 믿는 것. 그럼 싸움의 절반은 이기는 거예요."

앨리스는 눈썹을 치켜올리며 의미심장한 눈빛을 보냈다. 그러고는 한 발 물러서더니 손뼉을 짝 치며 말했다.

"자, 빗시! 이제 자기 얘기를 들려줘요. 누구인지, 어디서 자랐는지, 어떻게 그렇게 말에 대해 많이 알게 되었는지, 왜 마구간 인부로 일하는지. 그리고 도대체 어쩌다가." 그녀가 고개를 뒤로 젖히며 덧붙였다. "키가 그렇게 훤칠한데 빗시라는 별명이 붙었는지도?"

빗시는 앨리스가 물었던 질문마다 빠짐없이 대답을 들려주었다. 개중에는 빗시 스스로도 가장 수치스럽게 여기는 사실 또한 포함되어 있었다.

"이제 내 말 잘 들어요, 테오도라 레오노라." 싱긋 웃는 앨리스가 빗시의 본명을 불렀다. 두 사람 모두 도무지 그녀와 어울리지 않는다고 인정한 이름이었다. "수치스러울 이유가 하나도 없어요. 전혀. 당신은 큰 압박 속에 있었잖아요. 결혼 때문에 학업을 잠시 내려놓은 여자가 당신만 있는 게 아니에요. 되돌릴 수 없는 선택도 아니고요. 겨우 한 학기만 모자랄 뿐인걸요. 다시 대학에 가서 마지막 학점을 채우고 수의대 입학에 도전해요. 추천서가 걱정된다면 제가 해줄 수도 있어요. 물론 보장은 못 하지만 UC 데이비스 프로그램에 지원하면 추천서는 큰 힘이 될 거예요."

"앨리스, 아니 브레넌 교수님, 정말 친절하시네요."

"지금은 그냥 앨리스라고 불러요." 그녀가 말을 잘랐다. "입학하면 그때 가서 교수님이라고 부르세요. 그리고 이건 친절이 아니에요. 수의학은 여자에게 외로운 직업일 수 있어요. 난 그걸 바꾸고 싶은 거예요."

"모두가 나처럼 기회를 얻을 수 있었던 건 아니잖아요. 아버지가 업계에 몸담은 분이셨고 나를 믿어주셨죠. 게다가 대학에 기부도 하고 객원 강의까지 하셨으니 나는 수월했어요." 앨리스가 웃음을 터뜨렸다. "그래서 나는 똑똑하고 가능성 있는 젊은 여성을 보면 아버지가 나한테 해주셨던 것처럼 길을 열어주려 해요. 언젠가 당신도 누군가를 위해 길을 닦아줄 수 있을 거예요. 세상은 그렇게 나아지는 거예요, 빗시. 한 세대가 다음 세대를 돕는 방식으로."

빗시는 목울대를 타고 오르는 뜨거운 감정을 삼켰다. 그레이엄 부인이 선의로 소개해주었지만 그녀는 차라리 만나지 않았더라면 하고 바랐다. 마치 눈앞에서 누군가가 보석을 흔들어 보이며, 가질 수도 있었지만 결코 손에 넣지 못할 삶의 한 조각을 엿보게 하는 기분이었다.

빗시는 애써 미소 지었다. "격려해주셔서 정말 감사드려요. 저를 추천해주시겠다는 마음도요. 진심이에요. 하지만 캘리포니아는 너무 멀리 있어서."

"그래요, 물론 그렇죠." 앨리스가 두 손을 들어 올렸다. "하지만 다른 학교들도 있어요. 내가 써주는 추천서가 똑같은 효력을 내진 못하겠지만, 그래도 분명 도움이 될 거예요.”

“네, 그렇겠죠. 하지만 이 근처에는 수의과대학이 없어요. 통학할 수 있는 거리는 더더욱 아니고요. 저희 남편은 자기 병원을 키우려고 열심이에요. 그 사람이 제 학업 때문에 사업을 접고 이사를 갈 리는 없죠.”

“남편 얘기 캐서린한테 들었어요. 만만찮은 분 같더군요.” 앨리스가 입술을 삐죽이며 코웃음을 쳤다. “뭐, 내가 당신 인생을 좌우할 수는 없지만, 나 같으면.”

빗시가 손을 올렸다. 더는 듣고 싶지 않았다. 들을 수가 없었다.

“저 임신했어요.”

교수는 말을 하다 말았다. 입을 벌린 채 그대로.

“아!” 마침내 그녀가 입을 열었다. “그랬군요.”

“아직 확실하진 않고 남편에게도 말하지 않았지만 그 사람 무척 기뻐할 거예요. 저도 물론 그래요.” 그녀가 덧붙였다. “그간 2년 넘게 아이를 가지려고 노력했거든요. 드디어, 이 모든 시간이 지나서… 성공했어요!”

빗시는 활짝 웃어 보였다. 말하지 못한 속내를 그 미소 속에서 읽어주길 바라면서. 이미 약속을 했고 서약을 맺었다. 이제는 그 어떤 때보다도 거기서 등을 돌릴 수 없었다.

“그래요, 정말 좋은 소식이네요. 축하해요.”

“감사해요.”

앨리스는 ‘그럼 그렇지’ 하는 양 고개를 한번 끄덕이고는 마구간 쪽으로 발길을 돌렸다. 그러다 다시 돌아오더니 주머니에서 명함

한 장을 꺼내 건넸다.

"혹시 몰라서요. 아직 젊고, 아기들은 자라나기 마련이니까요. 어쩌면 다음에라도?"

빗시는 예의상 명함을 받아 주머니에 넣었다.

"네, 물론이죠. 언젠가는."

***

교통 체증이 풀리자 비브는 딱지 끊길 위험만 피할 정도로 최대한 빠르게 차를 몰아 컨커디아로 돌아왔다. 집 앞 진입로에 들어서자 이미 4시에서 25분이나 지나 있었다. 시동을 끄려는 찰나 머리가 젖은 안드레아가 집 모퉁이를 돌아 달려 나오며 팔을 흔들었다. 비브는 차에서 내리기도 전에 사과부터 했다.

"아가, 정말 미안해. 차가 지독하게 밀렸거든. 하지만 이제 왔으니어서 머리 말려. 엄마 레이디 선빔 써도 돼." 새로 산 가정용 헤어드라이어의 이름이었다. "샤워캡처럼 생긴 걸 롤로 만 머리 위에 씌우고 바람을 세게 틀면 금세 마를 거야."

비브는 불안해하는 환자도 차분하게 달래는 '간호사 어투'로 말했다. 하지만 안드레아의 표정엔 당황한 기색이 역력했다.

"엄마. 그게 아니고요. 제니퍼가 지붕에 올라가서 내려오질 않아요. 뛰어내리겠다고 해요!"

"뭐!" 차 문을 세게 닫고 내린 비브가 고개를 젖혀 햇살에 부신 눈을 가늘게 뜨고 지붕을 살폈다. "어디 있니? 도대체 어떻게 올라간 거야?"

"뒤쪽에 있어요." 안드레아가 엄마 팔을 붙잡고 모퉁이로 이끌었다. "다 제 잘못이에요. 아이들이 덥다고 해서 물미끄럼틀을 깔았거든요. 마크가 호스로 제 머리에 물을 부려서 저도 되갚아줬어요. 그 사이에 제니가 안으로 들어갔는데 뒤돌아 못 본 사이에 침실 창문으로 나간 거예요. 잠깐이었어요, 엄마. 정말이에요!"

안드레아는 금방이라도 울음을 터뜨릴 얼굴이었다. 비브는 고개를 끄덕이며 알겠다고, 다 괜찮을 거라고 달랬다. 안드레아가 훌쩍이며 뒷마당으로 통하는 문을 열었다. 비브가 고개를 들어 올려다봤다.

다섯 살 제니가 정말로 지붕 위에 서 있었다. 하얀 목욕 수건을 망토처럼 어깨에 두른 채 결연한 표정을 짓고서. 다행히도 2단 지붕의 낮은 쪽이었다. 약 3미터로 아주 높지는 않았지만 그래도 떨어지면 뼈가 부러지기에 충분했다.

부스케티 집안의 막내 아들 둘, 닉과 마크가 잔디 위에 맨발로 서 있었다. 반바지와 머리칼이 흠뻑 젖어 물이 뚝뚝 떨어졌다. 녀석들은 막내 제니를 올려다보며 꼬꼬댁꼬꼬댁 닭 울음소리를 냈다.

"어서 해봐, 쫄보야!" 마크가 가느다란 양쪽 팔 아래 주먹을 끼워 넣고 날갯짓하듯 팔랑였다. "쫄보래요!"

"나 쫄보 아니야!" 제니가 소리쳤다.

"그럼 얼른 해보라고!" 닉이 외쳤다. "뛰어봐!"

제니가 지붕 끝으로 조금 더 다가간 순간 비브는 안드레아를 옆으로 밀치고 뛰어가 날카롭게 제니를 불렀다. 제니는 놀란 듯하다가 활짝 웃었고 최근에 젖니가 빠져 생긴 잇새가 드러났다.

"엄마, 여기!" 제니가 손을 흔들었다.

숨이 가빠 달려온 비브는 닉과 마크 곁에 멈춰 서서, 제니에게 건성으로 손을 흔들어 보인 뒤 두 녀석의 뒤통수를 쳤다.

"왜 그래요?" 마크가 순진한 척 눈을 껌벅이며 물었다.

"아, 참." 닉이 억울한 목소리로 거들었다. "쟤가 뛰고 싶댔어요. 우린 그냥 응원한 건데."

"**뛰는 거** 아니야." 제니가 고개를 저으며 오빠 말을 바로잡았다. "**날 거야.**"

비브는 두 아들에게 '나중에 두고 보자'는 눈초리를 보낸 뒤 막내를 향해 간곡히 내려오라고 말했다. 그러나 입술을 꾹 다문 제니는 고개를 저었다. 비브가 아들들을 노려보았다.

"너희 둘, 당장 위층으로 올라가서 창문으로 들어가. 그리고 동생을 지붕에서 내려오게 해. 지금 당장."

"이미 해봤어요." 안드레아가 말했다. "창문이 안 열려요. 형들이라면 고칠 수 있을지도 모르지만 영화 보러 갔잖아요."

"맞아요." 닉이 잔디를 발로 차며 얼굴을 찡그렸다. "우린 데려가지도 않고."

"차고로 가서 사다리 가져와."

"싫어어어!" 제니가 울부짖었다. "사다리 안 돼! 내가 내려갈 거야. 난 날아서 내려가고 싶어!"

"알아, 알지." 비브가 다정하게 타일렀다. "하지만 안 돼, 얘야. 사람은 날 수 없단다."

순간 제니의 얼굴에 의구심이 스쳤지만 잠깐뿐이었다. 아이는 팔짱을 끼고 턱을 쑥 내밀더니 맨발로 회색 지붕을 쾅 구르며 말했다.

"**사람들이** 못 난다고 해서, **내가** 못 나는 건 아니잖아."

주여, 이 아이는 어찌나 고집이 센지요! 한데 그 고집마저 어찌나 사랑스러운지요. 비브는 미소를 감추려 손으로 입을 가렸다.

"좋아, 제니. 그럼 우리 이렇게 하자. 이번 딱 한 번만 엄마 품에 날아들게 해줄 테니 다시는 안 하겠다고 약속할래?" 비브가 말했다. 손짓으로 안드레아의 항의를 무시하며 눈은 제니에게서 떼지 않았다. "반드시 약속해야 해. 안 그러면 사다리를 가져올 거야."

제니는 조건이 못마땅한 얼굴이었다. 하지만 한참을 투덜대다 마지못해 한숨을 내쉬더니 검지로 가슴에 십자를 그었다.

"네, 알았어요."

남동생 둘은 환호성을 지르며 펄럭이는 걸 잊지 말라고 제니를 향해 소리쳤다. 안드레아는 입술을 깨물고 불안한 표정을 지었다. 비브는 모든 게 괜찮을 거라고, 동생은 무사할 거라고 맏딸을 안심시켰다. 그러면서 오늘만 해도 체중이 90킬로그램이나 나가는 환자를 진료대에서 부축해 내렸다는 말까지 덧붙였다. 두 걸음 뒤로 물러난 비브는 두 팔을 높이 들어 올려 막내를 받아낼 준비를 했다. 제니는 출발선에 선 수영 선수처럼 몸을 낮췄다.

"준비됐어?" 비브가 외쳤다. "하나, 둘, 셋!"

제니는 두 팔을 쭉 뻗으며 공중으로 뛰어올랐다. 안드레아가 숨을 삼켰고 두 아들은 환호했다. 비브는 중심을 잡느라 무릎을 굽히며 뒤로 약간 밀렸지만 막내를 거뜬히 받아냈다.

"해냈구나! 네가 날았어!" 비브가 제니를 와락 끌어안았다.

"나 날았어!" 제니가 소리쳤다.

"아니거든." 닉이 투덜댔다. "뛰어내린 거지."

"맞아." 마크가 거들었다. "네가 뛰어서 엄마가 받은 거지. 그게 다야."

"난 날았어." 제니는 혀를 쏙 내밀며 말했다. "그렇지, 엄마?"

"그럼." 비브가 맞장구쳤다. "작은 새처럼 말이야."

제니는 오빠들이 놓치지 않게 과장스럽게 고개를 끄덕이더니, 가느다란 두 팔을 엄마의 목에 두르고 비브의 귀에 입술을 바짝 대 속삭였다.

"내가 조금 날았고, 엄마가 조금 잡아준 거야. 맞지, 엄마?"

"그럼." 비브가 말했다. "그리고 엄마는 언제나 그럴 거야."

25장
생각하라고 돈 주는 거 아닙니다

월트가 아버지 장례를 치르고 돌아온 지도 몇 주가 지났지만 적어도 현실에서는 달라진 게 거의 없었다.

마거릿은 여전히 살림하랴 아이들 챙기랴 새벽같이 일어나 글 쓸 시간을 쥐어짰다. 북클럽 책은 잠자리에 들기 전이나 바비의 야구 연습 혹은 아이들 수영 수업이 끝나기를 기다리는 차 안에서 읽으며 늘 시간이 모자란 기분에 쫓겼다. 월트도 마찬가지였다. 오히려 전보다 더 바빠졌다.

개인 휴가를 사용하는데도 상사 애커먼은 월트가 오하이오에 다녀온 것도, 어머니를 도우러 다시 가는 것도 달가워하지 않았다. 그래서 월트는 마거릿과 함께 새벽에 일어나 예전보다 더 일찍 사무실에 출근해 애커먼의 마음을 돌려보려 애썼다. 격주 목요일 저녁마다 재향군인회에서 책 이야기를 나누는 에드윈과의 만남은—이제는 두 명이 더 합류해—남자 넷이 모이는 작은 북클럽이 되었고, 토요일 아침에는 서점에 들러 에드윈의 회계 장부 정리를 도왔다. "책방 장부도 지루하긴 하지만, 대우가 좋잖아"라고 말하며 월트는 알리스테어 맥클린의 『제브라 북극탈출』한 권을 치켜들고 활짝 웃었다.

그러니까, 겉으로 보기에는 달라진 게 별로 없었다. 하지만 아버지의 임종을 지키러 황급히 나가던 월트와 다시 제자리로 돌아온 월트는 확실히 달랐다.

술은 줄었지만 말은 늘었고 집에 오면 마거릿에게 하루가 어땠는지 물었다. 자기 이야기를 들려주거나 읽던 책에서 재미난 부분을 나누기도 했다. 세상을 뒤흔드는 소식은 없었어도 다시 이렇게 대화를 나누는 것만으로도 좋았다. 아이들도 그 덕을 톡톡히 봤다. 퇴근 후 곧장 텔레비전 앞에 털썩 앉는 대신 그는 아이들을 공원에 데려가거나 고 피쉬 카드놀이를 함께 하기도 했으니까. 아이들이 잠든 뒤에도 소파에 마거릿과 나란히 앉아 그녀 어깨에 팔을 두른 채 〈보난자〉나 〈딕 밴 다이크 쇼〉를 함께 시청했다.

그리고 불을 끄고 침실로 올라가면… 역시 좋았다.

그런데 이번 주는 달랐다. 월트는 다시 오하이오로 내려가 상속 절차, 각종 서류 및 집 관리를 비롯한 모든 일을 감당해야 하는 어머니를 도왔다. 전날 버니스가 미용실에 간 틈을 타 월트는 마거릿에게 전화해 전보다 훨씬 솔직한 얘기를 털어놓았다.

"어이가 없어, 매기. 어머니가 멍청한 건 아니지만, 아버지가 많은 걸 숨기고 살았어. 아버지가 얼마를 벌었고 빚이 얼마나 있는지, 무슨 청구서가 언제 오는지 전혀 모르셔. 수표 쓰는 법조차 가르쳐드려야 했다니까! 아버지는 엄마를 지켜야 한다고 그렇게 떠들어놓고선 완전 무방비 상태로 남겨둔 거야. 엄마가 아버지보다 오래 살지 모른다는 생각은 한 번도 안 했나? 언젠가는 홀로 자신을 돌보며 사셔야 할 거 아니야?"

"안쓰럽네, 어머님." 마거릿은 수화기를 다른 쪽 귀로 옮기며 중얼거렸다. "앞날이 얼마나 두려우실까."

"그래. 두려울 만도 하지." 월트는 질색을 하며 말했다. "어머니가 받을 건 사회보장 연금 한 달에 고작 70달러, 거기에 소액 생명보험이 전부야. 그런데도 집은 아직 융자가 남아 있어. 만약 엄마가 일자리를 구하면 그나마 버틸 수도 있겠지. 그런데 제대로 된 기술도 없고 내가 그 얘기를 꺼낼 때마다 눈물만 흘리셔. 아마 집을 팔아야 할 거야."

"어머, 월트." 시어머니를 떠올리자 마거릿은 가슴이 저릿했다. "그 방법뿐이야?"

"달리 길이 안 보여." 월트는 거듭 한숨을 내쉬었다. "있잖아, 매기. 당신이 잡지사에서 일 시작했을 때 내가 그리 반기지 않았던 거 알지."

"잠깐, 라이언 씨, 지금 그 '소일거리' 말씀하시는 거죠?"

월트는 웃음을 터뜨리며 농담을 흔쾌히 받았다.

"그래, 그래. 내가 잘못했어. 하지만 진지하게 말하는 거야. 이번 어머니 일로 새삼 많은 걸 깨달았어. 비록 파트타임이지만 당신은 진짜 일 경험을 쌓고 있잖아. 물론 원하지 않는 한 전업으로 일할 필요가 없길 바라지. 그래도 최악의 상황이 닥쳤을 때 당신이 스스로를 돌볼 수 있다는 사실은 큰 위안이 돼."

"당신은 똑똑하고 유능해. 내가 하려는 말은… 매기, 당신이 정말 자랑스러워."

남편이 건넨 말 중 가장 다정한 말 같다고 마거릿은 생각했다. 하지만 푹푹 찌는 7월에 남편이 집을 비우고 보니, 정작 마거릿은 조금도 유능하다고 느껴지지 않았다. 아침을 준비하러 주방에 갔더니 바닥에 물웅덩이가 생겨 있었다. 냉동고가 고장을 일으켜 안에 있던 것들이 모조리 녹아내리는 중이었다.

예전에 한 번 비슷한 일이 있었다. 그때는 월트가 어떻게 손을 써서 고쳐놓았지만 이번엔 어떻게 해야 할지 전혀 몰랐다. 수리 기사는 금요일이 되어야 올 수 있었다. 그녀는 아이들 아침으로 초콜릿 아이스크림을 내줬고—아이들은 신났다—흐물흐물해진 베이컨한 팩은 쓰레기통에 버렸으며 녹아버린 완두콩과 당근, 다진 고기는 수프를 끓이고 햄버거 두 팩과 생선 스틱 한 상자는 냉장고에 넣어 며칠 안에 요리하기로 했다. 그날 오후 아이들을 수영장에 데려가는 길에 차에서 덜컹거리는 소리가 났다. 처음 듣는 소리 같은데, 전에 들어본 적이 있었나? 어느 쪽이든 마거릿은 혹시라도 왜건이 길 한복판에서 퍼지면 어떻게 할지 머릿속으로 그려보는 자신을 발견했다.

다행히 아무 일도 일어나지 않았다. 버지니아의 무덥고 눅눅한 여름날 짜증스럽게 투덜대는 아이 셋과 함께 길가에 갇히는 상상만으로도 끔찍했으니까. 아이들은 일주일 내내 서로 티격태격하며 괴롭히기 일쑤라 마거릿의 인내심은 바닥이 났다. 용돈을 깎겠다는 위협도, 아빠가 돌아오면 두고 보자는 경고도 아무 효과가 없자 그녀는 결국 아이 셋 모두를 각자 방으로 쫓아버렸다.

주방에 있어도 소리가 들려왔다. 바비가 위층에서 플라스틱 장난감 총을 쏘아대는 통에 틱-철컥 소음이 거슬렸다. 같은 방을 쓰는 베스와 수지는 트롤 인형을 두고 싸웠다. 못생긴 인형 세트 여러 개를 갖고 있으면서도 둘 다 신부가 되려고만 했다. 피만 나지 않을 정도면 그냥 모른 척하기로 했다. 심판 노릇은 이제 진저리가 났다.

막 아이스티 한 잔을 따른 순간 전화벨이 울렸다. 전화를 건 사람은 클레멘트 씨였다. 그녀가 막 송고한 칼럼을 두고 할 이야기가 있다고 했다. 월트 역시 자신처럼 사회적 규범과 제약에 옥죄여 산다고 깨달은 뒤 쓴 글이었다.

마거릿은 글의 분위기를 가볍게 유지하려고 애썼다. 세이디 호킨스 데이-〈릴 애브너〉 만화 덕분에 유명해진 가상의 기념일로 여자가 남자에게 청혼하는 날-를 은근한 농담거리로 삼아 글을 전개했다. 남녀 역할과 관련해 행간에 숨은 의도가 편집자의 눈에 띄리라 짐작하면서도 위트와 유머로 마음을 살 수 있으리라 기대했다.

그러나 클레멘트 씨는 재미있어하지 않았다. 아주 조금도.

"사진이 잡지에 몇 장 실리고 가정주부를 고용한 게 신선한 발상이었다고 해도 아무 상관 없습니다. 앞으로 한 번만 더 이런 걸 써서 보내면 당장 잘라버리겠어요! 알아들었습니까?"

"네, 알겠습니다. 죄송해요. 일부러 화나게 하려는 건 아니었어요. 다만 요즘 세상이 변하다 보니, 제가 생각하기엔."

"부인, 생각하라고 돈 주는 거 아닙니다! 글을 쓰라고 주는 거지요, 그것도 내가 시키는 대로 쓰라고! 본인이 무슨 할 말이 있다고 생각하는 모양인데, 틀렸어요! 설령 그렇다 해도 듣고 싶은 사람 아무도 없습니다. 그러니 지시에 따르세요. 아니면 따를 사람을 새로

구하든지 할 겁니다. 내 말 분명히 알아들었어요?"

몇 번이고 사과하고 굽실거린 끝에 마거릿은 수화기를 내려놓았다. 물에 흠뻑 젖은 행주를 사정없이 비틀어 짠 듯 기진맥진했다. 그토록 모욕적인 말을 들은 게 언제였는지 기억조차 나지 않았다. 하마터면 해고될 뻔했다는 사실이 믿기지 않았다. 그 진실이 온몸을 흔들어놓았다.

클레멘트가 정말 자신을 해고했더라도 큰 틀에서 보면 극적인 일이 벌어졌다곤 할 수 없었을 터였다. 물론 급여를 받아서 좋았지만 그걸 잃는다고 해서 가족이 굶주리거나 길바닥에 나앉는 건 아니니까. 글에 대한 진짜 보수는 눈에 보이지 않았지만 훨씬 값진 것이었다. 바로 온전히 자기 힘으로 성취했다는 자부심이었다.

문득 어떤 기억이 떠올랐다. 언제더라… 1946년? 1947년? 확실하진 않지만 전쟁이 끝나고 얼마 지나지 않은 무렵이었다.

수년간 마거릿과 어머니는 전쟁이 끝나고 아버지가 집으로 돌아와 다시 평범한 삶이 시작되기를 매일같이 기도했다. 뒤늦게 기념했던 그 크리스마스에는 두 사람의 기도가 모두 이루어진 듯 보였다. 하지만 행복은 오래가지 않았고 가장자리부터 조금씩 부식되기 시작했다.

마거릿은 계단참에 서서 내려가기를 망설였던 어린 자신을 기억했다. 부모님은 또다시 다투고 있었다. 계단 맨 위에 주저앉아 무릎을 끌어안고 몸을 움킨 그녀는 아버지의 고함 소리에 불안과 동요를 느꼈다.

"대체 뭐가 문제야, 루스? 전쟁도 끝났고 나라 상황도 정상으로 돌아오고 있잖아. 우리 건강도 멀쩡하지. 배급도 드디어 끝나고… 나는 공장에서 돈도 잘 벌고 있어. 새 세탁기도 사줬잖아. 그런데 왜 행복하지 못한 거야? 대체 왜, 내가 뭘 하든 얼마나 열심히 일하든 늘 부족하다는 거야?"

어머니의 웃음에는 쓴맛이 배어 있었다. "새 세탁기라니. 속옷 빨고 당신 셔츠 깃 얼룩 지우는 게 좀 쉬워지면 행복이야? 그게 당신이 말하는 행복의 정의야? 빌, 이건 당신이 뭘 하고 말고의 문제가 아니야. 왜 그걸 이해 못 해? 이건 **내가** 뭘 하느냐의 문제야. 그리고 내가 하는 건 정확히 아무것도 아니고. 중요한 게 하나도 없거든."

어머니의 말이 채 끝나기도 전에 마거릿은 발자국 소리와 함께 병과 잔이 부딪치는 소리, 술이 잔을 채우는 소리를 들었다. 아버지가 또 술을 따르고 있음을 알 수 있었다.

"제발, 또 그 소리야? 집안일 하고 애들 돌보고 나 챙기잖아. 그게 다 의미가 없어? 우리가 중요하지 않다는 건가? 차라리 기름때 묻은 손으로 하루 열 시간씩 공장에 매달리고, 난 총받이로 나가고, 애들은 빈집에서 알아서 챙겨 먹고 버티도록 두는 거, 그게 당신이 원하는 거야? 당신이 뭔가 **한다는** 기분 때문에 전쟁이 계속되길 바라나?"

"그만해. 그건 너무 부당해. 전쟁이 계속되길 바라는 건 당연히 아니지. 난 그저…."

"뭐?!" 아버지가 고함쳤다. "이미 다 가졌는데 뭘 더 바라는데? 뭘?"

잠시간 정적이 이어진 뒤 울음이 터져 나왔다. 당혹감과 수치심이 뒤섞인 흐느낌이었다.

"몰라, 나도 모르겠어. 그냥 뭔가 더."

십 대였던 마거릿은 아버지만큼이나 어리둥절했다. 난간에 바짝 몸을 붙인 그녀는 귀를 쫑긋 세우고 어머니가 방금 한 말을 취소하거나 행복을 위해 뭐가 더 필요한지 설명해주기를 기다렸다. 하지만 들려온 건 또 다른 흐느낌과 쿵쿵거리는 발소리, 문이 쾅 하고 닫히는 소리뿐이었다.

이후로도 몇 달간 비슷한 다툼이 이어졌지만, 어머니는 **더** 원하는 게 무엇인지 규정할 말을 끝내 찾지 못했다. 그러다 노력조차 포기해버렸다. 모든 걸 놓아버렸다. 불만은 뚫을 수 없는 침묵과 우울로 변질되었다.

마거릿은 어머니가 왜 스스로 생을 마감했는지 이해하려는 노력을 오래전에 관두었다. 유서조차 남기지 않고 냉장고만 가득 채워놓은 어머니. 하지만 지금에서야 어머니가 끝내 말로 표현하지 못한 게 무엇이었는지 알 것도 같았다. 그것은 자신의 노동이 실제로 차이를 만들어낸다는 감각, 자신에게 주어진 어려운 과제를 붙잡고 씨름하다 마침내 터득해내는 과정에서 얻는 만족감이었다.

어머니의 손길은 수백만 여성들의 손과 마찬가지로, 말 그대로 전쟁의 승리에 기여했다. 반면 마거릿의 일은 그것과는 완전히 다를뿐더러 비교조차 할 수 없을 만큼 사소했다. 그럼에도 완벽한 표현이 번뜩 떠오를 때, 잡지를 펼쳐 **자기** 글 옆에 인쇄된 **자기** 이름을 볼 때 그리고 독자가 보내온 칭찬의 편지를 읽을 때면 그녀는 자신이 중요한 존재라고 느꼈다.

살아 있다는 감각이라고 해도 될까?

그래, 바로 그거였다. 뭔가 **더**, 라는 건 **살아 있다는**, 자신의 존재가 다른 이들에게 파문을 일으키고, 단순히 숨만 쉬며 공간을 차지하는 게 아니라 자기만의 고유한 무언가를 세상에 내놓고 있음을 아는 것이었다.

그리고 그건 좋은 느낌이었다. 잃고 싶지 않을 만큼 너무 좋은 느낌.

내일은 새벽에 일어나 새로운 칼럼을 쓸 예정이었다. 지칠 대로 지친 주부가 아이들을 방에 몰아넣고 실수인 척 의도적으로 아이들을 부르는 걸 깜빡하는 이야기일지도 모른다.

그래, 괜찮을 것이다. 거의 모든 엄마가 공감할 만한 상황에다 클레멘트도 좋아할 만한 주제였다. 그를 만족시키는 게 곧 자신의 일이라면….

클레멘트 씨에게 욕을 먹는 동안 마거릿의 아이스티 속 얼음이 다 녹아버렸다. 그녀는 옅게 희석된 차를 싱크대에 붓고 식탁에 앉아 머릿속으로 새 칼럼을 구상하기 시작했다. 쿵 하고 요란한 소리가 위층에서 들려왔다. 이내 더 큰 굉음과 분노 섞인 비명이 이어졌다. 문이 벌컥 열리더니 작은 발 두 쌍이 계단을 쿵쾅대며 뛰어 내려왔다. 복수와 심판을 요구하는 외침이 들렸다.

"엄마! 엄마! **엄마!**"

마거릿은 식탁 위에 팔꿈치를 괴고 두 손으로 얼굴을 감쌌다.

오늘 하루가 이보다 더 나빠질 수 있을까?

26장
진실 말하기

마거릿의 하루는 더 나빠졌다.

그날 밤 9시쯤 월트와 통화를 끝낸 지 몇 분도 채 지나지 않아 전화벨이 또 울렸다. 월트는 다음 날 집으로 돌아올 예정이었다.

샬럿이었다. 술에 취한 목소리가 들려왔다.

잔 부딪히는 소리, 음악과 웃음소리, 이따금씩 터져 나오는 고함까지 뒤섞인 소란한 배경음 때문에 마거릿은 두 번이나 반복해 소리를 지르듯 물어야 했다.

"어디 있냐고, 묻잖아!"

"아아." 샬럿은 단어를 길게 늘이며 웃음을 터뜨렸다. "어디가 아니라 내가 어떤지 물은 줄 알았지." 마취가 아직 덜 풀려 혀가 굳은 치과 환자처럼 어눌한 말투였다. "내가 어떤지 알려주자면, 곤죽이 될 만큼 흠뻑 마셨지. 필름 끊겼어. 폭풍에 휘말린 돛단배야."

"그건 나도 알겠어. 그런데 지금 어디 있냐고?"

"글쎄, 그게 문제야. 어딘가? 정확히는 모르겠네. 차도 못 찾겠고 열쇠도 없어졌어. 그것만 찾으면 혼자 운전해서 집에 가는데."

"안 돼, 안 돼. 그러지 마, 샬럿. 그냥 거기에 있어. 내가 데리러 갈게. 혹시 근처에 웨이터 있어? 누구 좀 불러서 전화 바꿔봐."

마거릿이 몇 번이나 다그치고 같은 말을 반복한 끝에 샬럿이 바텐더에게 수화기를 넘겼다. 그는 조지타운 주소를 알려주며, 샬럿의 마티니를 진한 블랙커피로 바꿔주고 마거릿이 도착할 때까지 잘 지켜보겠다고 약속했다.

파자마를 옷으로 갈아입고 베스에게 동생들을 부탁한 뒤, 지도를 펼쳐 목적지를 확인하고 가게와 그리 멀지 않은 밝은 자리에 차를 주차하기까지 한 시간 넘게 걸렸다. 월트가 이 사실을 알았다면 그녀가 밤늦게 혼자 조지타운을 활보한다는 생각만으로도 펄쩍 뛰었을 터였다.

사람들로 가득한 술집은 시끄럽고 어둑했다. 짙은 나무 패널로 둘러싸인 한쪽 벽면에서는 피아노 연주자가 과감하게 건반을 두드리고 있었지만 아무도 귀 기울이지 않았다. 공기 중에는 담배 연기가 여름 안개처럼 자욱해 눈이 따갑게 시렸다. 그녀는 눈을 깜빡이며 미간을 찡그리고 샬럿을 찾으려 애썼다. 바에 빼곡히 늘어앉은 취한 사람들 사이를 비집고 들어가자 전화를 받았던 친절한 바텐더 스티브가 샬럿이 있는 쪽을 가리켰다.

샬럿은 비교적 조용한 위층 모퉁이 테이블에 앉아 있었다. 의자에 몸을 축 늘어뜨린 채 커피잔을 뚫어져라 쳐다봤다. 마거릿이 다가와 자리에 앉자 샬럿은 고개를 들어 올렸다. 슬픈 표정이었지만 놀라진 않은 듯했다. 술기운이 슬슬 가시기 시작한 모양이었다.

"미안해."

마거릿은 고개를 가볍게 저으며 대수롭지 않게 넘겼다. "운전 안

한 거 정말 잘했어. 차 어디에 뒀는지 아직도 기억 안 나?"

눈을 질끈 감은 샬럿이 잠시 생각에 잠겼다. "아마 윌러드?" 그녀는 탁자 위에 놓인 담뱃갑에서 담배 한 개비를 꺼냈다.

"윌러드 호텔? 백악관 근처 말이야? 거길 갔다가 어떻게 여기로 온 거야?"

"모르지. 택시를 탔나? 기억이 아예 안 나."

"근데 거긴 왜 갔어?" 마거릿이 물었다. "어제 통화했을 땐 DC에 간다는 말 전혀 없었잖아."

샬럿은 시선을 내리깔고 담배에 불을 붙였다. 깊게 한 모금 빨아들인 뒤 연기를 길게 내뿜었다.

"로렌스 만났어."

마거릿은 짧은 숨을 들이켰다. "샬럿, 설마. **제발** 아니라고 말해."

"그런 거 아니야. 내가 뭐로 보이니, 매기?"

샬럿의 날카로운 시선과 그 안에 담긴 비난에 마거릿은 움찔했다. 괜히 불순한 기분이 들면서 혼란스러웠다.

"미안. 그런 말 해서… 하지만 무슨 일이 있었는지 말해줄래?"

"내년에 그의 전시가 열릴 예정이라, 갤러리에서 미팅이 있었대." 샬럿의 목소리는 표정만큼이나 우울했다. "그래서 저녁을 같이 먹자고 전화가 왔더라."

"저녁? 둘이서만? 그게 무슨 뜻일지 생각은 안 해봤어?"

"당연히 했지! 나 바보 아니야, 마거릿!"

커피잔을 움켜쥔 샬럿은 한 모금 들이켜곤 불쾌한 얼굴이 되었고 화난 사람처럼 담배를 깊게 빨았다. 이번엔 분노가 자기 자신을 향한 것처럼 보였다.

"저녁은 거절했어. 대신 점심을 먹자고 했지. 먹고 나선 갤러리에 같이 가자고 내가 제안했어. 큐레이터를 소개해달라고. 그는 몇 년째 나를 도와준다고 약속만 했거든. 이사 오기 전 우리가 아직 뉴욕에 살 때는 클레멘트 그린버그가 주최하는 파티에 날 초대했었어. 그는 아주 중요한 비평가고, 업계 모든 인사가 다 모이는 자리였거든. 로렌스가 그곳에서 사람들을 소개해주겠다고 했어. 그런데 그때 내가 병원에 입원하는 바람에…."

샬럿은 시선을 피하며, 보이지도 않는 먼지를 털듯 소매를 만지작거렸다.

"어쨌든 그게 다야. 오늘 이전까지는." 그녀는 몸을 뒤로 젖히고 고개를 빼어 주위를 두리번거렸다. "젠장, 술이 필요해. 웨이트리스 없어?"

마거릿은 커피잔을 그녀 쪽으로 밀었다. "이거나 좀 더 마셔."

샬럿은 인상을 썼다. "다 식었어."

마거릿은 가까이 물컵에서 얼음 세 개를 집어 샬럿의 머그잔에 하나씩 떨어뜨렸다.

"자, 이제 아이스커피. 늪에 지어진 도시의 여름날에 딱 어울리는 음료야. 최신 유행이지."

샬럿이 입술을 비틀며 냉소적인 미소를 지었다. "바보."

마거릿이 동의한다는 의미로 고개를 끄덕였다. "그래서 말이야." 그녀는 화제를 다시 돌렸다. "로렌스랑 점심을 하기로 했다고. 그리고 나서는?"

"호텔 안에 있는 레스토랑에서 만나기로 했어. 도착하니까 지배인이 메시지를 전해주더라. 로렌스가 대단히 중요한 에이전트와 장거리 통화를 하게 됐다고. 미안하지만 위층으로 올라오면 전화로 소개시켜주겠다고. 그러면서 방 열쇠를 내밀었어."

샬럿은 검은 플라스틱 재떨이에 담뱃재를 털어냈다.

"당연히, 문을 열고 들어가니 전화도 에이전트도 없었지. 침대랑 얼음이 담긴 샴페인 버킷 그리고 가운만 걸친 로렌스가 있었어."

"점심 대신 그럴듯한 전화 핑계로 호텔 방에 유인했네. 그런데 그걸 믿은 거야?"

"아니, 하지만 믿고 싶었지. 내가 멍청했어. 정말, 지독하게 멍청했어." 샬럿이 눈을 감고 중얼거렸다. "게다가 더 끔찍한 건, 잠깐이지만 거기 머물까 진심으로 고민했어. **그냥 들어가서 원하는 대로 해주면 나를 도와줄지도 몰라**, 생각했지. 하지만 결국… 못 했어."

뺨에 맺힌 눈물을 훔친 샬럿은 다시 눈을 뜨고 심호흡하며 마음을 추슬렀다.

"내 결혼은 가짜야, 알아. 하워드는 돈 때문에 나랑 결혼했고 처음부터 쉼 없이 바람을 피웠어. 나도 살면서 선을 넘은 적은 많지만 그건 단 한 번도 어기지 않았어. 왜 그런지는 나도 모르지." 그녀는 어깨를 으쓱했다. "고집이겠지, 아마도. 그렇게 화려하게 타락해버리면 부모님이 얼마나 좋아하겠어. 내 인격적 결함을 확신하는 부모님의 못 박힌 믿음을 완전히 확인시켜주는 꼴이잖아."

처음 샬럿이 로렌스와의 일을 설명할 때 마거릿은 속으로 부글부글 끓었다. 하지만 그녀가 부정한 남편과 냉정한 부모 얘기를 꺼내자 마음이 조금 누그러졌다.

"호텔 방에 올라간 건 정말, 정말 멍청한 짓이었어." 마거릿이 말했다. "그래도 나와서 다행이네. 하워드가 무슨 짓을 했든 자기가 신념과 결혼 서약을 지킨 점은 존경스러워. 하지만 샬럿, 한 가지 이해가 안 돼. 왜 하워드를 떠나지 않아? 그냥 이혼하면 되잖아. 자기 말이 사실이라면 애초에 결혼이라 부를 수도 없잖아. 그러니 그 굴레에서 벗어나 자유롭게 살면 안 돼? 그러면 다른 사람을 만날 수도 있을 거야. 설령 그렇지 않더라도, 적어도 삶은 온전히 자기 것이 될 테니까."

샬럿은 고개를 저었다. "부모님이 아주 분명히 말씀하셨어. 하워드가 무슨 짓을 하든 상관없대. 내가 이혼하면 단 한 푼도 주지 않겠대."

"그건 알지만…." 마거릿은 몸을 앞으로 숙였다. "단지 돈이잖아. 자유와 자존심에 비하면 그게 얼마나 중요하다고."

"하, 무슨 그런 멍청한 소릴 해!"

이제 술기운이 거의 가신 샬럿의 눈빛은 하는 말만큼이나 날카로웠다.

"솔직히 말해서 마거릿. 이상주의는 책이나 영화에서나 멋들어지지. 현실 세계에선 돈이 중요해. 아니, 돈이 안 중요해도 그게 문제가 아니야. 애들도 빼앗겠다고 했어."

"뭐?" 마거릿은 귀를 의심했다. 샬럿의 부모님이 문제 많은 사람이라는 건 알았어도 불륜을 저지른 사위를 두둔하며 친딸을 버린다니 믿을 수가 없었다. "설마 그럴 리가. 말이 되냐고!"

샬럿은 몸을 뒤로 젖혀 한 팔을 허리에 두르고, 주먹 쥔 손의 팔꿈치를 그 팔에 괴었다. 손가락 사이에는 여전히 담배가 끼워져 있었다.

"그럴 거야. 단숨에"

"그렇다면." 마거릿은 눈을 껌벅이며 생각을 가다듬었다. "법정에서 맞서 싸워야지. 하워드가 바람피운 걸 얘기해. 그렇게 오랫동안 아내를 배신한 남자에게 양육권을 줄 리가 없잖아."

샬럿은 눈썹을 치켜올렸다. "그러면 정신병원 다녀온 엄마한테는 흔쾌히 줄까? 일주일에 두 번씩 정신과에 가고 밀타운 처방까지 받는 사람한테? 아, 제발 순진하게 굴지 마." 마거릿이 반박하려 하자 샬럿은 담배를 휘두르며 말을 잘랐다. "왜 돈이 중요한 줄 알아? 그게 힘을 사기 때문이야. 결과를 좌우하고 사람을 무너뜨리는 힘, 세상을 자기 뜻대로 비틀어버릴 힘. 그리고 그 돈, 그 힘, 그 권력을 쥔 건 누구야?"

"남자들이지, 당연히. 가끔 영리한 여자가 남자 친척들보다 오래 살아서 상속을 차지하긴 해도 나머지 우리 같은 사람들은?" 그녀는 고개를 저었다. "우린 그들이 불러주는 대로 몸을 흔들 수밖에 없어. 얼굴과 요령을 이용해 그 자식들이 던져주는 부스러기나 얻어먹는 거지. 우리 엄마 말이 맞아. 여긴 남자들 세상이야. 우리가 할 수 있는 건 아무것도 없어."

샬럿은 담배를 입술에 가져갔고 고개를 오른쪽으로 젖혀 방 안을 두리번거렸다. 눈빛이 쓰디쓴 원망으로 번뜩였다.

"그 망할 웨이트리스는 다 어디 갔어? 술이 더 필요해."

패배주의에 젖어 체념과 냉소, 술로 몸을 숨기는 샬럿의 말에 마거릿의 속은 부글부글 끓어올라 결국 폭발하고 말았다.

"예술가는 망할, 완전 가짜네."

샬럿의 고개가 마거릿 쪽으로 홱 돌아갔다. 보이지 않는 주먹에 얻어맞은 사람처럼 충격을 받은 얼굴이었다.

"뭐라고 했어?"

마거릿은 몸을 앞으로 기울였다. "가짜라고 했어. 그리고 겁쟁이네. 여자가 사회적 역할에서 벗어나야 한다느니, 신비화의 신화를 깨뜨려야 한다느니, 권리와 평등을 외치며 운명을 스스로 선택할 자유를 요구해야 한다느니, 늘 떠들던 말들, 결국 전부 빈말이었지, 안 그래? 그저 심심풀이로 집착하다가 질리면 버리는 장난감 같은 거였잖아. 그림 그리다가 그러는 것처럼."

이를 악물며 담배를 비벼 끈 샬럿이 손을 덜덜 떨며 담뱃갑을 낚아채 새 담배를 꺼냈다.

"닥쳐, 매기. 우리 우정을 지키고 싶으면 거기까지만 해." 샬럿은 라이터를 열었지만 불이 켜지지 않자 그대로 탁자 위에 내던졌다. "도대체 네가 뭔데, 마거릿 라이언? 가정주부지. 오하이오 출신의 아무것도 이닌 여자! 내 그림이나 예숭에 대해 뭘 아는데?"

"거의 아무것도 모르지." 마거릿이 말했다. "하지만 네가 진지하게 임하지 않는다는 건 알 만큼 알아. 항상 미술계는 남자들만의 클럽이라 그러고, 자기는 형편없는 화가에다 단 한 번도 진짜 독창적인 작품은 그린 적이 없다면서 투덜대잖아. 그게 사실이면 왜 뭔가를 하지 않는데? 왜 공부하거나 다시 학교에 다니고, 진짜 예술가들이 자기만의 스타일을 만들려고 시도하는 일들을 하지 않는데? 하지만 끝내 안 하겠지. 이유가 뭔지 알아?" 마거릿은 탁자 가장자리를 움켜쥐었다. "겁쟁이니까. 스스로 충분하지 않다고 심연에서부터 두려워하니까."

"난 충분하지 않아!"

"하지만 어떻게 알아? 시도조차 안 하는데 어떻게 아냐고? 불평하는 데 쓰는 에너지 절반만 그림에 쏟아부었으면 지금쯤은 나아졌을지도 모르지. 설령 아니라 해도 적어도 진실은 알았겠지. 최소한 열심히 정직하게 노력했다는 명예라도 얻었겠지."

"아, 집어치워." 샬럿이 대꾸했다. "걸스카우트 같은 소리 하고 있네. 세상을 바꿀 수 있는 줄 아는구나, 마거릿."

마거릿은 의자에 등을 기대어 앉았다. "자긴 안 믿는구나. 그걸 안 믿는데 북클럽은 왜 시작했을까. 그럼 베티들은 애초에 존재하지도 않았겠지."

"벌써 잊었구나." 샬럿이 반박했다. "내가 시작한 게 아니잖아. 쿠키 들고 순진한 눈빛으로 문을 두드리면서 북클럽을 만들자고 한 게 누군데. 그것도 『나를 있게 한 모든 것들』을 읽자면서 말이야. 그대로 따랐다면 모임 이름이 베티 스미스가 됐으려나. 내가 참여한 이유는 단 두 가지였어. 삶이 지루했고, 네가 안쓰러워 보여서."

샬럿의 날 선 말은 노린 바를 정확히 겨냥했지만 깊게 꽂히지는 않았다. 서로를 알 만큼 충분히 알았기에 마거릿은 그 수법을 알아차렸다. 남의 불안을 건드려 자기 불안을 감추려는 시도라는 걸. 마거릿이 걸려들지 않자 샬럿은 한숨을 내쉬었다.

"그만 가자, 알았지? 더는 얘기하고 싶지 않아. 어차피 중요하지도 않아."

"아니, 중요해. 자기가 원하니까, 샬럿. 너무 간절히 원해서, 무슨 일이 기다리는지 알면서도 호텔 방에 올라간 거잖아. 그리고 여차하면…" 마거릿은 두 손가락을 바짝 붙이며 말했다. "사랑하지도 않는 남자에게 몸을 내주고 재능이 아니라 성을 거래하면서 윤리를 타협할 뻔했다고. 뭘 위해서? 그 남자가 언젠가 '누군가'를 소개해줄지도 모른다는 막연한 가능성? 그게 네가 진짜 원하는 거, 좋은 예술가가 되는 거랑 무슨 상관이야? 없어. 자기도 알고 로렌스도 알 거야."

마거릿의 목소리는 간절했다. "잠깐만 곰곰이 생각해봐, 샬럿. 스스로를 진지하게 대하지 않으면서 어떻게 그 남자나 다른 누군가가 진지하게 대해주길 바랄 수 있어?"

"허, 위인 납셨네! 나한테 스스로를 진지하게 대하라고 훈계하다니." 샬럿은 고개를 뒤로 젖히며 날카로운 웃음을 한 번 터뜨렸다. "이 연설, 미리 준비라도 한 거야, 매기? 아니면 즉흥으로 떠드는 거야? 그렇다면 그 한심한 칼럼은 때려치우고 소설가로 전향하지 그래. 정말, 여태껏 지어낸 스토리 중 최고야. 아마 앞으로도 이 이상은 못 쓸걸? 지금 하는 걸로 봐선 말이야."

샬럿은 또 웃음을 터뜨렸고 멈추지 않고 계속 웃어댔다. 비수가 조금 더 깊이 파고들었다. 마거릿은 이를 악물고 의자를 뒤로 밀어냈다.

"늦었어. 이제 가자."

샬럿은 꼼짝도 하지 않았다.

"솔직히 말해, 나만 겁쟁이는 아니잖아, 마거릿? 넌 진지한 작가가 되고 싶다면서 정작 진지한 글은 한 번도 쓰지 않았잖아. 그냥 의미도 영양가도 없는 글이나 쓰고 있지. 가정주부들이나 떠먹으라고. 왜일까? 다른 걸 시도할 용기가 없으니까. 만약 시도했다가 네가 쓸 수 있는 건 결국 그 진부한 잡탕이란 게 증명될까 봐 두려운 거잖아."

"그건 좀 부당해." 마거릿이 말했다. "내가 다른 글을 써보려고 애쓴 거. 칼럼 속에 의미를 슬쩍 담아보려 한 거 알잖아. 하지만 편집자가 계속 거절했어. 내 잘못이 아니야."

"의미를 슬쩍 담는다?" 샬럿은 건조하게 받아쳤다. "진짜 의미 있는 글을 쓰는 거랑은 꽤나 다르지, 아닌가? 하지만 좋아, 지금은 그 얘긴 접어두고. 네가 정말 가치 있는 글을 쓸 능력과 용기가 있다고 치고, 그 길을 막는 건 편집자라고 가정해보자. 그렇다면 네 길목에 있는 장벽이 내 장벽과 뭐가 다른데? 왜 내가 문지기들에게 막히면 '불평과 투덜거림'이 되고 네 경우엔 단순히 '내 잘못이 아니다'가 되지?"

"난 그런 뜻으로 말하지 않았어."

샬럿은 싸늘한 시선을 보냈다. "아니, 분명 그렇게 말했어. 그리고 모르지? 어쩌면 네 말이 맞을지도. 하지만 맞다면 우리 둘 다에게 똑같이 적용되겠지. 그러니까 **가짜니 겁쟁이니** 하는 말을 내뱉기 전에 거울부터 들여다보는 게 어때? 그동안은…."

샬럿은 담뱃갑을 핸드백에 쑤셔 넣고 자리에서 일어섰다.

"어디 가는데?"

"술이나 더 마시고 택시 부를 거야."

샬럿이 계단 쪽으로 향했다. 마거릿은 황급히 일어나 따라갔다.

"미안해. 내가 선을 넘었어. 사과할게. 그냥 집으로 같이 가서 잊어버리자, 알았지? 샬럿, 제발 그만해. 이 시간에 컨커디아까지 가주는 택시 기사는 없어."

샬럿은 홱 돌아서서 마거릿을 노려보았다.

"차라리 한 발짝씩 걸어가는 게 낫지, 너랑 1분이라도 더 같이 있는 것보다는."

27장
동시에 벌어진 일들

1963년 8월

조지타운에서 일이 있고 사흘 뒤, 마거릿은 수화기를 들어 샬럿네 전화번호를 눌렀다. 필요하다면 한없이 낮아져서라도 거듭 사과할 작정이었다.

선을 넘어서 너무 몰아붙였다. 물론 샬럿도 그랬지만 누군가는 먼저 손을 내밀어야 하지 않을까? 각자 마음을 추스르는 시간을 가졌으니 이제 자신의 후회가 전해져 두 사람 다 지난 일은 잊을 수 있기를 바랐다.

전화가 연결되고 얼마 되지도 않아 샬럿은 그녀의 말을 잘랐다.

"그래, 알겠어. 그런데 지금은 얘기할 시간이 없어, 마거릿."

"아, 그래? 그럼 내일은 뭐 해? 약국 앞에서 만나 점심이나 할까? 내가 살게."

"고마운데 시간이 없네. 그냥 너무 바빠서."

"내가 도울 건 없고?"

"없어. 아무튼 고마워."

"그래, 그럼… 북클럽에서 보는 거지?"

"모르겠어. 상황 봐서."

거기까지였다. 전화해줘서 고맙다고만 덧붙인 샬럿은 제대로 된 인사도 없이 서둘러 전화를 끊었다.

이후 보름이 지나도록 둘은 한마디도 나누지 못했다. 비브와 빗시도 샬럿 소식을 전혀 듣지 못했다. 단 한마디도.

"걱정 내려놔." 마거릿의 전화에 비브가 말했다. "새 프로젝트에 푹 빠져서, 그림을 시작했거나 아니면 다이닝룸 벽지를 바꾸고 있겠지. 샬럿 원래 잘 그러잖아."

마거릿은 알고 있었다. 이제는 서로를 잘 아니까. 하지만 이번엔 달랐다. 보통 샬럿이 폭주할 때는 들뜨고 활기가 가득해 거의 어쩔 줄 모르는 목소리로 말했다.

"이번엔 어땠는데?" 비브가 물었다.

"진지했어. 잘 지내는지도 알고 싶은데." 마거릿은 입술을 깨물며 드니스와의 약속을 떠올렸다.

"괜찮겠지." 비브가 안심시켰다. "어제만 해도 나 들어가는 길에 샬럿이 차를 몰고 나가더라고. 날 보더니 손 흔들고 웃었어. 멀쩡해 보이던설."

마거릿은 고개를 끄덕였다. 지난 며칠간 일부러 저녁 산책길을 샬럿네 집 쪽으로 틀었고 창문에 불이 켜진 것도 보았다. 진입로에 세워진 하워드의 차도 두 번 정도 확인했다. 겉으로는 아무 문제도 없어 보였다.

"아직 화가 안 풀렸을 수도." 비브가 말했다. "곧 풀리겠지. 그냥 시간을 좀 두고 딴 데 신경 써봐."

말은 쉽지. 마거릿은 단지 샬럿이 걱정되는 게 아니었다. 그녀가 그리웠다. 그날 저녁 빗시 집에서 모이는 북클럽에 샬럿이 꼭 나타나기를 간절히 바랐다. 그러나 오후에는 신경 써야 할 다른 일이 있었다.

마거릿은 불편하게 설계된, 낮고 조그만 딱딱한 의자에 몸을 굽혀 앉았다. 의자 앞에는 검은 바탕에 금색 글씨로 된 '교감. 데이비드 K. 맥그루버' 명패가 있었다.

컨커디아중학교는 문을 연 지 채 2년도 안 되었는데, 교내 공기가 이미 바닥 왁스, 햄버거 기름, 분필 가루, 고무, 땀 냄새 범벅이었다. 그녀가 어릴 적 데이턴에서 다니던 중학교 냄새와 똑같았다. 문이 열리고 데이비드 K. 맥그루버가 들어서는 순간 혹시 공립학교 교감이라는 직책도 찍어내는 규격품 같은 게 아닐까 하는 의구심이 일었다.

단추 같은 눈에 줄무늬 보타이, 싸구려 회색 양복 그리고 네모난 머리를 더 각져 보이게 하는 헤어스타일까지, 맥그루버 씨는 마거릿의 옛 교감이었던 포스딕 선생님을 판박이처럼 빼닮았다. 너무나 똑같아서 섬뜩할 지경이었다. 제발 성격만큼은 덜 고집스럽기를 바랄 뿐이었다.

맥그루버 교감은 자리에 앉아 책상 위에 두 손을 가지런히 올렸다.

"안녕하세요, 보자…" 그는 황갈색 종이 폴더를 펼쳐 안의 서류를 흘끗 내려다보았다. "라이언 부인. 상담을 신청하셨다고 들었습니다만."

"네, 맞아요. 제 딸아이에 관해 드릴 말씀이 있어서요."

그는 다시금 파일을 내려다보았다.

"엘리자베스. 9월에 입학 예정이지요?"

"베스예요." 마거릿이 정정했다. "네. 이미 수업에 등록했고 밴드도 신청했어요."

교감의 얇은 입술이 벌어지며 니코틴에 누렇게 물든 치아가 드러났다. "훌륭합니다! 정말 반갑네요! 올해가 밴드 첫해인데 기대가 큽니다. 후버 씨는 제가 직접 면접을 보고 채용했거든요. 밴드를 잘 이끌어주실 겁니다."

"네, 그러시겠죠. 그런데 사실 그분 때문에 제가 이렇게 온 거예요. 그분이 교감 선생님과 얘기하라고 하시더군요."

맥그루버가 넥타이를 매만지며 말했다. "그렇습니까? 무슨 얘기를?"

"아이들이 여름 동안 연습할 악기를 받으러 갔을 때 후버 선생님이 베스에게는 플루트, 피콜로, 클라리넷, 오보에 중에서 고르라고 하셨대요."

"그렇습니다. 문제가 있나요?"

허리가 아팠던 마기릿온 작은 의자에서 몸을 앞으로 내밀며 무릎을 덮은 치맛자락을 매만졌다. "문제가 있죠. 베스가 하고픈 악기는 따로 있어요. 트롬본을 하고 싶어 해요."

"트롬본을 하고 싶다?" 교감의 눈이 휘둥그레졌다. "왜죠?"

"영화 〈뮤직맨〉을 봤는데 트롬본에 반해버렸거든요." 교감은 멍한 얼굴이었다. 마거릿이 눈썹을 치켜올렸다. "아시죠, 영화에 나오는 노래 〈세븐티식스 트롬본즈〉. 로버트 프레스턴이 악단 지휘자로 나오고 셜리 존스가 사서 마리안으로 나온 영화요."

"저와 아내는 영화관에 가지 않아서요." 그는 목소리와 표정으로 단지 가지 않는 게 아니라 영화관에 가는 사람들이 못마땅하다는 기색까지 드러냈다.

역시 교감들은 규격품인 게 분명했다.

"아. 아무튼, 훌륭한 영화였어요. 그걸 본 베스는 트롬본이 하고 싶어겼고요."

"말씀은 이해했지만… 왜죠? 왜 여학생이 트롬본이 하고 싶다는 겁니까?"

마거릿은 고개를 갸웃했다. "그럼 왜 여학생은 플루트를 하고 싶을까요? 클라리넷은요? 그냥 하고 싶어서요. 소리가 좋아서든, 음악이 좋아서든, 아니면 로버트 프레스턴이 멋져서든. 저도 몰라요. 뭐가 다르죠?"

"그저 아주 드문 경우라. 여학생이 트롬본을 맡은 적은 없거든요."

"밴드도 이번이 처음이잖아요. 뭐든 처음은 있는 법이죠."

그는 양 손깍지를 더 세게 낀 채 고개를 저으며 앞으로 몸을 기울였다. 검은 뿔테 안경이 코 중간까지 흘러내렸다.

"라이언 부인, 저는 사회적 관점에서 볼 때 이게 베스에게 어떤 영향을 줄지 우려되네요. 이 나이에는 규범에 따르는 게 중요하죠. 따님도 다른 아이들과 어울려야 하지 않겠습니까?"

마거릿은 머뭇대다가 역할과 장벽 그리고 베티들을 떠올렸다.

"솔직히, 맥그루버 선생님. 제 딸이 다른 여자애들이랑 잘 어울리는 문제는 제가 가장 덜 걱정하는 부분이에요."

***

마거릿이 베스의 트롬본 연주에 대해 교감의 마지못한 승인을 얻고서—그것도 행정구역 규정을 샅샅이 뒤진 끝에 금지 조항이 전혀 없음을 밝혀낸 후에—컨커디아중학교를 나서던 바로 그때, 비브는 프랜 의사의 진료실 문틈으로 고개를 내밀었다.

"인사는 드리고 가려고요."

차트를 넘기던 의사가 고개를 들어 풀이 죽은 바셋하운드처럼 축 늘어진 갈색 눈을 껌벅였다. "출산일까지라도 있어주면 안 될까? 월급을 올려주면? 아니면 설압자를 평생 쓸 만큼 줄까? 점심시간을 더 길게 준다든가?"

"점심시간을 가져본 적도 없는걸요. 선생님도 그렇고." 비브가 안으로 들어섰다. "괜찮으실 거예요. 믿을 만한 사람 손에 맡겨두고 가니까 환자들도 좋아할 거고요."

"맞아요." 프랜이 자리에서 일어섰다. "얼린을 만나서 다행이죠. 좋은 간호사예요."

"최고죠." 비브가 맞장구 쳤다. "똑똑하고 능수능란하고, 헌신적이면서 친절하기까지 하잖아요. 환자들도 금세 마음을 열었고요. 선생님과 함께 일할 수 있어서 정말 기뻤어요. 얼마나 큰 의미였는지 아마 절대 모르실 거예요. 하지만 얼린은 바로 근처에 살고 풀타임으로 일할 수 있으니 말은 바로 하자고요. 선생님이 처음부터 찾던 간호사가 바로 그녀잖아요."

고개를 비스듬히 기울인 비브는 부정할 수 있으면 해보라는 듯 바라보았다. 두 사람 모두 그럴 수 없다는 걸 알고 있었다. 프랜이 책상 뒤에서 나오자 비브가 손을 내밀었다.

"이상해요." 프랜이 말했다. "그냥 악수만 하고 이렇게 헤어지는 게. 가기 전에 커피숍에 들러 도넛이라도 하나 먹을까요?"

"그럴 시간 없으시면서. 아고스티 씨가 2번 진료실에 계세요. 위궤양이 도졌대요. 저도 이제 가야 하고요. 오늘 밤 북클럽 모임이 있거든요."

"아, 그 악명 높은 베티들 말이죠. 이번 달엔 무슨 책이에요?"

"버지니아 울프의 『자기만의 방』을 읽어요."

"마음에 들어요?"

"생각보다 훨씬. 우선 책이 얇아요. 확실한 장점이죠." 비브가 웃었다. "제가 마거릿처럼 글 쓰는 사람이었으면 더 공감했을 거예요. 하지만 여자도 자기만의 무언가, 조금이나마 반짝일 기회가 필요하다는 생각은…"

비브는 고개를 끄덕이다 말끝을 흐렸다. 프랜도 함께 고개를 끄덕이며 말로 다 하지 않은 것의 의미까지 이해한다는 눈빛을 보냈다.

"그럼, 이제 가봐야겠네요."

두 팔을 벌리며 한 발 다가온 프랜은 비브의 불룩해진 배를 감안해 허용되는 한도의 포옹을 건넸다.

"그리울 거예요, 부스케티 간호사."

"저도 그리울 거예요, 조르다노 선생님. **이 일이** 그립겠죠."

비브는 훌쩍였다. 한 발 물러난 프랜이 고개를 숙여 그녀의 눈을 마주 보았다.

"진심이에요. 몇 주만 더 있어도 괜찮아요."

비브는 고개를 저었다. "간호사 두 명을 감당하실 수 없잖아요. 게다가 저는 이 꼬마를 맞을 준비에 너무 기대돼요." 그녀는 애정 어린 손길로 둥글어진 배를 쓸었다. "그리고 아이들과 시간을 더 보낼 수 있다는 것도요. 빈스는 고등학교 졸업하자마자 입대할 거라서 이번 여름이 우리 가족이 함께할 마지막 여름이 될 거예요. 놓치고 싶지 않네요."

프랜은 손을 뻗어 비브의 어깨에 얹었다.

"지금으로서는 옳은 선택을 하고 있어요. 당신은 훌륭한 간호사예요, 비브. 언젠가 다시 돌아올 거라는 예감이 들어요."

"두고 봐야죠. 지난 일요일 미사에서 발렌티 신부님이 전도서 말씀을 인용하셨거든요. '범사에 기한이 있고 천하만사에 다 때가 있다'고요." 비브는 배를 가볍게 두드렸다. "어쩌면 우습게 들릴 수도 있지만, 꼭 저한테 주신 메시지 같았어요."

프랜이 미소 지었다. "그럴지도 모르죠."

***

비브가 마지막으로 진료소 문을 나서던 그 시각, 샬럿은 유니언역을 빠져나오고 있었다. 가죽 포트폴리오에는 그림 두 점과 스케치 세 점이 들어 있었다. 당일치기로 필라델피아에 갔다가 돌아오는 길이었다. 최근 몇 년 새 두 번째 방문이었다.

2년 전 뉴욕 갤러리들에게서 아무런 관심도 격려도 받지 못한 샬럿은 운을 시험해보겠다며 필라델피아로 향했다. 결과는 조금 나을 뿐 별반 다르지 않았다.

대부분의 갤러리 관장은 그녀의 작품을 흘긋 보기만 하고 일축했다. 하지만 니콜라이 페도로프 씨―큰 키에 나이가 지긋하고 러시아 억양이 짙은 말수 적은 노인으로, 세련됨과는 거리가 먼 동네 2층 벽돌 건물에서 작은 갤러리를 운영했다―만은 그녀의 포트폴리오를 진지하게 살폈다. 시간을 들여 페이지를 넘기고, 앞으로 되돌아가 확인하고, 눈을 가늘게 뜬 채 중얼중얼 읊조리며 고개를 숙여 자세히 들여다보았다.

샬럿은 숨을 죽이고 그의 얼굴만 쳐다봤다. 그의 표정과 혼잣말을 해석하려 애썼다. 이렇게까지 오래 들여다본다면 뭔가 의미가 있지 않을까? 마음에 안 들었으면 진작 덮어버리고 다른 관장들처럼 시간 낭비라며 돌려보냈을 터였다.

마침내 고개를 든 노인은 샬럿을 향해 다시 눈을 가늘게 떴다. 침묵 속에서 평가받는 기분이 들어 샬럿의 심장은 세차게 뛰었다. 더는 버틸 수 없자, 샬럿은 가방에서 담배를 꺼내 물으며 물었다.

"그래서요?"

페도로프 씨는 미간을 찌푸리며 검지를 들어 앞뒤로 저었다. 담배를 다시 집어넣고 가방을 닫은 샬럿은 허리를 곧게 펴고 기다렸다.

"내 생각에는….." 노인은 입술을 달싹였다. "아직인 것 같소. 아직 준비가 안 됐다고 생각하오."

샬럿의 가슴이 철렁 내려앉았다. 하지만 아주 잠시뿐. '아직'이라는 말을 바라던 건 아니었지만 '아니오'와는 다르지 않나? 지금까지 줄곧 들었던 대답은 '아니오'뿐이었으니.

"그럼 제가 준비가 될 수 있다는 말씀인가요, 언젠가는?"

"언젠가는. 아니면 영원히 안 될지도. 장담할 수는 없소. 하지만 내 생각에는…" 노인의 찡그림이 더 깊어져 덥수룩한 흰 눈썹이 서로 맞닿을 정도로 모였다. "어쩌면 당신은 진지하지 않은 건지도."

샬럿은 그의 말에 끼어들어 부정했다. 노인은 손을 들어 제지했다.

"당신은 진지해지는 걸 두려워하는 것 같소. 어쩌면 바뀔지도 모르지. 하지만 오늘은?" 포트폴리오를 덮은 그가 옹이진 손을 갈색 가죽에 올려놓았다. "아직은 아니오."

그는 자리에서 일어나 걸어갔다.

샬럿은 뒤따르며 항의도 하고 애원도 했다. 소용없었다. 그는 다시 손가락을 들어 더 이상은 듣지 않겠다는 신호를 보내더니 문을 열고 들어가 버렸다.

분노에 북받친 샬럿은 눈물을 조금 흘리다 택시를 타고 기차역으로 향했다. 뉴욕으로 돌아오는 길, 기차 안에서 마티니 세 잔과 밀타운 약을 입에 털어 넣었고, 다음 날 아침에는 눈이 찢어질 듯한 두통에 시달리며 고통스러웠던 하루를 다시는 떠올리지 않으려 애썼다.

큰 그림에서 보자면 성과가 있었다. 그러나 마거릿이 노인과 똑같은 말, 바로 진지하지 않다는 말을 했을 때, 그녀는 억양이 강한 노인의 얼굴을 떠올렸다. 페도로프 씨는 전혀 모르는 남이었지만, 내면을 꿰뚫는 묘한 통찰을 지닌 사람이었다. 그렇다면 마거릿은?

글쎄, 마거릿은 지독하게 성가실 때가 있었는데, 특히 순진한 중산층 소녀처럼 세상에나, 하고 놀라며 모범생 걸스카우트 흉내를 낼 때는 더더욱 그랬다. 어쩌다 그런 폴리애나* 같은 애와 친구가 됐을까? 그러나 샬럿은 알았다. 마거릿은 **친구이고**, 때론 친구가 나보다 나를 더 잘 아는 법이었다.

조지타운 술집에서 부딪쳤던 그날 밤, 샬럿은 차를 찾은 뒤 매디슨 호텔에 묵었다. 혹시라도 로렌스를 마주칠까 싶어 호텔 레스토랑은 피했다. 다음 날 아침 컨커디아로 돌아와서는 본격적으로 일에 매달렸다. 바로 **진지한** 작업에.

하위는 여름학교에 있었고 막내들은 여전히 캠프에 가 있었다. 그래서 샬럿은 하루하루 다른 일은 제쳐두고 그림만 그렸다.

물론 가끔은 방해를 받았다. 마거릿이 한 번 전화를 걸어와서는 그날의 말다툼을 두고 분위기를 풀어보려는 듯했다. 그러나 그럴 필요는 없었다.

모든 것이 샬럿이 바라는 대로 되기만 한다면, 마거릿이 벌집을 건드려 준 데 대해 되레 고마워하게 될 터였다. 그건 다음번 베티들 모임에서야 설명할 일이었다. 지금은 집중하는 게 우선이었다. 하워드가 일주일에 서너 번 집에서 자는 건 전혀 도움이 되지 않았다. 왜 갑자기 변화가 생겼는지는 알 수 없었다. 혹시 애인이랑 헤어졌나? 물어보지도 않았다. 그런 소동이나 감정극에 에너지를 소모할 수는 없었으니까.

---

* 엘리너 H. 포터가 1913년에 쓴 소설 『폴리애나』의 주인공. 낙천적인 고아 소녀로, 순진할 정도로 지나치게 긍정적인 사람을 뜻하는 문화적 아이콘이다.

대신 샬럿은 그에게 저녁을 차려주었다. 어쩔 수 없는 일이었고, 마거릿의 도움으로 스파게티와 그럭저럭 먹을 만한 미트로프 정도는 만들 수 있었다. 맨해튼 칵테일을 타주었으며 그의 이야기를 듣는 척했다. 어느 날 밤 그가 다가와 드레스를 내리고 브래지어를 풀었을 때도, 샬럿은 내버려두었다.

어두운 방에 누워 그의 행위가 끝나기를 기다리며, 샬럿은 분노와 치욕을 낱낱이 응시했다. 마치 모델을 관찰하듯, 자세와 선 그리고 날것의 굴욕에 벼려진 날카로운 증오의 칼날을. 그것을 견딜 수만 있다면, 쓸모가 있었다. 잘만 이용하면 통제권은 그가 아닌 자신에게 넘어올 테니.

샬럿은 할 수 있는 한 많이, 열심히 작업했다. 무작정 몰아붙이기보다는 사려 깊고 꾸준하게 임했다. 커피는 완전히 끊었고 술도 줄였다. 밀타운 복용량은 우선 4분의 1에서 시작해 절반까지 줄였다. 그리고 전보다 더 자신을 몰아붙였다. 숨겨진 생각과 꾸밈없는 감정을 명료한 눈으로 들여다보며 고유하고 우아한 것으로 바꾸려 애썼다. 예술로 말이다.

첫 시도가 만족스럽지 않으면 다시 시작했다. 또다시 그리고 또다시. 마침내 **만족할** 때까지, 최선의 힘을 끌어냈다는 확신이 들 때까지. 그것은 충분했을까?

갤러리에 들어서자 페도로프 씨가 그녀를 향해 몸을 돌렸다.

"아, 다시 왔군요." 그의 목소리는 2년 만이 아닌 불과 2분 전에 들었던 것처럼 익숙했다. 그녀의 팔에 끼워진 포트폴리오를 본 그는 손가락을 까딱여 오라고 불렀다.

"어서. 한번 보도록 하죠."

지난번과 같았지만, 아직은 몰랐다.

페도로프 씨는 예전처럼 시간을 들여 작품을 넘겼다. 눈을 가느다랗게 뜨고 뭐라고 중얼거리며, 고개를 끄덕였다. 하지만 이번에는 샬럿을 대화에 끌어들였다. 잘한 부분을 짚어주고 기대에 못 미친 점들을 알려주었다. 예기치 못한 방식의 계몽이었다. 페도로프 씨가 마침내 그림에서 시선을 거두고 샬럿을 바라보며 묵직한 두 손을 그녀의 어깨 위에 올렸을 때, 샬럿은 그가 무슨 말을 할지 이미 알고 있었다.

"**이제야**, 진지해졌소." 페도로프 씨는 사자의 갈기 같은 머리를 천천히, 존중을 표하듯 끄덕였다. "자랑스러워해도 좋소. 당신은 성실히, 뜨거운 열정으로 노력했소."

"하지만 큰 재능은 없군요." 샬럿이 말했다.

그는 서글픈 미소를 지었다. 너무 다정해 부성애마저 느껴지는 목소리였다.

"그렇소."

그의 대답이 훅 치고 들어왔다. 짧고, 솔직하며, 최종적인 한마디. 샬럿은 소용돌이치는 감정에 휘말렸다. 실망, 좌절, 상실, 체념 그리고 뜻밖의 안도감. 오래전부터 짐작해온 병의 진단을 결국 받은 환자가 된 기분이었다.

마침내 확인된 것이다.

적어도 이제는 알았다. 이제 그 감정들을 하나씩 분리해 마주할 수 있었다. 붕괴되지 않고도, 도망치고 싶다는 충동에 굴복하지 않고도, 느낄 수 있었다. 지난 몇 주간 자기 내면을 깊이 들여다보는 힘든 작업에서 얻어낸 새로운 능력이었다. 쉽지는 않았지만 배울 수 있는 일이었다. 계속 해나가면 더 능숙해질 터였다.

재능은 달랐다. 버릴 수는 있어도 배울 수는 없는 것. 있거나 없거나 둘 중에 하나. 위대해지려면 그 재능이 아주 많아야 했다. 샬럿에게는 재능이 있긴 했지만 충분하지 않았다.

이제 알았다. 하지만 심연에서는 늘 알지 않았던가?

페도로프 씨는 두터운 손으로 다시 그녀의 어깨를 움켜쥐었다.

"자!" 그가 말했다. "차를 끓이고 갤러리를 보여주겠소. 그다음에 이야기를 나눕시다."

은은한 정향을 우리고 꿀로 달콤한 맛을 낸 차가 우아한 유리 찻잔에 담겨 나왔다. 두 찻잔 모두 고급 순은 홀더로 감싸여 있고, 홀더에는 쌍두독수리가 발톱으로 왕의 지팡이와 구슬을 움킨 화려한 문장이 새겨져 있었다. 샬럿은 두 손으로 잔을 쥐고 갤러리를 거닐며 작품 하나하나 앞에서 발걸음을 멈추었다. 전시된 세 화가의 이름은 생소했지만 작품들은 놀라웠다. 페도로프 씨의 예술적 안목은 의심할 여지가 없었다.

"고맙소." 그는 고개를 잠시 숙였다. "당신처럼 나도 그림에 열정이 있소. 하지만 재능은 없지. 그렇지만." 그는 손가락을 들어 올리며 말했다. "나는 다른 이들에게서 재능을 보오. 때로는 그들 자신이 보지 못하는 것까지. 그것이 내 재능이오. 나는 예술을 사랑하기 때문에 이 재능을 나누고 싶소. 그 예술가들을 돕는 것이오."

그는 한 그림으로 시선을 돌리고 고개를 천천히 끄덕이며, 그녀가 아닌 자신에게 말하듯 읊조렸다.

"좋은 인생이지."

완벽하지 않은 영어였어도 샬럿은 충분히 이해할 수 있었다. 기묘한 일이었다. 왕족의 후손인 듯 보이는, 그리고 어쩌다 보니 필라델피아에 정착하게 된 러시아 망명 노인과 자신 사이에 이렇게 많은 공통점이 있을 줄이야. 하지만 그것은 사실이었다.

두 사람은 한 시간 넘게 이야기를 나누었다. 기차 시간이 아니었다면 더 오래 머물렀을 것이다.

컨커디아로 돌아오는 길에도 그녀의 머릿속에는 여전히 그가 맴돌았다. 강렬한 시선과 명료한 비전, 비록 자신의 재능은 보잘것없었지만 예술 세계에 유의미하고 필요한 것을 가져다주리라는 확신. 곱씹을 것이 많았지만 무엇보다 한 문장이 계속해서 마음을 두드렸다.

"좋은 인생이지."

그 말에 진심을 담아 산다는 건 어떤 기분일까? 분명한 목적을 가지고 그 목적을 충족시키기 위해 살아왔다고 확신한다면? 그것은 배울 수 있는 것일까? 그녀 자신도 배울 수 있을까?

차고 문을 열었을 때 비어 있어서 샬럿은 안도했다.

하워드에게 오늘 밤 북클럽 모임이 있다고 말하며 자신이 주최하는 것처럼 둘러댔다. 집에 여자들이 가득하다고 생각하면 그가 집에 안 들어올 거라 여겼던 것이다. 책략이 성공한 듯했다.

집 안으로 들어선 그녀는 그의 이름을 불러 정말로 없는지 확인했다. 대답 없는 고요가 반가웠다. 그리고 마침내 구두를 벗어 던질 수 있는 기회도. 빗시네에 가기 전 샬럿은 면 블라우스와 검은색 슬림 팬츠로 갈아입고 발레 플랫을 신을 생각이었다. 시간이 허락한다면 개운하게 샤워도 하고 싶었다. 하지만 먼저 우편물을 확인하고 싶었다.

옥스퍼드가 처음엔 별로 내키지 않았지만 이제는 드니스의 선택을 이해하기 시작했다.

지난 몇 주간 샬럿은 거의 모든 정신적 에너지를, 창작물을 갈고 닦는 데 쏟았다. 하지만 남아 있는 작은 틈—언뜻 보기에는 꽉 차 보여도 작은 틈새들에는 여전히 공간이 남아서 자갈로 가득한 양동이 틈새마다 물이 절반이나 더 들어갈 수 있는 것과 비슷했다—은 드니스와 버지니아 울프를 위한 자리였다.

불면에 시달리던 샬럿은 『자기만의 방』을 집어 들었다. 100쪽 남짓한 얇은 책이었다. 그러나 그 자갈 양동이처럼 보기보다 훨씬 많은 것이 들어 있었다. 1928년 강연에서 울프는 여성 작가들의 빈약한 문학적 성과를 돌아보며, 오랫동안 여성들이 뛰어난 남성 작가들이 누려온 두 가지 특권을 누리지 못했던 상황을 탓했다. 바로 돈과 사생활.

샬럿은 울프가 옳다는 걸 알았다. 그리고 드니스가 자신은 감히 꿈꾸기조차 힘든 재능의 소유자라는 사실도 알았다. 그 재능이 제대로 꽃필 기회를 반드시 보장해주리라 마음먹었다. 페도로프 씨의 말처럼 다른 이의 재능을 북돋우는 일도 무시할 수 없는 재능이자 외면해서는 안 되는 소명이었다.

하워드는 다른 아이들보다 드니스에게 인색했지만 샬럿은 딸이 공정한 몫을 챙기도록 했다. 아버지가 세상을 떠난 뒤 하워드가 회사를 장악한다면 상황이 복잡해질지도 몰랐지만 지금 당장은 돈이 문제가 아니었다. 드니스는 충분히 가지고 있었다.

그녀에게 필요한 또 다른 것은 바로 사생활이었다. 자기 자신으로 존재하고 자기만의 생각을 하고, 범인이라면 감히 떠올릴 수 없는 차원의 **더 큰** 생각을 할 수 있는 '자기만의 방'. 아직 어려도 드니스는 이미 자신의 재능을 자각하고 있었다. 그것을 키우는 방법은 주위의 방해를 끊어내고, 무대 위에서 내려와 드라마에 참여하기보단 무대 곁 해설자 혹은─구스타프슨 집안에서 태어났다면─투사가 되는 것. 한 가지는 확실했다. 샬럿의 딸로, 하워드와 교활한 조부모까지 간간이 끼어드는 환경에서 자란 드니스는 결코 소재 부족에 시달릴 일은 없을 터였다.

샬럿은 마지막 생각에 미소 지었고, 마음속에 문장으로 새겨놨다가 드니스에게 보내는 다음 편지에 꼭 써야겠다고 다짐했다. 이제 둘은 정기적으로 편지를 주고받았다. 이상하게도 편지로는 더 솔직하게 덜 긴장한 채로 대화할 수 있었다. 바다를 사이에 두고 아이와 떨어져 지내는 건 힘들었어도 지금은 그것이 최선이었다. 드니스에게는 거리와 사생활이 필요했다. 최소한 지금은.

하지만 그게 다는 아니었다.

샬럿은 자신이 어머니로서 실패했음을 누구보다 뼈저리게 알았다. 했어야 할 일과 하지 말았어야 할 일, 해야 했던 말과 해서는 안되었던 말들. 과거는 바꿀 수 없지만 자신이 받지 못했던 자유, 수용, 격려를 딸에게 줄 수는 있었다. 재능 있는 여성이 그에 더해 자기만의 방까지 가진다면 과연 무엇을 이루어낼 수 있을까?

샬럿은 맨발인 채 현관 쪽으로 걸어갔다. 우편배달부가 투입구로 밀어 넣은 봉투 뭉치가 푸른색 오리엔탈 카펫 위에 놓여 있었다. 그중 가장 크고 단단한 마분지 재질 봉투는 사진을 넣을 만큼 컸고 국제 우표와 옥스퍼드 반송 주소가 붙어 있었다. 그것을 집어 든 샬럿이 미소 지었다. 드니스가 카메라를 잘 활용하고 있다는 사실이 흐뭇했다.

손톱으로 봉투를 가르고 커다란 유광 사진 한 장을 꺼냈다. 바티칸, 에펠탑, 베네치아 운하의 사진들을 기대하면서.

그런데 사진 속 낯익은 관목 배경이 눈에 들어왔다. 기억 속의 한 여인이, 고통인지 황홀인지 모를 묘한 표정을 지은 채 고개를 젖히고 있었다. 치맛자락이 허리께까지 올라가 허벅지가 드러나 있고 지퍼는 내려가 있었으며 탐색하듯 뻗은 손 하나가….

그리고 그 옆에는 아주 선명하고 또렷하게 찍힌, 남편의 음흉한 얼굴이 있었다.

28장
껍데기만 남은 사람

말을 듣고 있다 해서 꼭 이해하거나 믿는다는 뜻은 아니다.

당혹스럽고 이상하리만치 무감해진 빗시는 킹에게 다시 한번 말해보라고 했다. 킹은 말하는 대신 모자를 벗어 침대에 내려놓고 그녀 앞으로 한 걸음 다가왔다.

"미안해, 빗시. 이 지경까지는 예상 못 했겠지."

물론, 예상 못 했다. 그러나 핵심은 그게 아니었다. 빗시는 두 발짝 뒤로 물러서 그의 품을 피했다.

"다시 말해봐." 그녀가 따져 물었다.

청바지 주머니에 두 손을 찔러 넣은 킹이 고개를 떨구었다.

"나, 떠날 거야, 빗시. 미안해, 자기. 하지만… 어쩔 수가 없어."

빗시가 두 눈을 껌벅였다. 당혹감은 누그러져서 미미한 정도였다. 그는 진지했다. 농담이 아니었다. 킹이 고개를 들었다. 금방이라도 울 것만 같은 표정이었다.

"내 잘못이야." 그가 말했다. "자기 잘못은 없어. 우리 사이에 어긋나는 데가 있었어도 당신이 가정을 지키려고 최선을 다한 걸 알아."

정말이었다. 빗시는 이 결혼을 지키려고 자신을 뒤집어 탈탈 털어낼 만큼 온갖 애를 다 쓰고 하고 싶은 말을 삼키고 욕망을 눌러 담으며, 시간이 흘러 두 사람의 모래알 같은 거친 성정이 닳고 닳아 마침내 한 알의 진주가, 값진 결실이, 언젠가 뿌듯하게 돌아볼 가정과 삶으로 빚어지리라 믿었으니까.

그녀가 틀렸다. 첫날부터 그랬다.

킹은 사기꾼, 그녀가 믿고 싶은 남자의 껍데기일 뿐이었다.

"그날 집에 와서 말이야." 얼마 전 며칠 사라졌다 돌아온 사건을 두고 그가 말했다. "정말 미안하다고, 다시는 그런 일 없을 거라고 맹세한 건 다 진심이야." 킹은 손을 들어 선서라도 하듯 말했다. "그런데 내가 어디 있으면서 뭘 했는지 물었을 때 나는…" 그가 머뭇거렸다. "그게, 솔직히 털어놓진 않았어."

"생각 좀 해보려고 나가긴 했지, 우리한테 미래가 있을까 고민도 하면서. 한데 장소가 술집이었어. 거기 웨이트리스가 있는데, 샐리 앤이라고. 그녀가…."

잠시 고개를 숙인 그는 곁눈질로 빗시를 흘끔 보았다. 자기를 불쌍히 여겨주길 바라는 눈치였다. 빗시는 그럴 마음이 전혀 없었다.

"시간이 꽤 늦었고 술기운이 남았는데." 그가 말을 이어갔다. "마감 시간이 됐을 때 샐리 앤이 자기 집에 가서 커피 한잔하며 정신 좀 차리자고 하더라고. 그러다가 이런저런 일이 있었고 결국 그 집에서 잤어. 정신을 차리고 나서야 얼른 집에 가서 당신을 용서해줘야지 결심했고."

마지막 말에 빗시의 눈이 휘둥그레졌지만 킹은 알아차리지 못했다.

"그걸로 일단락됐다고 생각했어. 예전처럼 다시 시작하면 그 일은 잊을 수 있으리라고 말이야. 그런데 오늘 샐리 앤이 연락을 했더라고. 그게…."

주저하던 그가 코를 훌쩍이며 잠시간 입술을 꼭 다물었다.

"글쎄, 아기를 가졌대. 내 아이를."

고개 숙인 킹은 주머니 더 깊숙이 두 주먹을 꼭 쥐고 어깨를 축 늘어뜨렸다. 회한에 잠긴 자세가 무색하게 입가엔 희미한 미소가 비쳤다.

"축하할 일이네." 빗시가 말했다.

움찔한 킹이 살짝 고개를 들어 그녀의 축하가 진심이라 착각한 양 짧은 순간 반짝 웃어 보였다. 그러다 그녀의 얼굴에 깃든 표정을 보았다.

"화내는 건 당연해, 빗시. 하지만 우리 사이가 오래전부터 삐걱댔다는 걸 알잖아. 게다가 이제 아기가 생겼으니." 그는 어깨를 들먹였다. "그저 옳은 일을 하려는 거야."

빗시의 눈이 번쩍 뜨였다. 옳은 일? 진심으로 하는 말일까? 그가 옳은 일을 할 기회는 몇 달 전에도 있었지만 그때는 기회를 박차고 나가 난잡한 침대로 뛰어들었다. 정녕 그는 자신의 목소리를 듣고나 있을까? 킹은 옷장을 열어 선반 위 낡은 갈색 여행 가방을 내렸고, 아무렇지 않게 옷을 채워 넣기 시작했다. 떠난다는 말은 문자 그대로 지금 당장을 의미했다.

"질질 끌어봐야 의미 없잖아." 빗시의 따가운 시선을 느꼈는지 그가 잠시 고개를 들어 덧붙였다. "그리고 샐리 앤은 내가 필요해. 요즘 힘들거든, 입덧이 심해서."

"아 그러셔? 가엾기도 해라."

"그러지 마, 빗시. 자긴 괜찮을 거야. 아직 젊고 끝내주게 예쁘잖아." 그는 그녀가 칭찬에 넘어가주길 바라는 듯 웃으며 말했다. "금방 다른 사람 만날 거야. 설령 좀 걸린다 해도 병원이 이제 자리를 잡았으니 나도 어느 정도는 도와줄 수 있어. 그러니까, 합리적인 선에서…"

"서로 어른답게 행동하면 훨씬 수월할 거야. 당분간은 여기 있어도 돼. 정리 좀 하다가 집 팔면 되잖아. 급할 건 없어. 이혼 변호사한테 돈 퍼줄 필요도 없고, 안 그래?"

그때 초인종이 울렸다. 킹은 여행 가방에 속옷을 챙겨 넣다 말고 소리가 나는 쪽으로 인상을 쓰며 고개를 돌렸다. 손에는 팬티 한 장이 들려 있었다.

"이 밤중에 누가 벨을 누르지?"

"베티들." 빗시가 말했다. "오늘 북클럽 모임이야."

"북클럽? 얼른 나가서 취소됐다고 알려줘. 핑계를 만들어, 두통이 있다고 하든지."

가방에 속옷을 던져 넣은 킹은 서랍에서 검은 양말 여러 켤레를 한 움큼 집어 꺼냈다. 가만히 선 빗시는 짐 싸는 그를 바라보았다. 다시금 벨이 울렸다. 킹은 꼼짝도 하지 않는 그녀를 올려다보며 의아한 표정을 지었다.

"있지, 좋은 생각이 아닌 것 같아. 내 친구들을 왜 돌려보내." 그녀는 걸음을 떼다 말고 머뭇대더니 그를 똑바로 바라보았다.

"그리고 말인데, 당신이 나한테 이래라저래라 하는 건, 이제 끝이야."

29장
해방의 날

마거릿은 아이들 저녁으로 낼 생선 스틱을 오븐에 넣은 뒤 냉장고 문을 열어 식재료들을 훑으면서 북클럽 모임에 가져갈 메뉴를 고민했다.

마땅한 게 없었지만 장 보러 다녀올 시간도 없었다. 그렇다고 또다시 빗시의 채식 요리에 입맛을 시험할 생각도 전혀 없었다. 전에 먹은 콜리플라워랑 강낭콩 크로켓만 떠올려도 속이 니글거렸다. 결국 그녀는 사과 두 개와 약간 곰팡이가 핀 체더치즈 한 덩이를 꺼냈다. 곰팡이 부분만 도려내면 과일과 치즈 플래터로 충분히 쓸 만했다.

사과를 씻는데 월트의 차가 진입로로 들어오는 소리가 들렸다. 평소보다 일찍 귀가한 아빠를 보자 신이 난 아이들이 문간에 들어선 그를 덮칠 듯이 달려갔다.

"아빠다! 아빠! 아빠!"

바비는 훈련용 더미에 달려드는 공격수처럼 월트의 다리에 매달려 밖에 나가서 공 던지기를 하며 새로 산 야구글러브를 길들이게 도와달라고 외쳤다. 수지는 아빠 품에 뛰어들어 뽀뽀를 퍼부으며 장난감 오븐에 브라우니를 구웠다고 자랑했다. 군침이 돌려나? 베스는 팔을 잡아당겨 엄마가 오늘 "교감 선생님한테 한마디했다"는 소식으로 관심을 끌었다.

월트는 한 팔로 안은 수지를 골반에 비스듬히 앉히고 다른 팔로는 베스를 끌어안았다. "그래? 엄마가 드디어?"라고 되물은 그가 마거릿을 향해 윙크를 날렸다.

"일찍 왔네." 그녀가 말했다.

반갑긴 했지만 월트는 절대 일찍 퇴근하는 사람이 아니었다. 절대로. 그녀는 혹시 무슨 일이 생긴 건 아닌지 걱정됐다. 오하이오에 다녀온 뒤로 애커먼은 월트에게 더 많은 업무를 떠맡기며 휴가 쓴 죄를 벌하듯 굴었다. 설마 애커먼이 최종 처벌을 내리기로 한 건가? 월트가 잘렸나? 아니면 몸이 안 좋을지도. 얼굴이 약간 상기돼 보이긴 했다.

"몸살 기운 있는 건 아니지?"

"아니야. 애커먼이 급성 통풍으로 쓰러져서 좀 일찍 빠져나왔어." 그는 몸을 기울여 그녀에게 입을 맞췄다. "종일 당신 생각만 했거든."

아이들이 한꺼번에 떠들며 그의 주의를 끌었다. 월트는 손짓으로 조용히 시켰다.

"야구팬들, 잘 들어! 오늘 밤에 열리는 세너터스 경기 티켓이 네 장이나 있어. 저녁 걱정은 하지 마. 구장에서 핫도그 사 먹으면 되니까." 아이들은 환호성을 질렀고 월트는 수지를 내려놓았다. "자, 가서 준비해, 알았지? 아빠는 엄마랑 잠깐 얘기 좀 할게. 자기?"

그는 고개를 까딱여 마거릿에게 따라오라는 신호를 보냈다. 함께 계단을 오르는 동안 그녀는 속으로 쓰리고 묵직한 느낌을 눌러 삼켰다. 단둘이 얘기해야 할 이유는 한 가지밖에 떠오르지 않았다.

분명 **잘리고** 만 거야. 저축이 얼마나 남았더라? 담보대출을 감당할 수 있을까? 새 일자리를 구하는 데 얼마나 걸리지? 집을 잃으면 어쩌나? 그다음은?

침실 문을 연 월트가 그녀를 먼저 들여보내고 따라 들어와 문을 잠갔다. 마거릿은 그를 마주 보고 섰다.

"무슨 일이야? 애커먼 때문에? 그 사람이 정말…"

그는 입을 맞춰 질문을 끊고 두 팔로 그녀를 번쩍 들어 올려 안았다. 놀라 비명을 지르던 마거릿은 웃음을 터뜨렸고 그는 그녀를 품에 안은 채 침대로 데려가 눕혔다.

"아까 말했잖아." 그가 웃으며 그녀 곁에 몸을 뉘었다. "종일 자기 생각만 했다니까."

***

다행히도 베스가 생선 스틱을 태우기 전에 꺼내주었다. 샤워를 마친 마거릿이 옷을 갈아입었을 즈음에는 치즈 플래터를 만들 시간도 부족했다. 『자기만의 방』한 권을 팔에 끼고 인도 위를 빠르게 걷는 그녀의 입가엔 웃음이 번졌다. 빗시네 집에 도착하자 비브가 현관 계단참에 서 있었다.

"샬럿은 안 왔어?"

비브가 고개를 젓자 마거릿은 순간 실망감을 느꼈다. 오늘 샬럿이 와서 지난번 말다툼을 털어낼 수 있길 내심 바라던 터였다.

"조금 늦는지도 모르지." 비브가 말했다. "아니면 벌써 와 있거나. 근데 아무도 없는 것 같기도 해. 초인종을 벌써 두 번이나 눌렀는데 대답이 없어. 오늘 모이는 날 맞지?"

비브가 다시 초인종을 눌렀다. 마침내 굳은 표정의 빗시가 문을 열었다. 하지만 두 사람을 맞이하기는커녕 한마디 인사도 건네지 않았다. 그저 파리하고 얼빠진 얼굴로 문가에 서 있을 뿐이었다.

무슨 일인지 묻기도 전에 부츠를 신고 모자를 쓴 킹이 쿵쿵쿵 복도를 걸어 나왔다. 손에는 여행 가방이 들려 있었다. 일언반구도 없이 세 여자를 지나쳐간 그는 가방을 지프차에 던져 넣고는 그대로 올라탔다.

"가는구나." 나가는 차를 보며 빗시가 말했다. "영영. 우리 이혼해요."

마거릿과 비브는 동시에 숨을 들이켰다.

"뭐라고? 빗시, 농담이지!"

"어머, 세상에. 괜찮아? 무슨 일이야?"

"아까 집에 와서는 나를 떠난다고 하면서 가방을 쌌어요." 빗시의 목소리가 너무 담담하고 무감한 탓에 마거릿은 그녀가 아직 충격에 빠져 있는 게 분명하다고 생각했다. "다른 여자가 있대요, 칵테일 바에서 일하는. 전에 그이 집 나갔을 때 기억나죠? 나 마구간에서 밤새 딜라일라 돌볼 때."

비브와 마거릿은 고개를 끄덕였다. 어떻게 잊을 수 있겠는가?

"그때 속상해서 술집에 갔다가 샐리 앤을 만났다나. 지금 그 여자가 애를 가졌고, 그래서 킹은 '옳은 일'을 하시겠대요. 나랑 이혼하고 그 여자랑 결혼하는 거. 되도록 애가 태어나기 전에."

"아기?" 비브가 외쳤다. "그럼 자기 아기는? 자긴 애 가진 거 말 안 했어?" 빗시는 고개를 저었고 비브는 분개한 눈으로 그녀를 바라봤다. "왜 안 했어? 네가 먼저잖아!"

"이제 임신이 아니니까." 담담한 목소리로 대꾸하던 빗시가 어깨를 들먹였다. "잘 모르겠어요, 임신이 맞긴 했는지. 생리 늦고 좀 피곤한 것 말고는 딱히 증상도 없었거든요. 어쨌든 오늘 아침에 생리 시작했어요."

멍하니 허공을 응시하는 빗시는 사색에 잠긴 듯 보였다. "참 이상하지 않아요? 몇 시간 만에 삶 전체가, 나에 대한 인식이 완전히 바뀌는 걸 보면. 어제까지 나는 아내였고 곧 엄마가 될 사람이었잖아요. 그런데 오늘은…."

빗시의 목소리가 점점 잦아들었다. 마거릿과 비브는 우려의 눈빛을 주고받았다.

가엾은 빗시. 킹이 떠난 것도 모자라 아기까지 잃다니. 어쩌면 아기를 가졌다는 생각만 잃은 건지도. 어느 쪽이든 분명 충격이었다. 마거릿이 그녀에게 앉아서 물 한 잔이라도 마시라고 말하려던 찰나, 빗시가 몸을 한 번 털어내곤 두 언니를 바라보았다. 얼굴에는 혈색이 돌아왔다.

"오늘 나는 자유예요." 그녀는 아주 천천히, 의아하다는 어조로 말했다. "이 순간부터, 나는 누구의 아내도 엄마도 그 무엇도 아니죠. 나는 그냥… 나예요!"

빗시의 입가에 환한 미소가 넓게 번졌다.

"근사하지 않아요?"

***

그간 베티들이 크고 작은 굴곡을 몇 차례 지나왔지만 이번처럼 강렬하게 다가오는 경험은 처음이었다. 한순간에 위기로 곤두박질치는가 싶더니 이내 해방을 축하하는 환희로 치솟는 롤러코스터였달까. 빗시는 환성을 지르며 언니들을 끌어안고는 거실로 성큼성큼 걸어가 원래는 킹의 것이었지만 이제는 당연히 자기 것인, 술이라면 있을 건 다 있는 주류장의 문을 활짝 열었다.

"자, 보드카가 어디 있더라? 스팅어 만들어줄게요!"

본격적인 파티의 시작이었다.

비브는 칵테일을 말았다. 마거릿은 주방으로 가서 빵과 치즈, 머스터드와 우스터소스를 찾아 치즈 토스트를 만들었다. 빗시는 라디오 볼륨을 끝까지 올리고 주방을 빙글빙글 돌며 〈와이프 아웃〉리듬에 맞춰 트위스트를 추고 몸을 흔들어댔다. 비브의 두 손을 덥석 잡아끌고 가스레인지 앞 마거릿까지 끌어와 함께 춤추자고 떠밀었다. 마거릿은 백 살까지 산다 해도 그날 주방 바닥 위에서 배가 몹시 부른 비브가 팔을 위아래로 휙휙 젓히며 원숭이 춤을 추던 광경을 결코 잊지 못할 터였다.

한참 흔들어대다 결국 자리에 앉은 세 사람은 책 이야기로 넘어갔다. 모두가 이번 책을 좋아했지만 이유는 저마다 달랐고 지극히 개인적이었다. 대화는 생동감이 넘쳤다.

예상대로 마거릿은 여성 작가들이 잠재력을 온전히 펼치기 어렵게 만드는 여러 장벽에 관한 울프의 주장에 이입했다. 윌리엄 셰익스피어의 가상 누이 주디스 셰익스피어를 설정한 장은 특히 마음을 울렸다. 만약 윌리엄에 필적하는 재능과 의지를 지닌 글쟁이가 여자로 태어났다면, 세상은 위대한 문학의 목소리 하나를 잃었을 거라는 데에 의문의 여지가 없었다.

비브는 동의하면서도 가상의 주디스가 종국에 맞이한 운명에 관해서는 할 말이 있었다.

"임신했다고 글을 아예 못 쓰게 되는 거야? 영원히? 물론 쉽지는 않겠지. 그렇다고 선택지가 자살밖에 없었다는 얘기는 도저히 수긍이 안 돼."

"잠깐만." 빗시가 손을 들어 대화에 끼어들었다. "주디스는 아주 어린 나이에 강제로 결혼했잖아요. 아마 감당하기 벅찼을 거예요. 그런데 곧 엄마가 된다? 견디기 힘들었겠죠, 게다가 애가 있으면 글쓰기는 끝이라고 생각했을지도 모르고."

"솔직히 말하면." 빗시가 덧붙였다. "임신이 아니라는 걸 알았을 때 정말 실망했어요. 그런데 너무 안심도 되고. 언젠가 때가 되면 나도 아이를 낳고 가정을 꾸리고 싶어요. 하지만 지금 당장은?" 그녀는 고개를 저었다.

"거기엔 나도 반박 안 해." 비브가 몸을 기울이며 말했다. "여자는 자기 인생의 항로를 스스로 그릴 권리가 있어. 일과 가정 사이에는 늘 희생이 따르겠지만 그게 곧 선택권이 없다는 뜻은 아니잖아? 그래, 맞아. 어쩌면 주디스가 엄마가 됐다면 모든 희곡을 끝까지 쓰지 못했을지 몰라. 그렇다 해도 소네트 정도는 쓸 수 있었겠지, 아니야? 그것도 충분히 대단해, 내 말 틀렸어?"

비브는 크랜베리 주스를 들며 웃음을 터뜨렸다.

"어머, 세상에. 나 지금 뭐라는 거니? 상상 속 인물 때문에 이렇게 흥분을 하고. 이제 나도 너희 책벌레들처럼 돌아버렸나 봐. 하!"

***

마거릿과 비브는 함께 집으로 걸어갔다.

밤 9시가 넘은 무렵이었지만 여름 해가 이제 막 지평선 너머로 사라진 참이라 저녁 하늘은 분홍, 주황, 갈색, 보랏빛이 뒤섞여 희미하게 물들고 있었다. 컨커디아 아이들은 아직도 밖에서 줄넘기나 얼음땡을 하고 자전거와 롤러스케이트를 탔다.

가로등이 깜빡이며 켜지자, 아이들은 마치 종소리라도 들은 양 집에 들어갈 때를 알았다. 놀이는 순식간에 중단됐다. 돌아선 아이들은 푹신한 잔디밭과 딱딱한 보도를 달려 집으로 향했고 저마다의 문 안으로 사라졌다. 거리는 금세 텅 비어 고요해졌다.

비브가 마거릿 옆으로 팔짱을 끼며 말했다.

"정말 재밌었어."

"그러게. 그런데 빗시가 곧 이사 간다고 생각하니 좀 슬퍼."

비브가 미간을 찌푸렸다. "어머, 그건 생각도 못 했네. 그래도 당장은 아니겠지?"

"그럼, 당장은 아니지. 하지만 결국엔 가겠지. 컨커디아는 혼자 살기에 적당한 동네가 아니잖아."

"그렇긴 하지. 그럼 우리가 소개팅이라도 시켜볼까? 동네에 이혼한 남자 한두 명쯤은 있을 텐데. 그중에 하나 주워서 빗시한테 넘겨주면 계속 여기 살지도 몰라."

마거릿이 눈을 흘겼다. "음… 자기 인생의 항로는 스스로 정해야 한다고 연설한 사람이 누구더라?"

"알았어." 비브가 말했다. "네 말이 맞아. 어차피 변화는 피할 수 없지. 빗시가 이사 간다 해도 우리는 계속 친구잖아, 안 그래?"

"응, 언제든."

둘은 한동안 말없이 걸으며 귀뚜라미 울음과 발자국 소리에만 가만히 귀 기울였다.

"샬럿이 왔으면 좋았을 텐데." 모퉁이에 다다르자 마거릿이 말했다. "오늘 모임 정말 좋아했을 거야. 한번 들러 볼까. 빗시랑 킹 소식도 전해주고, 다음 달에 읽을 책도 알려주고."

걸음을 멈춘 비브가 그녀를 바라보았다. "그냥 놔두자, 매기. 언젠가 때가 되면 오겠지, 안 와도 할 수 없고."

***

야구 경기를 보러 간 월트와 아이들은 아직 돌아오지 않았다. 마거릿은 잠기지 않은 문을 열고 들어가 주방으로 향했다. 물 한 잔을 따라 마시려던 찰나 전화벨이 울렸다.

통화음에 잡음이 심하게 섞여 있었다. 잠시 후 교환원이 받아 마거릿 라이언에게 걸려 온 국제전화를 연결할지 묻고, 발신자는 드니스 구스타프슨 양이라고 말했다. 수화기를 들고 선 마거릿은 교환원이 바다 건너 두 사람의 대화를 이어주는 마법 같은 절차를 수행하도록 기다렸다.

지금껏 해외 전화를 받아본 적은 없었어도 그런 통화가 얼마나 비싼지는 알았다. 드니스가 이렇게 비싼 전화를, 그것도 이런 늦은 시간에 왜 걸어왔을까? 거긴 지금 새벽 2시쯤일 텐데. 3시인가?

드디어 통화가 연결되었다. 드니스는 거의 외치듯 말하는 것 같았지만 목소리가 여전히 멀고 희미하게 들렸다.

"라이언 부인? 저 드니스예요. 제 말 들리세요?"

잡음이 여전히 치직거렸다. 마거릿은 수화기를 더 바짝 귀에 댔다.

"들려. 넌 내 말 들리니?"

"네, 간신히요. 혹시 오늘 엄마 보셨어요? 밤낮없이 종일 전화했는데요, 전화를 안 받아요."

"아니." 마거릿이 목소리를 높여 잡음 속에서도 드니스가 들을 수 있게 신경 썼다. "오늘 못 봤어. 며칠 전에 차고에 있는 차는 봤는데." 그녀는 말을 멈췄다. 잡음이 더 심해진 건지도 몰랐지만 어쩐지 드니스가 거칠게 숨을 몰아쉬며 울고 있는 듯 들리기도 했다.

"드니스, 괜찮니? 무슨 일 있었니?"

"아니요. 그러니까, 맞아요. 저는 괜찮아요. 하지만 일이 생겼어요. 파티에서 사진을 좀 찍었거든요. 그중 한 장을 엄마한테 보냈어요. 하워드랑 어떤 여자 사진요. 단둘이 덤불 속에 있었고…."

드니스는 말을 끝맺지 못했지만 그럴 필요도 없었다. 괴로움이 섞인 그녀의 목소리와 파티에서 여자들에게 노골적으로 추파를 던지던 하워드를 떠올리자 마거릿은 충분히 상황 파악이 되었다.

"드니스! 대체 왜 그랬어?"

"몰라요. 저는 단지, 엄마가 확실한 증거를 보면 더는 모른 척하지 않고 용기를 내서 그 사람을 떠날 수 있지 않을까 했어요. 하지만 잘못 생각했어요. 너무 멍청한 짓이었어요, 정말! 전화를 걸면 계속 통화 중이라는 신호만 들리고 엄마는 받질 않아요. 아, 라이언 부인! 제가 무슨 짓을 한 걸까요?"

30장
무모한 짓

마거릿은 엄마가 괜찮은지 확인해달라고 드니스가 부탁하기까지 지체하지 않았다. 나중에 전화한다고 말한 뒤 대답을 듣기도 전에 수화기를 내려놓고 현관문을 열어 어둡고 고요한 거리를 내달렸다. 샬럿네 집 모퉁이에 다다르자 발바닥과 머리가 쿵쿵 울렸다. 북클럽에서 들뜬 감각은 다 사라졌다. 공포와 아드레날린이 공격해 다 몰아내버렸다.

마거릿은 샬럿네 현관을 향해 난 길을 따라 달려갔다. 불은 켜져 있었어도 커튼은 다 닫혀 있었다. 초인종을 세 번 연이어 누른 다음 짙은 나무색 현관문을 주먹으로 있는 힘껏 두드렸다. 손이 욱신거릴 정도였다. 하지만 안에서는 아무런 대답도, 아무런 소리나 기척도 들리지 않았다. 마거릿은 문고리를 잡아 돌렸다. 잠겨 있지 않았다.

그 옛날 십 대였던 마거릿은 어느 날 집 냉장고를 열었다가 평소와 달리 가지런히 정리된 내부를 마주했을 때, 엄마가 미리 만든 음식으로 가득 찬 장면이 주는 의아한 느낌이 무엇을 뜻하는지 몰랐다. 자기 목숨을 끊고자 결심한 사람이 왜 마지막 시간을 그토록 사소하고 하찮은 일에 쓴단 말인가?

이제는 안다.

평생 남 뒤치다꺼리를 하며 살아온 대부분 아내와 어머니라면 자신이 떠난 뒤 누군가가 치울 자리를 어수선하게 남기는 걸 견디지 못한다. 절망의 순간에서조차 남에게 폐를 끼치지 않으려는 몸에 밴 성향은 쉽게 물러날 줄을 모르니까.

바로 그런 이유로, 잠기지 않은 현관문을 밀고 들어서서 평소라면 어수선할 집이 완벽히 정돈된 장면을 마주한 순간─구석에 단정히 포개져 있는 캔버스, 들에서 꺾어온 버드나무 가지 부케처럼 모가 위를 향한 채 유리병에 꽂혀 창가에서 은은한 기름 냄새를 풍기는 붓들, 뚜껑이 모두 닫힌 채 책상 위에 색상별로 가지런히 정리된 물감 튜브, 방금 진공청소기를 돌린 듯 결이 드러난 낡은 카펫, 방수포는 온데간데없이 완벽히 배열된 소파 쿠션들, 갓 걸레질한 듯 반들거리는 주방 바닥─마거릿은 온몸을 덮치는 끔찍한 예감에 휩싸였다. 그 불길한 감정은 고요하고 텅 빈 집 안을 샅샅이 훑는 동안 점점 더 짙어졌다. 집 안에는 현관 전화기에서 새어 나오는 둔탁한 신호만이 울렸다. 수화기가 살짝 들려 있었다.

마거릿은 수화기를 제자리에 올려놓았다.

"샬럿? 집에 있어? 드니스가 계속 전화했대. 전화를 안 받으니 걱정이 돼서 나더러 가보래. 샬럿?"

현관으로 되돌아온 그녀는 계단 아래에 멈춰 섰다. 몸이 얼어붙었다.

제발, 샬럿, 문을 열고 좀 나와봐. 제발. 제발, 오 주여, 제발. 다시는 안 돼.

몸 세포 하나하나가 계단을 오르지 않으려 버텼다. 하지만 누군가는 올라가야 했다. **그녀가** 해야 했다. 드니스에게 약속했으니까. 마거릿은 난간을 움켜쥐고 짧고 거친 숨을 초조하게 몰아쉬며 계단을 올라 샬럿의 침실 앞에 다다랐다.

"샬럿? 샬럿, 안에 있어?"

마거릿은 문을 열어젖혔다. 방엔 아무도 없었다. 하지만 샬럿의 존재와 행적이 방 구석구석에 남아 있었다.

두 개 중 더 높은 서랍장의 빈 서랍들이 입을 벌린 듯 튀어나와 있었다. 침대 위에는 여행 가방이 여섯 개쯤 펼쳐져 있고 옷가지들은 아무렇게나 널브러져 있었다. 옷더미 위에 흑백사진 세 장이 보였다. 하워드와 파티에 왔던 그 여자였다. 드니스 말처럼 적나라했고 너무 자극적이라 마거릿은 고개를 돌렸다. 역겨움과 연민이 한꺼번에 밀려왔다.

불쌍한 샬럿.

딸이 보낸 봉투를 열었다가 이따위 굴욕적인 사진들을 발견했을 때의 심정은 끔찍했을 것이다. 다행인 건 그 사진들이 샬럿의 목숨을 몰아세우는 대신 떠나야겠다는 결심으로만 이어졌다는 것.

마거릿은 안도의 한숨을 내쉬며 한꺼번에 밀려드는 탈진과 해방감을 느꼈다. 가까스로 탈출해 위험을 피했을 때의 감각이었다. 그녀는 방 한쪽에 놓인 의자로 걸어가 앉으려 했다.

"으악! 뭐야?"

마거릿이 내지른 소리가 샬럿의 비명과 거의 동시에 터져 나왔다. 마거릿은 자리에서 벌떡 일어나 소리가 난 쪽으로 몸을 돌렸고, 목욕 수건을 두른 채 욕실 문 앞에 서서 젖은 머리칼과 화장기 하나 없는 얼굴로 가슴에 손을 얹고 서 있는 샬럿을 보았다.

"세상에, 마거릿! 기절하겠네! 강도인 줄 알았잖아. 아님 하워드거나! 그럼 최악이었겠지. 몰래 들어와서 뭐 하는 거야? 심장마비 일보 직전이었어! 문 두드릴 줄도 몰라?"

"두드렸지. 초인종도 눌렀고. 집 구석구석을 돌면서 목이 터져라 불렀는데, 아무 소리도 안 들렸어?"

"샤워기 물소리 때문에 못 들었어. 잠깐만 있어봐."

옷장으로 간 샬럿은 햇빛 아래 잘 익은 복숭앗빛의 눈부신 실크 가운을 걸친 채 다시 나타났다. 젖은 머리는 수건으로 터번처럼 감고 있었다.

"근데 왜 온 거야? 무슨 일 있어? 혹시 북클럽 비상사태라도?"

"비상사태는 없어. 일이 좀 있긴 했지, 우리 모임에서 말이야. 그 얘긴 나중에 하고. 드니스가 전화해서 엄마 좀 확인해달래. 사진을 보낸 게 잘한 건지 고민이 됐던 모양이야." 마거릿은 사진 더미로 시선을 옮기며 말을 이었다. "그래서 계속 전화를 했는데, 전화를 안 받으니 불안했나 봐. 혹시 엄마가, 그러니까, 너무 무모하게…"

"보시다시피." 샬럿의 눈가에 냉소가 번졌다. 그녀는 옷가지가 널브러진 침대를 향해 손을 휘저었다. "무모한 짓을 하긴 했지. 아니, 정확히 말하자면 뭔가 충동적인 일을 진행 중이야. 짐을 다 싸려면 좀 걸릴 거야."

마거릿은 고개를 끄덕였고 안도한 자리에 아쉬움이 밀려들자 마음이 축 가라앉았다.

샬럿이 무사하다고 마음을 다독이며 그게 제일 중요하다고 되뇌었다. 그래도 빗시와 샬럿, 두 사람이 컨커디아를 떠난다는 사실은 받아들이기 쉽지 않았다. 비브는 무슨 일이 있어도 네 사람이 계속 친구로 지낼 거라 말했지만, 정말 그럴까? 빗시와 샬럿이 떠나면 베티들 모임은 어떻게 되는 거지?

"언제 떠날지 정했어?"

펜슬로 그리지 않은 터라 더 앙상해 보이는 샬럿의 눈썹이 놀라움에 휙 올라갔다. "아, 난 아무 데도 안 가." 그녀는 담배와 라이터를 집어 들었다. "다만 마지막으로 가정에 헌신하는 의미에서 하워드 짐을 정성껏 싸주는 중이야."

"하워드가 나가기로 한 거야?"

샬럿은 고개를 저으며 담배에 불을 붙였다. "내가 결정했어. 눈치챘겠지만 지금 집을 청소 중이잖아." 그녀는 짧지만 만족스러운 한 모금을 깊이 빨아들였다. "첫 번째로 치워버릴 건 바로 하워드야."

담배를 재떨이에 꽂은 샬럿은 침대 위에 쌓인 하워드의 옷더미를 두 팔로 휘잡아 들어 구겨진 채로 가방 안에 욱여넣었다. 가방 하나가 가득 차면 몸으로 덮개를 눌러 억지로 닫고 자물쇠를 채운 뒤 과장된 손짓을 해 보였다.

"이건 시작일 뿐이야. 이제부터 완전히 새로운 샬럿을 보게 될 거야. 정신 똑바로 차린 샬럿, 마침내 자기 인생을 살기 시작하는 샬럿. 지금은 그게 정확히 어떤 모습일지 잘 모르겠지만…"

샬럿은 또 한 번 연기를 내뿜고는 다음 여행 가방으로 가서 셔츠와 바지, 재킷, 속옷 들을 던지듯 집어넣었다. "다만 한 가지는, 이제

내 인생에서 어니스트 배리 박사는 끝이라는 거. 내일 일어나자마자 전화해서 당신 진료 필요 없다고 말할 거야. 내 머리는 이제 충분히 분석됐다고, 너무 고맙다고 말이지."

"그래, 그런데 샬럿…." 마거릿은 입술을 깨물었다. "그게 정말 좋은 생각일까?"

허리를 꼿꼿하게 편 샬럿은 손으로 허리를 짚고 서서 매서운 눈빛으로 마거릿을 쳐다봤다.

"지금 내가 조증이라도 온 줄 아나 본데, 아니거든." 그녀는 찌푸린 얼굴로 속옷 몇 벌을 집어 들더니 옷더미 위에 휙 던졌다. "정확히 뭐라고 할지는 모르겠지만, 내 말 믿어, 아니니까. 난 구별할 줄 알아."

"있잖아" 하고 말하는 샬럿의 표정이 어쩐지 누그러졌다. "아직 도움이 필요하다는 건 아는데, 그 남자한테서 받을 필요는 없지. 어쩌면 꼭 남자일 필요도 없어." 그녀는 잠깐 눈을 가늘게 떴다. "그거 괜찮은 생각이네. 여성 의사를 찾아봐야겠어. 그런 사람이 있나? 솔직히 나 별로 안 따져. 프로이트 신봉자 아니고, 싸가지 좀 있고, 상담 시간에 담배 피워도 놔두는 사람이면 되거든."

그녀는 두 번째 여행 가방의 자물쇠를 채웠다.

"이것 좀 도와줄래? 꽤 무겁네."

마거릿은 침대 위 가방들을 함께 내린 뒤 샬럿을 바라보며 말했다.

"지금 내가 무슨 생각하는 줄 알아? 자기 지금 행복한 것 같아. 조증 아니고, 그냥 행복해 보여."

정말 그랬다. 마거릿은 흥분 상태의 샬럿을 여러 번 목격한 적이 있었다. 샬럿의 말이 맞았다. 흥분이 아니었다. 초반엔 의구심이 일긴 했어도 지금 마거릿 앞에는 자기 자신과 상황을 통제할 줄 아는 여자, 자신에게 옳은 선택을 하기로 마음먹고 책임질 줄 아는 여자가 있었다.

"그렇게 생각해?" 샬럿의 미소가 눈가로 번졌다. "정말 그렇다면, 자기 덕분도 있어. 넌 좋은 친구야, 매기."

마거릿은 한쪽 눈썹을 치켜올렸다. "폴리애나 같은 성가신 친구 아니었어?"

"맞아, 잘 아네." 샬럿이 대꾸했다. "하지만 좋기도 하고 가끔 지독할 만큼 솔직한 친구. 그리고 본인 생각보다 훨씬 더 용감한 친구야. 사람들이 듣고 싶어 하진 않지만 꼭 들어야 할 말을 입에 올릴 줄 아는 그런 친구 말이야."

마거릿의 눈가가 번들거리자 샬럿은 손을 허공에 휘저으며 외쳤다.

"아, 안 돼. 아니, 아니 안 돼. 딱 거기까지. 자기 울기 시작하면 나도 울 텐데 그럴 시간 없어. 자, 어서 이 쓰레기들 좀 같이 치우자. 하워드 퇴거 작업하면서 계속 얘기하면 되잖아. 들려줄 얘기가 아주 많아."

"나도 그래." 마거릿이 말했다. "빗시랑 킹한테 무슨 일이 있었는지 들어봐. 믿기 어렵지만 결국 잘된 일이라 생각해."

그녀는 남성용 옥스퍼드 구두 한 켤레를 집어 빈 여행 가방으로 툭 던져 넣었다.

"근데 우선 하나 물어보자. 뭐가 달라졌어? 하워드가 바람피우는 건 예전부터 알았는데, 이제 뭐가 다르지? 그 사진들 때문에?"

"맞기도 하고 아니기도 해."

샬럿은 침대 위 사진 한 장의 모서리를, 지문이라도 묻힐까 봐 두려운 듯 두 손가락 끝으로 조심스레 집었다.

"더는 이렇게는 살 수 없다고 느끼게 만든 일들은 전부터 많이 있었지. 그래도…." 샬럿은 담담한 어조로 말을 이었다. "바지 지퍼를 내린 자기 남편이 다른 여자 치마 속에 손을 넣은 장면이 서류 크기의 컬러 사진에 담겨 있으면 정신이 번쩍 들거든."

사진을 침대 협탁에 내려놓은 그녀는 한 손으론 담배를, 다른 손으론 하워드의 하얀 드레스 셔츠를 집어 들었고 가늘게 찌푸린 눈으로 그것을 들여다보았다.

"참나, 이것 좀 볼래? 깃에 립스틱 자국이 있네. 내가 죽어도 안 바를 아주 촌스러운 모브색이야." 샬럿이 혀를 찼다. "안쓰럽네. 봐봐, 이게 지워지는지 해볼게."

그녀는 담배를 펜처럼 쥐더니 불붙은 쪽을 셔츠 깃에 대고 한참을 눌렀다. 천이 말리며 타들어가 검은 구멍이 남았다.

숨을 참던 마거릿은 이내 웃음을 터뜨렸다.

"샬럿! 그거 좋은 셔츠잖아! 10달러는 하겠네!"

"농담해? 백화점에서 산 거야. 20달러였나. 아마 더 비쌌을걸."

"샬럿! 정말 못 말려!"

"그럼." 샬럿은 눈을 번뜩이며 구멍 난 셔츠를 휙 제쳐뒀다. "드니스 덕분에 앞으로도 계속 못 말릴 예정이야. 그게 단순한 사진이 아니거든. 내가 자유로 가는 티켓이지."

때마침 침대 머리맡 하늘색 공주풍 전화기가 울리기 시작했다.

마거릿의 눈이 휘둥그레졌다.

"드니스다! 내가 꼭 전화하겠다고 약속했거든. 지금 걱정이 이만 저만이 아닐 거야."

"내가 직접 말할게." 전화를 들고 침대 가장자리에 앉은 샬럿은 전화가 연결되길 기다리다 딸의 목소리가 들려오는 순간 반가운 미소를 지었다.

"여보세요, 아가. 옥스퍼드는 어떠니? 아니, 아니, 알아. 마거릿한테 들었어. 정말 미안해, 일부러 걱정시키려던 건 아니야. 청소할 때 수화기가 떨어졌나 봐."

담배 연기를 내뿜던 샬럿은 드니스의 반응을 듣고 웃었다.

"그래, 먼지 털다가. 그래, 내가. 거짓말 아니야! 믿기 힘들면 마거릿한테 물어봐."

샬럿이 웃었다. 마거릿은 살짝 미소 지으며 문 쪽을 향해 뒤로 한 걸음 물러섰다. 이제 샬럿과 드니스가 대화를 나눌 차례였고, 마거릿도 집으로 돌아가야 했다. 해야 할 일이 있었다. 너무 오랫동안 미뤄왔고 이제는 절박할 만큼 중요한 일.

조용히 문밖으로 나선 마거릿의 등 뒤로 마지막 한마디가 들려왔다.

"오, 사랑하는 딸. 울지 마. 난 괜찮아, 드니스. 정말이야. 이제부터는 모든 게 괜찮을 거야."

31장
용기를 내다

월트가 차를 몰아 진입로에 막 들어섰을 때 마거릿도 샬럿네 집에서 돌아왔다.

돌아오는 차에서 잠든 수지가 도무지 깨질 않자 월트가 번쩍 안아 집 안으로 들어왔고 침대에 눕혔다. 아직 말짱한 베스와 바비는 경기 내내 있던 일을 하나하나 들려줄 태세였다. 막판에 힘을 낸 워싱턴 세너터스가 마지막 이닝에서 두 점을 뽑았다고 했다. 하지만 하이라이트는 4회였는데, 베스가 맨손으로 파울볼을 잡았다.

"바비가 얼마나 샘을 냈는데!" 베스가 새침한 표정으로 남동생을 흘겨보았다. "한참 골려대다가 울먹거려서 그냥 줘버렸어."

"나 안 울었거든! 눈에 뭐가 들어간 거지." 바비가 공을 내밀어 마거릿에게 보여주었다. "봐! 선수 세 명 사인도 있어! 아빠가 이거 넣어둘 케이스도 사준대요."

"너무 좋겠네." 마거릿이 아이 머리를 헝클이며 말했다. "재밌었다니 다행이야. 이제 올라가서 자야지, 이 닦는 거 잊지 말고. 바비, 셔츠 벗어줄래. 겨자 얼룩이 배기 전에 빼야 해."

빨래를 대강 처리하고 잠자리에 든 아이들을 확인했을 때는 뭔가를 쓰기에 이미 너무 늦은 시각이었다. 다음 날 해가 뜨기 전에 일어난 마거릿은 조금도 흐릿하지 않았고 무슨 말을 어떻게 쓸까 하는 생각으로 머릿속이 윙윙거렸다. 주방 식탁에 앉아 말끔한 종이 한 장을 실비아 롤러에 끼워 넣었다.

샬럿이 용기 낼 수 있다면, 그녀도 할 수 있었다.

1960년대 여성들은 광고의 시대를 살아가고 있다. 이 시대의 목적은 단 하나, 바로 당신과 나 같은 여성들에게 물건을 파는 것이다. 매디슨가*의 마케팅 천재들은 과연 어떻게 그 목적을 달성할까?

간단하다. 그들이 파는 물건이 '당신의 삶을 바꿔준다'고 믿게 만들기. 이 잡지의 구독자라면 내가 무슨 말을 하는지 잘 알 것이다.

흥미진진한 기사와 칼럼 사이사이에서 우리는 번드르르한 말로 유혹하는 광고를 쉴 없이 마주한다. 시간을 절약해준다는 가전제품, 순한 맛 담배, 편안한 거들, 치명적인 향수, 주름을 없애주는 크림, 거슬리는 털을 녹이는 제모제 그리고 머리칼에 윤기를 흐르게 해주는 샴푸까지.

그럴듯한 광고 문구이지만 터무니없이 과장된 것도 있다. 편안한 거들 따윈 세상에 없다. 다들 알지 않나. 그런데도 여전히 우리는, 더 많은 물건을 사들인다. 우리가 진짜로 사고 있는 건 그 제품이 인생을 더 나은 것으로 바꿔줄지도 모른다는 잠재적 약속이기 때문이다.

왜 우리는 그토록 뻔한 허상에 속을까? 그 역시 간단하다. 우리 대

---

* 맨해튼 중심부를 따라 남북으로 이어진, 광고 회사 본사들이 모여 있는 거리.

부분은 무언가를… 간절히 원하니까. 정확히 무엇인지는 모르지만 어쨌든, 무언가를.

무언가 다른 것. 무언가 더 나은 것. 인생을 바꿔줄 무언가. 혹은 어쩌면, 살아 있는 기분을 느끼게 해줄 무언가.

물론 이런 갈망을 대놓고 인정하는 이는 잘 없다. 도리어 이미 행복해야 한다고 생각한다. 게다가 다른 사람들은 모두 행복해 보인다. 잡지를 펼치거나 텔레비전을 켜면 완벽하고, 완벽하게 만족한 여성들의 이미지가 쏟아진다.

그렇다면 문제는 우리에게 있는 게 분명하다, 안 그런가? 어쩌면 우리는 나약하거나, 신경질적이거나, 이기적이거나, 감사할 줄 모르는 사람들인지도. 아니면 그저… 무언가가 부족한 이들.

그래서 우리는 물건을 사면서 허전함이 채워지거나 아픔이 무뎌지길 바란다. 하나 그런 일은 결코 일어나지 않는다.

나는 안다. 누구 못지않게 번지르르한 광고에 쉽게 혹했으니까. 수년간 안 사본 게 없을 정도다. 얼굴에 바르는 크림, 비누, 토스터, 향수, 즉석 감자 가루, 칼로리 없는 젤리 그리고 맞다, 거들까지 사 모았다. 하지만 그 어떤 것도 내 인생을 바꾸지 못했다.

그러던 어느 날, 나는 책 한 권을 샀다.

베티 프리단이 쓴 『여성성의 신화』는 내 인생을 바꿔놓았다.

아마 당신도 이 책에 관해 어디선가 들어봤을 것이다. 물론 이 잡지에서는 아니리라.

「우먼스 플레이스」 편집자들은 당신이 이런 책 혹은 생각하게 만들 만한 그 어떤 것에 관해서도 모르길 바란다. 만일 알게 되면 '여성의

자리란 정확히 무엇이며 어디인지에 대해 의문을 품을지 모르니까. 그렇게 되면 당신에게 비누나 제모제, 거들 따위를 팔기가 어려워지리라.

혹시 이런 얘기를 들어본 적 있는가. 프리단의 책은 위험하고, 가정을 파괴하며, 남성의 권위를 약화시킨다, 혹은 작가가 여성들의 불만을 부추기는 성질 고약하고 히스테릭한 여자라고.

믿지 말기를.

그 책을 다 읽었지만, 나의 가정은 건재하다고 자신 있게 말할 수 있다. 아이들은 잘 크고 있고 결혼 생활 역시 굳건하다. 사실 남편과 나는 예전보다 더 행복하다. 일정 부분 남편 덕분이다. 그는 실수를 인정할 줄 알고 고치려고 노력하는, 정말 보기 드문 좋은 남자다.

하지만 그 책이 열어준 나의 여정에도 상당한 공이 있다. 프리단 여사의 책을 읽으면서 나는 고유한 경험과 교육, 개성을 최대한 살리며 더 충만한 삶으로 나아가고 있다. 그건 모두에게 좋은 일이 아닌가? 아내에게도, 남편에게도, 자녀들에게도? 가정을 꾸리는 당사자가 행복하지 않은데 가정이 행복할 수 있을까?

물론 모든 주부가 불만족스럽다고 말하려는 게 아니다. 지적이고 활기찬 많은 여성이 가족의 안식처를 돌보는 일에서 기쁨과 성스러운 의미를 발견한다. 그건 매우 중요하고, 그것을 자신의 일로 택한 여성들은 마땅히 존중받고 감사받아야 한다. 하지만 프리단의 책을 읽으며 나는 깨달았다. 여성으로 살아가는 좋은 방법과 옳은 길은 무수히 많지만, 단 두 가지 잘못된 길이 있음을 말이다.

우선 당신의 방식만이 '옳은' 길이며 유일한 정답이라고 주장하는 것. 두 번째는 그 말도 안 되는 주장에 넘어가 자신에게 결코 맞지 않는 구두를 신고 평생을 절뚝거리며 방황하는 것이다.

지난 몇 달 동안 나는 또 하나의 교훈을 얻었다. 이름 붙일 수조차 없는 '무언가 더'를 향한 갈망은 미치거나 이기적이어서도 아니고—무엇보다 중요한 건—혼자만 가진 것도 아니다.

'베티 프리단 북클럽', 줄여서 '베티블'이 처음 모였을 때 우리 중 몇몇은 서로를 전혀 몰랐다. 그러나 지금 우리는 떼어놓을 수 없는 친구가 되었고 저마다의 목적지를 향해 나란히 걷는 자매 같은 동행인이 되었다. 누구는 새로운 커리어를 찾았고, 어떤 이는 집으로 돌아가는 길을 다시 찾았다. 무엇보다 우리 모두는, 서로의 응원과 도전 덕분에 심연에 있는 용기와 힘을 새삼 발견했다.

'베티블'의 여정은 아직 끝나지 않았다. 어쩌면 영원히 끝나지 않을지도 모른다. 여성의 삶에는 수많은 목적지와 수많은 계절이 있다. 우리의 길이 어디로 이어지고 서로 갈라지다 다시 만나게 될지는 시간만이 알려줄 것이다. 하지만 어디로 가든지 우리의 마음은 늘 서로의 곁에 있을 것이다. 보이지 않지만 결코 끊어질 수 없는 유대로 연결되어 있으므로.

이제 생각해보니 그것이야말로 진정한 변화였다.

그러니 앞서 했던 말을 반복한다. 베티 프리단의 책은 내 인생을 바꿔놓은 것이 아니다. 하지만 더 나은 삶, 내게 진짜로 맞는 삶을 찾아 나서게 만들었고, 그 길을 함께 걸어갈 벗들을 선물해주었다. 그것만으로도 나는 영원히 감사하다.

그리고 영원히 변해버렸다.

마거릿이 마지막 문장을 치고 있는데 마침 월트가 하품을 하며 주방에 들어왔다.

"커피 있어?"

그녀는 활짝 편 손바닥을 들어 올리며 지금 집중 중이니 조용히 하라는 신호를 보냈다. 말없이 퍼콜레이터로 가서 커피를 따른 월트는 마거릿 옆으로 다가와 호기심 어린 얼굴로 그녀를 지켜보았다. 글을 한 번 더 읽은 마거릿은 실비아의 롤러에서 종이를 뽑아내 이미 교정해둔 원고 뭉치와 함께 월트에게 내밀었다.

월트는 커피잔을 내려놓고 읽기 시작했다. 마거릿은 주먹을 쥐었다 폈다 하며 그가 마지막 페이지에 닿기를 기다렸다.

"어때?"

월트가 손을 들어 올렸다. "잠깐. 아직 다 안 읽었어."

마거릿은 팔짱을 배 위로 바짝 끌어안고 조바심을 억눌렀다. 마침내 그의 시선이 페이지 맨 아래로 내려갔다.

"어때?" 그녀가 다시 물었다. "어떤 것 같아?"

월트가 코를 훌쩍이며 첫 페이지로 돌아갔다.

"나쁘지 않네. 남편 부분은 좀 과한 감이 있지만, 그것만 빼면."

발끝으로 바닥을 문지르던 마거릿이 장난스레 그의 신발을 툭 찼다.

"진지하게 말해봐. 어떻게 생각해?"

월트는 종이를 내리고 그녀의 눈을 마주 보았다.

"아주 훌륭해, 매기. 지금까지 쓴 글 중에서 아마 제일 좋을 거야."

마거릿은 고개를 갸웃하며 어이없다는 듯 웃었다.

"당신이 어떻게 알아?"

월트의 입가에 잔잔한 미소가 번졌다. "왜냐하면, 마거릿 루스 라이언, 나는 당신 칼럼을 한 편도 빠짐없이 다 읽었거든. 전에, 내가 아직 속 좁고 질투하던 시절에 당신이 쓴 글들도 말이야. 격주 목요일 출근길에 마이어 약국에 들러서 신간을 세 부씩 샀어. 한 부는 내가 보고 나머지 두 부는 사무실 여직원들에게 줬지."

"여직원들한테만?"

"응, 그게." 그가 어깨를 으쓱했다. "대부분 남자 직원은 글 읽을 줄도 모를걸. 하지만 비서팀에선 자기가 유명 인사야. 서로 먼저 보려고 싸움까지 났었어."

"됐어, 거짓말하지 마."

"조금 부풀리면 그렇다는 거야." 그는 엄지와 검지 사이를 살짝 좁히며 말했다. "이 정도. 근데 여직원들이 자기 칼럼을 정말 좋아하긴 해. 나도 그렇고. 그런데 이건?" 그가 타이핑된 원고를 들어 올렸다. "이건 정말 훌륭해. 왜 그런지 알아? 진솔하고 진짜인 데다가 자기가 정말 믿는 바를 쓴 거니까."

마거릿은 조그맣게 고맙다고 읊조렸다. 그가 옳다는 걸 알았다. 그의 입으로 직접 들으니 좋으면서도 동시에 마음이 더 복잡해졌다.

"그럼, 이걸 보내야 한다고 생각해? 만약 보낸다면…." 그녀는 말을 흐렸다. 월트는 레너드 클레멘트에 대한 불평을 몇 달째 들었고 그의 협박도 이미 알고 있었다.

"진짜 괜찮은 글이야." 그녀는 손을 들어 엄지손톱 끝을 살짝 물었다. "그러니까, 그가 예전 원고들을 쳐낸 이유는 이해해. 그땐 나도 확신이 없었고, 하고픈 말을 직접 하기보단 빙빙 돌려 말했달까.

하지만 **이건**, 이번 글은 달라. 물론 「우먼스 플레이스」를 은근히 비꼬는 부분은 빼야겠지. 여성 잡지 전반을 조롱하는 대목도 손 좀 봐야 할 거고. 그 사람이 용납할 리가 없어."

"어떻게든 돌려 쓸 수 있을 거야." 그녀의 목소리에 희미한 희망이 깃들었다. "중요한 건 말하려는 바가 명확하고 의미 있다는 거야. 분명 많은 독자들이 공감하겠지. 클레멘트 씨도 분명 알아볼 거고. 그럴 수밖에 없어, 안 그래?"

마거릿은 고개를 들어 월트를 바라봤다.

"글쎄." 그가 말했다. "하지만 아닐 수도 있어. 어쨌든 위험을 감수하는 거야."

그래, 맞다. 감수해야 한다.

마거릿은 입술을 깨물었다. 만약 클레멘트 씨가 정말 협박대로 자신을 해고한다면 어떤 기분일지 떠올려봤다. 반대로 이 글을 무르고 자신이 쓴 가장 좋은 글이 세상의 빛을 보지 못한다면 얼마나 허망할지도. 두 경우 모두 서로 다른 방식으로 비통한 심정일 테지. 그녀는 다시금 월트를 바라보았다.

"내가 어떻게 하는 게 옳다고 생각해?"

"글쎄, 나는…." 월트는 사이를 두고 입술을 다물었다가 고개를 저었다. "내가 말해줄 필요 없어. 자긴 똑똑하고 감이 좋잖아. 어떤 결정을 하든 그게 옳을 거야. 그리고 어떻게 하든 결과가 어떻든 난 자기가 자랑스러워."

그는 몸을 숙여 그녀에게 입을 맞췄다. 두 팔을 들어 그의 어깨에 감은 그녀도 그대로 입을 맞추었다. 그때 복도 쪽에서 누군가 스윽 스윽 나무 바닥에 슬리퍼를 끌고 오는 소리가 났다.

"엄마? 와플 만들어줄 수 있어요?"

둘은 서로를 놓아주었다. 마거릿이 문 쪽을 바라보니 파란 줄무늬 잠옷을 입은 바비가 그들을 바라보고 있었다.

"팬케이크는 어때?"

"좋아요."

마거릿이 자리에서 일어났다. 그녀에게 가볍게 입을 맞춘 월트는 커피잔을 들고 문 쪽으로 향했다. 마거릿은 찬장에서 믹싱볼을 꺼내며 그에게 말했다.

"자기야, 한 가지만 말해둘게. 당신이 좀 과하다고 했던 남편 부분 있지? 그건 그대로 둘 거야. 이제부터는 내가 진짜로 믿는 것만 쓰고 싶거든."

32장
판을 주도하다

"구스타프슨 부인?"

길버트 파트너스의 안내 데스크를 지키던 신입 여직원은 차가운 오트밀처럼 둔했다. 사슴 같은 눈과 풍만한 가슴, 갈색 머리에 스무 살이라 딱 하워드 취향이었다. 아직 자지 않은 사이라면 곧 자려들 게 안 봐도 뻔했다.

"구스타프슨 부인이 또 있나요." 샬럿이 대꾸했다. "적어도 이번 주까지 말예요."

그녀의 말에 얼굴이 새빨갛게 달아오른 접수원은 사슴 같은 눈을 깜빡이며 허둥댔다.

하! 그래, 샬럿이 속으로 생각했다. 하워드랑 잔 게 **분명**하네.

"어머, 세상에. 그게, 손님이 오신다고 언질을 안 주셔서." 여자가 전화를 집어 들었다. "바로 전화를 해보고 나서."

샬럿은 끝단이 쪽빛으로 장식된 크림색 샤넬 수트 차림이었다. 첫 북클럽 모임 때 입었던 바로 그 옷. 그녀는 팔을 휘저으며 여자의 말을 끊고 안내 데스크를 스치듯 지나갔다.

"그럴 필요 없어요. 깜짝 놀래주러 왔으니까."

자리에서 벌떡 일어난 여자가 허겁지겁 막아섰다. 아랑곳하지 않고 사무실 책상들 사이를 당당히 걷는 샬럿에게 접수원이 허둥대며 따라붙었다. 앞서거니 뒤서거니 걷는 두 사람을 직원들이 눈을 휘둥그레 뜨고 바라보자 샬럿은 미소 지으며 인사하듯 고개를 까딱이고 직원들 공간과 하워드의 사무실을 구분하는 짙은 호두나무 문으로 향했다. 그의 성역은 사슴 눈을 한 또 다른 여자가 지키고 있었는데 신입 접수원보다 몇 살은 더 들어 보이는 데다 그만큼 덜 멍청했지만, 몸매는 더 풍만하고 역시 갈색 머리였다.

세상에나, 어쩜 이리도 취향이 뻔할까! 하지만 지금은 샬럿이 못 견디게 기다려온 순간이었다.

샬럿이 다가서자 자리에서 일어난 갈색 머리칼의 문지기가 책상 앞으로 나와 사무실 문을 등지고 서서 그녀를 막아섰다.

"들어가시면 안 되세요. 지금 회의 중이셔서."

샬럿은 환한 미소를 지어 보이며 가르랑거리듯 인사를 건넸다.

"브렌다, 웬일이야! 어떻게 지내요? 파티 이후로 못 봤네. 즐거웠는지 모르겠어요. 그날 얘기 나눌 틈도 없어서 너무 아쉬웠지 뭐예요." 샬럿은 거의 진심처럼 들리게 유감을 표하며 그녀의 진주 목걸이에 손끝을 가볍게 가져다 댔다. "그날 아무리 찾아도 안 보이지 뭐예요. 어디 숨어 있었나 봐. 듣자 하니 하워드가 몸소 정원 구경을 시켜줬다고 하던데. 그 사람 참 친절해요. 아직 자리 잡지 못한 식물들이 많아도 동백꽃은 정말 근사하고 무성하지 않았어요?"

아무 대꾸도 없는 브렌다의 얼굴은 신입 접수원보다 더 붉게 달아올랐다. 쫓아오길 포기하고 상황만 지켜보던 신입은 여전히 엿듣기 좋은 거리에 엉거주춤 서 있었다. 샬럿의 초록색 눈이 사냥감을 노리는 고양이의 눈처럼 번뜩였다. 그녀는 사냥감을 향해 천천히 조심스레 두 걸음을 내디뎠다.

"물론 그 덤불이란 게 좀 골치가 아프지. 유혹적인 장소랄까, 몰래 빠져나가서 추잡하고 불미스러운 짓을 벌이고 싶은 사람들에게는 말이야."

브렌다의 입술이 파르르 떨렸다. 샬럿은 비밀을 속삭이듯 얼굴을 바짝 들이댔지만 귀를 쫑긋 세운 신입도 또렷이 들을 정도의 소리였다. 신입은 자신이 하워드의 유일한 여자가 아니라는 사실을 깨달은 듯, 이제야 얼굴이 하얗게 질렸다.

샬럿은 손끝으로 뺨을 가볍게 짚으며 눈을 크게 떴다.

"그리고 그거 알아요? 누가 정말 그런 짓을 했더라고요. 파티 다음 날 정원사가 덤불 속에서 팬티 한 장을 주웠잖아! 상상이나 했겠어? 대체 어떤 여자가 그랬는지 몰라도 진짜 걸레야. 솔직히 싸게 놀아도 정도가 있지, 안 그래요?"

흐느끼던 브렌다가 얼굴을 두 손으로 감싸고 여자 화장실 쪽으로 내달렸다. 신입 여직원은 숨을 들이켜고 휙 돌아서서 자리를 떴다. 샬럿은 히죽이 입꼬리를 올렸다.

"뭐야, 너무 쉽잖아."

그녀는 노크도 없이 하워드의 사무실로 들어갔다. 안에는 손님이 와 있었다.

"아버지! 너무 잘됐네요. 덕분에 뉴욕까지 가서 요구 사항을 말씀드릴 필요가 없어졌어요."

하워드의 맞은편에는 날카로운 미소와 모든 걸 꿰뚫는 강철 눈빛, 은백색 머리숱에 입술까지 두툼한 남자가 앉아 있었다. 그는 조지 베벌리 길버트 3세로—그에게 아부 떠는 이들에겐 G.G.로 불렸다—기분이 좋을 땐 원로 정치인 같았지만 아닐 땐 독재자 같았다. 샬럿은 그런 날을 '독재자의 날'이라 불렀고 오늘이 바로 그날이라는 걸 단번에 알아챘다.

G.G.는 입에 문 시가를 빼내며 말했다. "요구 사항이라니? 그 무슨 뚱딴지같은 소리야? 그리고 여긴 왜 온 거냐? 지금 회의 중인 거 안 보이니?"

"알죠. 그런데 이건 5분도 안 걸려요, 아버지. 너무 급한 일이라기보다는, 이제 더는 기다릴 수가 없어서요. 어찌 됐든…."

샬럿은 장갑을 벗어 잔뜩 긴장한 표정의 하워드와 아버지가 마주 앉은 호두나무 테이블 위에 내려놓았다. 하워드가 자리에서 일어섰다.

"샬럿, 이렇게 예고도 없이 들이닥치면 어쩌자는 거지?"

"어쩌긴 뭘 어째." 그녀가 받아쳤다. "당신 비서가 왜 그랬는지 모르겠네, 하워드. 몇 마디 정중하게 건네면서 우리 동백나무 얘기를 좀 했더니, 눈물 바람이 돼서는 화장실로 내빼더라. 덕분에 지키는 사람도 없고 당신은 무방비 상태야. 안내 데스크에서도 마찬가지였어." 샬럿은 혀를 찼다. "다음번엔 말이야, 낯짝 좀 두꺼운 멍청이를 찾아. 그리고 IQ가 한 자릿수는 아닌 여자로."

하워드의 입가가 비틀렸다. 뭔가 독한 말을 하려는 찰나 G.G.가 손을 들어 올렸다. 하워드는 여느 때처럼 예스맨이 되어 다소곳이 앉아 장인 말을 기다렸다. G.G.는 시가를 집어 들었다.

"장난 관둬라, 샬럿. 할 말이 있으면 빨리 해, 우리 일해야 하니까. 혹시 용돈을 더 달라는 얘기면 대답은, 안 된다. 지금도 네 값어치보다 훨씬 더 들고 있잖아."

"용돈 인상은 아니고." 샬럿이 말했다. "합의금이랄까요. 돌려 말할 필요 없이, 협박이에요."

G.G.는 시가 끝을 질겅대며 외동딸을 바라봤다. 예기치 않게 미폭발 지뢰밭을 발견한 군인처럼 경계하는 눈빛이었다. 샬럿은 무릎 위에 얌전히 두 손을 포갰다.

"요구 사항을 말씀드릴게요. 집 매각 수익 전액, 하워드의 현재 연봉, 보너스 포함해서 20년 치 일시불 지급 그리고 같은 금액을 드니스를 위한 철회 불가능 신탁으로 설정할 것. 물론 하워드는 자녀 양육비와 대학 등록금도 계속 부담해야죠. 하지만 아버지, 제가 정말 확실히 해두고 싶은 건 혼외자가 아버지 사후에 유산에서 배제되지 않는 거예요." 샬럿은 평온한 미소를 지었다. "그리고 이미 짐작하셨겠지만 이혼할 거예요. 아이들 양육권은 전적으로 제가 가지고요."

하워드가 눈썹을 치켜올리며 헛웃음을 터뜨렸다. "낮술 마시기엔 아직 이르지 않나, 샬럿? 아무리 당신이라도 말이야."

"나는 완전히 맨정신이야, 하워드. 그리고 대단히 진지해."

"이혼은 없다." G.G.가 시가를 휘두르며 말했다. 짙은 연기가 퍼지며 위스키에 절인 버섯을 태우는 듯한 냄새가 떠돌았다. "내 증조부가 이 회사를 1822년에 세웠다. 우리가 지금까지 버틸 수 있던 이유가 뭔데. 가족 안에서 문제를 해결하고, 체면을 지키고, 스캔들을 피했기 때문이지. 가족 하나 제대로 관리 못 하는 회사에 누가 돈을 맡기겠어."

"그러니까, 다시 말하지만 이혼은 안 된다. 지금도, 앞으로도 절대." G.G.는 샬럿을 노려보며 말을 이었다. "네 어머니가 이미 말해 줬을 텐데? 그런 경솔한 짓을 벌였을 때 어떤 대가가 따르는지 말이다. 나를 시험하지 마라. 내가 한 말은 모두 진심이다."

그는 시가를 이 사이에 물고 예전 같았으면 샬럿의 의지와 기세를 꺾어놨을 눈빛으로 노려보았다. 그런 날들은 끝났다.

"그건 인정해요. 하지만 저도 무자비해질 수 있죠, 아버지. 무엇보다 그건 최고의 아버지께 배운 거니까요. 게다가 드니스에게 주신 후한 졸업 선물 덕분에 이제 판세가 조금 바뀌었어요."

샬럿은 핸드백에서 황색 봉투 하나를 꺼냈다. 그 안에는 드니스가 찍은 사진들과 타자기로 친 이름과 주소 목록 그리고 명함 한 장이 들어 있었다. 그녀는 그것들을 테이블 위에 가지런히 펼쳤다.

"하워드가 아주 잘 나온 사진은 아니네요, 솔직히." 샬럿은 블랙잭 딜러처럼 사진들을 부채꼴로 펼쳤다. "하지만 누구라도 얼굴은 알아볼 수 있죠. 체형만 봐도요. 신문사들이 몇몇 노골적인 부분은 잘라내겠지만, 그와 이 걸레의 표정만으로도 사람들 관심 끌기엔 충분할 거예요. 그리고 어떤 일은 상상에 맡기는 게 더 자극적인 경우도 많잖아요, 안 그래요?"

샬럿은 잘 다듬은 손톱을 엄지로 매만지고 교활하게 미소 지으며 계산된 무심함을 드러냈다. "아, 혹시 궁금하실까 봐 말씀드리자면 이 목록에는 주요 일간지의 재정 담당 기자들 이름과 주소가 적혀 있어요. 가십 칼럼니스트들도 빠짐없이요. 월터 윈첼, 수지 니커보커까지."

"사진 사본이랑 상황 설명 메모를 동봉한 봉투들도 다 준비됐어요." 그녀가 말했다. "어디부터 보낼지 고민 중이죠. 가십 기자들? 아니면 한꺼번에? 후자가 낫겠다는 생각이에요. 모든 가능성에 대비해야죠, 그렇죠, 아버지? 이 정도로 야릇한 사진이 딸린 기사는 기자 몇 명 돈으로 막을 수준이 아니잖아요."

"아무리 앙심을 품어도 이런 싸구려 짓을!"

사진을 보는 순간 얼굴이 핏빛으로 달아오른 하워드는 숨을 헐떡이며 자리에서 벌떡 일어났다. 손가락을 오그리며 당장이라도 달려들 기세였다. 하지만 장인이 그의 어깨를 단단히 눌러 다시 의자에 주저앉혔다.

"앉아, 이 머저리 같은 자식. 오늘 하루치 사고는 이미 다 저지르고도 남았어!"

G.G.는 사위의 영혼이 쪼그라들도록 노려보았다. 여태껏 실망스러운 딸에게만 향하던 시선이었다. 잠시 어리둥절해하는 하워드의 눈빛을 보며 샬럿은 이제 그 자리가 넘어갔음을 서서히 깨달았다. 그는 더 이상 황금 사위가 아니었다. 그 빛바랜 자리를 메운 건 되돌리기 어려운 얼룩이었다. 하마터면 그가 안쓰러울 뻔했다.

아주 잠깐은.

"이 사진들이 언론에 흘러 나가기만 하면." G.G.가 아직도 충격에 잠긴 하워드를 향해 이를 갈며 말했다. "우린 단 하루 만에 모든 고객을 잃게 될 거다. 자네가 비밀 하나 못 지킬 만큼 멍청해도 최소한 졌다는 건 알 정도의 머리는 있겠지."

하워드는 축 처진 몸을 의자에 묻었다. G.G.는 샬럿을 향해 몸을 돌렸다.

"좋아, 샬럿. 네가 이겼다. 이혼해라." 그는 시가 연기를 내뿜으며 샬럿을 흘끗 훑어봤다. 그 눈빛엔 어이없음과 동시에 희미한 존경이 섞여 있었다. "솔직히 몰랐구나. 네 안에 이런 강단이 있을 줄은. 생각보다 훨씬 강해. 하지만 이제 좀 이성적으로 굴어라. 자, 우리 둘이 앉아서 조건을 좀…."

샬럿은 고개를 저으며 말을 끊었다. "협상은 없어요, 아버지. 이 상황에서 제 제안은 이미 충분히 합리적이에요." 그녀는 장갑을 집으며 고갯짓으로 테이블을 가리켰다. "거기 있는 명함은 제 변호사 거예요. 지금 제 요구 조건을 세부 조항으로 정리한 서류를 작성 중이에요. 행정 절차가 조금 있긴 해도 곧 판사 앞에서 마주하게 될 거예요. 가능한 한 신속히 진행하고 싶어요. 괜히 질질 끌 이유는 없죠. 하워드도 동의할 거고요."

하워드는 극도의 혐오를 담은 눈으로 그녀를 응시했다. "어서 네 꼴을 안 봐도 되는 날이 오면 좋겠군."

"좋아! 이제 우리 셋 다 같은 생각인 걸로."

샬럿은 장갑을 끼고 문 쪽으로 걸어갔다.

"아, 가기 전에 정리해둘 사항이 두 가지 있어요. 아버지, 굳이 말씀드릴 필요도 없겠지만 변호사 비용이랑 소송 비용은 아버지가 내주시리라 믿어요."

그녀는 곧 전 남편이 될 하워드를 향해 시선을 돌렸다. "그리고 하워드, 집에 돌아오고 싶은 마음은 없겠지만, 혹시라도 그럴 생각이라면? 집 열쇠는 이미 바꿨어. 옷은 걱정 마. 윌러드 호텔에 방을 잡아놨고, 당신 짐 가방 여섯 개는 벨맨에게 맡겨놨으니까. 꽤 무거워, 그러니 팁 넉넉히 줘." 샬럿은 핸드백 끈을 팔에 걸었다. "그래요, 이제 다 된 것 같네요. 그럼 전 이만. 안녕히들 계세요."

그녀는 손을 흔들며 방을 나섰다. 당당한 걸음으로 철제 책상들 사이를 지나며 계산기 두드리는 소리와 찰칵대는 타자기 소리에 발걸음을 맞췄다. 로비에 다다르니 타이핑 매니저 에드나 그린이 마주 걸어왔다. 따뜻한 성격의 중년 여성 에드나는 샬럿이 이 회사에서 유일하게 좋아하는 사람이었다.

"어머, 구스타프슨 부인! 오늘 사무실에 오시는 줄 몰랐어요. 반가워요." 에드나는 샬럿을 위아래로 훑으며 감탄했다. "세상에, 정말 멋진 정장이네요. 너무 우아해요. 그런데 얼굴이 환하시네요. 오늘 무슨 좋은 일이라도 있으셔요?"

샬럿은 미소 지었다.

"판을 주도하고 있거든요. 그리고 한마디 더 하면요, 에드나. 기분이 끝내줘요."

33장
선택과 결과

열셋에서 열네 살로 넘어가던 어느 날, 말 그대로 살갗 한 겹 아래가 호르몬과 모순으로 꽉 들어찬 이기심 덩어리 사춘기 소녀였던 마거릿은 일부러 엄마를 자극했다. 고의로 선을 넘었다. 어쩌면 정말로 선이라는 게 존재하는지 혹은 어디까지 가야 그 선을 밟게 될지 궁금했는지 모른다.

아직 전쟁이 한창이었다. 엄마는 공장에서 온종일, 자주 초과근무까지 하고 귀가하곤 했다. 생일을 맞은 마거릿은 친구 열네 명을 초대해 거창한 파자마 파티를 열고 싶었다. '가장 친한' 친구들이었지만 훗날 그 누구와도 연락을 이어가지는 않았다. 종일 일에 매달린 엄마가 배급표를 쥐어짜며 식구들 먹을 것을 마련하던 시절임을 감안하면, 그건 터무니없는, 솔직히 말도 안 되는 요구였다. 엄마는 두 명까지만 허락하겠다고 했다. 그러다 세 명으로 올려주었고 그게 한계라며 협상은 끝났다.

하나 마거릿은 물러서지 않았다. 교회 예배가 끝난 뒤 엄마가 다른 집사님과 로비에서 담소를 나누는 틈을 노려 얘기를 다시 꺼냈다. 사람들이 보는 앞에서라면 설마 거절하지 않으리란 계산이었다. 그러나 엄마의 대답은 단호했다.

그럼에도 마거릿은 다시, 다시, 또다시 물었다. 참다못한 엄마가 몸을 홱 돌릴 때까지. "그만해, 마거릿 루스. 마지막 경고야. 한마디만 더 하면."

마거릿은 말을 듣지 않았다. 한마디를 더 했고, 따귀를 맞았다.

놀랄 일은 아니었다. 이미 경고를 받았으니까. 마거릿이 엄마였어도 아마 똑같이 했을 것이다. 하지만 어린 마거릿은 믿지 못했다. 엄마가 진짜로 그 위협을 실행할 거라고는. 그것도 사람들 앞에서. 따귀가 날아오자 마거릿은 충격에 얼어붙었다. 얼굴이 화끈거렸고, 굴욕감에 휩싸이다가 자신이 잘못했음을 깨달았다. 되돌리고 싶었지만 이미 늦었다. 행동은 끝났고 약속된 결과가 집행되었다.

편집장 클레멘트에게 해고 통보를 받고 전화를 끊은 마거릿은 그때와 똑같은 기분이었다. 굴욕스럽고 충격적이었다. 놀랄 이유가 없었는데도 그랬다. 그 역시 이미 경고했으니까. 그러나 어린 시절 엄마의 위협을 믿지 못했던 것처럼 이번에도 마거릿은 그가 진짜로 해고까지 하리라고는 믿지 않았다.

광고주 비판 수위를 누그러뜨린 다음 문장을 종소리처럼 또렷하게 디듬고, 한 치의 군더더기도 없이 매만진 뒤 마거릿은 이번 칼럼이라면 반반의 확률로 통과할 거라 스스로를 설득했다. 아무리 클레멘트 씨라도 글의 완성도를 보면 인정할 거라고. 최악의 경우라해봐야 또 호통을 치고 원고를 반려한 다음, 그에 대한 벌로 시어머니 방문기나 아침 드라마 혹은 바닥용 왁스 따위를 주제로 한 지루하기 짝이 없는 칼럼을 쓰게 하겠거니, 지금껏 해왔던 대로 원점으로 돌아가겠거니 했다.

하지만 정말로 해고하리라곤 예상치 않았다. 단지 제대로 된 글을 썼다는 잘못 하나만으로. 그런데 그는 했다.

마거릿은 두 손으로 얼굴을 감싸며 소파에 주저앉았다. 너무 속이 상한 나머지 자기도 모르게 스프링이 튀어나온 쿠션 위에 그대로 앉아버렸다. 엉덩이를 콕 찌르는 철심이 자신을 꾸짖는 듯했다. 몇 달만 글을 더 써서 돈을 모으면 새 소파를 살 수 있었을 텐데, 그런데 이제는….

그녀는 가진 것을 모두 쏟아부어 원고를 썼다. 스스로 진심으로 뿌듯한 글, 독자들이 한 번쯤은 생각하고 행동하게 될 글을. 그런데 무슨 의미가 있을까? 아무도 그 글을 읽지 못한다면, 앞으로 그녀가 또 어떤 글을 쓴다 한들 그게 다 무슨 소용일까?

"바보, 바보, 진짜 멍청이." 두 손으로 얼굴을 가린 마거릿이 중얼거렸다.

그런데 자신에게 화가 난 마거릿과 달리 월트는—간식을 찾으러 주방에 왔다가 그녀의 표정을 보며 전화 통화를 엿듣고—분노했다. 마거릿이 아닌 레너드 클레멘트를 향한 분노였다.

"말이 돼? 잘 썼다고 해고를? 그게 당신 일이잖아! 지금까지 당신이 쓴 칼럼 중 최고였어, 마거릿. 단연코."

"편집장이 당신이라면 달랐을지도 모르지. 하지만 현실은…." 마거릿은 눈을 감고 한숨을 내쉬었다. "내가 얼마나 멍청한지 새삼 실감해. 완전 바보였어. 베티 프리단이야 자기 연단 위에서 소리칠 수 있다 쳐도, 나는 그냥 전업주부잖아. 도대체 내가 뭘 착각한 걸까?"

우리 안에 갇힌 사자처럼 거실을 서성이던 월트가 멈춰 서서 손가락으로 마거릿을 가리켰다. "당신이 왜 **그냥** 전업주부야. **내** 아내이자, 내가 아는 사람 중 가장 똑똑하고 재능 있는 여잔데!" 분통이 터진 그는 주먹을 쥐고 손바닥에 내리쳤다. "그런 인간이 스스로를 편집자라 불러? 제대로 된 글이 문 앞까지 걸어와 엉덩이를 물어도 못 알아볼 거야. 그 자식이 여기 있었다면 내가!"

마거릿이 끙끙 앓자 월트가 인상을 찌푸렸다.

"이대로 당하고만 있을 거 아니지, 매기?

"그럼 어쩌겠어? 작가는 글을 쓰지만, 글을 세상에 내보낼지 결정하는 건 편집자잖아." 마거릿은 두 손을 펼쳐 보였다. "세상은 원래 그렇게 돌아가."

"얼마나 바보 같고 잘못된 일이야." 월트가 커피 테이블 위에 놓인 낡은 「우먼스 플레이스」를 낚아챘다. 몇 달 전 치과 대기실에서 몰래 가져와 크리스마스 선물이라며 내밀었던 그 책이었다. 그는 잡지를 둘둘 말아 자기 허벅지를 툭툭 쳤다. "이건 잘못 정도가 아닌 검열이야! 미국적이지 못한 짓이라고!"

"아니야." 마거릿이 고개를 저었다. "돈을 받고 일하는데 당연하지. 잡지 출판은 비즈니스잖아. 잡지사 입장에선 글도 다른 상품이랑 똑같아. 팔릴 가능성이 없으면 실을 이유도 없지."

월트는 그녀를 뚫어지게 바라보았다. "그럼, 저 사람들한테 중요한 건 돈밖에 없다는 말이야?"

"음… 그렇지." 마거릿은 쓴웃음을 지었다. 새삼스레 묻는 게 오히려 놀라웠다. "그 사람들이 진짜로 신경 쓰는 건 잡지 판매랑 광고 수익뿐이야."

월트의 눈이 가늘어졌다. 이 사이로 쓰읍 하는 소리가 났다. 마거릿은 고개를 갸웃했다. 그의 머릿속에서 무언가가 굴러가기 시작하는 게 느껴졌다.

"월트? 왜 그래?"

대답 대신 잡지를 펼친 그는 페이지를 휙휙 넘겼다. 광고, 사설, 칼럼, 기사들을 거침없이 넘기다 어느 순간 소리쳤다. "찾았어!" 그가 손가락으로 한 페이지를 꾹 누르며 복도로 향했다. 놀란 마거릿은 소파에서 뛰어올라 그를 따라갔다.

"찾았다니? 뭘? 월트, 어디 가? 뭐 하려고 그래?"

그가 어깨 너머로 외쳤다. "광고 부서에 전화하려고!"

34장
그룹

해고됐다는 소식을 전하려고 비브에게 전화를 건 마거릿은 목메
는 소리를 애써 삼키며 말을 이었다. 비브가 말을 잘랐다.

"한마디도 하지 마, 매기. 그대로 있어, 알았지? 지금 바로 갈게."

20분 뒤 비브는 샬럿과 빗시를 양옆에 끼고 마거릿네 현관 앞에
서 있었다. 손에는 케이크 접시가 들려 있었다. 접시를 덮은 랩에
송골송골 물방울이 맺힌 따뜻한 케이크였다.

"번트 케이크 구웠어?"

"체리 초코칩." 비브가 말했다. "때마침 다 구워졌길래 두 사람한
테 연락해서 같이 왔어. 같은 얘기를 세 번이나 할 필요는 없잖아."
그녀가 접시를 내려다보며 어깨를 으쓱했다. "나 요즘 일 안 하니까
빵 구울 시간이 많아."

"그럼 나도 오븐 장갑에 먼지 좀 털어내고 합세해야겠네." 마거
릿이 한숨을 쉬며 일행을 안으로 들였다. 네 사람은 주방으로 몰려
갔다. 마거릿이 케이크를 잘라내고 아이스티를 따라주었다. 샬럿은
얼음 넣은 잔을 받아 들었지만 두보네로 잔을 채웠다.

"좀 이르거든요." 마거릿이 눈썹을 치켜올리자 샬럿이 대꾸했다.

"두보네는 차나 다름없거든요, 허브를 잔뜩 우려내서."

빗시가 병을 들어 라벨을 살폈다.

"알코올도 들었죠, 19도 정도."

"아유, 찬물 끼얹기는." 샬럿이 대꾸했다. "올해 독립기념일이 좀 늦게 왔잖아, 난 아직 기념 중이야."

"생각해보니 나도 그러네." 빗시가 얼굴을 환히 밝히며 말했다.

그녀는 입도 안 댄 차를 피처에 다시 붓고 남은 두보네로 잔을 채운 뒤 샬럿의 잔에 잔을 부딪쳤다. 마거릿은 빈 병을 쓰레기통에 던졌다.

"주류상에 갈 때가 된 것 같네."

"나중에." 비브가 말했다. "지금은 나머지 얘기를 해봐."

"무슨 얘기를 더 해? 클레멘트한테 잘렸어. 짧고 초라한 내 작가 인생은 끝났지." 마거릿이 어깨를 으쓱했다. "아무튼, 더는 얘기하고 싶지 않아."

비브가 혀를 찼다. "바보 같은 소리. 하고 싶으면서 그래."

비브의 말이 맞았다. 상황이 바뀌는 건 아니었어도 거실로 자리를 옮겨 친구들에게 이야기를 들려주니—셋이 고개를 끄덕이거나 분노에 찬 얼굴로 혀를 차는 모습을 보며—마음이 좀 누그러졌다.

하지만 가장 좋으면서도 가장 가슴 아픈 순간은, 베티들의 성화에 못 이겨 칼럼을 직접 읽어줬을 때였다. 클레멘트에게 보냈던 순화된 버전이 아닌 잡지사를 실명으로 비판한 부분까지 포함된, 본래의 모든 요점을 담은 완성 원고였다. 마지막 문장에 이르자 베티들은 잠잠했다.

그러나 이내 침묵이 깨졌다.

"마거릿, 이 글… 정말, 완전히 끝내준다."

"대단해. 그러니까, 난 자기가 글 잘 쓴다는 건 알았지만, 이건… 와우!"

"내 생각을 내가 알기도 전에 대신 써준 것 같아요. 대체 어떻게 썼대요?"

간단히 말해 세 사람은 완전히 매료됐다. 단지 친구라서가 아니라는 걸 마거릿은 느낄 수 있었다. 그녀의 글이 진실로 마음을 건드린 덕분이었다. 마거릿은 다른 여성들도 같은 반응을 보이리라 확신했다. 그 에세이를 통해 자신들이 혼자가 아님을 깨닫고, 나아가서로 힘을 모을 용기를 얻을지도 모른다고. 하지만 월트와 베티들 외에는 아무도 읽을 수 없으니….

"미쳤네." 샬럿이 분노 섞인 담배 연기를 후욱 내뿜었다. "완전히 미쳤다고! 네가 편집자 지시를 안 따른 건 이해하지만 그렇다고 널 해고한다? 그 자식이 네 재능을 정말 모를까? 이 칼럼은 지금껏 쓴 시시한 글보다 열 배는 나아."

"어머, 과찬이야." 마거릿이 어색한 웃음을 지었다. "칭찬 맞지, 고마워."

샬럿이 손을 휘저었다. "아, 무슨 뜻인지 알잖아. 예전 글들도 나쁘진 않았고 어떤 건 정말 웃겼어. 하지만 읽고 나면 그냥… 허울뿐이잖아."

마거릿이 고개를 끄덕였다. "이제는 허울뿐인 글조차 못 쓰게 됐어. 완전 망한 거야, 그치?"

그녀는 샬럿이 커피 테이블 위에 둔 담뱃갑으로 손을 뻗으며 허락을 구하듯 눈썹을 치켜올렸다. 샬럿이 고개를 끄덕였다. 마거릿은 담배를 피우는 일이 거의 없어 굳이 사두지 않았다. 하지만 오늘은 기분이 형편없었고 두보네도 다 떨어졌으니.

"월트가 말한 대로 직접 광고를 내보내는 건 어때?" 빗시가 물었다.

"너무 비싸." 담배에 불을 붙인 마거릿이 대꾸했다. "적어도 지면의 3분의 2는 필요하거든. 한 면을 다 쓰면 더 좋겠지만. 그 정도 크기면 광고비가…" 그녀는 담배를 한 모금 빨고 연기를 내뿜으며 고개를 저었다. "이렇게 말하면 쉬워. 잡지가 광고로 벌어들이는 수익이 그렇게 많은 줄 알았으면 나도 훨씬 더 많이 요구했을 거야."

"괜히 에둘러 말하지 말고." 비브가 말했다. 불룩한 배에 손바닥을 댄 그녀는 태아가 조금이라도 편한 자세로 움직이길 바라는 듯했다. "얼마나 드는데?"

마거릿이 금액을 말했다. 비브가 낮게 휘파람을 불었다.

"세상에, 차 한 대는 사겠네. 중고 값이지만 그래도… 그 정도인 줄은 몰랐어."

"우리도 몰랐어." 마거릿이 말했다. "칼럼으로 번 돈을 조금 써서 타자기를 샀거든. 하지만 한 푼도 안 쓰고 다 모았다 해도 「우먼스 플레이스」나 다른 전국구 잡지에 전면 광고를 실을 만큼은 안 됐을 거야. 말이 안 되지만, 우리 적금을 깨서 쓰자고 월트가 그러더라—그것도 턱없이 모자라겠지만—안 되면 대출 받자는 말까지 했다니까. 다행히 내가 정신 차리게 했지. 요즘 그 사람 상사 하는 꼴 보면 우리 형편에 모험은 금물이야."

"그래도 마음이 가상해요." 빗시가 비브의 번트 케이크 조각을 손가락으로 집어 입에 넣었다. "나도 언젠가 다시 결혼하면 월트 같은 사람이나 토니 같은 사람 만나고 싶어요. 번쩍이는 갑옷 입은 기사 타입으로."

마거릿은 월트를 떠올리며 빙그레 웃었다. 기사로 치면 월트는 랜슬롯보다는 그녀의 명예를 지키겠다며 풍차를 향해 돌진해 고결하지만 헛된 싸움을 벌이는 돈키호테*에 가까웠다. 그래도 빗시 말처럼 노력이 가상했다. 마거릿은 월트의 그런 면을 사랑했다.

하나 지난 몇 달간 불화를 겪으면서—아니, 지금 생각해보면 바로 그 불화 덕분에—그녀가 월트에게서 가장 사랑하게 된 건 칼럼에 썼던 바로 그 점들이었다. 자신의 잘못을 인정할 만큼 용감한 남자는 드물고, 더 나아가 스스로를 바꿀 강단을 가진 이는 거의 없었다. 제리는 그러지 못했어도 월트는 아버지보다 나은 남자였다. 완벽하진 않아도 좋은 사람이었다.

비브가 또 한 조각을 자르려고 몸을 숙이며 마거릿 팔꿈치를 치는 바람에 그녀는 생각의 늪에서 빠져나왔다.

"다시 결혼할 거야." 현자처럼 고개를 끄덕이며 비브가 빗시에게 말했다. "아직 스물셋이잖아. 생물학의 힘은 대단해. 달마다 사흘쯤은 토니 부스케티 씨가 록 허드슨**으로 보인대도."

마거릿은 담배 연기를 뱉으며 웃음을 터뜨렸다. "토니는 언제 봐

---

* 아서왕 전설에 등장하는 원탁의 기사 랜슬롯이 용감하고 품격 있는 데 반해 돈키호테는 정의감은 강하지만 현실감각이 없는 이상주의자다.
** 미국의 전설적인 영화배우로 1950-60년대 할리우드의 대표 미남.

도 록 허드슨처럼 생겼어."

"알지." 비브가 깊게 한숨을 내쉬었다. "그래서 내가 망했지."

소파에 등을 기대고 다리를 쭉 뻗은 샬럿은 검은 고리 바지 끝으로 가느다란 발목을 드러낸 채 줄곧 담배를 피워댔다. 평소답지 않게 잠잠하던 그녀는 반쯤 감긴 눈으로 대화를 듣다 말고 불현듯 화제를 바꿨다.

"책 읽기 시작한 사람 있어?"

다른 셋이 서로 눈길을 주고받았다. 메리 매카시의 소설 『더 그룹』*은 베티들 정식 모임에서 토론할 예정이었고 아직 2주 넘게 시간이 있었다. 마거릿은 선생님 질문에 애매하게 아는 답을 말하는 학생처럼 조심스레 손을 올렸다.

"6장인가 7장까지 읽었어. 지금까진 괜찮더라."

"난 반쯤이요." 빗시가 말했다. "킹이 없으니 밤늦도록 읽을 수 있어요."

"난 아직 첫 장만 읽었어." 비브가 털어놓았다. "결혼식 장면이랑 등장인물은 흥미로워. 근데 벌써부터 느낌이, 이 사람들 끝이 안 좋을 것 같아."

"맞아." 샬럿이 다리를 끌어당겨 몸을 바로 세웠다. "자세한 얘긴 안 할게, 스포일러니까. 하지만 다 읽은 입장에서 말하자면 거의 모두가 끝엔 고통을 겪어. 그게 요 며칠 계속 마음에 걸렸어."

---

* 『더 그룹The Group』은 1930년대 미국의 명문 여자대학 바사 칼리지Vassar College를 졸업한 여성 여덟 명의 인생을 따라가는 장편소설이다.

담배꽁초를 재떨이에 눌러 끈 샬럿이 다시 담배 한 개비를 꺼냈다.

"그러니까, 한번 봐봐. 똑똑하고 매력 있고 교육도 잘 받고 집안도 좋은 여덟 명의 여자야. 모든 면에서 장래가 촉망되는 사람들. 그런데 자기 가능성을 완전히 펼친 인물은 아무도 없지. 근처에도 못 가." 그녀는 담배를 만지작거렸다. "그런 여자들도 안 된다면 우리 같은 사람들은 무슨 희망이 있을까?"

샬럿은 불을 붙이며 말을 멈췄고 질문은 허공에서 맴돌았다. 비브는 눈살을 찌푸리며 말했다.

"참나, 우리가 그걸 알 도리가 있어? 책 다 읽은 건 자기잖아, 우리가 아니라."

빗시가 비브 쪽으로 고개를 돌렸다. "비유적으로 한 말인 것 같아요."

"내가 곰곰 생각해봤거든." 샬럿이 말했다. "이제야 이유를 알겠어. 『더 그룹』의 여자들이 실패한 건—잠재력을 다 펼치지 못했을 뿐만 아니라 거의 모든 면에서 실패한 건—그들이 그룹을 이루길 중단했기 때문이야. 졸업을 하자마자 각자도생이었고 상황은 끔찍이 나빠지기 시작했어."

"계속 함께였으면 더 나았으리라고 생각하는 거야?" 마거릿이 물었다.

"물론이지, 확실해. 비브, 자긴 무슨 말인지 알 거야. 늘 전쟁 얘기할 때 간호사들이 상상도 못 할 만큼 힘든 상황에서도 서로 똘똘 뭉쳤다고 했잖아."

비브가 고개를 끄덕였다. "상황이 나빠질수록 더 똘똘 뭉쳤지. 한 팀이 아니었음 버티거나 임무를 완수할 수 없었어. 하지만 전쟁은 다르잖아. 일상에서 여자들이 그렇게 행동하길 기대할 순 없지. 영원히 막사나 기숙사에서 살 수도 없고."

"맞아. 그래도 언제나 그룹의 일원이 될 수는 있지."

샬럿이 고개를 돌려 마거릿을 바라보았다. "매기, 아까 광고비 얼마라고 했지? 그리고 네 통장에 남은 돈은 얼마나 돼?"

마거릿은 담배를 재떨이에 비벼 끄며 고개를 저었다. "안 돼, 샬럿. 정말 안 돼. 마음은 고맙지만 광고비를 대신 내줄 순 없어."

"당연히 할 수 있지!" 샬럿이 외치며 두 팔을 활짝 벌렸다. "아버지랑 맞붙은 얘기 못 들었어? 이번 주부턴 나 완전히 독립한 여자야. 내 돈을 내 맘대로 쓸 수 있다고. 그러니까 얼마야?"

마거릿은 입술을 꼭 다물었다. 샬럿이 조급한 표정으로 그녀를 흘겨보았다.

"정말이지, 마거릿 라이언, 넌 세상에서 제일 답답한 여자야. 광고비를 말해주든지 아니면 내가 직접 잡지사에 전화해서 알아내든지 할게. 어떻게 할래?"

샬럿이 절대 물러서지 않으리라는 걸 안 마거릿은 마지못해 금액을 말했다. 샬럿이 계속 캐묻자 통장에 남은 금액까지 털어놓았다.

"봐, 말하는 게 그렇게 어려워?" 샬럿이 물었다. "지금은 수표책을 안 가져왔는데, 내일 들고 와서 바로 건네줄게. 광고 게재 마감일이 언제야?"

"이번 주말." 마거릿이 대답했다. "하지만 비용을 대신 내도록 둘 수는 없어, 샬럿. 너무 큰돈이야."

"내도록 두는 게 아니야." 샬럿이 받아쳤다. "내가 하는 거지. 끝. 이제 여기까지. 내가 원하니까 하는 거고, 네가 나였어도 똑같이 했을 테니까 하는 거고, 그리고 넌 내 그룹이니까."

"샬럿 말이 맞아." 비브의 목소리가 단호했다. 그녀는 잔을 내려놓았다. "병원에서 번 돈 대부분은 기름값이랑 요리할 힘도 없던 날 피자값으로 나갔지만, 그래도 제법 남았어, 그거 다 써도 돼."

"안 돼!" 마거릿이 외쳤다. "비브, 그러면 안 돼. 아기 맞으려면 돈이 필요하잖아."

비브가 두 손을 내저었다. "뭘 사게? 위층 다락방에 애 여섯이 입던 옷이랑 아기 침대도 있거든."

"나도 도울래요." 빗시가 말했다. "킹이 관대함으로 죄책감을 씻으려는 덕에 요즘 지갑 사정이 괜찮아요. 게다가 아직 마구간에서 일도 하니까, 비브가 낸 만큼 나도 낼게요."

마거릿은 벌떡 일어나 두 손바닥을 쫙 펴 들고 눈을 질끈 감았다.

"그만! 모두들, 이제 그만해!"

눈을 다시 떴을 때 베티들 모두가 그녀를 올려다보고 있었다.

"미안." 그녀가 숨을 골랐다. "하지만 내가 그 돈을 어떻게 받아, 게다가 이게 해결되는 문제도 아니고 내 잘못으로 생긴 일인걸. 완전히 미친 짓이었어. 미쳤다고!"

샬럿이 자리에서 일어섰다.

"아니, 똑똑한 거지. 남자들이 하는 게 이런 거야. 왜 남자들이 온갖 클럽에 가입한다고 생각해? 엘크 클럽, 참전 용사회, 프리메이슨, 국회까지!" 그녀는 외쳤다. "서로 지지하려는 거야, 그게 이유라고! 왜 후원회라고 부르냐고? 서로를 벽 너머로 밀어 올리고 규칙을 자기들한테 유리하게 해서 그룹 전체를 돕기 위해서야. 여자들도 남자들처럼 서로 편들어줬다면 세상은 지금이랑 완전히 달랐을 거야."

팔짱을 낀 샬럿이 자기 논리에 아무 트집이라도 잡아보라는 양 마거릿을 노려보았다. 마거릿은 반박하지 못했다.

"못 믿겠으면 베티 이모한테 물어보든가." 샬럿이 말했다. "몇 장에 나오는지는 모르겠지만 분명 어딘가에 그렇게 썼을 거야."

마거릿이 웃자 샬럿도 따라 웃었다.

"도움 받는 게 어려운 거 나도 알아. 이해하지. 하지만 자기 재능은 나눠야 하는 선물이야. 매기, 일요일마다 교회에 가잖아. 등불을 켜서 그릇으로 덮어두지 말라는 구절, 한 번쯤은 들었을 거 아니야? 나도 그건 안다고."

비브가 고개를 끄덕였다. "샬럿 말 일리 있네, 마거릿."

"맞아요." 빗시도 거들었다.

"그 구절, 맥락을 좀 잘못 이해한 것 같은데." 마거릿이 말했다. "설령 덮어두지 않은들 무슨 소용이 있는데? 짧은 칼럼 한 꼭지로 세상이 바뀌는 것도 아니고, 레너드가 내 일을 돌려줄 것도 아니야. 게다가 그 돈이면."

"맞아." 샬럿이 말을 받았다. "칼럼 하나로 세상이 바뀌진 않겠지. 하지만 누군가의 세상은 바뀔 수도 있어. 베티의 책이 우리 삶을 바꿔놓은 것처럼 말이야. 그리고 누가 알아, 그 글을 읽은 사람이 네 글을 좋아해서 새 일을, 더 좋은 일을 제안할지도."

샬럿이 한 발 더 다가섰다. "이렇게 생각해봐, 매기. 오늘 우리가 자길 조금 밀어 올려주면, 언젠가 자기가 또 다른 누군가를 밀어 올릴 수 있어. 어디선가는 시작해야 하잖아. 안 그럼 세상이 어떻게 달라지겠어?"

35장
팬레터

1963년 9월

여름이 끝났다. 그러나 어찌나 의미심장한 여름이었던지, 베티들 네 사람 모두의 인생에서 가장 큰 전환점이 된 한 시절이었다.

그리고 그것은 그들만의 일이 아니었다.

전 세계적으로 변화의 물결이 몰아쳐 격변과 변혁을 일으키고 있었다. 그 물결은 경계를 밀어내고 허물어뜨려 앞으로 수년, 수십 년 혹은 몇 세대가 지나서야 비로소 완전히 드러나는 방식으로 사회의 풍경을 바꿔놓을 터였다. 8월 한 달만 놓고 보아도 시간의 흐름과 함께 세계를 뒤흔들 사건으로 가득 차 있었다.

그달에 미국, 영국, 소련이 사상 최초로 핵실험 금지 조약에 서명했다.

리 하비 오스월드가 쿠바 공정위원회 전단을 나눠주다가 세 남성과 몸싸움을 벌였고 뉴올리언스 경찰에 체포되었다가 다음 날 석방되었다.

남베트남 초대 대통령 응오딘지엠은 계엄령을 선포한 뒤 정부군을 동원해 불교 사원을 습격하고 승려 1,400명을 체포하도록 명령했다.

「워싱턴 포스트」의 발행인 필립 그레이엄은 스스로 생을 마감했고 그의 아내 캐서린 그레이엄은 마흔일곱의 나이에 미망인이자 20세기 최초의 여성 신문 발행인이 되었다.

그리고 8월 28일, 최소 25만 명의 인파가 '일자리와 자유를 위한 워싱턴 행진'에 모였다. 그들은 링컨 기념관 계단에서 마틴 루서 킹 주니어 목사가 연설하는 모습을 보며 그의 목소리를 듣기 위해 모인 사람들이었다.

수백만 명의 사람들과 마찬가지로 부스케티 가족도 마틴 루서 킹 목사의 연설을 텔레비전 생중계로 시청했다.

비브는 킹 목사의 연설을 넋 놓고 보았다. 그의 말은 가슴을 울릴 만큼 감동적이면서 동시에 너무나도 당연한 이치처럼 들렸다. 미국이 정말 자유의 땅이라면 그 자유는 모든 사람에게 주어져야 하는 것 아닌가. 연설만큼이나 짜릿했던 순간은 카메라가 군중을 비출 때였다. 비브는 무대에서 불과 10미터쯤 떨어진 자리 관중 틈에 서 있는 얼린을 알아보고는 화면을 가리키며 소리를 질렀다.

"뵈! 저기 있어!" 그녀가 가슴에 손을 얹고 얼굴을 환히 밝혔다. "근사하지 않아? 지금 역사가 만들어지고 있는데 얼린이 그 한가운데에 있잖아! 간다고 하더니 진짜 갔네. 멋져, 정말!"

그날 오후, 마구간 일을 마친 빗시는 우체국으로 가 캐서린 그레이엄 부인에게 조의 편지를 부쳤다. 그리고 곧장 아메리칸대학교 캠퍼스에 가서 수강 등록을 했다. 가을 학기 등록 마감은 이미 지났지만 앨리스 브레넌이 그 대학에서 일하는 예전 동료에게 전화를 걸어준 덕에 학교는 한 명을 더 받아주기로 했다.

다음 날 마거릿은 마이어 약국에 들러 「우먼스 플레이스」 최신호를 여섯 부 샀다. 두 부는 자신이 간직하고 나머지는 베티들 세 사람과 배브콕 부부에게 줄 생각이었다. 두 사람도 이번 일에 꼭 힘을 보태야 한다고 고집했던 터였다.

"여기 있네!" 헬렌이 환히 웃으며 손가락으로 46쪽을 톡톡 두드렸다. 거기 마거릿의 칼럼이 데블드 상추 샐러드 레시피와 마주 실려 있었다. "흑백으로 또렷하게 인쇄돼 있잖아! 정말 멋져요, 마거릿! 자랑스러워!"

"고마워요. 아시다시피 혼자서는 절대 못 했을 거예요. 제가 가벼운 글이나 쓰던 처음부터 늘 응원해줬잖아요."

"내가 뭐랬죠?" 헬렌이 손목에 찬 뱅글 팔찌를 짤랑거리며 손가락을 흔들었다. "그 '가볍고 시시한 여성지에 가볍고 시시한 칼럼' 실렸을 때 내가 뭐라고 했어요?"

마거릿이 웃었다. "시작이 중요하다고요."

"맞아요." 헬렌이 점잖게 고개를 끄덕였다. "시작이 제일 어려운 법이지. 오늘 또 하나의 시작을 한 거예요, 그리고 이번엔 자신만을 위한 시작이 아니고. 내 말 명심해요, 마거릿. 이 글은 대화를 불러올 거고, 대화를 통해 좋은 일들이 생길 거예요. 아주 큰 일들 말이죠. 내 말이 틀렸나 지켜봐요."

***

2주 뒤 헬렌의 예상이 정말 실현되는 듯했다.

많은 이웃 여자가 글을 읽었다고 말하며 덕분에 『여성성의 신화』를 읽어보기로 했다고 전해 와서 마거릿은 놀라움을 금치 못했다. 헬렌의 소식통에 따르면 책 주문량도 눈에 띄게 늘었다. 그 말이 사실이라면 다들 진심인 셈이었다. 예전 커피 모임에서 몇 번 만난 아이리스 라스무센과 도로시 피셔는 잡지를 손에 들고 마거릿네 현관문을 두드려 사인까지 부탁했다. 민망하면서도 동시에 뿌듯한 경험이었다.

물론 모든 이가 그 글을 좋아한 건 아니었다.

바브 프레드릭스는 식료품점에서 만난 그녀를 무시했다. 마거릿이 채소 코너에서 인사했지만 그녀는 쇼핑 카트를 밀며 못 본 체 지나쳤다. 또 전에 수영장에서 험담하던 두 여자는 아이들 등굣길에서 마주치자 아예 면전에서 비난을 퍼부었다.

"그 책 위험해." 첫 번째 여자가 말했다. "미국적인 삶의 방식을 위협하는 책이야. 급진주의자나 바보 아니면 다 알 텐데!" 두 번째 여자는 본인 생각을 가지려 애쓸 필요도 없다는 듯 옆에서 고개를 격하게 끄덕였다. "맞아, 정확해!"

마거릿은 두 사람의 생각 따위 신경 쓰지 않았지만, 공격적인 어조와 인신공격성 비난 때문에 불쾌했다. 단지 의견이 다르다는 이유로 어째서 저렇게까지 악의적으로 굴까? 정작 그 둘은 책을 읽었을 리가 없었다. 어쨌거나 자유로운 의사 표현과 서로 다른 의견 존중이야말로 '미국적인 삶의 방식'의 중요한 가치 아닌가? 어쩌면 가장 중요한지도?

하지만 전반적으로 부정보단 긍정 피드백이 훨씬 많았다. 그날 아침에도 우체부가 문을 두드리더니 우편함에 들어가지도 않을 만큼 두툼한 황색 봉투 하나를 건넸다. 안에는 그녀 앞으로 온 작은 봉투 스물한 개가 들어 있었고 모두 「우먼스 플레이스」 잡지사를 경유해 발송된 것이었다. 위에는 이런 쪽지가 붙어 있었다.

라이언 부인께,

안녕하세요, 처음 인사드립니다. 저는 잡지사 우편실에서 일하는 칼라 헤네시라고 해요. 요즘 부인 앞으로 오는 편지가 너무 많아서요. 상사는 부인이 이제 회사 소속이 아니니 그냥 '수취인 불명'으로 다 돌려보내라고 했답니다.

그런데 저도 잡지를 읽고 있어서 알거든요. 부인이 독서 모임에 관한 글을 실으려고 직접 광고를 냈다는걸요. 그래서 이 편지들이 다 그와 관련해서 온 거라 생각했어요. 예전에 부인께 우편이 왔을 때 주소를 본 기억이 나서 이렇게 몰래 부쳐드리기로 했답니다. (제 상사한테는 비밀로 해주세요.)

이제 더는 잡지에 글을 쓰지 않으셔서 정말 아쉬워요. 부인의 칼럼은 늘 제게 웃음을 줬거든요. 평범한 주부가 진짜 작가가 되어 글을 쓰는 게 멋지다고 생각했어요.

저는 이 우편실에서 8년째 일하고 있어요. 하루도 결근한 적이 없고요. 그런데 그동안 딱 한 번 봉급이 올랐고 승진은 한 번도 못했어요. 남자 직원들은 승진하거나 더 좋은 일자리를 찾아 나가지만 여자들은 여기서 시작하면 평생 머무는 것 같아요. 제 상사는 3년 전에 고등학교를 졸업하고 바로 들어왔어요. 제가 그를 손수 가르쳤는데 지금은 그 사람이 제 상사예요.

너무 불평처럼 듣지는 말아주세요. 다만 부인이 잡지에 글을 쓴다는 게 정말 멋지다고 생각했고, 칼럼들을 항상 즐겁게 읽었다고 전하고 싶었어요. 마지막 칼럼은 예전만큼 웃기진 않았어도 부인이 그 책을 그렇게나 높이 평가한다면 분명 읽을 가치가 있을 거라고 생각해요.

도서관에서 빌리려니 대기자 명단이 길더라고요. 예약해서 기다리고 있어요. 아마 부인 글을 읽고 책을 읽어야겠다고 마음먹은 사람들이 많은가 봐요. 다음에 또 책을 추천하실 땐 저에게 미리 쪽지 좀 보내주실래요? 제가 1순위로 빌릴 수 있게요, 하하!

아무튼, 다시 한번 감사드려요. 이 편지가 무사히 닿아서 '팬레터'를 읽는 기쁨을 누리시길 바랍니다.

진심 어린 마음을 담아,
칼라 헤네시 드림

칼라 헤네시가 자신 덕분에 미소 지었다는 사실만으로도 충분히 뿌듯했지만, 친절하게 써준 쪽지와 동봉한 편지들을 읽는 순간 마거릿의 얼굴에 번진 미소는 그녀가 지은 미소에 버금갈 정도가 아니었다.

물론 모든 편지가 팬레터는 아니었다. 세 통은 수영장 수다꾼들이 했던 비난과 비슷한 내용이었다. 한 사람은 그녀를 공산주의자라고 부르며 그다지 유쾌하지 않은 말을 늘어놓았다. 그러나 나머지 열여덟 통은 모두 긍정적이었다. 다섯 명은 베티 프리단의 책을 읽고 자신들만의 독서 모임을 만들겠다고 썼다. 무려 다섯 명이나!

그 다섯 통의 편지를 읽으며 마거릿은 오랜만에 온몸이 전율하는 설렘을 느꼈다. 생일 케이크의 초를 불며 소원을 비는 아이가 된 기분이었다. 샬럿의 말이 맞았다. 무슨 일이 일어날지는 절대로 몰랐다.

마거릿은 자신의 칼럼 원고와 잡지 스크랩을 모아 스무 곳이 넘는 잡지사 편집장들에게 보냈다. 그러나 '감사하지만 사양합니다'라는 회신조차 없이 감감무소식이었다. 놀랍지는 않았다. 그런 미승인 원고들은 대개 빛도 보지 못한 채 쓰레기통으로 들어가리라. 그럼에도 베티들에 관한 그녀의 에세이는 수많은 독자에게 읽혔고, 뭇사람에게는 강렬한 반응을 불러일으켰다. 개중에 누군가 한 명은 영향력 있는 사람이지 않을까? 그녀에게 진짜 글을 쓸 기회를 줄지 모를, 가벼운 칼럼이 아닌 진실을 쓰게끔 해줄 사람?

마거릿은 무언가 좋은 일이 분명 일어날 것 같은 확신이 들었다. 그러나 베티들에게는 말하지 않았다. 분명한 느낌과 분명한 일은 다르니까. 게다가 오늘은 샬럿의 날이었다. 어제 샬럿이 전화를 걸어 10시 30분까지 준비하라고 말했다.

"또 현장학습 갈 때가 왔어." 그녀가 말했다. "이번엔 정말 놀라운 걸 보여줄게!"

36장
유감이지만 여기까지

하워드의 사무실을 박차고 나와 곧 자유의 몸이 되리라 스스로 감지한 뒤 샬럿의 하루하루는 전날보다 더 나아지는 듯 보였다.

그렇다고 삶에 스트레스가 아예 없다는 뜻은 아니었다.

협상의 여지는 없다고 못을 박았지만 변호사들 사이에서는 이런 저런 공방이 오갔다. 다만 노동절까지 합의가 이루어지지 않을 시 사진을 언론에 공개하겠다고 통보하자 아버지는 한발 물러섰다. 법적 절차에는 다소 시간이 걸려도 현금의 절반은 이미 샬럿 계좌에 입금되었고 드니스의 신탁 서류는 변호사가 검토 중이었다.

집안 분위기는 더 만만치 않았다.

부모의 이혼이 임박했다는 사실을 알고 하위가 보인 유일한 반응은 샬럿이 단독 양육권을 가지면 군사학교를 그만두고 집으로 돌아와도 되냐는 질문이었다. 샬럿은 찬성이었다. 그러나 하워드의 완강한 반대로 그 문제는 이혼이 확정될 때까지 미뤄야 했다. 드니스는 괜찮았다. 영국 생활이 체질에 맞았다. 그러나 샬럿은 두 막내가 걱정이었다.

로라는 유난히 껌딱지처럼 붙어서 징징거렸고 앤드루는 시무룩했다. 그리고 하워드가 자신을 약 올리려 컨커디아에서 가장 부르주아적인 흉물을 골라 이사 왔다고 확신했지만 샬럿은 당분간 그대로 머물기로 했다. 아이들에게 또 한 번의 큰 변화는 어떻게든 피해야 했다. 집을 지키겠다는 건 곧 집을 관리하는 법을 배워야 한다는 뜻이었다. 조경사부터 보험, 세금 고지서, 수리 기사에 이르기까지, 그동안은 하워드의 비서가 도맡아 처리했던 일들이 이제는 샬럿 책임이었다. 배워야 할 것이 몰아닥치자 샬럿은 마지못해 서류철을 사 무엇을 어떻게 정리할지 비브에게 일일이 물었다.

또 다른, 보다 실존적인 문제도 있었다. 가끔 그런 꿈을 꾸도록 스스로 허용할 때면, 샬럿은 언제나 전문 화가로서 뉴욕에서 경력을 쌓는 상상으로 되돌아갔다. 하나 그 문이 닫혀버린 지금, 이제는 무엇을 해야 할까?

해답은, 그러한 종류의 해답이 자주 그렇듯, 가장 예기치 못한 곳에서 찾아왔다.

"자, 어때?" 샬럿이 두 팔을 활짝 벌리며 물었다. 눈앞에 보이는 타운하우스 외관뿐 아니라 거리 전체를 아우르는 몸짓이었다. "어떻게 생각해?"

빗시가 미간을 찌푸렸다. "알렉산드리아에 세를 얻는다고요? 당분간 컨커디아에 머무는 줄 알았는데."

"좋긴 하네." 마거릿이 목을 길게 빼고 3.5층의 붉은 벽돌 건물을 올려다보며 말했다. "개성이 넘쳐. 근데 정말 괜찮겠어? 애들 전학시키기 싫다며."

"길이 무진장 번잡해." 비브가 말했다. 그녀는 건물 입구 옆에 걸린 입주자 명패로 시선을 돌렸다. "그런데 여기 사무실 아니야? 이런 곳에 어떻게 세를 들어?"

"난 세입자가 아니니까." 샬럿은 빙그레 웃으며 주머니에서 열쇠를 꺼냈다. "어제부로 이 건물 전체가 내 거야. 자, 이제 내부를 보여줄게."

문을 연 샬럿이 베티들을 현관으로 안내했다. 현관이라고 하기엔 길고 좁은 복도였다. 오른쪽 벽에는 사무실 문 세 개가 줄지어 있고, 왼쪽 벽을 따라 가파르고 좁은 계단이 위층으로 이어졌다. 아마 위층에도 사무실이 있을 터였다. 모두가 들어오자 샬럿은 문을 닫았다.

"세입자들 이사 기간이 한 달 남아서 오늘은 보여줄 게 별로 없어. 하지만 건축가를 이미 고용했는데, 정말 멋진 아이디어를 내더라. 우선 지층 벽을 다 터서 넓은 하나의 공간으로 만들 거야." 샬럿은 친구들 사이를 비집고 계단 쪽으로 향했다.

"그리고 이 계단은 당연히 없애야지. 더 넓고 개방적이면서 모던한 형태로 바꿀 거야. 아주 두꺼운 유리로 디딤판을 만들면 오르는 사람이 허공에 떠 있는 것처럼 보일걸. 어쩌면 1층과 2층 사이의 천장을 없앨 수도 있어. 천장이 높아지면 오래된 건물인 만큼 훨씬 드라마틱하겠지. 구조적인 문제는 보강 빔을 설치하면 해결된다고 건축가가 예상하던데, 엔지니어의 판단을 들어봐야지."

"좋네, 그럴듯한 계획인걸." 설명을 마친 샬럿을 향해 비브가 말했다. "그런데 아주 사소하고 별거 아닌 얘길 빠뜨리네. 벽이랑 천장이랑 계단을 다 허물고 거기다 뭐 할 건데?"

"이런! 너무 들떠서 말을 안 했구나."

숨을 고른 샬럿은 단순한 바람이 아닌 이미 이루어진 일을 선언하는 사람처럼 차분하고 확신에 찬 어조로 말했다.

"갤러리를 열 거야."

마거릿의 얼굴이 환해졌다. "샬럿, 정말 근사한 생각이야!"

"본인 그림을 전시하려고요?" 빗시가 물었다.

"아니." 샬럿이 대꾸했다. "마침내 현실을 받아들였어. 내가 형편없는 작가는 아니지만, 그렇다고 뛰어나지도 않아."

"그럼 다른 사람 그림을 팔겠다는 거야?" 비브가 물었다.

"바로 그거지. 가능성은 있지만 아직 알려지지 않은 작가들, 후원자가 필요한 특히 여성 화가들의 작품에 집중하려고. 직접 위대한 예술을 창조할 재능은 없을지 몰라도, 그것을 알아보는 눈은 있거든. 그건 또 다른 형태의 재능이잖아. 게다가 이제 그런 재능 있는 여성 예술가들에게 발판을 마련해줄 여유가 생겼는데, 왜 안 하겠어?" 샬럿은 양손을 펼쳐 보이며 주장의 타당성을 강조했다. "물론 계속 적자를 보면 안 되겠지만, 합의금 덕분에 당분간은 수익을 내지 않아도 괜찮아. 어떻게 될지는 두고 봐야지. 그래도 이런 일을 하며 사는 삶, 꽤 괜찮지 않아?"

내내 고개를 끄덕이며 듣던 비브가 물었다.

"갤러리 운영에 대해서는 좀 아시고?"

"아, 거의 모른다고 봐야지!" 샬럿은 눈을 동그랗게 뜨며 웃었다. "그렇다고 포기해버려? 최근에 내가 얼마나 많은 걸 배웠는데. 마거릿 덕분에 애들이 굶지 않을 만큼은 요리도 할 줄 알게 됐고, 빗시가 수표장 정리하는 법도 가르쳐줬지. 비브는 서류 정리하는 걸 도와줬고. 심지어 집 청소도 배웠다고!"

그녀는 턱을 살짝 치켜들어 '짜잔!' 하고 포즈를 취했다.

"그렇다고 앞으로 직접 청소를 하겠다는 뜻은 아니야. 하워드도, 내 정신과 의사도 사라진 마당에, 역할에 적응해야 한다는 말은 지나치게 과대평가된 개념이라고 결론 내렸어. 돈이 얼마나 들든 상관없어." 샬럿이 단호하게 말했다. "가사 도우미를 둘 거야. 어차피 그렇게 할 테지만, 일도 하고 출퇴근도 하고 애들까지 돌보려면 정말 누군가의 도움이 필요해."

"가사 도우미 일 끝나면 우리 집에도 보내줘." 비브가 말했다.

"지난 몇 달 동안 우리 다들 정말 많이 배웠지." 잠시 머뭇거리던 마거릿이 나쁜 소식을 전해야 하는 사람처럼 콧잔등을 찡그렸다. "하지만 사업 운영은 미트로프 만드는 것보단 훨씬 복잡할 텐데?"

"내 말 들어 봐." 샬럿은 담담한 어조였다. "배워야 할 게 얼마나 많은지 나도 알아. 다행히 조언해줄 사람이 있거든. 다음 주에 기차 타고 필라델피아에 가서 그 사람 갤러리에서 얘기 나눌 거야. 공사 끝나면 여기 와서 도와주기로 했어. 어제 열쇠 받고 바로 전화했는데, 니키도 나만큼 신이 났더라."

빗시가 눈썹을 치켜올리며 흥미를 보이자 샬럿이 웃으며 선수를 쳤다. "묻기 전에 말해둘게. 니키는 니콜라이의 애칭이야. 일흔 살이고, 영어보다 러시아어를 훨씬 잘해. 나만큼이나 로맨스엔 관심 없어. 우린 예술을 사랑하지, 서로를 사랑하지는 않아."

"난 아직 궁금한 게 많은 소녀라서요." 빗시가 말했다.

"난 다른 게 궁금한데." 마거릿이 삐걱거리는 계단과 비좁은 공간을 둘러보며 말했다. "왜 하필 이 건물이야? 개성도 있고 위치도 좋지만, 리모델링에 돈이 엄청 들겠는데. 이 정도로 손볼 필요 없는 다른 건물은 없었어?"

샬럿이 대답하려는 찰나 자물쇠가 찰칵 돌아가며 문이 열렸다. 갈색 트위드 재킷을 입은, 어깨가 구부정하고 하얀 수염을 기른 남자가 현관에 들어섰다. 샬럿의 눈빛이 번득였다. 하워드의 사무실에 들어가 회의실 탁자 위에 사진을 펼쳐놓던 바로 그날처럼, 초록빛 불꽃이 일었다.

"배리 박사님! 점심 다녀오셨군요." 샬럿이 다이아몬드 시계를 흘끗 보며 미소 지었다. "역시 시간도 딱 맞으시네요. 마침 뵙고 싶었어요."

박사의 표정에는 반가워하는 기색이 없었다. 샬럿이 베티들을 향해 몸을 돌렸다.

"여러분, 이분은 어니스트 배리 박사님. 내가 전에 몇 번 이야기한 적 있지."

세 사람의 눈에는 알아보는 기색이 역력했지만 아무도 입을 열지 않았다.

"아무튼." 샬럿이 손을 휘저으며 말을 이었다. "바로 내가 이 건물을 사게 된 계기야. 지난달에 배리 박사님께 새 주치의를 찾았다고 말씀드리러 왔거든. 루이자 번스타인 박사님, 여성 정신과 의사도 있더라고. 그래서 이제는 진료를 그만두겠다고 했지. 그런데 문을 나서면서 문득 이 건물이 갤러리로 아주 제격이라는 생각이 드는 거지. 그래서 좀 알아봤고 주인을 찾아가 제안을 했어. 그리고 보시다시피!" 샬럿이 또 한 번 포즈를 취했다. "이렇게 된 거야!"

배리 박사는 조롱의 콧방귀를 뀌었다. "보아하니 새로 만난 의사랑도 별 진전을 못 이루는 모양이군요. 권위에 복수하려는 유치한 욕구라니, 신경증의 또 다른 증세로 보입니다."

"그럴지도요." 샬럿이 상냥하게 대꾸했다. "하지만 박사님, 그동안 저한테 너무 많은 진단을 내리셨잖아요. 억압, 우울, 승화, 퇴행, 부정… 그 모두가 진짜일 순 없죠, 안 그래요? 그리고 진단과 관련해서나 전반적으로 박사님의 권위를 좀 의심하게 됐어요." 샬럿은 성난 의사를 향해 한 걸음 다가서서 그의 눈을 똑바로 바라봤다. "한 가지는 분명히 해둘게요. 저를 포함해서 어떤 여자도, 남성의 그것을 부러워한 적은 전혀 없어요."

"그건 그렇고, 새 사무실은 잘 구하고 계시죠? 딱 29일 남았네요. 째깍, 째깍, 째깍." 샬럿은 시계 유리를 손가락으로 두드리며 말했다. "그럼 우리가 얼굴 보는 것도 정말 끝이에요."

그녀는 한 발짝 물러서며 느긋하게 미소를 지었다.

"그럼, 이만 실례할게요. 친구들 점심 대접해야 해서."

* * *

25분 뒤 베티들은 더 마제스틱 카페 테이블에 둘러앉아 있었다. 자리 잡기도 전에 물 한 잔부터 부탁한 비브는 배가 너무 불러온 탓에 고정 의자엔 도저히 끼어 앉을 수 없었다.

"해도 너무하잖아." 웨이터가 물과 메뉴판을 가져오자 그녀가 투덜거렸다. "아직 출산 예정일까지 5주나 남았는데 세 블록만 걸어도 숨이 가빠."

"여기 음식 정말 맛있어." 샬럿이 메뉴를 펼치며 말했다. "알렉산드리아에서 가장 오래된 식당 중 하나거든. 음식도 훌륭하고 서비스도 좋아." 그녀가 웨이터를 향해 웃어 보였다. "저는 치킨 샐러드로 할게요. 아이스티도 한 잔 주세요. 숙녀분들, 뭐로 하실까? 오늘은 축하하는 날이니까 내가 쏠게."

빗시가 기대 섞인 얼굴로 물었다.

"프렌치 어니언 수프는 혹시 채수로 만들었을까요?" 웨이터가 고개를 저었다. "그럼 시저 샐러드로 할게요. 앤초비는 빼주세요."

마거릿은 감자튀김 대신 토마토 슬라이스를 곁들인 클럽 샌드위치를 주문했다. 웨이터가 주문을 받아 적고는 결정을 못 해 한참 메뉴판을 들여다보는 비브를 바라보았다. 잠시 후 웨이터는 조심스레 목청을 가다듬었다.

"비브?" 샬럿이 물었다. "뭐 시킬지 정했어?"

"응. 병원으로 태워주는 거 어때?" 비브가 메뉴판을 덮으며 말했다. "파티 망쳐서 미안한데, 자기들, 나 진통 시작됐어."

***

미친 듯이 차를 몰며 차선을 이리저리 바꾸던 샬럿은 앞차들을 향해 "비켜! 비키라고! 아기 나와요!" 하고 고래고래 소리를 질렀다. 덕분에 네 사람은 기록적인 속도로 병원에 도착했다. 마거릿은 주먹 마디가 말 그대로 하얗게 질릴 만큼 손잡이를 꽉 잡아야 했다.

마지막 코너를 돌 때 비브의 입에서 낮고 깊게 터져 나오는 신음 소리를 듣자, 샬럿이 뉴욕의 살벌한 도로에서 운전을 배운 게 천만다행이라는 생각이 들었다.

차가 완전히 멈추기도 전에 문을 열고 내린 빗시는 병원 안으로 달려가 휠체어를 밀고 왔다. 샬럿은 급브레이크를 밟고 뛰어내려 마거릿과 함께 커다란 배를 안고 몸을 비트는 비브를 차에서 꺼내려 애썼다. 얼굴이 벌겋게 달아오른 비브는 쪼글쪼글한 사과처럼 보일 정도로 인상을 찌푸리며 끙끙거렸다.

"힘주지 마!" 뒷좌석에서 비브를 내려주던 마거릿이 소리쳤다. "무슨 일이 있어도 힘주면 안 돼!"

비브가 알아들을 수 없는 신음으로 답했지만, 눈빛만 봐도 마거릿은 비브가 그 요청하지 않은 충고에 대해 어떻게 생각하는지 단번에 알아차렸다. 그녀는 타고 온 차에 대해서도 할 말이 있어 보였다. 그때 빗시와 휠체어를 쥔 간호사가 가까이 왔다. 몸부림치던 비브는 휠체어에 앉았고, 간호사는 근처 대기실을 가리키며 그녀를 산부인과 병동 쪽으로 재빨리 밀고 갔다. 비브가 소리쳤다. "빨리 좀 안 할 거예요? 이 아기는 기다려주지 않는다니까요!"

베티라 이름 지은 비브의 막내딸은, 그로부터 불과 20분 뒤 남편 토니가 펜타곤 사무실에서 달려오기도 전에 태어났다. 몸무게가 겨우 2킬로그램 남짓이라 태어난 직후 인큐베이터에 들어갔어도, 의사는 작지만 건강하다고 진단했다. 베티의 체중이 조금만 더 늘면 두 사람 모두 퇴원할 수 있을 거라고 했다.

나머지 세 사람은 신생아실 창가에 얼굴을 바짝 대고 작고 완벽하게 아름다운 비브의 아기 베티를 경이와 벅찬 감동이 뒤섞인 표정으로 바라보았다. 마거릿은 웃음을 멈출 수 없었다. 아주 좋은 일이 곧 닥쳐올 거라는 예감이, 그 순간만큼은 정말로 들어맞는 듯했다.

그리고 여러 면에서 실제로 그랬다.

37장
타이밍이 전부다

1963년 10월

비브와 아기는 10월 초 병원에서 퇴원했고 조그만 베티는 건강하게 잘 자랐다. 샬럿의 갤러리 건축 도면은 거의 완성 단계에 접어들어 11월에 착공 예정이었다. 빗시와 킹은 원만한 이혼 절차를 밟았고 빗시는 아메리칸대학교에서 수업도 잘 따라가고 있었다.

문제는 마거릿이었다.

자신의 에세이를 읽은 여성들뿐만 아니라 어쩌면 자기 자신에게도, 거대한 변화의 물결을 일으킬 첫 신호라 확신했던 열여덟 통의 팬레터를 받은 지 한 달이 지났지만 아무것도 달라지지 않았다.

마거릿은 민망했다. 민망하고, 실망스럽고, 낙담했다.

만약 친구들을 끌어들이지 않고 그 어리석은 모험을 남들에게 감췄다면 이토록 괴롭지는 않았을 터였다. 그랬다면 자신의 시도가 얼마나 초라한 실패로 끝났는지 아무도 몰랐을 테니까. 하지만 그녀는 이 어리석고 허망한 꿈에 친구와 지인들의 돈을 들인 탓에 공개적일 뿐 아니라 값비싼 실패를 맞이하게 됐다. 여러 사람이 투자

한 돈의 결과물은 고작 팬레터 몇 통과 동네에서 반짝 유명 인사가 되었던 일화뿐이었다.

굴욕을 완성시킨 사건은 그 주 초에 일어났다. 「우먼스 플레이스」 최신호를 펼쳐 든 마거릿이 마지 레이놀즈라는 다른 여성에게 넘어 간 칼럼 코너를 마주한 순간이었다. 자신과 외모도 비슷하고 이름 의 이니셜마저 같았다. 기고자가 바뀐 걸 독자들이 눈치채지 못하 리라 예상한 잡지사의 의도가 다분히 보였다. 아마 의도는 적중했 으리라.

그래서 그녀는 민망했다. 그리고 낙담했다.

누구를 만나고 싶지도, 어디 나가고 싶지도 않았다. 하지만 그날 아침 문 앞에 나타난 빗시가 오늘은 말타기 딱 좋은 날씨라고 했다. 그러더니 마거릿의 서랍장에서 멜빵바지와 반소매 면 블라우스를 꺼내 들고는 그녀가 옷을 갈아입을 때까지 문지기처럼 옆을 지켰다.

그렇게 해서 지금 마거릿은 리디아 비—얌전하고 약간 통통한 말—에 올라타 조금 더 젊고 성미가 급한 크리스털에 올라탄 빗시와 나란히 또각또각 말발굽 소리를 울리며 산책로를 거닐고 있었다.

따스했지만 후덥지근하지 않은 날씨였고 산책로를 따라 늘어선 나무의 주황빛 황금빛 잎사귀는 부드러운 바람에 살랑였다. 두 사 람은 몇 분 동안 나란히 말을 달리며 아무 말이 없었다. 침묵은 위 안이 되었다. 마거릿은 감사할 일은 끝이 없다는, 스스로 수백 번이 나 되뇐 말을 또다시 누군가에게 들을 필요가 없었다. 그 말이 진실 이라 한들 기분이 나아지지는 않았으니까.

그래도 오늘은 말타기에 참 좋은 날이었다.

길이 굽어지는 지점에 이르자 맞은편에서 말을 타고 다가오는 다른 기수가 보였다. 마거릿은 그 말을 바로 알아봤다. 빗시는 크리스털의 고삐를 잡아당겨 길 한가운데에서 멈춰 섰다.

"그레이엄 부인! 정말 오랜만이에요! 이렇게 뵙게 돼서 얼마나 반가운지 몰라요."

그 여인은 빗시의 미소에 미소로 화답했다.

"빗시! 오늘 꼭 만나고 싶었어요. 딜라일라를 제대로 돌보지 못했거든요. 장례식에, 가족 일, 회사 일까지 겹쳐서…" 그레이엄 부인의 미소가 옅어졌다. "뭐, 당신도 이해하시겠죠. 도무지 말을 탈 시간이 없었어요."

"그럼요, 당연하죠. 하지만 딜라일라는 아주 잘 지내요. 매일 가서 봐요."

"그래서 꼭 만나고 싶었던 거예요. 오늘 같이 나왔는데, 정말 근사한 시간이었어요. 나이도 있는 데다 최근 겪은 일을 생각하면 딜라일라는 정말 건강해 보여요. 어쩌면 그 점에서 우리 둘이 닮았나 봐요." 부인이 다시 미소 지었다. "어쨌든 고마워요. 그리고 편지도요. 직접 글을 써줘서 정말 감동했어요. 힘들 때, 날 위해 기도했다는 사실이 큰 위로가 됐어요."

"지금도 기도하고 있어요. 매일요." 빗시가 말했다.

"그렇군요, 계속 부탁해요. 신문사에서 필의 빈자리를 메우는 게 쉽진 않네요. 기도라면 얼마든지 환영이에요."

딜라일라가 컹컹 소리를 내며 얼른 가자고 재촉하듯 고개를 흔들었다. 그레이엄 부인은 고개를 숙여 말의 목을 다독였다.

"그나저나 빗시, 요즘 어떻게 지내요? 앨리스 말로는 학교에 다시 다니기 시작했다던데, 수업은 재밌어요?"

"아직은요. 내년에 수의대에 들어가려면 전 과목 A를 받아야 하는데 아직까진 잘 따라가고 있어요. 행운을 빌어주세요."

"잘됐네요!" 부인이 마거릿 쪽으로 시선을 돌렸다. "죄송하지만, 우리는 초면이죠? 저는 캐서린 그레이엄이에요."

마거릿이 인사를 하려던 순간, 리디아 비가 몸을 비틀며 한쪽 발굽을 쿵 내리쳤다. 마거릿은 급히 안장 손잡이를 붙잡았다. "악수를 하고 싶은데요, 그레이엄 부인, 제가 열 살 이후로 말을 탄 적이 없어서요. 손을 놓으면 아마 바로 떨어질 거예요."

"마거릿은 작가예요." 빗시가 언질을 주었다. "잡지 칼럼니스트죠."

"그렇군요?" 그레이엄 부인이 다정하게 대꾸했지만, 마거릿은 예의상 관심을 보이는 거라 생각했다.

"네." 빗시가 재빨리 덧붙였다. "전에는 유머 칼럼을 썼는데, 얼마 전엔 『여성성의 신화』를 읽는 북클럽을 꾸리게 된 과정을 쓴 에세이를 발표했어요. 우리 삶이 얼마나 바뀌었는지, 또 얼마나 가까운 친구가 되었는지를 쓴 글이었어요."

빗시가 말하는 도중 부인의 표정에서 반가워하는 기색이 스쳤다. 그녀는 빗시에서 마거릿으로, 다시 빗시에게로 시선을 옮겼다.

"잠깐만요… 그 글, 나 읽었어요. 바로 그 베티들이군요?"

마거릿의 입이 떡 벌어졌다. 워싱턴 포스트의 발행인 캐서린 그레이엄이 자신의 글을 읽었다니, 믿을 수가 없었다. 안장 손잡이를 잡은 손의 힘이 풀려버렸다. 그때 리디아 비가 다시 한번 발굽을 내리쳐서 마거릿은 황급히 손잡이를 꽉 움켜쥐었다.

"저희만 있는 게 아니에요." 빗시가 설명했다. "다른 베티들 둘이 더 있어요. 비브랑 샬럿이요. 딜라일라가 제엽염에 걸렸을 때 다들 도와줬어요. 음식도 가져다주고 얼음도 챙겨주면서 곁을 지켜줬죠. 베티들이 없었다면 전 절대 버티지 못했을 거예요."

"그럼 당신에게 빚을 졌네요." 캐서린이 마거릿을 향해 말했다. "내 말을 살려줘서 고마워요. 그리고 그 훌륭한 글에도 박수를 보냅니다." 그녀는 눈을 조금 가늘게 뜨며 말을 이었다. "내 기억이 맞다면, 돈을 내고 실은 글이죠? 잡지에 광고 지면을 사서?"

"맞아요." 마거릿이 대답했다. "편집장이 게재를 거부해서요. 몇 사람이 돈을 모았어요. 베티들, 제 남편 그리고 동네 책방 부부까지."

"정말 훌륭하네요." 그레이엄 부인은 따스하면서도 강단 있는 목소리로 말했다. 진심이 느껴지는 목소리였다. "시간 괜찮으면, 꼭 점심 한번 같이 해요. 얘기할 게 아주 많을 것 같네요. 명함 있나요?"

"어머, 그런 건 없어요." 마거릿이 얼굴을 붉히며 말했다. "잡지사에서 이미 잘렸거든요. 그 글을 냈다가요."

"아, 그렇죠." 그레이엄 부인이 바지 주머니에서 꺼낸 작은 금색 펜과 명함을 건네며 웃었다. "여기 전화번호 적어주세요. 제가 연락드릴게요."

이 일이 실제로 일어나고 있다는 사실이 마거릿은 믿기지 않았다. 말이 점점 안절부절 몸을 흔들어대는 통에 힘들었지만 그녀는 가능한 또박또박 숫자를 적었다. 부인이 펜과 명함을 주머니에 다시 넣자 딜라일라가 고개를 젖히며 콧김을 내뿜었다.

"이제 가야겠네요." 그레이엄 부인은 자세를 곧추세우며 고삐를 느슨하게 잡았다. "오늘 두 분을 만나서 정말 반가웠어요. 빗시, 앨리스에게 소식 꼭 전할게요."

"그리고 마거릿이랬죠? 곧 제 전화를 받게 될 거예요."

38장
알아두면 좋은 여성들

1963년 11월

캐서린 그레이엄에게 바로 연락이 오지는 않았다.

사실상 아무런 소식도 없었다.

그날 컨커디아로 돌아오던 마거릿은 세게 흔들었다가 뚜껑을 연 사이다 병처럼 행복에 겨워 팡 터져 흐를 듯한 기분이었다. 공원길에서 속도를 낼 때는 차창을 내리고 라디오 볼륨을 높인 채 치폰스의 〈히스 소 파인〉을 따라 부르며 두 사람 모두 운전석과 조수석에서 엉덩이를 들썩이고 춤을 추었다. **파인**이라는 가사에 맞춰 경적도 울려가면서.

그날 저녁, 낮에 있던 일을 월트에게 전할 때 마거릿은 애써 기대를 숨기며 말했다. 그레이엄 부인이 글을 좋아했다니 참 감사하지만 큰 기대는 없다고.

사실 마거릿은 그다음 주 내내 온갖 멋진 가능성을 상상하며 지냈다. 그 일이 가져올지 모를 좋은 일들에 대한 기대가 마음 한구석에서 보글보글 끓어오르는 상태로 요리를 하고 청소기를 돌리고 빨래를 하며 일상을 보냈다. 혹여 전화벨이 울릴까 봐 한쪽 귀는 항상 열어 두었다.

주말이 가까워지자 보글보글 끓던 기대감은 뭉근하게 변했다. 그래도 희망을 놓지는 않았다. 빗시는 캐서린 그레이엄이야말로 워싱턴 DC에서 가장 바쁜 사람이라며 그녀를 달랬다. 비브와 샬럿, 월트 모두 동의하며 마음을 다른 데로 돌릴 만큼 바쁘게 지내라고 격려했다.

조언을 마음에 새긴 마거릿은 그 다음 주엔 베티 스미스의 『조이 인 더 모닝』을 읽고 치킨 코르동 블루를 만들었으며, 비브에게 빌린 재봉틀로 아이들의 핼러윈 의상을 손수 지었다. 베스에게는 행진 밴드 유니폼을, 수지에게는 발레리나 튀튀를, 바비에게는 은색 스프레이를 칠한 종이 헬멧까지 갖춘 우주복을 만들어주었다.

월트는 치킨 요리에 감탄했고, 빗시는 그레이엄 부인은 약속을 꼭 지킬 거라고 거듭 안심시켰다.

세 번째 주에 마거릿은 뮤리엘 스파크의 『가난한 처녀들』을 읽었고, 바닥을 벗겨내 왁스를 새로 칠했으며, 추수감사절 메뉴를 미리 적어두었다. 또 바비의 바지를 전부 꺼내 밑단을 늘리고, 옷장을 다시 정리했으며 오븐을 청소하고 비브네 주방 벽지를 바르는 일도 도왔다.

월트는 집이 환상적으로 변했다며 감탄했다. 빗시는 '조만간'이라는 말이 어쩌면 사람마다 다를지 모른다고 위로했다.

넷째 주에 사과잼을 만든 마거릿은 실비아 플라스의 『벨 자』를 읽으려다 너무 암울해서 중간에 덮어버렸다. 비브는 브리지 클럽에 가입하자고 제안했지만 마거릿은 자기 눈에 흙이 들어가면 데려가라고 말했다. 그러고는 약국으로 차를 몰아 휘트먼 초콜릿 상자를 하나 사서 차 안에 앉아 3분의 1을 먹어치웠다.

월트는 만에 하나 그레이엄 부인이 연락을 안 주더라도 당신은 정말 훌륭한 작가라고 말했다. 빗시는 더 이상 이야기를 꺼내지 않았다.

그런데 다섯째 주가 지난 어느 날, 전화벨이 울렸다.

"안녕하세요, 라이언 부인? 저는 캐서린 그레이엄 부인의 비서 글로리아 사이즈모어예요. 그레이엄 부인께서 이번 주 목요일 점심에 댁으로 오실 수 있는지 여쭙고 싶대요."

빗시 말이 맞았다. 시간이 좀 걸리긴 했어도 캐서린 그레이엄은 약속은 지키는 여성이었다.

***

조지타운은 DC에서 가장 오래된 동네 중 하나로 크고 우아하며 건축적으로도 인상적인 저택이 즐비한 곳이었다. 그레이엄 부인의 집은 그중에서도 단연 독보적이었다. 1,200평이 넘는 부지 위에 자리 잡은 하얀 벽돌의 3층 저택은 연방 양식 건축의 정수를 보여주는 작품이었다. 키 큰 나무들과 잘 다듬어진 잔디밭이 둘러싼 웅장한 모습을 보자 마거릿의 머릿속에는 웅장하고 호화롭다는 표현이 떠올랐다. 차라리 샬럿의 옷장을 털어 더 근사한 옷을 입고 왔으면 좋았을걸 하는 후회가 스쳤다.

마거릿은 반질반질해 거의 젖어 보일 정도로 윤이 나는 검은색 현관문으로 이어진 돌계단을 올라갔다. 잠시 용기를 끌어모아 초록색 정장 재킷에서 보이지 않는 먼지를 털어내는 시늉을 한 뒤 초인종을 눌렀다.

검정 드레스에 흰 앞치마를 두른 중년 여성이 문을 열고 상냥한 미소를 띠며 손짓해 마거릿을 맞이했다. 현관은 마거릿네 거실보다 넓었다. 바닥에는 색감이 풍부한 대형 오리엔탈 러그가 깔렸고, 천장에서는 황동으로 된 3단 샹들리에가 반짝이며 빛을 뿜었다. 바로 아래에는 대리석 상판 테이블 위에 커다란 카라 백합 꽃다발이 놓여 있었다.

그 상냥한 여인이 마거릿의 코트를 받아 들고 있을 때, 양쪽 끝이 살짝 올라간 안경을 쓴 한참 젊은 여성이 나타났다. 단정하지만 세련된 파란색 모직 원피스 차림이었다.

"라이언 부인? 제가 글로리아 사이즈모어예요. 뵙게 되어 반갑습니다. 그레이엄 부인께서 언질도 없이 초대해서 죄송하다고 전해달래요. 그래도 이렇게 와주셔서 정말 기뻐하셔요."

"영광이에요. 늦지 않았기를 바랍니다. 주소를 찾느라 조금 헤맸거든요."

마거릿은 사이즈모어 양을 따라 현관을 건너 복도로 들어섰다. 복도 한쪽에는 나무 패널로 된 문들이, 다른 한쪽에는 높고 두꺼운 유리창들이 늘어서 있었다. 창 너머로 겨울 정원이 아름답게 펼쳐졌다.

"걱정 마세요, 라이언 부인. 늦는 손님들이 더 있어요. 다른 분들 대부분은 벌써 도서관에 들어가셨고요."

마거릿은 걸음을 멈추었다.

"다른 분들요?"

***

도서관은 집 안 다른 공간들만큼이나 우아했다. 네 면 중 세 면에는 은은한 녹색으로 칠해진 나무 책장이 빽빽이 들어섰는데, 이미 가득 찬 책장에는 한 권 더 끼워 넣을 자리조차 없어 보였다. 나머지 한쪽 벽에는 액자 사진 수십 장이 걸려 있었다. 흑백 사진 속에는 그레이엄 부인과 고故 그레이엄 씨가 대통령이나 정치인, 유명 인사들과 함께 포즈를 취하고 있었다. 방 안에는 편안하면서도 세련된 소파와 의자들이 군데군데 놓였고, 여성들의 낮은 목소리들이 잔잔하게 떠다녔다.

일일이 세어보진 않았지만 대략 열다섯 명 정도가 있는 듯 보였다. 스무 살 중반에서 예순을 훌쩍 넘긴 이들까지 연령도 다양했다. 어떤 이는 앉았고 어떤 이는 서 있었다. 누군가는 담배를 피우고 또 누군가는 조그만 잔에 담긴 셰리주를 마셨다. 이야기에 깊이 빠져 있던 그들은 마거릿이 들어와도 고개조차 돌리지 않았다. 문가에 선 마거릿은 자신이 이 자리에 어울리지 않는다고 느꼈다.

방 안에는 커피, 담배, 샬리마 향수가 섞인 냄새가 감돌았다. 컨커디아의 커피 모임에서도 익숙한 향기였다. 만일 그곳이었다면 마거릿은 가장 지루해 보이는 사람과 눈을 마주치고 먼저 다가가 인사를 건넸을 것이다.

하지만 이곳에 있는 그 누구도 지루해 보이지 않았고, 마거릿은 용기가 나지 않아 대화에 끼어들 수 없었다. 대신 책장 쪽으로 다가가 고개를 기울인 채 책등을 읽는 척했다. 그녀가 서 있던 칸에는 현직 혹은 전직 연방대법관들이 쓴 책들이 줄지어 꽂혀 있었다. 존 제이 대법관이 자신의 문서와 서신을 한 권도 아닌 무려 세 권짜리 책으로 출간한 게 보였다. 그런 걸 대체 누가 알았겠는가?

마거릿이 세 번째 책을 살짝 뽑아 들려는 찰나, 사진이 걸린 벽 가운데의 미닫이문이 스르륵 열렸다. 그레이엄 부인이 들어왔다. 연한 핑크빛 실크 수트를 입은 우아한 모습이었다.

"미안! 미안해요! 정말 미안해요!" 캐서린은 양팔을 번쩍 들어 방 안에서 오가는 모든 대화를 잠시 멈추게 했다. "방해하지 말라고 사무실에 말해두면 어김없이 편집 비상사태가 몰려오네요. 하지만 이제 여기 있을게요, 적어도 다음 위기 때까진요. 다들 잘 지내셨죠? 더 필요한 건 없으신가요?"

짙은 적갈색 머리에 인상이 강한 어느 여성이 손을 흔들었다. "법무장관 단독 인터뷰 하나만 주선해주시면 감사하겠어요."

"오, 헬렌, 그건 우리 모두의 바람이겠죠?" 그레이엄 부인이 웃자 방 안에 웃음이 번졌다. "한 분이 아직 안 오셔서 점심이 조금 늦어지고 있어요. 마감이 없는 분들이라면 그동안 셰리주 한 잔 더 하셔도 됩니다."

또 한 번 웃음이 터졌다. 그레이엄 부인은 책장 근처에 서 있는 마거릿을 발견하자 반가운 안색을 띠었다.

"아, 오셨네요! 여러분, 저의 새 친구를 소개할게요." 그녀가 방을 가로질러 오며 말했다. "이분은 마거릿 라이언, 프리랜서예요. 최근에 동네 북클럽에서 함께 읽은 『여성성의 신화』가 멤버들에게 어떤 영향을 주었는지에 대해 에세이를 썼죠. 아직 안 읽어보셨다면 꼭 읽어보세요.”

여성들이 일제히 인사말을 건넸다. 미소를 머금은 마거릿은 공손히 고개를 끄덕였다. 얼굴이 붉게 달아오르는 것이 느껴졌다.

프리랜서라니? 한때는 해당되었다 해도 지금은 아니었다. **잘린 프리랜서**라면 모를까. 아니면 작가인 **체하는** 사람이거나. 마거릿은 아무도 몰랐지만 이곳에 모인 여성들은 모두 서로를 알고 있는 듯했다. 당연히 캐서린 그레이엄도. 그 사실만으로도 그들이 진짜 작가이자 기자라는 걸 알 수 있었다. 반면 마거릿은,

그레이엄 부인이 마거릿의 어깨에 손을 얹고 낮고도 은밀하게 속삭였다. 다른 대화 소리에 살짝 묻힐 만큼 작은 목소리였다.

“누가 누군지 간단히 소개할게요. 저기 있는 분이 낸시 디커슨이에요.” 그레이엄 부인이 살짝 손짓을 했다. 밝은 갈색 머리에 영화배우도 탐낼 아름다운 얼굴을 지닌 날씬한 여인이었다. “알아보겠죠. NBC 기자예요. 전당대회 현장을 취재한 최초의 여성 리포터죠.”

“그리고 그녀와 대화 중인 저분은?” 군데군데 흰머리가 난 연로한 여인이 보였다. “오랜 기자 생활을 마치고 지금은 보건교육복지부의 공보실을 맡고 있는 베스 퍼먼이에요. 아까 법무장관 바비 케네디의 단독 인터뷰를 원한다고 한 저 붉은 머리 여인은?” 마거릿이 반대편으로 시선을 옮겼다. “헬렌 토머스예요. 백악관 출입 기자이자 전국여성언론인협회 회장이죠.”

그레이엄 부인이 설명을 이어가는 동안 마거릿은 주변을 가득 채

운 얼굴들을 둘러보았다. 가슴속에서 경이, 감사 그리고 약간의 실망이 동시에 밀려왔다. 이렇게 뛰어난 여성들 사이에 서 있다는 사실이 믿기지 않았다. 물론, 그레이엄 부인이 자신을 초대한 것만으로도 크나큰 영광이었다. 그럼에도 마거릿은 오늘이 다르게 흘러가리라 기대했다. 그레이엄 부인은 그 미묘한 기색을 눈치챘다.

고개를 약간 숙인 부인이 마거릿과 시선을 맞추었다. "신문사에 바로 자리를 줄 수는 없어요. 발행인이 인사 문제에 간섭하면 편집국장이 발끈하거든요. 그리고 솔직히, 아직은 준비가 덜 됐죠. 좋은 글 하나 썼다고 곧바로 유력 신문사에 입사할 자격이 생기는 건 아니에요. 게다가 본격 취재 기사가 당신에겐 조금 맞지 않을지도 몰라요."

"하지만 이 영역은 인맥으로 움직이죠, 마거릿. 여기 모인 여성 중에 알아서 안 좋을 여자는 없어요. 하나만 기억해요. 당신이 담장 너머를 볼 수 있도록 친구가 도와줄 수는 있지만, 담은 결국 스스로 넘어야 해요. 알겠죠?"

마거릿은 고개를 끄덕였다.

"좋아요." 캐서린이 말했다. "이제 가서 사람들과 어울려봐요."

***

말처럼 쉬운 일은 아니었다.

대부분 친절했지만 이미 서로를 오래 알아온 사람들이었다. 마거릿은 언론계에 대해 아는 것도 거의 없고 시사 문제에도 그들만큼 밝지 않았다. 대화의 가장자리에 서서 셰리 잔을 꼭 쥔 자신이 그저 군더더기처럼 느껴졌다. 게다가 배까지 고팠다.

점심이 이렇게 늦어질 줄 알았다면 집에서 뭐라도 먹고 오는 건데. 도대체 누구를 기다리고 있는 걸까? 그 귀하신 분은 언제쯤 나타나실까?

그때 누군가 어깨를 톡 건드려 돌아보았다. 스물다섯 살쯤 되어 보이는 젊은 여자가 짙은 흑갈색의 단발머리를 페이지보이 스타일로 단정히 자르고, 지적인 회색 눈을 반짝였다.

"저는 수전 스탬버그예요. 구해드려야 할 것 같아서요. 아니면 더 센 술이라도 드릴까요?"

"그렇게 티가 났나요?" 마거릿이 악수를 건넸다. "저는 마거릿 라이언이에요. 수전, 무슨 일을 하세요?"

마거릿은 이미 눈치챘다. 여기 있는 여성 기자들은 인사치레 따위를 견디지 못한다는 걸. 그들은 서론이나 군말 없이 곧장 핵심으로 들어갔다.

"저는 WAMU라는 공영 라디오 방송국에서 일해요. 아메리칸대학교 캠퍼스 안에 있죠. 프로그램 디렉터예요." 수전이 어깨를 으쓱했다. "알아요. 제가 너무 어려 보이죠. 하지만 작은 방송국에서 일하는 네는 장점이 있어요. 출력은 고작 4천 와트에 개국한 지 겨우 2년이지만 배울 것도 많고, 금방 승진할 수 있고, 뭐든 다 해볼 수 있죠. 제 경우엔 프로그램 편성도 하고 보도도 하거든요. '칼레이도스코프'라는 프로그램도 공동 진행하죠. 잡지처럼 구성됐어요, 라디오지만요."

"그 프로그램 들은 적 있어요!" 마거릿이 반가워하며 말했다. "어느 날 차 안에서 호프 다이아몬드가 스미스소니언에 기증되기 전까지의 역사를 다룬 방송을 들었거든요. 정말 흥미로웠어요."

그녀의 감탄은 진심이었다. 방송국이 작든 크든 그렇게 어린 나이에 커리어를 만들어가는 수전이 대단해 보였다.

"고마워요." 수전이 말했다. "저는 당신 글 읽었어요. 글 정말 잘 쓰시더군요."

마거릿은 놀라움과 기쁨을 동시에 느꼈다. 수전 스탬버그처럼 똑똑하고 바쁜 젊은 커리어우먼은 「우먼스 플레이스」의 독자층으로 보이지 않아서였다.

"친구가 오려서 보내줬어요. 한창 『여성성의 신화』에 대해 얘기하던 참이었거든요." 수전이 설명했다. "친구 말론, 당신이 아주 통찰력 있는 글을 썼다고 하더라고요. 저도 동의해요. 그런데 궁금한 게 하나 있어요. 캐서린이 당신을 프리랜서로 소개하던데, 그 글은 광고 지면을 사서 실은 거죠? 오해하지 마시고요." 수전은 마거릿을 머리부터 발끝까지 한 번 훑어보며 덧붙였다. "솔직히 말씀드리면, 큰돈을 척척 쓰실 분처럼 보이지 않으셔서요."

"잘 봤어요, 저 그런 사람 아니에요. 그건 일종의 공동 프로젝트였어요." 마거릿이 말했다. 그녀는 자신이 이 자리에 오기까지의 과정을 간략히 설명했다.

"정말 멋지네요." 이야기를 다 들은 수전이 감탄했다. "세상 모든 작가가 언젠가는 편집자를 거치지 않고 글을 내보내길 꿈꾸죠. 당신은 그걸 실제로 해낸 거예요!"

"맞아요, 근데 별 소용은 없었죠. 몇 달이 지났는데 여전히 백수

인걸요."

수전은 안쓰럽다는 듯 미간을 살짝 찌푸렸다. "이 바닥은 진입하기가 정말 어려워요, 특히 여성에게는. 그 칼럼을 따낸 건 분명 행운이네요. 하지만 이젠 더 많은 경력이 필요해요. 학교로 돌아갈 생각은 없어요? 우리 WAMU 방송국에서도 저널리즘 전공 학생들에게 인턴십을 제공해요. 경험 쌓기에 아주 좋아요."

"음, 글쎄요." 마거릿이 어깨를 움찔했다. "제 형편엔 좀 어렵겠어요. 말씀하신 대로 저는 큰돈을 쓰는 부류가 아니거든요. 게다가 집에 아이가 셋이나 있어서."

그때 다시 문이 열렸다. 무표정한 남자가 짙은 양복 차림으로 들어와 방 안을 둘러보자 모든 대화가 중단되었다. 그는 뒤를 힐끗 보며 누군가를 향해 고개를 끄덕이곤 마치 성곽 보초병처럼 벽에 바짝 붙었다.

마거릿은 무슨 일인지 수전에게 물으려 고개를 돌렸다. 하지만 그녀 역시 다른 사람들처럼 문만 바라보고 있었다.

한 여성이 들어섰다. 날렵한 걸음걸이에 버드나무처럼 가느다란 체형, 짙은 머리칼에 우아한 복장. 그 모습을 보는 순간 마거릿은 전류가 온몸을 타고 흐르는 듯한 충격에 손을 입으로 가져가 숨이 새어 나오지 않게 눌렀다. 따뜻한 갈색 눈으로 방 안을 스윽 훑은 여인은 주인인 그레이엄 부인에게 다가가 친근하게, 약간 숨이 찬 목소리로 말했다.

"너무 늦어서 정말 죄송해요. 캐서린, 절 용서해주실 거죠?"

그레이엄 부인은 그녀의 섬세한 손을 두 손으로 감싸 쥐며 말했다. "용서할 게 뭐가 있겠어요, 케네디 부인. 이렇게 와주셔서 얼마나 기쁜데요."

퍼스트레이디의 웃음소리는 맑고 유려해 흐르는 금처럼 반짝였다.

"아, 오늘은 그런 호칭은 사양할게요. 이렇게 친근한 얼굴들 사이에선 그냥 재키로 불러주세요. 하지만 한 가지 경고하면요, 지금부터 하는 모든 얘기는 비공식이에요."

크림색 안락의자에 자리 잡은 그녀가 가방에서 담배 한 갑을 꺼냈다.

"혹시 불 빌려주실 분?"

***

샐러드와 가장자리를 도려낸 샌드위치, 작고 정교한 디저트들이 가지런히 놓인 뷔페 테이블에 손님들은 거의 손도 대지 않았다. 이야기들이 쏟아져 나오자 마거릿을 비롯한 모두가 배고픔을 잊은 듯했다.

퍼스트레이디와 이 자리에 모인 여성들은 실제로 서로 오래전부터 알고 지낸 사이였다. 그녀가 케네디 부인이 되기 훨씬 전 '그냥 재키'로 불리던, 야심 차고 재능 있는 젊은 여성 기자 지망생 시절부터의 발자취를 익히 알았다.

수전 말처럼 언론계는 누구에게나 진입이 어려운 세계였다. 사교계 인맥이 넓은 재클린 부비에조차 예외는 아니었다. 인맥 덕분에 「워싱턴 타임스-헤럴드」에서 비서직을 얻긴 했지만 상사의 인정을 받아 자신의 이름으로 기사를 내기까지는 근면함과 기발함 그리고 상당한 배짱이 필요했다.

1951년 영국 엘리자베스 공주가 워싱턴을 방문했을 때, 기자 자격이 없던 재키는 초대받은 기자들만 참석할 수 있는 비공개 행사장에 몰래 들어갔다. 인터뷰 기회를—아니면 인용문 한 줄이라도—얻는다면 그걸 기사로 만들어 커리어의 발판으로 삼겠다고 마음먹었다. 결과는 참담했다. 취재는커녕 상사에게 호된 꾸중만 들었다. 그는 단호한 어조로 그녀가 "기자가 아니라고!" 상기시켰다.

그럼에도 운명은 또 다른 기회를 주었다. 프리랜서 기자 하나가 그만두면서 아무도 맡으려 하지 않았던 무기명 칼럼 '사진기자가 묻는다'—거리 인터뷰 형식으로 직접 사진을 찍고 시민들에게 질문을 던져야 했던 일거리—가 공석이 된 것이다. 결국 그 일은 부비에 양에게 돌아갔다. 그녀가 처음 맡은 칼럼의 질문은 "엘리자베스 공주는 사진만큼 예쁠까?"였다.

"일주일에 25달러를 받았어요. 사진을 찍고 하루에 여섯 명을 인터뷰했죠. 주 6일, 한 달이면 144명이에요. 커다란 그라플렉스 카메라를 들고 워싱턴 전역을 돌아다니며 완전히 낯선 사람들에게 불쑥 다가가 말을 걸었죠."

모두가 웃음을 터뜨렸다. 케네디 부인은 두 번째 담배에 불을 붙였다.

"아무도 칼럼을 맡으려 하지 않았지만 저는 사람들이 기다리는 꼭지로 만들려고 온 힘을 다했어요. 결국 '카메라를 든 여기자가 묻는다'로 코너 제목이 바뀌면서 제 이름이 실렸죠. 주급도 무려 42달러 50센트로 올랐답니다."

다시 한번 터져 나온 그녀의 웃음소리는 자신을 낮추는 듯하면 서도 흐르는 황금처럼 눈부시고 유려했다. 마거릿은 그 웃음 속에서 다른 무언가를 읽어냈다. 그 모든 일을 겪은 지금도 퍼스트레이디는 거리의 여기자 시절을 애틋하고 자랑스럽게 회상하고 있다는 것을.

자리에 모인 거의 모든 여성에게 비슷한 일화가 있었다. 눈앞의 사소한 기회를 붙잡아 사다리처럼 디디고 그 위로 한 칸씩 올라가 원하는 자리에 도달한 이야기들.

베테랑 정치 기자 메리 맥그로리는 수년간 서평이나 '강아지 스토리'만—남성 기자들이 가벼운 기사라고 치부하던 훈훈한 사람들 이야기—써야 했다. 그러다 마침내 매카시 청문회 취재 기회를 얻었을 때 위스콘신 출신의 젊은 상원의원을 '아일랜드 출신 불량배'라 부르며 세상에 이름을 알렸다.

중서부 신문사에서 오랜 세월 글을 쓴 베스 퍼먼 역시 AP통신 워싱턴 지부로부터 정치인 부인들을 취재하는 일을 제안받았다. 그 중에서도 가장 어려운 대상은 당시의 퍼스트레이디 루 후버였다. 기자를 '극도로 싫어하는' 인물이었다. 하지만 베스는 걸스카우트 리더로 변장해 백악관 리셉션에 잠입하는 대담한 방법을 택했다. 그 자리에서 후버 여사를 매료시켰고 곧 정식 초청을 받아 수십 년 동안 영부인들을 취재하는 커리어를 쌓아갔다.

그들의 이야기는 영감으로 가득했다. 하지만 가장 감동적이었던 건 여성들이 서로 이야기를 나누는 방식이었다. 조언과 격려, 진한 동료애와 때로는 짓궂은 농담 사이를 오가며 친밀하고 자연스레 이어지는 대화. 그들의 대화는 편안하고 어딘가 익숙하게 다가왔다.

그래 맞아, 마거릿은 속으로 생각했다. **저들이 다 베티들이구나.**

시간이 너무 빨리 흘러갔다. 케네디 부인이 칼럼 외에도 기획 기사를 쓰기 위해 1952년에 그리피스 스타디움에 몰래 들어가 락커룸 앞에서 테드 윌리엄스 인터뷰를 노렸던 일화를 이야기하던 중이었다. 문이 열리고 그 짙은 양복을 입은 남자가 도서관 안으로 들어섰다. 케네디 여사는 재빨리 담배를 비벼 끄며 말했다.

"여러분, 정말 즐거운 시간이었어요. 하지만 이제 가야 할 것 같네요. 오늘 저녁엔 판사단 리셉션이 있고 다음엔 짐을 싸야 하거든요."

자리에서 일어난 여사는 소지품을 챙겼다. 그레이엄 부인이 그녀를 현관까지 배웅했다. 곁을 지나는 두 여인의 대화를 엿들은 마거릿은 퍼스트레이디의 마지막 말을 또렷이 들었다.

"곧 다시 만나요, 캐서린. 추수감사절 전에 점심이라도 같이 해요. 토요일에 전화할게요. 잭과 내가 댈러스에서 돌아오면."

39장
이전과 이후

1963년 11월

상아탑에서 인류 역사를 조망하는 과학자, 신학자, 연구자들은 시대나 세대라는 단위로 근본적인 변화를 헤아린다.

그러나 실제 삶의 현장에서 변화는 전혀 다르게 보이고 감각되는데, 시대 흐름이 아닌 하나하나의 순간들로 헤아려져 더 충격적으로 감각된다. 거의 모든 세대는 시간의 흐름을 이전과 이후로 나누는, 그날 이후 세상은 결코 이전과 같을 수 없는 예기치 못한 사건을 하나쯤은 지목할 수 있다. 가령 시장이 붕괴한 날, 폭탄이 떨어진 날, 아니면 전쟁이 시작된 날이나 쌍둥이 빌딩이 무너진 날.

1960년대 초반 세상을 인식할 나이가 되었던 세대에게 그 전과 후를 가르는 경계선은 집단적 충격이었다. 지워지지 않을 만큼 깊게 새겨진 기억 탓에 평생 서로에게 이렇게 물을 때마다 트라우마가 되살아나곤 했다. "케네디가 피살됐을 때 어디에 있었어요?"

마거릿은 장을 보고 있었다.

추수감사절 준비를 미리 해두려고 통조림 크랜베리 소스와 호박, 고구마, 미니 마시멜로 봉지, 칠면조 속을 채울 하루 묵은 빵을 가득 담았다. 계산대로 카트를 밀고 갔더니 점원 둘과 농산물 코너 담당자 그리고 포장 일을 하는 소년이 트랜지스터라디오 주변에 옹송그리고 모여 있었다. 소년의 얼굴이 하얗게 질려 있었다. 점원 하나는 대놓고 엉엉 울었다.

"무슨 일이에요?" 마거릿이 물었다.

흐느끼던 점원이 붉게 충혈된 눈으로 그녀를 바라보았다.

"누가 대통령을 쐈대요."

마거릿은 쇼핑카트를 그대로 둔 채 마트를 빠져나와 초등학교로 곧장 차를 몰았다. 얼른 아이들을 데려와 가족이 함께 있어야 한다는 생각뿐이었다. 그런 마음이 든 사람이 혼자만이 아니었는지 수많은 부모가 아이들을 조퇴시키러 몰려오고 있었다.

차에 바비와 수지를 태운 마거릿이 중학교로 향하는 사이 학교 측에서도 조기 하교 결정을 내렸다. 학교에 도착했을 때 베스는 이제 막 스쿨버스에 오르려던 참이었다. 딸을 발견한 마거릿은 차로 오라고 손을 흔들었다. 한결같이 솔직한 베스는 마거릿이 마트에서 나올 때부터 속으로 되뇌던 질문을 입 밖에 냈다.

"대통령이 죽을까?"

"설마 그럴 리가. 분명 괜찮을 거야." 마거릿은 자신을 속이려던 게 아니라 달리 상상할 수가 없어서 그렇게 대꾸했다.

케네디 대통령은 너무 젊고 카리스마 넘치며, 생기와 선의로 가득한 사람이었다. 게다가 마거릿은 얼마 전에 케네디 여사를 직접 만나지 않았던가. 우아하고 사랑스러운 젊은 아내이자 어머니, 전설적인 영부인. 실제로 마주하니 오히려 친근하고 더 존경스러웠던 사람이었다.

잭과 재키는 완벽히 짝을 이룬 황금 같은 부부였다. 그 둘을 갈라놓을 만큼 신이 잔혹할 리 없었다.

그럴 리가 없지. 절대로.

국민들이 위기 때마다 의지하던 냉정하고 믿음직한 뉴스 앵커 월터 크롱카이트가 종내 목멘 소리로 대통령의 사망을 확인했을 때조차 마거릿은 도저히 믿을 수가 없었다. 그녀는 정정 보도를 기다렸다. 크롱카이트가 머쓱하지만 안도한 얼굴로 나와 오보였다고 말해주는 순간이 오기를.

그날 밤늦게 대통령의 시신을 실은 비행기가 앤드루스 공군기지에 도착했을 때, 댈러스 퍼레이드를 위해 어여쁜 분홍색 정장을 차려입었던 재키 여사가 이제는 남편의 피가 얼룩진 같은 차림으로 성조기 덮인 관을 실은 구급차에 오르는 모습이 방영되었다. 모든 게 현실이었다.

"아는 분인데." 마거릿은 월트의 어깨에 얼굴을 묻고 울음을 터뜨렸다. "이틀 전에 봤다고. 어떻게 그가 죽을 수 있어? 어떻게? 이제 영부인은 어떡해?"

***

나흘 뒤, 백만 명이 넘는 인파가 길가에 늘어서서 국회의사당으로 향하는 운구 행렬을 지켜보았다. 군용 운구마차 위에는 고인이 된 대통령의 관이 실려 있었다. 유니폼을 차려입은 토니 부스케티

와 아이 넷도 그 자리에 있었다. 그 외 수백만 국민은 텔레비전으로 그 장면을 지켜보았다. 헬렌과 에드윈, 빗시와 샬럿, 비브와 어린아이들은 월트와 마거릿의 집에 모여 있었다.

사전에 약속하지 않았지만 어른들은 모두 검은 옷을 입었다. 다들 넘칠 정도로 음식을 가져왔고 그것은 애도의 자리에 어김없이 따르는 관습이었다. 그러나 먹는 사람은 아이들뿐이었다. 아이들은 바닥에 양반다리를 하고 앉아서, 어른들은 소파와 의자에 걸터앉은 채 묵묵히 장례식을 지켜보았다. 분홍 담요에 싸여 엄마 품에 안긴 아기 베티조차 울지 않았다. 단지 젖병을 찾을 때만 조금씩 몸을 움직였다.

마거릿은 며칠간 이따금씩 흐느꼈다. 하지만 오늘, 운구 행렬이 성당에서 알링턴 국립묘지로 향할 때는 눈물이 남아 있지 않았다. 남은 것은 이제야 받아들인, 상상조차 할 수 없던 현실뿐이었다.

명예 위병들이 대포 수레에 관을 실어 나르는 과정에서 퍼스트 패밀리 가까이로 지나갔다. 재키 여사가 몸을 숙이더니 이제 막 세 살이 된 볼살 통통한 막내아들 존 F. 케네디 주니어의 귀에 무언가를 속삭였다. 한 번 더 귓속말을 들은 어린 존존은 앞으로 한 걸음 나아가 오른손 끝을 이마에 바짝 대고 아버지의 관을 향해 단정히 경례했다.

전 세계가 결코 잊지 못할, 가슴을 뒤흔드는 순간이었다. 예기치 못한 감정과 회한, 두려움이 사람들을 한꺼번에 휘저은 날이었다.

빗시는 입술을 손으로 꽉 눌러 감정을 억눌렀고 샬럿은 눈을 질끈 감은 채 검은 드레스 깃을 움켜쥐었다. 비브는 "아, 저 사랑스러운 아이" 하고 중얼거리며 품에 안은 아기를 꼭 끌어안았다. 그때 월트가 소파에서 벌떡 일어나 방을 나갔다. 너무 갑작스러워 모두가 텔레비전 화면에서 시선을 돌릴 정도였다. 베스가 걱정스러운 눈길로 마거릿을 바라보았다.

"아빠 괜찮아?"

괜찮다고 딸을 안심시킨 그녀가 일어나 주방으로 따라갔다.

"괜찮아." 그는 고개를 들지 않고 손만 들어 보였다. "잠깐 숨 좀 돌리려고. 가 있어, 금방 갈게."

월트는 금방 돌아오지 않았지만 돌아왔을 때는 평정을 되찾은 얼굴이었다. 그는 마거릿 옆에 조용히 앉았다. 장례식이 끝나자 월트는 에드윈의 모자를 찾아주고 헬렌이 코트 소매에 팔을 넣도록 도운 뒤 차까지 함께 걸었다. 마거릿은 안에서 친구들을 배웅했다. 한 사람 한 사람을 끌어안으며 작별 인사를 나눴다.

"오늘 이렇게 같이 있어서 참 다행이에요." 빗시가 눈물을 머금고 있었다. "그게, 나 요즘 생각이 많아요. 수의대 지원요, 캘리포니아는 너무 멀어서요. 세 사람 없이 어떻게 해요?"

"보란 듯이 잘 살아가야지." 비브가 선생님처럼 말하며 빗시의 턱을 들어 올렸다. "우리도 너만큼 너를 그리워할 거야. 하지만 잘해낼 거야. 약속해."

샬럿이 고개를 끄덕였다. "엘리너 루스벨트*가 그랬잖아. '여자는

---

* 미국 역사에서 가장 영향력 있는 영부인 가운데 한 명으로 정치, 인권, 외교 활동가로서 독자적인 업적을 남겼다.

티백과 같다. 뜨거운 물에 담그기 전엔 얼마나 강한지 모른다'고."

빗시는 눈가를 훔치며 입술을 비틀었다. "알죠, 그런데 미지근한 물부터 시작해서 천천히 데우면 안 되나?"

"농담해? 요즘 자기가 어떤 물속에 있었는지 생각해봐." 마거릿이 혀를 차며 물었다. "넌 아주 진한 티백이야, 빗시. 그리고 자기도, 또 자기도." 그녀는 샬럿과 비브를 차례로 바라보았다. "물론 나도 그렇지. 지난 몇 달 동안 겪은 일들을 떠올려봐. 그 과정에서 우리가 어떤 사람인지 얼마나 많이 배웠는지도. 생각했던 것보다 훨씬 더 강하고 유능하다는 걸 알게 됐잖아."

샬럿이 고개를 끄덕였다. "그거 좋네. 우리, 이제부터 티백들이라고 불러야 하는 거 아니야?"

마거릿은 눈을 굴리며 고개를 저었다.

"우리는 베티들이야. 항상 그럴 거야. 언제까지나."

***

그날 밤 마거릿은 좀처럼 잠들지 못했다. 월트도 마찬가지였다. 불 끈 방 안에서 천장을 응시한 채 두 팔을 곧게 펴 옆구리에 바짝 붙이고 누워 있었다. 마거릿이 침대 옆 스탠드를 밝혔다.

"정말 괜찮아?"

결혼하고 13년간 마거릿은 남편의 거의 모든 모습을 본 줄 알았는데 지금의 월트는 그녀가 아는 사람 같지 않았다. 속내도 몸짓도 알 수 없는 낯선 남자였다.

"나갈 수밖에 없었어." 월트가 고개를 저으며 말했다. 시선은 여전히 천장을 향해 있었다. "사람들 앞에서 울고 싶지 않았거든."

마거릿은 고개를 끄덕였다. 이해할 수 있을 것 같았다. 겉보기보다 훨씬 여린 사람이었지만 드러내길 싫어했으니. 그가 눈물을 보인 적은 손에 꼽을 만큼 드물었는데, 사람들 앞에서는 한 번도 없었다.

그에게 바짝 다가간 마거릿이 그의 팔을 들어 자신의 어깨 위로 걸쳤다. 몸을 더 밀착시켰다.

"아무도 당신을 약하게 보지 않았을 거야. 모두들 울려고 했잖아. 그 불쌍하고 사랑스러운, 아버지를 잃은 아이. 그리고 조그만 캐롤라인. 그 아이들을 보고도 눈물을 참는다면 바윗덩어리지. 게다가 가엾은 재키 여사까지." 그녀의 목소리가 점점 엷어졌다. 불과 일주일 전만 해도 눈빛이 반짝이던 그 여인이 이제는 과부가 되어버린 현실이 떠올랐기 때문이다.

"그녀를 생각할 때면 눈물이 쏟아질 것 같아. 하지만 가끔은, 내가 그녀를 위해서만이 아닌 나 자신을 생각하며 우는 게 아닐까 싶어."

마거릿은 남편의 눈을 올려다보았다.

"당신에게 무슨 일이 생기면 나는 어떻게 계속 살아갈 힘을 낼 수 있을지. 이기적으로 들릴지 몰라도 케네디 여사를 직접 만나고 나서 느꼈어. 그녀도 나와 다를 바 없는, 피와 살로 이뤄진 평범한 여자라는 걸. 그런데 상상조차 할 수 없는 그런 끔찍한 일이, 그것도 그렇게 난데없이 닥칠 수 있다니. 가장 두려워하던 것들의 뚜껑이 열려버린 기분이야."

월트가 몸을 돌려 그녀를 바라보았다. "그게 이기적인 거면 우리 둘 다 죄인이네. 나도 케네디 가족을 생각하면 슬픈 게 맞지만 나 자신 때문에 너무 슬퍼. 존존이 관에 경례하는 걸 봤을 때…"

월트는 잠시 사이를 두고 숨을 골랐다.

"대통령이 완벽한 사람은 아니었어도 그를 동경했어. 에너지와 비전, 계획이 가득했잖아. 평화봉사단, 민권운동, 우주 계획까지. 살아 있다면 얼마나 많은 걸 이뤘겠어? 그런데 그렇게 한순간에." 월트는 딱 소리 나게 손가락을 튕겼다. "그 모든 약속과 계획이 사라져버렸지."

"너무 젊었어." 마거릿의 목소리는 거의 속삭임에 가까웠다.

"하지만 그게 문제야, 안 그래? 인생의 마지막 날이 언제인지는 아무도 몰라. 모든 게 너무 빨리 지나가. 그래도 케네디는 살면서 뭔가를 이루었잖아. 그에 비하면 난…" 그가 갑자기 시선을 돌렸다. "됐어. 그냥 스스로에게 실망스러워서 그래. 아니면 부끄럽달까."

몸을 돌리려 하는 그의 어깨에 마거릿이 손을 얹었다.

"부끄럽다고? 왜? 아니, 뭔데." 그가 말을 아끼자 그녀가 다그쳤다. "왜 부끄러운 거야, 자기? 정말 알고 싶어서 그래."

잠시 머뭇대는 그는 어디까지 털어놓을지 저울질하는 눈치였다.

"대학 때 내가 어떤 사람이었는지 기억나? 뭐든 다 해보고 싶었어. 그런데 지금 난 서른여섯이야. 살면서 이룬 게 뭐가 있지? 아무것도 없어."

마거릿은 내심 움찔했지만 그가 진심으로 한 말은 아니라는 걸 알았다. 무엇보다 그녀 자신도 최근에 비슷한 감정을 느끼고 있었다. 자기 인생이 별것 아닌 것 같다는 막연한 감각. 그래서 아이들과 자신을 들먹이며 그에게 반박하고 싶었지만 말을 삼켰다.

하지만 그럴 필요는 없었다. 월트가 먼저 말을 이었다.

"아니, 아니. 방금 말은 취소할게. 난 자기랑 결혼이 하고 싶었어. 내가 확신했던 건 오직 너야. 한 번도 후회한 적 없어. 자기랑 결혼만 할 수 있으면 뭐든 기꺼이 하고 싶었지, 그리고 후회한 적 없어 단 한 순간도."

마거릿은 또다시 움찔했다. 이번엔 다른 이유였다. 그녀는 몸을 일으켜 앉았다.

"글쎄, 나는 후회해." 그녀가 말했다. "결혼한 걸 후회하는 게 아니라, 당신이 나한테 긍정의 대답을 듣기 위해 고생한 거 말이야. 회계학을 전공한 것도 결국 나 때문이잖아."

월트도 몸을 일으켰다. "맞아. 그렇지만 난 **당신이랑** 가정을 꾸리고 싶었어. 그게 회계학 공부를 의미한다면 기꺼이 받아들여야지. 지금도 그래. 자기랑 아이들이 내 전부야. 그러려면 먹고살 길을 마련해야 하잖아? 모를 수도 있겠지만, 매기. 컨커디아 이웃들 중에 철학 전공한 사람은 없어."

그는 미소를 지으며 분위기를 풀어보려 했다. 마거릿은 두 무릎을 끌어안고 그가 청혼하던 날을 떠올렸다. 그때 그녀는 안도했었다. 월트가 마침내 현실적인 선택을 하고 가정과 자신을 부양할 길을 택했다는 이유로. 하지만 이제 와 돌아보면 그녀 역시 그를 지지했어야 하는 게 아닌가? 자신의 행복뿐 아니라 그의 행복도 함께 고려하면서?

월트가 고개를 숙여 그녀의 눈을 들여다보았다.

"매기, 너무 자책하지 마. 우린 너무 어렸잖아. 모든 걸 알아가던 중이었고, 그저 해야 한다고 배운 대로 행동했을 뿐이야."

그 말이 맞았다. 그들은 그렇게 자라왔다. 행복하고 성공적인 어른으로 가는 길은 정해져 있지만 그 길은 너무나 좁다고 배우면서. 그 길에서 벗어나는 건 무책임할 뿐만 아니라 잘못된 일이고, 확실한 파멸로 향하는 지름길이라고 믿으며 자라온 사람들이었다.

마거릿은 몇 달 전 자신이 썼던 글귀를 떠올렸다. 여성으로 살아가는 좋은 길과 옳은 방법은 무수히 많지만, 단 두 가지 잘못된 길이 있다고. 첫째, 자기 방식만이 **유일한** 정답이라고 우기는 것. 둘째, 고유하고 개성 있는 자신의 영혼을 억지로 일그러뜨려 본래의 형태를 망가뜨리고 타인의 이상에 맞추는 것.

그게 여성에게 해당된다면 남성에게도 똑같이 적용되어야 하지 않을까?

그녀는 월트의 말을 되새기며 허리를 곧게 폈다.

"그런데, 여보! 우리 이제 더는 젊지가 않아."

월트가 피식 웃으며 대꾸했다. "그래, 이제 정말 아니지."

"그렇다면…" 마거릿은 코끝을 찡긋하며 생각을 가다듬었다. "왜 여전히 똑같이 행동하는 걸까? 삶에서 무엇을 원하는지 그 누구보다 잘 알면서 왜 여전히 누군가가 써놓은 대본대로만 살지?"

몸을 돌린 그녀가 월트를 정면으로 마주 보았다. 가부좌를 틀고 앉아 진지하고 기대에 찬 눈빛으로.

"좋아." 그녀는 들뜬 듯 현실적인 어조로 말했다. "확실한 것부터 하자. 우리는 결혼했고 아이가 셋이야. 그건 바꿀 수 없는 인생의 일부. 하지만 그것만 빼고 정말 원하는 일을 하며 원하는 곳에서 원하는 방식으로 살 수 있다면 어떤 모습일까?"

월트가 눈을 가느다랗게 떴다. "매기, 지금 당신이 진지하다고 믿어도 될까?"

"나 진지해."

미간을 찌푸린 월트는 잠잠했다.

그러다 손바닥을 펼쳐 보이며 말했다. "솔직히 모르겠어, 매기. 대학 때보다 지금 아는 게 더 많다고도 못 하겠어."

"바로 그거야! 나도 그래. 그게 문제라고!" 마거릿이 몸을 숙여 그의 손을 덥석 잡았다. "자기가 말한 대로야. 그때 우리는 모든 걸 알아가던 중이었잖아. 그런데 끝내 답을 찾지 못했어, 그렇지? 대신 해야 한다고 배운 일만 했어. 남들처럼 정해진 길을 충실히 따르면서."

"하지만 좋은 소식이 있어." 마거릿은 들뜬 마음을 억누르지 못하고 남편의 손을 꼭 쥐었다. "아직 늦지 않았다는 거! 이왕 이렇게 된 거 같이 해보자. 예전만큼은 아니어도 아직 젊잖아. 시간 낭비하지 말고 이제 정말 우리 삶을 찾자."

"다시 물을게, 라이언 씨. 만약 우리가 하고 싶은 일은 뭐든 할 수 있다면, 제약도 없고 핑계도 없고 의무도 없다면 그건 무엇일까?"

마거릿은 어깨를 펴고 무릎 위에 두 손을 가지런히 올렸다. 또렷한 눈빛과 기대에 찬 표정으로 남편의 대답을 기다렸다. 월트는 미소를 지었다. 온 얼굴과 눈빛에 따스한 애정이 번졌다.

"사랑해, 매기."

"나도 사랑해. 자, 이제 대답해봐. 아, 잠깐!" 월트가 입을 열려는 순간 마거릿이 외쳤다. "조금만 있다가!"

그녀는 침대에서 벌떡 일어나 협탁 서랍을 뒤적이기 시작했다.

월트가 웃으며 고개를 저었다. "지금 뭐 하는데?"

"나는 글로 써야 생각이 잘 정리돼." 마거릿이 펜과 메모장을 꺼내 들고 승리의 제스처를 하며 다시 침대로 올라왔다. "목록을 만들어야겠어. 아니면 몇 개만 써볼까? 왠지 꽤 오래 걸릴 것 같은 예감이 드네."

***

그것은 아주 긴 대화의 시작이었다. 몇 달 동안 이어지고, 해마다, 또 세월이 흘러도 거듭해서 꺼내게 될 이야기의 출발점.

그러나 이듬해 6월 초가 되어서야 대화는 첫 결실을 맺었다.

월트가 기다란 나무 손잡이가 달린 고무망치를 들고 차고에서 나와 살짝 열린 현관 틈으로 외쳤다.

"자기? 나 찾았어!"

잠시 뒤 마거릿이 흰색 바탕에 빨간 글씨가 적힌 매물 안내판을 들고나왔다.

함께 진입로를 따라 내려가 잔디밭을 가로지른 두 사람은 인도 가까운 곳까지 걸어갔다. 마거릿이 잔디 위에 무릎을 꿇고 나무 말뚝 끝을 흙 속 깊이 밀어 넣어 표지판을 고정했다.

월트는 어깨높이까지 망치를 들어 올렸다.

"정말 준비된 거지? 아직 마음이 안 섰으면 지금이라도…."

마거릿은 쪼그려 앉은 채 상체를 뒤로 젖혀 주변을 둘러보았다. 고요한 동네, 짙은 녹색 덧문이 달린 하얀 집, 가지런히 손질된 마당 그리고 자작나무 두 그루.

처음 이 집 열쇠를 받아 문을 열던 날이 떠올랐다. 텅 빈 방 사이를 걸으며 맡았던 페인트와 톱밥 그리고 새 출발의 냄새. 그때 이곳은 꿈의 집이었다. 꿈이란 것이 변할 수도 있다는 사실을 알기 전까지는 정말 사랑했던 공간이었다.

하지만 자작나무만큼은 단 한 번도 마음에 든 적이 없었다. 지금은 넓게 뻗은 가지에 연둣빛 잎이 무성해 무척 아름다웠어도 그녀 마음은 여전히 달라지지 않았다.

그러나 다른 누군가는 사랑하리라. 그래야만 했다.

마거릿은 다시금 몸을 앞으로 기울여 표지판을 단단히 붙잡았다. 그리고 월트를 올려다보며 미소 지었다.

"준비됐어."

40장
존재했고, 지금도 존재하며, 앞으로도 여전할

2006년 10월

마거릿이 몸에 착 붙은 샴페인색 드레스를 입고 욕실에서 나왔을 때 월트가 침실로 들어왔다. 셀로판지로 싸서 파란 리본을 단 피크닉 바구니를 들고 있었다.

"자기 거야, 애들이 보냈나 본데."

정말 그랬다. 카드에는 세 아이의 이름이 모두 적혀 있었지만, 마거릿의 수상 소식을 축하하며 직접 참석하지 못해 아쉽다는 감동적인 문장은 어엿한 작가가 된 수지가 쓴 것이 분명했다. 샴페인은 바비가 골랐을 것이고, 네온그린 리본이 달린 촌스러운 난초 코사지를 넣자고 우겼을 사람이 누군지는 말할 것도 없었다. 그걸 보더니 월트가 웃었다.

"보아하니, 베스 작품이지?"

"얘가 참, 예나 지금이나 똑같아." 마거릿이 웃으며 등을 월트 쪽으로 돌렸고 머리카락을 모아 올려 목을 드러냈다. "지퍼 좀 올려줄래? 손이 안 닿아."

"맨 위에 있는 거시기가 잘 안 걸리네." 월트가 한동안 씨름하며 말했다.

"괜찮아. 지퍼만 올리면 돼."

마거릿은 침대로 가서 미리 펼쳐둔 재킷을 집어 들었다. 오늘 밤을 위해 새로 산 옷이었다. 초콜릿색 울과 금사가 섞인 우아한 원단에 금 단추로 장식된 재킷. 그녀는 양팔을 벌려 월트를 향해 돌아섰다.

"어때?"

월트가 그녀의 발끝 황갈색 스튜어트 와이츠먼 구두에서 시작해 반짝이고 매끈하게 손질된 머리끝까지 천천히 훑었다. 미용사가 회색보다는 한층 백금에 가까운 색으로 염색해준 머리였다.

"아름다워. 언제나처럼."

"정말? 너무 신부 어머니 같진 않아?"

"전혀. 당신 근사해." 그는 고개를 약간 갸웃하며 물었다. "살 빠졌어?"

마거릿은 고개를 저으며 화장대 위에 놓인 이브닝 클러치를 집어 들었다.

"스팽스* 입어서 그래."

"스팽스?"

"보정 속옷." 립스틱을 한 번 덧바른 뒤 명함 몇 장과 함께 가방에 넣으며 그녀가 덧붙였다. "스판덱스나 그런 탄성 있는 원단으로 만든 일체형 속옷인데, 몸을 딱 잡아줘. 울퉁불퉁한 데를 매끈하게

---

* 미국의 유명한 보정 속옷 브랜드.

470

만들어주지.”

“그럼, 거들이네.”

“그런가, 듣고 보니…” 마거릿이 잠시 생각에 잠겼다. “그러네.”

“하! 거봐, 결국 다 돌아온다니까.”

진정 그랬다. 그 말이 오늘 밤처럼 더 잘 맞는 날도 없었다.

***

베티 프리단의 책은 마거릿이 샬럿을 찾아가 처음 문을 두드렸을 때는 상상조차 하지 못했던 방식으로 인생의 기폭제가 되었다. 그로부터 43년이 지난 지금, 프리단이 세상을 떠난 2월에 마거릿이 쓴 한 편의 글은, 작가 커리어의 끝은 아닐지라도 어쩌면 정점에 해당하는 순간으로 남게 될 터였다. 일흔여섯 살 마거릿은 아마도 이번 상이 마지막이 되리라고 짐작했다.

그래도 괜찮았다. 단지 변화를 받아들이는 데 그치지 않고 기꺼이 껴안으며 살아온 삶이 자랑스러웠다. 그렇다면 월트는? 그는 말그대로 올가미를 들고 변화를 좇는 사람이었다.

둘은 함께 석사 이상의 학위를 세 개나 땄고, 한쪽이 공부할 때는 다른 한쪽이 생계를 책임지며 나머지 시간에도 늘 부담을 나눠졌다. 함께 일군 이력서에는 자영업뿐만 아니라 배브콕스 책방 같은 소규모 서점과 워싱턴 포스트 같은 대기업 경력까지, 열 가지가 넘는 직함이 적혀 있었다. 예상대로 월트는 마거릿보다 더 자주 직업을 바꾸다가 종국엔 자신이 꿈꾸던 일자리를 찾았다. 미국 독립전 버지니아 타이드워터 지역사를 전문으로 하는 의회도서관 연구 사서 자리였다.

"결정을 잘 못하던 남자치고는 꽤 구체적인 전문 분야야." 채용 소식을 들은 월트가 농을 쳤다. 사실이긴 했지만, 그는 마침내 정착해 은퇴할 때까지 그 도서관에서 일했다.

둘은 이사도 자주 다녔다. 불과 2년 전에도 이사했다. 알링턴의 집을 좋아했던 마거릿은 월트가 이사 얘기를 꺼내자마자 단호한 거절로 반응했다.

"자기가 이 집 좋아하는 거 알아, 매기. 나도 그래. 하지만 해마다 유지가 힘들어지잖아. D 스트리트 노스웨스트 아파트들은 신축에다 위치도 좋아. 몰이랑 지하철역에서 두 블록 거리야. 차를 팔아도 될 정도라고."

마거릿은 두 손을 들어 그의 말을 막았다.

"잠깐만. 당신, 집이랑 차를 모두 판다는 거야?"

"걷는 게 당신한테 좋아." 월트가 말했다. "더 젊어지고. 게다가 당신 날마다 교통체증에 불만이잖아. 우리 나이에 운전 계속하는 게 좋은 생각일까?"

"잠깐만, 노란불에 액셀 밟는 사람은 당신이거든요, 아저씨. 내가 얼마나 운전을 잘하는데."

"네, 그래요. 운전 잘하지." 그는 고개를 살짝 기울이고 턱을 안으로 넣으며 〈레인맨〉의 더스틴 호프만을 완벽하게 흉내 냈다. "나 운전 잘한다고."

마거릿은 팔짱을 꼈다. "농담으로 이사 설득하려는 거면 소용없어. 난 이 집이 좋아." 그녀는 처음부터 주장하던 핵심 이유를 거듭 말했다. "게다가 아파트는 너무 좁아. 어느 정도더라? 이 집 절반쯤 되려나?"

"아마 더 작지." 월트가 인정했다. "그러니까, 우선 가서 둘러보고 열린 마음으로 생각해보자는 거야. 물론 큰 변화지. 하지만 멋진 모험이 될 수도 있잖아. 우리 나이에, 앞으로 그런 기회가 몇 번이나 더 있겠어?"

워싱턴 DC 도심으로의 이사는 진짜 모험이었다. 쇼핑센터와 식당, 박물관, 극장을 비롯해 도시 어디로든 갈 수 있는 지하철역이 걸어서 몇 분 거리에 있었다. 매주 열리는 해피아워 덕분에 다양한 이웃들과도 금세 친해졌다. 나이도 직업도 삶의 형태도 제각각인 사람들이었다. 월트는 스미스소니언 박물관에서 자원 해설사로 활동했고 마거릿은 여전히 매일 아침 글을 썼다. 그들은 어느 때보다 분주하면서도 행복했다.

아파트가 작긴 작았고 짐을 줄이는 일은 쉽지 않았다. 하나 마거릿은 모험적인 삶에는 언제나 감수해야 하는 게 있음을 알았다. 베티 프리단은 말했다. "모든 걸 다 가질 수는 있어요. 단, 동시에 가질 수 없을 뿐." 여성의 삶을 두고 자주 인용되는 말이었지만, 마거릿에게 그것은 나이와 성별을 막론한 모든 인간에게 진리였다.

***

머리카락이 희게 세고 약간 가늘어졌어도 월트는 여전히 멋진 남자였다. 특히 턱시도 입은 모습은 근사했다. 그는 현관에 서서 침실에서 나온 마거릿이 입을 외투를 들고 있었다.

"열 블록이야. 걸어갈래, 택시 잡을까?"

"걷자. 저녁 바람이 좋잖아."

"정말 괜찮겠어? 열 블록인데." 그는 마거릿의 새 구두를 향해 의심스러운 눈길을 흘렸다.

"괜찮아." 마거릿이 외투에 한 팔을 꿰어 넣으며 말했다. "아, 맞다! 귀걸이 깜빡했네!"

"지금 바로 안 가면 걸어서 갈 시간 없어." 월트의 다그침에도 마거릿은 재빨리 자리를 떴다.

마거릿은 못 들은 체했다. 귀걸이 뒷마개 끼우기가 조금 까다로웠지만 겨우 끼우는 데 성공한 그녀는 방 건너 화장대 앞으로 가 거울에 비친 모습을 한 번 더 확인했다.

괜찮은데, 내심 마음에 들었다.

돌아서려던 순간 선반 쪽에 시선이 머물렀다. 삶에서 가장 중요한 기념품들이 놓여 있었다. 그동안 받은 두 개의 상패, 기사 스크랩 노트, 베티들과 함께 찍은 액자 사진과 동료들과 함께한 사진들. 개중에는 그레이엄 부인과 찍은 사진도 있었다. 2001년에 세상을 떠났지만 마거릿은 여전히 거의 매주 그녀를 떠올렸다. 자신에게 수많은 문을 열어준 옛 상사이자 멘토를. 액자를 손에 든 마거릿이 조용히 읊조렸다.

"초대해줘서 고마워요, 캐서린. 그날 점심이 제 인생을 바꿨어요."

오래되어 약간 삐걱거리지만 아직 작동하는 실비아도 선반 한쪽에 자리하고 있었다. 이따금 그녀는 그냥 타자기를 두드려 글자 몇 줄을 쳐 보았다. 키를 두드리는 감촉과 롤러가 돌아올 때 딩 하는 경쾌한 소리가 그냥 좋아서. 실비아는 마거릿이 소장한 1963년판 『여성성의 신화』 위에 놓여 있었다. 옆에는 베티 프리단과 마거릿이 함께 찍은 사진이 있었다.

두 사람은 1971년 자선 모금 행사에서 처음 만났다. 프리단은 까칠하고 방어적이며 약간 거만했다. 상상 속에서 베티 이모라 불렀던 따스한 인물과는 거리가 멀었다. 하지만 그건 중요하지 않았다. 마거릿의 인생을 바꾼 건 그 사람 자체가 아닌 그녀가 쓴 단어들이었다. 성격이 까칠하건 어떻건 프리단은 그녀의 이름을 들어본 적도 책을 읽어본 적도 없는 많은 여성을 비롯해 여러 세대 여성들에게 파문을 일으킨 작품을 써냈다.

"마거릿 루스 라이언." 현관에서 월트의 목소리가 울려 퍼졌다. "지금 당장 안 내려오면 파티에 못 가게 생겼어!"

"내려가!" 그레이엄 부인 사진을 제자리에 놓은 그녀는 다시금 선반 위 사진들을 훑어보았다. "고마워, 친구들. 정말 다 고마워."

***

라파예트 볼룸은 사람들로 채워지고 있었지만 마거릿과 월트는 일행 가운데 가장 먼저 도착했다. 리셉션 이곳저곳에서 오랜 세월 함께 일한 익숙한 얼굴들이 보였다. 모두들 다가와 수상과 옷차림을 칭찬하며 조만간 꼭 다시 보자는 인사를 건넸다. 마거릿은 나중을 위해 메모해두었다. 오래전 그레이엄 부인이 했던 말은 여전한 진리였다. 워싱턴에서는 모든 게 인맥이다. 마거릿은 언제나 의식적으로, 꾸준히 인맥을 관리했다.

체크인 테이블에서 자신을 '수상자 담당'이라고 소개한 젊은 여성이 두 사람을 자리로 안내했다. "이 자리입니다." 그녀가 연단 가까이에 놓인 원탁을 가리켰다. "5번 테이블이고, 시상자분들 좌석은 원활한 진행을 위해 모두 앞쪽에 배치했습니다. 소감은 3분 이내로 부탁드려요."

"3분을 넘으면 어떻게 되죠? 말하는데 음악을 트나요? 갈고리로 끌어내리려나?" 담당 여성의 눈이 휘둥그레지자 마거릿은 웃음을 터뜨렸다. "걱정 마요. 간단히 할게요."

여성이 멀어지자 월트가 핀잔과 감탄이 두루 섞인 눈빛을 보냈다. "좀 심했어, 마거릿. 가엾은 아가씨를 겁주고 그래."

마거릿은 장난기 어린 미소를 지었다. "그러게, 내가 예전만큼 상냥하지가 않아."

"대신 훨씬 재밌어졌지." 그가 가볍게 입을 맞추며 의자를 빼주었다. "그나저나 왜 호텔 연회장은 다 똑같이 생겼을까? 이렇게 사람이 많은데 웨이터는 코빼기도 안 보이고. 술 좀 마시고 싶은데."

"나도. 바에 좀 다녀올래?"

"뭐로 준비할까요?"

"글쎄, 모르겠네." 마거릿은 생각이 딴 데 가 있는 사람 같았다. "내가 깜짝 놀랄 만한 걸로."

월트는 임무를 수행하러 떠났다. 마거릿은 식기 위에 놓인 행사 프로그램을 집어 들었다. 수상 순서가 스무 번째 중 열세 번째였다. 그녀는 속으로 중얼거렸다. 오늘 밤, 꽤 길어지겠어.

"여기 있네! 오늘의 주인공! 유명한 내 친구!"

"부스케티 간호사님!"

마거릿은 자리에서 벌떡 일어나 진심 어린 기쁨으로 비브를 끌어 안았다. 마지막으로 본 게 일주일 전이 아닌 수년 전인 사람들 같 았다.

비브와 토니는 베티들 중에서도 컨커디아에 가장 오래 남았다. 아이 여섯 중 하나를 제외하고는 모두 컨커디아고등학교를 졸업했 고, 비브는 그 학교의 보건실 간호사로도 일했다. 제니가 둥지를 떠 난 뒤 비브와 토니 그리고 열세 살 베티는 새로운 모험을 떠났다.

그로부터 10년 동안 부스케티 부부는 빈곤 국가 사람들에게 의 료 서비스를 제공하는 의료선에 올라 전 세계를 항해하며 살았다. 비브는 의료팀 일원으로 토니는 운영 담당으로 일했다. 토니가 세 상을 떠난 뒤 비브는 버지니아로 돌아왔다. 그녀와 마거릿은 자주 만나고 거의 매일 통화를 했다.

길고 뜨거운 포옹이 끝나자 마거릿이 팔을 풀며 물었다.

"와줘서 고마워. 잘 지내? 새 무릎은 어때?"

"환상적이지. 봐, 지팡이도 필요 없어!" 비브가 두 팔을 활짝 벌리 며 외쳤다. "수술한 지 두 달밖에 안 됐는데 대단하지? 의사 선생님 도 잘 회복 중이라고 하셨어. 그렇죠, 선생님?"

비브가 옆에 선 조그만 체구의 여인을 향해 활짝 웃었다. 마거릿 도 웃으며 그녀를 안아주었다.

"오랜만이야, 베티. 와줘서 고마워."

부스케티네 일곱 자녀는 저마다 성공적인 삶을 살고 있었다. 제니 는 델타항공의 조종사로, 베티는 시블리 메모리얼병원의 산부인과 의사로 일했다. 비브는 이제 베티 부부, 손주 셋과 함께 살았다. 그들을 만날 적마다 마거릿은 인큐베이터 속 작고 연약했던 아기 베티를 떠올리지 않을 수 없었다. 이토록 멋진 여성으로 성장하다니.

"오늘 행사 끝날 때까지 함께하면 좋겠어요." 베티가 말했다. "이번 주에 출산 예정 환자가 없긴 한데 제가 당직이라 언제 호출이 올지 몰라서요. 아기들은 자기들 멋대로 나오잖아요."

"그걸 내가 모를까." 비브가 과장스럽게 눈을 굴렸다. "매기, 혹시 베티 호출기 울려서 가게 되면, 월트가 택시 좀 잡아줄 수 있지?"

"우리 집에서 묵지 그래? 게스트룸 다 준비돼 있겠다, 어차피 끝나고 다들 한잔하러 오라고 하려던 참이었거든."

"정말? 너무 잘됐네!" 비브가 외쳤다. "이참에 밀린 얘기 좀 나누자. 너무 오래됐잖아. 그런데, 빗시는? 벌써 와 있을 줄 알았는데. 월트는?"

"월트는 바에 갔어." 고개를 들어 사람들로 붐비는 볼룸을 둘러보던 그녀는 입구 쪽에서 키 크고 가느다란 실루엣이 보이자 미소 지었다. "빗시랑 카일 이제 막 왔네."

마거릿과 비브가 입구를 향해 몸을 돌려 머리 위로 손을 높이 들고 휘파람 소리를 냈다. 두 사람을 발견한 빗시의 얼굴이 환해졌다. 그녀는 나란히 선 키 크고 근사한 남자의 손을 잡고 인파를 헤치며 다가왔다. 몇 초 뒤 한자리에 모인 베티들 셋은 서로를 끌어안고 환호하며 너무 멋지다느니, 하나도 안 늙었다느니, 서로를 띄웠다. 빗시의 경우라면 그 말은 거의 사실이었다.

눈가에 몇 가닥 주름이, 관자놀이에는 회색빛이 살짝 엿보였어도 그녀는 여전히 날씬하고 나긋나긋하며 아름다웠다. 비브와 마거릿이 처음 보았던 수줍고 불안한 예의 그 소녀는 이제 없었다. 어릴 적 그녀가 꿈꾸던 일들은 하나같이 다 이루어졌다. 빗시는 말 전문 수의사로 오랜 경력을 쌓았고 남편 카일과 함께 슬하에 두 딸을 두어 성인으로 길러냈다. 두 사람은 캘리포니아 와이너리에 자리한 아름다운 집에 살았다. 카일은 와인 생산자였고 빗시의 마구간도 그곳에 있었다. 현재는 세 마리였지만, 곧 또 한 마리의 구조된 말이 합류할 예정이었다.

그때 한 사진사가 다가와 일행 사진을 찍어도 되는지 물었다.

"아직요. 남편이 사라진 것 같고, 한 사람 더 기다리고 있거든요."

때마침 어깨를 툭 치는 손길이 느껴졌다. 마거릿이 돌아섰다.

"저 얘기하시는 거면, 여기 왔어요."

"드니스!" 마거릿의 눈에 눈물이 차올랐다. 기쁨의 눈물이었다. "오, 드니스. 정말, 너무 반가워, 이렇게 먼 길 와줘서 영광이야."

"꼭 행사 때문에 온 건 아니에요." 드니스는 마거릿이 기억하는 특유의 직설적인 투로 대답했는데 이제는 영국식 억양도 살짝 섞여 있었다. "어차피 신탁관리인과 연례 미팅이 있어서 와야 했거든요. 로라랑 시간도 보내고 갤러리 상황도 살피러 겸사겸사 왔어요. 때마침 초대장이 도착했지 뭐예요?" 드니스가 고개를 살짝 숙였다. "엄마라면 분명 제가 여기 오길 바랐을 거예요."

"그랬구나." 마거릿이 대답했다. "그렇지, 네 말이 맞아."

샬럿이 울혈성 심부전으로 세상을 떠난 지 벌써 10년이 지났어도 마거릿은 여전히 그녀가 그리웠다. 그래도 샬럿은 온전히 자기 삶을 살았고 수많은 여성 예술가의 커리어를 키워내 눈부신 유산을 남겼다. 개중에 몇몇은 당당히 이름난 작가로 성장했다. 지금은 로라가 갤러리를 운영했는데, 딸이 그토록 훌륭히 해내는 모습을 샬럿은 분명 자랑스러워했을 터였다. 옥스퍼드를 떠나지 않은 드니스 또한 마찬가지였다. 여전히 조금 괴짜 같은 존재였지만 마거릿이 보기엔 그런 괴짜야말로 정말 알 만한 가치가 있는 사람이었다.

"이유가 뭐든 와줘서 고마워." 마거릿이 의자를 빼며 말했다. "이쪽에 앉아. 새 책 이야기 듣고 싶어. 일곱 번째 책이지?"

"맞아요. 곧 여덟 번째 작품을 시작할 거예요." 드니스가 찡긋하며 자리에 앉았다. "그런데 여기선 술 한 잔 얻어 마시기가 이렇게 힘든가요?"

기막힌 타이밍에 월트가 등장했다. 밝은 초록빛 액체로 가득 찬 칵테일 잔 일곱 개가 쟁반 위에 얹혀 있었다. "바텐더에게 20달러 찔러주면 좀 쉬워져요."

그가 첫 잔을 테이블 위에 내려놓는 순간 마거릿과 비브, 빗시가 동시에 환호성을 내질렀다. 마거릿은 손뼉을 치며 벌떡 일어나 남편에게 입을 맞췄다.

"세상에, 무슨 일이래! 당신 정말 사랑스러운 남자야!"

"깜짝 놀라게 해달라며." 그가 웃으며 잔을 나눠주었다.

드니스가 의심스러운 눈길로 잔을 바라보았다. "이게 뭔데요?"

"진실의 묘약!" 비브가 잔을 높이 들며 외쳤다. 빗시가 드니스에게 몸을 기울였다. "우리 집안의 비밀 레시피야."

"진짜요, 대체 뭐예요?" 드니스가 물었다.

"보드카 스팅어." 마거릿이 대답했다. "새로운 우정을 굳히거나 오래된 우정을 기념하기에 딱 좋은 술이지."

***

행사는 우려만큼 길지 않았다. 말 많은 수상자 몇몇을 제외하면 대부분 수락 연설은 흥미롭고 다행히도 짧았다. 마거릿 역시 짧게 마무리했다. 남편과 아이들, 협회와 베티들―"존재했고, 지금도 존재하며, 앞으로도 여전할"―에게 감사의 말을 전하고 상패를 받아 들었다. 대부분 청중은 그 말의 의미를 잘 몰랐을 터였다. 하지만 그녀의 친구들은 알아들었고 마거릿 자신도 잘 알았다. 그것이 중요했다.

마거릿은 집으로 돌아가 손님들을 맞기 전 와인을 열어둘 생각에 들떴다. 월트가 외투를 찾으러 간 사이 곱슬머리에 긴장된 표정의 젊은 여자가 다가왔다. 자신을 기자라고 소개하더니 인터뷰를 요청했다.

"저를 인터뷰하고 싶다고요? 왜요?"

겸양의 질문이 아닌 진심에서 우러난 질문이었다. 그 자리에는 유명한 언론인도 여럿 있었다. 마거릿은 자신의 업적이 뿌듯하면서도 스스로 그 정도 반열에 오른 인물은 아니란 걸 잘 알았다.

그러자 젊은 여자는 정말 유명 인사를 대하는 양 반짝이는 미소를 지어 보였다. "선생님이 쓰신 베티 프리단 관련 기사, 현대사 교수님이 과제로 내주셔서 읽었어요. 덕분에 『여성성의 신화』도 읽었고요. 정말 흥미로웠습니다! 진정한 평등으로 가는 길은 아직 요원하지만, 60년대 여성들이 맞서야 했던 현실은 정말 믿을 수 없을 만큼 불공평하더군요, 진짜요! 그래서 제 친구 몇 명에게도 그 책이랑 선생님 글을 같이 읽자고 했어요. 그리고…."

"잠깐만요." 마거릿이 그녀의 말 폭탄을 받아내듯 손을 올렸다. "기자라고 했죠? 이름이 뭐죠? 그걸 안 밝혔네요."

"아, 맞아요." 여자의 얼굴에서 혈색이 살짝 가셨다. "저는 엠마 퀸이에요. 정확히 기자는 아니고 인턴이에요. 선생님 인터뷰나 인용문을 얻으면 그걸 기사로 써서 편집장에게 보여드리려고요. 혹시 실어줄지도 모르니까요."

마거릿은 내심 미소 지었다. 정식 기자도 아니던 젊은 재키 부비에가 기사 한 줄이라도 따내기 위해 엘리자베스 공주와의 면담을 요령껏 성사시켰던 일화가 떠올랐다. 기자에게 배짱은 필수 자질이었다. 엠마 퀸은 경험이 부족해도 배짱만큼은 있었다.

"인턴이 뭐가 어때서요. 어디 매체예요?"

"「워싱턴 시티 페이퍼」요." 그녀는 약간 쑥스러워했다. "주간지예요. 신문 가판대에서 무료로 나눠주는 그런 잡지요."

"읽어봤어요." 마거릿이 말했다. "좋은 매체네요. 「워싱턴 포스트」는 아닐지 몰라도 시작으로는 훌륭하죠. 그러니까 절대 부끄러울 필요 없어요."

엠마가 고개를 끄덕였다. 건너편에서 월트가 외투를 들고 다가왔다. "엠마, 나도 당신이랑 이야기하고 싶어요. 그런데…."

"정말요? 너무 잘됐네요!" 엠마가 주머니에서 녹음기를 꺼내려고 했다.

마거릿이 고개를 저었다. "아니, 아니, 말을 좀 끝내게 해줘요. 지금은 시간이 안 돼요. 명함 있어요?"

"인턴이라 그런 건."

"아, 당연히 없겠네요. 내가 바보 같았어요."

마거릿은 클러치백을 열어 자신의 명함 한 장을 꺼내 건넸다. 엠마는 혹여 떨어뜨릴세라 그것을 조심스레 받아 들었다. 그리고 고개를 들어 기대 어린 눈빛으로 마거릿을 바라봤다.

"내일 전화해요. 점심 먹을 날을 정하죠." 마거릿이 미소 지었다. "우리, 할 얘기가 아주 많을 것 같네요."

살아온 날들이 많아질수록 시간이 얼마나 유한하며 얼마나 빠르게 흘러가는지 더욱 절실히 느낍니다. 그토록 귀하고 유한한 시간의 일부를 저와 저의 '문제적 여성들'에게 내어주셨다는 걸 생각하면, 결코 가볍게 여길 수 없는 가없는 영광입니다. 진심으로 감사드립니다.

지난 십여 년 동안 제가 발표한 소설들은 모두 현대물이었지만 저는 역사소설로 작가 커리어를 시작했습니다. 하여 사회 변화가 획기적으로 일어난 1960년대 초를 배경으로 한 이야기를 쓰는 일은 무척 즐거운, 고향으로 돌아온 듯한 경험이었습니다.

미국 역사상 중대한 전환점이 된 시대를 배경으로 서로 다른 개성과 배경, 운명을 지닌 인물들이 한자리에 모여 이야기를 펼쳐나가는 설정은 작가인 제게 다채로운 탐구 기회뿐 아니라 풍성한 사색 거리를 안겨주었습니다. 독자 여러분—특히 독서 모임의 회원들—도 아마 같은 생각이리라 믿습니다.

책의 뒷부분에는 독서 모임에서 토론하는 데 도움이 될 질문 목록을 수록했습니다. 대화를 한 단계 더 흥미롭게 발전시키고 싶다면 저의 웹사이트(www.mariebostwick.com)에서 이 책에 나온 요리 레시피와 추가로 읽을 도서, 음악 플레이리스트 등으로 구성된 온라인 북클럽 키트를 확인하시기 바랍니다(저에게 이메일을 보내고 싶으실 때도 이용해주세요).

역사소설을 읽을 때마다 저는 늘 궁금했습니다. 이야기 속 어느 부분이 작가의 상상력에서 태어났으며, 또 어느 부분이 실존 인물이나 실제 사건에 기반했는지 말입니다.

이 책의 헌사에서 이미 보셨겠지만, 이 소설은 당시 89세였던 제 어머니와의 대화에서 영감을 받아 시작되었습니다. 대화 중에 어머니는 『여성성의 신화』를 읽고 인생이 완전히 바뀌었다고 말씀하셨죠. 조사를 시작하면서 저는 그런 경험을 한 여성이 어머니만은 아니었다는 사실을 곧 깨달았습니다.

그 시대 여성들을 옭아맨 규범과 태도, 모욕적인 현실을 자료로 마주할 때마다 저는 분노와 깊은 존경심을 동시에 느꼈습니다. 지금은 당연하게 누리는 수많은 기회들은 앞선 세대의 겁 없고 끈질긴, 문제적 여성들이 대가를 치르며 얻어낸 결과이기 때문입니다.

주인공의 이름을 어머니의 성함에서 따온 것은 그분께 바치는 경의의 표시이지만, 마거릿 라이언이라는 인물 자체는 완전히 허구입니다. 다른 베티들과 대부분 조연들도 마찬가지죠. 다만 이야기의 전환점이 되는 일부 인물들은 실제 인물에서 영감을 받았습니다.

남편이 세상을 떠난 뒤 20세기 주요 일간지의 첫 여성 발행인이 된 캐서린 그레이엄은 전부터 이미 워싱턴 사교계의 전설적인 인물이자 가장 영향력 있는 여성 가운데 한 명이었습니다. 그런 위치에 있던 그녀는 분명 중요한 정치인 및 언론계 인사들과 어울렸을 것입니다. 하지만 그레이엄의 자택에서 열린 여성 기자협회 회원들과 재클린 케네디의 오찬은 소설 속에서 창작한 장면입니다. 또한 그레이엄 여사가 어린 시절부터 승마를 즐기긴 했어도 소설 속 애마 딜라일라라는 실존하지 않았고, 그녀가 록 크리크 파크 마구간에 말을 두었다는 기록도 없습니다. 이 설정은 마거릿과 그녀를 이어주는 장치입니다.

재클린 케네디 여사는 물론 실존 인물입니다. 1963년 11월 22일, 케네디 대통령의 암살 사건을 둘러싼 사건들은 역사에 충분히 기록되어 있습니다. 다만 그녀가 결혼하기 전 어떤 삶을 살았는지, 가령 언론계 초년 시절과 카메라 리포터로서의 짧은 경력 등은 많은 이들이 잘 알지 못하는 부분입니다. 소설 속 가상의 오찬 장면에서 재클린이 들려주는 일화들은 그녀의 실제 경험을 토대로 합니다. 더 자세한 내용은 무척 흥미로운 칼 스페라차 앤서니Carl Sferrazza Anthony의 저서 『카메라 걸Camera Girl』에 담겨 있습니다.

해당 오찬 장면에 등장하는 인물들 가운데 헬렌 토머스, 베스 퍼먼, 낸시 디커슨, 수전 스탬버그 등은 당시 실제로 활동했던 여성 언론인입니다. 헬렌 토머스는 거의 50년 동안 백악관 출입 기자로 활동했으며, 백악관 브리핑룸에 지정 좌석을 가진 유일한 기자이기도 했습니다. 1971년 전미기자협회가 여성 회원을 받아들이기로 결정했을 때 그녀는 최초의 여성 임원이 되었습니다. 한편 수전 스탬버그는 미국 공영라디오 NPR의 창립 멤버 가운데 한 사람으로, 1960년대 초 WAMU 라디오국에서 프로그램 디렉터로 일했으며 그곳에서 〈칼레이도스코프Kaleidoscope〉라는 프로그램을 기획하고 공동 진행했습니다.

소설 속 등장인물들이 처한 상황, 예컨대 비브가 산부인과에서 남편 동의 없이 피임약을 처방받지 못했던 일, 마거릿이 남편의 공동 서명 없이 은행 계좌를 개설할 수 없었던 일, 빗시가 여성이라는 이유로 수의대 추천서를 받지 못한 일 등은 모두 상상을 바탕으로 한 설정이지만, 당시 여성들이 실제로 직면했던 사회적 제약과 차별을 조사한 내용에 근거합니다.

1960년대 여성 차별은 거주 지역과 개인의 처지에 따라 천차만별이었으며, 여성의 권리에 영향을 미치는 법률 또한 주마다 달랐습니다. 예를 들어, 1965년 미 연방대법원의 '그리스월드 대 코네티컷' 판결 이후에야 비로소 기혼 부부의 피임권이 보장되었고, 그로부터 7년 뒤인 1972년 '아이젠스타트 대 베어드' 판결을 통해 미혼 여성의 피임 접근권이 합법화되었습니다. 그리고 1974년, '신용기회균등법'이 제정되면서 미국 기혼 여성들은 처음 독자적으로 은행 계좌를 개설할 권리를 법적으로 보장받게 되었습니다.

그렇습니다. 실제 인물과 사건, 당시의 사회적 분위기가 이 책에 분명히 영향을 미쳤습니다.

하지만 제가 이 이야기에 진심으로 사랑에 빠진 건 그 모든 배경보다 인물들—마거릿, 샬럿, 비브, 빗시—덕분입니다. 그들이 읽은 책들, 서로에게서 발견한 자매애 그리고 그들이 감행한 용기 있는 선택들이 어떻게 인생과 자아를 변화시키는지, 그 여정을 쓰는 일이 저에겐 너무도 벅찬 기쁨이었죠. 한 장 한 장, 한 권의 책과 비밀들이 그들의 삶과 얽히며 특정 시대의 빛나는 한순간을 드러내던 순간, 세대를 뛰어넘어 모든 독자에게 진실한 울림을 전하는 이야기가 되어가고 있음을 느꼈습니다.

사실 저는 글쓰기를 사랑하지만 결코 쉽게 쓰는 작가는 아닙니다. 엄청나게 느리고 이야기도 인물도 직접 써가며 조금씩 찾아내는 편이죠. 출간된 한 장의 원고 뒤에는 대개 삭제된 서너 장의 원고가 숨어 있습니다.

그런데 이번만큼은 달랐습니다. 특별했죠.

『문제적 여성들의 북클럽』을 쓰는 동안 저는 전에 느껴본 적 없는 평온함과 확신, 사명감에 사로잡혔습니다. 이 책이 내 인생의 책이 되리라는, 그리고 혼자가 아니라는 느낌이 있었죠. 저는 어머니, 그리고 어머니와 같은 수많은 여성들을 든든한 배후로 두고, 그들의 이야기를 전하고, 그들의 강인함을 불러내며 글을 썼습니다.

마감이 다가올수록 자꾸만 마지막 장의 집필을 미루고 미루었습니다. 이야기가 끝나버리는 게, 인물들과 보내는 시간이 끝나버리는 게 너무 아쉬웠던 탓입니다. 부디 독자 여러분께서도 같은 감정을 느껴주시면 좋겠습니다.

이 책을 읽어주셔서 다시 한번 감사드립니다. 독자 여러분들 덕분에 저는 사랑하는 이 일을 계속할 수 있습니다. 그 사실에, 그리고 여러분 한 사람 한 사람에게 진심으로 감사드립니다.

진심을 담아,
마리 보스트윅

우리, 같이 얘기해볼까요?

1. 마거릿이 베티 프리단의 『여성성의 신화』를 접한 경험에 대해 이야기해봅시다. 그 책이 아내이자 어머니로서의 삶에 대한 관점을 어떻게 바꾸었나요? 이전에는 한 번도 표현된 적 없던 어떤 감정이나 생각에 이 책이 목소리를 부여했는지도 함께 이야기해봅 시다. 샬럿, 빗시, 비브에게는 저마다 어떤 방식으로 영향을 미쳤는지도 비교해보세요.

2. 여러분이 읽은 책 가운데 세상을 바라보는 관점을 완전히 바꿔놓은 책이 있다면 소개해주세요. 여러분의 사고방식이나 행동에 남긴 지속적인 영향은 무엇인가요?

3. 네 명의 베티들—마거릿, 빗시, 샬럿, 비브—중에서 가장 깊이 공감되거나 마음에 남는 인물은 누구이며, 그 이유는 무엇인가요?

4. 이 소설에 등장하는 결혼 관계들에 관해 이야기해봅시다. 가장 성공적인 결혼은 누구의 것이었나요? 반대로 가장 답답하거나 안타까운 관계는 누구의 것이었고, 가장 예상 밖의 결말을 맞이한 인물은 누구였나요?

5. 베티들이 겪은 사회적, 개인적 고난과 제약 가운데 오늘날 여성들이 여전히 경험

하고 있는 문제들은 무엇인가요? 1960년대 이후 미국 여성들의 삶은 얼마나 변화했을까요? 그동안 이루어진 진보의 발걸음과 여전히 존재하는 후퇴의 흔적을 함께 논의해봅시다.

6. 소설 마지막에 월트가 변화한 모습이 놀라웠나요? 그렇다면 당신은 그와 그의 이야기가 어떤 방향으로 전개될 것이라 기대했는지 이야기해보세요.

7. 샬럿이 자신의 예술을 본격적으로 추구하지 못했던 이유는 무엇이었을까요? 그리고 그녀를 결국 자유롭게 만든 계기는 무엇이었나요? 여러 번의 좌절에도 불구하고 그녀가 사랑하는 일 속에서 만족과 의미를 찾게 된 과정을 이야기해보세요.

8. 마거릿이 작가로서 성공할 수 있었던 요인들은 무엇인가요? 그녀가 지닌 내면의 자질이나 태도는 어떤 것이었으며, '한 아이를 키우는 데는 온 마을이 필요하다'는 속담처럼 그녀의 인생에서 그 '마을'은 얼마나 결정적인 역할을 했나요?

9. 수십 년 동안 여성들은 '모든 걸 다 가질 수 있는가'에 대해 논의해왔습니다. 여러분들 생각에 '모든 걸 다 가진다'는 것은 어떤 모습인가요? 그것은 정말로 가능한 일일까요? 그리고 네 명의 베티들은 이 질문에 각각 어떻게 대답했을 것 같나요?

10. 베티들의 시야를 넓혀준 인물들, 가령 프랜 박사나 캐서린 그레이엄 같은 여성을 떠올려봅시다. 소설 속 여성들은 어떻게 자신이 얻은 기회를 다른 여성에게 나누며 '선순환'을 실천했나요? 오늘날 또 어떤 방식으로 그 전통을 이어갈 수 있을까요?

11. 베티들에게 더 큰 변화를 가져온 것은 무엇이었다고 생각하나요? 함께 읽은 책들이었을까요, 아니면 그들 사이의 우정과 자매애, 연대감이었을까요?

12. 당신에게도 '마을' 즉 함께 인생을 걸어가는 지지자의 공동체가 있나요? 그렇다면 그들의 지지와 우정이 삶에 어떤 변화를 가져왔는지 이야기해보세요. 항상 좋은 관계였나요? 아니면 베티들처럼 갈등, 오해 혹은 멀어지는 순간을 통과한 적도 있나요? 있었다면 어떻게 관계를 회복하고 성장시켰는지 나눠보세요.

감사의 말

여러분들께 무한한 감사의 마음을 전합니다.

재능 있고 깊은 인내심에 통찰력까지 넘치는 편집자 로라 휠러. 저의 '문제적 여성들'을 믿어주시고 다른 이들은 보지 못한 가능성을 알아봐주신 것, 그리고 이렇게 생생하게 살아 숨 쉬는 인물로 빚어내기 위해 예리한 감각과 풍부한 경험을 기꺼이 나누어주신 것 모두 깊이 감사드립니다.

늘 용감하고 끈질기며 결코 포기하지 않는 문학 에이전트 라이자 도슨. 최선의 결과물을 끌어내도록 이끌어주고 그보다 못한 결과에 만족하지 않게 만들어주셔서 감사해요. 이보다 더 훌륭한 동료이자 후원자는 없을 겁니다.

나의 베티들 로빈 카, 제인 그린, 레이첼 린든, 아드리아나 트리자니, 데비 매컴버, 레이첼 맥밀런, 캐서린 레이, 실라 로버츠, 캐런 화이트. 여성이 여성을 지지하는 이야기는 제가 만들어낸 허구가 아닙니다. 그건 바로 삶에서 당신들이 보여준 놀라운 관대함, 격려, 한결같은 우정의 기록이지요. 작가로서 이런 자매애의 공동체 속에서 일할 수 있다는 건 가장 큰 축복입니다. 모두 사랑하고, 진심으로 감사드려요.

세상에서 가장 든든하고 헌신적인 남편이자 응원단장 브래드 스키너. 당신은 공개적으로 언급되는 걸 좋아하지 않지만, 미안. 이번엔 그냥 할게요(달까지 갔다 돌아올 만큼 사랑해, 허니).

언제나 격려와 날카로운 1차 편집으로 힘이 되어준 베티와 존 윌시. 문법에 밝은 두 천재가 가족인 저는 정말 행운아예요. 두 사람 모두 최고예요!

하퍼 뮤즈의 아만다 보스틱, 케이틀린 할스테드, 서배나 브리드러브, 네카샤 프랫, 마거릿 커쳐, 케리 폿츠, 제리 워렌, 테일러 워드, 그리고 모든 팀원들. 책을 만드는 일은 진정한 팀워크의 예술이지요. 훌륭한 팀의 일원으로 함께할 수 있어 정말 감사하고 자랑스럽습니다.

린다 맥도너, 애덤 코르테카스, 애슐리 헤이스, 캐시 베넷, 카일리 발스타드, 그리고 저를 온라인과 오프라인의 독자들과 이어주는 비하인드팀에게. 여러분이 없었다면 저는 아무것도 할 수 없었을 거예요. 진심으로 감사합니다.

마지막으로, 항상 제 마음속에 자리한 소중한 독자 여러분께. 여러분이 계시기에 저는 제가 사랑하는 이 일을 계속할 수 있습니다. 그 사실에, 그리고 여러분 한 분 한 분께,

깊은 감사와 사랑을 보냅니다.

문제적 여성들의 북클럽

초판 1쇄 발행 2026년 4월 15일

지은이 | 마리 보스트윅
옮긴이 | 이윤정

펴낸곳 | 정은문고
펴낸이 | 이정화

등록번호 | 제2009-00047호 2005년 12월 27일
주소 | 서울시 마포구 동교로13길 60
전화 | 02-392-0224
팩스 | 0303-3448-0224
이메일 | jungeunbooks@naver.com
블로그 | blog.naver.com/jungeunbooks
페이스북 | facebook.com/jungeunbooks
인스타그램 | instagram.com/jungeunbooks

ISBN 979-11-85153-77-3(03840)

책값은 뒤표지에 쓰여 있습니다.

알라딘 북펀드에 참여해주신 분들
kuminji, 가가패밀리, 강이경, 경청자J, 고진주, 고혜련, 김민아, 김민애, 김민영, 김시은, 김윤경, 김은지, 김재혁, 김정원, 김하늘, 난나북살롱, 람보책방, 문란주, 문정윤, 민혜숙, 밍글, 박경희, 박성미, 박수영, 박정애 배건혜, 박현진, 박혜진, 박훈평, 베라꽁, 사이라, 손세주, 손은혜, 송선영, 송승섭, 신혜연, 심민지, 심빛달, 심혜경, 아톰강, 안강회, 안영지, 알렉스, 엄지김진아, 오래된미래, 오주희, 온유, 유온아, 유정미, 윤자절친 신순, 이라경, 이미경, 이미라, 이승민, 이승연, 이영술, 이은미, 이은섭, 이정희, 이주혜, 이지민(1), 이지민(2), 이진구와 김은영, 이희연, 익아, ㅈㅈㅎ, 작은도서관고래이야기, 장성남, 장유진, 장준혜, 장찬희, 전한옥, 정모아, 정연서, 정운친구 하나, 정지수, 정한옥, 조은정, 조한나, 주니어RHK, 찬주와두딸들, 참새바다, 채희수, 책과사과, 최윤정, 최은수, 최정운, 최종희, 한정림, 허경선, 허정윤, 현지와 준영, 황문숙 외 27명